KB244277

不부/在재의 시대

근대계몽기 및 식민지기 조선의 연설·좌담회

저자

신지영(申知瑛, Shin Ji young)은 1977년생으로 2003년 한국 연세대학교에서 「『大韓民報』 연재소설의 담론적 특성과 수사학적 배치」로 석사학위를 받았고, 2010년 「한국 근대의 연설 좌담회 연구」로 박사학위를 받았다. 2008년부터 2011년 초까지 일본 도쿄 외국어 대학(Tokyo University of Foreign Studies)에서 포스트 닥터 연수를 했다. 2011년부터는 히토츠바시 박사후기과정에 다시 입학해 '1950년대 전후, 동아시아의 이동양상과 이족／난민의 코뮨'이라는 주제로 연구를 확장시키고 있다. 일본 츠다주쿠 대학과 무사시 대학 시간강사로 조선문학과 조선어를 가르치고 있다.

2000년부터 '수유+너머' 활동에 참여해 왔고, 한국과 일본에서 일어나는 대안적인 정치적 활동과 모임에 지속적으로 관심을 기울이고 있다. 연구와 활동들이 작고 다양한 '마을(코뮨)'을 상상하고 만들어 내는 데 도움이 되길 바라고 있으며, 최근에는 '수유+너머 웹진 http://suyunomo.net'에 '해외통신—일본에서 마을 만들기'라는 테마로 일본에서 '마을'을 느낄 수 있었던 사건과 활동에 대해서 쓴 에세이를 연재하고 있다.

주요 논문으로는 「'대동아문학자대회라는 문법' 그 변형과 잔여들」, 「국민문학 좌담회의 양가적인 갈등과 발화게임」, 「신체적 담론공간을 둘러싼 사건성」, 「대추리의 코뮨주의」 등이 있고 저서로는 『일제 식민지 시기 새로 읽기』(공저)가 있다. 편역서(공저)로는 『만국의 프레카리아트여, 공모하라!—일본 비정규노동운동가들과의 인터뷰』가 있고, 번역서로는 『저 여기 있어요(Dearキクチさん)』와 『주권의 너머에서(主権のかなたで)』가 있다. 현재 『이방의 기억(異邦の記憶)』과 『다니가와 셀렉션 1, 2(谷川雁セレクション 全2巻)』를 번역중이다.

不부/**在**재**의 시대** 근대계몽기 및 식민지기 조선의 연설·좌담회

초판인쇄 2012년 9월 5일　**초판발행** 2012년 9월 15일
지은이 신지영　**펴낸이** 박성모　**펴낸곳** 소명출판　**출판등록** 제13-522호
주소 서울시 서초구 서초동 1621-18 란빌딩 1층
전화 02-585-7840　**팩스** 02-585-7848　**전자우편** somyong@korea.com　**홈페이지** www.somyong.co.kr

값 38,000원

ⓒ 신지영, 2012

ISBN 978-89-5626-734-0　93810

不부/在재의 시대

근대계몽기 및 식민지기 조선의 연설 · 좌담회

The Age of Ab-sence :
Speeches and Round-table Talks of Korea during the Modern Enlightenment and Colonial Periods

신지영

소명출판

不_부 / 在_재의 시대
근대계몽기 및 식민지기 조선의 연설 · 좌담회

이 글은 '씌어진 것'이 아니라 '듣는 것'에 대한 관심에서 시작되었다. 과거에 대한 연구는 씌어진 실증적 자료를 기반으로 할 수밖에 없다. 그러나 씌어지진 않았지만 느껴지는 힘들을 표현할 수 없다는 것은 안타까운 일이었다. 그런 것들은 때로는 습관이나 제도 문법 때문에, 때로는 역사적인 중압감 때문에, 때로는 억압 때문에, 때로는 도덕적인 이유로, 때로는 표현할 말을 찾지 못해 기록되지 못한 채 역사의 공백으로 남는다. 기존의 틀을 통해서 보거나 쓸 때에는 '부재'로서만 기록되지만, 실은 언제나 그 자리에 함께 공존해왔던 침묵하는 소리들. 그 소리들을 듣고, 그 힘을 표현하고, 그 소리들이 있을 시공간을 마련해 주고 싶었다.

'부 / 재'라는 시선

근대계몽기 및 식민지기 조선을 다루는 연구에서 주체에 대한 물음은 왜 그렇게 절실했던 것일까? 자생적 근대와 이식된 근대라는 틀은 서로 상반된 듯하지만, 두 가지 모두 '주체성'에 대한 절실한 욕망을 기반으로 하고 있다. 그러나 역사나 문학사를 주체성의 구성, 변화, 발전 과정으로 파악할 때, 그 주체성은 근대의 진보주의나 식민지 제국의 욕망과 서로 닮아버리기 쉽다. 근대계몽기 및 식민지 조선에서 침묵하는 소리들을 말하고 싶다고 하면 늘 받는 질문은 그 침묵하는 소리의 주체가 무엇인가였다. 모든 질문은 결국 '너는 누구인가'로 회수된다. 그러나 이것은 매우 어려운 질문이다. 침묵하는 주체란 형용 모순이기 때문이다. 침묵하는 것들은 주체도 아니며 단일한 개인도 아니며 문법을 갖고 있지도 않다. 오히려 침묵하는 소리들은 "-의"라는 소유격으로는 표현 불가능한 오직 '부재'의 형태로만 드러날 수 있는 것이다.

동아시아의 여러 국가들이 그러했듯이, 19세기 말 조선은 외부로부터 근대를 받아들이면 동시에 식민지화되어 갔다. 이는 '외부'에는 있는 것이 스스로에게는 '부재'한다는 것을 강하게 인식하는 과정이기도 했다. 근대 초기에는 민족과 국가라는 개념을 알게 된 동시에 그것이 자기 내부에 없음을 인정해야 했으며, 동시에 아직 만들어지지도 않은 민족국가를 곧 상실할지 모른다는 현실 앞에 서 있었다. 구성해야만 할 당위로서 주어진 무엇가가 현재 부재하며, 더구나 손에 잡아보기도 전에 이미 잃어버릴 상황에 처해 있다는 '부재의 경험'은 이후에도 변형된 형태로 반복되었다. 1920년대에는 불명확한 열망이 뒤엉킨 '청년'이라는 기호가 정치적 주체의 부재를 대신했다. 식민지 말기에는 담론공간이 제국 일본의 프로파간다의 도구로써 장악 당했기 때문에, 담론공간에 참여하는 것은 스스로의 '부재'를 확인하는 것이기도 했다. 그러나 오히려 조선인들은 신체적인 반응들을 통해서 혹은 그 '부재'를 적극적으로 연기함으로써 제국 일본에 협력하는 것을 벗어나려 하기도 했다.

조선에서의 근대성이 곧 식민지성일 수밖에 없었던 이유의 근저에는 이 상황, 즉 '근대성'이 '아직' 부재하는 것임에도 '이미' 부재하게 될 운명에 놓여 있다는 상황, '아직' 태어나기도 전에 '이미' 죽을 운명이라는 상황이 도사리고 있다. 아직 경험해보지 못한 외부에서 온 '근대성'을 '부재'하는 상태로 잃어버릴 것이라는 위기감을 파고든 조급한 식민 지성. 근대계몽기와 식민지기 연구에서 주체성이 절실한 탐구의 대상이 되었던 것은 이 '부재의 시대'가 낳은 결과였던 것이 아닐까? 그런 점에서 외부로부터 주어진 주체성에 대한 대안이나 그것을 벗어난 파격도 '부재'했다고도 할 수 있을 것이다. 식민지적 근대는 이중 삼중으로 얽혀진 "부재의 시대"였던 것이다.

"신체적 담론공간(corporeal discoursal space)"의 타자성

그러나 '부재상태'는 단지 결핍만을 낳은 것은 아니었다. 박사논문에서는 "신체적 담론공간(corporeal discoursal space)"이라는 말을 만들어 썼다. '신체적 담론공간'이란 연설회(강연회, 이동연극)·토론회(좌담회, 대회)"를 의미한다. 이때 '신체적'이라는 말을 'corporeal'이라고 번역해야 할지, 'physical'이라고 번역해야 할지는 여전히 의문으로 남아 있다. 신체에 직접적인 영향을 주고 신체적 반응을 일으키는 'physical'한 것인 동시에, 그렇게 영향을 받은 신체가 담론공간에 직접 참여함으로써 담론공간에서의 행동거지나 제도를 익히는 'corporeal'한 것이기도 했기 때문이다. 끊임없이 제도화되는 동시에 끊임없이 그것으로부터 벗어나려는 영역이다.

근대계몽기에 연설·토론회는 윤치호가 후쿠자와 유키치로부터 서재필이 미국에서부터 들여온 것이었다. 일반인에게는 담론의 내용보다 그 방식(발화, 박수, 동의, 이의, 제청 등)을 배워야 하는 "연설하는 학문"이자 신체적인 변화를 필요로 하는 것이었다. 식민지 말기에는 좌담회나 대회에 참여해서 어떤 내용을 말하는가가 아니라, 우선 그 공간에 참여했는가 하는 신체적인 행위 그 자체가 전향여부를 표현해주는 것이 되었다. 즉 참여한다는 행위 자체가 발화의 내용보다 중요했다. 그런데 이러한 조선의 담론공간에서 눈에 띠는 것은 역설적이게도 주체가 아니라 주체화되지 못한 채 완강하게 버티는 신체의 반응이다.

나는 그러한 부분이야말로 근대화되거나 식민지화되지 않는 잠재성의 영역이라고 생각한다. 주체가 될 수 없기 때문에 끊임없이 훈육당하고 그 과정에서 외부에 있는 주체를 신체 깊숙이 내면화하지만, 그 내면화가 자신의 내부에 주체가 부재함을 더 강하게 느끼게 하는 과정. 즉 '타자성을 내포할 수밖에 없는 주체화의 과정'이자, 주체를 추구할수록 스스로의 타자성을 깊이 인식하게 되는 과정이다.

근대계몽기 및 식민지기 조선에서는 스스로의 '부재상태'가 크게 인식되었기 때문에 주체성에 대한 대안, 서양적 주체성을 넘어설 파격, 다른 식민지와의 연대를 모색하기 어려웠던 것 같다. 따라서 근대계몽기 및 식민지기 조선에서 주체성에 대한 질문은 '제국을 욕망한 주체'에 대한 반성적 질문 뿐 아니라, '타자와의 만남이 가능 했는가'라는 질문을 담고 있어야 한다. 민족국가 경계 외부의 타자 뿐 아니라 자기 내부의 타자를 향하는 질문으로서.

비록 조선의 피식민자들이 식민지화된 자신의 처지를 보는 데 급급한 나머지 주변의 식민지들을 돌아보거나 연대할 여유를 갖지 못했다고 할지라도, 우리 속에 늘 깊숙이 똬리를 틀고 있는 그 식민지의 경험을 통해서 타자를 만나는 길을 모색해 볼 수는 없을까? 자기 내부에 있는 '부재'를 느낀다는 것은 그 부재를 느끼게 하는 외부의 대상과 늘 마주해야만 하는 상황이기도 했다. 이처럼 자기 내부에 있는 부재를 느낀다는 것은 늘 바깥으로 열린 시각을 요구한다는 점에서 타자와 만나고 스스로가 변화하는 생성의 계기가 될 수도 있었다.

최근 일 년간 다양한 민족 구성원들이 참여하는 좌담회나 대회에 대해서 연구하기 시작한 이유는 그 때문이었다. 그것들은 식민권력에 의해 만들어진 장이었으나 그 속에서 제국 일본과 조선, 제국 일본과 대만, 제국 일본과 만주…… 등의 관계가 아니라 조선과 대만이, 대만과 만주가, 또 그 안의 다양한 타자들이 서로 공감하고 연결될 수는 없었을까? 어떤 형태로든 제국 일본의 정책 속에서 서로 접촉해야만 했다면, 그 순간에 과연 무슨 일이 있어났던 것일까? 제국 일본의 담론공간에서 타자와 타자가 만났던(혹은 만날 수 없었던) 그 "만남"의 순간들이 지닌 의미를 "부재하는 참여"와 "주어의 변형과 잔여"라는 개념으로 유형화해 본 첫 작업이 「'대동아문학자대회라는 문법' 그 변형과 잔여들」(『한국문학연구』, 2011년 6월 수록)이다. 신체적 담론공간 속에는 민족국가의 경계로 파악되지 않는 수많은 발화, 갈등, 결단의 순간들, 부딪침, 첨예한 언어게임, 침묵하는 소리들이 존재한다. 그 소리들은 대만, 대륙의 각 지역, 몽골, 만주의 피식민지, 피점령지인들과 공명하기도 했다. 근대성과 식민주의로 간단히 설명할 수 없는 이 모든 신체적인 반응과 소리들은 조선의 역사와 문화 속에서 '타민족'과 접촉했던 감각을 품은 채 '부재'하는 힘들로 숨죽이고 있다.

이 책에는 근대계몽기 및 식민지기 조선에 초점을 맞춘 탓에 최근 일 년간 새롭게 진행한 연구를 넣을 수는 없었다. 그러나 앞으로는 제국 일본과 조선의 관계가 아니라, 피식민자들 간의 관계, 그리고 피식민자들 안에서 다시금 버려지고 침묵하는 '복수의 부재성과 그것들의 공감'에 대해 관심을 기울이려고 한다. 이를 통해서 '조선'의 위치를 상대화시키고 조선 안에서 다양하게 존재했던 부재의 형태들을 '존재'의 형식이 아니라 '행위'의 형식으로써 표현할 방법을 모색 중이다. "부재하는 참여" 및 "피식민자들 사이의 공감"은 근대계몽기 및 식민지기 조선의 신체적 담론공간에서 명확히 드러나지만, 비단 조선만의 특성은 아닌 것이다. 오히려 이 형태들은 각각의 민족과 지역에서의 특수성을 적극 반영하면서, 이를 통해서 복수의 보편성을 획득해 간다.

부/재의 시대

책 제목을 "부/재의 시대"라고 지었던 것은 근대계몽기 및 식민지기 조선에서 타자성과 수동성이 오히려 능동적이고 긍정적으로 작동할 수 있었던 계기를 부각시키고 싶었기 때문이다. '부재'라는 말을 통해서 표현하고 싶었던 것은 이처럼 여태까지 결여, 왜곡, 굴절로서 표현되어 왔던 시공간이 지닌 잠재성이었다. 가시화되지 않은 채 직접 부딪치는 순간에만 반짝하고 모습을 드러내는 힘들 말이다.

"―시대"라는 식의 제목은 역사학의 대가 에릭 홉스봄의 책제목을 모방한 것이다. 이런 제목은 한 시대를 규정하는 동시에 그 시대를 하나의 개념을 통해 부각시킨다. 따라서 시대구분이 지닌 폭력성 및 그 시대가 지닌 다른 측면들을 보이지 않게 할 위험성도 있다. 그렇지만 어떤 시대에서 보이지 않았던 지점을 부각시키고 논쟁적인 효과를 불러일으키기에 적절하기도 하다. 에릭 홉스봄의 책에서는 그 개인이 지닌 대가적인 풍모 외에도, 제국의 풍모라고 밖에 표현할 수 없는 무엇인가가 있다. 이는 영국에 근거지를 두고 연구하면서 때문에 획득할 수 있었던 폭넓은 시야와 통찰들일 것이다. 그랬기 때문에 그는 "―시대"라는 식의 제목으로 자신이 연구한 것을 '세계역사'로서 제시할 수 있었다고 생각한다.

반면 나는 세계사에서도 동양사에서도 중심이라고는 하기 어려운 한국(남조선)에서 태어났다. 그리고 한편으로는 저항적 민족주의가 강해서 국제적 프롤레타리아 연대와 갈등하고, 다른 한편으로는 빨갱이에 대한 잠재적인 공포와 애증이 아메리카에 대한 숭배로 나타나, 그

각각이 복잡하게 공존하는 분위기 속에서 자랐다. 최근 삼년 간 일본에 살면서 느꼈던 것은 내가 중심이라고 생각했던 것이 주변일 수 있으며 그것도 꽤나 긴 역사를 통해 그러하다는 것이었다.

그러나 그 깨달음은 내게 실망감을 느끼게 하기 보다는 조선의 역사와 문학을 더 사랑하게 만들어 주었다. 자기중심에 있는 '부재'를 감추기 위해서 '중심'을 열심히 추구했으나 실패했던 '주변'의 시선을 통해서, 세계사나 서구사나 일본사가 포착할 수 없는 부분을 제시해 줄 수 있을 것 같았다. 우주 전체에 광대하게 흩어져 있는 힘들, 그 '부 / 재하는 존재'들과 공감하고 연결되어 감으로써. '부재'의 상태는 결여가 아니라, 현존 사회에서 스스로 부재할 수밖에 없기 때문에 스스로가 존재할 수 있는 시공간을 상상하게 되는 상태, 따라서 생성적인 에너지로 가득 찬 상태라고 느끼게 되었던 것이다. 존재하는 것은 '부재'를 만들어내지만, 바로 그 부재를 통해서 또 하나의 세계가 형성된다. '부재의 시대'라는 제목은 이러한 의미에서 에릭 홉스봄의 통찰력과 스케일을 문학적이고 주변적인 '부재의 시선'으로 굴절시켜 본받고 싶다는 바람의 표현이기도 하다.

근대계몽기 및 식민지기 조선에서 '부재'는 존재의 한 형태였다. 없으면서도(不) 있는 것(在)이었고 있으면서도(在) 없는 것(不)이었다. 또한 참여하면서도 부재(不在)했으며 부재하면서도 참여하려 했다. 즉 '不'이면서 '在', 不와 在 사이의 끊임없는 흔들림, 不 / 在였다.

그리고 바로 이 존재와 부재, 가시적인 것과 비가시적인 것, 씌어진 것과 씌어지지 않은 것 사이의 운동성이 존재와 부재라는 틀로부터 벗어나 훨씬 더 멀리까지 나아가게 할 수 있는 계기들을 담고 있었다고 생각한다. 유토피아적 상상력이 늘 디스토피아적 상상력과의 관계 속에서 움직이면서 이질적인 또 하나의 우주를 만들어내 왔듯이. 따라서 본문에 씌어진 '부재'라는 말은, 실은 '부 / 재'라는 의미를 담고 있다.

가독성을 높이기 위해 본문에서는 '부 / 재' 대신 '부재'라고 표현했지만 많은 경우 '부 / 재'라고 읽어야 한다. 어느 부분에서 '부 / 재'로 읽어야 하고, 어느 부분에서 '부재'라고 읽어야 하며, 또 어느 부분에서 이 둘 모두를 벗어난 이름 붙일 수 없는 그 무엇으로 불러야 하는가를 생각하면서 읽어 주면 기쁘겠다. 이 제목의 상상적 변형은 독자들의 몫으로 남겨두고 싶다.

이러한 점에서 근대계몽기 및 식민지기 조선의 신체적 담론공간에서 나타나는 '不 / 在'의 경험은 새로운 형태의 존재양식이 발생할 수 있는 계기들을 담고 있다. 폭력과 억압의 상황 속에서도(혹은 폭력과 억압을 진보의 길로 착각할 때라도), 외부에서 온 가치척도를 그것이 부재하는 내부를 통해 굴절시켜, 스스로의 타자성을 통해서 또 다른 타자를 향해 열려진 길을 내는 것. 수동적이고 주변적인 타자들의 행동방식으로 오해받는 이 "부재하는 참여"라는 형태는, 사실 주체성이라는 말로 인류가 절실히 추구해 왔던 것이며, "부재의 시대"가 지닌 잠재성이 아닐까.

한국의 연구와 일본의 연구 사이에서

이 책은 2010년 연세대 국어국문학과에서 박사논문으로 제출한 것을 읽기 쉽게 수정하고 발전시킨 것이다. 조금이라도 가독성을 높이려고 소제목을 붙이고 문장을 쉽게 다듬으려고 노력했지만 박사논문의 딱딱함이 남아있을까 걱정스럽다. 반면 일본어 번역을 제외한, 옛 한글, 국한문, 한문 등이 섞인 인용문은 철자법은 물론 띄어쓰기까지 원문 그대로 표기하려고 노력했다. 가독성은 떨어질 것이 분명했지만, 이 책이 현장의 말을 매체 속의 글자로 옮길 때 문체 및 텍스트에 어떠한 변화가 일어났는가 하는 문제도 다루고 있기 때문에 문면(文面) 그

대로를 보여줄 필요가 있다고 생각했다. 또한 신체적 담론공간의 기록
물들, 즉 광범위한 "대화적 텍스트"들은 글자 그대로의 의미 보다는 그
것이 진행되는 시공간의 분위기 전체를 느끼는 것이, 글자 그대로의
의미를 전달하는 것 보다 중요하다고 판단했기 때문이다. 다소 가독성
이 떨어지는 부분이 있더라도 그 느린 읽기가 당대가 지닌 감각을 전
달해 주기를 바랄 뿐이다.

더불어 박사논문을 쓰면서 줄곧 고민했던 몇 가지 용어들을 고쳤다.
우연히도 나는 박사논문을 본격적으로 정리할 때 일본에 있을 수 있는
기회를 얻었다. 그리고 몇 가지 문턱들을 경험했다. 어떤 사회나 문턱
이 있다. 연구하는 분야에서는 그 문턱이 주로 사용하는 용어들의 차이
로 나타난다. 일본에 살면서 한국에서 배운 용어들로 박사논문을 쓰면
서, 그 용어들이 일본에서 매우 다른 울림을 가질 수 있다는 것을 느낄
수 있었다. 그것은 매우 값진 경험이었다. 당연하고 익숙했던 용어들
이 생경하게 들리거나, 그 용어로서는 도저히 표현하지 못하는 소리가
있다는 것을 알게 되었다. 덕분에 용어가 사용되는 맥락에 대해 민감해
질 수 있었다. 그래서 이 책에서는 한국의 연구 풍토에서는 다소 어색
하게 들릴 수 있는 용어 몇 가지를 의도적으로 사용해 보기로 했다.

첫째로 이 글에서는 "한국 근대문학"이라는 용어 대신에 "근대계몽
기 및 식민지기의 조선문학"이라는 용어를 기본적인 주어로 사용했다.
'한국' 대신에 '조선'이라는 용어를 사용했던 이유는 '한국'이라는 용어
가 역사적 시간이나 공간을 단절시켜 버릴 수 있다는 것을 깨달았기
때문이다. '한국'이라는 용어는 한국 사람들의 정서 속에서 해방 이후
남한만의 단독정부를 가리키며, 한류 열풍 이후 일본에서도 그러하다.
내가 이 글에서 다루는 시기는 남북이 나뉘어 있지 않았을 때이다. 따
라서 '한국'이라는 말로 매끄럽게 연결될 리가 없다. '한국'이라는 용어
를 쓰면 근대계몽기 이후부터 해방기에 이르는 시기가 서로 단절되어

버리는 느낌을 피할 수가 없다. 또한 현재의 역사와 문화를 식민지기와의 연속성 속에서 본다는 의미도 다소 희석되어 버린다.

그러나 나는 '한국' 대신에 '조선'이라는 말을 사용해서 한반도라는 시공간적 경계와 역사적 정통성을 이어받으려고 하는 것은 아니다. 오히려 그 반대다. 현재 '한국'이라는 용어는 한반도 이남이라는 시공간과 완전히 밀착되어 있어서, 근대계몽기부터 식민지기를 거쳐 해방 이후까지 강제 / 반강제적으로 이동하면서 흩어졌던 '유민(流民)'들의 역사와 문화를 표현하지 못한다. '재일조선인'이나 '조선족' 등의 용어에서도 드러나듯이 유민들에게는 '한국'보다 '조선'이 더 친숙하다. 특히 신체적 담론공간은 사람들의 이동과 만남에 따라 큰 변화를 겪어 왔다. 따라서 이동에 따른 신체적 담론공간의 변화양상을 포착하면서 광범위한 유민의 역사를 시야에 넣고 사고하기 위해서는 '한국' 보다는 '조선'이라는 말이 적절하리라고 생각했다.

'한국'이라는 말에 익숙한 분들에게는 다소 이물감이 느껴질 수도 있을 것이다. 그러나 그러한 이물감을 통해서 식민지기와의 연속성, 분단 상황, 어느 국가에도 속하지 못한 채 흘러 다니는 유민들의 존재 등, '한국'이라는 용어에서는 '부재'로 남아 버리는 것들을 떠올릴 수 있다면 좋겠다. 동아시아 학자들의 교류는 대개 한국, 중국, 일본처럼 국민국가 별로 분류되어 구성되어 왔다. 이러한 생경한 단어가 주는 이물감이 '국민국가 vs 국민국가'라는 틀로 형성된 만남의 장이 보지 못하는 '부재'의 시공간을 느끼게 하고, 그러한 감각을 통해서 국민국가들 사이에 존재하는 어긋남과 비가시적인 부분을 통한 만남이 구성될 길을 열어준다면 참 좋겠다.

또한 '근대'라는 용어 대신에 '근대계몽기'와 '식민지기'라는 말을 동시에 병기했다. 내가 일본에 왔을 때 일본에서는 식민지 근대화론에 대한 비판 뿐 아니라 식민지 근대성론에 대한 비판도 이루어지고 있었다. 이런 경향이 일본 학계 전체를 대변하는 것은 아니지만, 한국에서 사용하는 '식민지 근대성론'과 일본에서 이해되는 '식민지 근대성론'의 의미가 다르다는 점에 나는 적잖이 당황했다. 그러나 '식민화'를 비판하는 것은 곧 '근대화'에 대한 비판이었고, '근대화'에 대한 비판이 곧 '식민화'에 대한 비판이었다는 점에서, '식민성'에 대한 자각은 곧 '근대성'에 대한 자각이었다. 이처럼 나에게는 그 두 논의가 다른 용어로 같은 욕망을 추구하고 있는 것처럼 느껴졌다.

조선과 일본을 왔다 갔다 하면서 논문을 썼기 때문에, 글을 쓰려고 하면 용어 선택을 어떻게 해야 할지 몰라 전전긍긍하기 일쑤였다. 그래서 나는 이 괴리가 왜 일어나는 것일까 고민하게 되었다. 담론의 배치에 따라서 용어의 작동방식이 달라지는 것이라면, 일본의 학계와 조선의 학계는 어떤 지점에서 같고 또 다른 것일까? 처음에 이 문제에 봉착했을 당시에는 이 문제가 '식민주의 비판이 더 중요한가' 아니면 '국민국가 비판이 더 중요한가'의 차이라고 느꼈다. 일본에서는 식민주의의 맥락이 우파적인 연구자들에 의해 왜곡되고 감춰지는 경우가 많으니까 그것을 드러내기 위해서 '식민주의'를 강조한다면, 한국에서는 '국민국가 비판'이 더 중요하기 때문에 근대성에 대한 비판이 더 강조되는 것이 아닐까, 이렇게 단순히 논리화해서 이해했던 것이다. 지금은 재일 조선인들이 한편으로는 일본의 우파와 싸워오면서, 동시에 일본의 학계나 한국의 학계와 거리를 두면서, 자신들의 특수성을 표현하기 위해서 애써온 흔적들이 '논쟁'이라는 형태로 드러난 것이리라 어렴풋이 느끼고 있다. '역사적 마음'이 표현의 길을 얻지 못하고 유폐된 영역이 이 논쟁 깊숙이 자리하고 있어서 쉽사리 발언의 장소를 찾을 수가 없다.

일본에서는 이 지점에 대해서는 최근 여러 가지 연구가 이루어지고 있지만, 앞으로도 섬세한 고찰과 공동연구가 필요하리라 생각한다. 또한 이와 연관된 맥락에서 일부러 '한국 근대'라는 용어 대신에 '식민지 조선'이라는 용어를 사용해야하는 경우가 있었다. 그 이유는 일본의 학계에서 식민지 침략의 역사가 쉽사리 망각되거나 왜곡되기 때문이다. 조선문학에 대한 소양이 있다고 이야기되는 대학의 1학년 교실에서 한일합방에 대해서 알고 있는 학생을 조사해 보면 40명 중 10명도 되지 않는 형편이다. 이런 담론적 배치에서라면 자칫 내가 사용하는 용어 때문에 내가 말하고자 하는 의미가 완전히 달라질 수도 있었다. 일본에서 한국과 마찬가지의 논조로 국민국가 비판을 하는 것은 현재 '한국'의 국민국가 비판은 될지언정, 식민지가 가져온 폭력성을 보이지 않게 하고 우파—그 형태는 실로 다양하지만—에게 이용당할 위험성이 있었다. 그래서 일본에서 한국의 근대문학에 대해서 말해야 할 때면 일부러 '식민지 조선'이라는 용어를 선택했다.

그러나 이 용어를 쓸 때에도 문제가 있었다. 조선의 식민지성이 근대성과 착종되고 얽혀 있다는 것을 드러낼 방법이 없었다. 즉 모든 것은 식민지성이라고 말하면 간단하지만, 실제로 자료 속으로 들어가 보면 식민주의로만 설명되지 않는 근대에 대한 강렬한 매혹과 욕망들이 있다. 그러한 욕망들은 현재 한국에서 국민국가와 근대성에 대한 비판을 하기 위해서 부각시켜야 할 중요한 문제들이며, 또한 이것들 식민성과 긴밀히 연결되어 있다. 이러한 국민국가 비판이나 근대성 비판에 대한 절박함을 '식민지성'라는 용어로는 표현할 방법이 없었다. 더구나 식민지성은 시기별로 차이가 있고, 현재 일본에서 강화되고 있는 우경화 경향을 식민지화와 바로 연결시킬 수 있는가도 많은 고찰을 필요로 한다. 따라서 역사적 연속성을 강조한 결과 역사적 단절이나 변화가 드러나지 못할 수도 있었다.

무엇보다 내게 어려운 문제로 다가왔던 것은 '식민주의'의 책임이 일본제국에게 있다고 강조하는 담론들이 그 정당성과 선의에도 불구하고 피식민자들을 늘 피해를 입은 수동적인 위치에 두는 효과를 발휘하기 쉽다는 점에 있었다. 이 용어를 사용할 때마다 늘 이런 질문이 맴돌았다. 과연 피해자들은 어떻게 그 피해자로서의 수동성과 피해자성에서 벗어나는 길을 마련할 수 있을까? 또한 역사적 시기 구분에서 보자면, 쉽게 해결할 수 없는 문제가 또 한 가지 나타난다. 이 글이 다루는 시기는 1910년 합일합방 이전, 즉 국권을 잃고 식민지가 되기 이전부터이다. 따라서 식민지기라는 말로는 내가 관심을 갖고 있는 시기 전체를 커버할 수 없었다. 그렇지만 식민지성은 한일합방 이전부터 존재했다고도 할 수 있었기 때문에 어떤 시대적 용어로 내가 다루고 있는 시기 전체를 포괄해야 할지 매우 어려웠다. 어쩔 수 없이 현재로서는 여러 가지 갈등이 있다는 것을 보여줄 수 있는 용어를 임시방편으로 취할 수밖에 없었다. 즉 '식민지기'라는 말에 근대에 대한 계몽적 열정으로 가득했던 시기를 '근대계몽기'라고 지칭하여, '근대계몽기 및 식민지기 조선'이라고 사용해 보았다.

그러나 고민은 여전히 많다. 어떤 담론공간의 배치를 잘 고려해서 내가 전달하려는 것을 전달하면 그것으로 '용어'가 지닌 역할은 끝나는 것일까? 또한 담론공간의 배치란 변화무쌍한 것인데 과연 내가 의도한 것이 오해 없이 전달될 수 있을까? 용어를 둘러싼 한국 학계와 일본 학계, 재일조선인을 비롯한 일본과 한국 내부의 유민들, 그리고 그 안의 수많은 어긋남과 모순과 미묘한 감정적인 움직임들을 담아낼 수 있는 용어란 없을까? 더 나아가 용어 혹은 개념이란, 그것이 작동하는 배치 속에 들어가서 기존의 사유를 혁신하고 새로운 사유를 불러일으키고, 전혀 달라 보이는 것들 사이에 새로운 길들을 내야 하는 것이 아닐까? "한국 근대문학" 대신에 "근대계몽기 및 식민지기 조선의 신체적 담론공간"이라고 하는 것은 과연 어떤 작용을 할 수 있을까?

여전히 내가 사용하는 이 글의 주어에서도 식민지성과 근대성이라

는 말, 콜로니얼리즘과 모더니티라는 말은 동일한 현상을 대상으로 동
일한 욕망을 갖고서도, 서로 칼날을 세우고 대립하고 있는 형국이다.
그런 점에서 이 글의 '주어'는 결코 하나의 시공간으로 모아질 수도 하
나의 주체로 통합될 수 없는 싸움을 계속하는 '부재'의 시공간이다.

　일본에서 만난 고마운 인연들 덕분에 이 글을 일본어로 출판할 기회
도 얻어 그 준비를 하고 있다. 이 작업은 담론공간이 지닌 각 지역별 차
이로 인해 많은 떨림과 긴장을 동반한다. 당장은 어렵겠지만, 언젠가
식민주의와 근대성, 이 두 용어가 서로 얽혀 들며 만들어내는 그러나
식민성에도 근대성에도 결코 포섭되지 않는 깊고 다채로운 울림에 대
해서 글을 쓰고, 두 용어 사이에 여러 개의 길을 만들어 보고 싶다.

감사의 말

　박사논문을 쓸 때 따뜻한 격려와 날카로운 지적으로 이끌어주신 연
세대의 이경훈 선생님, 김영민 선생님, 김철 선생님 신형기 선생님, 권
보드래 선생님, 김현주 선생님께 존경과 감사의 말씀을 드리고 싶다.
미숙하기만 한 논문을 책으로 낼 수 있는 기회를 주신 김영민 선생님께
는 늘 변함없이 노력하는 자세로 조금이라도 보답하고 싶다. 무엇보다
논문을 훌륭한 책으로 만들어주신 소명출판 박성모 사장님과 김다영
선생님, 성영란 선생님께 마음 깊이 감사드린다. 일본에서 생활과 공부
를 지켜봐주시는 요네타니 선생님, 와타나베 선생님, 우카이 선생님,
이연숙 선생님, 이와사키 선생님, 토바 선생님, 이정화 선생님, 하타노
선생님, 나리타 선생님께도 감사의 말씀을 전하고 싶다. 공부의 걸음마
부터 배워온 '수유+너머'의 선생님들과 친구들은 여전히 나에게 가장
엄격하면서도 풍부한 지침이 되어 준다. 지면상 전부 열거할 수는 없지

만 늘 우정과 신뢰로 지켜봐주는 연세대학원의 선배들과 동료들에게
도 깊은 감사의 말을 전하고 싶다.

충만한 위로와 영감을 동시에 주는 케이, 연미, 우자, 디온, 이쁜이.
오랫동안 함께 했으면 좋겠다. '태평양을 헤엄치는 마을' 연구회에서
밤새 토론하곤 하는 일본에서 만난 진지한 공부 친구들 니나, 와다, 요
시다, 카타오카, 니시, 오노, 오다, 야마구치, 야마우치, 하시모토, 마츠
다, 오카다, 그리고 코즈에. 그들 덕분에 나는 일본사회의 깊이를 봤고
그곳에서 태평양에 흩어져 있는 작은 마을들을 만났다. 특히 일본어―
한국어 파트너인 와다의 언어적 감수성과 배려에 대해서 깊은 감사를
표하고 싶다. 일본 운동 사상사의 명암을 현재의 운동과 연결시켜 주
는 '후네모토 연구회'의 친구들, 그 중에서도 특히 나카타, 쿠리하라, 요
코, 아베 씨는 긍정적이고 밝고 명쾌한 사고의 힘을 몸소 보여주곤 했
다. 일본의 거리에서 만난 수많은 활동가들과 점거 텐트들, 그것들이
글을 쓸 때면 언제나 등장해서 나에게 무한한 정치적 상상력을 일깨워
주었다. 텐트 연극 집단인 '독화성(獨火星)'과 '야전의 달(野戰之月)'의 이
케우치 씨, 사쿠라이 씨, 모리 씨, 바라치즈코 씨를 비롯한 멤버들로부
터는 동아시아의 작은 마을들을 말과 몸의 복잡한 상호관계 속에서 연
결시키는 방법을 배우고 있다. 일본에서 한국문학을 함께 공부하며 힘
이 되어주는, 다카하시, 아이카와, 진석 선배, 은미언니, 충희, 설영, 형
덕, 미국의 한국학에 대해 흥미로운 이야기를 들려주고 필요할 때면
언제든 영어 선생님이 되어주는 든든한 미령과 제니, 그리고 '인문평
론' 연구회의 선생님과 친구들에게 감사드린다. 나의 아버지, 나의 어
머니, 그리고 나의 언니는 늘 나의 가족이자 친구이자 스승이었다.

나와 대화해 주는 수많은 당신들에게 머리 숙여 마음깊이 고마움을
전한다.

● **차례** ●

제1장
부/재의 시대

1. 연구대상 및 연구사 검토

1) 연구대상 및 목적

'부/재의 시대'가 조선문학에 던지는 질문

조선에서 이루어지는 문학 연구의 대상은 무엇인가? 이 질문은 아마도 끝없이 반복되어야 할 것이다. 각 시대 상황에 따라 민족과 언어의 경계를 나누는 기준이 달라지며 '조선'이란 범위도 달라진다. 특히 '근대계몽기'와 '식민지기'의 역사적 과정을 통해 그 성격을 질문해 보면, 그 경계선이 수없이 요동해 왔음을 확인하게 된다. '문학'이라는 대상 또한 근대 이후에 형성된 가치기준인 만큼 무엇이 문학인가를 정하는 기준에 따라 달라져 왔다. 따라서 '조선' 혹은 '문학'이 무엇인가 하는 근본적인 물음과 만날 때, 우리가 깨닫는 것은 존재론적으로도 역사적으로도 그 실체가 '부재'한다는 것이다.

근대계몽기에 조선은 국가와 민족이라는 개념을 인식하자마자, 그 것이 '부재'한다는 것을 직시하게 되었을 뿐 아니라, 아직 존재하지도 않았던 국가를 잃을 위기에 처한다. 이미 '부재'하며 곧 완전히 '부재'하게 될 국가 대신에 조선의 식민지화된 근대를 꽉 채운 것은 '민족'과 '계몽'에 대한 열정이었다. 담론공간을 만들어가는 주체는 늘 국가나 문명이 부재하는 상황 속에 있었고, 따라서 담론공간을 통해서 국가와 문명을 만들어 가야 한다는 목적의식과 분리되기 어려웠다. 따라서 근대 초기의 연설하는 계몽지식인이나 1920년대의 청년, 1930년대의 명사와 스타들은 계몽과 민족의 이름으로 호출되었다. 이 너무도 당연한 호출의 상상력을 근저에서 조율하고 있었던 것은 부재의식이었다. 조선의 민족주의가 그것이 지닌 폐쇄성에도 불구하고 어떤 정당성을 얻었던 것은 이 부재의식과 그러한 부재상태를 야기한 식민지배를 벗어나고자 하는 저항의식 때문이었다. 한편 1930년대 후반에서 1940년대에 걸친 기간에, 담론공간이 제국 일본에 의해서 장악되어감에 따라서, 담론공간에 참여하는 것은 '조선인으로서의 부재'를 기정사실화하고 '제국 일본의 신민'으로 동원되는 것을 의미했다. 이 시기부터 '부재의식'은 물밑에 있는 것이 아니라 전면에 드러나기 시작한다. 따라서 담론공간에 참여함으로써 스스로의 민족성을 버리는 것에서 벗어나기 위해서, '참여하고 있지만 부재하고 있는 형태'의 행위가 모색되기도 했다. 조선의 식민지 근대 속에서 '부재'는 존재하지 않음이 아니라 보이지 않는 존재 형태 중 하나였다.

그런 점에서 조선의 근대계몽기부터 식민지기에 걸친 시기는 '부재의 시대'였고, 조선의 문학은 이 시대를 표현하는 '부재하는 것들의 소리'였다. 그러나 조선의 근대문학이 이 거대하고 지속적인 '부재'를 숨기는 것이 아니라 그것과 대면했을 때, '조선', '근대', '문학'이라는 기존의 가치범주 자체를 넘어서고 재구축함으로써, 국가, 근대성, 정전이라는 기준으로부터 배제되었던 영역을 드러내는 힘을 지닐 수도 있었다. '부재의 시대' 그것은 근대성과 식민주의, 자본주의 속에서는 가시화되지 않는 목소리들과 절대로 분리될 수 없는 질긴 실로 연결시켜 놓는 힘이었다. 그것은 또 다른 형태의 삶과, 또 다른 타자로 향할 수 있는 잠재성으로서 우리 문학 속 신체적 담론공간에 자리하고 있다.

본 연구는 조선의 근대계몽기 및 식민지기의 "신체적 담론공간―연설회(강연회, 이동연극)·토론회(좌담회, 대회)"의 형성·변화를 살피기 위한 것이다. 다소 특이해 보일 수 있는 영역을 연구 대상으로 삼은 이유는, 기존의 척도에서는 보이지 않고 말할 수 없었던 것들이 드러나고 말할 수 있는 영역을 만들고 싶었기 때문이다. '부재'의 형태로 생성과 사건의 조건이 되었던 것들 말이다. 비록 그것이 기존의 존재방식이나 말하는 방식과 다르고 다소 이상한 형태일지라도 일단 그러한 영역을 만들어 이름을 붙이면, 그 영역이 스스로 '문학적인 것', 혹은 '식민지 근대' 혹은 '동아시아의 근대' 등과 같은, '주체성'에 대한 요구라는 외관 속에 깊숙이 감추어 놓은, 복잡하게 요동하는 '부재의 성격'을 드러내기 시작할 것이라고 생각했다.

따라서 이 "신체적 담론공간"이란 완결되거나 명확히 드러날 수 있는 국가적이거나 제국적인 공적 장소는 아니다. 오히려 유동하고 모순된 힘들이 길항하면서 불완전한 싸움들이 끊임없이 일어나는 영역이다. 특히 식민지 근대라는 상황 속에서 늘 포섭과 지배의 대상이 되거나 폭력적인 힘이 관철되는 영역인 동시에, 그것으로부터 벗어나기 위한 기묘한 투쟁들이 이루어진 영역이기도 하다. 즉, 부재하는 "공공성"에 대한 끊임없는 시비를 통해 "공공성"을 다시 구축해야만 하는 공간이며, 이성적인 인식 이전에 신체적인 충격으로 다가오는 영역이기도 하다. 따라서 이 영역은 결코 이상적이거나 도덕적이지 않으며 무엇보다 실체가 아니다. 단지 그 속에서 침묵한 채 울려 퍼졌던 비존재, 비개인의 '부재'하는 웅성거림이 이 영역을 통해 드러나고, 더 나아가 이 영역에 대한 명명법을 배반하면서 확산되길 바란다.

사건적 시공간으로서의 신체적 담론공간

이 책에서는 '신체적 담론공간'을 국가적·제국적인 '공론장'과 구별되는 공공성의 장으로 파악하고, 식민지 근대화 과정 속에서 계몽／반계몽, 억압／저항, 통제／균열이 끊임없이 길항하고 있었음을 보여주려고 한다. 연구 대상은 근대계몽기의 연설·토론회의 발생, 1910년대에서 1920년대에 걸친 강연회로의 변화, 1930년대 좌담회로의 변화, 1940년대 초『국민문학』좌담회, 조선좌담회의 문화번역,『대동아문학자 대회』와 같은 다민족 대회, 산간벽지의 담론공간(애국부인회, 학교, 이동연극)이다. 근대적 공공장이자 국가 시스템으로서 근대 초기에 유입된 연설·토론회를 "신체적 담론공간"의 초기적 형태로 개괄하고, 1920년대에 강연회의 형태를 거쳐 1930년대에는 출판자본주의와 긴밀한 관계를 맺는 좌담회로 부상하는 과정을 밝힌다. 이어 1930년대에 편집되고 기획된 담론형태였던 좌담회가 중일전쟁 이후 식민지화의 도구가 되는 양상을 분석한다. 마지막으로 1940년대 신체제 선언 이후, 모드화된 좌담회, 국경을 넘는 좌담회의 문화번역, 산간벽지의 담론공간을 통해 식민권력이 전국화·전체화하는 양상을 분석한다.

또한 이 책은 "신체적 담론공간"이 조선에서 어떠한 모드(mode)로 형성되고 변화하는가를 보여주려고 한다. 그러나 이 모드들이 진화론적으로 진보다는 입장을 취하고 있는 것은 아니다. 물론 연설회(강연회, 이동연극)·토론회(좌담회, 대회)들은 시대적 맥락에 따라 그 양상이 변화한다. 그러나 다른 한편으로 근대 초기의 연설·토론의 형태는 식민지 말기의 좌담회·대회 속에서 재등장하고 공존한다. 따라서 "신체적 담론공간”이 지닌 양식적 연속성을 전제로 한 뒤, 시대적 맥락(주권권력, 자본주의, 전쟁), 매체의 변화(구술매체, 활판인쇄매체, 전파매체 등), 대중의 변모에 따라 담론공간이 형성·변화하는 특정 계기들과 양상을 서술했다.

한편, 연설회(강연회, 이동연극)·토론회(좌담회, 대회)는 화자 / 청자, 계몽주체 / 계몽대상, 제국 / 식민지가 직접 부딪치는 담론공간이었다. 이러한 “만남의 직접성”은 다양한 갈등, 예기치 못한 반응 등 여러 가지 사건들을 낳으면서 청자 / 화자 양쪽을 모두 변화시킨다. 이와 같은 담론공간에서 형성되는 신체성을 생체정치(bio-politics)의 입장에서 비판적으로 밝히는 동시에, 훈육되면서도 끊임없이 관리와 통제로부터 벗어나는 신체성을 모색한다. 특히 연설·토론회에서 발생했던 의도할 수도 예측할 수도 없었던 사건, 좌담회와 대회에서 발생하는 갈등과 균열, 참여방식을 둘러싼 논란은 새로운 매체가 도입되거나 담론공간에 대한 통제가 강해질 때 더 뚜렷이 나타난다. 의도하지는 않았으나 예기치 않게 발생한 “제도화되고 중심적 담론공간”으로 수렴되지 않는 이러한 양상들을 통해 “담론공간의 복수성”을 제시하려고 한다. 이를 통해서 모드화된 “국가적이고 제국적인 담론공간”에 그것과는 다른 형태의 “신체적 담론공간”이 공존하고 있었음을 이야기해 보려는 것이다.

이때 ‘외부’라고 함은 실질적으로 국가의 밖, 제국의 밖이 존재한다는 의미가 아니라, 예기치 못한 사건과 분열적 계기, 비제도적 담론공간을 통해 나타나는 잠재성을 의미한다. 또한 외부로부터의 자극을 통해 인식된 우리 내부의 ‘부재’가 타자를 향한 인식의 길로 열릴 수 있었을 계기들을 포착하려고 한다. 이러한 담론공간의 ‘잠재적인 사건성’과 ‘복수적인 신체성’을 통해 새로운 신체적 담론공간의 가능성, 혹은 국가나 단일한 권력으로 포섭되지 않는 ‘공통적인 것들(commons)’을 모색해 보려고 한다.

결론적으로 이 연구는 근대계몽기와 식민지기에 걸쳐 조선에서 발생·변화했던 '공공성'의 성격을 매체변화, 담론공간의 모드변환, 신체성(혹은 대중의 출현)이라는 세 가지 항의 유기적 영향관계를 통해 밝히려는 것이다. 공공성 혹은 대중의 출현은 매체의 변화, 그 매체를 익히고 전유하는 담론공간의 형성과 밀접한 관련을 맺고 있기 때문이다. 따라서 이 책은 신체적 담론공간의 형성·변화와 그에 따른 대중의 출현에 방점을 두고 있지만, 가능한 한 매체변화 및 그것을 둘러싼 권력배치를 드러내려고 했다.

연설·토론·강연·좌담·대회라는 새로운 연구영역

이 책은 조선문학사에서 연설·토론·강연·좌담·대회와 같은 대화적 텍스트들을 체계적으로 정리하는 첫 시도이다. 근대 초기 조선의 연설·토론회는 서구의 연설(speech) 및 의회구성방식을 본뜬 것이었다. 그러나 이후 진행된 강연·좌담회·대회 등은 제국 일본과 긴밀한 연동관계 속에서 발생·변화한 것으로 서구와는 다른 역사적 특성을 보여준다. 따라서 본 논문은 연설·토론·강연·좌담·대회를 새로운 연구영역으로 제시하는 한편, 이러한 특수한 형태가 일본제국의 담론공간과 긴밀한 관련성을 지니고 있음을 부각시켜, 조선의 근대화 및 식민지화의 경험 속에서 '부재'의 형태로만 가능했었던 담론공간의 특질을 규명해 보려고 한다.

우선 광범위한 연구대상을 다소 거칠게나마 정리해 보면 다음과 같다.
① 근대 초기 『독립신문』의 연설·토론회 기사, 특히 '만민공동회(萬民共同會)'를 통해 연설·토론회가 대중적으로 확산되는 과정을 제시한다.
② 이광수의 초기 소설(「龍洞」, 『학지광』 8호, 1916.3.5; 「農村啓發」, 『매일신보』, 1916.11.26~1917.2.18; 「무정」, 『매일신보』, 1917.1.1~6.14)에 나타난

‘청년’의 형상과 연설·토론회에 나타난 신체성의 관련 양상을 보여준다.

③ 1920년대 『개벽』(1920.6~1926.8 폐간 / 1934.11 속간~1935.3), 『학지광』(1914.4.2~1930.4)을 중심으로 연설·토론회가 지녔던 논쟁적 정치의 성격과 연설하는 대중의 출현, 연설회가 강연회로 변화하면서 점차 ‘광장’에서 ‘폐쇄된 공간’으로 갇혀가는 과정 및 전파매체의 발달과 강연회의 쇠퇴 등을 분석한다.

④ 좌담회로 변화하기 전의 담론적 형태로 『조선문단』의 합평회 및 『조선지광』의 비평형식을 분석하고, 『별건곤』(1926.11~1934.7), 『삼천리』(1929.6~1942.11 / 1942.5에 『대동아』로 개명)로 구현된 출판자본주의 속에서 1930년대 초중반에 걸쳐 ‘기획·편집된’ 좌담회가 유입되는 과정을 밝힌다. 또한 중일전쟁 이후 확산된 시국적 좌담회를 『삼천리』 및 『조광』(1935.11.1~1944.12.1 폐간 / 1946.3.1 속간~1948.12.1 폐간)에 나타난 좌담회의 형식적 내용적 특성의 변화를 통해 개괄한다.

⑤ 1940년대 신체제 선언 이후 일원적 통제 시스템 속에서 나타난 담론공간의 변화 양상을, 모드화된 『국민문학』(1941.11~1945.5) 좌담회, 조선의 잡지에 실린 좌담회가 일본의 잡지에 재수록 될 때 발생하는 변개양상, 『대동아문학자대회』, 이동연극을 비롯한 산간벽지의 동원형태를 통해 제시한다. 또한 신체제 질서 아래의 일원화된 통제시스템에서 벗어나는 전복적이고 분열적인 신체성을 모색한다.

⑥ 해방 후 담론공간의 양상을 근대계몽기나 식민지기와의 연속성과 단절 속에서 예시적으로 제시하고, 음성언어와 문자언어의 관계·소문·유언비어·불만에 대한 연구, 다민족이 참여한 좌담회와 대회 속 피식민지들 사이의 관계성 고찰 등 차후 확장시킬

수 있는 논의주제를 정리한다.

위와 같은 연구대상을 통해 밝히려는 것은 다음과 같다. 첫째, 근대계몽기로부터 식민지기 조선에 걸친 시기에 신체적 담론공간이 역사적으로 발생·변화하는 양상 및 그 담론 공간을 변화시켰던 사건들을 살펴본다. 둘째, 담론공간이 변화함에 따라 나타나는 신체적 감각의 변화들을 대중의 출현, 매체의 변화와 관련지어 설명한다. 셋째, 담론공간의 변화양상을 모더니티와 식민주의의 관련 양상 속에서 살펴봄으로써, 식민지 경험 속에서 구성된 공공영역 및 담론적 형식이 지닌 역사적 특성을 규명한다. 넷째, 민족국가적 질서나 제국적 질서에 포섭되면서도, 그것으로부터 벗어날 수 있었던 계기들을 부각시킨다. 이를 통해 민족적 국가적 제국적인 정치체제 내부에, 그것과는 구별되는 또 하나의 신체적 담론공간이 잠재하고 있었음을 보여준다.

2) 연구사 검토

연설·토론·강연회와 좌담회·대회 연구에 대한 통시적 고찰
연설·토론·강연회나 좌담회·대회 등은 그 담론양식이 지닌 시대적 파급력, 텍스트 자체가 지닌 풍부한 해석적 가능성, 학제 간 연구로의 확산 가능성 등에도 불구하고 중심적인 연구 대상으로 다루어지지 못했다. 이 글은 근대계몽기와 식민지기 조선의 신체적 담론공간 ─ 연설회(강연회, 이동연극)·토론회(좌담회, 대회) ─의 "형성·변화"를 통시적으로 조망하려는 최초의 시도이다. 이러한 작업이 비가시화되고 침묵해왔던 영역에 있었던 다층적이고 분열적인 욕망들을 드러낼 수 있었으면 한다.

연설·토론회에 대한 연구는 근대적 정치체제의 유입이나 근대 문체의 성립을 밝히는 맥락에서 근대 초기에 집중되어 왔다.[1] 연구대상이 되었던 것은 주로 독립협회의 활동과 만민공동회 사건이었다. 그러나 이런 논의들은 독립협회와『독립신문』이 표방하고 있는 담론공간에 대한 전제, 즉 연설이나 토론을 통한 의회주의적 민주주의 체제로의 계몽이라는 전제를 그대로 수용하는 경향이 있다. 개별 연설가에 대한 연구로는 최근 안창호 연설에 나타난 몸 비유, 수사기법 등을 분석한 논문이 나왔으나 이 논문에서는 안창호의 연설 전체 보다는 연설 내용과 이야기 구조에 대한 분석에 그치고 있어 아쉽다.[2] 근대 초기의 연설·토론회가 지녔던 활기가 3·1운동과 1920년대를 거쳐 어떻게 변화되는가에 대해 직접적으로 언급한 연구는 충분치 못하다. 그러나 『개벽』이 폐간된 이후 1920년대 중후반의 인쇄매체들(『조선지광』,『조선문단』,『별건곤』)의 분립을 식민권력의 검열 및 대중적 '취미'의 탄생 속에서 파악하는 연구들은 하나의 실마리를 제공한다.[3] 1910년대『매일

---

1   전영우,『한국 근대토론의 사적연구』, 일지사, 1991; 이황직,『독립협회, 토론공화국을 꿈꾸다』, 프로네시스, 2007; 홍순애,「근대계몽기 연설 미디어 체험과 수용」,『어문연구』135호, 한국어문연구회, 2007; 천정환,『대중지성의 시대』, 푸른역사, 2008; 한편, 연설·토론을 전면에 다루고 있는 것은 아니지만, 연설·토론체에 대한 연구로서는 김영민,『한국 근대소설사』, 솔, 1997; 권보드래,『한국 근대소설의 기원』, 소명출판, 2000; 정선태,『개화기 신문논설의 서사수용양상』, 소명출판, 1999를 참고할 수 있다. 또한 일본과 중국에서도 연설과 토론을 둘러싼 연구들이 진행되고 있다. 천핑위안(陳平原), 최정섭 역,「연설과 근현대 중국문체의 변혁」, 임형택·한기형·류준필·이혜령 편,『흔들리는 언어들』, 성균관대 대동문화연구원, 2008; 兵藤裕己,『'聲'の國民國家·日本』, 日本放送出版協會 : 日本(日本語), 2006; 高野宏庚,「演說をいかに讀み解くか?」,『非文字資料研究』21, 奈良川大學 日本常民文化研究所 非文字資料研究セン : 日本(日本語) 등이 그것이다.
2   윤홍로,「도산 안창호 사상의 기독교와 사회진화론 수용」,『한국 근대 일상생활과 매체』, 단국대 출판부, 2009.
3   한기형,「식민지 검열정책과 사회주의 관련 잡지의 정치역학」,『한국문학연구』, 동국대 한국문학연구, 2006; 이경돈,「1920년대 초 민족의식의 전환과 미디어의 역할-『開闢』과『동명』을 중심으로」,『史林』23호, 수선사학회, 2005; 이경돈,「'趣味'라는 私的傾向과 文化主體 '大衆'」,『대동문화연구』57, 성균관대 대동문화연구원, 2007; 이경돈,「『조선문단』에 대한 재인식」,『상허학보』7, 깊은 샘, 2001.

신보』를 둘러싼 대중적 오락의 확산양상에 대한 연구[4] 및 1920년대 정치적 공간으로서 '사회'의 탄생에 주목한 일련의 연구들[5]은 연설·토론회가 근대 초기에서 1920년대로 어떻게 연결되는가를 보여준다는 점에서 그 중요성이 인정된다. 이와 관련해서 최근 확산되고 있는 청년담론에 대한 논의는, 근대 초기에서 1920년대로 이어지는 연설·토론회의 변화 속에서 어떠한 주체성이 형성되고 있는가를 보여줌으로써 중요한 참조가 된다.[6]

그러나 연설·토론회에 대한 연구는 근대 초기에 집중되고 있으며, 1920년대의 연설·토론회는 앞서 살펴본 것처럼 청년담론이나 3·1운동의 맥락에서 언급될 뿐, 본격적으로 조명되진 못했다. 심지어 1920년대의 연설·토론회는 제2의 유행이라고 부를 정도로 널리 확산되었음에도 충분한 접근이 이루어지지 못하고 있다. 특히 1930년대에 접어들어 연설·토론회가 좌담회로 변화하는 양상에 대한 연구는 찾기 힘들다. 따라서 근대 초기에 넓고 강한 영향을 끼치면서 형성된 연설·토론회임에도 불구하고, 1930년대가 빈 공간으로 남겨져 버려 연설·토론회가 지녔던 에너지의 흐름이 갑자기 보이지 않게 된다.

이처럼 연구가 충분히 진행되지 않은 상황과는 반대로 1930년대 이후 잡지와 신문에는 좌담회와 강연회가 빈번히 실리고 있다. 특히 중일전쟁 이후에는 좌담회가 잡지의 중요한 담론공간으로서 등장하기

---

4 권보드래, 『풍문의 시대를 읽다─『매일신보』를 통해 본 한국 근대의 사회·문화 키워드』, 동국대 출판부, 2008.

5 김영민, 「근대적 문학제도의 탄생과 근대문학 지형도의 변화─잡보 및 소설란의 정착 과정」, 『사이間SAI』 5호, 국제한국문학문화학회, 2008; 권보드래, 「1910년대 새로운 주체와 문화─『매일신보』가 만든, 『매일신보』에 나타난 대중」, 『민족문학사연구』 36, 민족문학사학회, 2008; 김현주, 「논쟁의 정치와 '민족개조론'의 글쓰기」, 『역사와 현실』 57, 한국역사연구회, 2005; 김현주, 『이광수와 문화의 기획』, 태학사, 2005.

6 이경훈, 「오빠의 탄생」, 『오빠의 탄생』, 문학과지성사, 2004; 소영현, 『문학 靑年의 탄생』, 푸른역사, 2008.

시작한다. 예를 들어 좌담회는 잡지 전체의 편집에서 그 잡지의 성격을 결정짓는 위치를 차지하게 되며, 좌담회의 전문이 실리는 경우가 많아 텍스트적 가치는 더욱 중요성을 띠어 간다. 그러나 1930년대의 좌담회도 이제까지는 작가론, 작품론, 사상론과 같은 고전적인 연구 분야나 교육이나 정책사(일본어상용화, 징병제 등)에 대한 연구에서 부분적으로만 언급되어 왔을 뿐이다.

이렇게 부분적으로만 언급되어 온 것과는 별개로 좌담회는 고전적인 논의에서 최근의 논의에 이르기까지 광범위한 분야에서 빠지지 않고 등장하는 텍스트이다. 이런 현상은 좌담회가 연구 텍스트로서 지닌 다양한 가능성들을 입증한다. 이 책은 위와 같은 연구 성과를 비판적으로 흡수하는 한편, 아직 미개척 상태인 신체적 담론공간(연설·토론회, 강연회, 좌담회, 대회, 등)의 변화양상을 새로운 연구영역으로서 제시할 생각이다.

여태까지 직접적인 연구대상으로 다루어진 좌담회로는 『경성일보』에 실린 「조선문화의 장래와 현재」가 있다.[7] 윤대석은 이 좌담회를 『식민지 국민문학론』에서 '일본어 상용화와 조선문학의 일본어로의 번역'을 둘러싼 조선인 지식인들 사이의 갈등이라는 맥락에서 언급한다.[8] 권나영은 「어긋난 조우와 갈등하는 욕망들의 검열」이란 논문에서 『경성일보』에 실린 좌담회 판본과 『문학계』에 재수록된 좌담회 판본 사이의 차이에 주목함으로써 좌담회를 읽는 새로운 방법을 제시했다.[9] 그러나 이 연구는 좌담회의 내용에 중심을 두고 있다. 따라서 이 좌담회를 둘러싼 다양한 배치 — 시공간적 배치, 식민권력이나 문단권

---

7 1938년 11월 29일, 30일, 12월 2일, 6~8일까지 6회에 걸쳐 『京城日報』에 실리고, 다시 일본의 잡지 『文學界』에 1939년 1월 재수록된다.
8 윤대석, 『식민지 국민문학론』, 역락, 2006.
9 권나영(Nayoung Aimee Kwon), 「어긋난 조우와 갈등하는 욕망들의 검열」, 『일제식민지 시기 새로 읽기』, 혜안, 2007.

력의 배치, 발화형식에서 나타나는 미묘한 갈등 — 등에 대한 보다 본격적인 문제제기가 필요하다.

한편, 한동안『국민문학』좌담회에 대한 관심이 집중되어 왔다.[10] 이러한 연구들을 보면『국민문학』좌담회의 담론공간을 제국주의 / 식민지라는 관계성이 아니라 조선이라는 로컬리티를 통해 해석하려는 경향을 보이고 있어 흥미롭다.[11] 그러나 이런 연구성과에도 불구하고 여전히 최재서론을 위한『국민문학』좌담회 연구, 문학작품의 성격을 규명하기 위한 좌담회 연구가 다수를 차지한다. 또한 좌담회를 본격적으로 다룰 때에도『국민문학』좌담회의 '내용'에 중점을 두고 있어서,『국민문학』좌담회가 지닌 형식적 특성, 좌담회를 둘러싼 내외적인 권력 배치 속에서 발생하는 균열과 사건성에 대한 분석은 이루어지지 못하고 있다.

마지막으로 남성지식인 위주로 구성되는 담론공간에서 여성의 담론이 어떠한 위치를 차지해 왔는가에 대한 비판적 연구로서 좌담회를 다루는 경우도 있다.[12] 이러한 접근방식은 좌담회가 지닌 위계적 발화상황에 대해 새로운 시사점을 준다. 그러나 이 연구는 '여성작가'와 '공적 담론'이라는 두 가지 대립적 틀 속에서 좌담회에 대한 분석을 진행한

---

10 金哲,「同化あるいは超克」, 2009년 5월 23~24일 양일간 쿄토에서 열린 국제일본문화연구센터 심포지엄(『京都學派と'近代の超克'一近代性, 帝國, 普遍性』, 國際日本文化硏究センター 國際シンポジウム : 日本(日本語))의 발표; 윤대석,『식민지 국민문학론』, 역락, 2006; 이원동,「국민문학 좌담회 연구」,『어문론총』48호, 한국문학언어학회, 2008; 鄭百秀,『コロニアリズムの超克』, 草風館, 2007.

11 지역이란 시각으로 國民文學을 둘러싼 담론공간을 이해하고 있는 논문으로는 이원동,「國民文學座談會 연구」,『어문론총』제48호, 한국문학언어학회, 2008, 230면; 박노현,「내선인과 國民文學－신민족에 의한 신문학 고안의 기획」,『한국어문학연구』42, 한국어문학연구학회, 2004를 들 수 있다. 또한 윤대석,『식민지 국민문학론』, 역락, 2006에서는『국민문학』이 구성했던 담론공간의 특성을 기존의 로컬리티 논의와 구별되는 신지방 조선문단으로 해석하고 있다. 최근『국민문학』좌담회를 번역하고 정리한『좌담회로 읽는『국민문학』』(소명출판, 2010)이 출간되었다. 이후『국민문학』좌담회를 총체적으로 파악하는 데 큰 도움이 되리라고 생각한다.

12 김양선,「여성작가를 둘러싼 공적 담론의 두 양식－공개장과 좌담회를 중심으로」,『민족문학사연구』, 민족문학사학회, 2004.

다. 따라서 1930년대 후반 이후의 전체적인 담론공간 속에서 좌담회가 지니고 있었던 식민권력과의 복잡한 갈등들이 충분히 부각되지 못하는 경향이 있다.

좌담회 뿐 아니라 대동아문학자 대회 및 선전·선동 강연회에 대한 본격적인 연구는 아직 시작단계다. 김윤식의 「삼경인상기」에 대한 분석 등에서 부분적으로 다루어질 뿐이다.[13] 이 텍스트들은 일본어로 씌어 진 것이 대다수이며, 친일행각에 대한 증거가 된다는 것도 연구를 어렵게 만드는 요인이다. 그러나 이처럼 다국적·다민족·다언어로 구성된 담론공간은 식민지 조선의 상황을 일본 제국과 여타의 식민지와의 관계 속에서 재조명할 수 있는 길을 열어준다. 이러한 담론공간에 대한 분석은 제국 일본의 권력적 성격을 명확히 하는 한편, 식민지 조선의 상황을 유일한 특수성으로 귀결시키는 연구들과 거리를 둘 수 있게 하면서도, 근대계몽기 및 식민지 조선의 담론공간에 대한 다각적 접근을 가능하게 할 것이다.

기존의 식민지 공공영역 연구와의 연속성과 차이

앞서 살펴본 것처럼 식민지 조선의 신체적 담론공간에 대한 선행연구는 협소하다. 그러나 이 연구들은 넓은 의미에서 식민지 공공(성)영역에 대한 일련의 연구 성과와 연속선상에 있다. 물론 식민지기의 공공영역이란 억압적이고 강제적인 시공간이었다. 따라서 "식민지기의 공공영역"이라는 용어 자체가 형용모순이며, 이 용어를 둘러싸고 다양한 논의가 일어나고 있다. 그런 까닭에 여기에서는 "식민지기의 공공영역"이라는 용어를 그 영역에 대한 비판적인 의미를 내포한 용어로

---

13 春園光郎(李光洙), 김윤식 편역, 『이광수의 일어 창작 및 산문선』, 역락, 2007; 김윤식, 『일제 말기 한국 작가의 일본어 글쓰기론』, 서울대 출판부, 2004; 일본 쪽 연구로는 尾崎秀樹, 『近代文學の傷痕』, 岩波書店 : 日本(日本語), 1991.

사용하고 있음을 밝혀 둔다. 초기의 식민지 공공영역에 대한 연구는 서구적 공론장을 이상적인 형태로 상정하고 식민지 조선의 공공영역이 그것에 미달한다고 파악하는 경향을 띠어 왔다.[14] 이런 평가는 서구적 근대를 단 하나의 이상적 근대로 간주하고, 근대화란 이런 이상적 근대를 향해 끊임없이 진보해가는 과정이라고 전제함으로써, 식민지 근대성이 지닌 다양한 균열을 간과해 버린다. 또한 식민지의 공공영역은 식민권력에 대한 저항인가 협력인가라는 이분법에 기반해 평가되어 왔다.[15] 이런 평가는 식민권력의 폭력성을 명확히 했다는 점에서 그 역사적 의미가 있다. 그러나 이런 평가의 근저에는 단일 민족국가가 실재해야 한다는 인식이 전제되어 있어서 식민지기에 발생한 분열적 주체성의 계기들을 볼 수 없게 하며 민족이나 국가를 실체화시킬 수 있다는 점에서 비판되어 왔다.

반면, 이러한 저항 / 협력의 이분법에서 대한 비판을 통해 식민지적 공공영역의 분열적이고 다층적인 양상을 파악하려는 시도가 이루어져 왔다. 이른바 '식민지 근대성'을 규명하려는 이 시도들 중 대표적인

---

14 손석춘, 『한국공론장의 구조변동』, 커뮤니케이션북스, 2005. 이 책은 제목에서도 암시적으로 드러나듯이 하버마스가 『공론장의 구조변동』(1962)에서 전개한 '근대적 공론장'을 모델로 전제로 하고 있다. 따라서 공론장은 "공중으로 결집된 사적 개인들의 영역"이며, 핵가족의 친밀한 관계 속에서 싹튼 공개성에 대한 지향이 살롱과 같은 문예 공론장을 거쳐, 인쇄술의 발달과 함께 시민계급을 기반으로 한 정치적 부르조아 공론장으로 발전한다고 분석한다. 또한 그는 "국가와 시민사회를 매개 또는 중개하며, 공중으로 모인 사적 개인이 합리적이고 비판적인 토론으로 여론(public opinion)을 형성하는 공간"으로 공론장을 규정하면서 조선의 공론장은 왜 하버마스식의 이성적인 개인들의 합리적 소통공간으로서 발전하지 못하고 기형적인 형태를 띠게 되었는가라는 질문을 던지고 있다. 그러나 이런 입장은 근대화 속에서 발생한 다양한 공론장의 굴절과 상이한 형식들을 하버마스식의 이성적인 공론장을 기준으로 판단하고 있기 때문에, 식민지 조선의 공론장을 '기형적인 것'으로만 판단함으로써, 그 안에서 형성된 다양한 가능성을 간과해 버릴 위험이 있다고 생각한다.

15 대표적인 역사서로는 강만길, 『고쳐 쓴 한국 현대사』, 창작과비평사, 1994; 신용하, 『일제 식민지 근대화론 비판』, 문학과지성사, 1998; 문학서로는 임종국 『친일 문학론』, 민족문제연구소, 2002; 미디어사로서는 정진석, 『언론조선총독부—친일언론의 본산을 파헤친 최초의 연구』, 커뮤니케이션북스, 2005가 있다. 이중 정진석의 연구는 역사적 자료를 바탕으로 조선 총독부 도서과의 구체적인 모습을 드러내고 있어 참고가 된다.

것으로는 "회색지대"에 대한 분석이 있다.[16] '회색지대'란 "수탈론이나 식민지 근대화론으로는 파악할 수 없었던" 지대로, "저항과 협력 사이를 항상 동요하는 식민지민의 '일상'을 지칭"한다. 윤해동은 이 회색지대에는 정치적인 공적 영역이 존재하기도 했으나, 그렇게 형성된 식민지적 공공성은 근대화의 진전과 맞물리면서 규율 권력화 했다고 결론 짓는다. 정치적 영역을 확보하려는 피식민지인의 노력이 거꾸로 식민 권력을 유지·강화하는 데 공모하게 되는 이율배반적 상황이 식민지의 존재형식이라는 것이다.[17] 이러한 관점은 식민지의 일상을 저항 /

16　윤해동, 『식민지의 회색지대』, 역사비평사, 2003, 25면.

17　"식민지 근대성론"에 대한 비판적 논문으로는 趙景達, 「植民地近代性論批判序說」, 『歷史學研究』：日本(日本語), 843号; 趙景達, 「戰後日本の朝鮮史研究—近代史研究を中心に」, 『歷史學研究—韓國併合100年と日本の歷史學』：日本(日本語), 868号; 愼蒼宇, 『植民地朝鮮の警察と民衆政界1894~1919』, 有志舍：日本(日本語), 2008; 愼蒼宇, 「朝鮮强占100年と日本の植民地責任—植民地戰爭の視座から」, 『インパクション』, 174号：日本(日本語) 등이 있다. 젠더적인 관점에서의 연구는 金富子, 「ジェンダー史・敎育史から見た植民地近代性論」, 『歷史學研究』：日本(日本語), 2010.6; 金富子, 「植民地敎育とゼェンダー」, 『現代思想』：日本(日本語), 2005.9 등이 있다.
일본에서 논의된 "식민지 근대성"에 대한 논쟁과 시각을 정리한 논문은 戶邉秀明, 「ポストコロニアリズムと帝國史研究」, 日本植民地研究會編, 『日本植民地研究の現狀と課題』, アテ네社：日本(日本語), 2008; 板垣龍太・戶邉秀明・水谷智, 「日本植民地研究の回顧と展望—朝鮮史を中心に」, 『社會科學』同志社大學人文科學研究所：日本(日本語), 40卷2号, 2010을 참조할 수 있다.
이 문제는 한국에서는 몇 년 전에 활발히 논의 되었고 현재도 근대성과 식민지성의 관계를 깊이 있게 논의할 때 중요한 참조점이 되고 있으며 앞으로 좀 더 섬세하게 검토되어야 할 문제라고 생각한다. 최근 연구로는 윤해동, 「식민지와 공공성」, 『사이間사이』, 2010; 윤해동・황병주 편, 『식민지 공공성의 실체와 은유의 거리』, 책과함께, 2010; 윤해동・천정환・허수・황병주・이용기・윤대석 편, 『근대를 다시 읽는다 1』, 역사비평사, 2007.
이 외에 다소 예전에 나온 연구들이지만 논의의 흐름을 살펴볼 때 참고가 될 문헌으로는 다음과 같은 것을 들 수 있다. Tani E, Barlow ed, Formation of Colonial Modernity in East Asia, Duke University Asia Center, 1999. (번역본은 도면회 역, 『한국의 식민지 근대성』, 삼인, 2006; 임지현・이성시 편, 『국사의 신화를 넘어서』, 휴머니스트, 2004; 공제욱・정근식 편, 『식민지의 일상, 지배와 균열』, 문화과학사, 2006; 金東明, 『支配と抵抗の峽間—1920年代朝鮮における日本帝國主義と朝鮮人の政治運動』, 東京大學博士學位論文：日本(日本語), 1997; 並木眞人, 『朝鮮における'植民地近代性'·'植民地公共性'對日協力』, 『國際交流研究』：日本(日本語), 第5号, 2003; 식민지 근대화 논쟁에 대해서는 배성준, 「식민지 근대화 논쟁의 한계지점에 서서」, 『당대비평』, 2000겨울; 권태억, 「근대화, 동화, 식민지유산」, 『한국사연구』, 2008.

협력이라는 이분법에서 벗어나 파악하도록 해주며, 식민주의와 근대
화가 서로 어떤 관련을 맺으면서 식민지의 일상을 형성해 왔는가에 대
해서도 고찰하도록 해준다.

이와 같은 맥락에서 제국과 피식민지 사이의 문화적 연동관계에 대
한 비판적인 연구들이 이루어져 왔다. 이 연구들은 제국 일본은 피식
민지를 통치하고 관리하기 위해, 식민지의 입장에서는 민족의 보존 혹
은 지위향상을 위해, 제국과 식민지 상호간의 타협적 공모 혹은 타협
적 동화가 발생하기도 했다고 비판한다. 그러나 이 논의들은 단지 식
민권력에 피식민자가 일방적으로 동화되거나 공모하거나 하는 양상
만을 보여주는 것은 아니다. 식민담론이 식민지의 현실 속에서 어떻게
변형되고 차이를 만들어 내는가를 보여준다. 예를 들면 윤대석의『식
민지 국민문학론』[18]은 식민권력이 식민지 문학 안에서 어떻게 변주되
는가를 이중어 글쓰기(김사량), 대동아공영권(최재서, 김종한), 내선일체
(이석훈) 등을 다룬 문학작품을 통해 살펴본다. 이외에도 조선의 사회주
의자들과 제국 일본의 사회주의자들 사이의 연관관계를 통해 전시변
혁 속의 다양한 모색들을 새로운 주체형성의 가능성 속에서 해석하려
는 시도,[19] 식민지 지식인들이 모색했던 담론적 시도와 좌절에 대해 천
착하는 연구,[20] ‘제국주의 / 식민지’라는 틀을 ‘제국 일본 / 신지방 조선’
사이의 문화번역이라는 관점으로 해석하려는 연구[21] 등이 그런 논의

---

18 윤대석,『식민지 국민문학론』, 역락, 2006.
19 홍종욱, 「중일전쟁기 1937~1941 – 사회주의자들의 전향과 그 논리」, 서울대 석사논문,
   2000; 홍종욱, 「해방을 전후한 주체형성의 기도」,『근대를 다시 읽는다』1, 역사비평사,
   2007; 洪宗郁,『戰時期朝鮮の轉向者たち―帝國 / 植民地の統合と龜裂』, 有志舍 : 日本(日本
   語), 2011; 米谷匡史,『アジア／日本』, 岩波書店, 2006(번역서로는 요네타니 마사후미 저, 조
   은미 역,『아시아 / 일본』, 그린비, 2010)가 있다.
20 차승기, 「추상과 과잉」,『상허학보』21, 상허학회, 2007.10, 283~284면; 차승기, 「전시체제기
   기술적 이성비판」,『상허학보』23, 상허학회, 2008.6; 차승기,『반근대적 상상력의 임계들』,
   푸른역사, 2009.
21 조관자, 「제국의 국민문학과 ‘문화 = 번역’의 좌절」,『일본의 발명과 근대』, 이산, 2006; 趙寬

들을 대표한다. 이런 연구들은 식민권력과 그것이 작동하는 식민지와
의 관계가 지닌 다층적 메커니즘을 분석함으로써, 식민지 공공영역에
대해서도 새로운 접근 방식을 보여주고 있다.

한편, 일상에서 작동하는 파시즘에 대한 비판을 통해 식민지 공공영
역에 접근하는 논의가 있다. 대표적으로는『문학속의 파시즘』이란 책
으로 엮인 일련의 연구 성과가 있다.[22] 이 연구들은 식민권력을 내부화
함으로써 작동하는 파시즘의 메커니즘을 분석하고 있으며,[23] 분열적
주체들이 내부화했던 감정적 측면들을 제시하거나,[24] 피식민지 내부
에서 반복해서 진행되는 위계화에 대한 비판적 관점을 보여준다.[25] 파
시즘에 대한 분석을 통한 이런 연구들은 식민권력에 대한 비판적 관점
뿐 아니라 민족주의에 대한 비판적 관점을 제시해 준다는 점에서 의미
가 있다. 그러나 이런 연구들이 전제로 하고 있는 파시즘이란 틀 속에
서는 파시즘에 포섭되지 않는 대중의 에너지를 말하기 어려워진다. 따
라서 이러한 연구 성과를 발판으로 삼아, 어떻게 하면 '정치적인 것'을
새롭게 구성할 수 있을지도 모색해야 할 것이다.

식민지 공공영역에 대한 또 다른 비판적 논의로서는 대중의 역할을
부각시킨 변은진의 연구를 들 수 있다. 방대한 자료검토를 통해 유언
비어, 낙서와 같은 식민지 대중의 사소한 정치적 행위로부터 식민지
공공영역에 이르기까지 폭넓은 범위를 아우르고 있다.[26] 또한 최근의

子,『植民地朝鮮 / 帝國日本の文化連環』, 有志舍 : 日本(日本語), 2007.

22 김철·신형기 외,『문학속의 파시즘』, 삼인, 2001.

23 김철,『'국민'이라는 노예』, 삼인, 2005; 신형기,『이야기된 역사』, 삼인, 2005.

24 김철,「우울한 형 / 명랑한 동생—중일전쟁기 '신세대 논쟁'의 재독」,『상허학보』25, 상허학
회, 2009.

25 권명아,『역사적 파시즘—제국의 판타지와 젠더 정치』, 책세상, 2005; 이혜령,「남성적 질서
의 승인과 파시즘의 내부화」,『한국현대소설연구』16, 2002.

26 변은진,「일제 전시 파시즘기(1937~45)조선민중의 현실인식과 저항」, 고려대 박사논문,
1998.

연구로는 '대중지성'의 역사적 맥락화를 시도하고 있는 천정환의 연구가 있다.[27] 이러한 연구들의 성과에 더하여 앞으로 어떻게 하면 대중을 실체화시키지 않는 형태로, 더구나 민족주의나 국가주의로 환원되지 않는 형태로 대중과 대중의 동력을 다룰 수 있을 것인지, 다시금 질문하게 한다.

'신체적 담론공간'을 분석하는 이 책은 위에서 언급한 것처럼 식민지 공공성을 둘러싼 일련의 성과들을 발판으로 한다. 민족이나 국가를 실체화시키거나, 식민지 근대성을 저항 / 협력이라는 단순한 틀로 평가하는 시각에서 벗어나, 식민권력과 피식민자 사이의 연동관계를 비판적으로 규명하려고 한다. 그러나 이 논문의 목적은 식민지 공공영역에 대한 비판적 관점을 더하기 위한 것만은 아니다. 이 연구는 식민권력과 그것에 동화되어 가는 공공영역을 비판하는 동시에, 식민지 공공영역이 결코 완결된 형태로 형성될 수 없었다는 점을 강조한다. 오히려 공공영역이 결코 자발적으로 형성될 수도 매끄럽고 원활하게 작동할 수 없었던 식민지 상황 속에서 '사람들이 모이는 시공간'이 내포하고 있었던 모순되고 분열적인 몸짓과 비명에 가까운 소리들이 지닌 잠재성을 부각시키려고 하다. 이를 통해서, '공공영역'이라는 정의 자체가 배제해 버리는 영역을 드러내고, 기존의 '공공영역'이라는 전제 자체를 비판적으로 재구축해 보려고 한다. 이러한 의미를 담아 기존의 '식민지 공공영역'이라는 용어 대신 억압적인 상황 속에서 드러나는 신체적인 몸짓과 가시화되지 않은 소리들을 내포하고 있는 영역이라는 뜻을 포함시켜 "신체적 담론공간"이라는 용어를 사용한다.

---

27 천정환, 『대중지성의 시대』, 푸른역사, 2008.

매체연구와의 연속성, 그리고 차이

신체적 담론공간의 형성·변화에 매체의 변화가 큰 영향을 끼친다
는 점에서 이 책은 매체에 대한 연구와 긴밀히 관련된다. 최근엔 매체
의 변화·확산과정을 식민주의와 모더니즘이 맺는 관계 속에서 파악
하는 연구가 늘고 있다. 이 연구들은 철도·도로 등의 교통수단이나
신문·통신·라디오·방송 등의 매체가 설비됨에 따라 변화하고 형
성되는 식민지 일상성을 문제 삼는다. 그러한 점에서 본 연구도 생체
정치(bio-politics)에 대한 비판이나, 풍속사를 통해 일상의 정치성을 읽
어 온 기존의 연구들과 연속선상에 있다.[28] 그러나 최근의 논의에서는
분석하는 '매체'의 범위가 확장되고 있으며, '매체'를 둘러싼 식민권력
과 식민지 사이의 관계양상에 대해서도 보다 다각적인 조망이 이루어
지고 있다. 예를 들어 서재길은 '라디오 방송'을 통해 제국 일본의 식민
정책과 피식민지 조선의 근대적 매체가 연동했던 과정을 포착하는 한
편, '집단적 청취'과정에서 발생한 식민권력에 포섭되지 않는 현상들을
제시해 준다.[29] 또한 박순애는 일본의 '對蘇 전파전'의 양상을 조선방
송의 예를 통해 제시하고 있으며[30] 유성기·레코드의 유행이 식민지
일상생활에 끼친 영향에 대한 연구도 진전되고 있다.[31] 식민권력을 대

---

[28] 김성렬, 『도포 입고 ABC 갓 쓰고 맨손체조』, 학민사, 2004; 이경훈 『오빠의 탄생』, 문학과지
성사, 2003; 권보드래, 『연애의 시대』, 현실문화연구, 2003; 이경훈, 『대합실의 추억』, 문학동
네, 2007.

[29] 서재길, 「일제 식민지기 라디오 방송과 '식민지 근대성'」, 『사이間SAI』 창간호, 국제한국문
학문화학회, 2006; 서재길, 「'제국'의 전파 네트워크와 식민지 조선의 자기 표상—식민지 시
기 조선방송협회의 '전일본' 중계 방송을 중심으로」, 『현국현대문학회 2008년 제3차 전국 학
술 발표대회』, 한국현대문학회 학술대회자료, 2008.8.

[30] 박순애, 「조선총독부의 라디오 정책」, 『한중인문학연구』 15, 한중인문학회, 2005; 박순애, 「일
본의 대소 전파전과 조선의 라디오」, 『日本研究論叢』, 현대일본연구회, 2007.

[31] 동양학 연구소 편, 『한국 근대 일상생활과 매체』, 단국대 출판부, 2009. 이 책은 연설, 유성
기, 광고, 유학생 등을 통해 '매체'에 대한 새로운 접근방식을 보여준다; 이승연, 「일제시대
대중음악과 한국인의 생활문화—1926년에서 1945년까지의 인기곡을 중심으로」, 연세대 석
사논문, 2000.

중적으로 유포하는 선전도구이자 최첨단 기계 설비를 구비해야 했던 연극·영화에 대한 연구도 늘어나고 있다.[32] 특히 이동연극에 대한 연구들은 아직 시작단계이지만, 식민지의 집단 미디어가 대중과 어떠한 관계를 맺어왔는가를 규명하고 있어서 주목을 요한다.[33] 이런 논의들은 다양한 매체의 등장을 둘러싸고 발생하는 식민권력의 문제와, 그것이 실제로 수행될 때 야기되는 균열 양상을 보여준다는 점에서 긍정적이다. 또한 문자 텍스트에 한정되었던 매체에 대한 연구범위를 오랄 텍스트 층위로 확장시키고 있다. 정치적인 성격에 대한 천착을 통해 대중의 욕망에 대한 깊이 있는 분석으로 나아가길 기대해 본다.

특히, 이러한 문화적 소재의 경우, 그것이 지닌 정치성을 분석하는 것이 중요하다는 점에서 볼 때, 최근 구술·인쇄·전파 매체 전반에서 진행되고 있는 매체검열(검열 및 전시위안·오락정책에 대한 분석 등)에 대한 논의들은 주목할 만하다. 이 논의들은 식민지 미디어에 대한 저항／협력이라는 이분법적인 비판으로 일관되었던 기존의 관점[34]에서 한 발 더 나아간다. 매체의 변화가 대중(수용자층)과 맺는 관계를 통해 매체검열과 식민지 미디어 사이의 복합적인 연동관계를 밝힌다. 또한 분석대상이 되는 매체의 범위도 인쇄매체에서 영화, 유성기 등 전파 매체로 확산되고 있다.[35]

---

32 김려실, 『투시하는 제국 투영하는 식민지』, 삼인, 2006; 이영재, 『제국 일본의 조선영화(식민지 말의 반도─협력의 심정, 제도, 논리)』, 현실문화연구, 2008; 이화진, 『조선영화─소리의 도입에서 친일 영화까지』, 책세상, 2005; 이화진, 「식민지 조선의 극장과 '소리'의 문화정치」, 연세대 박사논문, 2011.

33 이화진, 「전시기 오락 담론과 이동연극」, 『일제 말기 미디어와 문화정치』, 깊은샘, 2008; 김재석, 「국민연극 시기 '조선연극문화협회'연구」, 『어문론총』 제40호, 한국문학언어학회, 2004; 엄현섭, 「한국 근대 미디어 텍스트와 극양식 연구」, 성균관대 박사논문, 2006; 전통적인 연구로는 유민영, 『한국 근대연극사』, 단국대 출판부, 1996; 高雪峰 증언, 張源宰 정리, 『증언 연극사』, 晋陽, 1990; 이은진, 「한국 근대 이동연극 연구」, 단국대 석사논문, 1999.

34 安春根, 『韓國出版文化史大要』, 청림출판, 1987; 정진석, 『언론조선총독부』, 커뮤니케이션북스, 2005.

본 연구 또한 오랄(oral) 텍스트이자 문자(written) 텍스트인 연설·토론·강연·좌담의 기록들을 대상으로 한다는 점에서 기존의 매체론에 새로운 영역을 추가한다. 라디오, 영화, 음악 등으로 한정되어 연구되어 온 오랄(oral)텍스트의 범위를 연설·토론회 및 좌담·강연·대회의 속기록으로 확장시키며, 리튼(written) 텍스트 속에서 주로 연구되어 온 문체에 대한 연구[36]를 오랄(oral)과 리튼(written) 사이의 관계 속에서 살펴본다. 이는 문자를 문자만으로 연구하거나 소리를 소리만으로 연구하는 기존의 접근방식을 변화시켜 문자텍스트와 음성 텍스트가 서로 관련되면서 근대화되는 메커니즘을 보여줄 수 있을 것이다.

2. 연구방법 및 관점

신체적 담론공간이란 무엇인가

이 연구의 관점 및 방법론은 다음과 같다.

첫째, 이것은 담론에 대한 연구가 아니라, 담론이 유입·형성·확산·굴절하는 담론공간에 대한 연구이며, 이에 따라 변화하는 신체성에

---

35 신원선, 「무성영화 〈아리랑〉과 검열」, 『한국극예술연구』 19집, 한국극예술 학회, 2004; 한기형, 「문화정치기 검열체제와 식민지 미디어」, 『대동문화연구』 제51집, 대동문화연구원, 2005; 정근식, 「일제하 검열기구의 검열관과 변동」, 『대동문화연구』 제51집, 대동문화연구원, 2005; 권명아, 「풍속통제와 일상에 대한 국가 관리 — 풍속 통제와 검열의 관계를 중심으로」, 『민족문학사연구』 34, 민족문학사학회, 2007; 한기형, 「식민지 검열장의 성격과 근대 텍스트」, 『민족문학사연구』 34, 민족문학사학회, 2007; 이상경, 「『조선출판경찰월보』에 나타난 문학작품 검열양상 연구」, 『한국 근대문학회』, 한국 근대문학회, 2008.

36 연세대 근대한국학연구소 기초학문연구팀, 『한국 근대서사양식의 발생 및 전개와 매체의 역할』, 소명출판, 2005.

대한 연구다. 따라서 근대계몽기와 식민지기 조선의 연설·토론회, 강연회, 좌담회, 대회, 이동연극 등을 "신체적 담론공간(corporeal discursive space)"으로 다루려고 한다. "신체적 담론공간"이라는 용어는 조어(造語)이다. 식민지 공공영역에 "신체적 담론공간"이라는 조어를 붙인 이유는, 신체와 담론간의 역동적인 관계를 분석하기 위해서이다.

통상 신체와 담론은 별개의 층위에서 논의되어 왔다. 그러나 어디까지가 신체적인 것이며 어디까지가 담론적인 것인가를 나누는 기준은 불명확하며, 두 개의 층위는 상호간의 영향관계 속에서 변형된다. 어떤 의미에서는 신체야말로 담론보다 더 이데올로기적일 수도 있으며, 반대로 담론이야말로 신체보다 더 물질적일 수도 있다. 푸코는 담론 안에서 작동하는 권력에 대한 분석을 통해 "계보학적 전환"을 시도한 바 있다. 즉 담론적인 것과 비담론적인 것을 별개의 층위로 분석하는 이분법을 극복하고 담론공간이 어떠한 권력적 배치 속에서 구성되는 가를 분석한다.[37] 본 연구는 이러한 푸코의 관점을 전제로 해서 신체와 담론의 이분법을 극복하고, 담론공간에서 작동하는 권력의 양상을 신체적·담론적인 배치[38]를 통해 분석하려고 하다.

---

37 푸코, 홍성민 역, 『권력과 지식―미셸 푸코와의 대담』, 나남, 1991, 147면; 이진경, 「푸코―담론과 권력」, 『개정증보판―철학의 외부』, 그린비, 2006, 122~138면. 푸코의 담론개념이 갖는 특징은 첫째 '불연속성(retournement)'이다. 푸코에게 각 담론들의 개념과 전략은 서로 다른 계열을 이루며 불연속적이다. 따라서 '적대와 등가에 의한 접합', 즉 중층적 결정에 의해 의미와 효과를 발휘하는 것으로 담론공간을 규정하는 라클라우/무페의 담론(형성체) 개념과는 거리가 있다. 둘째, '특정성'. 이것은 "어떤 담론 안에서 특정한 것만이 '소통'될 수 있게 하는 규칙"이다. 이 입장은 담론공간을 통한 합리적인 합의가 가능하다고 보는 하버마스와 반대 입장에 서 있다. 푸코에겐 '이상적 담론상황'을 만드는 것이 중요한 것이 아니라 "특정한 실천을 강제하는 담론형성체의 '전복'"이 중요해진다. 셋째로, "외재성". "이는 담론이 단지 담론 자체로서 존재하지 않으며, 그것을 가능하게 하는 외부적 조건들을 통해 형성되는 것"임을 의미한다. 담론을 구성하는 조건이란 "사건이 담론적 형성체에 내적인 만큼 담론 자체에 내적"이기 때문이다. 넷째로, '전복'. 이는 푸코의 개념이 지닌 담론적 실천을 가리키는 말이다. "기존의 담론을 전복하고 그것에 의해 은폐되고 억압된 것을 드러내며 그것이 강제하는 실천을 넘어서려는 '비판적 문제설정'을 의미한다."

38 이진경, 『철학의 외부』, 그린비, 2002, 130~131면. '배치'란 담론이나 제도, 건축적 형태, 결정,

“신체적 담론공간”은 담론적인 것 / 비담론적인 것, 사적인 것 / 공적인 것이 서로 영향을 주고받는 ‘중간영역’[39]을 의미한다. 신체적 담론공간의 형태는 공적 세계를 각 개인이나 공동체가 받아들이고 조절할 때 나타나는 상상력과 태도들을 보여준다. 개인이나 공동체는 이 담론공간에서 만들어지고 변화되고 참여함으로써 공적 세계에 대한 태도를 드러낸다. 언어적 차원에서 보았을 때에도, 연설(강연회, 이동연극)·토론(좌담회, 대회)은 구어체를 사용하는 신체적 특성과 함께 구어체로 인쇄된다는 점에서 “문자화된 음성이자 음성화된 문자”이다. 이른바 리튼(written) 텍스트인 동시에 오랄(oral) 텍스트이기도 하다. 따라서 담론 / 신체, 공적 / 사적인 것이 길항하는 중간영역에서 신체성 — 발화방식, 몸짓, 감각, 타인과의 관계 — 은 다양하게 변화·갈등·분열한다. 이처럼 본 연구는 “신체적 담론공간”을 ‘규정되지 않은 중간영역’으로 파악함으로써 신체와 담론 사이의 관계성에 주목한다.

계몽당하는 신체에서 모방하고 변형시키는 신체로

둘째로 이 연구는 담론공간에서 작동하는 생체정치(bio-politics)의 양상을 신체성의 변화를 통해서 밝힌다. 담론공간은 세계와 개인 사이의 중간영역으로 작동하면서 한편으로는 신체를 훈육·통제하고 다른 한

법, 행정적 조치, 과학적 언표 등의 요소들이 일정한 ‘계열을 이루며 배열되고 결합된 것’이자, 그것들이 ‘장치’처럼 기계적인(machinique) 요소를 포함하는 상대적으로 고정화된 것을 의미한다. 즉 이 개념은 푸코 자신이 담론적인 것과 비담론적인 것의 이질적인 복합체를 지시하기 위해서 사용한 것으로 들뢰즈와 가타리의 용어인 ‘agencement’와 비슷한 맥락에 있다.

39 다비드 르 브르통, 홍성민 역, 『근대성과 육체의 정치학』, 동문선, 2003, 109~110면, 121면. 도널드 위니콧(1896~1971, 영국의 정신분석학자)은 ‘중간영역(transitional space)’을 “주관적인 환상세계도 아니고 객관적인 현실세계도 아닌 두 세계가 중첩된 공간”으로 개인이 세계와 관계 맺는 방식을 배우는 영역으로 설정한다. 한편 다비드 르 브르통은 이 개념을 발전시켜 일상생활 속에서 몸이 수행하고 있는 기능을 “중간영역”의 기능과 중첩시킨다. 신체란 외부세계와 주체를 중개하는 중간영역으로, 사람들은 거기서 감각적인 특질들을 조정하고 익힌다. 이때 상상계에 속하는 감각적 특질 — 얼굴이나 목소리의 변화, 몸짓들, 개인적 리듬 — 이 대화 내용보다 만남을 의미 있게 만들며 보다 본질적이라고 말한다.

편으로는 자발적으로 변형·조직한다. 이때 전체를 통제·통치하는 "법·제도적 모델"과 개인들을 순종적으로 길들이는 "생명·정치적 모델"이 긴밀한 관련을 맺는다. 이러한 생체정치의 작동 속에서 어떠한 타자성 혹은 타자적 신체들이 배제되어 왔는가를 밝히려 한다.[40] 이때, 이러한 타자적 신체들은 단지 배제된 것만이 아니며, 통합되면서 배제되었다. 이러한 '포함인 배제(exclusione inclusiva, 즉 예외화ex-septio)'인 존재들을 통해서 담론공간의 형태들도 변화해 왔음을 드러내려고 한다.[41] 그러나 본 연구는 신체가 단지 권력에 의해 훈육·통제된다는 입장과는 다르다. "권력이 있는 곳에는 저항이 있다"[42]고 하는 푸코의 말처럼 저항은 권력에 내재적이며 욕망이 억압보다 일차적이기 때문이다. 즉 담론공간의 규칙을 통해 훈육·통제되는 신체성을 파악하려고 하지만, 다른 한편으로는 훈육된 신체들이 계몽주체들을 이상하게 모방하거나, 관리·통제의 규칙들을 전유하여 변형시키는 양상들을 드러내려고 한다.

식민지 조선의 담론공간에서 생체정치에 의해 훈육·통제되는 신체성의 양상은 식민권력의 변화, 매체의 변화에 따라 달라진다. 근대 초기의 신체성이 연설·토론에서처럼 직접적인 형태로 나타났다면, 식민지

---

40 조르조 아감벤, 박진우 역, 『호모 사케르─주권권력과 벌거벗은 생명』, 새물결, 2008, 33~41면. 여기서 아감벤은 서구 철학의 전통 속에서 삶(vie, 生)에 대한 연구가, 조에(zōē, 모든 생명체에 공통된 것으로 살아 있음이라는 단순한 사실)와 비오스(bíos, 개인이나 집단에 특유한 삶의 형태나 방식)로 구분되어 왔음을 지적한다. 삶을 이렇게 이분법으로 나누는 전통적 시각들이 '가치있는 삶 / 벌거벗은 삶', '정치적 영역인 폴리스(polis) / 가정·사적 영역인 오이코스(oîcos)'를 위계적으로 나누어 왔다는 것이다. 아감벤은 이와 마찬가지로 생명정치에 대한 연구도 이런 이분법을 고수하고 있다고 비판한다. 하나가 "정치기술들Politischen Techniken(국가가 개개인의 물리적 생명을 보살피면서 통합시키는 수단들)"이라면, 다른 하나는 "자아의 테크놀로지 technologies dusoi(개인을 정체성에 눈뜨게 하는 동시에 외부의 통제 권력에 순종하게 하는 주체화 과정)"이다. 그러나 아감벤은 "오늘날 도처에서 정치공간을 변형시키고 있는 미디어 스펙터클 권력과 같은 현상을 마주하면서도 주체의 테크놀로지와 정치기술들을 분리시키는 것이 과연 정당한가?"라고 질문을 던진다.
41 위의 책, 43면.
42 푸코, 이규현 역, 『성의 역사』 1, 나남, 1990, 109면.

말기의 신체성은 좌담회·매체간의 번역 등과 같이 제도적 관계나 언어 수행적 형태로 나타난다. 또한 근대 초기 국민국가 건설을 위한 계몽적 열정에 차 있었던 담론공간과 식민지 말기 제국 시스템의 건설을 위한 통제·관리의 열정에 차 있었던 담론공간은 차이점을 지니고 있다.

이 책은 이러한 변화들을 담론공간에서 구성되는 '신체성의 변화'를 통해 부각시킴으로써, 담론공간의 대중주체 및 전복적인 계기들 또한 각 시기별로 다른 양상을 취하게 된다는 점을 보여줄 것이다.

잠재적 사건성을 지닌 신체적 담론공간

셋째, 이 연구는 "신체적 담론공간"을 하버마스 식의 완결된 합의의 공간이 아니라, 예기치 않은 만남과 사건에 의해 분열·갈등·변화하는 "잠재적 사건성"의 공간으로서 다룬다. 근대 초기의 연설·토론·소문, 그리고 전시체제기의 좌담회·강연회(대회)·유언비어와 같은 "신체적 담론공간"은 권력체계나 지식체계를 확산시키는 매체로서 기능했다. 매체의 변화는 담론공간의 모드를 변화시키고 새로운 담론 환경을 창조한다.[43] 한 시대의 지배적 '모드'를 둘러싸고 지배 권력과 대중 사이에서는 다양한 갈등이 나타난다. 지배 권력은 중심적인 모드가 작동할 수 있는 배치를 구성하려고 한다. 따라서 "신체적 담론공간"에서는 수많은 '모드(mode)'들이 'order(명령이거나 슬로건)'[44]로 작동한다. 모드가 "신체적 담론공간"에서 잘 관철되었을 때 그 모드는 명령으로서 수행되었다고 할 수 있다. 그러나 지배 권력의 명령은 명령의 수행 여부에 따라 두 방향성을 지닌다. 하나는 모드가 명령으로 실현되는 경우이다. 이때 지배 권력의 질서는 안정된다. 다른 하나는 모드가 명

---

[43] 마샬 맥루한, 박정규 역, 『미디어의 이해』, 커뮤니케이션북스, 1997. 맥루한은 "미디어는 메시지다"라고 말하면서 매체에 의해 소통되는 내용보다 매체형식의 변화가 중요함을 강조했다.
[44] 프랑스어에서 명령(order)이라는 말은 슬로건(mot d' order)이라는 의미를 동시에 지니고 있다.

령으로 수행되지 않거나 모드에서 벗어나고 심지어 기존의 모드를 변형시키는 경우이다. 이때 지배 권력의 질서는 균열되거나 전복된다.

특히 "신체적 담론공간"은 발화행위자와 그 발화수행자가 직접 만나는 장이었기 때문에, 명령과 수행의 관계는 일방향적일 수 없었다. 매체변화에 의한 담론공간의 모드전환에서는 명령자 / 수행자, 계몽주체 / 계몽대상, 식민지 / 피식민지 간의 권력관계가 갈등하거나, 예기치 못하게 균열되거나, 비틀어지거나 전복되는 순간들도 나타난다. 또한 그 과정 속에서 예측 불가능한 사건·새로운 신체성·새로운 대중의 형상이 드러나기도 한다.[45] 따라서 이 연구는 지배질서 모드를 재현하면서도, 그 모드에 완전히 포섭되지 않는 "잠재적 사건성"[46]을 지닌 장으로서 "신체적 담론공간"을 다룬다.

배치에 따라 변화하는 집단지성의 수행성

넷째, 이 연구는 "신체적 담론공간"의 행위자들을 민족, 국가, 계급과 같은 특정 이데올로기에 의해 규정된 개인이 아니라, "신체적 담론

---

[45] Doren, Charles van. *A History of Knowledge : Past, Present and Future*, New York : Ballantine Books, 1991, pp.356~359. 이 책은 서구 역사에서 매체의 변화를 서술하면서 구텐베르크가 활판 인쇄술을 개발했을 때, 그 기계가 순종적인 농부들을 교육받은 정치적 폭도로 변하게 할 내재적 힘이 있으리란 걸 예측할 수 없었다고 말한다.

[46] 본 논문의 인용은 질 들뢰즈, 펠릭스 가타리, 권혜원·이진경 역, 「1947년 11월 28일—어떻게 기관없는 신체를 이룰 것인가?」, 『천의 고원』 1, 연구공간 '너머' 자료실, 2000, 156~174면; 공간된 번역으로는 다음을 참고할 수 있다. 질 들뢰즈, 김재인 역, 「1947년 11월 28일—기관없는 몸체는 어떻게 만들어지는가?」, 『천개의 고원』, 새물결, 2001.
"사건적 잠재성"이라는 말은 질 들뢰즈와 펠릭스 가타리의 "기관없는 신체"에 대한 개념을 이론화한 다음의 책으로부터 얻은 개념으로 질 들뢰즈의 용어는 아니다. 위 책에서는 들뢰즈와 가타리의 '잠재성(virtualité)'을 "기관없는 신체"라는 개념을 통해서 정의하면서 그들에게 잠재성이 '현실(réalité)'의 일부를 이루는 것이란 점에서 가능성(possibilité)과 구별된다고 설명한다. 즉, 가능성이 현실이 아닌 것이라면 잠재성은 현실적인 것이다. 다만 지금 '현재화'되어 있는 것을 뜻하는 현재성(actuelité)과는 대립된다. 이런 관점에서 서자면, 위에서 설명한 "신체적 담론공간"에서 일어난 예기치 못한 만남, 사건, 균열의 계기들은 이미 현실의 일부이며, 지배적 질서와는 다른 형태의 정치적 공간으로써 끊임없이 생성될 동력을 잠재적으로 품고 있는 것이 된다. (이진경, 『노마디즘』 1, 휴머니스트, 2002, 430~431면)

공간"에 참여함으로 그 담론공간의 권력 배치에 따라 갈등하고 변화하는 집합적 주체로 파악한다. 사상을 글로 쓸 때와 사람들 앞에서 이야기할 때를 비교해 보면, 그 내용과 논조에 큰 차이가 생긴다. 즉, 담론공간의 배치에 따라 사상의 내용, 의미, 수행성은 변화한다.[47] 그럼에도 기존의 연구에서 한명의 사상가는 일관된 한명의 개인으로 다루어지곤 했다. 행위자들을 '개인'이 아니라 "신체적 담론공간"에서 유동적으로 배치되는 집합적 지성의 형태로 다루는 것은, 사상과 담론에 대한 연구를 근대적 개인이 아니라 집단적 지성의 형태로 진행할 수 있게 해줄 것이다.[48]

---

[47] 예를 들어, 일본의 근대 초기 연설에 대해 연구하고 있는 다카노는 연설이란 연설이 진행된 시기나 문맥과 같은 시간성, "장소(지역, 중앙 / 지방 등), 회장(옥외 / 옥내, 가두, 광장, 공원 등)과 같은 공간성, 그리고 연설자(성격, 연령, 성별, 표정, 몸짓, 연설인수, 등장순 등), 청중(계급, 성별, 연령, 인수 등), 연설내용(정치론, 외교론, 문화론 등), 형식(연설, 강연, 토론 등)에 따라 규정되는 것이라고 설명한다. 또한 연설내용에 대해서도 표현의 과장이나 생략, 말실수 등이 빈번하게 일어나는 한편, 레토릭이나 수사, 예시가 덧붙여짐에 따라 설득력이 증감하기도 한다"고 규정하면서 정치사상의 틀을 연설에 기대 재평가 하는 것도 가능하다고 말한다. 예를 들어 "데모크라시 사상의 틀로서는 요시노 사쿠조(吉野作造)에 미치지 못했던 나가이 류타로(永井柳太郎)이지만, 연설이라는 표현형식에 착목해서 보면, 그의 활동의 의를 충분히 이해할 수 있다"고 쓰고 있다. 또한, 연설 레코드를 들으면 "논리형의 대표로 여겨지는 오자키(尾崎行雄)는 간결하고 명쾌하게 주장을 전개하고 있지만, 약간 소박하다는 인상을 받는다. 한편, 레토릭형의 대표로 여겨지는 나가이는, 성량이 매우 크고 발음이 명료하고 주장은 간단해서 레토릭이 과다하다고 여겨질 정도는 아니지만, 속도가 느리고 천천히 진행되는 연설로 무심결에 졸음에 빠질 정도이다. 대조적인 것은 나카노(中野正剛)로 숨도 쉬지 않는 것처럼 날카롭게 주장을 전개해 간다."(高野宏庚, 「演說をいかに讀み解くか?」, 『非文字資料研究』No.21, 奈良川大學 日本常民文化研究所 非文字資料研究センター, 2009, 28~29면. 원문은 일본어, 번역은 필자. 이후 이 책에 나오는 일본어의 한국어로의 번역은 모두 필자에 의한 것임)

[48] 대중에 대한 개념화를 시도한 비르노는 개체화에 대한 시몽동의 두 가지 테제를 들어 집단과 개인이라는 이분법을 비판한다. 시몽동에 따르면 첫째로, "전-개체적인 것은 결코 단독성으로 완전히 전환되지 않는다. (…중략…) 주체는 전-개체적 요소들과 개체화된 국면들의 항구적인 혼합(mélange, 뒤섞임)으로 이루어져 있다. (…중략…) 단독화된 것은 합성물이다. 다시 말해 '나'이지만 그러나 또한 '사람들'이기도 하다. 결코 재생산될 수 없는 독특함(unicité)이기도 하지만, 그러나 또한 익명의 보편성이기도 한 것이다." 둘째로 "집단적인 것 개인의 경험, 집단의 삶이, 우리가 일반적으로 믿고 있듯이, 단독적인 개인(개체)의 두드러진 특질이 감소하거나 소멸하는 영역이 아니라, 정반대로 새롭고 보다 근본적인 개체화의 영토라는 것"이다(빠올로 비르노, 김상운 역, 『대중』, 갈무리, 2004, 131~133면).

　이러한 방법론을 통해 이 책은 "신체적 담론공간"에서 나타나는 다층적이고 균열되고 모순적인 행위자들의 갈등 양상을 포착하는 데 중점을 둔다. 이는 '식민지적 공공영역(공론장)'을 합리적이고 이성적인 행위자들의 합의공간으로 보는 하버마스의 시각과 거리를 둔다. 하버마스는 『공론장의 구조변동』(1962)에서 국가적 공론장과 구별해서 근대적 부르주아 시민들에 의해 형성된 이상적인 소통이 가능한 공론장을 전제로 하고 논의를 펼친다. 그러나 이러한 이상적인 의회식 민주주의는 정치적 주체로서 국민과 시민의 구별을 전제하며, 논쟁은 합의에 이르기 위한 과정이 된다. 이러한 이상적인 공론장을 전제하는 것은 조선의 공론장이 지닌 다양한 잠재적 현상들을 놓치게 할 수도 있다. 특히 연설·토론·좌담·대회 등의 담론형태는 서구의 speech를 번역하여 유입한 것이긴 하지만, 이후 전개된 양상을 보면 조선과 일본, 또 다른 식민지 및 점령지 사이의 긴밀한 연동관계 속에서 차이를 보이면서 나타난다. 즉 이것들은 제국일본과 식민지기 조선이라는 관계성 속에서[49] 전개된 독특한 비평적 형태였고, 그 나름의 독특한 역사성을 지닌다. 이 담론공간에서는 계몽주체 / 계몽대상, 식민제국 / 식민지 조선 그리고 각 피식민지들 사이의 갈등과 균열이 나타난다.

　따라서 본 논문은 담론공간에 참여한 행위자들 사이의 '합의'가 아니라 '갈등·분열'을 보는 데 중점을 둔다. 예를 들어 연설회나 강연회가 예기치 못한 사건으로 중단되는 순간, 정치적 주체들 사이의 갈등과 충돌의 장으로 변화하는 순간, 번역 불가능한 순간, 명령에 복종하는 것이 권력에 대한 조롱이 되는 순간, 강연회나 상영회가 스펙터클이

49　이는 제국일본 / 조선 외에도 제국일본 / 대만, 제국일본 / 만주, 제국일본 / 중국 속 여러 점령지역 등에서도 확인되는 현상이다. 이 책은 식민지 조선을 중심으로 한 연구이므로 도쿄, 만주의 좌담회가 언급되기는 하지만, 이 관계성이 지닌 동일성과 차이를 보다 폭넓게 고찰하는 것은 이후의 과제로 남겨 놓는다.

되는 순간, 대화가 결렬되거나 침묵하는 순간 등 이른바 "신체적 담론공간"의 합의가 행위자들의 갈등과 균열 속에서 실패하는 순간들을 다룬다. 이를 통해 합리적이고 이성적이고 국가적인 공공성이 아니라, "차이나는 행위자들의 갈등과 분열로 존재하는 공공성", 좌담회 밖의 좌담회, 회 밖의 회의 가능성을 제시하려고 한다.

'감정기억'을 변화시키는 대중들의 동력

다섯째, 이 연구는 신체적 담론공간의 형성과 변화를 통해 피식민지의 신체가 어떻게 변용되어 왔는가를 보여줌으로써, 국가나 민족으로 포섭되지 않는 대중적 동력을 질문한다. 기존의 근대문학사나 근대적 국민국가 형성에 대한 연구는 문화적 이입과 변용의 스펙트럼을 제시해 주지만, 그것이 어떤 감각을 통해 이입되고 변용되었는가 하는 것, 즉 대중들이 자발적으로 변혁을 이끌어내는 동력에 대해서는 충분히 설명하지 못하고 있다. 근대의 기원을 밝히고 국민국가 경계와 가치를 비판한다고 해도, 이처럼 신체적 감각적 유입과정을 통해 일상생활에 깊숙이 새겨진 "감정기억(感情記憶)"[50]을 바꾸지 못한다면 근대를 변화시킬 동력을 찾기 어렵다. 한편 '세계'의 권력적 힘들은 이미 단일국가 '지역' 내부로 침투하고 있다. 니시카와는 이러한 글로벌 시대의 식민지 문제를 "식민지 없는 식민지주의(植民地なき植民地主義)"라는 말로 이론화하고 있다.[51] 식민지와 피식민지 사이에 위계화의 구조, 보편과

---

50 孫歌, 『歷史の交差点に立って』, 日本経濟評論社 : 日本(日本語), 2008.
51 西川長夫, 『'新' 植民地主義論－グロ‐バル化時代の植民地主義を問う』, 平凡社 : 日本(日本語), 2006, 11면. 신식민지주의는 특정의 영토를 한정해서 정치적 군사적으로 통치할 필요가 없다. 전쟁이 변용시켰던 이민과 난민의 세기 이후, 정보가 순식간에 세계 구석구석까지 도달해 노동력의 이동이 일상적인 것이 된 지금, 식민지는 세계의 도처에서 구 종주국이나 패권국의 내부에서도 형성되고 있기 때문이다. 새로운 식민지의 경계를 표시하는 것은 이미 영토나 국경이 아니라, 정치적 경제적 구조 속에서의 위치이다(西川長夫, 『戰爭の世紀を超えて』, 平凡社, 2002年, 27면).

특수라는 구조가 반복해서 재현된다는 것이다.[52] 그러나 이 반복의 메커니즘은 니시카와의 분석보다 더 복잡하다. 그것은 단순히 항을 바꾸며 반복될 뿐 아니라, 감각의 변용이라는 문제를 제기한다. 감각적이고 신체적인 측면을 분석하지 않는다면, 신식민주의에 대한 비판은 식민주의와 똑같은 것이 되고 만다. 집단적 담론공간에서 드러나는 참여자들의 신체적이고 감각적인 반응을 살펴보면, 식민자와 피식민자의 복잡하고 내밀한 내면과 무의식, 조선과 일본이라는 국가적 경계로 포섭될 수 없는 다양한 정체성, 대중적 선동을 이끌어내려던 제도가 부딪쳤던 일상적 저항과 모순들이 드러난다. 이렇게 신체적 담론공간에서 형성되어 온 감각적이고 신체적인 측면을, 단일하고 고정된 "감정"이 아니라 변화하고 확산되는 "감흥(affect)"으로 파악하고 이를 통해 새로운 정치적 감각을 모색하려고 한다.[53]

'반쯤 말해진 것'과 완결되지 않는 담론공간

여섯째, 본 연구는 "담론자원"이라는 개념을 통해서 신체적 담론공간의 물리적 배치, 발화방식, 시공간의 구성, 신체적 감각 등이 어떻게 배치되고 있는가를 살펴본다. 담론공간은 평등하고 열려진 공간으로 보이지만, 실제로는 배제와 주변화의 힘이 작동하는 공간이다.[54] 담론자

---

52 西川長夫, 위의 책, 27면.
53 들뢰즈, 「정동(affect)이란 무엇인가」, 자율평론 기획&번역, 『비물질적 노동과 다중』, 갈무리, 2005. 여기서 들뢰즈는 감흥(정동을 의미 affect)을 정서나 감정과 구별하면서 우연한 마주침에 의해 신체들이 변이하는 긍정적 능력으로 평가하고 있다. 따라서 감흥은 "어떤 것도 재현하지 않는 사유양식"을 의미한다.
54 공공성이라는 개념은 현재에도 논란거리이다. 우선 공공성은 "국가에 관계된 공적인(official) 것"이라는 의미로 사용될 때가 있다. 이때의 공공성은 "국가가 법이나 정책과 같은 것을 통해 국민을 대상으로 실시하는 활동"을 의미한다. 둘째로, "특정한 누군가가 아니라 모든 사람들과 관계된 공통적인 것(common)"이라는 의미로 사용되며, "공통의 이익·재산, 공통적으로 타당한 규범, 공통의 관심사 같은 것"을 가리킨다. 셋째로, "누구에게나 열려있다(open)"는 의미로 쓰일 때가 있다. 이때의 공공성은 "누구의 접근도 거부하지 않는 공간이나 정보 같은 것을 가리킨다". 그러나 세 가지의 공공성에 대한 개념은 서로 충돌하는 경향이 있다. 국가 행정

원(discursive resources)은 담론공간을 구성하거나 담론공간에 참여하기 위해 필요한 질적 자원들을 의미한다. 담론공간에서는 담론자원을 가진 자들이 헤게모니를 쥐게 되며 "공공성은 이 코드로부터 자유롭지 못하다."[55] 특히 식민지 조선의 정체(政體)는 "부재"의 형태로 자각되었다. 즉 식민지 조선에서 민족국가가 인식된 순간은 바로 그러한 민족국가가 성립불가능하다는 것을 인식하는 순간이기도 했다. 따라서 식민지 조선의 정치권력의 형성은 외부의 권력질서와 민감하게 연동하고 있었다. 이 책에서는 담론자원의 변화에 의해 담론공간의 스키마(schema)[56]가 어떻게 형성·안정되고, 다시 그 스키마가 어떻게 변형·전복되는가를 살펴본다.

그러나 '담론자원'이라는 개념 등은 담론공간에 참여하는 것이 지닌 수행성, 담론전략(내러티브, 반복되는 문법, 의도 등)을 분석하기에 미흡한 부분이 있다. 식민지화 속에서 근대성이 폭력적인 형태로 형성되어 가는 상황에서는 담론공간에 참여한다는 것 자체가 논의내용보다 중요

활동으로서의 '공공사업'은 실질적인 '공공성(publicness, 공익성)'이 있는가라는 논란의 대상이 되고 있으며, 특히 '공통된 것(common)'을 의미하는 것과 '닫혀있지 않은 것(open)'을 의미하는 두 개념은 충돌한다.(사이토 준이치, 윤대석·윤수연·윤미란 역, 『민주적 공공성』, 이음, 2009, 18~28면. 이러한 충돌은 매우 중요하다고 생각한다. 본 연구는 '공통적인 것들(commons)'을 "외부와의 만남을 통해 구성되는 차이나는 것들의 공존"이라고 전제한다. 따라서 민족국가 경계로 구성되고 국가에 의해 관리되는 공공성이나 이익이나 재산과 같은 것으로 규정되는 자본주의적 공공성에 대해서는 비판적인 관점을 취한다. 더불어 폐쇄적인 형태로 구성되는 공동체적 공공성과도 거리를 둔다. 오히려 외부와의 만남을 통해 구성되는 차이나는 것들의 공존과 변화의 생성으로써 '공통적인 것들'을 정의할 때, 공공적인 것에 부과되어 있는 모순된 충돌이 지닌 의미가 생산적으로 극복되지 않을까 한다.

55 사이토 준이치가 담론자원의 구체적 예로서 드는 것은 "어떤 어휘를 구사 하는가", "말을 어떻게 하는가라는 담론의 톤(tone, 말하는 방식, 쓰는 방식)", "공사를 구별하고 공공의 장에 어울리는 테마를 말해야 한다는 암묵적 규범" 등이다.(사이토 준이치, 윤대석·윤수연·윤미란 역, 앞의 책, 31~37면)

56 Jan Renkema, *Introduction to Discourse Studies*, John Benjamins Publishing Company : Amsterdam / Philadelphia, 2004, pp.44~47, p.236; 이원표, 『담화분석─방법론과 화용 및 사회 언어학적 연구의 실례』, 한국문화사, 2001, 15~20면. 스키마란 프레임(시공간적 규범), 스크립트(특정 상황에서 부여된 역할모델), 시나리오(행위순서)로 구성된다.

한 의미를 지니게 된다. 따라서 언어란 수행이며, 발화상황에서의 발화의 표출이라고 보는 화용론(pragmatics)적인 관점에서[57] 담론공간에 참여하는 것 자체가 지닌 수행성을 분석할 것이다. 또한 발화(act of speech, 또는 speech-act)를 발화행위(locutions, 또는 locutionary acts), 발화수반행위(illocutions 또는 illocutionary acts), 발화효과행위(perlocutions, 또는 perlocutionary acts)로 나누어 설명한다.[58] 왜냐면 식민지 조선의 담론공간에서는 발화가 함축하고 있는 바가 민족, 계층, 지식, 계급 등에 따라 복합적으로 나타나기 때문에 말해진 것(발화행위)과 의도된 것(발화수반행위), 그것이 행동으로 표출된 것(발화효과행위) 사이에 복잡한 균열과 함축이 있다. 이러한 분석틀은 속마음 / 겉으로 표출된 발화 사이의 관계뿐 아니라, 식민지 담론공간에 참여하고 발화하는 행위가 지닌 다양한 함축을 드러내기 위해 사용한 것으로, 원래 오스틴 이론과는 다소 차이가 있다. 간단히 말해 식민지 조선의 담론공간에서는 완결되지 못한 담론적 상황이 지속되는데 이와 같이 '반쯤 말하여진 것(half-said)'을 통해 담론공간의 분열적 상황, 탈주체화된 주체성들을 드러내고,[59] 담론공간 속에서 화자 / 청자가 상호관련을 맺으면서 양쪽이 모두 변화하는 양상을 살펴본다.[60]

모더니티와 콜로니얼리즘이 착종된 담론공간

일곱째, 대중들의 반응이 중시되는 연설 · 토론회, 미디어와 자본에 민감하게 반응했던 좌담회 · 강연회(대회)의 변모과정을 통해 모더니

---

57 J. L. 오스틴, 김영진 역, 『말과 행위 — 오스틴의 언어철학 · 의미론 · 화용론』, 서광사, 1992, 235면.
58 張爽鎭 편저, 『오스틴 — 화행론』, 서울대 출판부, 1987; J. L. 오스틴, 김영진 역, 『말과 행위 — 오스틴의 언어철학, 의미론, 화용론』, 서광사, 1992, 207면.
59 박찬부, 『라캉 — 재현과 그 불만』, 문학과지성사, 2006, 152~153면.
60 로만 야콥슨 · 모리스 할레, 박여성 역, 『언어의 토대』, 문학과지성사, 2009, 119면.

티와 콜로니얼리즘의 연관관계를 질문한다. '좌담회 / 강연회(대회)'는 콜로니얼리즘적 침략도구이기도 했지만, 그 이전에 모던한 분위기를 띤 편집된 저널리즘의 형식을 지니고 있었다. 식민권력을 유포시키는 형식인 반면, 대중과 만나는 순간 그 권력관계를 역전시킬 수 있는 가능성을 지닌 형식이기도 했다. 이처럼 신체적 담론공간에서는 콜로니얼리즘과 모더니티가 공모하며,[61] 피식민지를 오리엔탈리즘화해 소비하기도 한다.

한편, 피식민지 쪽에서는 이러한 과정을 통해 제국의 중심으로 진출할 기회를 얻기도 한다. 이처럼 식민지화 과정은 일방적이라기보다는 제국주의 / 식민지 혹은 제국 / 지방(지역)이라는 관계성 속에서 유동한다. 이 관계성들은 식민자의 양가성을 유발할 뿐 아니라, 피식민자 내부에 양가성으로 정리되지 않는 다양한 분열을 야기한다. 이런 갈등양상을 통해 식민지성에 각인되어 있는 모더니티와 모더니티의 모습을 한 식민주의의 문제를 분석한다.

담론공간을 통한 만남과 잠재적 외부

여덟째, 이 연구는 신체적 담론공간의 존속을 위한 연구가 아니다. 오히려 이 연구는 제도화된 공공영역에 잠재적으로 존재하는 외부, 혹은 제국(주의) / 식민'지'의 외부를 모색하기 위한 것이다. 따라서 '조선'의 담론공간에 연구대상을 한정시키지 않고, 성별, 계급, 국가, 민족의 경계에 있는 담론공간을 다룰 것이다. 『국민문학』 좌담회를 중심으로 논의를 전개하면서도, 그와 함께 조선―일본간 좌담회의 번역, 대동아문학자 대회, 만주에서 열린 대회 등을 다루는 것은 그 때문이다.

61　鵜飼哲, 「コロニアリズムとモダニティ」, 『主權のかなたで』, 岩波書店 : 日本(日本語), 2008, 76～77면(번역본으로는 우카이 사토시, 졸역, 『주권의 너머에서』, 그린비, 2010 참조).

동아시아는 추상적인 개념이다. 하지만 동아시아는 '세계'와 만났던 경험을 구체적 실감으로 공유하는데, 이는 근대 초기와 1930년대 후반에 두드러진다. 이 두 시기 조선에서는 닥쳐온 변화에 대응하기 위한 집단적 담론 형태가 유입·변화된다. 연설·토론회, 강연회, 좌담회, 다민족 대회, 이동연극 등의 담론공간들은 급격히 변화하는 외부의 상황과 연동하면서 단일국가와 민족적 경계를 넘는 모색과 갈등 속에서 구성되었다. 따라서 이 연구가 '지역'을 문제 삼는다는 것은 '조선'이라는 고정된 민족을 논의하거나 '한국'이라는 국가와의 연속성 속에서 신체적 담론공간을 다루는 것과 구별된다. 오히려 '제국적 질서가 지닌 양면성 — 연대이자 배제인 — 속에서 "만남의 순간 구성되는 시공간적 경계감각의 변화"를 파악하려고 한다.[62]

'부/재'로서의 성격을 지닌 신체적 담론공간의 잠재성

아홉째, 이 연구는 '부재'[63]의 존재 형태로 근대계몽기 및 식민지기 조선의 담론공간을 다루려고 한다. 조선의 근대는 그 근대를 인식하는 동시에 그것의 부재를 인식해야 했다. 또한 식민지 말기로 접어들수록 조선의 주체성을 주장할 때마다 그것이 식민화되거나 부재한다는 것을 깨달아야 했다. 따라서 근대계몽기와 식민지기 조선의 '주체'와 '계몽'에 대한 욕망은 실은 그것이 부재한 결과였다고 할 수 있다.

따라서 신체적 담론공간을 '근대적 주체'의 형성 과정으로 파악할 때, 조선의 담론공간은 끝없이 미달되거나 착종된 형태로밖에 논의될 수 없다. 혹은 주체성을 확립하는 데 급급한 나머지, 그 주체성이 지닌

---

62 米谷匡史, 『アジア／日本』, 岩波書店 : 日本(日本語), 2006.

63 모리스 블랑쇼는 에우리디케의 신화를 통해 끊임없는 '부재(absence)의 순간'를 통해서만 가능해지는 문학의 본질, 혹은 작품에 다다르는 순간 그것으로부터 벗어나버리는 문학의 운명을 설명했다. 이 부재를 통해서 문학은 끊임없이 그 외부로 열리게 된다는 것이다(모리스 블랑쇼, 이달승 역, 『문학의 공간』, 그린비, 2011).

폭력적인 측면을 보지 못한 채, 근대화에서 식민지화에서 늘 '타자' 혹은 '주변'으로 위치 지어졌던 조선의 역사가 지닌 타자에 대한 강한 감응력이 봉쇄되어버리기도 한다. 따라서 이 글에서는 '주체성'에 대한 질문이 아니라 비주체적이고 비가시적이며 비근대적인 '부재'하는 듯이 보이는 영역 혹은 이 '부재'의 존재 형태를 통해서, 근대적 담론공간이란 설정에서는 보이지 않는 타자와의 비근대적인 대화와 감응의 가능성을 포착하려고 한다.

학제간 연구의 필요성

끝으로 이 연구는 문학, 역사, 정치 등 학제적으로 분류되어 연구되는 풍토를 조정하고, 다양한 서사체 간의 상호관련성 및 문자와 비문자적 양식의 접점을 통해 새로운 학제간 연구의 가능성을 열고자 한다. 연설·토론회 뿐 아니라 좌담·강연회에 대한 연구는 이제 겨우 시작 단계이다. 그러나 신체적 담론공간은 어떤 분과에도 속하지 못하는 서사양식이나 친일적 제도라고 폄하되는 것과 달리, 식민지 전반에 걸쳐 조선 / 일본을 둘러싼 관계성의 변화를 핵심적으로 드러내는 사건적 장이자 동아시아의 관계성을 비판적으로 모색할 수 있는 다채로운 사상적 자원을 담고 있다.

이 연구는 조선의 근대계몽기 및 식민지기의 대화적 비평 텍스트를 발굴해 통시적으로 정리함으로써 식민지적 경험을 지닌 담론공간의 공공성을 파악하는 데 도움이 되고자 한다. 또한 신체적·담론적인 접근 방식을 통해서 최근 매체를 넘나들며 진행 중인 대중적 문화양식의 연구에도 소재를 더할 수 있을 것이라고 생각한다.

제2장

근대 초기 연설·토론회의 발생과 변화

1. 연설·토론회의 유입과 감각의 변화

1) '연설하는 학문'과 연설·토론'會'의 성립

(1) "개화를 이루는 일대 계기"—연설·토론회

전근대적 정치체제에서 근대적 정치체제로 변화하는 시기에 일본, 중국, 조선에서는 공통적으로 연설과 토론이 유행한다. 근대적 협정을 요구해 오는 서구에 맞서 대중에게 문명을 보급할 수 있는 빠르고 돈이 들지 않는 경제적 수단이자, 많은 사람들이 모여서 직접 몸으로 문명을 체험해 볼 수 있는 효과가 빠르고 실용적인 수단이 연설과 토론이었기 때문이다. 연설과 토론이 유입·확산되어 간 과정과 목적은 일본, 중국, 조선에서 다소 차이를 보이지만 이와 같은 '계몽적 효과'가

중시되었다는 점은 동일했다.

'연설토론회'의 유입과 확산

일본에서 연설을 보급시킨 것은 후쿠자와 유키치(福澤諭吉)였다. 연설은 "근대사회에서 살아가는 자립된 개인에게 필수적인 미디어로 인식"되었다. 후쿠자와는 1875년에 "인세를 투입해 미타(三田) 연설관을 개관"했으며, "바바 다쓰이(馬場辰猪)의 호쿠신샤(北辰社)"에서도 연설회를 개최했다. 1880년경에는 전국 각지에서 연설회가 활발히 발생한다.[1] 민권자강운동 속에서 급격히 확산된 일본의 연설은 '근대적 개인'을 만들기 위한 계몽적 방식이었다. 청말 중국에서도 '연설'은 광범위하게 확산된다. 중국에서 연설의 중요성이 인식된 것은 학교·신문·연설을 나란히 "문명전파의 세 가지 이기(利器)"로 언급했던 일본인 이누카이 쓰요시(犬養毅)의 영향을 받은 것이었다. 그러나 중국에서 연설이 광범위하게 확산될 수 있었던 것은 량치차오(梁啓超)가 "대저 국민 중 글자를 아는 이가 많으면 신문을 이용하여야 하지만 글자를 아는 이가 적으면 연설을 이용하여야 한다"고 했던 것에 힘입은 바 크다. 이처럼 중국에서 연설은 "캉유웨이(康有爲)와 량치차오" 등이 근대 문명을 글자를 모르는 대중에게 빠르고 쉽게 전달하기에 적합한 매체로 선택하고 활용함으로써 확산되었다.[2]

조선에서도 연설과 토론은 서구문명을 빠르게 받아들이고 전파하는 미디어이자 국권상실의 위기 속에서 새로운 형태의 정치체제 및 주체성을 모색하기 위한 것이기도 했다. 조선에서 연설·토론이 유입되

---

1   高野宏庚,「演說をいかに讀み解くか?」,『非文字資料研究』No.21, 奈良川大學 日本常民文化研究所 非文字資料研究センター, 2009, 27면.
2   천핑위안(陳平原), 최정섭 역,「연설과 근현대 중국문체의 변혁」, 임형택·한기형·류준필·이혜령 편,『흔들리는 언어들』, 성균관대 대동문화연구원, 2008, 63~66면.

고 확산되었던 정황을 살펴보자. 다음의 글은 1907년 안국선이 쓴 『연설법방』에 붙은 '序'의 일부분이다.

我韓이 至今의 束縛主義를 纔脫ᄒ야 釋放主義를 方探ᄒ며 武斷時代를 僅過ᄒ야 憲政時代로 將入ᄒ니, 此ㅣ 言論自由를 不可不 尊重홀 時代로다, 安君國善은 此에 有志ᄒ야 社會文明이 言論自由의 不進으로 因ᄒ야 妨碍됨을 慨歎ᄒ야 此 書를 著ᄒ니 文勢ㅣ 簡易ᄒ고 意義ㅣ 通曉ᄒ야 新進青年의 好個 良書가 될지라

이 글은 '속박주의에서 석방주의로의 변화', '무단시대에서 헌정시대로의 장입'이 이루어져야 할 시기가 바로 지금이며, 이를 위해 언론자유가 존중되어야 한다고 선언한다. 당시 중화주의적 세계관을 대체한 것은 서구 열강의 약육강식과 적자생존의 논리였다. 아관파천은 1897년 2월에 막을 내리고 고종은 그해 10월 '칭제건원'을 통해 대한제국을 선포하고 황제의 자리에 오른다. 중화주의적 질서로부터 만국공법의 세계로 돌입하려 한 것이다. 그러나 조선에는 근대적 개혁을 수행할 수 있는 강력한 정부가 없었다. 이때 독립협회는 『독립신문』과 같은 신문, 토론─연설회와 같은 제도적인 공론장을 만들면서 문명개화를 주도할 주체적 세력으로 등장한다.[3] 위의 인용문은 '속박주의'에서 벗어나 '헌법', 즉 만국공법에 기초한 독립국가로 서기 위한 매개로서 '언론자유'가 필요하다고 언급하고 있다.

만국공법은 현실적으로는 강대국의 이념을 대변할 뿐이었다.[4] 주권

---

3 정선태, 「근대적 정치운동 또는 '국민' 발견의 시공간」, 『독립신문 다시 읽다』, 72~73면.
4 「논설」, 『독립신문』, 1898. 2. 26. 이 논설을 보면 일본의 사신이 조선의 풍속법을 어겼음에도 일본에서는 "만국 공법에 말ᄒ엿스되 약죠 제국이 평화 시에는 그 나라 사신이 공무에 ᄒᄂ 일을 방히롭게 아니 ᄒᄂ 것이 뎡 ᄒ여 노흔 규례"라는 논리를 들어 치외법권을 주장한다. 이처럼 만국공법은 공평한 국제질서를 보장하는 듯이 보였으나 실상 힘의 논리로 지배되고

국가 간의 평등을 전제로 하는 국제법은, 근대적 국가가 아니었던 지역들이 국제사회에서 겪는 불평등을, '법'의 가면 속에 감추었다. 문명의 속도를 따라잡기엔 한없이 뒤처지고 근대적 국민국가를 향한 개혁 주체도 명확치 않았던 조선에서는, 만국공법이 제시했던 평등한 국제사회의 일원이라는 비전의 빈자리를 문명개화이자 언론자유를 보장하는 듯한 담론공간인 연설·토론이 대신한다. 근대적 국민국가의 빈자리가 클수록 그곳을 보충하기 위한 욕망은 커졌다. 그곳을 메운 것은 새로운 사회를 건설할 주체로서의 이상적인 '민족'과[5] 그에 걸맞은 신체를 학습하고 만국공법을 제도적으로 경험할 수 있는 연설·토론회였다.

문명개화의 '인간 – 이동 미디어' : 연설·토론회

연설·토론회를 유입·확산시킨 것은 서재필과 윤치호, 유길준 등이었다. 미국에서 유학하고 돌아와 『독립신문』을 만들었던 서재필은 물질적 기초가 약한 조선을 개혁하기 위한 방법으로 학교교육, 연설, 신문의 유용성을 깊이 인식하고 있었다.[6] '연설'이라는 말을 처음 들여오고 『독립신문』에서도 활동한 윤치호는 일본 유학시절 후쿠자와와 접촉하면서 문명의 도구이자 증표로서 '연설의 효과'를 인식하게 된다.[7]

연설은 영어로 스피치라고 하는데 많은 사람들을 모아놓고 자기의 의견을 말하여 그 자리에 모인 사람들에게 자기 생각을 전달하는 방법이다. 우리나라에는 아직까지 그러한 관습이 없었다. 서양에서는 연설하는 일이

<hr>

있었다.

5　신형기, 「민족이야기를 넘어서」, 『민족이야기를 넘어서』, 삼인, 2003, 17면.

6　이황직, 『독립협회, 토론공화국을 꿈꾸다』, 프로네시스, 2007, 56~72면.

7　전영우, 『한국 근대토론의 사적 연구』, 일지사, 1991, 53면.

아주 많다. 정부나 의회나, 학자들의 집회, 상인들의 회사, 시민들의 모임, 관혼상제, 개업이나 개점 등 아주 작은 모임에 이르기까지 열 명 정도만 사람이 모여도 반드시 연설을 한다. 연설의 내용은 모임의 취지를 말하거나 또는 평소에 생각하고 있었던 의견, 또는 그 좌석에서 느꼈던 점들을 대중에게 전달하는 것이다.[8]

후쿠자와에 따르면 연설은 서구의 '스피치(speech)'를 번역한 것으로 문명화된 서양 사람들에게는 일반화된 관습이다. 연설은 후쿠자와의 서양문명 전달의 핵심적 매체이자 바로 서양문명의 증표였고 서구적 근대국가의 시스템을 형성하기 위한 주춧돌과 같았다.

일본에 유학했던 윤치호와 미국에 유학을 했던 서재필 뿐 아니라, 계몽적 지식인들도 연설이 문명개화를 위해 유용하고 꼭 필요한 도구라는 점에 깊이 공감했다. 유길준은 『서유견문』을 통해 강연이란 학자가 "자기 생각을 말로써 널리 펼치는 것"으로서 "개화를 이루는 일대 계기"라고 말한다.[9] 연설·토론은 학교를 설립할 돈조차 충분치 않았던 당시 조선에서 대중을 계몽하기 위한 실용적이고 효과적인 매체로서 받아들여졌다. 문맹률이 높고 계몽적 교육기반이 갖추어지지 않았던 당시, 어디든지 다니면서 계몽을 할 수 있는 연설·토론의 '인간-이동-미디어적 성격'이 실용적으로 작용했던 것이다.[10]

의회 민주주의 제도로서의 연설·토론회

연설·토론을 교육과 문명개화의 도구로 인식했던 서재필과 달리,

---

8 후쿠자와 유키치, 남상영 역, 『학문의 권장』, 소화, 2003, 151~152면.
9 유길준, 허경진 역, 『서유견문』, 한양출판, 1995, 392~393면.
10 베르너파울슈티히, 황대현 역, 『근대 초기 매체의 역사』, 지식의 풍경, 2007. 이 책은 인쇄매체가 발달하기 전, 인간이 직접 구두로 정보나 소식을 전하던 시기의 매체 형식을 '인간매체'라는 말로 규정하는 한편, 그것의 변화양상을 살핀다.

윤치호는 연설·토론회가 서구식 의회주의 시스템을 도입하는 수단임을 강조했다. 윤치호는 "독립협회토론회 규칙"을 제정할 때에도 서재필과 의견 차이를 보이고 있었는데, 이후 관민공동회와 만민공동회를 겪으면서 연설이나 토론회가 폭력적으로 치닫는 것을 막기 위해 보다 정밀한 의회식 규칙이 필요하다고 생각했다. 윤치호는 1894년 미국의 헨리 로버트(Henry M. Robert)가 서구의 회의 진행 규칙에 대해서 설명한 해설서인 *Pocket Manual of Rules of Order for Deliberative Assemblies*에서 의회 회의에 필요한 부분만 발췌·번역하여 『의회통용규칙』(1898.6)을 출간하기도 한다. 이것은 국내 최초의 회의법 소개 책자라고 할 수 있다.[11] 이처럼 윤치호가 생각했던 연설·토론은 폭력적이지 않고, 규칙에 의해서 진행되고, 자연상태의 대중이 아니라 계몽된 시민이 동등한 언권으로 발화하는 공간, 즉 합법적 공공성이 구성되는 의회식 민주주의였다.

의회 민주주의를 기반으로 한 담론공간의 성립은 정권 및 제국주의 열강들에 대해서도 힘을 행사할 수 있는 합법적인 기반을 조선 안에 제도적으로 형성해 줄 가능성을 열어 주었다. 반면 의회식 민주주의 체제를 이성적으로 이해하는 동시에 그 논의 방식을 신체적으로 학습해야 했던 당시의 조선에서는, 이러한 합법적 정치체제의 도입이 대중의 자율적인 욕망을 제한하고 대중의 신체를 강제적으로 훈육할 위험성도 지니고 있었다.[12] 연설·토론회는 지식인들에 의해서 유입되어 대중

---

11 이황직, 앞의 책, 133~135면.
12 최근 독립협회의 활동에 대해 적극적으로 평가하려는 시도가 이루어지고 있다. 이에 발 맞춰 서재필 기념회에서 운영하는 사이트가 생겼다. 이 사이트에는 서재필, 독립협회, 만민공동회에 대한 다양한 사진, 신문, 연구 자료들을 축적되어 있으며 인터넷 상에서 열람도 가능하다. 이는 대중성과 전문성을 겸비한 좋은 시도라고 할 것이다. http://independent.culturecontent.com/index.asp. 다만 이런 최근의 경향에서 아쉬운 점은 독립협회의 토론회와 '만민공동회'라는 사건은 그 연속성만큼이나 단절성도 지니고 있음이 잘 부각되지 않는다는 것이다. 독립협회가 담당했던 역할을 적극적으로 평가하는 한편, 독립협회가 이상적으로 삼았던 '사회'에 대한 보다 심도 있는 고찰이 필요하다고 생각한다. 독립협회와 만민공동회라는 담론공간은 주도한 주체, 담론공간이 지닌 자율적인 성격 등에서 큰 차이를 지니고 있다. 만민공동회는 독

에게 전달된다는 계몽주의적 성격을 강하게 띠고 있었으며, 그 계몽주의가 기반으로 했던 것은 이상적인 근대 국가 체제이자 평등한 국제 질서였다. 그러나 이런 성격은 대중들과 직접 만나는 실제의 연설·토론 회장을 통해 균열되고 변형되어 갔다. 연설·토론회, 그 시공간에서 사람들은 이성 보다 먼저 감정과 신체를 변화시켜야 했다. 따라서 연설·토론회는 근대적 제도와 사람들의 신체와 감정이 부딪치는 장이기도 했다.

(2) '연설하는 학문'이 된 연설·토론회

매혹적인 박래품, 혹은 엄격한 교육기관

연설·토론이 처음으로 대중에게 알려지기 시작했을 때, 그것은 매혹과 동시에 낯설음을 유발했다. 연설·토론은 대중에게는 기존에 접해보지 못한 낯선 것이었다. 다음과 같은 해프닝들은 당시 사람들이 연설에 대해 지녔던 이해 정도를 보여준다. 협성회는 1897년 여름부터 광화문, 종로 등지에서 민중계몽을 위한 가두연설회를 개최한다. 그러나 연설과 토론을 통한 대중동원이나 감화는 쉽지 않았다. 연설이 있다고 하면 사람들은 잔치가 있는 것으로 오인하기도 했고, 때로 청중이 모이지 않으면 협성회 회원 4~5명이 편싸움을 하는 시늉을 하여 사람을 모으기도 했다.[13] 당시 고관대작들도 연설에 익숙하지 않은 것은 마찬가지여서 단순히 可否의사만 표하고 내려가는 경우가 허다했다.[14] 이런 형편에서 연설·토론을 통해 정치적인 비평까지 한다는 것

립협회의 연설·토론회처럼 지식인들에 의해 주도된 것이 아니라 대중들의 자발적인 정치적 활동에 의해 구성되었다고 볼 수 있다.

13 전영우, 앞의 책, 53~54면; 김성렬, 『도포 입고 ABC 갓 쓰고 맨손체조』, 학민사, 2004, 159~160면.
14 전영우, 위의 책, 60면.

은 상당한 교육을 필요로 했다. 연설과 토론이 학교 교과목 중 하나로 편성되어 교육[15]되었던 것은 이러한 사정에 기인한다. 독립신문 1896년 12월 1일 잡보에서 연설을 "연설하는 학문"이라고 표현한 것은 연설의 내용뿐 아니라 연설 자체가 교육이자 학문의 대상이 되어야 했던 당시의 상황을 잘 보여준다.

처음 연설·토론이 유입되었을 때 그것은 정치적 담론공간 — 이른바 메시지를 전달·토론하는 매체 — 으로서 기능했던 것이 아니라, 연설·토론회 그 자체가 하나의 메시지였다. 연설·토론은 그 자체로 낯설고 매혹적인 '문명국의 박래품'이자, 이상하고 신기한 규칙, 신체동작, 말하는 법을 익히고 배워야 할 '학문'이었다. 연설·토론회를 전파하는 지식인들도 외국 사람들이 대개 대한에는 "쎄잇는 사룸이 업다고 ᄒ"더니 "독립관에셔 ᄒ던 연셜들을 듯거드면 이 외국 사룸들이 ᄆᆞ음을 변 ᄒᆞ야 대한 인민들이 아죠 그릇케 등 쎄 없ᄂᆞᆫ 사룸들도 아니"라는 것을 알 것이라고 하듯이[16] 연설·토론회를 문명의 증표로 생각했다.

따라서 대중들에게 '토론·연설'의 진행과정을 학습시키는 것은 엄격한 신체규율을 동반했다. 서재필은 1896년 2월 중순 이래 매주 토요일 강연회를 개최했고 1896년 10월에는 협성회를 조직해서 '회의진행법'을 가르쳤다.[17] 연설·토론회의 진행방식이나 규칙을 공부하는 것

---

15 위의 책, 29~31면. 1895년 '小學校教則大綱'을 보면 "평이한 담화"가 교과내용으로 취급됨. / 1906년 '보통교육령 교칙'을 보면 "강독―정확한 발음, 문자의 독법, 문자의 서법, 문장의 독법, 언어연습"이란 교과목 있음. / '사범학교령 시행규칙'에는 "강독―발음 및 구두주의, 문세 및 문의 해득"이란 교과목 있음. / 1909년 '보통교육령 교칙'을 보면 "국어―발음정확, 독법정확 서법정확"이 게재되어 있음. / '사범학교 국어과 학습요소'에는 "강독―어휘정확, 발음 및 구두, 문세 및 문의 획득"도 강조됨. / 1908년 '사립 고등학교 교과'에는 '국어급 한문'이란 분류에 "강독, 문법, 작문, 습자"가 포함됨. / 49면 배재학당에서 서재필은 '회의법'이란 교과목을 강의했다.

16 「잡보」, 『독립신문』, 1898.3.1.

17 윤성렬, 앞의 책, 155~156면; 협성회의 토론회 규칙을 보다 실감나게 서술한 것으로는 이황직, 앞의 책, 56~72면.

이 연설·토론의 논의내용만큼 중요했기 때문이다.[18] 신흥우의 회고를 보면 서재필을 통해 처음으로 박수를 치는 법, 동의·재청·개의 등을 배웠음을 알 수 있다. 서재필이 토론회의 목적에 대해 "정치적 대회장이라기보다 하나의 교육기관이다"라고 했던 것처럼[19] 연설·토론의 습득과정은 공부와 같은 엄격함을 요구했다. 예를 들어 회의의 진행이나 회의에서 결의된 사항은 매우 엄격하게 강제되었다. "입회비가 20전이고, 월회비가 5전 이상인데 사전통고 없이 통상회에 불참하는 회원에게 벌금 10전을 징수한다"는 규칙이 있었다. 협성회의 한 토론회에서 단발령이 결정되자, 학생들은 상투 자르기를 피해 달아난 학생 육정수를 찾아내 강제로 상투를 자르기까지 한다.[20] 이처럼 연설·토론은 정치적 공간이기 이전에, 연설하고 토론하는 규율을 익힌 신체가 참가하는 장이며, 참가함으로써 훈육되는 생체정치의 장이기도 했다.

연설토론과 '會' : 근대적 공론장의 '대리물'

1898년 2월 19일 『독립신문』 논설에서 서재필은 "대한 인민이 언제 회라 ᄒᆞᄂᆞᆫ것을 ᄒᆞ여 보앗스리요 이젼에 회라 ᄒᆞᄂᆞᆫ것은 편쌈 ᄒᆞᄂᆞᆫ 회나 아(亞)ㅈ 거름으로 항음쥬례ᄒᆞᄂᆞᆫ 회쑌이라"고 말한다. 이처럼 조선에서 연설·토론회는 조선의 대중들이 최초로 경험한 근대적 공론장 혹은 '會'를 대변한다. 회에 대한 인식은 중국으로부터의 독립, 즉 전근대적 질서로부터의 독립이라는 성격이 강했다. '회'에 대한 유기체적인 상상력은 내 몸 → 내 집안 → 내 동리 → 내 나라 → 국제 질서로 확대되었다. "내 몸회에 명령을 내린 규칙"을 잘 지키면 국가의 규칙과 장정을 잘 지키는 것과 같아서 자주독립국으로 대우받게 되리라는 바람

---

18 김세한, 『배재 80년사』, 배재학당, 1965, 200~203면.
19 전영우, 앞의 책, 127면.
20 위의 책, 54면.

을 담고 있는 것이었다.[21] 그러나 이는 앞서 살펴보았듯이 '문명의 박래품'이자 '학문'으로서의 성격이 강했고, 근대적 주체들에 의해서 구성되는 서양식의 정치적 담론공간과는 차이를 지닌 것이었다. 이러한 성격은 '회'가 연설하고 토론하는 행위와 함께 확산되어 갔다는 점에서 확인해 볼 수 있다.

조선에서 연설·토론은 '會'라는 인식이 재편되는 것과 함께 도입되었다. 이 점은 일본에서 연설·토론을 통해 '社'의 인식이 재편되었던 것과도 동일한 양상을 띠고 있다. 메이지 초기 메이로쿠샤(明六社)의 주 활동 멤버였던 모리 아리노리는 1875년 『명륙잡지(明六雜誌)』 30호에서 "작년 겨울 이래 사회 연설의 법이 일어나고 나서 드디어 '소사에티'의 체제를 얻기에 이르렀다"고 쓴다. 메이지 초기, '社'라는 말은 유행어의 하나였다. 분가쿠샤(文學社), 하쿠아이샤(博愛社)를 비롯해 신붕샤(新聞社)도 메이지 초기에 생긴 말이다. '社'가 유행했던 상황의 중심에는 1873년 근대시민사회의 다각적인 모색을 했던 '메이로쿠샤(明六社)'가 있다. '社'에 대한 인식은 점차 '會'에 대한 인식을 거쳐 '목적의식을 갖고 모인 사람들의 집합'이라는 의미를 지닌 '社會'라는 신조어로 굳어진다.[22]

일본 '社'의 조선버전이 '會'이다. 연설이나 토론회를 개최한 곳은 '단체나 회'의 성격을 띤 곳이었다. 당시 신문에는 다양한 형태의 부인회, 청년회, 종교회가 등장하는데, 이러한 회를 의식적으로 주도했던 것은 『독립신문』이었다. 『독립신문』 1898년 6월 2일 논설에는 '회'란 "사름이 만흔 입을 혼갈 곳치 흠"이어서 "각 사름이 혼 몸과 곳치 혼 회를 이름"이라고 설명한다. "마음"은 회장이고, "이 목 구 비 슈족"은 회원인데 회장의

---

21 「논설」, 『독립신문』, 1898.6.2.
22 야나부 아키라, 서혜영 역, 『번역어 성립사정』, 일빛, 2003, 26면.

지휘에 따라 각자의 직분, 즉 "맛흔 직무"를 다해 "사름의 흔 몸"을 이룬다는 주권 권력에 의해 관리되는 근대적 정치질서에 대한 인식과 연결된다. '몸을 모으고 입을 모으는' 회가 주로 벌인 활동이 연설과 토론이었다. 근대 초기의 연설·토론회는 '입'으로만 하는 것이 아니라 '몸'의 형식을 익혀야 하는 것이었고 그것이 바로 근대 초기 조선적 '회'의 성격이었다. 서재필의 이 발언은 당시 조선 사회에 팽배했던 계몽주의가 공적인 기획이나 모임에 깊이 침투해 있었으며, 그 계몽이란 생각을 바꾸는 것에 그치는 것이 아니라 몸을 바꾸는 것이었음을 보여준다.

연설·토론을 확산시킨 '會'는 조선에 부재하는 국제 질서와 주권 국가를 대체할 수 있는 것이란 의미가 강했다. 서재필은 "대져 회라 흐는 것은 정부나 샤회 샹이나 뎨일 요긴흔 것이요 학문 샹과 지혜와 싱각과 의견과 경제 샹에 가쟝 유죠흔 것"[23]이라고 설명하면서 그 예로서 배재학당의 협성회와 독립관의 토론회, 충청남도의 독립협회를 든다. "각식 학문샹에 관계 되는 문제를 너여 좌우 시비를 슉론 흐야 여러 사름의 문견을 넓게" 하며 "각국 회의 통용 규칙을 공부"하여 "란만공의" 하는 곳이 독립협회 토론회였다.[24] 이처럼 '회'란 문명화된 사람들이 모여 견문을 넓히고 학문적인 옳고 그름을 가리는 장으로 '정부'와 '사회'에 가장 중요한 것으로 받아들여졌다. 또한 '회'에서는 회원이나 방청인이나 "동등으로 경례를 흐여 챠등 업시 대접"[25]하는 만국공법의 질서가 통용되는 공간이기도 했다. 이처럼 주로 독립신문을 중심으로 확산된 "회"에 대한 인식은, 중화질서와는 다른 근대적인 '정부' 및 '사회'라는 새로운 형태의 공공공간이자, 서구와 어깨를 나란히 할 수 있는 '평등한 국제 관계'를 의미하는 것이었다.

---

23 「논설」, 「도라간 일요일 경성 학당에셔 광무 협회 연셜(전호 연쇽)」, 『독립신문』, 1898. 2. 19.
24 「잡보」, 「독립협회」, 『독립신문』, 1898. 7. 21.
25 「논설」, 「도라간 일요일 경성 학당에셔 광무 협회 연셜(전호 연쇽)」, 『독립신문』, 1898. 2. 19.

연설·토론 '會'에 대한 인식은 후쿠자와 유키치가 'society'를 '인간교제'라고 번역했던 것을 상기시킨다. 후쿠자와 유키치가 'society'를 '인간교제' 로 번역한 것은, 단순히 뜻에 대한 번역이 아니었다. 그는 좁은 의미의 인간관계만을 표시하던 '교제' 를 '가족, 군신, 인간' 등 보다 광범위한 근대 사회의 집단을 설명할 때 사용함으로써, 전근대적 권력관계에 묶여있는 집단에 대한 인식을 깨뜨리고 '교제'의 의미를 서양에서 쓰이는 'society' 개념에 근접할 수 있도록 변화시켰다.[26] 후쿠자와에게서 연설법을 배워온 독립협회 사람들 또한, 권력이 편중되는 제국주의적 국제질서의 새로운 대안으로서 'society, 즉 평등한 인간교제'가 이루어질 수 있는 만국공법적 세계질서의 가능성을 '연설·토론회'를 통해 실험했다.

그러나 이러한 연설·토론회는 조선의 현실 속에서 공식적이고 제도적인 차원인 일본식 '社'가 아니라, 비공식적으로 확산되어가는 '會'로서의 성격을 강하게 띠어간다. 계몽적 민족주의자들의 주도에서 시작되었던 연설·토론회가 점차 자발적이고 비공식적인 연설·토론회로 확산되어 가는 장면에서 이러한 '회'의 성격을 확인해 볼 수 있다. 조선에서 '會'는 남녀, 형제, 장유, 부모자녀 간에 권력이 불평등한 형태로 기능하는 전근대적 관계에서 벗어나기 위한 것만이 아니라, 새롭게 들이닥친 서구와의 충돌과 그에 따라 비롯된 문제들을 해결하기 위한 모임의 장으로서 요청되었다. 일본의 메이지 정부와 같은 강한 주권 권력이 부재한 상황에서 조선의 연설·토론회는 제도적이고 공식적인 '社'라기보다 비공식적인 '會'의 시공간 속에서 확산되었던 것이다.

서양식 근대국가의 시스템도, 그것을 모방할 주권 권력도 부재하던 상황에서, 조선의 독립협회의 개혁세력들은 '적자생존의 국제질서'를

---

26 야나부 아키라, 서혜영 역, 앞의 책, 2003, 20~23면.

뛰어넘어, 동시에 '중화로부터의 독립'을 추구하면서, '민족국가로서의 제도'를 확립하기 위해 연설·토론회를 도입했던 것이다. 따라서 조선에서의 '회'는 근대적인 '정부'나 '사회'와 같은 공식적이고 제도적인 일본식 '社'가 아니라, 부재하는 정치기관의 대리물이자 비공식적으로 우후죽순 확산되어가는 '會'합의 성격을 강하게 띠게 된다.

(3) '공변된 말'을 하는 만국공법의 장

담론공간의 재편

연설·토론회는 세 가지 형태의 공적 담론공간을 재편하거나 혹은 결합하면서 확산된다. 첫째로, 연설·토론회는 국가적 의례, 종교적 예식 속에 끼어들면서 그것을 근대적 의례의 상징으로 재탄생시킨다. 연설은 조선의 지식인들이 들여오기 전, 한말 선교사가 사용했던 계몽방법 속에서 이미 활용되고 있었다. 선교사들은 성경을 효과적으로 전파하기 위해 학교를 세우고 구미식 교육방식과 개신교의 설교·찬송가 등을 이용했다. 설교·찬송가는 새로운 계몽의 소리였고 이후 연설과 창가 장르에 영향을 주게 된다. 예배에서는 '연설설교'가 빠지지 않고 등장한다.[27]

둘째로 연설·토론회는 국가 의례 속에 끼어들어 근대적 국가의 이미지를 전시하는 효과를 낳으면서 근대적인 양식으로 재편성된다. 연설이 주로 행해졌던 시공간을 살펴보면, 조선 왕조 기원절, 황제폐하 탄신일, 대한제국 건국 기념일 등 국가 기념일을 비롯하여, 독립문의 주춧돌을 놓는 행사, 운동회나 방학 예식 등의 학교행사, 부인회, 청년회, 예배의식 등 기념 의례였다. 이 의례들은 대개 독립협회에서 처음

27　윤홍로, 「도산 안창호 사상의 기독교와 사회진화론 수용」, 동양학연구소 편, 『한국 근대 일상생활과 매체』, 단국대 출판부, 2009, 95면.

시도된 것[28]으로 '독립된 근대국가의 이미지'를 전시하는 의례의 시공간이었다.[29] 국가 상징적인 의례 속에서 행해진 연설은 국기와 단장, 의자의 배열 등의 공간적 배치와 진보가, 애국가, 무궁화 노래와 같은 국가 상징적 노래와 연동하면서 의례가 지닌 상징성을 증폭시킨다. 연설내용은 의례의 상징성을 뒷받침했다.[30] 이때 대중들을 압도한 것은 내용보다도 새로운 소리인 "연설설교"이거나, "근대적 의례의 스펙터클"이었다. 그 자체가 연설내용만큼이나 강력한 내용이었기 때문이다. 국가라는 거대한 표상과 그것을 사람들의 일상적인 감각 속에 뿌리내리게 하는 의례적 스펙터클. 이 양자를 매개하는 자리에 연설이 위치한다. 이후 연설은 『독립신문』이 거행했던 행사 이외에도 경축회, 황제 탄신일, 예배, 부인회, 등의 다양한 행사에 중요한 식순으로 등장했으며, 문명개화 습속의 계몽, 외국문물의 소개, 행사의 주된 절차, 서울과 지방을 넘나드는 통치 수단을 따라서 광범위하게 확산되기도 한다.[31]

셋째로, 연설·토론회가 가장 광범위한 영향력을 갖게 된 것은 정기적으로 개최된 독립협회의 토론회, 협성회 및 통상회와 같은 비공식적

---

28 『독립신문』 1897년 8월 14일 논설은 "조선 인민들이 긔국흔 후에 쳐음으로 긔원절을 싱각하고 독립관에서 뇌외 국민이 모혀 이나라에 경스로운 일을 뭇당케 축스"한다고 격찬하며, 1896년 11월 24일 논설은 "독립문 쥬츄 돌 놋는 례식을 독립 공원디에서 시힝"하는 절차 중 연설을 핵심적으로 끼어 넣고 있다.

29 다카시 후지타니, 한석정 역, 『화려한 군주』, 이산, 2003, 33~34면.

30 연설 내용은 다음과 같았다. 『독립신문』에서 1897.9.2 논설 / 1898년 9월 2일(대군주 폐하 탄신 경축행사), 1897년 8월 14일 논설(기원절 의례), 1897년 11월 13일 논설(대한국 경축회) 1896년 11월 24일(독립문 주춧돌 행사), 1897년 4월 15일 논설(경성학당 운동회), 1897년 4월 29일 논설(서울 관공립 소학교 운동회) 참고.

31 「잡보」, 『독립신문』, 1897.3.13. "윤치호 씨가 아라샤와 불란셔에 가셔 유람흐고 본국에 도라와셔 이달 구일 졍동 빈지 학당에 와셔 여러 학도를 디흐야 연셜흐기를"라고 하면서 해외 연설을 소개하며, 1897년 5월 22일에는 내부지방 국장 김중환 씨가 지방정치연설 중에 "인민의 위싱흐는 일은 졍치상에 큰 관계"가 된다는 연설을 했다는 기사가 실린다. 1897년 10월 30일 잡보란에는 "죽산 군슈는 (…중략…) 빅암리쟝과 광혜원쟝에 종종 나가셔 빅셩들 디흐야 스 롱 공 샹과 빅셩 노릇 흐는 직분을 연셜 흐고 국문으로 빅셩의 즈데들을 졍셩것 권면"하는 훌륭한 군수로 소개된다.

인 '회합'이나 '會'를 통해 확산되면서였다. 이 과정 속에서 연설의 스키마(연설·토론회의 형태, 역할분담, 반복적인 담론내용)가 안정되기 시작한다. 이러한 안정된 형식은 연설·토론회를 보다 대중적으로 확산시키는 동력이 되기도 했지만, 동시에 연설·토론회 장이 지닌 훈육적 성격이 강화되기도 했다.

즉 연설·토론회는 한편으로는 서양 선교사들의 종교의식을 통해서, 다른 한편으로는 민족주의적 계몽주의자들이 전통적인 예식을 공식적인 국가 행사로 재편하는 과정 속에서, 그리고 가장 중요하게는 비공식적인 다양한 회합을 통해서 확산되어 간다. 이처럼 연설·토론회는 외래의 박래품으로서, 전통적 담론공간을 활용하면서, '회'를 탄생시키면서, 근대 초기 담론공간을 재편했다.

계몽적 진행방식, 주제의 다양화

연설·토론회의 일시, 형식은 엄격히 정해져 있었다. 관민공동회 이전까지 『독립신문』에 보도된 토론회를 살펴보면 독립협회의 주도로 일주일에 한 번 씩 규칙적으로 토론회가 진행됐음을 확인할 수 있다.[32]

32　주기적으로 진행된 토론회와 주제의 한 예를 보면 다음과 같다.
　　1897.8.31 : 요전 일요일 오후 / 조선의 급선무는 인민의 교육이다.
　　1897.9.7 : 요전 일요일 오후 삼시 / 도로수정하는 것이 위생의 제일 방책이다.
　　1897.9.14 : 요전 일요일 오후 / 나라를 부강케하려면 상무가 제일이다.
　　1897.9.23 : 요전 일요일 오후 셰시 / 도적을 금하기 위해 밤이면 등불을 켜자.
　　1897.10.2 : 요전 일요일 오후 셰시에 독립관 / 부녀를 교육하는 것이 의리상, 경제상 마땅하다.
　　1897.10.23 : 요전 일요일 오후에 독립관 / 국문을 써야 인민교육이 번성한다.
　　1897.10.30 : 요전 일요일 오후에 독립관 / 화폐를 그나라에서 지어써야 상무가 흥하고 자주권이 견고해진다.
　　1897.11.6 : 요전 일요일 오후에 독립관 / 남녀를 팔고사는 것을 금해야 한다.
　　1897.11.13 : 요전 일요일 오후에 독립관 / 서양인과 동등해지기 위해 풍속을 과 예절을 본받는 게 마땅하다.
　　1897.11.27 : 젼젼 일요일 오후에 독립관 / 벙어리와 판수를 교육해야 한다.
　　1897.11.30 : 비지학당 협성회 뎨 일쥬년 돌 / 오후 두시 / 일주년을 기념하는 특별모임.
　　1897.12.4 : 요전 일요일 오후에 독립관 / 조상의 분묘를 잘 쓴 것으로 자신의 잘되고 못됨을

토론의 주제는 남녀를 동등하게 대우하자거나 조상의 묘를 중시하는 습속을 바꾸는 것을 비롯하여, 청국에 대한 입장, 증기력의 사용이나 광산의 개발과 같은 경제적인 논제, 교육의 강조, 애국사상의 강조 등 국가적이고 국외적인 것까지 그 폭이 매우 넓다. 이러한 토론주제는 『협성회』의 토론주제와도 일맥상통하는 것으로 외세에 대한 배척과 자주외교, 관민의 단결, 국토·강토의 보전과 자립적 경제, 국가적 시스템의 재정비, 자유·평등 등 민권신장을 강조되거나, 교육과 일상적 계몽의 중요성 등을 논의했다.[33]

평가하는 문제
1897.12.11 : 요젼 일요일 오후 / 림시 회쇼를 젼 경긔 감영 니아로 역 / 인민의 위생을 위해선 의약이 필요함.
1897.12.18 : 요젼 일요일 오후, 림시 회쇼를 젼 경긔 감영 니아 / 독립을 위해선 상문보다 상무가 먼저다.
1897.12.23 : 요젼 일요일 오후 경긔감영 니아 / 인민을 구제하려면 채과를 양곡보다 많이해야 한다.
1897.12.30 : 요젼 일요일 오후, 경긔 감영 니아 / 인민을 개명케하려면 우리나라 신문지를 늘려야 한다.
1898.1.8 : 요젼 일요일 오후, 젼 경긔 감영 니아 / 나라를 태평케하려면 관민 모두 애국심을 가져야 한다.
1898.1.15 : 요젼 일요일 오후 / 림시 회쇼 젼 경긔 감영 니아 / 부대 부인끠셔 홍셔 하셔서 폐회함
1898.1.20 : 오늘 오후 두뎜 죵에 정동 새 례빈당 / 청년회 회원 / 형제자매간에 내외하지 말아야 한다.
1898.1.22 : 요젼 일요일 오후 / 젼 경긔감영 니아 / 청국을 각국이 나누어 갖는 것에 조선이 개입할 것인가의 문제
1898.1.29 : 요젼 일요일 오후 / 젼 경긔 감영 니아 / 국가를 부유케하려면 광산을 확장해야 한다.
1898.2.5 : 도라간 일요일 오후 / 젼 경긔 감영 니아 / 공력과 증기력과 전기력을 인력보다 더 많이 써야한다.
1989.2.12 : 도라간 일요일 오후 / 젼 경긔 감영 니아 / 사리분별을 알면서도 행하지 않는 사람은 분별없는 만 못함
1898.2.19 : 도라간일요일 오후 세시 / 독립관 / 남에게 종이 되어 살기를 얻는 것은 귀한 인명을 천시하는 것이다.
또한 다음 책 자료 부분을 보면, 독립협회토론회 규칙 및 논의주제가 표로 정리되어 있다.
(이황직, 『독립협회, 토론공화국을 꿈꾸다』, 프로네시스, 2007, 자료편)
33 전영우, 앞의 책, 「부록」에 독립협회와 협성회의 토론주제, 일시, 토론자, 출전이 정리되어 있다.

협성회와 『독립신문』의 연설·토론회에는 반복적으로 언급되는 내러티브—독립자주, 문명개화를 주장하는—가 있었으며, 그 뿐 아니라 반복되는 서사적 플롯도 있었다. 현재 발굴된 녹취자료가 남아있지 않기 때문에 내러티브나 서사적 플롯의 관점에서 연설현장을 생생하게 분석할 수는 없다. 그러나 단일한 방향으로 이끌어가는 민족적인 내러티브 및 플롯의 구조들은 토론회의 결말, 그리고 소설 속에서 전개된 연설·토론회의 서사양식 등을 통해 추정가능하다. 한 예로 실제 토론회의 정황 및 결말을 설명할 때 나타나는 담론내용과 담론이 진행될 때 반복되는 수사를 살펴보자.

> 요전 일요일 오후 세시에 독립관에서 토론회 뎨 수회를 열고 토론ᄒᆞᄂᆞᆫ디 문제인즉 도적을 금 ᄒᆞᄂᆞᆫ디ᄂᆞᆫ 길 가에 밤이면 등불을 켜는 것이 긴요홈으로 결뎡 홈 우의에 유정슈 김즁환 씨가 연셜ᄒᆞ고 좌의에 김지풍 안령슈 씨가 연셜ᄒᆞᆫ 후 회원 즁에 윤치호 류근 지셕영 윤효졍 김락집 리병무 졔 씨가 토론 ᄒᆞ야 쌔쌔 쟈미 잇고 유익ᄒᆞᆫ 의론들이 만히 잇더라 (…중략…) 요 다음 일요일에 문졔ᄂᆞᆫ 부녀를 교휵ᄒᆞᄂᆞᆫ 것이 의리 샹과 경졔 샹에 못당 홈으로 결뎡 홈 우의에 리츙구 김규희 좌의에 리응익 한진쟝 샤회 샹에 유죠ᄒᆞᆫ 연셜이 번번히 잇슬터이니 학문 샹에 유의 ᄒᆞᄂᆞᆫ이들은 다 와셔 참례 ᄒᆞ고 방쳥들 ᄒᆞ시오[34]

토론회의 논제가 정해지면, 이 문제에 대해 연설할 팀을 좌편과 우편으로 나누어 찬성과 반대를 표시한다. 좌편과 우편이 차례로 의견을 연설하면 토론회에 참석한 회원들과 방청객들은 박수를 쳐서 우위를 결정한다.[35] 결정이 내려지면 다음 토론회의 논제를 결정하고 장소와

---

34 「잡보」, 『독립신문』, 1897.9.23.

시간을 약속한 뒤 헤어진다. "의견을 말하여 서로 통정"을 하는 토론회 형식에 대해 『독립신문』은 "사룸 모다 쟈미 잇게 듯는 이가 만히 잇스며 새로 모로던걸 비호는 일이 만코 죠션 인민의게 극진히 리익이 만히 잇더라"라고 평가하며 "사회의 큰 복"이고 "전국의 대단한 사업"이라고 격찬한다.[36]

1898년 1월 4일 『독립신문』 논설은 좀더 상세한 토론회의 정황을 보여준다. 논제는 "남녀를 ㄲ혼 학문으로 써 교휵ᄒ며 동등권을 주는 것이 가ᄒ다"이고 남녀 간에 좌우편에서 강론을 하는데 좌편인 '가하지 않다'의 강론을 윤치호가 맡고, 우편인 '가하다'의 연설을 부인네들이 한다.[37] 즉 토론회 안에 연설이 끼어들어 있는 형태였다. 윤치호를 비롯하여 회의에 참석한 사람들 모두 개명한 학원생도들이었던 것을 상기해 볼 때, 당시 좌편과 우편을 나누는 것은 형식적인 것이었을 뿐, 정치적 신념에 따른 분류는 아니었던 것 같다. 좌와 우편을 나누어 토론한 뒤에는 투표에 부쳐 가부를 결정하고 그 결과를 명시하고 있다.

이 토론의 플롯은 당대의 요구, 특히 독립자강이나 문명개화, 민권확립 등 도덕적 판단이 전제된 '주제'를 정하고, 그 주제를 찬반 양쪽의 대립적 관계에서 파악한 뒤, 한쪽의 의견으로 통합하는 형태를 취한다. 가부가 결정된 이 문제가 당대 사회의 중요한 문제에 대한 일종의 도덕적 잣대가 되었음은 쉽게 상상해 볼 수 있다. 즉 근대 초기 연설·토론회는 내러티브의 차원에서는 자주독립과 문명개화가 반복되고 플롯의 차원에서는 구체적인 강령들에 대해 도덕적 판단을 내림으로써 대중들을 동일한 근대적 신체로 훈육해 가는 과정이었다. 또한 서재필이 『만국회의통상규칙』이라는 소책자를 발간해 집회를 가르치고

35　김성렬, 앞의 책, 2004, 170면.
36　「잡보」, 『독립신문』, 1897.8.31.
37　「논설」, 『독립신문』, 1898.1.4.

진행했던 것처럼,[38] '만국회의'의 규칙을 익히고 '만국공법'의 질서를 경험하는 장이기도 했다.

"공변된 말"의 힘

관민공동회 시기로 분류되는 1898년 3월 이후의 양상을 보면, 토론의 논제는 이때를 기점으로 동시대적 현안들을 토론회의 주제로 적극 수용하고 있다.[39] 배재학당 중심으로 일상의 습속과 규율을 토의하던 것에서 시공간이 전 국가로 확대되어 조선에서 일어나는 국내외적인 문제에 반응하고 영향력을 행사하는 시민감시기구로서 역할하기 시작한다. 관민공동회 기간에 나타난 토론회 관련 기사를 보면, 정리하기 어려울 만큼 다양한 단체에서 토론회를 개최하고 있고, 독립협회 주도의 토론회도 임시회나 특별회 등을 추가로 개최하여 그 수가 대폭 늘어난다. 늘어난 논제를 해결하기 위해 토론시간을 두 시간 늘리기도 하며, 시간 안에 논의 사무를 끝내지 못해 다음 회로 논의를 연장하는 경우도 종종 눈에 띤다.[40]

연설회나 토론회의 결정이 실제로 당시 조선의 정책에 반영이 되었는지는 확인할 수는 없지만, 제4회 토론회엔 "경무청 구장, 과장, 경무

38　김성렬, 앞의 책, 2004, 157면.

39　1898년 2월 26일 『독립신문』 논설에는 길거리에서 담뱃대를 물고 가던 일본 긔슈가 조선 슌검에게 붙잡혀 봉변을 당한다. 잡보에는 '길거리에서 끽연을 금하는 문제'가 심심치 않게 등장하는데 그 밑의 토론회 기사를 보면 논제가 "긴 담빗디를 무는것이 인민의 위성에 크게 방히롭다는 문제"로 정해진다. 물론 토론회의 논제는 그 한주 전에 결정되기 때문에 직접 이 사건을 반영하고 있다고는 할 수 없으나, 당시에 일상적으로 문제가 되는 사건이 토론회의 논제로 했다는 것을 짐작해 볼 수 있다. 예를 들어 1898년 3월 1일의 논설은 우리나라가 아라사에 절영도를 허락해주는 일에 대한 것이다. 바로 그 밑에 실린 토론회의 논제는 "대한국 토디 는 선왕의 간신코 큰신 업이요 이천만 인구의 사는 짜이니 혼즈와 혼치라도 다른나라 사룸의 게 빌녀 주면 이는 곳 선왕의 죄인이요 이천만 동포 형뎨의 원슈로 결뎡 혼다"는 것이다.

40　「잡보」,『독립신문』, 1898.3.26, "오늘 하오 혼시에 독립 협회 회원들이 긴요혼 의론이 잇서 특별 회 다음 일요일브터는 두 시간을 더 느리고 오후 혼시에 모혀 긔회 호고 회즁스무를 미 진혼것 업시 다 혼기로 호며"

관 주사 총순 순검들이 참례"했으며, "이 회가 이럿케 사롬의게 유죠ᄒ고 세정에 쟈미 잇눈줄을 진즉 알지 못 ᄒ 것이 한이로다 이 다음 브터 눈 다른 일 다 졔치 ᄒ고 토론회눈 긔어히 참례"해야겠다는 다짐을 드러내기도 한다.[41] 의정부 관제개편[42]에 대한 논설의 필자는 이번 개편을 통해 "사ᄉ"로 말하거나 정책을 결정하는 제일 큰 폐단이 사라지고 "ᄌ긔의 의ᄉ디로 무슴 일이던지 회중에 연셜ᄒ고 ᄌ긔 의ᄉ디로 투표홀 째에 가부를 말ᄒ눈 권리가 잇스니 가부를 말ᄒ야 그 일이 되고 안 되게 ᄒ눈 권리가 잇슨즉 그 사롬의 ᄒ눈 말과 그 사롬의 투표 ᄒ눈거슬 보고 세계 사롬이 엇더ᄒ 사롬인 줄노 알 터이니 첫지눈 나라 일도 공평히 되려니와 사롬마다 나눈 세계에 엇더ᄒ 사롬이라고 알게 ᄒ눈 묘리[43]가 생겼음을 기뻐하고 있다. 이처럼 '공변된 말'을 해야 하고, '사사로운 의견'에 치우쳐서는 안 된다는 규칙, 연설을 통해 가부를 결정하는 방식 등, 근대적 담론공간의 형태가 정착되어 가기도 한다. 한편 서양 각국의 시스템을 보고 온 민영환은 "우리 대한국은 국회가 아즉 업스나 독립 협회가 (…중략…) 정부에셔 밋쳐 못 씨닷는 일"을 한다니 감사한 일이라고 칭찬한다.[44]

이처럼 독립협회의 토론회는 국가 시스템이 '부재'하던 조선에서 민권에 대한 자각을 통해 형성된 대안 국가의 모델로서 당면한 문제를 논의하고 미시적 풍속을 개량하는 교육의 장이었다. 또한 동등한 언권을 부여받은 사람들이 국가를 위해 '공변된 말'을 발언함으로써 새로운 형태의 국가, 혹은 공동체를 논의하고 구성해가는 정치적 공론장이자, 만국공법적 국제 시스템의 표상으로 기능하기도 했다.

---

41 「잡보」, 『독립신문』, 1897.9.23.
42 의정부 관제 개편 조항은 『독립신문』(1896.10.1, 77호)와 (1896.10.3, 78호) 논설을 참고할 것.
43 「논설」, 『독립신문』, 1896.10.6.
44 「잡보」, 『독립신문』, 1896.10.6.

2) '言權'의 자각과 정치적 대중의 출현

(1) '연설 노릐'-학교를 대신할 '긴요훈 묘방'

연설 토론회의 대성황

교과목으로 설정되면서까지 힘든 통과의례를 거쳐야 배울 수 있었던 연설·토론회였지만 그것이 대중들에게 전파된 속도는 빨랐다. 대한제국이 일본에 보낸 유학생들에게 지원해 줄 정부 보조금도 모자라는 상황에서 '연설·토론'은 문명·개화를 위한 값싼 매체로 부각되었기 때문이다.

1897년 8월 26일 잡보에는 연설과 토론이 학교가 하는 역할을 대신할 수 있는 "긴요훈 묘방"으로 등장한다. 문명개화한 나라의 사람들은 "전국 인구 슈효 중에서 학교에 가는 사름들이 빅명에 구십오명 이상"[45]이고, "암만 가란후고 궁후드리도 기여히 학교에 가셔 공부"[46]를 하는데, 문명으로부터 한참이나 먼 조선에서는 학교를 세우거나 유지할 돈조차 부족했다. 그렇다면 어떻게 대중들을 문명국가의 국민으로 격상시킬 것인가? 그때 "관인이나 모군이나 지나가는 사름이나 훈 고세모혀놋코 훈 두시 동안에 몃 천 명식을 フ르치"는 구미각국의 '연설법'은 가난한 조선에서 계몽을 위한 가장 값싸고 효율적인 수단으로 보일 수밖에 없었다.[47]

협성회의 토론회는 대성황을 이루어 1년 만에 회원이 2백여 명으로 늘어났으며 1898년 2월에는 3백여 명이 된다. 이에 힘입어 독립협회도 1989년부터 같은 형식의 토론·강연회를 시작하며 황해도 장연에는

---

45 「논설」, 『독립신문』, 1896.9.5.

46 「논설」, 『독립신문』, 1896.9.24.

47 「잡보」, 「최병헌 씨의 편지(구십구호 연속)」, 『독립신문』, 1897.8.26.

협성회 지부가 설치된다.[48] 토론회에 "회원도 근 빅명이 참셕ᄒ고 기외 방텽인도 여러 빅명[49]있는 상황이나 "회원 중에 실고가 잇서 못 온 이가 오십여인이요 참례 ᄒ이가 슈빅인이요 기외 방쳥 ᄒᄂ이가 여러 빅명이 와셔 사름ᄆ다 쟈미 잇게 듯ᄂ 이가 만히 잇"[50]는 상황은 다반사가 된다.

이처럼 연설은 근대적이고 합법적인 담론공간에서 시작하여, 보다 광범위한 인민을 대상으로 삼기 시작했다.

대중을 매혹시키기 위한 수단: "연설소리"

연설·토론회의 이처럼 빠른 확산은 계몽주체들이 대중들의 관심을 끌 수 있는 방식들을 연설·토론회 형식 속에서 고안했기 때문이기도 하다. 계몽의 효과를 높이기 위해서 지식인들의 연설·토론은 '청중'을 고려해야 했다. 따라서 연설·토론은 낭독 혹은 연극적인 행위를 수반하게 되었다.

고모리 요이치는 "구두 이야기에 의한 언어적 행위를 학문의 제일 요건으로 선택"한 후쿠자와 유키치의 계몽가로서의 독자성을 높이 평가한다. '구두를 통한 계몽'이란 "책을 읽는 수신 중심적인 학문에서 스스로 발언하는 학문으로의 전환"이자, "연설이라는 신체적 언어행위를 오관에 호소하는 미디어로서 새롭게 구축하는 것"이었다.[51] 연설은 후쿠자와 유키치가 서구의 'speech'를 번역해서 일본에 유입시킨 '박래품'이긴 했지만, 연설하는 몸짓, 말하는 방식은 일본의 전통적인 연희풍습과 관련을 맺고 있었다. '연설'은 대중의 계몽이 목적이었기 때문에

---

48 김성렬, 앞의 책, 157~158면.
49 「잡보」, 『독립신문』, 1897.9.7.
50 「잡보」, 『독립신문』, 1897.9.23.
51 고모리 요이치, 정선태 역, 앞의 책, 47면.

대중들의 감흥(affect)을 유발하기 위한 다양한 방식이 연설에 복합적으로 끼어들었다. 대중들에게 익숙한 전근대적 형식을 빌려오기도 해야 했기 때문이다.

미야타케 가이고츠(宮武外骨)의 『메이지연설사(明治演說史)』(1926)에 따르면 스피치의 번역인 연설은 "코우샤쿠(講釋), 코우단(講談)"이라는 단어와 공존하고 있었으며 정치적인 연설의 경우도 "쿠우단카이(講談會)"라고 불려졌다고 한다. "연설의 스타일을 모색했던 후쿠자와 유키치는 코우단시(講談師)[52]인 쇼린하구엔(松林伯円, 1834~1905)을 자기 저택에 초청해, 변설(弁舌)강습을 받았다고 한다"[53] 또한 청중에게 호소하는 연설은 때로 "멜로딕한 말하는 어조"가 되거나 "정치신조(信條)를 민첩하게 유포"시키기 위해 "유행가"를 이용하기도 했다. "번화가나 길가에서 한바탕 연설을 한 후, 주의주장을 유행가의 음절(フシ)에 실어 간결하게 정리해서 부른다. 그리고 노래가 끝나면, 그 가사가 실린 노래책을 그 장소에서 판매한다. 소위 소우시 엔까(장사연가, 壯士演歌)인데, (…중략…) 이러한 소우시엔까가 소우시고우단(장사 강담壯士講談)과 합체되면, 음절과 말에서 된 나니와부시(浪花節)[54]에 가까운 연설 스타일이 완성되었다"고 한다.[55]

이처럼 근대화된 담론형식으로 알려진 연설은 그 이전의 대중적 예능 스타일의 일종인 코우단(講談)이나 소우시(壯士)들의 이야기 방식을 끌어옴으로써 가능했다. 효과적 계몽수단으로 선택된 '긴요훈 묘방'

---

52 코우단(講談)은 일본의 전통예능의 하나로 연자(演者)는 높은 자리에 놓인 샤쿠다이(釋台, 작은 탁자) 앞에 앉아, 부채로 그것을 두드리곤 하면서, 전쟁 이야기(軍記物)나 정담(政談) 등 주로 역사에 연관된 이야기를 관중에게 읽어주는 것이다.

53 兵藤裕己, 『聲の國民國家・日本』, 日本放送出版協會, 2006, 47면.

54 나니와부시(浪花節)는 사미센(三味線)을 반주로 사용해서 이야기를 말하는 것이다. 메이지 초기부터 시작된 예능의 하나이다.

55 兵藤裕己, 앞의 책, 50~51면.

인 연설・토론은 대중의 반응이 없으면 무용지물이 되어버리는 "대중적 계몽매체"이자, 계몽주체와 계몽대상이 서로 강한 영향을 주고받는 "신체적 담론공간"이었다.[56]

조선에서 연설・토론회를 광고하는 신문기사에는 "미우 유죠 ㅎ고 쟈미 잇는 말"이 많으니 와서 방청하라는 식으로 '유용성'과 '재미'를 강조한 설명이 상투어로 등장한다. 연설・토론회가 대중계몽이라는 목적에 충실하기 위해서는 그 내용을 들은 청중이 감복하고 감명하여 "회원들이 다 길겁게 듯고 손벽들을 셩ㅎ게 치"[57]는 것과 같은 신체적 반응과 변화의 순간이 있어야 했기 때문이다.

연설은 국가 의례, 학교운동회, 방학 예식, 예배의 과정에 비중 있는 절차로 삽입되어 있었다. 의례에서 국기, 울타리, 차양, 절도있게 놓인 좌석이 배치되고 연설과 노래가 서로 화답하듯이 섞이면, 청중들은 '문명개화와 독립국가를 달성하자'는 식의 연설에서 받은 감흥을 애국가나 무궁화노래와 같은 선동가를 부르며 다시 한번 신체 깊숙이 새기는 것이다.[58] 1898년 대한국 경축회 행사에서는 국기를 꽂은 독립문을 가운데 놓고 좌우로 울타리를 만들고 정문엔 국기를 쌍으로 달아 웅장한 의례의 연극적 공간이 형성되었는데, 인민을 향한 연설을 하는 윤철규와 이상재가 이 연극적 무대의 중앙인 "새 독립문"에 올라가서 "연죠문이 변ㅎ야 독립문이 되고 모화관이 변ㅎ야 독립관이 된 것은 국중에 막즁ㅎ 경ㅅ"이며 이와 같이 곧 조선은 독립국이 될 것이라고 연설하고 "황뎨 폐하를 위ㅎ야 만세를 불으니 몃 빅명 인민들이 모도 만세를 합창"한다.[59]

---

56 이동수, 「'독립신문'과 공론장」, 『독립신문을 읽는다』, 독립신문강독회, 한국정치평론학회, 2004 가을, 132면.
57 「잡보」, 『독립신문』, 1897.9.7.
58 「논설」, 『독립신문』, 1898.9.2.
59 「논설」, 『독립신문』, 1898.9.2.

근대문명을 상징하는 국가의례 속에서 울려 퍼진 '만세소리',[60] 설교·찬송가처럼 문명의 상징이었던 '연설소리'와 '연설노래'는 대중들을 매혹시켰다.[61] 계몽지식인들은 연설과 토론이 행해지는 현장에서 재미와 흥미를 촉발시키고 신체적 반응을 끌어내기 위해 각고의 노력을 기울이며 "독립관에 가셔 방청으로 연설을 드러 보니 흉격이 시원ㅎ여 더웁고 갈증 난디 어름 물이로다 스스로 흥을 익이지 못 ㅎ야 연셜 노리를 좀 ㅎ엿스니 긔지 ㅎ여"[62] 달라고 하는 등 연설에 대한 대중들의 자발적 욕망을 이끌어내기도 한다.

이처럼 연설·토론은 엄격한 신체규율을 습득해야 하는 "낯선 근대 국가시스템"이었던 동시에, 다른 한편으로는 대중적 흥미를 유발해야 하는 "매혹의 절차"이기도 했다. 연설·토론에서는 이처럼 대중의 신체를 근대적 개인에 적합하게 계몽해 가려는 규율적 욕망과, 대중의 흥미를 끌기 위해 그러한 규율을 스스로 벗어나려고 하는 두 가지 욕망이 끊임없이 부딪치고 있었다.

---

60 『독립신문』에서 '만세'는 국가적 의례에서 황제에 대한 예우를 다할 때 등장하지만, 근대화된 문물과 함께 배열됨으로써 그 의미가 '황제에 대한 예우'에서 '근대 국민국가의 기념식'으로 변화하고 있다. 예를 들어 1896년 4월 7일 「논설」에서는 "우리 신문을 보면 죠션 인민이 소견과 지혜가 진보홈을 밋노라 논셜 끗치기 젼에 우리가 대균쥬 폐하의 송덕ㅎ고 만세을 부르ᄂᆞ이다"라고 끝맺으며, 1897년 6월 10일 「잡보」에서는 "시위디 병뎡들이 ㅎᄂᆞᆫ 군가"에 "긔국 오빅 삼년브터 독립즈쥬 졍ㅎ엿네 지금 폐하 위덕이 만만세 새로워라 새로워라"라는 구절에서 등장하거나, 1987년 9월 14일 「잡보」에서는 "ᄇᆡ지학당 학도인 문경호가 지은 창가 〈셩몽가〉"에 "오날늘에 만세소리 깃분ᄆᆞ음 한량업네"라는 구절에 등장한다. 1898년 7월 26일 「잡보」에서는 독립협회의 상소에 비답을 준 "황샹폐하"에게 "만세"를 부르고 있다. 1899년 6월 29일에는 배재학당 방학 예식에서 여러 가지 "강"과 "권셜", "축사" 후 〈무궁화 노리〉를 부를 때 "우리나라 황뎨 황텬이 도으샤 군민 공락 만만세에 태평 독립 ㅎ세"라는 구절에서 '만세'가 등장한다.

61 兵藤裕己, 앞의 책, 14면. 효도 히로미(兵藤裕己)는 근대 국민국가 시스템에서 공동체의 "소리"야 말로 새롭게 구축되어야 할 것이었으며, 그러한 소리의 근대적 구축이야말로 국민국가로의 전환에 큰 역할을 했다는 관점을 취하고 있다.

62 「잡보」, 『독립신문』, 1898.6.11.

연설주체와 연설대상의 역전

청중의 반응이 중요한 연설·토론에서는 화자 / 청자, 계몽주체 / 계몽대상의 관계가 역전되는 현상들도 나타난다. 유길준은 『서유견문』에서 강연이란 "학자가 강연하려는 내용을 종이에 써서 강연대 위에 놓고, 그 강연대 위에 예복 차림으로 서서 높은 목소리로 낭독하면, 청중들이 차례로 의자에 앉았다가 자기 마음에 드는 구절이 나올 때마다 손뼉을 치며 부르짖"[63]는 것이라고 설명한다. 연설을 듣는 사람들은 "손뼉을 치며 부르짖"는 규칙에 따라야 하지만, 동시에 연설을 하는 사람도 "예복차림"으로 "높은 목소리로 낭독"하도록 강제되고 있는 것이다. 1898년 10월 12일의 잡보는 연설과정에 대한 흥미로운 실마리를 보여준다.

독립협회와 총상회에셔 어졋긔 총디 위원 十인식 합 二十인을 션명 ᄒ야 동 셔 남 북 즁 다섯 곳에 보니여 츙군 익국 ᄒᄌᄂ 목적으로 연셜을 ᄒᄂ디

이 기사에 따르면 "츙군 익국ᄒᄌᄂ 목적"의 연설을 하기 위해 연설 특파원처럼 20인을 동서남북에 파견했다는 것인데, 이는 연설 전에 이미 연설 텍스트가 문자로 씌어져 있거나 연설주제가 공론화되지 않고서는 불가능하다. 즉 연설·토론이란 이미 씌어져 있는 연설문 혹은 내용을 낭독하는 '문자언어를 기반으로 한 음성언어'였다.[64] 따라서 연설은 문자 텍스트를 음성 텍스트로 바꿀 수 있는 능력을 지닌 '학자'가 하는 것이었고, 대중적 계몽매체였지만 대중이 전유하기엔 쉽지 않은 '문명의 제도'였다.[65]

---

63 유길준, 허경진 역, 『서유견문』, 한양출판, 1995, 392~393면.
64 고모리 요이치, 정선태 역, 앞의 책, 49면.
65 권용선, 「1910년대 '근대적 글쓰기'의 형성과정 연구」, 인하대 박사논문, 2004, 16면.

이러한 계몽지식인들이 청중의 신체적 반응을 일으키고 감각에 호소하기 위해서는 보편적 정서에 호응하고 공변된 말을 전달할 수 있는 '신체적 말하기 교육'이 필요했다. 이처럼 연설·토론회의 대중 계몽적 성격은 연설·토론을 듣는 청중의 변화만을 유도한 것이 아니라, 연설하는 사람의 변화를 더 강도 높게 요구했다. 1898년 11월 24일 『독립신문』 논설은 연설할 때는 장옷을 벗으면서 연설장을 나서면 다시 장옷을 쓰고 장독교를 타고 가는 모순을 비판하기도 한다.

> 공동회를 ᄒᆞᆫ는더 유지ᄒᆞᆫ 부인 二十여분이 분면과 록발을 드러 니이고 만인 중에 앙연이 참석 ᄒᆞ엿기로 (…중략…) 대한 부인의 확실ᄒᆞᆫ 성정과 기명ᄒᆞᆫ 풍속을 흠앙 ᄒᆞ야 쏘ᄒᆞᆫ 그 나라 슈百년 고막된 풍속을 변ᄒᆞ리라 ᄒᆞ엿더니 급기 정회ᄒᆞᆫ 후에 그 부인네의 도라가는 힝식을 본즉 혹 쟝독교도 타고 혹 쟝옷도 쓰고 간즉 당쵸에 엇더ᄒᆞᆫ ᄆᆞ음으로 정부 졔공과 젼국 남ᄌᆞ의 회좌 ᄒᆞ신 밀밀 총즁에 얼골을 드러 니이고 참회를 ᄒᆞ여셔 연셜도 ᄒᆞ고 총더도 가더니 집으로 가는 길은 사름도 만치 안코 골목도 죵용 ᄒᆞᆫ더 도로혀 젼일 니외 ᄒᆞ던 풍속을 복구례 ᄒᆞ니[66]

연설·토론을 선택한 계몽 지식인들은 그저 말하는 방법을 익히는 것 뿐 아니라, 신체적 말하기−보여주기의 방법을 익혀야 했다. 이처럼 계몽이 대중에 의해 변화하고 계몽주체와 계몽대상이 서로 역동적으로 얽히는 담론공간이 연설·토론회였다. 연설·토론회는 계몽주체와 계몽대상 모두의 신체적 변화를 이끌어내는 '감각변화의 공간'이었던 것이다.[67]

---

66 「논설」, 『독립신문』, 1898.11.24.
67 한나 아렌트, 이진우·태정호 역, 『인간의 조건』, 한길사, 2003, 111면. "공동세계가 모두에게 공동의 집합장소를 제공할지라도, 여기에 모이는 사람들의 위치는 상이하다.(…중략…)

연설·토론회는 계몽의 미디어인 동시에 매혹의 미디어였다. 또한 담론의 미디어인 동시에 신체의 미디어이기도 했다. 신체 깊숙이 스며드는 미시적 권력임과 동시에, 바로 그 점 때문에 끊임없이 굴절될 수밖에 없는 양가성을 지닌 연설·토론회. 그것은 확산되어 갈수록 새로운 감각, 새로운 신체를 만들어 내면서 근대적이고 합법적인 공론장을 구성하는 동시에 비합법적인 공론장을 확산시켰다.

(2) 언권ㅈ유(言權自由)는 텬싱 권리

시공간적 감각의 변화와 '許聽票'

연설·토론회는 근대적인 시공간 감각을 확산시키는 매체이기도 했다. 연설회나 토론회가 열리기 위해서는 다양한 지역에 흩어져 있는 다양한 계층의 청중을 동일한 시간에 동일한 공간에 모이도록 해야 했다. 따라서 『독립신문』의 다른 기사들에 비해 볼 때, 연설·토론회의 기사는 명확한 시계적 시간과 명확한 공간을 제시하고 있다. 연설·토론회는 대중들을 연설·토론회로 모으기 위해 신문보도문체를 변화시켰던 셈이다.

『독립신문』의 연설·토론회 기사를 몇 개 뽑아 보면, 시간, 장소, 논제, 그 다음은 발언하는 사람 순으로 보도되고 있다. 요일을 표현할 때 빈도수가 높은 것은 '요젼'과 '도라간'이란 용어이고, 시간은 "오전, 오후"로 구분해서 표시한다. 연설·토론회 초기에는 시간, 장소, 주체를 나누는 근대적 감각은 분명하나, 시계-달력이라는 분절에 따른 시간관 대신, '요젼, 도라간, 전전, 오늘'과 같은 모호하게 시간을 지칭하는 용어가 등장한다.[68] 이처럼 불투명한 시간관은 점차 변화해『독립신

___
이것이 공적 삶의 의미이다."

문』의 1898년 3월 연설·토론회 기사부터는 시계적 시간이 등장한다.

> (1898.3.3) ⇒ 오늘 오후 훈시 / 독립 협회 회원들이 림시 회
>
> (1898.3.12) ⇒ 삼월 십일 오후 두시 / 죵로 / 만민공동회
>
> (1898.3.19) ⇒ 도라간 일요일 오후 세시 / 독립 협회 회원
>
> (1898.3.24) ⇒ 러일 오후 세시 반 / 졍동 쳥년회 (밑줄은 인용자)

이 경우에도 날짜까지 명확하진 않으나, 만민공동회가 열리는 날이나 배재학당 협성회의 일주년 등 특별한 날엔 더 명확한 시공간이 명시되었던 듯하다.

연설·토론회가 열리는 공간은 여러 사람이 모이기에 적합하고, 추위와 비 같은 자연적 방해로부터 자유로울 수 있는 공간이어야 했다. 『독립신문』에 보도된 기사를 참고하면 독립협회 토론회는 몇 차례 공간을 이동시킨다. 독립관에서 개최하다가 1897년 12월 4일에는 "일긔가 미우 치운디 리왕 ᄒᄂᆞᆫ 길이 죠곰 멀어셔 회원들과 방청 ᄒᄂᆞᆫ 이들이 다니기가 난편"했기 때문에 한성부로 옮기고, 추운 날씨 탓에 1897년 12월 11일에는 경기 감영 내아로 옮긴다.[69] 이처럼 연설·토론회의 시공간은 '시간표'나 '공간적 구획'을 통해 사람들을 같은 시간 같은 공간에 모으는 방식에 익숙하게 한다.

연설·토론이란 시공간에 참여하기 위해서는 이곳의 시공간 규칙을 지켜야 했다. 유길준은 연설회의 규칙을 언급하면서 연설회에 입장

---

68 (1897.10.23): 요견 일요일 오후에 독립관; (1897.11.27): 젼젼 일요일 오후에 독립관; (1897.1130): 비지학당 협성회 데 일쥬년 돌 / 오후 두시; (1898.1.20): 오늘 오후 두뎜 죵에 졍동 새 례비당 / 쳥년회 회원; (1898.2.5): 도라간 일요일 오후 / 림시 회쇼 젼 경긔 감영 니아.

69 「잡보」,『독립신문』, 1897.12.11. 지금 일긔가 미우 치운더 리왕 ᄒᄂᆞᆫ 길이 죠곰 멀어셔 회원들과 방청 ᄒᄂᆞᆫ 이들이 다니기가 난편 홀 듯 ᄒ기에 토론회 쳐쇼를 새문 밧픠 지금 한성부로 옮겨『독립신문』, 1897.12.4 / 일긔가 치워 독립관에 다니기가 어려울 듯 ᄒ기에 쳐쇼는 새문 밧픠 젼 경긔 감영 니아로 옴겻스니 그리롤 아시오.

하기 위해서 '許聽票'를 사야 한다고 말하고 있다.[70] 한 사람 당 하나의 '許聽票'를 사야 했다는 사실은, 신분사회에 귀속된 존재였던 사람들이 개인이라는 근대적 단위로 독립하기 시작했음을 보여준다. 1910년대 이후 대중화된 연극장에 들어가는 것처럼, 연설회장에 참여하는 것은 돈을 내고 그 시공간의 참여 권리를 사는 행위를 전제로 하고 있었다.

연설·토론회에 참여한다는 것은 근대적 시공간의 구획을 체험하는 것이자, '돈을 내고 권리를 부여받는 근대적 제도'이자 '한 사람의 개인'으로서의 발언권을 인식해가는 과정이었다. 앞서 살펴본 것처럼 연설·토론회는 '개인' 및 '공동체나 세계'에 대한 인식방식을 변화시키는 중간영역으로 기능하면서 다양한 정치적 모임형태로 변형되어 갔다. 그러나 다른 면에서 보자면 연설·토론회는 근대적 자본주의의 질서와 근대적 신체규율이 작동하는 훈육적 시공간이기도 했다.

엄격한 내적 규율과 언권의 자각

한정된 공간에 정해진 시간에 열리고 그것을 공적인 매체가 보도함으로써 사람들을 모았던 연설·토론회는, 바로 그러한 대중적 동원력 때문에 정부에 의해서 감시당하기도 한다. 일본에서도 자유민권운동 당시 정치연설회의 삽화를 보면, 연사가 큰 강당에 마련된 강단에 올라가 연설을 하고 있는 한편에 경찰이 참여하고 있다. 정치연설회의 유행은 메이지 정부 입장에선 간과할 수 없는 사건이어서 비판의 수위가 높거나 정부에 위협적이라고 판단되면 연설을 중단시키기 위해 연설을 감시하는 경찰관이 참여하곤 했다.[71] 조선에서도 이러한 감시는

---

70 유길준, 『서유견문』, 일조각, 476~477면.
"其收錢ᄒᄂ 法이 演說 許聽票를 賣이ᄒ야 無票 ᄒ 者ᄂ 其會 에 參 ᄒ기 不能ᄒ고 惟持 票者
라야 許進ᄒ니 其 票의 價인則 一張에 我 八兩 九兩으로 三十兩 或 四十兩 에 至 ᄒᄂ지라"
71 유모토 고이치, 수유+너머 동아시아 세미나팀 역, 『일본 근대의 풍경』, 그린비, 2004, 73면.

심해지고 있었다. 경무관과 경무청 감독이 "만약 독립협회에 들어 토론ᄒ던지 독립 협회 회표를 옷에 돌고 다니던지 ᄒ면 중죄를 주리라 ᄒ엿다는 소문"이 돌기도 한다.[72] 구연학의 『설중매』를 보면, 경관들이 연설·토론회에 참여하여 학생들의 참여여부를 조사하고, 연설내용을 기록하고, 정치적으로 민감한 내용에 대해서는 제재를 가한다.[73] 연설회는 칼을 찬 경무관의 입회하에 이루어지고, 경찰은 독립협회 회원의 동정을 면밀히 감시하고 편지왕래까지 시찰했다.[74]

그러나 연설·토론회장에서 작동했던 훈육과 감시는 정부에 의한 외부적 감시만 있었던 것은 아니었다. 경관들의 감시보다 더 엄격했던 것은 독립협회나 협성회의 내부 규율이었다. 독립협회는 회표를 만들어 "회원들이 셔로 표 ᄒ게 ᄒ되" 모양은 "은으로 둥글게 ᄒ야 ᄒ 가온디는 국긔를 응 ᄒ여 태극을 파론으로 놋코 가으로는 독립 협회 츙군 인국(獨立協會忠君愛國) 여듧 글ᄌ를 국문으로 샥"인 형태를 취했다.[75] 회가 점점 흥왕하자 규칙을 새로 재정하기도 하는데, 그 규칙을 잘 지키게 하기 위해서 "독립 협회 회즁에서 힝용 ᄒᆯ 원 규칙과 츄후로 ᄆ련ᄒ 부칙을 합 ᄒ야 ᄒ 칙으로 일쳔 권을 믄드러 본회 회원들의게 각기 ᄒ벌식 그뎌 주엇스며"[76] "회원즁에 월연금을 이들 ᄭ지 내지 아니ᄒ 회원들은 리회 안으로 밀닌 월연금을 회계의게 붓치지 아니 ᄒ면 즉시 일홈을 삭쳐 업셰기로 쟉뎡"하기도 한다.[77]

72　「잡보」,『독립신문』, 1898.6.4.

73　구연학, 「설중매」,『신소설번안(역)소설』3, 아세아문화사, 1978.
　　『설중매』가 1908년 구연학의 번안소설이라는 점에서 이 토론회의 장면을 독립협회 연설토론회의 모습이라고 확신할 수는 없다. 그러나 『설중매』는 독립협회 2기(신용하는 이 시기를 토론회를 통해 자주, 민권, 자강사상을 대중화하는 민중 진출기로 분류한다)를 배경으로 한 번안소설이란 점을 볼 때, 이 소설에 나타나 있는 정치 토론 모습은 이 시기의 독립협회의 양상과 닮았다고 할 수 있다.

74　최원식,『한국 계몽주의 문학사론』, 소명출판, 2002, 221~224면.

75　「잡보」,『독립신문』, 1898.3.29.

76　「잡보」, 독립신문』, 1898.3.29.

아이러니하게도 이러한 엄격한 규칙들은 연설·토론회에 대중들이 언권을 가진 개인으로 등장할 수 있는 기반이 되기도 했다. 신분여하를 막론하고 이 연설·토론회의 규칙을 지키는 한에서는 적어도 규칙상으로는 모두가 동등했다. '국가에 관련된 공의'를 모으는 분리된 시공간인 연설·토론회는 빈부격차, 나이, 성별을 막론하고 '동등한 언권'을 갖는 곳으로 인식된다. 초기엔, 연설·토론회에서 정치적인 사안에 대해 논의하는 것이 역적모의로 오해받기도 했으나, 1896년 4월 11일 『독립신문』 논설에서는 충신과 역적의 구분을 명확히 하면서 "정부에서 무리혼 법률을 믄들던지 인민을 스랑치 안는 관인이 잇스면 그 거술 세계에 리치를 좃차 설명ᄒ면 정부에셔도 슌혼 인민의 말을 더옥 두렵게 넉일 터이니 편ᄒ고 슌혼 길을 브리고 난을 니르킨다든지 정부를 협박ᄒ랴 ᄒ는 거슨 일도 아니 되고"라고 연설의 의의를 명확히 하고 있다.

이러한 '언어권리'에 대한 자각은 '의병이나 민란 형태'로 정부에 대항하던 질서에서, '언권과 법률에 의해 유지되는 만국공법의 세계'를 통해 의견을 제시하는 질서로 이행하고 있음을 보여준다. 더 나아가 이 '동등한 언권'에 대한 자각 속에는 외국과 동등한 대접을 받으려는 욕망도 있었다. 연설법과 의회원 규칙을 통해 '중의'로 말을 할 수 있다면 "죠션 사름도 (…중략…) 세계에 남만 못 ᄒ지 안홀 인종이요 결단코 일본 사름보다는 낫게 될 듯" 하다는 것이다.[78] 일본과 영국보다도 훌륭해질 수 있는 '언권'에 대한 믿음은 국제회의에 사신을 파견할 때에도 드러난다. 만국우편연합회의에 가는 사람을 뽑는데, "세계 각국 위원즁에 이러셔 연설도 ᄒ고 스무도 보며 디졉 밧을 줄도 알며 남을 디졉홀 줄도 아는 이라야 나라 명예도 빗내고 남이 죠션 디졉ᄒ기를

---

77 「잡보」, 『독립신문』, 1898.4.2.
78 「논설」, 『독립신문』, 1896.12.3.

기화호 나라로 디졉"할 것이라고 말하고 있다.[79]

연설・토론은 조선에게 "부귀영욕"과 같은 경제나 군사의 실질적인 능력을 국제사회 속에서 공평하게 부여해 준 것은 아니었다. 그러나 조선에서는 "언권주유(言權自由)논 텬싱 권리"[80]이며, 국제사회의 규칙과 직접 연결되는 연설・토론회의 규칙과 방식을 조선에 정착시키는 것이, 조선과 서구 열강 사이에 동등한 "공론"을 가능하도록 해 줄 것이라고 이해되었다. 비록 현실에서 얼마나 실현가능했는지는 미지수이지만, 근대 초기 만국공법을 기반으로 한 국제회의에 대한 인식이 조선에서 연설・토론회를 확산시키는 동력이 되었던 것은 바로 이러한 '동동한 언권'에 대한 욕망이었다.

(3) 만민공동회, 기생・아이・천민이 말하다

'민과 '언권'에 대한 감각의 변화

연설・토론의 확산을 통해 획득된 대중들의 '민'과 '언권(言權)'에 대한 감각의 변화는, 만민공동회라는 사건을 발생시킨다. 만민공동회에서는 연설가와 방청자, 계몽자와 계몽대상과 같은 위계는 무너지며 합법적인 공론장은 비합법적인 형태로 폭발한다.

만민공동회는 1896년 2월 아관파천 이후 러시아에 의한 조선의 식민지화가 강화되자 이에 대항하기 위해 1898년 2월 독립협회가 구국 정치운동을 선언하는 강경한 상소문을 황제에게 올리는 것으로 시작한다. 독립협회는 3월 10일 종로에서 만민공동회를 개최하여 국민의 힘으로 제정 러시아의 침략을 막고 자주독립을 공고히 할 것을 호소한

---

79 「논설」, 『독립신문』, 1897.2.25.
80 「논설」, 「언권주유」, 『독립신문』, 1899.1.10.

다. 흥미로운 것은 그 이후의 진행양상이다. 만민공동회의 진행은 점차 평민 대중에게로 그 주도권이 넘어간다.

3월 12일, 서울 남촌의 평민들이 자발적으로 만민공동회를 개최하고, 이후 만민공동회는 독립협회 주도의 집회와 백성들이 자발적으로 조직하는 집회로 나뉘어 이중구도를 띤다. 이른바 '후기 만민공동회'라고 일컬어지는 1898년 11월 이후 백성들의 자발성은 더욱 두드러져, 1898년 11월 5일에 독립협회 간부들이 고종을 폐위하려한다는 누명을 쓰고 체포되자 서울 사람들이 만민공동회를 조직하여 6일간 철야시위를 벌인다.

이처럼 만민공동회는 계몽지식인에 의해 일방적으로 의도된 연설·토론의 장이 아니라 대중에 의해 자발적으로 발화된 공론장이었으며 의회식 민주주의라는 제도적 차원의 공론장을 벗어나 대중에 의한 정치적 잠재성을 드러냈다. 광장으로 폭발되어 나온 대중의 욕망은 언어 권리가 하나의 언어 권력일 수 있음을 보여준다.

기생, 아이, 천민, 연설하다

만민공동회에서 연설·토론회를 여는 주체가 평민 대중에게로 넘어가면서, 연설자와 청중의 위계가 희미해진다. 즉 근대적 공론장의 영역에서 배제되었거나 계몽의 대상이기만 했던 아이, 기생, 천민과 같은 소수자들이 자신들의 언권을 자각하고 발화하기 시작하며, 사적 재산을 털어 연대한다.

11월 10일에는 비가 내리자 시위대를 돕기 위한 의연금과 물품이 쇄도한다.[81] 눈먼 걸인이 돈 칠푼을 공동회에 보조하면서 "박소하나 나도 동포 형제로 츙익하는 사룸들을 위혼다"고 고백하는 경우도 보인

---

81 「잡보」, 『미일신문』, 1898.11.10.

다. "열두살 먹은 아희가 공동회에서 연셜을 ᄒ다가 우리나라 망ᄒ겟
소 말 ᄒᆫ마듸에 그 아희도 울고 사방에 듯던 이들도 다 통곡도 ᄒ며 눈
물도 흘이엿소"[82]라는 보도도 있고, 13세쯤 되는 장용남이라는 아이가
"츙분ᄒᆫ ᄆᆞ음으로 대단히 입바르고 경계 잇ᄂᆞᆫ 말"[83]을 해서 사람들을
감동시키기도 한다. 이처럼 지식인 성인남성이 주도했던 연설의 장은
이제 아이들과 기생도 연설의 자발적 주체로 나서는 연설공간이 된다.
민족의 범주에서 철저히 타자화되었던 '기생' 초월이가 돈 ᄉᆞ원을 내놓
으며 "내 아모리 쳔ᄒᆞᆫ 기싱이나 동포 자민의 륜긔와 츙군익국ᄒᆞᆫ 목
젹이야 다름이 업ᄂᆞᆫ지라" 하며 "돈 ᄉᆞ원을 내여 노면서 이거시 약쇼ᄒ
나 ᄒᆞᆫ번 보용이나 하라"고 하며 연설의 장에 나선다.[84]

　만민공동회는 독립협회라는 계몽지식인들에 의해 '관민공동회'의
형태로 시작되었으나 만민공동회의 전개 과정 속에서 연설의 권리를
갖지 못했던 소수자들까지도 자발적으로 참여하고 발언하고 만들어
가는 담론공간이 형성되었던 것이다.

정치권력을 요구하는 대중

　만민공동회에 참여한 인민들은 전근대적 가치인 '충군애국'을 명분
으로 내세우고 있지만, 정부에 대한 비판과 다양한 요구들을 자발적으
로 표현한다는 점에서 전근대적인 가치로부터 벗어나 있었다. 김덕구
라는 신기료 장수의 사망을 둘러싼 집회는 이러한 정치권력의 대중화
를 잘 보여준다.

　고종의 지시를 받은 숱한 회유, 무력진압, 보부상의 투입에도 당당하
게 맞서던 중, 11월 25일자 『미일신문』을 보면 김덕구라는 신기료 장수

82　「잡보」, 『미일신문』, 1898.11.9.
83　「잡보」, 「소동의기」, 『독립신문』, 1898.11.11.
84　「잡보」, 『미일신문』, 1898.11.15.

의 사망 소식이 보도된다. 김덕구에 대한 신문기사를 보면 그가 '동포'의 경계를 묶어줄 열사로 탄생하고 있음을 확인할 수 있다. 이 문맥에서 '동포'란 근대적 국민국가나 공식적이고 제도적인 시스템과는 또 다른 형태의 공동체, 즉 '동포를 지키려는 의리'로 상상된 공동체였다.

고종에게 실망하고 친러수구파에게 성난 군중은 '부패한 정권'에 대응하기 위해 11월 26일 다시 운집한다. 11월 26일자 『미일신문』을 보면 "공동회에서 부상에게 샹호 사롬을 각히 오원식 주어 치료비를 호라 호엿다더라"라는 기사가 실리고, 오흥을 재판하고 보부상을 혁파할 것을 주장한다. 결국 고종이 직접 궐문 밖에 친림하여 헌의 6조 실시 등을 허락하는 칙유를 발표한다.[85] 연설·토론회의 대중이 왕을 궐문 밖으로 끌어냄으로써 전통적인 왕권을 세속화시키고, 정치권력을 대중 쪽으로 가져왔던 것이다.

비록 만민공동회는 12월 22~24일 사이 정부가 동원한 군대에 의해 해산되고 민회는 금지되지만, 두 달간이나 이어졌던 만민공동회의 경험은 당시 백성들에게 각인된다. 만민공동회가 이렇게 이어질 수 있었던 것은, 그 이전 계속된 토론과 연설의 경험을 통해 개개인의 동등한 언어 권리를 자각하고, 그러한 공동된 의견을 토대로 권력으로 획득할 수 있다는 감각을 알게 되었기 때문이었다.

만민공동회의 해체, 대중들 사이의 대립

만민공동회가 급격히 해체되는 과정은 근대 초기에 민권을 자각한 대중들의 힘과 한계를 동시에 보여준다. 만민공동회는 정부의 방해공작에 의해서 해체되는데, 이 방해 공작의 주체는 만민공동회를 열었던

---

85 「잡보」, 『미일신문』, 1898.11.29. "황샹끠오셔 궐문밧긔 친림호샤 회민과 부상을 효유호야 다 물너가게 호오셧스니"

이들과 마찬가지인 대중, 그러나 또 다른 형태의 욕망을 지닌 대중들이었다.

고종은 황국협회를 중심으로 만민공동회의 주체였던 대중들과 비슷하게 보이는 보부상들을 집회에 잠입시킨다. 그들은 만민공동회 집회 장소에 스파이처럼 숨어들어 모든 대중 집회의 배후, 즉 독립협회의 배후에 박영효가 있다는 소문을 퍼뜨리거나, 대중들이 정부와 대립할 때 대립의 선을 애매하게 하는 발언을 함으로써 대중의 열기를 식힌다.[86] 대중들의 열기는 이러한 유언비어로 식어간다. 자신들의 활동이 누군가에게 통제되고 있다는 의심이 이들의 열기를 식혔던 것이다. 그러나 대중들의 열기를 식힐 수 있었던 것이 정부의 진압이 아니라 대중들의 게릴라적 움직임이었다는 것은, 만민공동회가 지닌 자율적인 성격을 오히려 부각시켜 준다.

사회나 미디어의 변화 속에서 권력자들도 지식인들도 대중들도 누구나 새로운 미디어와 접촉한다. 그 중에서도 근대 초기에 '계몽'의 열정은 '연설·토론'이라는 미디어를 선택했다. 대중들은 이 연설매체의 형식을 익히는 과정을 통해서 근대문명의 메시지를 학습하거나 계몽 지식인들에 의해 훈육되었다. 그들의 신체는 '민'과 '언권'으로 대표되는 근대적 신체로 변화한다. 이렇게 변화해가는 과정 속에서 정치적 대중이 형성되었고 만민공동회라는 조선 최초의 근대적 집회를 일으킨다.

따라서 만민공동회는 독립협회 및 협성회 주도로 이루어진 계몽주의자들의 연설·토론회와 구별된다. 연설·토론회를 연습하고 배우던 신체들과 만민공동회 장에서 발언하는 신체들은 발화의 동력에서 볼 때 완전히 다른 계기를 지닌다. 만민공동회에서 연설·토론은 더

---

[86] 이황직, 앞의 책, 152~153면.

이상 배워야 할 학문이 아니었다. 대중들은 이미 연설·토론이라는 담론공간에 능동적으로 참여하면서 비합적인 형태로 연설·토론회를 변형시켜 자신들의 정치적 무기로 삼고 있었다.

2. 연설·토론회의 문체와 신체성

1) '연설·토론하는 신체규범'의 형성과 문체변화

(1) 연설 스타 \'안창호'의 탄생

연설토론의 2세대, 안창호와 이승만

만민공동회, 1905년 을미사변, 1907년의 정미 7조약 등 일련의 정치적 사건들 속에서, 지식인들과 일반대중이 정부에 대해 지닌 불신과 국권상실에 대한 위기감은 '연설'을 통해 표출되었다. 이러한 담론행위의 목적은 국권상실의 위기를 돌파하고 만국공법의 질서를 구현하려는 것이었다. 연설·토론회는 학교 뿐 아니라 계몽대상이 있는 곳이라면 어디에서든 이루어졌고, 한명의 계몽적 지식인이나 선각자가 다수의 대중에게 '호소'하는 형태를 띠었다. 만민공동회를 통해서 연설·토론회는 안정된 형태로 굳어지고, 대중들은 점차 연설을 일상적으로 즐기기 시작한다. 이에 따라 여운형, 윤치호, 서재필 등 '연설하는 계몽적 선각자'가 장안의 스타가 되어 인기를 끈다.

그 중 근대 초기 연설하는 신체의 규범을 가장 잘 활용하여 대중의 폭넓은 지지를 얻었던 연설가는 도산 안창호였다. 연설·토론회를 유입·확산시킨 서재필, 윤치호 등이 연설 1세대라면, 서울의 이승만과 평양의 안창호는 연설·토론회 2세대였다. 이승만은 배제학당 '협성회'에서, 안창호는 독립협회 토론회와 만민공동회 토론회를 통해 연설을 배운다.[87] 안창호가 서재필의 연설을 "1년 동안 밥도 굶고 쫓아 다녔다"고 했듯이[88] 1887년 초 한양에 온 안창호는 협성회의 토론회에 참석하고 『독립신문』을 읽었다. 이때까지만 해도 연설·토론회의 청자 입장이었던 안창호가 신진세력으로 부상한 것은 만민공동회를 통해서이다. 만민공동회는 "신진청년 회원들이 등장하고 대중적 기반이 확대"되는 계기가 되었고, 이때 등장한 이들이 "정교, 이승만, 안창호, 양기탁과 같은 이들"이었다.[89]

안창호가 유명해진 것은 1898년 7월 25일(음) 평양 쾌재정 연설과 1898년 11월 23일(양) 한양의 만민공동회 연설이었다. 이후에도 안창호는 청중에게 "대한독립만세"를 고창하게 했던 '도쿄연설', '개성연설', '삼선평연설', '신의주 연설' 등으로 유명해졌고, 상해, 러시아, 미국, 멕시코 등에서도 연설을 한다.[90] 연설이 대중계몽 매체로서 정착하면서 연설하는 계몽적 선각자는 대중적 연설 스타가 되었다.

감동을 자아내는 '복합 예능 장르'로서의 연설

안창호의 연설은 대중의 감동을 이끌어내는 데 탁월했다. 그는 연설이 대중과의 감정적이고 신체적인 직접적 만남을 통해서 '공감'을 이끌어냄으로써 효과를 발휘하는 공감적인 스펙터클의 장이라는 것을 그 누구보다 잘 이해하고 있었다. 안창호의 연설을 들은 사람들은 눈물을

---

87 윤홍로, 「도산 안창호 사상의 기독교와 사회진화론 수용」, 『한국 근대 일상생활과 매체』, 동양학연구소 편, 단국대 출판부, 2009, 128면.
88 이태복, 『도산 안창호 평전』, 동녘, 2006, 63면.
89 위의 책, 2006, 71면.
90 윤홍로, 앞의 책, 135면.

홀리며 그 자리에서 즉시 비녀와 가락지, 돈을 계몽과 개화를 위한 사업에 쓰라고 내놓았다.

> 島山은 이러나 一場의 연설을 하엿는데 感이 극하야 단상의 人도 울엇거니와 壇下의 수천 군중도 눈물을 흘니기를 마지 안엇다 한다. 이것이 島山으로 일생에 처음하여 본 연설이자 또 평양천지에 安昌浩, 安昌浩하는 소리가 놉흐게 울니기 시작한 첫 발단이라고 한다. 그러다가 未幾에 그는 서울의 중앙무대로 뛰어 올나왓다.[91]

> 子弟들을 공부식혀야 한다고 島山安昌浩君 등이 곳곳에 가서 일장 연설을 하면 모앗든 청중은 입엇든 두루막이를 벗고 저녁 쌀을 바치어 열열히 응하여 주엇다[92]

도산 안창호의 연설이 이렇게 인기가 있을 수 있었던 것은 대중들 사이에 '연설'을 듣고 감동하는 방식이 만민공동회의 경험을 통해 넓은 공감대를 형성하고 있었기 때문이었다. '연설하는 신체'의 형식들이 어느 정도 규정되어 있어서 안창호는 복합적 예능인처럼 연설하는 톤, 호명법, 비유법, 이야기, 노래, 등 다양한 형식들을 활용했다. 예를 들어 안창호의 연설에는 알기 쉬운 일상의 비유가 활용되었고, "연설끗헤가면" "저 혼자 지은 노래를 연단에서 불느고는 내려"오곤 했다고 한다. 도산이 지어 부르던 창가인 〈거국가〉, 〈한양가〉, 〈모란봉가〉 등은 당시 청년들 사이에 유행하기도 했다.[93]

도산 안창호가 연설로 유명해지는 과정, 복합적 예능장르로서 인기

---

91 李光洙, 「海外諸氏 在內時代 島山安昌浩氏의 活動」, 『三千里』, 1930.7, 7~8면.
92 崔麟, 「全盛時代—西北學會波瀾史」, 『三千里』, 1930.4, 18면.
93 윤홍로, 앞의 책, 2009, 136~149면.

를 끄는 연설법 등은 연설·토론이 차차 정식화된 신체규범으로 형성되고 있으며, 대중들은 그것을 마치 오락처럼 즐기면서 계몽되고 있음을 보여준다.

(2) 『연설법방』−연설하는 신체규범의 성립

신체적 규범의 성립

『연설법방』[94]은 연설·토론을 하는 신체가 몇 개의 표준들로 규범화되어 있음을 확인할 수 있는 텍스트이다. 『연설법방』은 대중적 계몽을 이끌어내려는 '연설자'를 위해 씌어졌다. 특히 「웅변가의 최초」, 「웅변가 되는 방법」, 「연설가의 박식」에서는 연설이나 토론을 잘 하기 위해서 어떤 노력을 경주해야 하는지 상세히 적혀있다. 웅변가들은 처음부터 연설을 잘 하던 사람이 아니라, "無非, 私力을 盡ᄒ야 練習ᄒ 結果로 得ᄒ 效驗"을 통해 탄생한다. 『연설법방』은 마치 성장소설처럼 연설 주체의 피나는 노력을 통해 연설 영웅으로 거듭나는 일련의 정해진 결론을 가정한다. 연설가들은 연설을 하기 위해서 '호흡, 성음, 연설, 구연의 방식, 구절을 읽는 방식, 어깨를 들썩이는 태도' 등 '신체언어'를 배우기 위해 노력해야 했다. 연설법에서 중시되었던 것은 비유, 내러티브의 구성 등 이야기 구조 뿐 아니라 그것을 말할 때 토론, 연설, 연극, 노래 등이 종합적으로 구성된 신체규범이었다.

이처럼 신체적 규범이 강하게 요구되었던 이유는 근대 초기의 연설·토론회에서는 실제로 연설하고 토론하는 과정과 '연설·토론'이라는 낯선 규칙들을 배우는 과정이 동시에 일어났기 때문이다. 또한 연설이나 토론회가 대중의 공감을 얻을 때에만 계몽적 효과를 발휘할

---

94 안국선, 『演說法方』, 탑인사, 1907.

수 있는 장이었기 때문이다. 따라서 그 낯선 규칙을 조선의 상황에 알맞게 변형시키면서도 대중의 흥미를 유발하는 것이 중요했다. 『연설법방』에서 나타나는 연설자의 신체에 대한 끊임없는 강조는 이러한 사정에 기인한다.

예를 들어 「연설자의 태도」에서는 연설의 내용이 아무리 좋아도, 연설 전에 작성된 문자텍스트가 아무리 훌륭해도 "몸가지는 法", 이른바 "손짓ᄒᆞ고 발짓ᄒᆞ고 얼골 가지는 法"이 적절하지 않으면 "演說의 滋味가 漸漸" 없어지므로 대중계몽에 실패한다고 씌어져 있다. 이때 "몸 가지는 법"이 강조하고 있는 것은 연설·토론이라는 종합예능장르에 가장 중요한 청중 장악력이었다. 먼저 신체규범은 연설자의 당당함을 강조한다. "演卓에 俯伏하거나 頭를 垂"하는 태도를 보일 경우 "聽者로 하야금 厭心"이 생기게 할 것이기 때문이다. 「웅변가가 되는 법방」에서는 "沒理無根ᄒᆞᆫ 說이라도 어디ᄭᅥ지던지 主張하여 屈치 말고, 兵士가 戰場에서 左右를 不顧하고 突貫홈과 如히 鐵面皮로 討論하여 相對者를 勝ᄒᆞᆫ 後에 已홀 大勇氣와 大雄辯을 練習"해야 한다고 쓴다. '전쟁을 치르듯이' 물러섬 없는 태도로 임할 때 웅변가가 될 수 있다는 설명이다. 연단에 올라서면 "威儀가 樣樣ᄒᆞ게 身體를 聳身ᄒᆞ고 하이칼라的으로 持身"해야 한다."

'당당한 태도'라는 신체적 규범은 다양한 미시적 규범들을 동반한다. 처음 연설하는 사람들은 공연히 "癡笑"하는 경우가 많은데 이것은 절대 금해야 한다. 웃지 말아야 할 경우에 웃으면 말이 끊기거나 사람들이 듣지 못하거나 하기 때문에 "熱情이 冷却하여 全體의 興味를 抹殺"하게 되기 때문이다. 즉 대중을 장악하는 연설의 긴장감을 유지해야 한다는 것이다. 또한 연설은 '熱心'이 제일이라고 설명한다. 아무리 "下手"의 웅변가일지라도 열심히 하면 흥미를 끌지만 "熱心히 無ᄒᆞ면 聽衆이 하품이 나서 或은 冷笑ᄒᆞᄂᆞᆫ 聲을 發하여 妨害ᄒᆞᄂᆞᆫ 者ㅣ 有ᄒᆞ고,

或은 心中으로 下壇하기를 望하는 者ㅣ 有"하기 때문이다. 특히 연설 중에 "語勢를 從ㅎ야, 或은 手를 擧하며, 或은 顔을 變ㅎ야 其 心中의 情狀을 現示홈이 必要"하다고 한다. "豊大한 音聲"으로 노기를 드러내고 오른 손을 높이 들었다가 말을 끝맺는 동시에 내리는 거나, 온화한 음성으로 두 손을 흔들거나 어세를 종하여 장단을 맞춰 손을 들었다 내렸다 하면서 강약을 조절해야 한다.

「연설자의 태도」에서는 이처럼 어조와 강약, 두 팔이나 표정 등 세세한 신체 동작을 묘사해 놓고 있다. 연설을 끝마칠 때는 "恭遜한 言辭를 始ㅎ야 演卓 것흐로 조곰 비켜시면서 一手의 指端으로는 卓子 모소리를 輕ㅎ게 집고 一手는 넓적다리에 順垂하여 語를 終ㅎ는 同時에 揖ㅎ고 도라서 鄭重히 壇을 下홀 것"이라고 규정되어 있다. 신체와 말을 동시에 활용하는 이런 예들은 연설자의 신체 또한 다양한 연습과 관리가 필요했음을 보여준다. 근대 국민국가가 '국어'라는 문법의 환상을 만들어냈듯이, 『연설법방』은 대중을 계몽하기에 적합한 신체 언어를 만들어냈다.

문자화된 신체규범

연설하는 신체성을 갖추기 위해서 강조된 것은 신체동작의 연습 뿐이 아니었다. 오히려 문자로 씌어진 연설교본의 공부가 강조되었다. 「연설가의 박식」에서 "多讀, 多聽, 多演"을 강조하고 있듯, 이 책은 연설가들에게 실습 뿐 아니라 '多讀'을 권한다. 웅변가가 되기 위해서는 유명한 연설가의 연설서를 숙독하고 등사해서 연습해야 한다. 「연설가의 숙습」에서는 연설 내용의 초고를 완전히 익혀 외울 정도가 되어야 한다고 주장하고, 『연설법방』 속엔 외국의 명연설가의 문장을 비롯하여 여러 개의 연설교본이 제시되어 있다. 이처럼 연설이란 단순히 현장에서 반응하여 즉흥적으로 하는 신체적 행위가 아니라, 연설 이전에 신체적 태도를 적어놓은 규범을 익힘으로써만 가능한 '문자화된 신체규범'으로서의 성격을 지니고 있었다.

이는 『연설법방』 속의 실습용 교본이라고 할 수 있는 「연설」에서도 잘 나타난다. 초기 연설·토론회에서 미지의 청중을 향해 발화되던 연설이 이제는 '청중'과 주제를 범주화하고 그에 맞는 수사문법을 규정하면서 이루어지고 있다. 청중의 범주에 따라 청년구락부, 학도, 부인회를 나누어 놓는다. 한편, 당장 해결해야 할 문제들의 집대성처럼 보이는 주제에 따라 "落心을 戒ᄒᄂ 演說", "政府의 政策을 攻擊ᄒᄂ 演說", "運動에 對ᄒ 演說"로 분류한다. 이 주제들이 대개 『독립신문』에 보도된 실제의 연설문과의 유사성을 보인다는 점은 연설하는 신체의 규범들이 문자로서 다시금 정착화되었다는 사실을 뒷받침해 준다. 「연설의 종결」은 연설을 끝맺기 위해서 쓰는 지정된 문구를 소개하고 그런 말들을 하면서 여운을 남겨야 한다고 말한다. 그 정해진 문구를 제시해 보면 다음과 같다.

"形式上의 演說은 形式上의 言語를 用함이 必要"하므로 "滋味잇ᄂ 말삼이 多ᄒ오나, 時間이 不足ᄒ오니, 後日에 機會가 有ᄒ면 다시 演說ᄒ겟슴니다." / "ᄒ고십흔 말슴이 多고ᄒ오나 演說잘ᄒᄂ 辯士가 予의 後에 在하야 予의 演說이 얼는 긋나기를 待하오니, 予가 此를 妨碍ᄒᄂ 것도 쏘흔 未安ᄒ야 그만둠니다." / "잘못ᄒᄂ 演說은 簡單ᄒ 것이 조흔지라, 그만ᄒ고 他人의 演說을 聽ᄒ시다"

연설하는 신체의 규범은 이처럼 신체동작을 문자화하는 일회적인 변환과정에 의해서 형성된 것이 아니라, 문자를 신체화하고 신체동작을 다시금 문자화하는 반복되는 변환과정 속에서 형성된다.[95] '문자화된 신체규범' 이전에 '연설하는 신체가 규범화되는 과정'이 있으며, 이렇게 형성된 '문자화된 신체규범'은 다시금 연설·토론하는 신체를 통해 변형되는 것이다. 이처럼 연설·토론회의 정착과정 속에는 신체의 비신체적(문자적) 변환과, 비신체(문자)의 신체적 전환이 동시에 발생하고 있다.

(3)『금수 회의록』, 대화·토론체 소설의 '현장감'

연설·토론회 언어규범과 시공간의 차용

대화·토론체 소설에는 연설·토론회에서 사용되었던 발화형태가 적극적으로 활용되면서 문체에도 영향을 준다. 연설·토론회의 유행을 생생하게 재현함으로써 대화·토론체의 계몽적 효과를 증폭시킬 수 있었기 때문이다.『금수회의록』[96]은 연설·토론체 유형의 대표적 번안 소설이다. 원래는 안국선의 창작으로 알려 졌지만 최근 서재길에 의해서 사토 구라타로(佐藤欟太郎)가 1904년 6월에 쓴『인류공격(人類攻擊)』이라는 일본 작품과 서문, 삽화, 등장하는 동물들이 같다는 사실이 밝혀졌으며 중국에서 한문으로 번역된『금수회의공격인류기(禽獸會議攻擊人類記)』와의 관련성에 대해서도 연구가 진행되고 있다고 한다.[97] 앞서 연설·토론회의 유입이 조선 뿐 아니라 중국과 일본에서 동시적으로 일어났다는 것을 설명했듯이 근대계몽기에 한중일 삼국에서 연설·토론회의 신체적 규범은 서로 긴밀히 연관되어 있었던 것으로 보

---

95 이효덕,『표상공간의 근대』, 소명출판, 2002, 176면. "'번역'의 문제란 (…중략…) '음성'을 언어로 간주해서 듣는 지각의 코드화 바로 그 지점에 존재하는 것이 아닐까. 지각의 코드화(귀에 들리는 말)와 전달의 코드화(문장어)가 서로를 준거짓고 있다는 점 (…중략…) 언문일치체의 성립이야말로 '음성'에 대한 지각의 코드화와 전달의 코드화를 통일시킨 것이다. 즉 보편적인 '음성'을 만들어 냈다는 말이다."

96 안국선,『금수회의록』, 황성서적업조합, 1908.

97 서재길,「『금수회의록』의 원작「금수회의 인류공격」에 대하여」,『근대서지』3호, 소명출판, 2011.6, 350~356면.

인다. 앞으로 연구를 통해서『금수회의록』이 지닌 번안소설로서의 면
모 및 동아시아에서 번안소설이 갖는 상호 관련성이 더욱 자세히 밝혀
진다면, 연설・토론회를 통한 중국, 일본, 조선 간의 연관성이 더욱 풍
부하게 밝혀질 것이라고 생각한다.

　전후 관계를 명확히 따질 수는 없지만, 안국선이『연설법방』에서 논
의한 연설・토론하는 신체성은『금수회의록』이라는 허구적 텍스트 속
에 구체적으로 구현되어 있어서 놀랍다. 특히『금수 회의록』은 연설・
토론의 장면 뿐 아니라, 연설・토론의 수사학, 그리고 연설할 때의 신체
동작까지『연설법방』과의 유사성을 보이고 있다. 따라서『금수회의
록』은『연설법방』에서 구축된 연설・토론하는 신체가 허구적 텍스트
속에서 어떠한 식으로 활용되는가를 보여준다. 즉 근대 이후 재구축되
기 시작한 문자와 신체, 신체와 문자 사이의 변환과정이 드러나 있다.

　『금수회의록』은 연설・토론체이기 이전에 액자소설의 형태를 취하
고 있다. 허구적 텍스트 안에 또 하나의 허구가 연설・토론회의 형태
로 삽입되어 있는 것이다.『금수회의록』의 회의 장소는 현실 속에서
수차례 경험한 토론회나 연설회의 시공간적 장소를 상기시킨다. "금슈
회의소"라는 현판이 달려있고, "인류를 론박홀 일"이라는 논제를 걸어
놓고, 마치 신문에 선전을 하듯 광고도 붙었는데 "하늘과 짜 스이에 무
삼 물건이던지 의견이 잇거든 의견을 말ᄒ고 방청을 하려거든 방청ᄒ
되 다 각기 즈유로ᄒ라"고 씌어 있다.

　연설・토론회 장소는 근대의 분절적인 시공간기계에 의해 구획되
며 참여자들의 행동과 말하는 방식을 관리하고 통제하는 규범으로서
작동한다.[98] 예를 들어 금수회의의 공간은 현판과 논제로 외부와 분리
되어 있으며, 그 속에는 방청석, 좌석, 규측 방망이, 회장석의 위치가

98　이진경,『근대적 시공간의 탄생』, 푸른숲, 2002, 296면.

정해져 있다. 실제 토론회에서 좌편과 우편을 나누고 가부를 결정하거
나, 예식과 같은 형태로 연설이 행해질 때 정부관리, 외국공사, 학교 교
장, 학생들의 자리와 역할이 정해져 있었던 것과 흡사하다. 이처럼 대
화 토론체 소설 안에 끼어든 연설·토론회 장면은, 근대적 시공간, 연
설하고 대응하는 신체의 규범, 규정된 테마와 발화방식 등을 주도하면
서 허구적 텍스트의 구성, 문체 등 전반에 영향을 준다.

특히『금수회의록』에 연설·토론회가 삽입된 것은, 그 소설의 현장
감을 증폭시키는 효과를 발휘한다. 텍스트 시작부터 '시간'이 사람들
을 움직인다. 화자는 "별안간 뒤에셔 무어시 와락 쩌다밀며 어셔 드러
갑시다 시간 되엿소 ᄒ고 밧비 드러가는 셔슬에 나도 ᄯ라 드러가셔
방청셕"에 앉는다. '시간'에 대한 집착은 텍스트 중간 중간 "사롬들의
악ᄒ 힝위를 말ᄒ려면 끗치 업겟스나 시간이 부족ᄒ야 고만 둡늬다",
"시간이 진ᄒ얏스닌 그만 폐회ᄒ오"라고 말하는 데에서도 드러난다.
시간을 이유로 한 연설중단이나 폐회는『연설법방』의「연설의 종결」
에서 규범화 되어있는 정해진 종결문구인 "자미잇는 말씀이 다하오나,
시간이 부족하오니, 후일에 기회가 유하면 다시 연설하겠습니다" 등을
연상시킨다.

연설·토론을 하는 신체의 규범이『연설법방』과 같은 교본을 통해
문자화되고, 그렇게 구성된 신체적 문자적 규범들이 다시금『금수회
의록』과 같은 허구적 텍스트 속에서 활용되고 있다.

연설토론회 신체규범의 차용

『금수회의록』이 연설·토론회에서 차용한 것은 언어규범만이 아니
었다. 이 소설에서는 연설·토론회에서 전형적으로 나타나는 신체적
규범이 적절하게 활용되고 있다. 연설·토론회에서는 연설자의 태도
가 대중적 계몽의 성공여부를 결정했고, 그것이『연설법방』에서 규범

화된 신체 언어로 만들어졌다. 『금수회의록』은 연설·토론회에 의해 형성되고 『연설법방』에 의해 규범화된 신체적 말하기를 차용함으로써, 연설자가 현실에서 지녔던 '현장감'을 소설 속에 구현해내고 있다.

두드러지는 특성으로는 발화자의 신체적 특성과 행동묘사가 치밀하게 나타난다는 점을 들 수 있다. 언권을 지닌 짐승 등이 연단으로 걸어 나오거나, 연설·토론의 회의진행과 관련된 말이나 행동을 할 때, 그 행동에 대한 묘사가 치밀해지고 박진감 있게 되는 것은, 현실의 연설·토론회를 차용함으로써 가능했다. 즉 연설·토론회가 시공간적 절차에 따라 진행되는 제도적 특성을 띤다든가 신체적 언어가 중요한 매체라는 점 등은 허구적 소설 텍스트에서 비교적 치밀한 행동묘사와 연설자의 모습에 대한 묘사로 나타난다.

회장이 기회취지를 연셜ᄒ고 회장석에 안지니 ᄒᆞᆫ 모퉁이에서 우렁찬 소리로 회장을 부르고 니러서셔 연단으로 올나간다. // 후록고투를 입어셔 젼신이 식가마코 똥구란 눈이 말동 말동ᄒᆞᆫ데 물ᄒᆞᆫ잔 조곰 마시고 연셜을 시작ᄒᆞᆫ다. // 아리땁고도 밉살시러운 소리로 회장을 부르면셔 쌍똥쌍똥 연셜단을 향ᄒᆞ야 올나가니 어엇분 태도ᄂᆞᆫ 남을 가히 호릴 만ᄒᆞ고 가웃거리ᄂᆞᆫ 모양은 본식이 드러나더라. 여호가 연셜단에 올나셔셔 기생이 시조를 부르려고 목을 가다듬ᄂᆞᆫ 것쳐럼 기침 ᄒᆞᆫ번을 캑ᄒᆞ더니 간수ᄒᆞᆫ 목소리로 연셜을 시작ᄒᆞᆫ다. // 여호가 연셜을 긋치고 할금할금 도라보며 제자리로 나려가니 또 ᄒᆞᆫ편에셔 회장을 부르고 아장아장 거러와셔 연단 우에 쌍충 뛰여올나 간다 눈은 톡 불거지고 비ᄂᆞᆫ 똥〃ᄒᆞ고 키ᄂᆞᆫ 작달막ᄒᆞᆫ데 눈을 쌈작쌈작ᄒᆞ며 입을 벌죽 벌죽ᄒᆞ고 연셜ᄒᆞᆫ다 // 또 한 편에셔 회장을 부르고 나ᄂᆞᆫ 듯시 연셜단에 올나간다 (…중략…) 허리ᄂᆞᆫ 잘녹ᄒᆞ고 톄격은 조고마ᄒᆞᆫ데 두 억기를 쩍버리고 청랑ᄒᆞᆫ 소리로 머리를 쌋닥쌋닥 ᄒᆞ면셔 연셜ᄒᆞᆫ다 // 벌이 연셜을 긋치고 밋쳐 연셜다네 나려서기 전에 또 한편에셔 회장을 부르고 나오니 모양이 긔괴ᄒ고 눈에 영치가 잇셔 힘센 쟝슈갓치 두팔을 쪅 버리고 엇기를 츳석츳석ᄒ며 ᄒᄂ 말이 // 개가 입에셔 거품이 부걱부걱 나오며 슈용산줄노 하던 말을 긋치고 엉금엉금 긔여 나려가니 파리가 쏘 회장을 부르고 나ᄂ드시 연단에 올나가셔 두 손을 싹싹 비비면셔 말을 ᄒ다. // 의긔가 양양ᄒ야 사롬을 뎌의 똥만치도 못하게 남을ᄒ고 겸ᄒ야 충고의 말노 권고ᄒ고 ᄂ려간다. // 웅쟝ᄒ 소리로 회쟝을 부르니 산천이 울린다 연단에 올나셔셔 머리를 셜네셜네 흔들고 좌중을 ᄂ려다보니눈알이 등불갓고 위풍이 름름ᄒ데 쥬홍갓흔 입을 쪅 버리고 어금니를 부지즉 갈며 연셜ᄒᄂ디 좌중이 죵용ᄒ다 // 호랑이가 연셜을 긋치고 나려가니 쏘 ᄒ 편에셔 형용이 단졍ᄒ고 티도가 신즁ᄒ 어어쑨 원앙시가 연단에 올나셔셔 이연ᄒ 목소릭로 말을 ᄒ다 // 원앙시가 연셜을 긋치고 연단에 나려오니 회장이 다시 이러셔셔 말ᄒ다.

위의 인용을 살펴보면 두 가지 흥미로운 점을 발견할 수 있다. 하나는 연설하는 인물의 묘사가 그 인물이 표현하는 동물의 외관을 그대로 드러내고 있고, 이때 연설하는 어조와 연단에 올라서는 태도 등이 세밀하게 그려진다는 것이다. 이것은 근대적 제도인 연설·토론회의 공간과 우화적 소설이 만나 어떻게 외연을 묘사하는 방식이 변화하는지 살펴볼 수 있게 한다. 이 연설자의 행동은 '회장을 부르는 것', '연단에 올라서는 것', '말을 시작하는 것', '말을 끝맺는 것'이라는 절차 속에서 진행되기 때문에 그 현장감을 좀더 생생하게 해준다.

규범화되고 재규범화되는 연설하는 신체성, 연설·토론의 시공간 등은 대화·토론체 소설에 차용됨으로써 '현장감'을 증폭시킨다. 그리고 동시에 이러한 연설·토론회의 삽입은 소설 문체에서도 변화를 일으킨다. 한 예로 연설·토론회의 행동을 묘사하는 장면에서는 '—더라'의 서술형이 아니라 '—다'로 끝나는 간결한 종결어미가 사용된다. 여기서 쓰인 '―다'체는 3인칭 주어와 과거형 서술어로 이루어지는 근대적 문체의 성립으로까지 보기는 어렵지만, 적어도 빠른 행동묘사의 전개를 가능하게 해준다. 이런 특성들은 연설이나 토론이란 담론공간이 일으킨 감각의 변화가 허구적 텍스트에 어떤 영향을 주고 있는가를 보여주고 있다.[99]

대화·토론체 소설과 발화주체의 복수화

"금슈회의소"는 동등한 언어 권리를 가진 복수의 주체가 등장하는 공론장으로 구성된다. 토론체 소설은 대개 액자 구성형식을 취하고 있는데,[100] 이에 따라서 연설·토론회나 재판을 허구적으로 구축함으로써 소설 속에 등장하는 발화자들이 "동등한 언권"을 부여받아 발언할 수 있게 된다.

『금수회의록』은 시작 부분에서는 다음과 같이 현실세계를 진단한다. 첫째, 하나님이 창조하신 세상은 "귀ᄒ고 쳔ᄒ 분별이 업슨즉" 하나님이 인류에게는 "령혼"과 "도덕심"을 주었으나 최근 사람들은 변화가 무쌍하다. 둘째, "지금 셰상은 인문이 결단나셔 (…중략…) 착ᄒ 사름과 악ᄒ 사람이 격구루"됐다. 셋째, "덕의가 업셔셔 (…중략…) 금슈만도 못ᄒ 이 셰샹"이 되었다. 이제 짐승들은 인간보다 높은 지위에서 "사름된 쟈의 칙임을 의론"하고 "샤름의 힝위를 들어셔 올코 그름을 의론"한다. 이뿐 아니라 "인류 ᄌ격이 잇는 쟈와 업는 쟈를 묘사"함으로써 계몽적으로 인간보다 우위를 차지한다. 이 알레고리는 기독교에 근

---

99 천핑위안(陳平原), 최정섭 역, 「연설과 근현대 중국문체의 변혁」, 임형택·한기형·류준필·이혜령 편, 앞의 책, 109~119면. 이 논문은 연설이나 토론이 지닌 구어적 측면이 각 지방의 언어를 통역하거나 속기해서 문자화하는 과정이 중국 백화문 성립에 중요한 역할을 했으며, 특히 대중에게 근대문물을 잘 전달할 수 있는 구어법을 발명하는 과정도 백화문 성립에 큰 기여를 했다고 밝히고 있다.

100 『금수재판』(1910), 『병인간친회록』(1909), 『경세종』(1908)도 비슷한 양상을 보인다.

거해 진화론을 비판[101]하는 것이기도 하지만, 그보다 언권을 자각하지 못했던 대중들을 우화적으로 표상하는 동물이나 장애자들이 등장하여 발언함으로써, 그들이 '연설·토론회'라는 시공간 속에서 자신의 언권을 자각해가는 과정을 보여주는 것이기도 하다.

언권은 아무리 비루하고 가난하고 아는 것이 없어도 "인류의게 디ᄒᆞ야 소회"가 있거나 "신학문은 아는 거시 변변치 아니ᄒᆞ난 지금 졍와의 어희라 하는 문제로 대강 인류 사회를 론란"하고자 하는 마음이 있으면 누구에게라도 주어진다. 이때 『금수회의록』에서 연설·토론의 형식이 차용되면서 보장되고 있는 언권의 형태는 두 가지로 나타난다. 첫째로 연설을 시작하기 전에 사람들 앞에서 자신의 소속을 밝히고 자신의 입장에서 발언할 기회를 부여받는다.

나는 가마귀올시다 / 나는 여호올시다 / 나의 성명은 / 나는 벌이올시다 / 나는 게올시다 / 나는 파리올시다 / 본원의 일홈은 (…중략…) 호랑인디 별호는 산군이올시다 / 나는 원앙이올시다

자신을 청중 앞에서 소개하고 호명하는 행위는 실제 연설·토론체의 말하기 규범 중 하나인데, 이러한 규범을 지키는 것이 동등한 발언을 가능하게 한다. 다른 하나는 관습적으로 해석되어 오던 자신의 사적이 잘못되었음을 얘기하고 인간을 비판하는 것이다. 가마귀는 '반포지교'라는 전통적 도덕을 '예수교 계명'과 '직분' '하ᄂᆞ님의 법'으로 설명한다. 동시에 자신이 지닌 상징성을 "곡식을 해하는" 짐승에서 "곡식에 해되는 버러지를 잡아먹"는 이로운 짐승으로 재맥락화하면서 그 근거로 서양 조류학자의 해부학적 연구를 든다. 여호는 자신이 "요망ᄒᆞ던지 간ᄉᆞᄒ

자"를 지칭하는 일홈으로 쓰이나 더욱 요망한 것은 "졔 나라를 망ㅎ고 졔 동포를 압박"하며 "대포와 총의 힘을 빌어서 남의 나라를 위협ㅎ야 속국도 만들고 보호국"을 만드는 제국주의적 세력이라고 비판하는 등이다. 이 논리들은 대개 기독교에 기반한 직분론을 통해 제국주의적 침략을 비판하고 있고, '대조와 역설'이라는 수사학을 활용한다.[102] 나와 타인, 옳은 것과 그른 것을 명확히 구분하는 이 수사학은 자신의 언권을 분명히 드러내기도 하지만, 동시에 자아와 타아의 경계를 가르고 문명개화의 승리로 귀결되는 계몽주의적 수사학의 전형을 보여주기도 한다.

그러나 『금수회의록』의 계몽적 서사는 「여호와 고양이의 문답」(『대한매일신보』, 1908)과 같은 문답체 계몽서사와는 차이점을 지닌다. 문답체는 계몽가와 계몽대상을 전제한 뒤 결국 계몽가의 승리로 귀결되는 방식을 취한다. 그러나 연설·토론이란 형식이 차용된 『금수회의록』과 같은 토론체 소설에서는 말하는 연설자가 보다 다양해지면서 계몽의 복수적 관점이 획득된다. 더구나 이 텍스트에서 계몽지식인인 '소설속 화자'는 문답체에서처럼 직접적인 계몽의 형태를 취하는 것이 아니라, 뒤에서 이 연설·토론의 장면을 '보고'하는 형식을 취한다. 이 모든 소수자들의 발화가 결국 단 한명의 계몽적 화자의 분신이라고 할지라도, 모두가 동등한 언권을 부여받는다는 규칙을 따르는 연설·토론체라는 '장' 전체가 삽입됨으로써 하나의 관점으로 수렴되기 보다는 다양한 관점으로 분산되는 형태가 된다.

규범화 / 재규범화를 반복하는 연설·토론회

이처럼 『금수회의록』은 연설·토론회를 『연설법방』과 같은 '문자화된 텍스트'로 정리하는 과정이 다시금 허구적 텍스트에 영향을 주는

---

102 김영민, 『한국 근대소설사』, 솔, 1997, 277면.

신체와 문자 사이, 현실과 허수 사이의 끊임없고 복잡한 변환과정의
한 지점을 표시하고 있다. 연설·토론체 소설은 '사실성이나 현장성'
을 현실에서 이루어진 연설·토론회의 '신체성이나 시공간 감각'에 기
반하여 획득한다. 이렇게 획득된 "사실과 같은 허구" 즉 연설·토론회
에서 획득된 현장성은 이후 근대 소설에서 연설·토론회가 등장하는
장면마다 작동하게 된다. 연설·토론회가 안정적인 형태로 규범화되
면, 그 신체성들은 문자텍스트(연설방법을 소개하는 책자나 연설·토론체 소
설들)에 표현되면서 연설하는 신체들을 재규범화한다. 또한 연설·토
론의 경험들은 연설하는 신체성을 변형시키면서 연설하는 장면을 표
현하는 텍스트에도 영향을 준다.

　이러한 변환과정 속에서 연설·토론회는 규범적 신체와 감각을 구
성하는 동시에 허구적 텍스트의 문체를 바꾸어 갔다. 동시에 이 규범
들은 대중들에 의해서 전유되거나 대중들의 호응을 불러일으키는 요
소로 작용하면서 변형을 거듭해 간다.

2) '연설·토론하는 청년'의 신체와 '共同感情'

(1) 부/재하는 '사회', 요청된 '연설·토론회'

소설 속 '서사적 논설' : 계몽적 장치로 삽입된 '연설·토론회'
『금수회의록』에서 볼 수 있듯이 대화·토론체 소설들은 연설·토
론의 장면 뿐 아니라 시공간적 구성, 발화방식, 신체적 특성을 차용함
으로써 연설·토론의 형식들을 문자화한다. 1910년대에 접어들면 대
화·토론체 보다 근대적인 형식을 갖춘 소설들이 등장하고, 연설·토
론이 직접 차용되기 보다는 연설·토론회의 장면들이 소설 속에 길게

삽입되기 시작한다. 소설 속에 연설·토론회의 장치를 삽입했던 것은 연설·토론회가 대중들의 흥미를 끌면서도 '서사적 논설'처럼 계몽적인 이야기를 직접 전달하기에 적합한 형식이었기 때문이다.

따라서 연설·토론회의 장면은 이광수와 같은 민족주의 우파의 소설뿐 아니라, 카프 계열의 민족주의 좌파 농촌계몽소설 및 사회주의 소설들에서도 자주 등장한다. 연설·토론은 좌우를 막론하고, 또한 합법적인 공간과 비합법적인 공간을 막론하고, '계몽적이고 대중적인 담론형식'으로 활용하기에 적합했기 때문이다.[103] 그 중에서도 1910년대 중반부터 1920년대 초반까지 씌어진 초기 이광수의 글과 소설에는 연설·토론의 장면이 연속적으로 등장한다. 이러한 경향은 「대구에서」(『매일신보』, 1916.9.22~23)」라는 수필에서 맹아가 나타나며,[104] 이후 농촌을 배경으로 '연설·토론'이 등장하는 다음과 같은 소설들로 이어진다. 그 소설들은 「용동」(『학지광』, 1916.3.5), 「농촌계발」(『매일신보』, 1916.11.26~1917.2.18), 「무정」(『매일신보』, 1917.1.1~6.14), 「先導者」(『동아일보』, 1923.3.27~7.27)이다. 이 소설들을 관통하는 것은 사회의 새로운 질서를 만들어야 한다고 외치는 '감정적 계몽주의자 이광수'의 모습이다.

이 소설들은 '사회'의 모델로서 농촌마을을 상정하고, 그 농촌마을을 계몽해가는 담론공간으로 청년들의 연설·토론회를 제시하고 있다는 점에서 공통적인 면모를 보인다. 이광수의 초기 소설들이 자전적

---

103 카프 계열로 대표할 수 있는 민족주의 좌파의 비합법적인 연설·토론회와 이광수와 같은 민족주의 우파의 농촌소설 및 계몽소설에 나타나는 연설·토론회가 어떤 공통점과 차이를 지니고 있었는가는 이후의 연구과제로 남겨둔다. 그러나 민족적 계몽의 열정 앞에 좌파와 우파 모두 비슷한 대중동원 방식, 서사방식을 지니고 있다는 점은 사상이 내용 뿐 아니라 형식을 통해서 신체적으로 학습된다는 점을 보여주는 예라고 할 수 있을 것이다. 또한 이러한 두 계열의 연설·토론회의 계몽형식이 어떤 차이와 동일성을 지니는가를 밝히는 것은, 조선의 근대 전체를 관통하는 '계몽의 구조'를 파악하는 데 새로운 시각을 제시해 주리라고 본다.

104 김영민, 「이광수 초기문학의 변모과정─이광수의 새 자료「크리스마슷밤」연구 (2)」, 『이광수문학의 재인식』, 소명출판, 2009, 51면. "「대구에서」와「동경잡신」, 그리고「농촌계발」에 이르는 과정에서 공통적으로 발견할 수 있는 특징은 계몽주의자로서의 이광수이다."

인 성격을 띠고 있다는 점, 「농촌계발」은 논설과 서사가 섞여진 형태라는 점[105] 등을 볼 때, 이 소설에 언급되어 있는 연설과 토론회의 장면들은 일종의 리얼리티를 지니고 있고, 이러한 리얼리티를 지닌 장면이 소설 속에 삽입됨으로써 전적으로 근대소설로만 분류할 수 없는 논설적인 성격도 동시에 띠게 된다. 즉 이 소설들에는 연설·토론 장면에서 나타나는 논설적 형식과 근대적 소설형식이 공존하고 있다.[106]

이광수의 이 소설들이 추구하고 있는 것 또한 '서사'로서의 완성도라기보다는 '논설'로서의 계몽적 가치였다. 따라서 이광수의 초기 소설에 연설·토론회의 장면들이 길게 삽입되는 것은 이광수가 소설을 일종의 계몽적 프로젝트로 사용하고 있기 때문에 비롯된 현상이다. 소설 속의 '연설·토론'이라는 장치는 굳이 '논설'이라는 방식으로 돌아가지 않아도 근대적 소설 속에서 계몽적 발언을 할 수 있는 장치였다. 우리에게 알려진 액자소설이란 이야기 속에 이야기를 삽입하는 형태이지만, 그 이전에 이광수는 이야기 속에 '논설'을 끼워 넣는 형태를 시도하고 있다.

「농촌계발」에서 '논설'의 방식이 사용된 장은 1장과 2장과 12장이고 다른 장에서는 이야기 속에서 논설이 녹아들어 있다는 점은 주의를 요

---

[105] 「농촌계발」이 지닌 서사적 측면과 논설적 측면의 뒤섞임에 대해서는 다음을 참고. 김효진, 「'청년다움'과 '청년'의 타자들−이광수, 용동, 농촌계발, 무정을 중심으로」, 『20세기 동아시아 공간과 매체』, 한국 연세대·일본 와세다대·중국 연변대 공동주최 국제 학술대회, 2009년 7월 10~11일. "농촌계발은 총 12장으로 구성되는데, 이중 제1장과 2장 12장은 논설의 형식이다."

[106] 이경돈, 「기록서사와 근대소설−리얼리티의 전통에 대하여」, 『상허학보』 9호, 2002. 이 논문은 한국문학사에서 서사도 소설도 아닌 형태가 지속되어 왔으며 그 예들을 『開闢』의 여러 기록서사(보고형과 감상형으로 나뉘어진다)의 형태들을 통해 규명한다. 이는 한국의 근대 소설사에서 '소설'이 아니라서 배제된 서사양식들의 전통을 발굴하고, 기록서사와 근대소실이 착종과 융합을 거듭하는 이종교배 속에서 (즉 유사한 장르와 신댁, 합류하면서) 소설장르의 성격까지 변화되었음을 증명하려는 것이다. 기록서사들은 1920년대 들어서면서 스토리와 서술 중심에서 사건과 묘사 중심으로 변하고 시사토론체는 장황한 연설형식에서 실생활의 대화 형식으로 변한다고 설명한다.

한다. 1장과 2장과 12장은 '연설과 토론'이란 장치를 사용하지 않으므로 허구적 형태로 계몽적 언설을 말할 수 없다. 따라서 저술자의 직접적인 서술이 "논설"로 나타난다. 예를 들어 "알아보기도 쉬웁고, 興味도 있기 爲하여 한 農村을 次次 改良하여 理想的으로 만드는 小說 비슷하게"[107] 쓰려고 했다고 말하거나(1장), 마을의 전체 배경과 문제점의 원인 및 대책을 설명하거나 (2장), 이후 金村과 같은 곳이 조선 전체로 확대되길 바란다는 당부를 표시하거나(12장) 하는 등이다.

반면, 다른 장들에서는 『금수회의록』에 연설·토론회가 액자 형태로 차용된 것처럼 연설·토론 장면을 삽입함으로써 허구적 형태를 빌어 계몽적 연설을 할 수 있게 된다. '연설과 토론'이라는 근대적 장치를 이용해 '대화'의 형태로 계몽적 주장을 펼치고 있는 것이다. 또한 이런 연설·토론의 장면은 이광수 소설에 단지 '삽입'되었다기보다는 소설의 전개에서 가장 중심적인 역할을 하면서 '연설하는 청년'의 형상을 보여주고 있다. 이러한 이광수 초기의 소설들을 통해서 연설·토론회가 1910년대의 정치문화로서 어떠한 시공간에서 정착되었으며, 그 과정에서 어떠한 정치적 주체를 구성해가고 있었는가를 살펴볼 수 있다.

통제된 '사회' 형성을 위한 계몽수단

1910년대 소설에서 표현된 이광수의 계몽적 열정은 근대 초기의 계몽적 열정과는 다소 차이를 지닌다. 「용동」이 실린 매체는 대표적인 유학생 잡지 『학지광』이었고, 「농촌계발」과 「무정」이 실린 것은 총독부 기관지 『매일신보』였다. 1910년대의 『매일신보』를 지배했던 정서는 쾌락이었고, 식민권력은 당시 조선의 공공적 가치 혹은 담론공간을

---

107 이광수, 『이광수전집』 17, 삼중당, 1964, 86면; 원문은 春園生, 「農村啓發」, 『每日申報』, 1916. 11. 26∼1917. 2. 18.

이러한 관제 오락으로 채우고 있었다.[108] 그런데 1917년 1월 1일 신년호에는 이광수의 글 세 편(「무정」, 「농촌계발」, 「신년을 迎ㅎ면셔」)이 나란히 실린다. 한 연구자는 이에 대해 총독부는 『창조』를 통해 청년 독자층에게 엄청난 영향력을 발휘하고 있던 이광수를 『매일신보』에 끌어들임으로써 "교육잇는 청년 독자"들을 총독부의 정책에 적절하도록 계몽하려고 했다고 분석한다.[109] 이광수의 계몽적 기획이란 총독부 기관지인 『매일신보』의 기획과 연동하고 있었다.[110]

이는 민족적 열정만으로 확산되었던 근대 초기의 연설·토론회의 계몽성과 그 목적 및 대상을 달리한다. 근대 초기의 연설·토론회가 계몽적 파토스로 가득 찬 대중을 대상으로 하고 있었다면, 1910년대 이광수가 그려내고 있는 연설·토론회는 일반 대중 뿐 아니라 식민지 지식인을 계몽대상으로 포괄했다. 이처럼 이광수의 계몽 프로젝트에 기반해 제시되고 있는 연설·토론회라는 담론공간은 근대 초기보다 훨씬 더 통제된 장으로 기획된다. 1910년대 연설·토론회에서는 '관제 오락'으로 버무려진 '계몽의 열정'과, 총독부에 의한 '합법적 치안 혹은 식민지화'가 공존하기 시작한다. 이는 식민지 조선에서 제도화된 공적 공간과 비제도적인 공적 공간, 또한 공적 공간과 사적 공간을 매개하는 장으로서 식민지화되어가는 상황 속에서 '사회'가 발생하는 단초를 문제적으로 보여주기도 한다.

한 예로, 1910년대 『매일신보』를 중심으로 이루어진 이광수의 문필활동은 두 개의 지배적 논의 공간(하나는 총독부 하나는 유교지식인)에서 벗어나, 대안적 담론공간을 형성하려는 실천의 일환이었다고 볼 수도 있다.

당시 인쇄·출판 매체의 상황을 보면, 1909년에 출판법이 공포되고 원고의 사전검열 및 출판 뒤의 납본 검열이라는 이중 검열 상황에 있었다.[111] 더구나 강제병합 이후, 민족주의적 성향의 잡지가 발간 금지되고 종교잡지만 남게 되며, 신문은 총독부 기관지 역할을 하는 세 종류(일본어 신문 『경성일보』, 영어신문 *The Seoul Press*, 한글신문인 『매일신보』)만이 남게 된다.[112] 이런 상황 속에서 이광수가 『매일신보』에 게재한 글들에서는 전근대적인 구사회를 대체할 새로운 사회 질서를 요청하고 있다.

이광수의 「대구에셔」(『매일신보』, 1916.9.22~23)」는 대구 친목회까지 조직했던 청년들이 강도짓으로 잡혀 들어간 이유로 '사회'의 부재를 들고 있다.

조선도 昔日에는 每洞每鄕에 儼然한 不文律이 있어 社會가 스스로 다스려가더니, 近來에 이것이 다 깨어지고 새 것이 아직 確立치 못하여 人人이 忌憚없이 行하게 되니 (…중략…) 그 責任은 社會의 缺陷에 있으며, 그 原因은 名譽心의 不滿足, 卽 自己의 抱負, 能力을 펼 機會가 없음과 心身을 奔忙하도록 바칠 만한 事業이 없음과 敎育이 未備하고 社會가 墮落하여 靑年이 相當한 知識을 얻을 機會가 없으며 善良한 感化와 善良한 標的을 얻지 못함에서 出來한다 하리니, 그 救濟方策은 學校敎育과 社交機關과 講演과 新聞, 雜誌와 宗敎와 讀書 等으로 靑年으로 하여금 現代를 理解케 하여 活動할 舞臺와 名譽의 標的을 現代에 求하게 하는 同時에 職業敎育을 힘써 各各 不汗食의 羞恥를 깨닫게 하고 兼하여 新事業을 넓히어 靑年들의 活動할 門戶를 開放하며, 一面으로 靑年의 社交機關을 獎勵하여 善良한 相互感化를 얻게 하고, 他面으로는 文章과 言論으로 社會의 善惡美醜를 批判하

---

111 安春根, 『韓國出版文化史大要』, 청림출판, 1987, 327~328면.
112 김재영, 「1910년대 '소설' 개념의 추이와 매체의 상관성」, 『한국 근대서사양식의 발생 및 전개와 매체의 역할』, 소명출판, 2005, 240면.

여 靑年으로 하여금 歸向할 바를 일케 함에 있다[113] (밑줄은 인용자)

이 글에서 연설과 토론의 중요성은 '사회의 재건'이라는 측면과 함께 부각되고 있다. 이광수가 그리고 있는 연설과 토론이 1910년대의 신체적 담론공간을 이해하는 데 있어서 중요한 이유는, 이 글에서 나타나듯이 그가 '사회의 재건'과 '담론공간의 형성'을 동일선상에 놓고 있기 때문이다. 즉 근대 초기의 계몽주의자들이 연설·토론회를 통해 민족국가의 부재를 메우려 했다면, 이광수는 연설·토론회를 통해 이상적인 사회를 확립하려고 한다. 이광수에게 '연설'이란 사회를 재건할 새로운 계층인 청년을 계몽하고 그들이 새로운 활동을 펼칠 장을 마련하는 기획의 일환으로 제기되고 있는 것이다.

김현주는 "식민통치 초기 『매일신보』에서 공공적 가치에 대한 해석을 둘러싼 담론 정치의 특징"을 검토하면서 '사회'라는 범주에 주목하고 있다. 당시 『매일신보』에서 구성되고 있던 "'사회'에 대한 해석의 권한이나 사회를 재현 / 대표할 자격" 등을 둘러싸고 조선인과 식민권력, 그리고 조선인들 내부에서 끊임없는 경쟁과 타협이 일어났다는 것이다.[114] 이광수의 농촌마을을 배경으로 한 일련의 소설들은 바로 이러한 '사회'를 둘러싼 경쟁과 타협 속에 위치한다.

---

[113] 이광수, 「대구에서」, 『이광수전집』 18, 삼중당, 1964, 209면; 원문은 이광수, 「대구에서」, 『每日申報』, 1916.9.22~23.

[114] 김현주, 「1910년대 『매일신보』의 사회 담론과 공공성(publicness)」, 『20세기 동아시아 공간과 매체』, 한국 연세대·일본 와세다대·중국 연변대 공동주최 국제 학술대회, 2009.7.10~11, 6면. 이 논문은 1912년 3월 경, 즉 『매일신보』가 면 개편을 단행하던 때를 대상으로 하고 있기 때문에, 본 논문이 다루는 시기와 다소 차이를 보인다. 그러나 이 논문이 『매일신보』에서 포착한 '사회'담론은 중요하다. 이 논문은 『매일신보』에서 조선인들은 사회담론을 구성하는 주체적인 역할을 배당받지 못했다고 잠정적 결론을 내리고 있기는 히지만, 시회담론의 형성이 치안담론의 형성 및 사적인 것과 공적인 것을 구분하는 역동적인 기준의 형성과 긴밀히 관련된다는 점에서 "공공성을 둘러싼 담론적 항쟁에 스며들어 있는 식민지 근대의 경험과 모순을 탐구하는 데 활용가능성이 큰 범주"라고 지적한다.

비합법적 공론장의 대두 : 하나의 아이러니

앞서 살펴본 것처럼 이광수가 「대구에서」라는 작품을 쓸 때부터 관습법을 대체할 '치안'의 확보라는 관점에서 '사회'의 역할을 강조하고 있다는 점, 「무정」을 연재하게 된 것이 이광수를 통한 조선대중(특히 지식인 대중)을 문화적으로 식민화하려는 정책과 관련된다는 점 등은 이광수의 작품이 총독부가 유포하고 있었던 조선인을 길들이기 위한 '치안유지' 사회담론의 이데올로기를 반영하고 있을 가능성을 시사해준다.

그러나 다른 한편으로 이광수는 조선인들이 공론장에 적극적으로 참여할 수 없는 상황 속에서 '사회'를 둘러싼 이 각축장에 연설·토론회의 장면을 삽입함으로써 참여하고 있다. 그는 '민족', '동포', '개화' 등의 슬로건을 연설·토론회의 장면을 통해 주장하고 있는 것이다. 1910년대는 근대 초기와 같은 계몽적 파토스나, 그것에 호응하는 정치적 대중이 사라진 듯 보였지만, 『매일신보』가 일부러 유포하고 있는 관제 문화행사를 통해서 오히려 '공공성'에 대한 새로운 감각을 갖춘 대중이 형성되고 있었다. 이것은 매우 아이러니한 현상이다. 그러나 통치하기 위해서는 조선 지식인 및 대중의 감각을 반영하고 그들을 잠재적 독자 대중으로 구성해야 했다. 이렇게 획득된 '사회' 혹은 '공론장'에 대한 감각은 『매일신보』와는 또 다른 비합법적 공론장을 구성하는 힘으로 전환될 수도 있었기 때문이다. 『매일신보』의 사회담론은 조선인 독자들의 반응을 긴밀히 의식하면서 만들어졌다는 점에서 단지 '식민권력의 치안통치전략'으로만 파악할 수 없는 여지를 남긴다.

(2) 「용동」, 「농촌계발」 —청년회가 주도한 연설토론회

이상화된 '농촌마을'을 지향하는 연설토론회

이광수 소설 속 연설·토론회를 구성하는 담론자원(discursive resources)의 변화를 살펴보면, 1910년대를 거쳐 1920년대 초반까지 이어진 조선의 신체적 담론공간으로서의 '사회'와, 그 사회를 짊어질 '정치적 주체'로서 새롭게 대두한 청년주체가 지닌 성격을 엿볼 수 있다. 이광수는 이러한 새로운 담론공간을 소설 속에서 '농촌마을'의 '청년회' 형태로 구현하고 있으며, 연설·토론을 이끄는 주체로서 '청년'을 전면에 내세운다. 이 양상은 단일한 시공간, 단일한 주체성 등으로는 수렴된다기보다는 연설하는 주체, 시공간, 발화방식 등 담론공간을 둘러싼 담론자원, 내러티브의 구성 및 플롯의 특성에서 미묘한 차이를 보이면서 조금씩 변화해 간다. 우선 「용동」과 「농촌계발」에 나타난 연설·토론회 장면을 보자.

「용동」, 「농촌계발」에 이르기까지 연속적으로 등장하는 배경은 '농촌마을'이며, 반복되는 내러티브는 조선 '사회(즉 농촌마을)'의 새로운 주체인 '청년'이 연설·토론을 진행함으로써 마을을 이상적으로 계몽해 가는 과정이다. 소설의 시작 부분에 등장하는 마을은 이렇게 묘사된다. 구 전통의 사회질서는 이제 통용되지 않고, 새로운 사회질서는 아직 등장하지 않아, 마을 사람이나 집안사람들끼리 싸움이 끊이지 않고, 마을 지주와 소작인 사이의 계급적 갈등이 심하다. 이에 「용동―농촌문제 연구에 관한 실례」에서는 이참봉이, 「농촌계발」에서는 김일이라는 신지식을 배운 청년이 청년회를 조직하여 농촌 계몽운동을 벌인다. 이후 이광수의 소설 중 농촌계몽이란 주제를 다룰 때 반복되는 이상적 마을은 「용동」의 변형이고,[115] 「농촌계발」의 金村도 그 한 변형태이다.

---

115 「龍洞―농촌문제 연구에 관한 실례」는 『민족문학사연구』39호에 소개되었다. 그 「해제」에서 권보드래는 이광수가 1910~13년의 오산학교 교사 시절 '용동'이라는 동리의 동회 일을 맡아 본 적이 있다고 후일 「문단생활 30년을 돌아보며(1934)」(『이광수전집』 10, 우신사, 1979, 352면)에서 회고했던 것을 들며 이후 "「농촌계발」의 '향양리(向陽里)'를 거쳐 소설 『흙』(1932)의 '살여울'에 이르기까지 농촌계몽이라는 주제와 더불어 등장하는 이상적 마을은 모두 용동의 변형"이라고 적고 있다(권보드래, 「『학지광』 8호, 편집장 이광수와 새자료」, 『민족문학사연구』 39, 민족문학사학회, 2009, 412~421면).

이광수가 '사회'를 상상하는 최소단위는 '농촌마을'이며, 그 사회를 변화시키는 동력은 '마을회' 혹은 '청년회'에서 이루어지는 연설·토론회이다. 이 청년회나 마을의 모습은 이상화·도덕화되어 나타난다. 이광수에게는 이른바 '이상적 마을'의 청사진이 전제되어 있다. 그 청사진은 「용동」의 결말과 「농촌계발」의 환등회에서 영사된 서양농촌의 모습으로 대표된다. 마을 회의의 끝에는 늘 '강화(講話)'가 열거되는데 그 중 몇 가지를 들자면 "日常衛生에 關한 講話" "文明國村里講話" "患難相救講話" "萬人平等講話" "衛生講話와 小兒養育法講話" "男女交際法"(42) 등이다. 그 결과 구성된 마을의 모습은 다음과 같다. "싸움도 없고 투기도 없고 주색도 없는 마을"이며, "龍洞人은 모다 耶蘇教人이 되"어 일요일이면 "회당"에 가고, "夜學에서 배흔 글과 洞會에서 어든 理解力은 足히 聖經을 닑고 理解" 가능하게 되었다. 이러한 마을의 변화를 다음과 같이 평가한다. "十年에 龍洞은 아주 자리잡힌 文明國이 되엇다 (…중략…) 나는 이를 보고 朝鮮의 現在와 未來의 그림을 본듯하엿다."[116] 그가 구상한 이상적인 마을이란 싸움 없이 조화롭고 예수교를 믿고 읽고 쓰고 이해할 수 있는 주체들로 구성된 마을이다. 그것을 그는 '문명국'이라고 표현하면서 이 이상을 '조선사회 전체'로 확장시킨다.

「농촌계발」에 표현된 문명국의 청사진인 서양 농촌에 대한 묘사를 보라.

이것은 英國이라는 나라의 村이요. 이 집들 보시오. 우리 村中 집과 비겨 어떻습니다. 이것이 다 農家요. (…중략…) 이것은 學校외다. (…중략…) 村中사람은 누구나 이 學校에 아니다닌 사람이 없읍니다. 그러므로, 그네는 글 모르는 사람이 없고, 新聞 못보는 사람이 업소, 편지 못 쓰는 사람이 없읍니다. 여편네와 아이들까지라도. 그리고 이 집은 洞會館, 圖書館, 組

---

116 齊釋山人, 「龍洞」, 『學之光』 8호, 1916.3.5, 39~43면(「자료발굴―학지광 8호」, 『민족문학사연구』 39, 민족문학사학회, 2009, 360~410면).

合, 銀行을 兼한 집이외다. (…중략…) 이것은 會堂이란 것이외다. 일주에 한번씩 全洞民이−男女老少할 것 없이 이곳에 모여서 노래를 부르고, 좋은 말을 듣고, 道德討論을 하고, 잘 살게 하여 달라고 하느님께 비는 데올시다.[117](밑줄은 인용자)

이광수는 '마을'이, 아니 '사회 전체'가 계몽 프로젝트를 통해 서양식의 문명화된 농촌으로 변할 수 있으리라고 생각한다. 설명을 들은 청년들은 "우리도 저렇게 살아 보았으면 아니 좋겠나"[118] 하고 말하기 시작한다. 이광수의 소설 속에서 사회 혹은 농촌마을은 통제 가능한 것, 계몽 가능한 것, 싸움이 없는 곳, 서구적인 이상에 가까운 곳이었으며, 다시 말해 이광수에게 사회란 합의된 것, 조화된 것, 안정된 것, 이상적인 것이다. 그는 근대적 주권으로 통일되지 않은 '자연상태'로서의 사회나 논쟁적인 담론공간을 부정적으로 파악하면서, 안정되고 질서 잡힌 사회에 대한 동경을 나타내고 있다.

연설주체 '청년'의 대두와 사랑방

'이상화된 농촌'을 지향하는 계몽 내러티브는 선각자의 영웅서사를 반복한다. 마을에 연설과 토론회를 들여와 계몽을 주도하는 것은 마을 사람들이 아니다. 마을 사람들 중에서도 연설을 듣기 위해 외지로 갈 수 있는 지식인이거나 외국에 유학을 하고 온 계몽된 지식인, 즉 일반인과 구별된 선각자이다. 이광수가 사회의 구성단위를 '근대적 개인'이 아니라 '마을' 단위로 포착했다는 점은 흥미롭다. 그러나 이광수에

---

117 이광수, 앞의 책, 삼중당, 1964, 92~93면; 원문은 春園生, 「農村啓發」, 『每日申報』, 1916.11.26~1917.2.18.
118 이광수, 위의 책, 삼중당, 1964, 93면; 원문은 春園生, 「農村啓發」, 『每日申報』, 1916.11.26~1917.2.18.

게 농촌마을에서 살아온 토박이는 그 사회의 주체가 될 수 없으며, 주체의 자리는 계몽적 선각자들에게 주어진다.

「용동」과 「농촌계발」에 나타나는 두 계몽주의자는 각각 구시대와 신시대의 선각자를 대표한다. 「용동」의 이참봉이 마을을 계몽하는 계기가 된 것은 평양에 갔다가 어떤 "學校 開學式"에서 들은 "名士의 演說"이다. 이 연설을 듣고 그는 "感動되어 當場 머리를 싹고 새로은 希望과 새로은 決心으로 집에 돌아왓"던 것이다. 그런데 그가 "生活을 고쳐 文明人의 生活"처럼 되려고 하는 이유에는 신문명에 대한 열정만 있는 것은 아니다. "훌륭한 兩班이 되어 前과 같이 남에게 賤待아니바들 것을 말하고 그러닛가 只今부터 新生活을 始作하여야 된다는 말을 熱烈하게 說明"[119]하거나 양반이 읽는 책들을 쭉 사 모으는 행위에서도 볼 수 있듯이, 그는 "양반"이 되고 싶어 한다. 이러한 욕망을 '평등'에 대한 욕망이거나 '신분상승' 욕구라고 표현할 수 있다고 할지라도, 그는 새로운 시대의 주역인 청년이 될 수 없다. 새로운 시대의 양반이 될 뿐이다. 그러한 이참봉의 욕망 속에서 '연설'이란 담론공간은 '사랑(舍廊)'이란 전통적 공간에서 이루어지는 양반지향의 농촌계몽이 된다.

「농촌계발」의 계몽적 주체는 마을 외부에서 온 존재다. 대부분이 소작인인 "向陽里"라는 마을에서 계몽운동을 펼치는 김일은 "상놈"이 아니라 "多年 東京에 留學하여 法律을 硏究하고 本國에 돌아와 某 地方裁判所에서 判事로 슈聞이 있더니, 憤然히 朝鮮文明의 根本이 農村啓發에 있음을 깨닫고 斷然히 職을 辭 하고 故鄕에 돌아"온 인물이다.[120] 따라서 그는 이미 '연설회나 토론회'가 지닌 문명을 체화하고 있는 인물

---

119 齊釋山人, 앞의 글, 『學之光』 8호, 1916. 3. 5, 39면(「자료발굴―학지광8호」, 『민족문학사연구』 39, 민족문학사학회, 2009, 360~410면).

120 이광수, 앞의 책, 삼중당, 1964, 91면; 원문은 春園生, 「農村啓發」, 『每日申報』, 1916. 11. 26~1917. 2. 18.

이며, 마을의 노인들과는 다른 세대에 속하는 청년이다. 따라서 마을을 계몽하러 왔으나 그는 결코 마을사람이 될 수는 없다.

김일이 연설회와 토론회를 여는 공간 또한 「용동」과 마찬가지로 자기 집의 한켠인 '사랑(舍廊)'이지만, 이때의 사랑은 「용동」의 사랑과는 다른 의미를 지닌다. 그는 동네의 노인들에게 계몽의 방침을 설명하지만 "요새 젊은 것들은 딴 소리만 하겠다" 하면서 들은 척도 하지 않는다. 그러자 그는 노인들과 자신을 구분짓고 "方針을 고쳐 靑年과 圖謀" 하기로 하고, 그 연설·토론회의 장소로서 사랑을 사용한다. 이때 '사랑'은 새로운 시대를 짊어질 청년들의 집합소로서의 의미를 지니게 된다. 김일은 "自己父親 生辰에 酒肉을 갖추고, 舍廊을 淨潔하게 꾸미고, 花盆으로 裝飾을 하고 四壁에 文明國 農村의 그림을 붙이고, 또 文明國 森林, 道路, 堤防, 灌漑, 學校, 病院 같은 그림책을 많이 놓고 洞中靑年 四十餘名 을 招待"한다.[121] 「용동」과 달리 「농촌계발」에서는 김일의 의견에 찬동해서 움직이는 주체들을 '청년'이라고 부르고 있다는 점에도 주의를 기울여야 한다.[122]

'신사회'의 담론공간인 연설과 토론회는 '청년'들에 의해서 주도되고 있다. 이렇게 모인 1910년대의 계몽주의적 '청년'들은 청년회를 만들고 연설과 토론을 한다. 문제는 이 '신사회'와 '신청년'들이 구성해낸 신체적 담론공간의 특성이다.

---

[121] 이광수, 위의 책, 삼중당, 1964, 91면; 원문은 春園生, 「農村啓發」, 『每日申報』, 1916.11.26～1917.2.18.

[122] 그러나 이는 「용동」과 「농촌계발」에서 주도적인 역할을 하는 '계몽적 주체'에만 해당된 구분으로, 실상 「농촌계발」의 주민들 또한 「용동」의 주민들과 마찬가지로 '양반'이 되는 것과 '문명인'이 되는 것을 같은 선상에 놓고 이해하고 있으며, 「농촌계발」의 김일 역시 그러한 주민들의 욕망을 잘 이해하고 있다. 104면. "兩班되고 상놈되는 건 꼭 한 곳에서 갈립니다. 卽 時勢를 따르는 者가 兩班이 되고 時勢를 거슬리는 者가 상놈이 되는 것이외다"라는 말에서 볼 수 있듯이 이제 양반을 결정하는 것은 '시세'에 따라 규정되긴 하지만, 여전히 가치로서의 '양반'이 지닌 권위가 존재했던 것이다. (이광수, 위의 책, 삼중당, 1964, 104면; 원문은 春園生, 「農村啓發」, 『每日申報』, 1916.11.26～1917.2.18)

계몽적 공론장이자 통제적 공론장인 연설토론회

이광수 소설에서 등장하고 있는 연설·토론회의 특성은 근대 초기 만국공법의 질서를 구현한 의회적 시스템으로의 연설·토론과는 차이를 지닌다. 이광수 소설에 등장하는 연설·토론은 청년들에 의해 새로운 사회를 구성하려는 기획이었고, 이는 청년층을 미시적으로 관리하려는 총독부의 기획과도 연동했다. 이때 연설·토론에서는 눈물의 수사학, 박수 등의 신체적 동작, 동포라는 상상된 공동체를 매개로 한 통합 등이 특징적으로 반복된다.

'이상적인 마을'을 상정한 뒤 '계몽적 선각자'인 청년의 주도로 이루어지는 신체적 담론공간은 국가 대신 민족 공동체, 개인이 아닌 마을이란 집단성에 착목했음에도 불구하고 선각자에 의해 주도되는 계몽적인 공론장인 동시에 총독부의 기획의 일환인 치안적인 공론장으로 귀착된다는 견해도 존재한다.

농촌마을의 청년회가 주도했던 연설·토론회라는 소설 속 기획은 '논쟁의 장'이라기보다는 '계몽과 합의의 장'이자, 청년에 포함될 수 없는 타자를 배제하는 장이며 '신체적 규율과 집단적 고백의 장'이자, '마을 전체에 대한 통제의 장'이 될 위험성도 있었다.[123] 실제로 이광수 소설 속의 연설·토론회에는 박수, 눈물과 같은 신체적이고 감정적인 표현이 강조되고 있었다.

---

123 신형기, 「민족이야기를 넘어서」, 『민족이야기를 넘어서』, 삼인, 2003, 34면. "일본의 국가주의―파시즘은 서구라는 중심을 따라잡기 위한 일자화를 명령하는 것으로 시작되었다. 타자를 배제하는 일자화는 자본 운동의 중심에 의한 세계 통합과 배제가 국가 안으로 관철되었던 방식이다. 하나의 국민(민족)이란 하나의 세계를 향한 통합과 배제의 과정을 지역적으로 관철하는 것이었기 때문이다. 이런 점에서 볼 때 국가주의와 세계주의는 기능적 쌍생아라고 해야 옳다.

(3) 연설토론하는 '청년'신체와 '共同感情'

연설하는 '청년'으로의 통합 · 배제

청년들은 연설과 토론을 진행하는 다양한 신체적 규칙들을 공유함으로써 구시대와 자신들을 구별한다. 회를 만들어서 연설하고 토론하는 것은 청년의 신체적 표지가 된다. 마을의 청년회 등에서 연설과 토론을 통해 결정된 사안들은 마을의 일상적인 규칙이 되어 마을 사람들의 신체를 근대적으로 규율해 나간다. 그 표지와 규칙들을 지키는가 아닌가에 따라서 '청년'의 범주가 결정되는 것이다.

'청년'이 자신들을 구세대와 구별하는 방법에 대해서는 최근 여러 논자들에 의해 밝혀져 왔다. "일본의 '청년'은 『국민지우(國民之友)』를 만든 도쿠토미 소호에 의해 '국민'을 대표할 수 있는 존재로 창출되었는데, 청년들은 '네거티브한 타자상'인 장사(壯士)를 자신들로부터 배제하면서 성립한다. 「농촌계발」에서 춘원이 묘사하고 있는 '신문회(新聞會)'나 '환등회(幻燈會)' 는 노인들이나 구질서를 대체하고 새로운 시대의 주체가 되려는 청년의 활동[124]으로 볼 수 있다. 「농촌계발」에서 김일이 '청년회'를 제안하자, 마을은 세 개의 분파(반대파, 중도파, 찬성파)로 분리된다. 이 분리는 곧 세대차이로서 인식되었고, 「용동」의 이참봉과 같은 양반지향의 계몽주체는 후방으로 물러나기 시작한다.

그러나 조선에서의 청년은 구시대하고만 분리된 주체였던 것은 아니다. 동시대적으로 볼 때, 청년은 아이, 여성과도 분리된다. 김일은 "房이 좁아 한번에 다 들일 수가 없으므로 第一日, 第二日, 第三日에 分하여 青年, 老人, 婦人 及 小兒를 順次로 觀覽케 하기로 하고 이 날은 青年들을 入場시키기로 하였소"[125]라고 말한다. 이 분류체계의 중심에는

---

124 이경훈, 「오빠의 탄생」, 『오빠의 탄생』, 문학과지성사, 2004, 51면; 木村直惠, 『青年の誕生』, 新曜社, 1998, 143~145면.

'청년'이 있다. 청년은 노인이 아니며 부인이 아니며 소아가 아니다. 청년은 '부정'의 방식으로 정의되는 것이다. '會'를 열어 연설하고 토론하는 청년들이란 "새로운" 시대의 주체일 뿐 아니라, "연설하고 토론할 수 있는 계몽된(혹은 계몽될 수 있는) 존재들"로 구성된다. 이처럼 '청년'은 '청년'이라는 새로운 시대의 주역을 만들고 통합하는 기호이자, 그 이외의 존재들을 배제하는 기호였다. 청년에 의해 구성된 연설·토론회라는 시공간도 그러한 통합과 배제의 경계선을 드러낸다.

정확히 말해 「용동」과 「농촌계발」에 나타난 연설·토론의 장면은 '회의'의 일부분이다. 이 회의에서 청년들은 '청년회의'나 '마을 회의'의 진행방식을 익히면서 '청중을 부르는 법', '의견 제시', '제청', '박수' 등을 배우게 된다. 이러한 신체적 경험, 소리, 동작 등은 청년을 청년이 아닌 것과 구별해 준다.

會長인 金君이 開會를 宣하며 雜談騷然하던 滿場이 靜肅하게 되고 다 煙管을 收하고 會長에 注目합니다. 會長은 威嚴 있고도 多情하게 '여러분께서 이처럼 가즉하게 會集하심을 感謝하옵니다. 여러분이 이처럼 모이심을 보니 우리 洞中은 新興할 祥兆가 分明합니다. 願컨대, 여러분은 이 熱心을 버리지 마르시고 우리 洞中으로 하여금 前會에 幻燈에서 본 外國村과 같게 되도록 힘을 쓰십시다. 여러분이 뜻에 贊成하시거든 一齊히 拍手를 하십시오' 하니 滿場에 拍手聲이 일어납니다.

會長은 말을 이어,

'여러분이 이처럼 一心하심을 感謝합니다. 여기 모인 우리는 全洞民의 三分의 一도 못 되지마는 우리가 一心으로 努力하면 足히 全洞民을 感化할 줄을 確信합니다. 여러분은 어떻게 생각하십니까? (拍手)옳소이다. 感

<hr>

125 이광수, 앞의 책, 삼중당, 1964, 94면; 원문은 春園生, 「農村啓發」, 『每日申報』, 1916.11.26~ 1917.2.18.

賀하옵니다. 이렇게 拍手로서 贊成하는 뜻을 表하시는 여러분은 반드시 此會를 爲하여 全心力을 다하실 줄을 믿습니다. (拍手) 자 — 이제는 前回에 決定한 바를 實行하였는가? 좀한가를 알아봅시다. 첫째, 영날 一千 발 꼰 이는 擧手하십시오. 四十名中에 擧手하는 者가 十名 뿐이외다. 다른 兄任들은 아마 約束대로 못하신가 봅니다.'

한 靑年이 일어나며,

'저는 꼬자꼬자 하면서도 이럭저럭 못 꼬았읍니다.'

하고 또 한 靑年은,

'저는 나무를 하노라고 틈이 없어 못하였읍니다.'

합니다.

會長이 이 말을 듣고,

'걱정 말으시오. 무슨 일이나 처음부터 잘 되는 일이 없으니, 지난 달에는 잘못하였더라도 今月부터는 잘 實行하기로 作定합시다(拍手). 그러면 二月內에는 前會에 約束한 대로 實行하시려 합니까?(拍手). 자, 저는 영날 꼴 줄을 모르건마는 前會의 命令을 重히 여겨서 이렇게 千二百 발을 꼬았읍니다.'

하고 영날을 들어 보입니다. 만장이 다 놀래어 눈이 동글하여지며,

'어디 봅시다'

하고 그것을 座中에 돌립니다.

'여러분!'

하고 會長이 다시 말을 이어

'자 — 이제 今月內에 行할 일을 作定합시다. 저는 今月內에 實行할 것 두 가지를 생각하였읍니다. (…중략…) 첫째, 우리가 茶禮를 지내는 것은 先朝를 崇拜함이외다. (…중략…) 그 멀리 계시던 先朝를 奉邀할 때에 庭園과 室內를 淸潔하게 함이 옳겠읍니까? 不潔하게 함이 옳겠읍니까?

'청결하게 함이 옳습니다.'

'그러면 우리는 淸明 前日에 室內와 庭園을 極히 淸潔하게 洒掃합시다. 以前대로 하지 말고 室內의 모든 世間을 다 搬出하여 (…중략…) 그러면 우리 先朝께서 기뻐하시지 아니하오리까.'

'기뻐하실 것이외다.'

하고 拍手……

(…중략…)

자—이제는 閉會합시다. 우리는 今會에 좋은 決定을 많이 하였읍니다. 그러나 決定이 貴한 것이 아니라 決定한 바를 施行하는 것이 貴하니, 今日에는 期於코 實行하기로 합시다(拍手). 그리고 餘興으로 또 幻燈을 구경합시다.'

因하여 幻燈이 映寫되니 처음에 諸外國의 庭園과 家屋과 室內와 부엌 등이라, 一同은 그 華麗하고 淸潔함에 一驚을 喫하고 (…중략…) 一同은 更히 一齊히 拍手하고 慇懃하게 서로 敬禮한 뒤에 各各 新理想과 新決心을 품고 집에 돌아 갔읍니다.[126](밑줄은 인용자)

이 회의에서 연설·토론은 '會長'에 의해서 가르쳐지고 주도되며 장악된다. 마을의 청년회를 주도하는 계몽적 선각자이기도 한 '회장'은, 가장 많은 담론자원을 소유한 상태에서 연설·토론에 참여한다. 그는 이 담론공간의 제안자이며, 의견제안·제청·가결·박수 등의 담론공간의 신체적 발화규칙을 익힌 존재이며, 논제를 결정할 뿐 아니라 그 논제에 대한 배경지식도 풍부하며 장소도 제공한다.

따라서 '청년'이라는 이름으로 묶여 참여한 이 '청년들'의 담론적 위치는 동등하지 않다. 이 신체적 담론공간에는 박수, 옳소 등의 소리 등으로 구시대와 자신을 구별짓는 청년만이 있는 것이 아니라, 스스로를

---

126 이광수, 앞의 책, 삼중당, 1964, 96~102면; 원문은 春園生, 「農村啓發」, 『每日申報』, 1916. 11. 26~ 1917. 2. 18.

'청년'으로 규정짓기 위해서 회장 즉 계몽적 선각자의 '계몽대상'이 되어가는 '청년들'도 있다. '청년'의 통합과 배제 메커니즘은 '청년' 안에서도 위계적 질서를 만들어 냈고 청년 안에 다시금 계몽의 대상을 만들어 냈다. 즉 이광수의 소설에서 나타나고 있는 신체적 담론공간은 한명의 계몽주의자에 의해 훈육되고 통제되어가는 형태를 띤, 계몽하면서 계몽당하는 시공간이었다.

계몽하면서 계몽당하기 : 호명, 박수, 문답

청년들의 연설·토론회에서 나타나는 '청년'으로의 통합과 배제, 혹은 계몽하면서 계몽당하는 메커니즘을 위에 길게 인용한 텍스트를 통해서 살펴보자.

먼저 '여러분'이라는 호명방법이다. 이 호명은 한명의 발화자가 다수의 사람들에게 자신의 의견을 호소할 때 사용된다. 불리어진 다수의 사람들의 주의를 집중시키고, 자신의 강연을 듣는 단일한 청중으로 통일하여 '동의'를 얻어내기 위한 것이다. 특히 '연설·토론이나 회'의 개념적 정의와 함께 '박수'를 치면 '可決'을 의미한다는 등의 회의 규칙을 배워야 하는 '계몽대상인 청년들'에게 '여러분'이라는 말은 더욱 강제성을 띠게 된다.

'여러분'이란 말 뒤에는 신뢰를 가장한 당부, 동의를 요구하는 결의 등이 따라온다. '여러분'이란 호칭은 이 담론 공간에서 '긍정의 대답'을 해야 하는 명령어처럼 사용되고 있다. 호명되는 순간 '청년회'에서 동등한 언권을 갖고 참여하고 있다고 가정된 청년들 사이의 관계성은, '연설자와 청중', 즉 '계몽주체와 계몽대상'의 위계적 관계로 변화한다.

청년을 청년이 아닌 것과 구별해주는 소리인 박수를 보자. 박수는 대개 "―합시다"라는 권유 뒤에 "拍手"라는 문자로 붙여져 있다. 대중집회에서 박수란 자발적인 동의 표시이기도 하고 때로는 야유로 돌변하기도 하는 다양한 의미를 지닌 소리이다. 그러나 위의 인용문에서 박수란 "여러분이 뜻에 贊成하시거든 一齊히 拍手를 하십시오"라는 회의규칙이 뒷받침하고 있듯이 오직 '동의'의 기호로서 작동한다. 칠석을 맞이해 열린 '소창회'의 감상을 빌자면 "박수도 절차를 쫓아서 해야"(120) 하는 것이기 때문이다. 마지막으로 이 회에서 중심적으로 제안되는 안건들을 보면, 대부분 "－입니까, －아닙니까"라는 옳고 그름을 나누는 수사학으로 되어 있음을 알 수 있다. 이는 '문답'을 통한 전형적인 계몽의 수사학이다.

이처럼 회의의 장은 동등한 언권을 지니고 동등한 담론적 자원을 가진 청년들이 자발적으로 구성해가는 논쟁의 장으로서 보긴 어렵다. 이광수가 구상한 청사진에 따라 「농촌계발」에서 제시된 신체적 담론공간은 실상 '자기 검열'과 '자기 고백'의 장이 되고 있다. 사람들은 외부의 주도적 계몽주의자로부터 제시된 규율에 따라 박수를 치고, 손을 들고, 대답을 한다. 또한 그렇게 약속한 것을 일상생활에서 얼마나 실현시켰는가를 이 신체적 담론공간에서 '고백'하고, 실행하지 못했을 때에는 변명하며 이해를 구하고 있다.

1910년대 이광수가 사회의 한 반영으로서 구상했던 농촌마을의 연설·토론회는 국가적이지 않은 담론공간의 모델을 보여주는 듯했으나, 한명의 선각자가 마을 전체를 계몽해가는 구도 속에서 마을 전체 및 청년 대중들을 계몽 프로젝트의 대상으로 삼고 이상적인 발화만을 허용하고 있다. 이러한 담론공간은 복잡하고 이질적인 욕망이 충돌하는 '사회'라기 보다는, '치안'과 '훈육'의 형태로 관리된 '사회'로서의 성격을 강하게 띠게 된다.

감정적 계몽프로젝트 : "共同感情"과 "社會心"
이광수의 소설 속의 연설·토론회 장면을 보면, 청년들의 연설규범들 속에는 단지 '이성적인' '문명적인' '합리적인' 부분만이 아니라 훨씬 복합적인 측면들이 있음을 알 수 있다. 연설·토론회는 전통적인 축제나 명절의 시간을 활용하거나, 환등회나 맛있는 음식으로 사람들을 끌어들여 박수, 눈물 등의 신체적 동작을 함으로써 모인 사람들의 '同情'을 유발하는 감정적 장치였다.

이는 연설·토론이 대중의 감정에 직접 호소해야만 하는 행위이었기 때문이지만, '同情'을 통해 사회 전체를 통합·관리하려는 이광수의 독특한 계몽주의와도 관련된다. 근대 초기 연설·토론회가 근대적 국가 시스템을 확산시키기 위한 프로젝트였다면, 이광수의 '사회' 더 구체적으로는 이상적인 마을은, 단일민족이나 동포를 기본단위로 하는 감정적 계몽 프로젝트였다.[127]

먼저 「농촌계발」에서 연설회나 토론회가 열리는 시공간을 보면 전통적으로 사람들이 모이는 공간과 명절을 이용하고 있다. '舍廊'이란 공간도 점차 '회당'이나 '학교'처럼 청년들이 모이는 근대적 회합 장소로 이용되지만, 원래는 전통적으로 손님방이거나 집안 남자 어른의 공간이었다. '환등회'를 개최하거나 대대적인 회의를 여는 시기도 "每朔一次"씩 정기적으로 모이기로 하긴 했으나 주로 정월, 청명, 칠석 등 기존의 명절을 이용한다.[128] 연설·토론회는 이렇게 전통적으로 지속되어 온 공통된 경험과 감정을 상기시키는 익숙한 시공간을 사용했다.

연설·토론회를 성립시키는 것은 '규칙'으로 규정되지 않은 '감각적 규칙'들이다. 눈물을 흘리고, 억양을 크게 하거나 소리를 지르고, 박수를 더 열정적으로 치고, 주먹으로 단상을 치는 것과 같은 신체적 동작

---

127 김현주, 『이광수와 문화의 기획』, 대학사, 2005, 87면. "유길준의 문명론이 국가 만들기 기획안이었다면 이광수의 문명론은 사회 만들기 기획안이었다."
128 예를 들면 이광수, 앞의 책, 삼중당, 1964, 94면; 원문은 春園生, 「農村啓發」, 『每日申報』, 1916.11.26~1917.2.18. "舊曆正月 一日 夜를 卜하여 幻燈會 兼 靑年은 自己네 舍廊에 모엿소."

이나 감각적 반응이 중요한 규칙이 되는 것이다. 이 규칙들은 자신이 연설·토론회를 통해서 얼마나 크게 계몽되었는가를 만천하에 공개하는 것이었다. 그러한 감각적 규칙들을 보고 흉내냄으로써 그들은 새로운 시대의 주역이 되고, 더 강한 결속감으로 뭉쳐졌다.

「농촌계발」의 '신문회' 교육에서는 자기 자신 뿐 아니라 전 마을을, 전 국가를, 전 세계를 자신처럼 느낄 수 있는 "共同感情"이 강조된다. '신문회'는 한 동네에 대한 소식 뿐 아니라 국내와 국외에서 매일 일어나는 소식을 알아야 한다는 계몽적 열의에 의해 개최된다. 사람들에게 신문의 '논설'란 '사회'란 '세계소식'을 싣는 란 등에 대해서 설명을 하고 동시에 이러한 소식을 접했을 때 서양 사람들이 나타내는 신체적 반응들을 교육시킨다. 한 예를 들어 보자. "외국 사람들 같으면 이러한 新聞記事를 보면 눈물을 흘리며 金錢을 모아 이렇게 不幸하게 된 同胞를 救濟하는 것이요. 八, 九歲된 아이들까지라도"[129]라고 한탄한다. 이러한 교육은 즉각적인 반응을 불러일으킨다. 사람들이 '회장'을 불러 발언권을 얻더니, 눈물로 발언하며 돈을 기부하기 시작한 것이다.

> "會長은 눈물을 흘리고 주먹으로 冊床을 때렷소. 이때에 늙은 金議官이 일어나며,
>
> '會長!'
>
> 하고 불렀소. 이제는 發言時에 會長에게 言權을 얻기를 배운 것이요. 金議官은 感激한 목소리로,
>
> '우리도 이런 일을 알고는 가만히 있을 수 없소. 이웃에 痛哭하는 者를 두고 우리만 웃고 있을 수 없소. 나는 白米 二石을 불쌍한 遭難同胞에게 드립니다.'

---

129 이광수, 위의 책, 삼중당, 1964, 124면; 원문은 春園生, 「農村啓發」, 『每日申報』, 1916. 11. 26~1917. 2. 18.

하고 눈물이 흐르오. 會長도 너무 感激하여 말이 없었소. 다음에 洞籍불던 允旭君이 일어나면서,

'나는 돈 一圓을 내오'[130] (밑줄은 인용자)

이리하여 一同은 當場에 五十餘圓"이 모였고, 이에 회장은 매우 감격하면서 드디어 "참사람의 生活을 始作"했다고 말한다. 더욱 중요한 부분은 다음이다.

會長의 音聲은 참 人의 肺肝을 꿰뚫을 듯하였소. 더구나 中間쯤하여 會長의 音聲이 눈물로 흐리게 될 때에 一同 中에는 흐득흐득 느끼는 소리가 들렸소. 一同은 感激하엿소. 저 慾心많은 金大監도 道服 소매로 눈물을 씻었소. 그네는 일찍 二人以上이 同時에 感激하여 본 적이 없고, 또 그네는 一門이라든가 一洞의 全體를 爲하야 눈물을 흘려 본 적도 없었거니와, 自身以外에 一門一洞을 自身의 屬한 全體로 생각하여 본 적도 없었소. 文明人의 一大 特徵은 共同한 感情이 있음이외다. 一洞이나 一門이나 一國이나 또는 全世界를 自身으로 여겨 그를 爲하여, 또는 그와 함께 울고 웃음이외다. 全村 사람들은 今日에야 비로소 이 共同感情을 가져보았소. 卽 社會心이라는 것을 가져 보았소. 이 意味로 보아 그네는 今日에 人類로 世上에 生한 것이요.[131] (밑줄은 인용자)

회장의 분위기에 대한 묘사는 감정적인 계몽 수사학의 절정을 보여준다. "會長의 音聲은 참 人의 肺肝을 꿰뚫을 듯" 하였으며, "會長의 音

---

130 이광수, 위의 책, 삼중당, 1964, 131면; 원문은 春園生, 「農村啓發」, 『每日申報』, 1916.11.26~1917.2.18.
131 이광수, 위의 책, 삼중당, 1964, 131면; 원문은 春園生, 「農村啓發」, 『每日申報』, 1916.11.26~1917.2.18.

聲이 눈물로 흐리게 될 때에 一同 中에는 흐득흐득 느끼는 소리"가 들리기 시작한다. 박수 소리만큼이나 사람들이 이른바 감격하고 감동하여 흐느끼는 소리, 연설가의 목소리가 눈물로 흐려지는 소리, 이 근대적 감각의 절창이야말로, "저 慾心많은 金大監도 道服 소매"로 눈을 씻게 만들고 타인을 위해 돈을 기부하거나 하는 행동을 유발한다. 이것은 한 명이 아니라 집단적으로 이루어지며, 이성적이라기보다는 신체적 반응을 동반했다. 연설하고 연설을 보며, 울고 따라 울며, 소리를 지르고 찬동하면서, 박수를 치고 따라 치면서 이 연설장은 공통된 신체를 구성해내고 있다. 처음 연설이 보급되었을 때에는, "개회할 때에 회원의 박수하는 소리를 듯고 무슨 야단이 나는 줄로 알고 청중이 아이고 어머니 소리를 치며 다러난 일도 잇섯"을 만큼 '박수'란 새로운 소리였지만, 이제는 상황이 크게 변화하여 '박수'란 새로운 시대를 짊어져 갈 주체들의 소리로서 자리 잡기 시작한다.[132]

이광수는 이러한 순간을 "문명인"의 "공동한 감정"과 연결시키면서 이것이야말로 조선 최초로 "共同感情"이자 "社會心"을 갖게 된 순간이라고 말한다. 이것을 계기로 「농촌 계발」의 회의는 마을을 넘어 "조선 13도 전체"를 하나의 상상적 공동체로 묶는 계몽의 열정으로 들끓게 된다. 이 '공동감정'은 1920년대 확산되었던 '同情'에 기반하고 있다. 특히 이광수의 동정은 '이웃 간의 사랑, 국민의 사랑 같은 남남간의 사랑'을 강조함으로써 "개별적인 맥락을 뛰어 넘어 균질화된 타자를 상정하고 이를 통합"한다는 점에서 유교와 달랐다.[133] 때때로 '동정'은 '同義'라는 의미를 띠기도 했다. 이성적인 합의를 통해서가 아니라 감정적 반응을 통해서 공동체를 하나의 민족적 감정으로 묶는 역할을 했던 것이다.

---

132 傍聽生, 「百人百態 演壇逸話」, 『別乾坤』, 1930.7.
133 김성연, 「한국 근대문학과 同情의 계보―이광수에서 『창조』로」, 연세대 석사논문, 2002, 22면.

감정적 계몽 프로젝트의 두 방향

이러한 '감정적 계몽 프로젝트'는 두 가지 방향성을 갖고 있었다. 하나는 국가적이고 공적인 담론공간을 통해 대중들을 훈육·통제·감시하고 스스로에 대한 구속을 열망하게 하는 파시즘으로 통하는 길이다. 다른 하나는 함께 토론하는 것을 통해 자신을 넘어서 세계 전체에 대한 관심으로 확장되는 '공동감정'에 대한 경험이 비합법적이고 비국가적인 담론공간을 형성시키는 방향이다. 물론 이광수의 초기 소설에 나타나 있는 감정적이고 신체적인 수사학은 단 한명의 계몽주체에 의해 대중들의 신체를 그리고 감각을 훈육해 파시즘으로 귀결시킬 가능성이 컸다. 그러나 신체와 신체 사이의 부딪침이 보여주는 그 다양성들은 담론공간을 단 하나의 논리로 장악하는 것을 방해한다고 볼 수도 있을 것이다. 이러한 두 가지 방향의 행보는, 이광수라는 개인과는 다른 차원에서 파악되어야 할, 근대계몽기 및 식민지기 조선의 신체적 담론공간이 품고 있었던 복잡성과 특수성을 보여준다.

근대 초기의 연설·토론회는 구성되어야 할 것인 동시에 훈육되는 장이었다. 이처럼 구성하는 과정과 통제하는 과정이 동시에 진행되었던 상황은, 근대화와 식민지화가 동시에 이루어진 한국의 근대에서 두드러지는 특성이다. 흥미로운 것은 이 경우에 근대화의 낯설음과 매혹이 식민지화를 더욱 가속화시키기도 하지만, 반대로 식민지화를 예상치 못한 방향으로 비틀어놓기도 한다는 것이다. 그런 점에서 이광수의 '동포'와 '동정'이라는 것도 이러한 상황을 고려하여 파악해 볼 여지가 남아 있다. 이광수나 『매일신보』가 어떻게 1910년대 후반의 조선 사회에 대해 어떤 방향성을 갖고 있었는가와 별도로, 현실에서 『매일신보』의 관제오락, 그리고 연설·토론회의 경험은 대중들에게 '공동감정'이 무엇인지를 몸소 경험하게 해준다. 이광수의 소설에서는 이 '공동감정에 대한 경험'이 차이를 인정하지 않는 민족주의로 귀결되었다고 해도, 이 공통적인 것에 대한 경험은 이후 보다 긍정적인 정치적 힘으로 변형될 수도 있었다.

침략과 함께 해방이 주어진다. 근대적 담론공간의 규칙들을 신체적으로 습득함으로써 근대의 동일화 권력에 포섭되는 반면, 그것으로부터 벗어난 수많은 '주체가 되지 못한 존재 형태'의 발견이 이루어진다. 계몽은 한 사람 한사람의 내밀한 신체적 감각의 변화와 감흥 없이는 불가능하기 때문이다. 신체적 담론 공간 속에서, 계몽주체와 대상은 끊임없이 교류하고 서로 섞였다. 이러한 연설과 토론이 보여주는 다층적인 측면들, 즉 신체적 담론공간이 보여주는 문자와 음성, 담론과 신체 사이의 변환과정, 만민공동회로의 확산과 토론체 소설이 지닌 현장감의 획득, 1910년대의 연설방법을 습득한 청년대중의 탄생과 규율화, 눈물과 동정의 수사학에 의해 촉발된 감응능력 등은 신체적 담론공간이 지닌 한계이자 동시에 잠재성이었다.

연설·토론을 내면화한 청년들은 또 다른 시공간에서 그들이 의도하지도 인지하지도 못했던 방식으로 연설·토론이라는 매체를 이용할 수도 있었다. 근대 초기 신체적 담론공간이 지닌 이러한 양면적인 잠재성은 1919년 3·1운동의 영향 속에서 형성된 1920년대의 신체적 담론공간으로 이어진다.

제3장

1920년대 연설·토론·강연회의 사건성

1. '강연회'로의 변화와 '연설하는 청년'의 쇠퇴

1) '사회'의 출현과 '강연·웅변회'로의 변화

(1) 1920년대 초 '사회'의 출현과 '강연회'

분화되고 갈등하는 '사회'의 출현

연설회, 토론회와 같은 신체적 담론공간은 1919년 3·1운동을 지나 1920년대 초반에 다시 한 번 다양한 형태로 확장·유행한다. 사람들이 집단으로 모여 사회에 대한 문제를 논의하는 활동이 확산될 수 있었던 것은 3·1운동의 경험에 힘입은 바 컸다. 3·1운동은 "'사회'에 대한 인민의 태도를 바꿔 놓았"[1]던 것이다. 만민공동회 및 3·1운동은 청년회장, 학교, 교회, 장터, 광장 등과 같은 모임의 장소들을 발생시켰다. 정치적 논의를 하는 집단적 모임을 했던 경험, 그리고 3·1운동 이후 폭발적으로 증가한 신문·잡지 등의 인쇄매체 등은, 집회·독서회·토론회·친목 모임 등 비합법적인 연설·토론 형식을 대중 속으로 확산시켰다. 그러나 이러한 신체적 담론공간의 확산은 문화정치를 통한 치안·검열의 확산과 그 궤를 같이하고 있기도 했다. 이처럼 신체적 담론공간의 형식은 새롭게 등장한 정치적 대중들과의 관련 속에서 복잡하게 분화된다.

앞서 살펴보았듯이 근대 초기의 연설·토론회가 만국공법을 기반으로 한 의회식 민주주의 시스템의 상상적 반영이었다면, 1910년대를 거치면서 신체적이고 감정적인 계몽방식이 강조되기 시작한다. 그러나 근대 초기의 의회식 규칙이건, 1910년대의 계몽적 파토스이건 간에, 연설·토론회라는 장에서 발화자와 청취자의 계몽적 위계는 비교적 명확했다. 대중들은 연설·토론회의 규칙을 익히면서 근대적 시간관, 예절, 회의방식, 등을 익히며 훈육되었고, 그러한 과정을 통해서 구세대와 구별되었다.

반면, 1920년대에 유행한 연설·토론회는 3·1운동 이후에 구성되기 시작한 '사회'를 기반으로 했다. 1910년대 후반부터 이광수는 '사회'에 대해 언급하고 있지만, 대중들의 다양한 취미를 기반으로 정치적인 것과 문화적인 것이 뒤섞인 담론공간으로서의 '사회'는 1920년대에 들어서 출현한다. 다음은 "춘파(박달성)"가 시골에 있는 "M형"에게 1923년 1월의 소식을 전달하는 편지글이다. 이를 사건일지로 만들어 보자.[2]

---

1 천정환,『대중지성의 시대』, 푸른역사, 2008, 228~233면.
2 春坡,「多事한 癸亥 京城 一月을 들어, (시골 게신 M兄에게 부치노라 1月 22日)」,『開闢』,
   1923.2.1. 이 글을 토대로 필자가 일지 형태로 정리한 것으로 원문의 표현을 활용했다. 밑
   줄도 필자에 의한 것이다.

• 정초: 『共化新年』이라 題하고 『CC주의 만세』를 尾書한 CC당의 연하장(64)이 유행. 경찰측이 범인을 잡기 위해 행동개시.

• 1월 4일: 京城 市內 각 사회유지들이 시내 國一舘이란 요리점에서 聯合懇親會를 개최. 종교가, 교육가, 실업가 두루 80여 명이나 모여 會를 開하고 장차 간담이 나오려 할 때에 엇던 청년 6, 7명이 갑작이 달려들어 "會場으로써는 청년회관도 잇고 천도교당도 잇는데 하필 淫女蕩子가 모야 노는 요리집에 열 것이 무엇"이냐, "우리는 月謝金 한달치만 기일 내에 못 내이면 정학을 시키면서 당신들은 무슨 돈이 잇서서 이러케 요리집에 모혓느냐"고 항의하며 "해산하라"고 大呼를 함. 간친회는 중지되었고 청년 중 몇 명은 "鍾路署에 引致"됨.

• 1월 7~8일로 추정: 文人會에서 "엇제든 우리도 무산자들이니까" 아무 일도 없겠지 생각하며 신년회를 또 國一舘에서 염. 그러자 "갑작이 두 청년이 쑥 들어서서 『이 자식들아 이것이 薔薇村이냐 이상향이냐 우리는 밥 한 끼도 못 먹은 처지인데 ……』하고 잡채 접시를 메다 침" 요리점을 중심한 無産 대 有産 아니 주먹파 대 입파의 풍파는 凡 3, 4차 연속됨. 경찰계는 두통이 날 정도로 바쁘다고 함.

• 1월 8일: 新生活事件의 공판이 열려 2~3년 형을 받고 신생활 발매금지를 당함.

• 1월 8일: 2대 강연회가 같은 날 동시에 개최. 自作會 주관의 강연회는 '鍾路靑年會舘'에서, 서울청년회 주최는 '천도교당'에서. 서울청년회의 演士 중에는 문제의 權愛羅 양이 문제의 연애자유를 말할 예정이라 하야 호기심에 많은 대중이 천도교당으로 몰려듦. 『無産者의 절규』라는 제목으로 演士 張彩極이 연설하려 하자 경관이 중시시킴. 이에 군중들이 항의함. 권애라 양이 『연애의 자유』로 연설하려고 단상에 서자, 엄청난 소동이 일어남.

• 1월 8일 오후 8시 10분쯤: 鍾路警察署에는 폭발사건이 돌발.

• 1월 9일: 종로경찰서 폭발사건으로 온 시내에는 방울소리가 連해 나

며 각 신문 호외가 좍 퍼짐. 『昨夜 8시 鍾路署에 폭탄투척』『행인 7인 중경
상』鍾路署는 유리창 2개 파손!!』등 初號活字의 驚報가 飛散됨.

• 1월 9일 : 계엄령이 下한 듯 거리거리 골목골목에 수색대가 줄 매듯 하
고 夜 8시만 되면 鍾路通에는 인적이 끊기게 됨. 죽음만 수상한 자이면 하
로 저녁 4, 5차식 몸떠름을 당함.

• 1월 17일 : 未明 시내 00通에서 巡査銃殺한 일이 발생. 신문 호외가 연
방 돌며 『鍾路署田村刑事被殺!』『今瀨警部 重傷』『梅田警部補輕傷!』『犯
人逃走』등 경보가 확 퍼짐.

• 1월 17일 : 장안이 공포에 휩싸임. 방울소리 나자 신문 호외가 막 와 떠
러짐.

• 1월 22일 새벽 2시반~ 7시반 : 순사를 총살한 범인이 孝悌洞 73번지에
서 (3家를 連하야) 수색대와 몹시 격투를 하다가 그만 경관의 탄환에 피살
됨. 이 대활극 중에는 東大門署 栗田 警部가 중상되고 隣家의 노인 000가
중상함.

• 조선 고등보통학교 졸업생의 상급학교 입학자격문제 : 신교육령 발표
당시에 조선의 고등보통학교 졸업생이면 일본의 각 고등학교 及 사범학교
입학자격이 確有함을 명시하였으나, 당국으로부터 아즉 미확정이라 발표
함. 이에 각 고등보통학교 학생은 크게 분개하야 사기의 교육, 불신용의 교
육, 농락의 교육을 말하야 학교당국에 진정을 제기하며 정당한 시기 내에
원만한 회답이 無하면 斷然히 동맹퇴학을 한다 강경히 주창함.

• 동맹퇴학 주장에 놀란 당국과 동맹퇴학을 진행하는 학생 사이에 큰 대
립이 지속됨.

• ケンマイパン(현미떡)이 작년까지 경성시내 고학생들에게 유행이던
『갈돕만두』를 대체함. 거리마다 ケンマイパン소리가 들림.

• 무명 周衣의 유행. 自作會 외에 朝鮮物産獎勵會가 생김.

1923년의 풍경. 그것은 '사회적인 공간', '사회적인 계층', '사회적인 유행'을 보여준다. 이 풍경에서는 '계몽주체인 지식인 / 계몽대상인 대중'과 같은 위계적 계층, 계몽적 민족주의로 통일된 가치 등은 찾아보기 힘들다. '민족'과 '동포'에 대한 강조는 여전하지만, 갈등양상은 경찰 / 사회주의자, 지역 유지 / 무산자 청년, 기득권 문인 / 가난한 청년, 총독부의 제도 / 학생, 범죄자 / 경찰 등 계급, 지역, 식민자와 피식민자와의 관계 등이 뒤섞여 통합할 수 없는 형태로 폭발하고 있다. 갈등이라고 하기 어려운 이른바 취향에 속할 현미떡과 같은 유행들, 이유를 알수 없는 범죄 등도 1920년대 초반이 지닌 활기에 한몫을 하고 있는 듯이 보인다.

완전히 공적인 영역이라고 볼 수도 그렇다고 완전히 사적인 영역이라고 보기도 어려운 사건들이 1920년대 초반에 일상적으로 일어나고 있다. 필자가 "도덕이니 질서니 또는 용서니 그 따윗 말은 할 여지도 업시 그냥 自家의 주장대로 막 부셔대고 나가는 용기는 과연 生者의 기분을 확증합듸다. 함부로 말하면 惡化라고 할넌지요?"라고 고백하고 있듯이 그것은 일종의 무질서한 전쟁상태의 사회, 공적인 것과 사적인 것이 뒤섞이고, 억압과 해방이 혼종된, 다층적이고 모순적인 권리가 갈등하는 "사회"의 출현이었다.

이런 1920년대 초중반의 분위기 속에서 현장성, 우연한 만남을 통해 이루어지는 연설·토론·강연회는 새롭게 분화되는 다양한 계층과 욕망들이 갈등하는 무질서한 담론공간으로서 형성된다. 이에 따라 연설·토론회가 열리는 시공간, 발화주체, 보도되는 매체와 방식 등 연설·토론회의 담론자원 및 내러티브, 그에 따른 신체성도 변화한다.

제2의 토론·강연의 시대 : 강연회의 전문화

1920년대에 열린 연설·토론회에서는 물리적 시공간이 변화한다.

1920년 초중반의 연설회는 會의 주도로 이루어졌으며 한명의 화자가 다수의 청자를 향해 말한다는 점에서 근대 초기의 연설―토론회와 연속성을 지니고 있었다. 그러나 근대 초기의 연설·토론회가 불특정 다수를 계몽하기 위해 거리에서 개최되거나 계몽적 목표가 뚜렷한 학교나 청년회에서 개최되었던 것과 달리, 1920년대 연설·토론회는 다양하고 분화된 '會' 및 또래 집단에 의해 형성된 비합법적이고 친목적 성격을 띤 모임에 의해서도 열린다. 예를 들어 1920년대에는 "웅변회와 강연회장, 야학과 독서회, 소인극 무대, 동화회", 그 외에도 기록이 없는 수많은 회합들이 있었다. 한편, 청년 또래 집단끼리의 토론문화로서 독서회나 야학이 번성하기도 한다. 1920년대 초에 강연·토론·연설회는 "독서회와 한 묶음으로 인식"되기도 했으며, "각 지역에서 속출하던 청년회 사업의 목표를 보면, 智育을 위해 신문잡지 등을 열람하고 또 강연, 토론회와 야학을 설치하는 것이 공통적으로 포함"되어 있었다.[3]

이처럼 자기표현의 방식들이 다양화한 1920년대를 일컬어, 1890~1900년대에 이은 "제2차 토론·강연의 시대"라고 한다.[4] 그러나 보다 정확히 말하자면 연설·토론회가 유행했던 것은 1890~1900년대이고, 1920년대에는 그 형태가 '강연형태로 변화한 연설회'와 '토론회'가 유행했고 이와 함께 연설의 화술을 겨누는 '웅변회'가 등장했다고 할 수 있다.

먼저 '강연회'의 양상을 살펴보자. 다음 장에서 '강연'의 형식적 특성에 대해 더 자세히 논의할 생각이지만, 간략히 살펴보면 다음과 같다. 「무정」의 연설장면과 삼랑진 음악회가 예시적으로 보여주었던 것처럼, 연설(여러 사람 앞에서 자신의 주의나 주장, 의견을 진술하는 형식)은 '강연(일정한 주제에 대하여 그 주제에 관심을 지닌 지적 청중 앞에서 강의)하는 형식

---

3 천정환, 앞의 책, 285면.
4 위의 책, 279면.

으로 굳어져간다. 그러나 1920년대에 연설·토론회가 완전히 강연형
태로 교체된 것은 아니었고, "講演인지 演說인지를 분별이 생기지 아
니하던 年來의 강연계에 학생대회의 주최에 係한 全朝鮮專門學校生聯
合의 학술강연이 잇서"라고 언급되고 있듯이,[5] 그 두 가지 형태가 뒤섞
여 있었다. 1910년대에도 강연의 형태는 연설과 공존했으나, 1920년대
부터 연설하는 시공간, 연설방식, 화자와 청자의 관계가 보다 일정한
규칙성을 띠고 정착되면서 '강연'의 형태가 전문성을 띠게 된다.

"현 사회의 단면의 일편"을 탐문하여 실었다는 다음 기사를 보면 당
시 강연회가 연설·토론회에 비해서 매우 안정적인 형식을 획득했음
을 확인할 수 있다. 강연회 장소 및 강연자와 청자의 역할 모델이 안정
되어 있으며, 강연의 내러티브는 보다 전문적인 성격을 띠게 된다. 청
자대중의 폭도 중년 이상인 이른바 구시대의 사람들까지 폭넓게 획득
하고 있다.

근대 초기에 연설·토론회의 "무료 청강"에도 참석하지 않았던 대중
들은 1920년대가 되면 입장료를 내면서까지 강연장에 몰려들고 있다.
박수소리가 강연에 찬동하는 행위라는 것, 동의, 제청하는 방법, 언권
을 얻는 방법 등도 일반대중에게 충분히 인지되어 있었다.

　강연자로 보면
　1, 종래 청강자의 감정적이던 즉 충동적이던 浮虛는 비교적 침착하여지
고 동시에 참고적 연구적의 강연을 환영함
　2, 방청자로는 전에 보지 못하던 상투잇는 사람 즉 頑固流에 속한 이와
중년 이상의 다수 來聽함을 보게됨
　3, 이왕에는 無料 청강도 不肯하더니 현재에는 청강료가 有함에도 불구

5　一記者, 「壬戌 一年事의 總觀」, 『開闢』, 1923.1.

하고 倍前 會集함

　4, 청중의 갈채 환영은 주로 계급타파, 연합단결 등을 의미하는 말에 在
함 =(培材高普學生監 姜邁 씨 談)= [6]

연설·토론이 '강연회'라는 안정된 형태로 정착됨에 따라 '강연회를
열고 참여한다'는 행위가 지닌 의미도 변화한다. 1920년대 강연회의
물리적 배경이었던 강당이나 회당은 단지 구세대와 구별되는 '계몽된
청년들'의 집합이 아니라, 비슷한 관심과 지식수준을 지닌 화자와 청
중이 모이는 담론공간이 된다. 따라서 강연회에 참석한다는 것은 자신
이 그 강연자와 비슷한 사상과 지식수준을 갖고 있다는 것을 증명하는
행위가 된다.

화자와 대등한 청자의 형성

연설을 주도했거나 혹은 주도해야 한다고 여겨졌던 계층은 1910년
대와 마찬가지로 1920년대에도 여전히 '청년'이었다. 『개벽』의 편집장
이었던 이돈화는 창간호에서는 조선에서도 개조의 소리가 " '으아' 소
리를 치고 활동하기를 시작"했다고 하며, 개조의 신현상으로써 신종파
의 탄생과 각종 청년회의 발흥을 들고 있다. [7] 특히 "朝鮮청년의 勃興은
朝鮮의 행복"이라고 역설하면서 청년의 실천활동으로 드는 것이 "一致
行動"과 "활동의 무대"이다. 이때 활동무대의 구체적인 예로서 체육관,
신문잡지 종람소(縱覽所), 강연 및 연설기관, 음악회 등을 만들어야 한다
고 주장한다. 1920년을 총괄하는 다음 글에서는 연설을 둘러싼 당시
분위기를 짐작할 수 있다.

6　「우리 社會의 實相과 그 推移」, 『開闢』 11호, 1921.5, 70면.
7　李敦化, 「최근 朝鮮에서 起하는 各種의 新現象」, 『開闢』, 1920.6.

신문 상에는 「동아」, 「조선」, 「時事」 등—2, 3의 새 신문이 창건 (…중략…)
잡지 상에는 新聞條例에 의한 개벽의 창간으로부터 曙光, 서울, 신청년 등
언론잡지이며 노동문제에 대한 共濟이며 여자문제에 관한 新女子이며 학
생계에 대한 학생잡지이며 문예에 관한 創造, 廢墟 등이 병립하야 신문화
의 건설을 주창하엿섯다. 조선의 新曙光이 이로부터 나게 되엇다. (…중략…)
언론의 일부되는 강연사업으로 보면 중앙은 京城으로 始하야 13府 각도
각군에 민중의 자각으로 울어나온 각종 단체의 각종의 연설, 각종의 강연
이 금일까지 계속하야 왓다. 기독교의 기독교 강연단, 천도교의 청년회 강
연단, 학생계의 학생강연단, 각지 청년단체의 청년강연단 기타 신사숙녀
의 강연이 風動雲興의 세로 의연히 계속하엿나니 舌의 효력도 이에 至하
야 거의 위대한 힘을 가젓다[8](밑줄은 인용자)

1920년대의 청년은 "거리거리에 揭示가 不絶하며 會堂會堂에 만석
의 報가 연락하니 집회열 웅변열은 그 얼마나 격증함인가"라고 감탄할
만큼 폭넓게 확산되었다.[9] 1920년대의 연설회란 "電車를 타며 신문을
보며 잡지를 읽으며 학교를 단이며 연설을 하며 洋屋을 세우며 양복을
입는" 존재인 청년이 하는 것[10]이었고, 이 청년의 활동들이 새로운 시
대를 열 것이란 기대를 받았다.
청년이란 단순히 생물학적 나이가 아니라 새로운 시대에 대한 열망
을 담은 주체의 이름이며, 집단적 담론공간과 밀접한 연관을 지니며
변화하는 "유동적인 기호"[11]이다. 따라서 같은 '청년'의 이름으로 불리
지만 1910년대의 청년과 1920년대의 청년은 다른 특성을 지니고 있다.

---

8 李敦化, 「庚申年을 보내면서」, 『開闢』, 1920.12, 6~7면.
9 朴達成, 「急激히 向上되는 朝鮮靑年의 思想界, 可賀할 朝鮮靑年의 知識熱」, 『開闢』, 1920.7.
10 「混沌으로부터 統一에」, 『開闢』, 1921.7, 4면.
11 소영현, 『문학 靑년의 탄생』, 푸른역사, 2008, 14면.

1920년대의 청년들은 이미 1910년대처럼 연설·토론회의 형식을 가르쳐 '청년이 되도록' 해야 할 대상, 즉 계몽의 대상이 아니었다. 1920년대의 청년들은 연설하고 토론하는 규칙을 이미 습득한 신체들이었다. 1920년대의 강연회가 강단에 선 연설자와 의자에 앉은 청자를 명확히 갈라놓고 있긴 했으나, 그 경계선은 양쪽이 모두 연설·토론·강연의 규칙을 인지한 상태에서만 가능했다. 따라서 화자와 청중의 관계는 근대 초기보다 동등했으며, 청중은 일방적인 계몽의 대상이란 위치에서 벗어나 있었다. 연설·토론·강연에 참여한 1920년대의 청년들은 강연을 통해서 보다 전문적인 내용이나 지식을 듣기를 바라는 자들, 즉 화자와 대등한 청자들이었다.

『별건곤』 1호에 실린 「斷髮娘 尾行記 ⋯⋯ 」는 여성 연설가의 모습을 전달하는 흥미 위주의 기사이지만, 당시 연설회나 토론회장의 모습을 상상할 수 있는 자료이기도 하다.[12] 이 글을 토대로 1920년대 초중반 연설·토론·강연회가 열리는 회합의 모습을 살펴보자. 이 날의 토론·연설을 위한 회합은 청년단체의 주최로 "靑年會館"에서 열렸으며, 문지기가 "입장권"을 받아 출입시켰으나 잡지사나 신문사에서 왔다고 하면 그냥 통과시켜 주기도 했다. 연설회 소식은 신문이나 배포된 '宣傳紙'[13]를 통해서 알 수 있었다. '동무'라는 호칭을 쓰며 인사를 나누는 "斷髮美人"과 "主義者들"이 이미 만원을 이루고 있다. 연단에 서서 가부를 나누어 토론을 벌이기 시작하는데, 주제는 남녀평등이다. 각각이 나와 자신의 주장을 역설하면, 청중으로부터는 "안이다!", "矛盾이다", "時代遲다!", "집어치워라"라는 즉각적 반응이 나타나기도 하며, "손벽

---

12 覆面子, 「斷髮娘 尾行記, 京城名物女 아모리 숨기랴도 나터나는 裏面」, 『別乾坤』, 1926. 12.
13 「五月 一日은 엇더한 날인가」, 『開闢』, 1923. 5, 36면. "少年運動協會에서는 5月 1日 午後 3時로써 少年問題에 關한 約 20萬枚의 宣傳紙를 撒布하고 밤 7時브터는 少年問題에 關한 演說會와 演藝會를 열기로 하엿다는대"

을 치고 발을 구르"는 등 꽤 긴장된 분위기가 감돈다.

이런 반응들은 1910년대 연설·토론회에서 동의와 제청의 방식을 배워 박수를 치며 눈물을 흘리며 계몽되었던 청년들과는 판이한 차이가 있다. 1920년대의 청중들은 강연자나 토론자들의 권위를 넘어서 자신들의 의견을 피력하고, 반대 의사를 표시하기도 한다. 한 예로 연설·토론·강연이 조선보다 빨리 안착한 일본에서는 청자들이 화자의 복장과 태도까지도 간섭하기도 했다.[14] 이는 연설·토론회가 안정된 형태로 정착되고 대중들에게도 익숙하게 활용될 수 있는 기반 없이는 불가능한 것이었다.

청년단체·종교단체·학교에 의해 기획되어 강당이나 회당 등에서 열리는 연설·토론·강연이 뒤섞인 회합의 경우, 청자들은 연설회 소식을 신문에서 접할 만큼의 독자로서의 위치 및 문자 해독능력, 입장권을 살 경제력이 있는 층으로 구성된다. 청중이 일방적인 계몽의 대상이라기보다 화자에게 은근한 압력을 행사하는 층으로서 조직되는 것이다. 이처럼 1920년대 강연회의 활기를 좌우하는 것은 화자와 청자의 관계성이었다.

---

14 文學史 盧正一, 「世界一周 山넘고 물건너(2)」, 『開闢』, 1922.2, 79면. "미국 OO대학원장이 학원 대강당에서 「일본인의 장래와 의무」란 문제로 연설을 하겟다고 학원의 각과 학생 전부를 대강당에 聚集하엿는데 여학원의 각과 학생 전부도 출석하엿다. (…중략…) 日氣가 심히 치운대 겸하야 노인이라 調攝에 주의를 하려 함인지 외투를 닙은대로 그냥 서서 연설을 시작한다. 其 순간에 그 대강당에 가득히 안젓든 학생 전부가 「失禮의 老爺」니 「侮辱을 한다」니 하야 수성수성 벌의 소래가티 불쾌한 태도를 표현한다. 그 광경의 氣脈을 차린 一 서양인이 급히 등단하야 노박사의 귀에 暗然히 말하야 외투를 벗게 하엿다. 등단한 노인은 자기의 신체의 調攝에 주의 하엿던지 모양 뵈기 위하야 외투를 닙고 연설을 試 하랴 하엿던지 演士 자기에게 대한 개인의 문제가 아니엿고 연사의 의복의 正不正은 즉 청중에게 대하야 존경을 표하고 표하지 아니하는 데 잇다. 自敬心의 素養이 有한 일본 청년들은 無作法 無敬意의 노인의 失禮를 관용치안을 氣慨를 자연히 맹렬히 표시하엿다"

법, 매체, 그리고 놀이 문화의 연계

1920년대 확산된 연설·토론·강연회라는 담론공간에서는 '법'이 문제적으로 부각된다. 1920년대 연설·토론회는 비합법적인 집회나 웅변의 형태를 띠기도 했으며, 그러한 모임 형태가 지닌 조직화의 위험성, 내용의 혁신성 때문에 총독부의 감시대상이 된다. 물산장려의 날에는 "행렬선전은 금지……"라는 "鍾路署의 명령이 툭 떨어"졌으며 "騎馬巡査까지" 나와 감시한다.[15] 신문 잡지에는 연설하다 검거된 사람들의 소식이 빈번하게 실린다. 물산 장려 운동 후 3·1절에는 조선 각지 뿐 아니라 중국, 일본의 유학생들까지 집회연설이나 모임 도중에 검거된다.[16]

> 오후 7시부터는 천도교당, 청년회관 2대 장소에서 큰 선전강연이 잇섯다. 10여 명 연사의 비분강개한 生乎死乎的 分岐演說은 과연 朝鮮有史以來의 첫소리엿고 대성황이엿다. 나는 朝鮮物産獎勵會의 만만세를 大呼하며 귀가하기는 당일 11시 30분이엿다. 집에서도 물산이약이로 왁자자한다.[17]

연설·토론회와 같은 신체적 담론공간이 경찰권력의 표적이 되었던 것은 근대 초기에도 빈번했다. 그러나 1920년대에 이에 대한 대처방법은 '법'을 이용하는 방식으로 변화한다. "누가 鍾路바닥에 뛰어나가 그런 사상에 대한 연설"을 했다고 해도 "보안법가튼 것에 걸닐는지 모르지만 치안유지법에는 아니 걸님니다"와 같이 연설, 집회와 관련된 법을 설명해 주는 기사도 실린다.[18] 1920년대 정치적 대중들은 만민공

---

15 土産生, 「物産獎勵의 日」, 『開闢』 33호, 1923.3, 80~81면.
16 「三四月 中의 朝鮮과 列國」, 『開闢』 35호, 1923.5.
17 土産生, 「物産獎勵의 日」, 『開闢』 33호, 1923.3, 81면.
18 李仁·韓國鍾·權承烈·이인·한국종·권승렬, 「我等과 三法令」, 『三千里』, 1930.5, 27~33면.

동회의 장에서처럼 식민권력에 저항적 세력으로 성장하고 있었으나, 만민공동회의 대중들과는 다르게 전문적 지식과 법이나 제도에 대한 이해를 갖고 있었다.

또한 1920년대의 연설·강연회는 잡지, 신문 등 언론계의 확산과 분화와 긴밀히 관련을 맺으면서 확산된다. 연설·강연회는 정기적 소식란에 꾸준히 보도되는 일상적 행사가 된다. 이는 3·1운동 이후 조선인에게도 신문, 잡지의 발행권이 허가됨에 따라 이를 계기로 1920년 3월에『조선일보』, 4월에『동아일보』와『시사신문』, 6월에는『개벽』이 창간되었던 정황과도 관련된다. 잡지나 신문 등이 많고 다양해짐에 따라서 이런 매체들의 언론활동도 다각적이고 풍성해진다. 이에 힘입어 연설·토론·강연회의 기사도 빈번하게 실린다. 예를 들면 3·1절이나 메이데이에 일본이나 중국 등지에서 행해진 연설회,[19] 또한 조선에서 인기를 끌었던 대연설회나 강연회[20] 등이 있다.

연설회가 대중적 놀이 행사와 적극적으로 결합하고 있다는 점도 흥미롭다. 연설·토론·강연회를 소개하는 기사들에는 놀이적 특성들이 함께 실리고 있는데 이는 1920년대에 등장한 대중들이 1910년대의『매일신보』에 의해서 습득된 문화적 컨텐츠에 대한 욕망을 지니고 있었기 때문이다. '재미'와 함께 '연설·토론·강연'과 같은 정치적 발화 방식을 획득한 대중들에게 이제 정치와 문화는 겹쳐진 형태, 즉 '사회적 문화행사'로 나타났다.[21] 이러한 특성은 1923년 2월 15일, "朝鮮物産獎勵宣傳의 日"에 대한 기사에서 잘 나타난다. 이 날은 정월이기도 했는데 거리 선전 행렬 등이 매우 떠들썩할 것이란 흥분된 기대감이 며

---

19 一記者,「九, 十兩月中의 世界와 朝鮮」,『開闢』, 1922.11. 기사 중 5일, 11일, 27일의 소식.
20 一記者,「壬戌 一年事의 總觀」,『開闢』31호, 1923.1 기사 중 2월, 9월의 소식.
21 「조선여자교육회 주최의 십일일녀자 강연회 성황, 즉석에서 긔부가 륙백원」,『東亞日報』, 1920.6.13. 이 강연회는 주악, 음악독창, 어린이들의 가극이 포함된 문화행사이자 집회였다.

칠 전부터 떠돌고 있었다.[22] 물산장려회의 대중적인 열기와 흥분은 근대 초기의 만민공동회를 방불케 한다. 그러나 똑같이 대중들의 자발적인 욕망에 의해서 대대적으로 이루어진 행사였음에도 만민공동회와 달리 물산장려회가 열린 공간은 거리가 아니라 천도교당, 청년회관 등 반쯤 개방된 장소였으며 며칠 전부터 매체를 통해서 선전되는 미리 계획된 형태였다.

이처럼 1920년대의 연설·토론·강연회는 당시의 '사회'가 지니고 있었던 복합적인 측면(계층 및 계급간의 갈등, 비합법적 담론공간과 관제오락적 담론공간의 혼용 등)을 담고 확산된다. 1920년대의 연설·토론·강연회는 전문성을 더해가면서 논쟁하는 정치적인 대중을 형성하는 기반이 되었던 동시에, 담론공간의 오락화와 상업화와도 관련되어 가고 있었다.

(2) 『학지광』의 '강연·웅변회'―유학생들의 정보 네트워크

강연회의 정착 : 학지광

1920년대에 연설·토론회가 위에 언급한 네 가지 특성을 지닌 '강연'의 형태를 띠게 된 배경으로는 두 가지 정도를 지적할 수 있다. 하나는 앞서 살펴보았던 것처럼 만민공동회, 3·1운동, 등 다양한 경험을 통해서 '연설·토론회'가 안정된 형태로 형성되었기 때문이다. 담론공간으로서 안정된 지위, 지식인 청년층과 담론수요층의 다양화, 여러 연설 경험을 통한 대중적 공감대 확산, 문화정치기 인쇄매체의 확산, 전문화되고 분화된 지식 수요층의 변화 속에서 전문화·분화·형식화된 '강연회'가 요구되었던 것이다.

또 다른 배경으로는 유학청년들이 개최한 강연회의 영향을 들 수 있

다. 위에서 살펴본 강연회의 특성(화자 청자 역할의 안정, 전문적인 내용, 교육받은 청년'들'이 주도, 법과 매체 같은 제도에 대한 감각)들은, 유학생들이 개최하고 『학지광』을 통해 확산시켰던 강연회에서 이미 1910년대 중후반에 선취되어 있었다. 『학지광』은 도쿄유학생들의 조직 '學友會'의 기관지로 만들어졌다. '학우회'를 창립하게 된 이유로는 "或茶話會가 되며 或親睦會가 되며 或同志會가 되며 或俱樂部가 되어 分立時代가 復興"하는 등 "孤寓時代"와 "分立時代"를 왔다 갔다 하던 유학생회가 "大同團結"하기로 하고 7단체(鐵北親睦會, 湖西親睦會, 海西親睦會, 東西俱樂部, 三漢俱樂部, 洛東同志會, 茶話會)가 회동하여 "留學生總團體"가 組織된 것을 든다.[23] '학우회'는 유학 지식 청년이라는 지식수준과 생활 및 활동 기반을 공유하는 유학생청년의 모임이었다.

『학지광』은 『개벽』보다 먼저 발행되었던 잡지로 3·1운동 직전의 분위기와 연동하고 있지만, 강연과 연설을 뒤섞어 사용하고 있던 『개벽』과 달리, 토론, 강연, 웅변을 명확히 구별해서 사용하고 있고 주로 '연설' 대신 '강연'이라고 표기한다.

> 學友會 定期總會를 九月 二十七日(日曜)에 開ᄒ고 任員을 改選後其他事項을 處理ᄒ다.
>
> 早稻田大學, 明治大學 兩同窓會에셔 聯合討論會를 十一月二日(木曜)에 開ᄒ야 盛況을 呈ᄒ다.
>
> 學術講演會를 靑年會 敎會部 主催로 十一月十四日(土曜)에 學友會 主催로 開ᄒ다.
>
> 湖南茶話會 主催로 湖南茶話會, 湖西親睦會, 三漢俱樂部 聯合 雄辯會를 十一月 二十五日(水曜)에 開ᄒ다.[24] (밑줄은 인용자)

---

23 「學友會 創立 略史」, 『學之光』 3호, 1914.12, 51~52면.

하나의 '소식'란에서 웅변, 연설 등이 섞여 표기될 때도 있지만 대회를 열고 대중 앞에서 연설기량을 뽐낼 때에는 "웅변"이라고 지칭하고 그 웅변대회에 대한 소감을 말할 때에는 "연설"이라고 칭하는 등, 각 담론형태들을 구별하고 있었다.[25]

'학우회'의 강연회 : 조선 / 일본 지식인들의 교류

유학청년들의 담론공간인 '학우회'는 일본 "다이쇼기의 전세계적인 역동적 분위기, '개조'와 '해방'으로 향하는 분위기" 속에서 일본과 조선을 매개했다. 특히 유학생들은 강연회, 웅변회,[26] 운동회,[27] 신입생 환영회나 졸업생 축하회, 망년회 등을 열어서 결속을 강화한다.[28] 이러한 결속력을 바탕으로 유학생들은 총독부와 일본당국의 감시를 받으면서도 일본 지식인들과 교섭하고 일본 지식인을 포함한 '청년으로서의 우리'를 만들어간다.[29] 이때 중요한 교류방식이 되었던 것이 '강연회'였다.

24　「우리 消息」,『學之光』3호, 1914.12, 52면.

25　「在日京 우리 留學生界의 消息」,『學之光』20호, 1920.7, 60면.

26　「소식」,『學之光』13호, 1917.7. 83면. "各 同窓會 聯合雄辯會는 三月二十七日에 學友會 雄辯會는 四月二日에 各々開하얏는데 多數의 出席이 有하얏다더라(詳細한 記事는 固忙未載)";「社告―押收를 當한 本誌 第 十六號의 內容」,『學之光』17호, 1918.8, 78면. "三月二十三日에 學友會 編輯部 主催로 卒業生 雄辯會를 我 靑年會報에 開하고 卒業生 諸氏의 出演이 有하엿난대 多數한 聽衆에게 無雙한 激感을 與하엿더라";「소식」,『學之光』18호, 1919.1, 75면. "各 同窓會의 雄辯會, 去月 四日에는 專大同窓會 主催로 懸賞 雄辯大會를 我 靑年會館에서 開하고 各 同窓會의 辯士가 出演하엿는데 投票의 結果, 一等에는……";「소식」,『學之光』18호, 1919.1, 75면. "編輯部의 雄辯會 去月 二十三日. 編輯部 主體(主催의 오식인 듯―필자)로 懸賞 雄辯會를 我 靑年會館內에 開하고 各 辯士가 出演하엿는데 投票의 結果, 一等은 徐⊠君이더라"

27　「소식」,『學之光』13호, 1917.7. 83면. "學友會에서는 지난 四月八日에 春季 陸上 大運動會를 早稻田中學校運動場에서 擧行"했으며 "四五百人의 男女留學生"이 모여 "各我의 多趣多味한 運動과 假裝行列노 一日의 快遊를 博하얏으며" 우승자까지 발표한다.

28　이경훈,「『學之光』의 매체적 특성과 일본의 영향」,『대동문화연구』48, 성균관대 대동문화연구원, 2004, 101~103면; 이경훈,「청년과 민족―『학지광』을 중심으로」,「대동문화연구」44, 성균관대 대동문화연구원, 2003.

29　이경훈, 위의 글, 104면.

일본 지식인과 조선의 유학청년들, 그리고 조선의 지식인 청년들 사이에서 강연회가 차지하고 있었던 위치는 중요했다. 『학지광』 강연회 기사는 거의 매호 소식란에 실리는데, 그 내용과 형식은 1920년대의 대표적인 형성된 강연회의 형태를 모범적으로 보여준다. 『학지광』에 실린 강연회 관련 소식들을 살펴보자.

> 留學生 基督敎 靑年會에서는 去 二月 三日에 法學博士 吉野作造 氏를 請邀하야 「朝鮮靑年과 基督敎」란 問題로 講演會를 開하얏는데 多數의 來聽이 有하얏다더라[30]

> 東京에 잇는 우리 基督敎 靑年會에서는 지난 三月 三十日로 四月 四日까지에 亘하야 第 四回 靑年會를 箱根 堂ヶ島에서 開하얏는데 二十九 人의 參加者가 有하고 內村鑑三, 小松武治, 李如漢, 吉野作造 諸 氏의 講演이 有하야 여러 가지로 愉快함이 多有하얏다더라[31]

> 靑年會에서는 敎育部 主催로 九月 二十九日에 哲學博士 元田作之進 氏의 講演과 十月 二十九日에 早大 敎授 大山郁夫 氏의 講演 及 李光洙 氏의 五道踏破 旅行談과 十一月 十日에 神學博士 井深梶之助 氏의 講演이 有하얏난더 每番 多數의 聽者가 有하얏다더라.[32] (밑줄은 인용자)

> 靑年會의 大々的 活動 東京朝鮮基督敎靑年會는 其 職務上 或은 査⊠會를 開하야 聖書를 硏究하며 或은 講演會를 開하야 一般 留學生界에 新知識을 紹介함은 年來의 例事이엿으나 至于今年하야는 春期休暇를 利用하야 三月二十八日로 四月三日까지 連七日間을 繼續하야 午前에는 牧師 林⊠⊠ 氏, 內村鑑三 其他 諸氏를 請聘하야 聖書를 硏究하고 午後에는 各 大學 敎授와 其 ⊠⊠ 名士를 請邀하야 大 講演會를 開하고 多數한 聽衆에게 多

---

30 『學之光』 12호, 1917.4, 60면.
31 「소식」, 『學之光』 13호, 1917.7, 83면.
32 『學之光』 14호, 1917.12, 76면.

大한 새 資料를 擧하엿난니 我 靑年會가 設立 以來로 未曾有의 大擧임을
一般이 讚嘆하더라[33](밑줄은 인용자)

學友會懇談會. 學友會에서는 特別히 相互間의 親睦을 圖謀하기 爲하야
一九二〇年 四月二十七日 本鄕區 三丁目 燕案軒에서 懇談會를 開하엿는
데 出席하신 분의 數가 五十餘人에 達하엿스며, 그 會席에서 夏期休暇 利
用問題가 이러낫다. 今年 夏期에 內地各處로 巡廻講演하는 것이 엇더할
가? 이러한 問題를 學友會 執行部에서 提出하엿다. 그 提出에 對하야 多數
가 贊成함으로 巡廻講演을 하기로 決定되엿다. 또한 演士의 使補者도 推
薦되엿다.[34](밑줄은 인용자)

위의 소식란에 실린 강연회에는 시간, 공간, 강연자, 강연주제가 명
확히 제시되어 있다. 이 중에서도 두드러지는 것은 전문적인 학자를
불러서 하는 '학술 강연회'이다. 예를 들어 "다이쇼 데모크라시·민본주
의의 리더"이자 "중국·조선·타이완의 민족자결운동"과 호응하여 "조
선·타이완의 민족자결론을 승인한다"는 입장을 지녔던 "法學博士" 요
시노 사쿠조(吉野作造)[35]의 강연회,[36] 도쿄 YMCA 총무이기도 했던 "哲
學博士" 모토다 사쿠노신(元田作之進), 요시노와 함께 다이쇼 데모크라
시의 기수였던 "早大 敎授" 오오야마 이쿠오(大山郁夫), "神學博士" 이부
카 카지노스케(井深梶之助), 우치무라 간조(內村鑑三)의 성서 관련 강연
회 등이 열린다. 이때 강연자의 이름 앞에는 목사, 대학교수, 박사, 등

---

33 「社告─押收를 當한 本誌 第 十六號의 內容」, 『學之光』 17호, 1918.8, 78면.
34 「在日京 우리 留學生界의 消息」, 『學之光』 20호, 1920.7, 60면.
35 요네타니 마사후미(米谷匡史), 조은미 역, 『아시아 / 일본(アジア／日本)』, 그린비, 2010.
   Ⅱ부 동아시아 변혁론의 계보 중 1장 1절 "민본주의와 '다문화제국'론"에는 요시노 사쿠조
   의 사상적 입장과 당시 일본에 유학하고 있던 다양한 국적의 유학생들과의 관계가 정리되
   어 있다.
36 「戰後警醒」, 『學之光』 15호, 1918.9, 82면.

직위와 전문분야가 명기되어 강연회의 전문성을 높이고 있다. 이런 강연회는 "內地各處로 巡廻講演"하는 형태로 개최하기도 한다.

이렇게 형성된 지식 유학 청년들이 주도한 '강연'에서는 단지 '연설한다'는 사실 뿐 아니라 얼마나 새롭고 얼마나 흥미로운 내용을 얼마나 전문적이고 믿을만한 강연자에 의해서 듣는가가 중요해진다. 즉 학생들 사이에서 강연회를 기획하고 선전하고 보도하는 일은 일종의 정보 네트워크로서의 기능을 하고 있었다.

(3) 『개벽』의 '웅변묘법'−민족감정의 통합기제

'민족'에게 호소하는 『개벽』의 강연회

1910년대의 유학생들의 강연회와 3·1운동의 경험을 거쳐, 제2의 유행을 맞은 '연설·토론·강연' 모습을 복합적으로 살펴볼 수 있는 잡지가 『개벽』이다. 1920년대는 연설 전문이 속기된 자료가 많지 않다. 그러나 창간호 사설 「세계를 알라」 자체가 연설조의 호소문이듯, 『개벽』은 언론계의 혁신을 비롯해, 청년 단체의 결성, 연설회의 확산 등을 강조할 때 연설체의 수사학을 활용하고 있다. 특히 『개벽』은 잡지의 취지에 찬성하는 사람들을 '사우'로 지명하여 잡지와 독자 간의 유기적 피드백을 시도하는 "社友制度"를 두고 있었다. "社友"들은 중대한 문제에 대해 『개벽』에 조사를 의뢰할 수 있었고 "지방의 특수문제에 대한 연설이나 講話를 本社에 依賴"할 수 있었다.[37] 이처럼 "연설"을 민족주의 전파의 수단으로서 중요하게 취급했던[38] 『개벽』의 기사와 속기록을 위주로 연설·토론회에 나타나는 내러티브적 특성을 파악해 보자.

---

[37] 「開闢社 社友制의 設行에 關한 趣意와 規定」, 『開闢』 29호, 1922.11, 113~115면.
[38] 이경돈, 「1920년대 초 민족의식의 전환과 미디어의 역할−『開闢』과 『東明』을 중심으로」, 『史林』 23호, 수선사학회, 2005, 27~59면.

『개벽』에서는 "데모크라시"와 "사회주의"의 근간이 되는 이론을 그 사상가의 유명한 연설을 이용해 소개하거나[39] 세계의 유명한 사상가나 담론을 소개할 때 그의 연설장면을 소개하는 경우가 많다.[40] 국제적 대회에서 행한 연설,[41] 외국여행에서 보게 된 교회연설장면, 해외에서 경험한 연설을 소개하기도 한다.[42] 그 외에도 "부인해방연설"과 같이 남녀평등에 관련된 연설이나,[43] 일본의 유명한 사회주의자 "사카이 도시히코(堺利彦) 씨의 강연을 필기한 것으로 겐세쏘사(建設社) 판본의 팜플레트를 번역한 것입니다"라고 밝히면서 그 강연내용을 그대로 싣는 경우도 있다.[44] 즉 1920년대 강연회의 주제들은 계몽적인 입장을 취하는 한편, 사회주의나 남녀평등과 같은 전문적이고 이론적인 학술강연, 국제적인 대회나 유명한 연설의 소개도 겸하고 있었다.

1921년 11월 1일 「講演月旦」에 속기로 실린 강연에 나타난 내러티브와 플롯을 보자. 여기에 실린 속기록들은 ① 「일하고 工夫하는 滋味」를 연설한 上海在留 呂運弘 氏, ② 「世界思潮의 進向」의 東亞日報記者 金明植 氏, ③ 「朝鮮의 將來와 敎育」의 東亞日報社長 宋鎭禹 氏, ④ 「間島와 朝鮮人의 敎育」의 龍井永新學校 尹和洙 氏[45]라는 제목과 강연자

---

39 玄波, 「데모크라시의 略義」, 『開闢』, 1920.6, 92면; 孤蝶, 「社會主義의 略義」, 『開闢』, 1920.8.

40 예컨대 「오이켄 博士의 獨逸자랑」, 『開闢』, 1920.8, 66면; 一記者, 「三十日間의 五千年」, 『開闢』, 1920.8.25; 盧子泳, 「女性運動의 第一人者―Ellen Key―(엘렌케이)」, 『開闢』, 1921.2, 47면.

41 一記者, 「太平洋 會議의 第1幕」, 『開闢』, 1921.12.

42 엠. 에(M. A), 一愚, 「세계일주 山 넘고 물 건너(3)―第4節, 新環境에 新生兒의 理想하던 開拓生活」, 『開闢』, 1932.4.1, 86면. "學生俱樂部를 訪問"하고 "食卓에서야 말로 조흔 「說敎」를 듯게 되엇다. 그 說敎는 「罪를 悔改하고 지옥불을 免하라는」說敎는 아니엇다. 奮鬪는 自勞를 意味하고 自勞는 自立을 意味하며 自立은 人生의 最高道德이다는 說敎다. 그 說敎는 라직이나 오래토리의 法則을 使用치 아니하고 오즉 포인트콘택트에 잇섯다. (…중략…) '아! 하! 眞理요!' L君은 食卓에서 일어서서 나와 自己사이에 談話한 것을 들어서 一場 테불스피취(演說)을 한다. 拍手가 起한다."

43 李敦化, 「換節期와 新常識」, 『開闢』, 1925.6.

44 「社會主義 學說 大要」, 『開闢』, 1923.10.

45 速記 姜仁澤, 「講演月旦」, 『開闢』, 1921.11, 55면.

의 신분, 이름이 명시되어 있고, 각 강연마다 강연이 이루어진 장소와 일시가 기록되어 있다. 제목을 보면 알 수 있듯이 조선민족을 더욱 문명화시키기 위한 방법들이 논의되고 있다.

각 내러티브의 문법적 특성들을 분석해 보면, '오늘' 혹은 '나는' 혹은 '여러분'과 같이 직접 말하는 어투로 씌어져 있다. 「일하고 工夫하는 滋味」는 '오늘 여러분'이라는 호명하면서 겸사로 시작한다. 「世界思潮의 進向」은 옛 속담이나 경구를 인용하면서, 「朝鮮의 將來와 敎育」은 "오늘 나의 말슴하고저 하는 바는"이라는 식으로 천천히 진행하다가 "보시오!!"와 같이 사람들을 집중시키는 권유·명령어를 삽입한다. 「間島와 朝鮮人의 敎育」은 "나는 間島敎育狀態를 말슴하고저 하는 동시에 ……"라고 써서 자신이 말할 바를 일목 요연히 제시하고 있다. '박수'는 주로 민족적 사명과 나아갈 길을 힘줘 주장하는 부분 뒤에 삽입되어 있다. 이러한 호명법, 권유형 어투, '오늘'과 '나'라는 표현으로 현장감을 주는 연설문법들은 청자들을 동일한 민족으로 묶는 역할을 한다.

문법적 텍스트의 구성요소들을 활용하면서 전체적인 내러티브를 견인해가는 동력은 "하나의 민족"이라는 '同情'에 호소하는 '웅변'형식을 취한다. 이 웅변술들은 민족이라는 감정에 호소하기 위해서 '우리'라는 말은 반복하거나, 감동적인 스토리를 이용하거나 하는 등 대중들의 '감성'을 자극하는 형태로 나타나다. 「일하고 工夫하는 滋味」에서는 강연자인 여운형이 미국에서 고학할 당시의 어려움을 통해, 조선민족이 충분한 교육을 받지 못하고 있음을 비판하고 교육기관의 설립을 주장한다. 이때 이 주장이 인상적으로 설득력을 얻는 순간은 그가 고학할 당시 아무도 '조선'을 몰랐을 때 느꼈던 서러움을 에피소드로 삽입할 때이다.

나는 對答하기를—『아니 나는 朝鮮사람이다』하엿더니 그 두 아이는 서로 치어다 보면서, 아—코리아(高麗國)? 코리아가 어떤 곳인가 하면서 (…중략…)

> 나는 이것을 볼 때에 無限한 설흠과 느낌을 가젓습니다. 그때만 하야도 米
> 國가튼 나라에서는 東洋이라면 다만 日本이나 中國만 잇는 줄 알고 더 남
> 아 朝鮮이 잇는 줄은 모릅디다.[46]

이 에피소드는 여운형의 전체 연설을 감정적이고 인상적으로 뒷받
침하면서 조선민족의 발전을 위해서 교육이 매우 중요하다는데 설득
력을 부여한다. 이때 청자들을 움직이는 것은 말할 것도 없이 하나의
민족으로서 느끼는 서러움, 비분강개, 통일된 감정이었다.

다소 건조한 학술강연에 속하는 「世界思潮의 進向」의 경우에는 민족
이 아니라 '민중'의 단결을 강조하고 있지만, 특권계급과 대중의 구별을
명확히 함으로써 약소민족으로서의 청자들의 감성을 자극한다. 「朝鮮
의 將來와 敎育」은 '조선의 장래'를 어떻게 발전시킬까 하는 논제를 놓
고 '교육'을 통해 해야 한다는 주장을 전개하고 있다. 이때 이 논리를 뒷
받침하는 구조는 "個個人이 스스로 偉大하면 그 社會도 딸아서 偉大할
것이며 만일 個個人이 스스로 殘劣하면 그 사회도 딸아서 殘劣하게 되
는 것"인데, "朝鮮民族의 文化發展에 대한 能力의 要素"를 볼진대, 장래
에 대한 희망과 기쁨을 가질 수 있는 민족성을 지녔다고 호소한다.

민족에 대한 감정적 호소는 '보시오'라는 주의를 집중시키는 말과
"우리는 지금것, 장님(盲目)으로 잇섯스며 벙어리(啞口)로 잇섯스며 귀
먹장이(耳聾)로 잇섯스며 또는 절름발(破足)과 곰배팔(曲手)이엇습니다.
그럼으로 그 동안에 詐欺도 만히 당햇섯고 橫領도 만히 당햇섯고 誘惑
도 만히 당햇섯고 失敗도 만히 당하엿나이다(拍手)"라는 비유적이고 간
결한 표현으로 청중들의 민족적 열정을 자극하면서 수많은 박수를 받
고 있다. 한편, 「間島와 朝鮮人의 敎育」에서는 간도가 "우리와 어떤 關

---

46 速記 姜仁澤, 「講演月旦」, 『開闢』, 1921.11, 57면.

係가 잇는 것을 歷史的으로 大綱 紹介하야 間島라는 것부터 먼저 諒解"
한 뒤에 간도의 조선인 교육에 대해서 말하고 있다. 즉 간도의 조선인
교육에 대한 청중들의 호응을 얻기 위해 간도 조선인이 '민족'으로 묶
일 수 있는 역사적 근거를 설명한다.

'暗示의 力'이 강조된 대중선동술 : 이광수와 르몽

민족의 감흥을 불러일으키는 수사학들은 『개벽』의 연설 장면 곳곳
에 드러나는데 이때 특별히 강조되는 것은 '웅변술'이다. 『개벽』 2호에
실린 「雄辯妙法」은 1920년대에 새롭게 대두한 대중을 하나로 통합하
기 위한 연설묘법을 제시하고 있다. 그 특징을 보면 어떻게 하면 군중
들을 하나의 파토스로 몰아갈 것인가에 초점이 맞춰져 있다. 이를 위
해 군중의 이성적 판단을 방해하고 그들을 감정적으로 통제하는 방식
이 제시된다.

군중의 행동은 "습관, 모방, 암시에 의하야 지배"되기 때문에 논리적
내용보다 감동을 줄 수 있는 "暗示의 力"이 강조된다. "학자와 가티 고
려하여라. 일반 군중과 가티 語하여라"라는 구호에서 잘 나타나듯 경
험있는 강연자는 통속적이고 듣기 쉬운 추론으로 "군중의 심리를 감
동"시키는 것을 목적으로 하고, 복잡하고 난해한 말은 피해야 했다.
"群衆의 被暗示性"을 공략해야 한다. 군중은 개성과 이성이 소실되고
"본능의 力이 頭를 擡"한 상태이므로 "전염되기 쉬우며 암시되기 쉬운"
상태이다. 이런 청중이 스스로 선택하고 사고할 여유가 없도록 "변사
의 말한 바에 복종케" 하는 것이 성공의 묘책 중 하나라고 한다. 연설회
장에서 청중이 "被暗示의 狀態"에 있기 위해서는 청중과 변사가 밀착
해 있어야 할 뿐 아니라 청중으로 회장이 가득차 있어야 한다. 청중과
청중의 간격이 넓으면 "개인적 자각이 頭를 擡"하기 때문에 군중의 상
태가 되기 어렵기 때문이다.

또한 "會場의 整理"가 요구된다. 장내가 소란스럽거나 "司會者가 청중의 이목이 主點되는 변사의 전후좌우를 왕래하던지 不謹愼한 來聽者가 互相耳語한다던지" 하는 것은 연설을 불가능하게 하는 원인이 된다. 연설자의 신체적 태도 및 언어사용과 관련해서는 무엇보다 "변사에게 威嚴"이 있어야 한다고 이야기된다. 변사의 태도에서 풍기는 첫인상이 청중에게 큰 영향을 끼치기 때문이다. "說述의 方法"도 중요하다. 태도에서 관중을 장악해도 기술방법이 나쁘면 의혹을 사기 쉽기 때문이다. "교묘히 반어, 풍자, 嘲墟"을 사용해 "不知不息間에 청중으로 하여금 自己의 말에 同化"시키는 간접암시 방법이 요구된다. "斷言과 反覆"를 통해 "기발한 단언으로 하등의 思慮를 費치 아니하고 청중에게 자극을 주"는 직접암시를 반복할 필요성도 제기된다. 마지막으로 "暗示와 人格"이다. 연설하는 음성은 강렬한 자극을 줄 수 있어야 하는데, "음성은 변사의 열정"에서 나오는 것이기 때문에 "暗示奏功의 第一義는 변사의 열정"에 있다고 설명한다.[47] 이 글이 나타내는 바를 한마디로 요약하면, 민족적 감흥을 자극하기 위해서 연설·강연의 논리보다 "암시의 力"이 중요한 발화형식이라는 것이다.

그러나 이 '암시의 력'이라는 대중선동 웅변술은 양날의 칼이다. 한편으로는 혁명적 대중을 만들어낼 수도 있지만, 다른 한편 파시즘으로 귀결될 수도 있기 때문이다. "암시의 力"을 강조하는 이 글은 이광수가 1910년대 중후반부터 1920년대에 농촌계몽운동 및 연설·토론을 다루었던 소설들인 「농촌계발」, 「무정」, 「선도자」에서 감정적인 수사학과 눈물과 박수 등 신체적 고양을 통해 묘사했던 연설장면들을 떠올리게 한다. 또한 1923년 『개벽』에 발표된 「민족개조론」의 문체가 '것이외다'와 같은 단정적 구어체나 '아닙니까'와 같은 반어법 구어체가 반복되는

---

47 朴庸進, 「雄辯妙法」, 『開闢』 2호, 1920.7, 110〜116면.

웅변 형태를 취했다는 점을 새삼 떠올리게 한다. "나는 만흔 희망과 끌는 정성으로, 이 글을 朝鮮民族의 장래가 어떠할가, 어찌하면 이 民族을 현재의 쇠퇴에서 건져 행복과 繁榮의 장래에 인도할가, 하는 것을 생각하는 형제와 자매에게 들입니다"라는 민족적 동정을 자극하는 서두로 시작하는 이 글[48]을 비롯하여 1910년대 후반의 이광수의 비평 및 소설을 관통하고 있는 것은 르봉의 대중심리학이다.[49]

1920년대의 다양한 정치적 주체들과 사회가 등장하자, 이광수는 정치 문화 안에 논쟁이 침투하는 것과 무질서가 야기되는 것을 불편해했다. 그때 그가 선택한 "새로운 정치학의 원료"는 사회심리학"이었고 그 구체적인 실천은 웅변형태의 강연이었다. 르봉의 '사회심리학'이 말하는 대중이란 계몽주의 정치학에서 말하는 혹은 연설·토론에서 말하는 "논의하고 판결하는 공중"과는 다르다. 르봉의 「국민생활에 대한 사상의 세력」은, 개인은 이성적 합리적일 수 있지만 일단 집단을 이루게 되면 이지적 능력을 잃기 때문에 논증하거나 추리할 수 없다는 가정에 입각해 있다. 이 글에 따르면 '민중'은 '논증'과 '추리'의 능력이 없고, '감정'에 좌우되며, '모방'하고 '전염'시키며 동조성을 발휘한다. 따라서 르봉에게 민중, 요샛말로 바꾸자면 '대중'은 계몽과 개조의 대상일 뿐 이성적인 권한을 갖고 있지 않다.

대중을 '이성'을 사용하는 존재가 아니라 '감정'에 의해 좌지우지되는 존재로 파악한 뒤, 사회의 무질서를 막기 위해 그러한 대중을 한명의 지도자가 이끌어가야 한다는 르봉과 이광수의 대중에 대한 이해는, 『개벽』에 실린 「雄辯妙法」에서 전제로 하는 대중의 이해와 매우 유사하다. 또한 이런 식의 대중통제의 근저에는 대중에 대한 불안이 깊이 새겨져 있다.

48　李春園, 「민족개조론」, 『開闢』, 1923.5.
49　김현주, 「논쟁의 정치와 '민족개조론'의 글쓰기」, 『역사와 현실』 57, 한국역사연구회, 2005.9. 133~134면.

"雄辯妙法"의 양면성 : 갈등하는 '우리'의 타자들

위와 같은 이광수의 '동정' 혹은 '눈물과 박수'를 통한 연설의 효과는 양면성을 지니고 있었다. 동정론은 자기 자신 뿐 아니라 한 마을, 한 사회, 한 민족, 전 세계에 대한 '공감'의 능력이 될 수도 있지만, 다른 한편으로는 눈물을 보고 눈물을 흘리며 박수를 들으며 치고, 하는 집단적 열기 속에서 파시즘으로 흘러갈 수 있었다. 앞서 살펴본 것처럼 1920년대에 유행했던 '同情'론, 특히 이광수에 의해서 주창된 '同情'의 강조는 한 공동체 안의 다양한 욕망들을 단일한 민족적 감정으로 통합하는 파시즘적 성격을 띠었다.[50] "파시즘과 볼세비즘을 형성한 것은 바로 다름 아닌 위대한 웅변가들, 위대한 언어의 예술가들이었기 때문이다. 연설가와 정치가 사이에는 구별이 없다"라고 쓰고 웅변학교를 만들기도 했던 히틀러의 열광적인 숭배자이자 술책가였던 괴벨스가, 독일 낭만주의와 르봉의 『군중심리』를 연구했었다는 점[51]을 상기할 때 연설이 지닌 위험성은 강조되어야 할 것이다.

그러나 대중을 선동·통제하는 웅변술이 강조되었다는 것은, 반대로 대중의 다양성과 힘이 그만큼 확장되었다는 것을 의미하기도 한다. 근대 초기의 계몽적 파토스를 지닌 대중은 1920년대에 다양한 갈등을 내포한 정치적 대중으로 성장했다. 이제 대중의 신체를 훈육하는 것만이 문제가 아니라 그들을 '관리'하는 것이 문제가 된다. 연설이나 강연회가 대중을 무기력하게 만드는 통합기제로 변화하려는 이 지점에는, 사실은 대중에 대한 거대한 두려움이 반영되어 있다. 강연과 웅변은 이 새로운 정치세력으로 등장하기 시작한 대중들을 '의도된 방향'으로 이끌어가려는 하나의 계몽방식이자 대중통제방식이었다.

---

50 김성연, 「한국 근대문학과 同情의 계보—이광수에서 『창조』로」, 연세대 석사논문, 2002, 35면.
51 랄프 게오르크 로이트, 김태희 역, 『괴벨스, 대중선동의 심리학』, 교양인, 2006, 179~180면.

1920년대에 영향력을 확대해가던 잡지들과 다양해지는 대중의 욕망들을 통합하기 위해서 앞서 살펴본『웅변묘법』에서처럼 청중의 동정을 유발할 수 있는 감정적 신체적 수사들이 모색된다. 그러나 이러한 파시즘적 웅변술은 청자 / 화자의 관계를 전도시키기도 한다. 예를 들면「雄辯妙法」에서 군중을 사로잡기 위한 자세한 설명들은, 청중들이 강연자의 말을 이성을 사용하지 않고 순종적으로 받아들이도록 만드는 것이 변사에게 얼마나 어려운 일인가를 입증해 준다. 또한 연설·강연회에서 중시되었던 것이 청중이 개인으로서 이성을 사용하지 못하도록 하면서 감염시키는 신체성과 연설자의 에너지였다면, 아이러니하게도 연설회에서 제약을 받는 신체는 청중이 아니라 강연자이다. 앞서 살펴본 것처럼 강연회의 강연자와 웅변자는 청중의 마음을 움직이기 위해서 연설태도와 음성 등 스스로의 신체를 청중 보다 훨씬 더 철저히 관리해야 했고, 1920년대에 들어서는 화자를 능가하는 청자의 전문성을 충족시켜야 했다.

이처럼 1920년대 연설·강연회에서는 계몽주체와 계몽대상 사이에 첨예한 긴장이 존재하고 있었고, 따라서 암시의 카리스마에서 벗어난 논쟁적 정치문화가 발생할 환경이 만들어져가고 있었다. 이는 1920년대의 특징이라고 할 수만은 없다. 그러나 1920년대를 지나면서 청자와 화자 사이의 긴장된 관계가 더욱 명확해지고 있음이 확인된다. 즉 1920년대 필요했던 것은 새로운 사회론이라기 보다는 이러한 다양한 정치적 갈등을 다원성을 유지한 채 소통시키는 "새로운 정치감정론"이었을 것이다.[52]

---

[52] 사이토 준이치, 윤대석·윤수연·윤미란 역,『민주적 공공성』, 이음, 2009, 109~112면. 이 책은 공공권에 대한 최근 논의들을 정리하면서 '공공'을 새롭게 정의할 방법을 모색한다. 그 중 '친밀권'에 대해서 설명하면서 "친밀권은 동시에 공공권의 기능을 가지기도 한다"고 말한다. 이때 친밀권이란 "상대적으로 안전한 공간(글로리아 안젤두아Gloria E. Anzaldúa)" 으로, 외부로부터 부인·멸시의 시선에 노출되기 쉬운 사람들에게 자존·명예의 감정을 회

이처럼 만민공동회, 다양한 문화행사, 3·1운동, 1920년대 초반 매체의 범람 등을 거치면서 1920년대의 대중들은 "잘 통제되고 질서잡힌 대중"이 아니라 이광수가 우려했던 것처럼 "자연상태"의 논쟁적 대중으로 확산되고 있었다. 민족적 동정, '우리'라는 일체화된 감정을 적절히 자극하면서 이루어졌던 1920년대 초중반의 강연회는, '우리'의 이름으로 '웅변'함으로써 역설적으로 '이상적 우리'에 포함될 수 없는 다양한 대중들을 호명했다. 그 결과 '강연회'라는 전문적이고 평등한 듯한 외관을 지닌 담론공간으로 불려나온 '우리'의 타자들 혹은 '민족'의 타자들은, 연설, 강연, 토론회에서 복잡하게 뒤섞이고 갈등하기 시작한다.

2) '연설하는 청년'의 쇠퇴와 계급갈등의 발생

(1) '연설하는 청년'에서 '선동자'로

확장되는 '연설하는 청년'의 의미

1910년대 후반에서 1920년에 걸쳐 연설·토론을 주도하는 주체와 담론공간에서 그 주체에게 요구되는 신체적 특성들이 변화하기 시작한다. 두드러지는 변화는 계몽에 대한 열정이 한명의 선도자로부터 개개인의 신체 속에 자리 잡고 작동하기 시작한다는 점이다. 다음은 「무정」에 나타난 영채와 월화의 연설 구경 장면이다.

복해 주고, 저항의 힘을 획득·재획득할 수 있도록 의지를 북돋아주는 곳일 수도 있다. 친밀권이 공공적 공간을 향한 커밍아웃을 지지하고, 발화하는 사람을 공격으로부터 지키는 정치적 기능을 수행"하게 하며, 그런 점에서 기든스 식의 '낭만적 사랑'이나 '가정'으로 회귀하는 친밀한 감정과는 상당히 이질적인 감각을 의미한다.

월화가 영치를 추자와셔 연셜구경을 가자고 혼다 그째에 평양에는 핀셩
학교는 시로온 학교가 일어나 수방으로셔 수빅명 청년이 모혀들고 핀셩학
교장 함상모는 그 수빅여 명 청년의 진졍으로 앙모ᄒᄂᆫ 선각쟈러라 함교장
은 미쥬일에 일ᄎᆞ식 핀셩학교니에 연셜회룰 열고 아모나 와셔 방청ᄒ기를
청ᄒ얏다 평양스람들은 혹은 시로온 말을 드르리라는 졍셩으로 혹은 다만
구경이나 ᄒ리라는 호긔심으로 져녁후면 핀셩학교 대강당이 터지도록 모
혀드럿다 함교장은 열셩이 잇고 웅변이 잇셧다 그가 슯흔 말을 ᄒ게 되면
청즁은 모다 눈물을 흐리고 그가 깃분 말을 ᄒ게 되면 청즁은 모다 손벽을
치고 쾌ᄒ다 부르지ᄼ며 그가 만일 무슨 악ᄒ일을 ᄭᅮ짓게 되면 청즁은 눈
ᄶ리가 씨어지고 입에 겁품을 무럿다. (…중략…) 영치도 함교장이란 말도
듯고 함교장이 연셜을 잘ᄒᆫ다는 말도 드럿슴으로 월화를 짜라 핀셩학교에
갓다 두 사름은 검쇼흔 의복을 입엇스나 얼골과 틴도를 속일수가 업스며
ᄶ 량인이 다 지금 평양에 일홈난 기싱이라 모히는 사름들즁에 손가락질ᄒ
고 속은속은 ᄒᄂᆫ것이 보인다 월화와 영치는 회즁을 혜치고 들어가 져편
구셕에 가지런히 안졋다 엇던 사름은 일불어 등을 밀치기도 ᄒ고 발을 발
ᄭᅵ도 ᄒ고 혹 졔 손으로 두 사름의 손을 스치기도 ᄒ고 혹 엇던 사름은 월화
의 겨드랑에 손을 넛ᄂᆫ쟈도 잇다 월화는 '너희는 기싱이란 것만 알고 사름
이란것은 모르는구나' ᄒ고 영치룰 안ᄂᆞᆫ드시 압셰우고 들어간것이라 부인
계에는 연셜을 들을자도 업고 들으려 ᄒᄂᆫ자도 업스미 별로 부인셕이란것
이 잇지아니ᄒᆞᆷ으로 남ᄌᆞ들 안즉 걸상 한편 엽헤 안졋다 함교장이 이윽고
부인이 잇슴을 보더니 엇던 학싱을 불러 무슨 말을 ᄒᆫ다 그 학싱이 의ᄌᆞ 둘
을 가져다가 민 압줄 윈편ᄭᅩᆺ헤 노터니 두 사름겻헤 와셔 은근히 경례ᄒ면
셔 '져편으로 와 안즈십시오' ᄒ고 두 사름을 인도ᄒᆫ다 두 사름은 기싱된뒤
에 첫 번 스람다온 대졉을 밧ᄂᆫ다 ᄒ얏다. (…중략…) 월화는 영치를 보고
가만히 '애 져 학싱들은 우리가 보던 사름과는 짠 셰상 사름이지' ᄒ얏다.
(…중략…) 다른 사름들은 월화를 다만 한작난감으로 알되 그네는 비록 기

성을 쳔히녀긴다ᄒ더라도 그 역시 내 동포여니 너누이어니 ᄒᄂ 싱각은 잇
다 이윽고 함교장이 연단에 올라 선다 만장에 박슈가 일어나고 월화도 두
어번 박슈ᄒ다[53] (밑줄은 인용자)

　이 연설회의 시공간은 농촌마을 사랑방이 아니라 "픽셩학교 대강당"
이다. 물론 「용동」에도 학교연설장면이 나오지 않는 것은 아니었다.
그러나 「무정」에서 연설의 무대가 농촌마을이 아니라는 점은 중요하
다. 「용동」의 연설은 농촌마을에서 외지에 갔다가 잠시 보게 된 충격
적 사건으로 시작되고, 더구나 소설 전체의 줄거리는 농촌마을을 기반
으로 이루어진다. 반면, 「무정」에서 연설구경은 이미 마을에서 떠난
존재인 기생인 영채, 월화 등이 "미쥬일에 일츠식" 정해진 시간에 "픽
셩학교"라는 정해진 공간에서 "방쳥"이라는 행위를 하는 것이다. 마을
은 학교가 되었으며, 연설구경은 방쳥이 되었고, 연설의 주체는 마을
에 돌아온 신지식을 배운 청년이 아니라 함교장처럼 연설회의 '명사'가
된 것이다.
　연설회장의 모습을 보면 연설하는 공간이나 순서가 매우 안정적이
다. 청중과 연설자의 경계가 명확히 구별되어 있다. 학교의 대강당이
라는 조건과 그곳에 놓인 연단과 의자가 이러한 경계를 명확히 하는
데 중요한 구실을 한다. 박수 등을 치는 연설규칙에 대해서도 청중들
이 충분히 이해하고 있다. 연설회에서 강연회로 이행하는 모습은 앞서
살펴본 것처럼 1920년대에 들어 뚜렷해지지만, 이 장면은 '연설'이라기
보다는 잘 정비된 '강연'의 형태를 띤다. 이 연설회에는 청년만이 참여
하지 않는다. "너희는 기싱이란 것만 알고 사름이란것은 모르는구나"
라고 월화가 쏘아 부치는 것처럼, 기생인 월화와 영채는 연설회를 듣

53　김철, 앞의 책, 216~219면; 원문은 이광수, 「무정」, 『每日申報』, 1917.1.1~6.14.

기 위해 학교에 가며 '부인석'에 앉는다. 청년의 내연이 넓어졌으며 그 넓어진 내연을 통해 연설·토론회를 구성하는 주체도 변화하고 있다. 청년에서 기생이나 부인을 포함한 청년으로, 한명의 선각자에서 선각자의 말을 모방하는 '다층적인 청년'으로 변화하고 있는 것이다.

「무정」에서는 「용동」에서 등장했던 이참봉과 같은 전통적 양반의 질서를 동경하면서 연설하는 인물도 "연설하는 청년" 선각자도 더 이상 등장하지 않는다. 아직 새로운 시대의 주체가 등장하진 않았으나 단호한 확신을 지닌 청년 계몽주의자의 형상은 차츰 사라져가고 있다. 예를 들어 「농촌계발」에서 사람들을 선도하는 굳건한 위치를 지녔던 지식인 김일과는 달리, 김일과 연장선상에 있는 계몽적 주체인 이형식은 자신이 가르치던 학생들에게 "연설하는 투"로 망신을 당할[54] 뿐 아니라 다양한 가치관과 자신의 신체가 지닌 여러 가지 감각들 속에서 갈등하고 망설인다. 또한 단지 눈물과 박수로만 화답하며 익숙치 않은 동의와 제창을 하던 대중들은 적극적으로 감격을 표현할 준비가 된 청중, 계몽적 수사를 담지한 신체로 변화한다.

이광수의 민족적이고 도덕적인 감정교육 프로젝트는 『무정』의 다양한 층위의 연설·음악회·소규모 토론회 등의 장면에서 갈등하고 다양한 이해관계를 지닌 개개인의 신체들을 통해서 구현되고 있다. '계몽된 청년의 확장'과 '과감해진 청중들의 반응'을 통해 계몽적 선각자의 권위는 다수의 계몽된 청년들에게로, 또 청년이 아니지만 담론공간의 성패를 결정하는 준비된 청중으로 더 넓게 확산된다.

---

[54] 김철, 『바로잡은 「무정」』, 문학동네, 2003, 428~429면; 원문은 이광수, 「무정」, 『每日申報』, 1917.1.1~6.14. "오늘은 학싱들의 틱도에 ㅈ긔를 비웃는 빗이 보인다 (…중략…) 죵렬은 연셜ᄒᆞᄂᆞᆫ 사롬모양으로 한번 기침을ᄒᆞ더니 '선싱님 한마더 질문ᄒᆞᆯ 말삼이 잇슴니다'ᄒᆞ고 형식을 노려본다."

듣는 자에게서 말하는 자로

「무정」의 삼랑진 음악회는 1910년대 연설·토론회를 구성하는 주체의 변화가 좀 더 명확히 드러나며 '연설·토론회'의 형태가 정착되고 확산되어 있음을 보여준다. 삼랑진 음악회는 '연설회'라고 말할 수는 없지만 다양한 형태의 토론과 연설이 음악회 속에 끼어들어 있다. 또한 집단적 감흥을 유발해 동포들을 구원하기 위해 기부를 받으려는 목적에서 기획되었다는 점에서 이광수의 여타 연설·토론회와 일맥상통한다.

그들이 이 음악회를 열게 된 것은 자연재해의 탓이지만, 그들이 한 곳에서 만날 수 있었던 것은 기차라는 근대적 문물이 시공간을 장악하고 있었기 때문이다. "도회의 소리"인 기차에서 만난 그들은 역시 근대 문물의 소리인 '연설과 토론'을 한다. 그리고 토론의 결과는 자선 음악회로 거듭난다. 이때 음악회는 '대합실'에서 열리며, 음악을 들은 사람들로부터 돈을 받아 기부금을 마련하기 위한 것이다. 흥미로운 것은 이 공연형태이다. '강연'회를 '방청'하는 것처럼, 절반 정도 폐쇄성을 지닌 공간에 의자를 놓고 무대를 만드는 것이나 음악을 들으면 '돈'을 내야 한다는 인식이 매우 자연스럽게 받아들여지고 있다. 그들은 "음악회를 열어 거긔셔 슈입된 돈으로 불상흔 사롬들에게 짯듯흔 국밥이라도 만드러먹이고십다는 뜻"을 "셔장"에게 말한다. 그는 "역장과 교섭흐야 대합실을 회장으로 쓰기로 흐고 일변 순사를 파송흐야 각 려관과 시가에 이 뜻을 말흐게"한다. 무대는 대합실에 "근쳐 려관에셔도 걸상을 모와다가 둘너"놓았으며 "큰 테불을 노하셔 만"든다.[55]

연설하는 주체와 연설을 듣는 주체의 관계를 보면, 근대 초기 연설·토론회와의 차이점을 느낄 수 있다. 확신에 가득 찬 계몽적 주체가 무지한 대중들을 모아 연설을 하고 자신의 의견을 토로하는 것은

---

55 위의 책, 659면. 원문은 이광수, 「무정」, 『每日申報』, 1917.1.1~6.14.

「무정」에서는 찾아보기 어렵다. 즉 서사의 중심이 '연설하는 계몽자'의 시각에서 '연설을 듣는 다양한 계급의 청중' 혹은 학교를 다니고 학교에서 가르치는 청년지식인들로 이동하고 있다. 따라서 더 이상 선악을 가리는 질문을 던져 즉각적 대답을 요구하는 계몽적 행위는 하지 않는다. 대신 "애 져 학싱들은 우리가 보던 사롬과는 짠 셰상 사롬이지"하는 기생의 감상이 나타난다. 함교장이 "여러분"이라고 외칠 때에도 그것은 계몽적 언사이면서도 "만장이 박슈길치성에 한참이나 흔들니는듯ᄒ다 월화는 영치의 손을 쏙 쥐고 몸을 바르ᄼ 썬다 영치는 놀니여 월화를 보니 무릅우 치맛자락에 긁은 눈물이 쏙ᄼ 써러지더라"고 묘사되듯이 청년 지식인들의 감정적인 반응을 이끌어낸다.[56]

또한 삼랑진 음악회 장면에서는 이러한 신체적 담론공간이 구성되었을 때 사람들이 신체적으로 반응하는 방식이 어느 정도 양식적으로 굳어지고 있는 것을 느낄 수 있다. 삼랑진 음악회에서 셔장이 세명의 처녀를 소개하고 "셰쳐녀는 은근히 일동에게 경례"를 하자, "딕합실이 터져라ᄒ고 박슈ᄒ는소리가 들닌다 엇던사롬은 감격홈이 극ᄒ야 소리를치는이도 잇"을 정도였다.[57] 돈은 한 시간이 채 못 되어 80여원을 모았다고 적고 있다.

음악회가 끝나고 기차 안에서 이들 젊은 청년들은 토론하고 서로 연설한다. 그러한 토론 과정에서 영채는 '퍼성학교'에서 월화와 함께 듣던 연설을 떠올린다. 형식의 "'올슴니다 교육으로 실힝으로 져들을 가라쳐야지오 인도ᄒ야지오! 그러나 그것을 누가 ᄒ나요?"라는 말에 세 처녀들은 "몸에 쇼름이 끼친다" 이러한 동정과 감동의 수사학 속에서 쳐녀들은 다음과 같이 대답한다.

　‘그것을 누가 ᄒᆞ나요??’ ᄒᆞ고 세 쳐녀를 골고로 본다 세 쳐녀ᄂᆞᆫ 아직도 경
험 ᄒᆞ여보지못ᄒᆞ듯ᄒᆞᆫ 말ᄒᆞᆯ수업ᄂᆞᆫ 정신의 감동을 썻다랏다 그러고 일시에
소름이 쪽 ᄭᅵ쳣다 형식은 한번더
　‘그것을 누가 ᄒᆞ나요?’ ᄒᆞ얏다
　‘우리가 ᄒᆞ지요!’ ᄒᆞᄂᆞᆫ 대답이 긔약ᄒᆞ지아니ᄒᆞ고 세 쳐녀의 입에서 떨어
진다 네 사름의 눈압헤ᄂᆞᆫ 불길이 번젹ᄒᆞᄂᆞᆫ듯ᄒᆞ얏다 마치 큰 디진이 잇셔
셔 왼쌍이 떨리ᄂᆞᆫ듯ᄒᆞ얏다[58]

　한명의 계몽적 선각자의 발언에 ‘박수’와 ‘눈물’을 쏟는 수동적 대상
에서 “우리가 ᄒᆞ지요!”라고 대답하는 ‘계몽된 청년’으로의 변화가 이 장
면에 표현되어 있다. 더구나 이 장면에서 이들은 형식의 말을 듣고 있
긴 하지만 형식 상에서는 형식과 동등한 지위를 지닌 ‘학생청년’으로서
일대일로 연설과 토론을 벌이고 있다. ‘듣는 자에서 말하는 자로의 변
화’는 “눈압헤ᄂᆞᆫ 불길이 번젹”하게 하고 “큰 디진이 잇셔셔 왼쌍이 떨리
ᄂᆞᆫ 듯”한 충격과 함께 온다. 담론공간의 권력을 장악한 계몽적 선각자
의 위치는 그의 말을 반복해서 말하는 또 다른 청년들의 신체 속에 각
인되기 시작하는 것이다. 물론 이 장면에도 형식의 선도자적 위치는
굳건하며, ‘학생청년’이 된 영채, 선영보다 높은 위치에서 연설하고 있
다. 즉, 영채, 선영 등과 ‘연애’를 추구하던 형식이 다시금 영채, 선영 등
을 선동하는 ‘연설자’로 되돌아와 버리는 장면이기도 하다. 세 쳐녀들
이 ‘듣는 위치’에서 ‘말하는 위치’로 변화했다곤 하더라도, 그 세 쳐녀들
은 이형식이라는 연설선생의 ‘계몽적 명령’에 “우리가 해야지요!”라고
동의(동정)을 표하는 ‘계몽대상’의 위치에 여전히 서 있다. ‘연설하는 청
년’들의 확산은 동시에 민족적 감정을 내부화한 신체들이 생산된다는

58　위의 책.

것을 의미하기도 하기 때문이다. 이광수의 초기 소설에 나타난 연설하는 청년의 신체성과 동정에 대한 강조는 한편으로는 더 다양한 '연설하는 청년'들을 양산하지만, 동시에 이처럼 그들을 '민족적 감정'으로 통합하고 있다.

그러나 「무정」의 마지막이 다시금 계몽주체 / 계몽대상의 관계로 귀결된다고 하더라도, 세 처녀들의 떨림과 충격, 즉 개인이 아니라 자신을 둘러싼 사회의 한 원인이 될 수 있다는 이 '공적인 것'에 대한 감각의 변화는 소설 속 이 처녀들을 1920년대에의 정치적 주체로 등장시키는 바탕이 되었다고 볼 수 있다. 1920년대에는 여성 노동자나 여성 지식인, 백정들까지도 강연자로서 나타나기 시작한다. 그런 점에서 세 처녀들의 '동정 혹은 동의'는, 한편으로는 계몽과 훈육의 순간이자 민족적 파시즘으로 가는 입구였으나, 다른 한편으로는 정치적 주체로 나아가는 순간이자 파시즘적 권력에 대항할 수 있는 권리를 자각하는 출구를 표시하고 있기도 했다. 이 출구는 1910년대 후반, 연설하는 문제적 개인이 소멸됨과 함께 시작된다.

(2) 계몽하는 '선도자'에서 호소하는 '선동자'로

'연설하는 선도자'의 죽음

1920년대에 접어들면서 이른바 '연설하는 영웅적 개인'은 쇠퇴 혹은 변모한다. 첫째로, 이광수가 그리는 안창호의 경우를 보자. 이광수의 소설 속 '연설·토론·강연'이 지닌 '민족적 감정'으로 통합하는 측면들은 이후 안창호를 소재로 한 「선도자」라는 소설로 이어진다. 이광수 초기 소설의 연설·토론회 장면에 핵심적인 영향을 미치고 있었던 것은 도산 안창호의 연설과 생애였다. 이광수는 1924년 4월 비밀리에 안창호를 방문한다. "중국 북경(中央호텔, 1924.4)에서 도산을 방문하여 8

일간 머물면서 도산의 담론(談論)을 필기하여 정리한 것을 동아일보 (1925.1.23~25)에 발표"한다. 이후 "『東光』의 창간호에 (…중략…) 산옹 (山翁)이라는 이름으로"[59] 연재하기도 하는데, 이것이 이광수가 편지 형식의 구어체로 쓴 "갑자 논설"들이다. 이처럼 안창호의 연설·토론 은 이광수 초기 소설의 연설·토론 장면 뿐 아니라, 그의 계몽적 문체 전반에 영향력을 미치고 있었다.

1923년에 발표된 「선도자」는 유명한 연설가였던 안창호을 모델로 한 회고담류의 소설이다.[60] 그러나 무엇보다 「선도자」가 눈길을 끄는 것은 이 소설이 '연설하는 선도자' 이항목의 '죽음'에서 시작한다는 점 이다. 이광수는 "이것이 참말일까. 아아, 이것이 참말일까. 오늘 신문 에 난 상항 정보가 참말일까. 한번 다시 보자"라고 감정을 끌어올리고, "조선민족의 지도자 이 항목은 작일 당지 국민회관에서 연설하고 돌아 오는 길에 어떤 조선 사람의 육혈포에 가슴을 맞아 시립병원에 입원하 였으나 금조에 사망"했다고 전하면서, "조선 백성은 그의 참 지도자를 잃어 버렸구나!"[61]라고 한탄하는 것에서 시작한다. 이윽고 그를 기리 기 위해 이 소설을 지으며, 이 소설을 읽는 사람들은 모두 눈물을 흘리 게 될 것이라고 말한다.

「선도자」를 발표한 이후에도 이광수는 잡지 기사에서 안창호의 연 설장면을 감정적으로 회고하고 있다.[62] 1919년 3·1운동을 지나 1920

---

59 윤홍로, 「도산 안창호 사상의 기독교와 사회진화론 수용」, 동양학연구소 편, 『한국 근대 일 상생활과 매체』, 단국대 출판부, 2009, 102면.

60 김윤식, 『이광수와 그의 시대』 2, 솔, 1999, 107면. "도산 안창호를 소재로 한 것이니까 표현 상 춘원 자신에 관한 것이 아니요, 그렇다고 역사 이야기도 아닌" 것이라고 설명한다.

61 長白山人, 「先導者」, 『東亞日報』, 1923.3.27~1923.7.27; 이광수, 「先導者」, 『이광수전집』 4, 삼중당, 1964, 377면.

62 李光洙, 「海外諸 氏 在內時代 島山安昌浩氏의 活動」, 『三千里』, 1930.7, 6~7면. 특히 다음 의 회고는 「선도자」의 앞 부분, 평양 협성회 지부를 만드는 장면과 많은 부분 겹쳐진다. "島 山安昌浩선생은 지금으로부터 54년전인 乙未年에 平安南道 江西에서 나섯다. (…중략…) 平壤의 여러 뜻잇는 사람들은 萬民共同會의 지회를 설치하고 하로는 浮碧樓에서 시세에

년대 초중반. 다시금 연설과 토론이 유행하고 정치적대중이 출현하기 시작하던 시기에 씌어진 「선도자」라는 소설이, 계몽적 연설영웅의 죽음으로 시작하고 그 계몽적 연설영웅에 대한 감상적 회고로 이루어진다는 것은 매우 의미심장하다. 이 소설은 선각자 이항목의 훌륭함을 전달하려는 의도와는 달리, 오히려 이상주의적 계몽을 주도하는 선각자의 시대가 끝났음을 선포하고 있는 셈이다.

「무정」은 한명의 계몽적 선도자 형상이 불가능함을 이형식의 내면적 흔들림이나 새롭게 지식청년으로 등장한 선도자'들'을 통해서 보여주었다. 「선도자」는 연설·토론하는 계몽적 선도자란 이제 "내가 中學生 制服을 입고 平壤大成學校를 다닐째"에 "學生들 行進하는 光景을 校庭에 直立하여 恒常 感激으로 보"면서 "도라온 學徒들을 校庭에 세워노코는 '강철이 되어라', '무쇠기둥이 되어라' 하고 激勵하는 演說을 하"[63]던 회고담 속에서만 이야기될 수 있음을 보여준다.

연설하는 선도자가 쇠퇴·변모하는 또 하나의 유형은 여운형을 통해서 살펴볼 수 있다. 여운형은 『학지광』 강연회에 여러 번 등장했던 요시노 사쿠조에게도 연설을 통해서 사상적 충격을 주었던 바 있는 국제적 연설논객이었다.[64] 그러나 다음의 회고에서 여운형은 정치 연설

대한 큰 연설회를 열엇는데 (…중략…) 그때 島山은 이러나 一場의 연설을 하엿는데 感이 극하야 단상의 人도 울엇거니와 壇下의 수천 군중도 눈물을 흘니기를 마지 안엇다 한다. 이것이 島山으로 일생에 처음하여 한 연설이자 또 평양천지에 安昌浩, 安昌浩하는 소리가 놉흐게 울니기 시작한 첫 발단이다.

63　金性業, 「二十午年만에 島山會見記」, 『三千里』, 1934.8, 97~98면.
64　1919년 일본 정부의 하라 다카시(原敬) 수상은 독립운동가 여운형을 설득하여 자치론자로 전환시키기 위해 일본에 초청하여 다양한 회담과 회견을 계획한다. 이는 3·1 독립운동 이후 '무단정치'에서 '문화정치'로 정책을 선회하면서 조선 쪽 협력자를 확보할 필요 하에 계획된 것이기도 했다. 그러나 여운형은 고가 겐조(古賀兼造) 척식국(拓植局) 장관과의 회담과 기자회견에서 '동양평화'론을 펼치면서 독립을 요구한다. 이러한 여운형의 기자회견 연설을 들은 요시노는 여운형과 만나 직접 회담을 갖고 「소위 여운형사건에 관하여」라는 글을 쓴다. 이후 요시노는 일본 제국을 중심으로 한 대만, 조선의 자치론을 철회하지는 않았으나, "그들이 한 가닥의 도의를 내세워 독립을 부르짖고 있는 이상 우리들은 그 이상으로 높은 도

이 아니라 기독교에 대한 강연회를 하고 있다. "安昌浩와 呂運亨의 두 분이 가장 熱잇고 條理잇는 말 잘하는 雄辯家란 말을 들엇다"고 시작 하는 이 글은 여운형이 해외에서 돌아온 지 3년 만에 한 연설에 대한 감상을 적는다. 여운형의 강연회는 勝洞禮拜堂에서 개최되었고 「基督 敎의 社會的 使命」이란 제목을 달고 있었다.

그러나 필자는 이 연설회에 가기가 꺼려진다고 말한다. 그 이유로는 "題目과 演士가 잘 드러맛지안는 늣김을 밧엇기 때문"이다. 여운형이 라고 하면 모름지기 "上海時代 곰미니스트로 멀니 國際黨에까지 代表 로 往來하든 左翼鬪士라 氏의 입에서 宗敎를 云爲한다"는 것이 어울리 지 않으며, 그는 "政治客이라 數萬群衆" 앞에서 "半島의 大勢가 엇더타 든지 國際情勢가 엇더케 도라간다"와 같은 "政談을 가지고서 힛틀러 모양으로 自由롭게 活達하게 뭇소리니 模樣으로 熱々하게 煽動性 잇 게 말을 하게 하여야" 여운형 "演說의 眞面目이 發揮"될 터인데, 오늘 강연은 "演壇은 一個 禮拜堂"이며, 주제도 "宗敎"에 관한 것일 뿐 아니 라 "聽衆도 數三百이 不過하는 大部分 宗敎信者인 中年層"[65]이라는 것 이다. 그러나 필자는 "氏의 環境이 環境인지라 그러케 自由로운 舞台 에서 力量것 할 演說의 機會를 기다리다가는 앞으로 오랜 時日이 걸니 게 될는지 몰나서"[66]강연회에 참여한다. 그는 여운형의 인상이 매우 시원시원해서 사람들을 사로잡는 힘이 있고 "政界를 저 三寸舌로써 振

의적 이상을 내거는 것 외에는 그들을 복종시킬 수 있는 길이 없다"(「소위 여운형사건에 관 하여」)라고 말하고 있듯이, 여운형의 독립사상에 촉발되어 국가를 넘어선 정의에 대해 언급 한다. 또한 이러한 도의를 매개로 하지 않는 한 조선인·일본인의 제휴는 불가능하다는 것을 생각하게 된다. 일본에서 행해진 여운형의 연설과 요시노 사쿠조의 사상변환에 대해서는 米谷匡史, 『アジア／日本』, 岩波書店, 2006의 Ⅱ장 "동아시아 변혁론의 계보"에서 제1장 "전간기의 제국개조론" 중에서 '제국주의 비판의 새로운 네트워크' 부분을 참고했다.(번역 본으로는 요네타니 마사후미, 조은미 역, 『아시아／일본』, 그린비, 2010)

65　鷲公, 「呂運亨氏 演說評－半島의 雄辯家들」, 『三千里』, 1934.8, 100～101면.

66　鷲公, 위의 글, 101면.

動케 하"[67]였던 것이 실감이 난다고 이야기하면서도 끝끝내 다음과 같이 아쉬움을 표시한다.

氏의 本領은 學說을 解說하는 講壇講演에는 不適하고 오직 軍事公債募集이라거나 愛國牡丁의 募兵演說가튼 風치고 車치고 활—활 너러놋는 煽演動說에 適任일 것갓다[68]

이 글이 보여주듯이 수만 대중을 앞에 놓고 선동자처럼 정론을 연설했던 여운형은 더 이상 그렇게 넓고 자유로운 강단을 얻지 못한다. 애국적 열정에 젖어 엄청나게 많은 군중 앞에서 그들을 계몽하고 애국적 열정에 들뜨게 하는 政論・政治 연설은 "강단 강연"으로 바뀌었다. 그 이유는 일본 제국주의의 탄압이 거세어진 때문이지만 동시에 새로운 형태의 학술적 강단 강연이 성행하기 시작했기 때문이기도 하다. 더 이상 여운형도 1919년 고베에서 했던 연설과 같은 힘 있는 명연설을 할 수 있는 여건이 아니었던 것이다.

계몽적 파토스에 가득 차 연설하는 영웅적 선도자와 같은 문제적 개인은 사라졌으며 그런 연설에 감격하는 파토스로 가득 찬 대중도 사라진다. 그 대신 특정 대중을 대상으로 한 웅변술, 전문적 지식을 전달하는 학술강연이 등장하며, 이런 강단 강연을 듣고 판단하는 비평적 정치적 대중이 등장한다.

---

[67] 鷲公, 위의 글, 101면. " 演壇에 올나선 呂運亨氏는 첫재 그 風采가 온 聽衆의 信任을 모앗다. 六尺長軀의 西洋人에서 보는 것 같은 頑强한 體軀, 게다가 카이젤 수염 크다란 눈 左右로 활활 버더나간 두귀, 그 우에 시언스럽게 버서오른 面積널분 이마 初印象에 그야말로 偉丈夫란 든든한 感銘을 던저준다. 그의 性靈도 振幅이 넓고 깁다 우렁차고 억세다 다만 알토는 알토면서 沌濁한 맛이 석기엇는데 그것이 오히려 重厚하고 텁텁한 苦蕊美를 준다. 나는 壇上에 오른 氏를 바라보면서 저분이 政界를 저 三寸舌로써 振動케 하엿든고 하고 往年의 그 歷史的 三寸舌을 價值처 보앗다"라고 말한다.

[68] 鷲公, 위의 글, 103면.

선도자에서 선동자로

사회주의의 영향 하에 대중을 계몽하던 문제적 개인으로는 '선동자'를 들 수 있다. 선동자는 선도자를 대체한 사회주의에 기반한 문제적 개인이다. 그러나 이 문제적 개인으로서의 선동도 1930년대에 들어서면서 대중적 선동자들에게 자리를 내놓기 시작하는 것이다. 비합법적 공간이라고 할 수 있는 야학, 사립학교, 독서회 등에서 연설하고 계몽하던 선동자들은, 식민권력의 검열과 단속을 피해 지하로 숨어들어 모습을 감추기도 한다. 이처럼 연설하는 "계몽적 선도자의 쇠퇴" 이후 사회주의 사상을 습득한 '선동자'가 신체적 담론공간의 새로운 주체로서 부상하고, 다시금 그 문제적 개인인 '선동자'가 쇠퇴하는 과정은 1920년대에서 1930년대에 걸쳐, 야학, 노동파업 등을 소설의 주제로 다수 다룬 송영의 소설에서 드러난다. 송영의 소설에서 대중과 분리된 계몽적 선도자는 대중들의 저항에 부딪쳐 린치를 당하는 등 갈등양상을 드러낸다.

1926년에 발표된 송영의 「선동자」에 등장하는 주인공 C신문지국 기자 리필승(李必勝)은 선도자와 선동자 사이에서 갈등하는 인물로 볼 수 있다. 리필승은 "이십오세가 갓 된 청년이다. 체격이 장대하고 근육이 완강하다. 왼몸에 굵다란 힘줄거는 언제든지 꿈틀꿈틀한다. 놉흔 코, 칫켜붓튼 눈, 그리고 쇠가튼 주먹, 맛치 봉건시대에서 나온듯한 협객풍(俠客風)의 장사"로 묘사되고 있다. 그는 "거름것는 소리까지도 무게가 잇다. 숨쉬는 소리까지도 힘이 어럿"으며 "가슴속에서 뜨겁게 뛰는 정의의 피빨을 언제이나 내뽑나 하는 듯한 울분한 긔색을 얼골에 띄고 잇"는 일반대중과 구별되는 청년이었다. 따라서 그는 늘 혼자이고 고독했다고 묘사된다.[69]

그러나 소설 「선동자」에서 이러한 협객풍 영웅적 선동자 리필승은 민

69　宋影, 「煽動者」, 『開闢』, 1926.3.1.

중들을 이끄는 계몽적 지식인의 형상으로 완성되지 못한다. 「선동자」는 'T학원'을 배경으로 Y학원 재주(財主)의 소개로 온 C선생과 가난한 K선생 사이의 암투 끝에, 권력을 갖지 못한 K선생이 권고사면에 처하자, 이에 여학생들이 동맹휴업을 일으키는 사건을 다룬다. 그러나 이 소설에서 리필승은 여학생들의 동맹휴업을 주도한 선동자로써 낙인찍히고, 학교의 권력의 중심을 차지한 사람들 뿐 아니라 학생들에게도 린치를 당하는 것으로 끝난다. 이때 리필승은 교장, 교감 등이 미워하던 "××××자—"로서 보여지고, 남학생들에게는 "녀학생을 선동"하는 선생이라는 비난을 받는다. 이때 송영은 이 군중들을 다음과 같이 묘사한다.

> 군중은 군중 자체도 모르는 리유 아래에서 흥분이 되엿다. 피떠러지는 「리필승」이의 시톄(屍體)가 보고 싶헛다. 필승이 하나만 죽이면 텬하가 태평할 듯이 생각되엿다. 재래인습에 교양바든 그들의 머리 속에는 선텬심으로 반역의 긔풍이 잇는 리가 미웟다. 아니…… 찰하리 그들은 리지(理智)가 업다. 다만 선도자의 지도대로만 돌진하는 양떼와 갓햇다. 그리고 피를 보고 싶허하는 동물적―원시적―갈망은 통일되고 잇다.[70]

계몽주의자인 선도자와 사회주의자인 선동자 사이에서 갈등하던 인물인 이필승은 '동맹휴업'을 일으키는 여학생들에 의해서 선동자 사회주의자로 몰려 죽임을 당한다. 1936년에 발표된 「솜틀거리에서 나온 消息」은 야학에서 공부하던 여학생들이 직업전선에 뛰어들어 예전의 야학 선생님에게 편지를 쓰는 형식을 취하고 있다. 편지를 쓰면서 근황을 전하는 여성들은 여학생에서 다양한 직업여성 ― 여직공, 기생 ―으로 변해 있다.[71] 이 소설에서는 선도자도 선동자도 등장하지 않는

---

70   위의 글, 21면.

다. 선동자는 지하로 숨어들었고, 그가 가르치던 학생들은 공장에 가
거나 여급으로 팔려간다.

> 서로들 뿔뿔히 헤여저서 가진각색의 모양들로 변했담니다. 흰 조고리를
> 입고 검정치마를 입고 지내엿든 저이들의 모양은 『하얀에프롱』으로도 변
> 하고 녹의홍장으로도 변하고 길다란 남치마짜락으로도 변해버렷담니다.
> 쭈렁쭈렁 따서 느린 검은 긴머리는 똥그란 쪽지머리, 길죽한 트레머리, 별
> 의별 머리로 다 변해버렷담니다. 눈섭을 의쪽달 같이 그리고 분홍입술을
> 만들고 머리기름으로 범벅을 하고 있는 아이도 생겻담니다. 선생님이 항
> 상 말슴하시든 저이들 동리는 아조 더 「솜틀」같은 집이 그 보다도 더 적은
> 집이 작구만 늘어가고 있담니다. 그 동안에라도 벌서부터 몇번이나 이 저
> 의들의 『솜틀거리』 속에는 일어난 이약이를 더욱히 선생님께서 가르켜 주
> 시든 저이들 야학생들의 이약이를 자서히 전해 보내 듸리려고 햇슴니다마
> 는 돌오혀 선생님의 마음을 휘정거려 듸릴가바 겁이 나서 주저를 하고하
> 고 하엿담니다.[72](밑줄은 인용자)

여학생들은 고무공장, 제사공장의 여공이 되었고, 독창 잘 하든 순
이는 카페걸이 되었으며, "점분이 분순이는 아조 노래를 다 배호고 그
때에는 벌서 기생영업"을 시작했다. 그리고 연설하고 강연하던 계몽적
지식인이자 선동자인 "선생님의 마음은 휘청"한다. "순녀는 만주로
500원에" 팔려갔다.

1920년대 후반에서 1930년대에 접어들면 대중을 계몽하는 선도자
혹은 선동자는 존재할 수 없다. 대신 자본주의 체계 아래서 노동하고
야학, 집회 등의 새로운 담론공간을 통해서 자각한 대중들이 등장하기

71　宋影, 「솜틀거리에서 나온 消息」, 『三千里』, 1936.4.1.
72　위의 글, 368~369면.

시작한다. 새로 등장하는 선동자는 대중 속에서 나온다.

(3) 숨어버린 선동자, 출현하는 계급갈등

선동자와 대중의 대립 : 계급의식의 대두

1932년 송영의 소설 「야학선생」에서 야학은 시골에 자발적으로 형성되며 선동자는 외국에서 유학을 하고 온 계몽적 지식인이 아니라, "보통학교를 졸업하고 온 마을사람"이 "매주일 공일날 저녁이면 동내 어른들을 모와놋코 이야기회를 시작"(307)하는 것에서 비롯된다. 마을 사람들은 "이야기보다도 그 세상소식이나 『수호지』를 듣는 재미"가 나서 모여들기 시작한다. 그러나 이야기회에서 나오는 내용은 『수호지』뿐이 아니다. 이야기회에서는 종교가 무엇이며 소작쟁의의 방식이 무엇인지, 레닌이나 법률이 무엇인가를 이야기한다. 「호미를 쥐고」에서는 한발 더 나아간다. "젊은 사람 五六인이 대강대강 곳치놋코서 야학을 작하엿다"라고 언급하고 있듯이 외부로부터 마을로 온 계몽적 지식인이 아니라 마을의 젊은 청년집단이 야학을 시작한다. 그리고 그들이 만든 회는 "이젠 청년회가 아니라 '조합'"이다. 그들은 "기존 회사의 조합이 아니라 자신들의 조합을 만드는 것"[73]이라고 말한다.

1920년대 중후반을 넘어서면서 조선 사회는 근대 초기의 연설·토론회로는 감당할 수 없는 다양하게 분화된 계층과 갈등 속으로 들어간다. 연설·강연회의 화자와 청자, 계몽주체와 계몽대상, 선생과 학생의 관계는 실상 민족국가라는 대의 속에서 가능해지는 신체적 담론공간을 만들어냈다. 반면 1920년대 중후반 이후, 근대 초기 농촌마을을 계몽하기 위해 모였던 '사랑방'의 '청년'들은, 자본주의와 싸우는 "조합"

73　宋影, 「호미를 쥐고」, 『大衆公論』 제2권 5～7호, 1930.6 / 7 / 9; 이주형, 권영민, 정호웅 편, 『한국 근대단편소설대계―송영』, 태학사, 1988, 160～161면.

의 "노동자 농민"으로 변화해 있다. 대중을 계몽시킨다는 의미에서 화자와 청자가 명확히 나뉘어 있었던 '선도자' 혹은 대중을 이끄는 '선동자'에서, 청자가 화자가 되는 역전과 갈등이 끊임없이 발생하는 '대중적 선동자'로 신체적 담론공간의 발화주체도 변화하고 있다. 이에 따라 '공부하고 온 엘리트 피식민지 지식인'에 대한 반감도 발생한다.

그런 점에서 1932년 9월호『삼천리』에 실렸던 강경애의 소설「그녀자」[74]가 보여주는 여성의 농촌 연설회 장면은 흥미롭다. 연설공간에 여성 연설자가 등장함에 따라 대중들과 겪는 계급적 갈등이 드러나기 때문이다. 이 소설의 주인공 마리아는 분을 바른 하얀 얼굴에 칠갓흔 머리를 지녔으며 "(문예란에서) 본대로 멋번 작란 비슷이 지여 보다가 엇든 아는 남자 편지 화답슷헤 써보낸 것이 동긔로 그는 일약 여류문사가 되어"(97) 버린 인물이다. 동시에 그녀는 계몽적 열정을 지닌 근대 초기의 연설가와는 달리, 1920년대 후반부터 시작된 출판자본주의의 영향 속에서 어느새 스타가 된 연설가이다. 그런 마리아는 남자들에게서 오는 연애편지가 많을수록 화장을 한 자신의 얼굴을 면경으로 볼수록 "자존심"이 "쌈아케 놉아저"가고 있었다. 그러던 어느날 "외촌"으로 연설을 하러 가게 되는데 마리아가 갖고 있는 농민들의 인상이란 "오직 먹는 것과 애낫는 것 일하는 것밧게"(97) 아무것도 모르는 존재로 "나라가 엇지 되는지 민족이 엇지 되는지 그저 태평"(98)인 존재였다. 가기 싫어질 정도로 "제일 못난 것이 농부들인 동시에 제일 불상한 사람이 농부들이라고 생각되엿다 구할내야 구할 수 업는 그런 불상한 인간들"(98)이지만, "문예가는 쌧대로 여행도 해야 한다드라하는 생각"으로 "농부들보다도 농촌의 자연미를 구경하는 호기심 그게서 엇든 명작이나 하나 엇을가하는 바람"을 갖고 간다. 이러한 마리아의 연설행은

---

74 강경애,「그녀자」,『三千里』, 1932.9. 이후 인용은 페이지 수만 표시.

계몽적 열정으로 연설자와 청중을 하나로 묶으려 했던 근대 초기의 연설장면과 판이한 차이를 지닌다. 더군다나 연설하는 여성인 마리아와 그것을 듣는 대다수의 농민들 사이의 계급 격차가 노골적으로 부각된다. 예를 들어 마리아는 마부나 농민들을 자연물로 대하려고 애써도 그럴 수 없는 순간들과 부딪친다. 마부가 마리아를 보면서 싱긋 웃을 때 드러나는 "누런니"에 마리아는 "금시로 먹은 것이 나오는 듯해서 그만 입을 담을고 눈을 나려썻"(99)으며 전도부인은 "저것들은 아마 평생 니를 닥지 안는 모양임니다"(99) 라고 '저것들'이라는 호칭을 사용한다.

배반당한 연설, 저항하는 청중대중

이러한 차이는 한 공간에서 연설자와 청중으로 만난다는 상황을 통해 더욱 부각된다. '연설'이 아니라면 서로 만날 필요가 없었던 지식인 여성과 깡촌의 농민들은 '연설'을 통해 서로 부딪치게 된다. 단지 계몽적 열정만으로 서로 통합할 수 없게 된 1920년대 후반에서 1930년대 초반에, 그들은 서로가 서로를 보면서 전혀 다른 것을 상상한다.

마리아는 "예수 교내 강당 우에 놉히 서서 요한복음 3장 16절를 가지고 밋음이란 문제로 강연을 시작"(99)한다. 열간이 될까 말까한 방안엔 사람들이 미어터지게 모여 있고, "문안으로 드러서는 이마다 모도가 흑인종 갓치 보엿다 그 옷 주제며 해빗에 거을 때로 거른 얼골들이 바라보기에도 끔직하엿다"(99)고 토로하고 있다. 자신은 "흑인종에 백인종이 석긴 듯한 늣김"을 받았던 것이다. 그러나 "저들이 나를 얼마나 곱게 볼가 내 말에 얼마나 감복이 될가하는 생각이 들자 자긔도 몰으게 생각지도 안은 열변이 낙수처럼 쩌러젓다."(99) 마리아는 성경과는 딴판인 문제를 연설하기 시작한다. 마리아는 "노동자 농민을 부르짓고 헌다 조선사회상을 들추어냇다."(99)

그러나 농민들은 어떠했을까? 그들은 "마리아의 놀이는 입술과 그

요리 조리 굴이는 눈동자를 바라보앗다 엇전지 자긔들과는 짠인종 갓
흐며 짜라서 열과 피가 업고 말하자면 엇든 어엽분 인형이 긔계적으로
말하는 듯한 — 그의 입속으로 노동자 농민이 굴너 나올 째 황송 거북
스럽고도 미안하게 생각되엿다. 그러고 저가 엇더케 노동자 농민을 알
게 되엿는가? 하는 의문을 품지 안을 수가 업섯다.”(99) 마리아의 “폐병
자의 초긔가튼 그 얼골 빗이며 짓트게 그린눈섭 아레로 쌈박이는 눈만
이 사란듯하고 그 나불그리는 입술만이 마리아의 전체에 대하여서는
너무나 부자연한 듯하엿다 짜라서 그들의 머리에는 ‘공부하신 여성’ 무
엇을 안다는 녀자는 다 저모양이지 하는 생각만으로 쑤렷이 짓트게 되
엿다.”(99) 마리아가 동포를 외치며 지주를 비판하고 농민의 권리를 호
소하는 순간, 농민들은 마리아와 하나가 되기는커녕 무의식간에 “흐
응!” 하는 “비우슴과 함께 이 째 썻 지리하든 한슴이 흘너 나왓다.” 오히
려 군중들의 마음은 오히려 마리아로부터 멀어져, 마리아가 비판하는
지주와 마리아를 동일시하기 시작한다.

결국 연설을 듣던 군중은 “민족이 뭐냐! 내 짜이 뭐냐!”라고 외치기
시작한다. 이 소리를 들은 마리아의 마음엔 “간도농민”이 무섭다던 말
이 떠올랐다. 그리고 무서움을 달래기 위해 “적어도 나는 조선의 최고
학부를 맛치엿스며 더구나 조선에서 듬은 여류 작가이고 게다가 어엽
분 미모의 주인공이다”(100)라고 위로하며 “비웃음이 써”도는 눈으로
그들을 노려보게 된다. 군중은 이 태도를 보고 그녀가 “어엽분 귀여운
마리아로만 생각햇든 것”(51)이 잘못임을 깨닫는다. “극도로 미워하는
돈 만흔 게집의 특성이 마리아의 전체에서는 물결침을 느꼇”(51)다. 그
리고 미움 한그릇 못 먹고 죽은 누이 사랑하는 딸들이 마리아의 좌우
에서 나타남을 느낀다. 마리아 같은 사람을 먹이고 공부시키기 위해
자신들의 누이와 딸들이 고생하고 죽어갔다고 생각하자, 그 뒤에 있는
“목사와 장노까지도 자긔들의 살과 피를 쌔라먹는 흡혈귀 갓치 뵛엿다

아니 흡력귀엿다.”(51) 결국 그들은 마리아를 린치하기에 이른다. 소설은 이렇게 끝난다. “마즈막 비명을 토하는 종엽헤 갈갈히 옷을 찌긴 마리아는 쓰러저서도 자긔의 미모만을 상할가 두려워서 두 손으로 얼골을 꼭 싸쥐고 풀풀 떠고 잇섯다.”(51)

이 소설은 연설을 통해서 층위가 다른 집단이나 계급이 마주치는 순간, 연설자와 청중이 통합되는 것이 아니라 어긋나 버리는 장면을 보여준다. 실상, 주인공 여성의 계몽적 연설은 성공한 것일 수도 있었다. 계몽의 대상이었던 농민들이, 연설을 들은 결과 오히려 연사를 역습하는 현상은 ‘계급적 관계’를 일깨워 주었다는 점에서 사회주의적 계몽의 성공일 수 있다. 이 역전현상은 이 소설의 연설회가 근대 초기의 민족주의적 계몽의 연설·토론회와는 완전히 다른 지반에 서 있음을 증명해준다. 연설의 결과 연사와 청중이 계몽주의적 민족주의로 단결되는 것이 아니라, 오히려 계급적 차이가 부각되고 있기 때문이다. 이처럼 1920년대 중후반 이후 연사와 청중은 ‘동정으로 통합된 듯이 보이는 연설·토론·강연회라는 담론공간으로 묶여, 한 시공간 안에 있게 되었으나 바로 그 한 시공간 안에서 이해관계를 달리하는 계층 사이에서는 갈등과 사건이 발생하게 되었던 것이다.

다양화된 갈등의 충위

1920년대 중후반을 거쳐 1930년대에 들어서면, 여운형이나 안창호와 같은 연설하는 영웅은 사라지거나 강단강연자로 변모하거나 지하로 숨어든 선동자가 되고, 다양한 계급 갈등 속에서 대중적 선동자들이 탄생한다. 1920년대 중후반의 청년들은 근대 초기의 ‘계몽적 열정’이나 ‘민족’으로는 통합될 수 없었기 때문이다. 그들은 ‘계급·성·지식·지역’ 간에 차이를 보이면서 등장하기 시작한다. 연설·토론·강연회에서는 이러한 새로운 갈등의 선들이 드러난다.

물론 앞서 든 예들은 소설에 나온 내용이므로 이를 통해 1920년대 후반에서 1930년대 전반에 이르는 연설하는 신체성과 주체의 변화를 규정짓기엔 다소 무리가 따를 것이다. 그러나 이 소설들에서 확인되는 것은 1920년대 후반에서 1930년대 초반의 연설 주체는, 근대 초기와 같은 계몽적 선각자로서의 지위나 신체성을 부여받지 못한다는 점이다. 오히려 반쯤 폐쇄적인 강연회에서 서로 다른 계급과 지향을 지닌 집단들이 만나게 됨에 따라서, 연설의 내용은 뒤집혀지기도 하며, 강사와 청중 사이의 위계가 전복되기도 한다. 그 순간 나타나는 갈등의 선은 단지 계몽적 민족주의의 틀로는 파악 불가능한 계급적이고 성적인 갈등관계들을 보여주며 대중적 선동자를 탄생시킨다. 「야학선생」과 「그녀자」에서 타나나듯이 새롭게 형성된 불안정하고 요동치는 1920년대의 대중적 주체들이 등장하는 것이다.

2. 다양화된 정치대중과 언론 매체−연설 · 토론 · 강연회의 쇠퇴

1) 다양화하는 정치대중과 사건성

(1) 「북성회」 강연회−백정의 권리 vs 시민의 권리

정치 대중 사이의 갈등

이광수가 우려했던 것처럼 1920년대의 '사회'는 다양한 대중들의 무질서한 갈등을 포함하고 있었다. 1920년대를 거치면서 여성, 소작농, 노동자, 백정 등도 "계급"과 "성"의 차별을 비판하면서 정치적 권리를 주장할 수 있는 대중으로 형성된다.[75] 이전에는 동등한 권리를 지닌 존재로 인정받지 못했던 백정들도 단체와 매체를 만들면서 자신들의 권리를 주장하기 시작한다. 이것이 가능했던 것은 자신들의 권리를 대변할 수 있는 단체를 만드는 방법, 매체를 통해 목소리를 내는 방법, 연설·토론을 통해 공중의 이해를 얻는 방법 등이 신체적으로 습득된 상태였기 때문이었다.

또한 대중들이 각자가 처한 위치에서 권리를 주장하기 시작했던 배경에는 사회주의의 유입이 있었다. 예를 들어 3·1운동을 기점으로 서울 청년회(1921), 북성회(북풍회, 1923), 신사상연구회(화요회, 1923) 등이 결성되면서 조선공산당의 모태가 만들어지고 있었다. 모던걸과 모던보이가 유행하던 대중문화의 다른 한쪽에서는 "맑스보이Marx boy, 맑스걸Marx girl"과 같은 지적 유행이 발생했고 1920년 4월에 노동공제회가 생기는 등, 노동자나 농민들의 권리를 옹호하는 모임이나 연구회가 형성되고 있었다.[76]

1920년대 신체적 담론공간의 주체들은 때로는 '민족'이라는 이름으로 때로는 '계급'의 이름으로 때로는 '청년'의 이름으로 호출되고 있다. 그렇지만 그렇게 호출된 대중들은 다양한 정치적 입장을 지니고 있었고, '민족'이나 '계급'으로 단순히 통합될 수는 없었다. 오히려 이데올로기적으로 호출되어 같은 담론의 장에서 만나게 된 그들 사이에는 민족이나 계급이라는 말로는 표현할 수 없는 다양한 차이가 부각되었고,

---

75 김현주, 「논쟁의 정치와 '민족개조론'의 글쓰기」, 『역사와 현실』 57, 한국역사연구회, 2005.9, 112면. "이 시기에 들어서면서 공중(the public)은 '민중', 예컨대 소작인, 노동자, 백정으로 확대되었으며, 모든 요구들(주장들)은 공중의 지지를 얻기 위해 항상적으로, 그리고 공개적으로 경쟁해야 했다."

76 천정환, 『대중지성의 시대』, 푸른역사, 2008, 252~256면. 당시 일본의 출판사들은 출판난을 극복하기 위해서 사회주의 사상의 유행을 이용하거나 이벤트 판촉행위를 하고 있었고, 이러한 영향과 대중적 요구 속에서 1920년대 후반이 되면 조선에서 사회주의를 받아들이는 층이 두터워진다.

그에 따라 여러 가지 형태의 갈등이 나타난다.

갈등의 분출은 1920년대 강연회에서 보다 명확하게 나타난다. 1920년대의 강연회에서는 청자와 화자 간의 동등한 관계가 형성되어 가고 있었다. 강연회에 참석한다는 행위 자체가 참여자들 사이의 평등성을 보장했기 때문이다. 또한 강연회의 내용은 사회주의의 유입과 함께 전문화되고 이론화되기 시작하고 있었다. 이에 더하여 3·1운동 이후 확산된 다양한 문자매체는 강연회에 대한 소식을 신속하게 전달하고 있었다. 이러한 제반 조건들이 연설·강연·토론회에 자신의 다양한 권리를 자각한 대중들을 모이게 했고 그 결과 연설·강연·토론회를 둘러싼 다양한 갈등이 분출될 수 있는 조건이 형성되었다.

강연회에는 여태까지 강연하고 연설하는 존재로서 스스로를 내세울 수 없었던 이른바 '비민족·비청년'들이 모습을 드러내기 시작한다. 1920년대 연설·토론회는 '청년'들의 담론공간인 동시에 '비청년'들이 정치적 주체로서 스스로를 드러내면서 격렬하게 갈등하는 담론공간으로 형성된다. '민족'이건 '청년'이건 '계급'이건, 다양한 개별자들을 단일한 주체로 호명하는 것은, 한편으로는 호명된 주체들간의 '통합'된 시공간을 형성하는 것이었지만, 다른 한편으로는 그 호명된 주체로부터 '배제'된 시공간을 동시에 발생시키는 것이기도 했다. 오히려 새로운 정치적 주체의 발현은 이 통합과 배제를 둘러싼 다양한 정치 주체들간의 싸움 속에서 나타나기 시작한다. 다음 부분에서는 1920년대 연설·강연·토론회를 둘러싼 정치 대중 사이의 갈등과 새로운 정치 주체의 출현은 백정들의 강연회, 신여성의 강연회, 여성 노동자들의 강연회를 통해서 살펴보려고 한다.

백정들의「북성회」강연회 : 백정 해방운동 vs 양반·농민의 반발

백정들이 신체적 담론공간에 등장한 순간, 다양한 정치 대중들의 갈

등이 불거진다. 백정들의 해방운동은 1923년 4월 24일 진주에서 70여 명의 백정들이 '형평사'를 조직, 발기회를 가진 것에서 시작되었다. 이 때 '형평사'가 자신들의 권리를 주장하는 기반은 '사회'였고, 그들이 모인 주체성의 기반은 사회주의적 평등과 민족적 동포애가 뒤섞인 형태의 '민족'이었다. 「형평사 주지」를 보면, "公平은 社會의 根本이요 愛情은 人類의 根本이라. 然함으로 我等은 階級을 打破하며 侮辱的稱號를 廢止하며 教育을 獎勵함이 本社의 主旨이라"라고 밝힌다. 백정들은 자신들이 다른 농민이나 서민들과 동등한 대우를 받아야 한다는 권리의 근거로써 사회주의 뿐 아니라 같은 민족이라는 '애정'에 기대고 있다.[77]

그러나 그들이 자신들의 권리의 근거를 찾았던 같은 민족, 같은 동포들은 '형평사'를 통한 백정들의 해방운동에 우호적이지 않았다. 1923년 '형평사'가 생긴 이래 백정 vs 농민·노동자·청년의 대립과 갈등은 오히려 깊어져 간다. '형평사'가 조직된 지 한달쯤 지났을 무렵, "진주 이십사 동리의 각 농청들이 단결하고 형평운동을 반대"한다. 백정들의 해방운동인 형평운동에 반대하는 농민들의 결의 내용에는 백정들의 주된 수입원인 소고기를 금지하는 조항이 포함되었다. 그것은 "소고기를 먹지 말 일" 이라는 단순한 조항에 그치지 않고 각 마을을 돌며 소고기를 파는 집이 없는지 검사를 할 정도로 엄격했다. 또한 이들은 원래 백정이었던 사람들 뿐 아니라 '형평사' 발기를 적극적으로 지원한 지식인들 까지도 "신백정"이라고 부르며 욕을 했으며, "신백정"에 대한 폭력적인 행위를 하기도 했다.[78]

---

77 「晉州에 衡平社發起」, 『朝鮮日報』, 1923.4.30. "朝鮮民族 一千萬의 一人이라 愛情으롯셔 互相扶助하야 生活의 安定을 圖하여 共同의 存策을 期코저"

78 「衡平社를 反對하야 牛肉의 非買同盟」, 『東亞日報』, 1923.5.30. "새백텽 강상호 신현수 천석구(新白丁 姜相鎬申鉉壽千錫九)라고 쓴 긔발을 들고 대안동평안동(大安洞平安洞) 부근으로 돌아단이며 신현수 천석구 씨의 자영하는 상뎜에 수백명의 군중이 달녀가서 고함을 질으며 풍물을 치는 등 여러 가지 위험한 시위"를 했던 것이다.

이러한 갈등은 심연에 가라앉은 채 지속되다가 일본 도쿄 유학생이 중심이 된 사회주의 조직 '북성회'가 김해에 와서 강연을 할 때 폭발한다. 우선 사건의 경위를 살펴보자. 김해에 "형평사 지사(衡平社支社)"가 설치되자 그곳의 양반과 농민들은 반발하고 나선다. 그들은 형평사 설립을 원조했던 "청년회(靑年會)와 합성학교(合成學校)의 간부까지 비척"하고 있었다.

그러던 중 8월 8~9일 경에 일본 도쿄에서 북성회(北星會) 강연단[79]이 오기로 기획된다. 이에 김해 청년회와 백정들의 모임인 '형평사' 측은 함께 '북성회'을 환영하러 가기로 결의한다. 김해 청년회에서는 청년회가 주도하는 야학의 학생들에게 북성회 강연단을 함께 환영하러 가자고 권유한다. 이때 한 학생이 청년회 간부에게 항의하면서 "빅뎡들이 환영을 나가는 그러한 데에는 자긔들은 도뎌히 가치 츌영을 할 수가 업다"고 말한다. 백정과 똑같은 대우를 받는 것에 대한 반대에 찬동하는 학생들이 늘어나면서, 결국 김해 청년회는 환영행사를 포기하게 된다.

그러나 훨씬 큰 충돌은 '북성회' 강연회 행사 당일에 일어난다. 강연회 당일이 되자 형평사에 반대하던 사람들도 '북성회'의 강연을 청강하기 위해 청년회관으로 간다. 그러자 청년회관의 문지기는 백정들과 함께 환영행사를 하는 것에 반대했던 그 학생에게 "빅뎡과 환영을 안이 하는 사람이 빅뎡이 들어온 강연장에는 엇지하야서 들어가고자 하느냐고 질문을 하는 동시에 입장을 거졀"한다.

이 사건을 계기로 백정들에 대한 일반 백성들의 불만이 터져 나온다. 그 학생들은 "우리가 쌈을 흘니면서 터를 닥고 군식한 중에 돈을 모아서 지여노흔 청년회관을 우리는 오지 못하게 하고 빅뎡들만 강연을

---

79 조선의 '형평사'는 일본의 백정단체인 '수평사'와 유기적 연락을 취하려고 시도한 듯하다. 그러나 성공여부는 확실치 않다. 「전국수평사대회, 삼일경도 공회당에서」, 『東亞日報』, 1924.3.5)

듯게 하”는 것은 부당하다면서 소요를 일으킨다.[80] 청년회 간부들이 상대해 주지 않자 학생들과 농민들은 더욱 흥분하여 청년회관에 돌을 던지고 합성학교의 유리창을 파괴했으며, 청년회 간부를 습격하고 형평사원을 구타하는 소동을 벌인다. 폭도의 무리는 더욱 늘어나 청년회 간부의 주택을 습격하고 가옥이나 가산을 부수어 버리기까지 한다. 이 “소문을 들은 각 디방 청년과 형평 단톄에서는 위험 중에 잇는 김해 청년회간부와 형평사원을 구원하기 위하야 그곳을 향하여 출발”하지만 이들은 경관에 의해 차단당한다.[81] 이후 이 소요는 3일간 계속되고 45명가량이 검거된다.[82]

‘민족’이란 기호를 둘러싼 백정과 시민 간의 쟁탈전

이 갈등은 사회주의의 유입 속에서 새롭게 대두한 백정들의 권리와 농민이나 평민들의 권리가 부딪치는 지점에서 발생했다. 그런데 대체 왜 이 갈등은 하필 ‘북성회’ 강연회를 계기로 폭발한 것일까? 연설·토론·강연에서는 이해관계를 달리하는 개인이나 단체가 한 공간에서 만날 수밖에 없다. 따라서 작은 발언이나 불씨도 예기치 못한 사건으로 번질 수 있었다. ‘북성회’강연회를 둘러싼 사건은 문지기의 우연한 발언이 불씨가 되고 있다. 그러나 무엇보다 이 사건이 크게 확산되었던 것은 ‘북성회’의 강연행사 전체를 주관하는 주체의 다양성, 그리고 강연하는 공간의 성격에 기인한다.

‘북성회’ 강연은 조선과 일본을 가로질러 사회주의에 동의하는 단체들을 엮고 있었다. ‘북성회’ 강연회는 사회주의 사상에 동의하는 동등

---

80 「金海의 階級的 大衝突」, 『朝鮮日報』, 1923.8.21.
81 「農民千餘名이 作黨」, 『朝鮮日報』, 1923.8.21.
82 特派員 李吉用發, 「金海騷擾後報」, 『東亞日報』, 1923.8.23. 『東亞日報』특파원은 폭력적인 반형평 운동의 실상을 전달하면서 “경관의 태도가 너무도 방관뎍”이라고 비판적인 평가를 붙이고 있다.

한 지적 계급적 지위를 지닌 사람들이, 밀폐되고 분리된 실내에 모여서 듣는다는 암묵적 전제가 있었다. 이처럼 1920년대에 들어와 강연회의 형태가 뜻을 같이하는 이들 사이의 평등한 지적교류의 장이 됨에 따라 강연은 그 강연을 듣기 위해 강연회에 오는 사람들을 계급에 관계없이 동일한 공간 속에서 동일한 지위로 묶는 힘이 있었다. 특히 근대 초기처럼 계몽 대 계몽대상이라는 뚜렷한 대립구도는 희석되고 어떤 단체에 속하는가, 어떤 지식을 갖고 어떤 강연을 누구와 들었는가 하는 것이 더욱 중요해진다. 지식은 사상이 되고 강연회는 정치집회의 성격을 강하게 띠게 되는 것이다.

따라서 백정 해방운동인 형평운동에 대한 농민이나 양반들의 반발, 백정들과 함께 환영식을 할 수 없다는 일부 야학교 학생들의 거부는, 백정들과 한 공간에서 북성회를 환영하는 것이 지닌 의미에 대한 반발이었다. 형평사와 동일한 층위에 자신을 위치시키는 것, 사회주의 사상을 통해 계급간의 차이가 사라지는 것, 그 자체를 거부했던 것이다. 그리고 문지기는 '함께 앉아 북성회의 강연을 듣는다'는 행위의 의미, 즉 백정들과 같은 지적수준과 같은 생각을 가진 사람이 된다는 것을 강조하면서 그 야학교 학생을 막아섰다.

반면 백정 쪽에서 보자면, 이러한 강연회나 축하연에 함께 참여함으로써 자신들의 지위를 지식 청년의 지위로 높이면서 폭넓은 연계를 만들어 갈 수 있었다. 이처럼 1920년대 '강연회'를 둘러싼 갈등은, 1910년대 연설회에서처럼 단지 청년과 청년이 아닌 것을 구별해주는 표식에 그치지 않는다. 강연회에 참여한다는 것은 비슷한 지식정도, 신분, 사회적 지위를 갖는 것을 의미하게 됨에 따라, 강연회에 참여한다는 것은 백정들의 징표인 '平壤子'와 같은 자신의 신체에 새겨진 표식을 벗어버리는 것이었다. 이는 동시에, 구시대적 특권계급의 징표가 사라지고 '백정'과 평등해지는 것에 반감을 표하는 양반 혹은 농민과의 충돌

을 야기했다.[83]

김해에서의 이 소요에 대해서 한 신문기사는 "農民의 在來의 階級的 體面을 維持하랴는 衡平運動에 對한 反對意思로부터 出發"한 사건으로 보도하면서, 백정들의 "충분한 권리의 행사"가 "農民들에게 그 社會的 地位 體面 利害에 그것이라는 損失"을 발생시키지는 않을 것이라고 설명한다. 그리고 이 사건의 의의를 "朝鮮社會의 近來에 初有한 社會階級의 衝突現象"이라고 정의하고 있다.[84] 1920년대 초반 신구, 귀천, 성별 등 다양한 차별을 자각하면서 등장한 "사회" 속의 대중들은 공공성의 한 형태인 강연회에서 논쟁과 싸움을 벌이고 있는 것이다. 언론들은 그들에게 '민족'과 '동포애'라는 기표로 통합을 호소하지만,[85] 강연회, 축하회 등 갈등하는 주체들이 직접 대면하는 신체적 담론공간에서는 그 민족 안의 다양한 균열들이 예기치 못한 사건성으로 드러나곤 했다. '민족'이라는 기표 안에는 통합될 수 없는 수많은 주체들이 있었기 때문이다.

'민족'을 통해 '사회주의'를 통해 혹은 '공공'의 하나인 '강연회'라는 공간을 통해, 1920년대의 백정은 양반이나 농민과 나란히 선다. 그러나 '민족'이라는 이름으로 함께 묶이기를 거부하는 양반이나 농민들의 반발에 부딪쳐서 백정들은 '민족'으로 통합될 수 없었다. 따라서 양반이나 농민과 같은 기존의 세력들과 백정이나 사회주의자와 같은 새로

---

83 「제천 형평사원에게 강제로 平壤자, 분사 창립 축하식에 수백 명의 노동자가 달려들어 사원 수십명을 무수 난타」, 『東亞日報』, 1923.9.11. 제천 노동자들이 형평사의 분사 창립을 축하하는 축하식에 들이닥쳐 원래 백정들이 자신들의 신분을 표시하기 위해 썼던 平壤자를 강제로 씌우면서, 그들이 차별의 표식을 버리고 동등하게 말하고 단체를 만들고 연설·강연·토론하는 '계급'으로 거듭나는 것에 대해 노골적인 반감을 표시하고 있다.

84 「계급생활과 사회적 해독─김해사건에 鑑하여 (상)」, 『朝鮮日報』, 1923.8.28.

85 이에 언론에서는 「형평운동의 의의─일반사회의 자각을 요함」(『東亞日報』, 1923.5.18), 「反衡平社運動─相互協助의 解決을 望함」(『東亞日報』, 1923.5.31) 등의 기사들을 실으면서 "민족"이라는 이름 아래 단결해 줄 것을 당부한다.

운 세력들은, '민족'이라는 비어있는 기표를 차지하기 위한 경합을 반복한다. 이처럼 '북성회' 강연회를 둘러싸고 백정, 청년단체, 양반, 농민들이 부딪치는 사건적 순간들은, "민족"이라는 '공공'의 기표를 차지하기 위해 경쟁하는 다양한 공중(公衆)의 양상을 보여준다.

(2) '권애라'의 강연회−'보여지는 존재'로서의 여성 연설자

노래하는 여성 연설자, '보여짐'을 내보이다

강연회의 형태(schema)−플레임(강연회의 물리적 배치 및 심리적 상황), 스크립트(강연장의 역할모델, 즉 강연자와 청자의 역할), 시나리오(강연내용과 내러티브 플롯 등)−는 점차 안정되어 갔고, 이를 통해 더 다양한 대중들이 연설자・강연자로 등장하게 된다. 그러나 강연회의 룰을 습득하고 활용하게 된 청자들에 의해서 오히려 다양한 부딪침이나 사건이 일어나게 된다. 연설・토론・강연에서 여성 연설자를 둘러싸고 일어나는 사건들은, 1920년대 신체적 담론공간에서 벌어지는 다양한 권리의 충돌 양상을 보여준다. 또한 연설・토론・강연과 같은 신체적 담론공간에서 여성연설가의 위치, 여성연설가의 신체가 어떻게 이해되고 있는가를 보여준다.

강연・연설자로 등장한 여성 연설가들은 그 수가 적고 눈에 뜨이는 존재들이었다. '노상'에서 연설을 하고 남자 동료들과 악수를 하고 요릿집에도 다니는 여성 연설가들의 모습은 인구에 회자되기 일쑤였다.[86] 즉 여성 지식인, 그리고 그들의 연설이나 강연은 '보여지는 것'이

---

86 이 글은 연설하는 신여성을 "단발미녀"라고 칭하면서 그들이 연설・강연・토론회에 참여하는 모습을 뒤쫓는다. 「斷髮娘 尾行記, 京城名物女 아모리 숨기랴도 나타나는 裏面」(覆面子, 『別乾坤』, 1926.12)는 당시의 여성 연설자가 "斷髮孃! 斷髮美人!"라거나, "꽁지 빠진 병아리 갓다" 등의 비난을 받았던 정황을 보여준다.

었다. 이러한 상황은 늘 예기치 못한 사건을 일으킬 가능성을 품고 있었다.[87] 여성 연설가와 남성 연설가의 차이, 대중과 지식인 사이의 갈등을 보여주는 것으로서는 여성 연설가 권애라[88]를 둘러싼 사건을 들 수 있다.[89]

권애라가 '부정여자'라는 꼬리표를 붙이게 된 것은 상해에서 한양으로 와서 했던 1921년 7월 연설이다. 권애라는 "압니마의 머리를 싹가느리고 그리 크도 적도 안은 알마즌 키에 어울리는 양장"을 한 "외국서 공부를 하고 도라온 여자"로 보였다. 당시 그녀는 "중앙 긔독교 청년회관"에서 열린 강연회에서 강연을 중지당하자 "개성(開城)난봉가나 한마듸 부르겟노라고" 하곤 유창한 목소리로 부른다. 우뢰같은 박수가 쏟아져 다시 단에 오르는데 "감옥에 잇슬 때 갓치잇든 기생에게 배왓다는 〈고고천변 일륜홍〉이란 단가(短歌)"를 부르자, "텽중으로부터 난데업는 '기생인냐 학생인냐?' 하는 핍박"이 쏟아진다.[90] 이런 반발에 대해서 "'조선 사람이 조선의 고유한 노래를 부름이 무엇이 부덕인냐'며 항의하는 녀사와 당내의 소란"이 일어나 폐회하게 된다.[91]

---

87 覆面子, 「斷髮娘 尾行記, 京城名物女 아모리 숨기랴도 나타나는 裏面」, 『別乾坤』, 1926. 12.

88 '權愛羅女史의 最近生活 (三)三角戀愛의 勝利와 鄕第에 華燭盛典, 입으론 남성반역을 부르지즈면서 가슴속에 영영히 타오르는 연애의 싹(讀者와 記者欄)', 「독자와 기자」, 『東亞日報』, 1925. 10. 14. 권애라는 1897년 2월 2일 출생했으며, 시내 뎡동(貞洞) 리화학당(梨花學堂) 유치원 사범과를 졸업한 뒤에는 개성에 새로 설립된 "남부(南部) 유치원에서 어린이들을 가라치다가 긔미(己未)년의 삼일 운동이 니러나게 되자 개성 녀자게의 대표자로 좀 더 자유롭지 못한 감옥의 생활"을 하게 된다. 감옥에서 나와 일본 동경으로 유학을 떠나지만 "학비 예산이 길지 못할 뿐 아니라 그에게는 동경의 턴디가 넘우도 그를 속박함으로 자유의 턴디를 차자 다시 상해(上海)로" 넓은 중국을 무대로 다녔으나 병을 얻어 고국으로 돌아온다. 이후 리병철과 만나 결혼해서 살게 되지만, 결혼한 뒤에도 가십거리의 초점이 되고 있다. (권애라의 존재를 알려주신 권보드래 선생님께 감사드린다)

89 권애라는 1897년 2월 2일 출생, 3·1운동 당시 유치원 교사이자 주동자로서 9개월 간 복역했으며 5년간의 독립운동 기간 동안 만주, 중국, 조선에서 활동한다. 1920년 7월 9일에는 "서울 시내 여러 敎會에서 愛國思想鼓吹를 위한 講演"을 하다 "鐘路警察署에 拘禁"되었으며, 1922년 1월엔 "露國에서 開催된 極東人民代表會議 韓國族女性代表로 參席"하기도 한다.

90 讀者 : 開城 松岳人, 記者 : 鐘路大道人, '權愛羅女史의 最近生活 (一)', 「독자와 기자」, 『東亞日報』, 1925. 10. 11.

이 첫 번째 연설에서 흥미로운 것은 군중들의 태도 변화이다. 연설을 단속하는 경찰에게 항의하던 군중들은, 〈개성난봉가〉를 불렀을 때에는 박수를 치고, "기생에게서" 배운 단가를 부르자 "기생이냐 학생이냐"라고 핍박을 퍼붓는다. 이 강연회의 대중들은 단지 계몽대상으로 머물러 있는 것이 아니라, 강연자에게 자신들의 의견을 직접적인 형태로 토로할 만큼 영향력있는 세력으로 등장한다. 이에 따라 연설회의 대립구도는 다양화한다. 우선 두드러지는 것은 연설을 가로막는 경찰과 그에 항의하는 대중, 즉 식민 경찰권력 대 피식민지 대중의 갈등이다. 이 안에서 피식민지 남성 / 피식민지 여성, 피식민지 대중 대 피식민지 지식인 여성 등 갈등은 훨씬 다양화한다.

권애라는 강연회에 나와서 연설 대신 노래를 부른다. 연설을 하는 것과 노래를 부르는 것은 권애라에게 대중을 움직인다는 면에서, 또한 민족의식을 고취한다는 면에서 다르지 않았다. 대중적 감각을 끌어내야 한다는 점에서 연설은 가장 정치적인 동시에 가장 비정치적이어야 했다. 이에 더해 권애라의 행동은 '말하는 존재'가 아니라 '보여지는 존재'로서 위치했던 피식민지 여성 연설가의 위치를 상징적으로 보여주기도 한다. 여기에는 식민지 / 피식민지라는 대립 속에서 보이지 않는 민족주의 안에 있는 전근대적 성별구분, 혹은 민족주의 안의 성차가 작동하고 있다.

「무정」에서 영채와 병욱이 '음악회'를 열듯이, 권애라는 연설회에서 노래를 한다. 물론 연설회에서 노래를 하는 것은, 당시 '음악'이 갖고 있었던 문명적 이미지와 연설이 대중선동매체였다는 점 등을 생각해볼 때, 여성 연설가에게만 해당되는 특성은 아니다. 더구나 안창호도

---

91 讀者 : 開城 松岳人, 記者 : 鐘路大道人, '權愛羅女史의 最近生活 (一)開城 난봉歌로 長安이 一時騷亂', 「독자와 기자」, 『東亞日報』, 1925.10.11.

연설 끝에는 자신이 지은 창가를 불러 대중들에게 유행시킨 바 있으며 남성 연설가들도 연설·토론·강연을 하기 위해서는 수많은 신체적 규범을 익혀야 했다. 그러나 권애라의 연설기사를 다루는 기사를 보면, 권애라의 '연설내용'은 불명확한 반면 권애라가 행한 행동과 노래에 대해서는 자세히 설명되어 있다. 그만큼 여성 연설가들의 경우, 신체적 행동이 '보여지는' 강도가 강했다고 할 수 있을 것이다. 권애라는 이러한 상황 속에서 억압의 징표인 히잡을 가면처럼 씀으로써 공론장에 당당히 들어갈 수 있었던 이슬람 여성들처럼,[92] '노래'를 전면에 내세움으로써 연설과 강연의 장에서 박수를 받는다. '보여지는 위치'로서의 여성 연설가의 위치를 오히려 전면에 드러냄으로써, 즉 '보여지는 존재임'을 '스스로 내보임'으로써 여성 연설가는 박수를 받는다.

연설하는 여학생은 OK, 연설하는 기생은 NO

그러나 결국 연설하는 여성의 신체는 '연설가'로서의 지휘를 위협당하거나, 여성 내부의 갈등을 드러내는 것으로 귀결된다. 대중들은 '여학생'인 권애라의 〈개성난봉가〉에 박수를 치지만, '기생'에게서 배운 〈고고천변 일륜홍〉에 대해서는 비난을 퍼붓는다. 여학생의 연설은 받아들여졌으나 기생의 연설은 받아들여지지 않았던 것이다. 3·1운동 이후 1920년대의 교육열과 취학 연령 표준화 속에서 여성은 "거리의 여성" 즉, 거리를 활보할 수 있는 여성이 되었고, '여성' 안에서도 기생

---

92 이지선, 「어디에도 (속해)있지 않은, 어디에나 (속할 수)있는―히잡 문제를 통해 본 프랑스 이방인 여성의 존재론」, 『공존의 기술―방리유, 프랑스 공화주의의 이면』, 그린비, 2007, 134면. "히잡을 착용해야만 비로소 공공장소로의 출입이 가능한 현실에서, 여성들은 히잡을 쓰지 않은 여성적 자아에게 허용된 사적 영역에 머물기 보다는 히잡을 쓴 무성적 자아를 택함으로써 사회에 진출, 사회적 자아를 완성시키고자 하는 것이다. 다시 말해 히잡은 단순히 공적 영역에서 여성을 배제하고 통제하기 위한 수단으로만 사용된 것이 아니라, 그 공간으로 진입하는 수단으로, 즉 억압이 아닌 해방의 도구로서 역설적으로 여성 스스로가 재전유해 왔던 것이다."

과 여학생은 여러 가지 의미에서 경쟁적이었다.[93] 기생이 학생 복장을 해서 물의를 빚기도 했으며, 기생에서 신여성이 되거나 학생에서 기생이 되기도 했다.

권애라에 대한 비판은 늘 보여지고 평가대상이 되어야 하는 여성연설가의 불안한 위치에서 비롯됐다. 이런 불안한 위치에 있는 여성 연설가들은 안정된 지식 청년으로서의 위치를 보장받을 수 없었다. 연설자로서의 위치를 굳건히 하기 위해서 자신이 어떻게 보여지는가를 늘 신경써야 했다. 외부의 시선을 통해 스스로의 신체성을 구성하고 있는 것이다. 예를 들어 당시에 기생은 강연자가 될 수 없다고 여겨졌기 때문에 권애라는 스스로를 '기생'과 구별해야 했으며, '여학생'과 같은 신체적 이미지를 가져야 했다. 따라서 기생노래를 부름으로써 여학생 연설가라는 이미지를 깨뜨린 권애라는, 이 강연 이후 줄곧 '부정녀자'로 불리어지며, 강연회마다 발언을 저지당한다.

권애라의 다른 두 가지 연설회 사건을 보면 강연자와 청중, 그 중에서도 여성 청중과 여성 연사의 관계에서 발생한 갈등이 확인된다. 1923년 1월 13일 오후 일곱시 반 『서울』청년회 주최로 "경운동 텬도교당(天道教堂)"에서 열린 강연회의 군중은 오륙백명에 달했다. 장채극(張彩極) 씨의 「무산계급의 절규(無産階級의 絶叫)」로 강연이 시작된다.[94] 이어 권애라(權愛羅)가 「련애는 자유(戀愛는 自由)」로 연설을 시작하자, "難

---

93 권보드래, 『연애의 시대』, 현실문화연구, 2003, 32~47면.
94 春坡, 「多事한 癸亥 京城 一月을 들어, (시골 게신 M兄에게 부치노라 1月 22日)」, 『開闢』, 1923.2.1. 장채극의 연설은 권애라의 연설과 달리 종로서의 경관들에 의해 저지당한다. 그가 사유재산제도의 폐지 등을 말하려 했기 때문이다. 그러자 군중은 "이유업는 중지가 어대 잇느냐" "理由ㅋ說ㄴ理由"라고 소란을 피웠고, 경관측은 미동도 아니하는 듯 보였지만, "무섭기는 확실이 무서윗는지 正服 巡査가 7, 8명을 會場 뒤에 매복"시킨다 이 장면에서는 군중들이 일본어로 이유를 말하라고 소란을 피우는 것을 보면, 경관들이 일본인들로 구성되어 있거나 식민권력과 관계가 깊다는 것을 알 수 있다. 이때 강연회의 갈등구도는 일본 식민주의 / 피식민주의 형태가 된다.

捧歌를 하라느니 잇다가 나오라느니 연애자유 전에 중지이유를 듯는
다느니 별별 險口"가 쏟아진다. 특히 "金美利史一派는 권양이 말하기
전 자기네에게 言權을 달나하야 주먹이 사방에서 불근거리며 발길이
여긔저긔서 꽝꽝거리며 일대 난장판"이 된다. [95]

여성의 정조에 대해서 권애라와는 다른 입장을 지니고 있었던 김미
리사[96]가 '언권'을 주장하고 있다는 것은 강연회 안에서 강연자의 위치
가 지적 청중에 의해서 위협받을 수 있었다는 정황을 보여준다. 결국
권애라에 대해 "부정녀자니 무엇이니하며 물끌트시 요란하야 그는 연
단에 네 번 나왓스나 그만 연설을 하지 못하엿스며 군중은 한시간 이
상을 권애라에 대하야 훼방을 하고 욕을 하고 야단"을 하여 「연애는 자
유나 말은 부자유」라는 기사 제목처럼 강연회는 중지된다. [97] 이 광경
을 본 한 필자는 "강연 유사이래 처음으로 이러한 別景氣를 보앗습니
다. 輩衆의 야지는 毋論이거니와 군중끼리의 격투까지 잇섯고 권양의
연애자유도, 新현상이거니와 여자측의 대야단도 신기록이엿습니다.
참 장관이엿습니다"라고 말한다. [98]

이 장면에서는 '식민자 / 피식민자'라는 대립구도가 "피식민자 지식
인 여성(권애라) / 피식민지 군중(청자), 부정여자(권애라) / 청자군중, 부
정여자(권애라 및 기생) / 정조를 지키는 여자(김미리사)" 등으로 다각화된
다. 그리고 이러한 다양한 갈등의 선들은 '부정한 여자가 강연을 한다'

---

95 春坡, 「多事한 癸亥 京城 一月을 들어, (시골 게신 M兄에게 부치노라 1月 22日)」, 『開闢』,
    1923.2.1.
96 조선여자교육회 창설자로 1923년에는 조선 최초의 연극단을 창설 연극하고 모금운동을 벌
    이기도 했는데 자유주의의 입장에서 단발을 주장했으나 정조의 중요성을 역설하곤 했다.
97 김미리사 : '연애는 자유이나 언론은 부자유—란장판이 된 강연', 「서울청년회주최 강연회, 경
    관의 제지와 군중의 소란으로 중단—무산계급의 절규(張彩極), 戀愛하는 自由(權愛羅)」, 『東
    亞日報』, 1923.1.14.
98 春坡, 「多事한 癸亥 京城 一月을 들어, (시골 게신 M兄에게 부치노라 1月 22日)」, 『開闢』,
    1923.2.1.

는데 대한 '청중'들의 거센 반발로 표출된다. 청중들의 거센 반발은 동
광(東光) 청년회 주최로 열린 남녀 토론회는 「현대녀자의 단발가부」[99]
에서 참여했을 때 보다 노골적이 된다.

이 토론회에서 권애라가 단발반대 측 변사로 등장하여 "단발한다는
것은 경제상 불리익이 될 쑨더러 녀성미를 파괴한다"고 역설하자, 이
에 격분한 방청석으로부터 "돌연 맹렬한 '야지'"가 터지고 "변사의 말
을 막음으로" 사회자가 말을 돌리려 하자, "청중은 더욱 더욱 분개하야
야지와 반대를 하다가 내종에는 몇몇 청년이 단상에까지 쒸어올라 사
회자를 '사구라 몽동이'로 째리는 둥 폭행"하는 사건이 발생한다.[100]
『개벽』과 『동광』 등의 연설기사 중 청중이 강연자와 이렇게 심하게 충
돌하거나 강연자의 권위를 전복시키는 예는 찾기 힘들다. 즉 기생노래
하는 여성연설가 권애라가 지닌 불안정한 위치는 강연자로서의 권위
를 쉽게 손상당할 수 있는 위험에 늘 노출되어 있었던 것이다.

'연설하는 여성'을 둘러싸고 드러나는 다층적인 사회의 갈등

근대 초기 청년들이 누렸던 '연설하는 자'라는 안정된 지위는 1920년
대에는 보장되지 않는다. 1920년대 신체적 담론공간에 '청년'이 아닌
존재들이 등장하기 시작했으며, 갈등양상이 다양화된다. 권애라에 대
한 비난을 통해 확인되는 것은 '연설하는 여성'의 존재만이 아니라 1920
년대 담론공간을 둘러싼 다층적인 세력의 갈등양상이다.

여성 연설가는 그들이 노래를 불러 여학생임을 강조하건, 노래를 불
러 기생이 되건, 단발을 하고 자유를 부르짖건, 긴 머리에 정통적 정조

99　이 토론회의 주제는 인기를 끌어 "정각 전부터 류칠백명(그 중에는 녀도 일백 오십여 명이
잇섯다)의 다수한 청중"이 몰려든다. "김정섭(金廷燮) 씨의 개회사가 잇슨 뒤 가부 량편의
변사가 련속 등단하야 각각 장시간의 변론을" 시작했다.

100　「修羅場된 斷髮討論─권애라 녀사의 단발 반대설로 애쑤즌 사회자가 몽동이 세례 ……」, 『時
代日報』, 1926.1.21.

를 강조하건 간에, '늘 보여'지는 존재였다는 점에서 오히려 보이지 않는 존재들이기도 했다. 즉 그들의 움직임은 늘 '보여지는 위치'에 있었으나, 이들을 둘러싸고 정말 '보여지는 것'은 권애라라는 한 명의 여성이나 여성연설가의 본질이 아니다. 오히려 1920년대 '사회'를 구성하고 있었던 당대 권력 배치의 다양성이다. 강연을 저지하는 식민권력, 집회성격을 띠게 되는 식민지 조선 강연회의 성격, 기생을 연설자로 인정하지 않는 전통적 윤리, 보여지는 위치에서 연설하는 여성 강연자의 위치 등 복잡한 권력관계들의 갈등이 연설하는 여성의 불안정한 신체성을 투과해 집중적으로 드러난다.[101] 이는 '여성 연설가'를 새로운 정치주체로 등장시키면서도 여성 내부에 갈등을 다양화시키면서 통합과 배제의 메커니즘을 다시금 반복하기도 한다.

(3) 여성노동자의 강연회—계급투쟁, 혹은 '인정'에 의한 포섭

경성고무공장 아사동맹파업

'피식민지 여성 연설가'라는 이름이 아니라 또 다른 이름으로 기억해야 할 연설가들이 등장한다. 그들은 파업하고 연설하는 '여성노동자'이다. 여성 노동자들의 파업은 그들의 상황을 알리기 위한 연설·강연회와 동시에 진행된다. 여성 노동자들의 파업 중 이슈가 되었던 것은 1923년 7월 6일부터 이어진 경성 고무공장 여성 노동자들의 '아사동맹(餓死同盟)파업'이었다. 그 이전부터도 경성 고무공장 여성 노동자들의

---

101 이지선, 앞의 책, 2007, 139~140면. "히잡을 쓴 무슬림 여학생들의 표상에는 이 모든 인종주의와 성차별주의, 오리엔탈리즘과 옥시덴탈리즘이 혼용된 형태로 나타난다. (…중략…) 그녀들의 몸이 언제, 어디서나, 누구라도 그 안에 원하는 의미를 채워 넣을 수 있는 다중적 기표로서 작용할 수 있다는 것은, 사실상 그것이 그녀들을 지시 대상으로 삼고 있지 않음을 의미한다. 그것은 그녀들의 몸에 투영된, 그녀가 아닌 어떤 다른 것(그것이 이슬람 근본주의자들이건, 동양이건, 서구 제국주의자건 간에)에 지나지 않는다. 결국 히잡이 숨기고 있었던 것은 그녀들이 아니었고, 따라서 히잡을 걷어낸 자리에 그녀들은 없었던 것이다."

파업과 투쟁은 동아, 조선 양 신문에서 보도되어 왔으며 이 문제를 알리기 위한 강연회가 열린다. 1923년 5월 22일에는 고무공장 여성 노동자들의 회의장면과 함께 연설회 기사가 실린다. 주최는 "경성고무여자직공조합(京城고무女子職工組合)"으로 정운동 텬도교당(天道敎當)에서 연설회를 개최하는데, "입장료는 삼십전이며 후원은 조선로동련맹회(朝鮮勞動聯盟會)"라고 밝히고 있다. 이때 노동계급의 문제를 전달하기 위해서 노동현장에서 일하고 있었던 여성직공 李敬夏(女子職工), 朴⬛臣(女子職工) 등이 강연자로서 등장한다.[102]

연설하고 파업하는 여직공을 보도하는 언론계나 대중의 시각은 여성연설가 권애라를 대할 때와는 판이하게 다르다. 그들은 사회주의 최초의 아사동맹이자, '약한 여직공'이라는 이미지로 매우 큰 호응을 얻는다. 여성 노동자들의 요구사항은 '임금인상'이었다.[103] 이들에 대해서 신문의 논자는 "나럿조이는 불볏에 서서 하회만 긔다리는 약한 직공들의 모양은 참아 볼 수 업섯다더라"[104]라고 동정을 표시하고 있다. 유학을 다녀오고 사회주의 활동을 한 피식민지 여성 지식인의 연설은 "보여지는"존재로서 반발을 사곤 했지만, 가난한 여성 노동자들의 연설을 포함한 공론장에서의 활동은 엄청난 지지를 받았던 것이다.

아사동맹은 과연 일주야까지 지낸 작일 오전까지도 의연히 계속되야 정오에 불볏에 흘릴 쌈을 거두기도 무서웁게 불의의 소낙비도 마젓고 베치마적삼에 심여든 빗물이 마르기도 전에 음습한 저녁이슬까지 마저가면서

---

102 「맹휴한 여직공—今日에 演說會, 텬도교당을 빌어」, 『東亞日報』, 1923.5.22.

103 「餓死同盟을 組織」, 『東亞日報』, 1923.7.7. 그들은 "임금을 몬저와 가치 올려주지안코는 어려운 살림을 지속하야 갈 수 업다"고 하면서 "일백오십여 명의 여자직공들은 아사동맹(餓死同盟)"을 체결하고 "작일(7월 6일로 추정—필자) 오전 열한시 경에 일제히 광희문밧 고무공장압에 가서 임금을 올려줄쌕가지는 돌아가지 안켓다" 하고 문앞에서 기다리기 시작한다.

104 위의 글.

도 일백오십여 명 직공들은 아가시아 그늘에서 하루밤을 새이엿다 이십사
시간의 오랫동안을 그야말로 순전한 하늘과 쌍 사이에서 보내인 그들은
<u>원래 설움만코 눈물만흔 여자들이라 울다가는 수이고 수이고는 울고 하야</u>
<u>제홀로 울고 제 홀로 씻슨 눈물 흔적은 곤한 빗이 가득한 눈초리 밋헤 남아</u>
<u>잇되</u> 강경한 공장 측의 태도는 여전히 렁정하야 '청하는 물'까지 주지 아니
하얏섯다 스므살 설혼살먹은 여자들은 그래도 젊은 사람이라 억지로도 괴
로움을 참앗스나 사오십에 갓가운 늙은이와 십오세에 미만되는 어린애들
은 울고 참고 참고 울고 하다가 맛츰내 세사람은 병까지들어 밤바람의 숫
치는 풀밧에 눕기에까지 이르럿다[105](밑줄은 인용자)

　"아사동맹"은 "조선의 로동계급에서는 최초의 사실"이었던 데 대한
경의와 놀라움도 있었겠지만, 여성성이 강조된 언론플레이는 노동자
조직, 조선대중 등의 '동정'을 이끌어내기에 적합했다. 계급투쟁을 벌
이는 주체로서 등장했던 여성 노동자들은, 연약한 여성이라는 신체성,
'인정' 혹은 '동정'이라는 공동체의 기호로 지지를 받음으로써 다시금
보호대상으로 포섭되곤 했다.

'人情'을 통해 확산되는 지지 강연회

　여성 노동자들의 집회와 강연회는 다양한 지원과 지지를 받으면서
다른 집단의 강연회를 촉발했다. 노동연맹이 주도하는 가운데 다양한
대책기구가 구성되었으며, 노동연맹 산하 각 단체에서 보낸 동정금이
쌓이고, 지원물품이 답지한다.[106] 마산 노동 동우회 등은 '계급 전선에

---

105 「고무공의 餓死同盟―露天에서 밤새여 울다가 쉬고 쉬다가 다시 울어 길가에서 밤새는 비
　　참한 광경」,『東亞日報』, 1923.7.8.
106 위의 글, 1923.7.8. 이들의 연설회와 강연회는 폭넓은 공감대를 얻어 각지 각단체, 각사람에
　　게서 지원물품이 답지한다. 인력거부조합(人力車夫組合)에서는 '모괴향, 양초, 초롱담배,
　　령신환, 탁주 등 많은 물품과 현금을 보냈고, 양말 직공조합(洋襪職工組合)에서는 담배를

선 조선 초유의 여군'이라는 제하의 동정연설회를 개최하기도 한다. 이러한 지지와 연대강연의 확산을 통해 여성 노동자들은 스스로 연설회나 강연회를 열고, '연설하고 강연하는 연사'로 거듭난다.[107]

광범위하게 확산되는 정치적 감각을 촉발한 것은 '인정(人情)'이었다. 신문기사는 "사람의 세상이라 인정이란 것이 잇서서"라고 말하고 있으며,[108] 이러한 인정과 동정이란 감각은 냉정한 자본주의와 대립하는 것으로서 평가되고 있다. 따라서 연일 이 보도를 접하는 대중들은 "現代의 資本主義의 毒焰이 如何히 猛烈하며 坮한 勞動階級의 心理가 如何히 悲絶慘絶한 것을 看破"하게 된다는 것이다.[109]

1920년대의 신체적 담론공간에 등장하는 계층이 다양화하는 과정은, 1920년대 신체적 담론공간이 강연회와 같은 형태로 정착되는 과정과 함께 진행된다. 분화되고 결속된 '강연회'와 같은 신체적 담론공간은 고무 여직공의 경우처럼 새로운 정치적 주체를 부각시키는 역할을 하기도 했지만, 백정이나 권애라의 연설을 둘러싼 사건이 보여주는 것처럼 소규모로 통합된 담론공간 속에서 계급간 성별간 갈등을 폭발시키기도 했다.

잔뜩 보냈으며, 개인인 홍창유(洪昌裕)라는 사람은 령신환을 기부했다. 무엇보다 처음부터 경성고무여직공들의 파업에 적극적으로 관여해온 조선로동련맹회(朝鮮勞動聯盟會)의 간부 십여 명은 경성고무여직공들과 함께 밤을 새고, '텬막과 먹서리 등 자리'를 보내오지만, "경찰 당국의 금지로 쓰지 못하고 그저 풀밧에서"지내게 된다.

107 천정환, 앞의 책, 278면.
108 「고무공의 餓死同盟 —露天에서 밤새여 울다가 쉬고 쉬다가 다시 울어 길가에서 밤새는 비참한 광경」, 『東亞日報』, 1923.7.8.
109 「자본주의의 毒焰, 동맹파업으로 아사동맹까지」, 『東亞日報』, 1923.7.9.

2) 후일담이 된 연설 · 토론 · 강연회와 상업화된 미디어

(1) 후일담이 된 연설 · 토론 · 강연회

가십거리가 된 연설가들

앞서 살펴본 연설을 둘러싼 세 개의 사건은 1920년대 초중반 사회주의의 유입 및 평등사상을 기반으로 대두하는 새로운 정치 주체와, 그에 따라 신체적 담론공간에서 발생하고 있는 갈등관계의 변화를 보여준다. 1920년대 초중반은 "民衆的 權利心의 向上과 克己情神의 萌芽 兩 3年間 民衆的 心理는 훨신 大膽"해진 시기였던 것이다. 또한 이러한 "新現象이 發芽케 된 大原因은 新聞 雜誌의 思想 고취로부터 基因한 것이며 딸하서 講演 演說의 流行이 또한 一大 原動力"이었다.[110] 이에 따라 연설 · 강연회에는 경찰이 함께 입회했고, 단속과 검열도 많았다.[111]

그러나 1920년대 중반을 넘어 후반으로 접어들면, 연설에 대한 잡지, 신문의 기사는 그 논조와 내용에서 변화를 보인다. 먼저, 연설 · 토론 · 강연의 활기가 사라지면서 가십적인 여성 연설가에 대한 기사, 근대 초기 명연설가에 대한 후일담이 등장하기 시작한다. 언론매체의 다양화 및 상업화와 함께 강연회의 상업성이 짙어지고, 사건과 논쟁의 장으로서의 기능이 약해지는 것이다.

여성 연설가는 점차 더 스타나 여배우처럼 가십 기사의 중심을 차지하게 된다. 외국에서 공부하고 온, 단발에 남자들과 섞여 토론하고 연설하는 여자의 이미지는 일본 여성 여류 사상가를 흥미위주로 다룬 다음

---

110 「激變 又 激變하는 最近의 朝鮮人心」, 『開闢』, 1923.7.
111 「서울청년의 강연회 금지, 시사문뎨가 있다고」, 『朝鮮日報』, 1924.5.30; 「전주청년회주최 레닌 추도강연회 금지, 시기상조라고」, 『東亞日報』, 1925.1.23; 「학생의 사회과학 연구 금후로 일층 취체」, 『朝鮮日報』, 1928.2.27.

의 기사에서 살펴볼 수 있다.[112] 인터뷰를 하는 여류 사상가, "그의 표정은 완연히 수 백명 청중을 압헤 노흔 것이나 가티 보엿다. 분명한 연설 구조이엇다"라고 묘사되어 있고, "엇재든 의문이었다"라고 끝냄으로써 그 여성을 일반인과는 구별되는 이미지로 그린다.

또한 취미 잡지를 표방한 데 걸맞게 『별건곤』에는 「신부후보자 전람회」라는 글이 연재되어서 신여성들의 프로필을 열거하고 있는데, 이때 신여성으로서의 장점으로 언급되는 것이 '연설'에 능숙하다는 점이었다.[113] 조선일보 여기자였던 최은희가 스스로에 대해 자랑 삼아 말할 때에도 "창가는 아주 할 줄을 몰나서 무슨 음악회가튼 것을 할 때에는 꼴찌에도 못 갓지만은 연설회에는 일등변사로 뽑피엇습니다"[114]라고 말하고 있다. 1920년대에는 연설을 통해 새로운 정치적 주체들이 드러났지만, 1920년대 후반이 되면 연설을 얼마나 잘 할 수 있는가가 오히려 정치적 주체로서의 자격요건으로서 제시되고 있다.

여성 연설가의 경우 "연설"이라는 요건을 잡지가 상업적으로 이용하는 경향도 많아진다. 연설가는 이처럼 가십적이고 대중적인 미디어를 통해서 상업적 기능을 띠고 묘사되기 시작한다. 권애라도 "집회에서도 꼿봉오리 가튼 처녀들의 압입슬로부터 방아타령이 흘러나오고 가야금과 거문고를 배호너라고 녀학생들이 애를 쓰는 세상이 왓다"고 말하고 있다. 이는 1920년대 초반의 강연회에서 이름을 날리던 권애라

---

112 李益相, 「婦人運動者와 會見記」, 『別乾坤』, 1926.11, 42~56면.
113 雙S 主催, 「新婦 候補者 展覽會, 諧謔・諷刺・奇拔(第三回)」, 『別乾坤』, 1930.8, 86면. "吉孃"의 경우는 "29세. 서양 류학을 마치고 머리를 깍고 도라와서 갑작이 유명해진 녀자다. 용모나 자태로 미인될 수는 업스나 탐스럽게 풍부한 육테를 가진 것이 자랑이요 연설 잘하기로 유명하고 교제 잘하기로 유명하고 그보다도 더 서양가서 울고 온 것으로 더 유명하야 일에서는 귀신가티 위하고 앗기는 여자다; 雙S 主催, 「諧謔・諷刺・奇拔 新婦候補者展覽會(第四回)」, 『別乾坤』 32호, 1930.9.1, 60면; "申孃"의 경우는 "21세. 일본말 잘 하고 글씨 잘 쓰고 연설 잘하고 학교에 단일 때는 학생회 회장일을 하엿고 졸업한 후에는 동창회 총무 일을 보고 잇다."
114 靑吾生, 「朝鮮日報女記者 崔恩喜氏와의 會談記」, 『別乾坤』, 1927.8, 80면.

가 결혼생활을 취재하러 온 기사에게 연설하던 때를 회상하면서 들려주는 말이다.[115]

타성화하는 연설·강연회

연설, 강연회 등의 상업적 성격은 역설적이게도 연설·강연회의 재미가 사라졌다는 비판과 함께 등장한다. 1923년 『개벽』에는 교육적인 강연의 번성을 긍정적으로 평가하는 한편, 연설회가 타성에 빠져있다는 비판이 실린다. 이 글에 따르면 강연열은 점차 "惰氣的 氣分"에 빠져들고 있다는 것이다. 최초 조선에서 강연이 시작되었을 때에는 대부분이 "宣傳的 演說格"이어서 "一時에 人心을 迷醉하는 效果"가 있었던 반면, 현재의 강연은 "4, 5年前의 舊套를 免치 못"할 뿐 아니라 "類似의 演題 類似의 言說"이 횡행하기 때문에 "한 사람의 말이 먼저의 한 사람의 말이며 東에서 듯든 講演이 西에서 듯든 演說과 別無 新奇"하다고 비판한다. 일반 청중들은 "結局 惰氣밧게 남을 것이 업게 되"었다고 불평한다. 이 글은 이제부터는 "講演界를 一層 廓淸하야 새로운 且 有益한 講演方法을 硏究 實施할 必要"가 있으며 "講演다운 講演을 하기 爲"해서는 "專門學校의 講座를 施設하야 聽衆의 多少를 拘치 말고 講演의 眞價를 나타나게 함이 必要"하다고 말한다.[116]

연설회의 쇄신에 대한 이러한 요구의 다른 한편에는 연설·토론회가 지닌 열기가 후일담으로 정착하는 현상이 있었다. '슬로건'으로 대중을 선동했던 연설·토론회는 대중적으로 확산됨으로써 정치적 담론공간을 형성하는 데 지대한 영향력을 형성하고, 여태까지 공론을 말

---

115 '요즘은 엇더케 지내심닛가—개성 난봉가로 소문 놋고 말성만흔 결혼 생활에 이제는 남편보다 흙이 그리워 「그들의 소식」, 『중외일보』, 1929.11.3.

116 「激變 又 激變하는 最近의 朝鮮人心」, 『開闢』, 1923.7.(이 기사를 알려주신 김현주 선생님께 감사드린다)

할 수 없었던 백정, 피식민지의 여성, 노동자들을 그 정치적 담론공간으로 끌어들였다. 그렇지만 동시에 그 '슬로건'은 하나의 '형태(mode)'로 정착됨으로써, 근대 초기의 연설·토론 강연회가 지녔던 생기를 잃는 현상이 동반되고 있었다. 가십적인 여성 연설기사, 유명 연설가의 후일담 등, 연설의 정치성이 소멸된 이후, 연설이야기들은 재미거리로 소비되고 있다.

(2) 연설·토론·강연회의 후일담이 지닌 특징

연설토론회에 대한 감상적 회고

1920년대 중반을 넘어서면서 등장하기 시작하는 연설에 대한 후일담은 몇 가지 특성으로 나누어 볼 수 있다. 첫째로 연설·토론회의 역사를 되짚으면서 10년 전 독립협회 주최의 연설회나 만민공동회가 지녔던 연설열기를 감상적으로 회상하는 후일담이다.

방청생이란 필명 하에 실린 「百人百態 演壇逸話」라는 글은 "公開講演의 첫 幕"에서는 "우리 조선에서 소위 공개 연설이 개시되기는 距今 34년(建陽 元年頃) 독립협회 시대부터엿다"라고 말하면서 연설회의 시작, 토론회의 범람등을 역사적으로 정리하는 한편, "演壇上의 百人百態"에서는 연설가로 유명했던 사람들의 일화를 전달하고 있다.[117] 독립협회의 서재필의 연설이 "조선에서 처음 보는 민중운동이었고 정치연설"이었다는 회상[118]이 중심을 이룬다. 윤치호의 경우도 "연설을 하거나 무슨 式辭를 할 때이면 눈으로 좌우를 몹시 살펴 봄으로 電灯 밋테서 보면 그의 眼鏡빗이 류다르게 번적어린다"라고 쓴다.[119] 「서북학

---

117 傍聽生, 「百人百態 演壇逸話」, 『別乾坤』, 1930.7.
118 「밧게 잇는 이 생각, 異域風霜에 氣體安寧 하신가」, 『開闢』, 1925.8, 14면.
119 「各人各色(其一), 윤치호」, 『別乾坤』, 1926.12, 6면.

회 파란사」란 글에서 "웅변객으로 일세를 울니든 安昌浩君과 鄭安立君"으로 회고되는 안창호에 대한 회고는 특히 자세한 편이다. 예를 들어 "西大門 내 圓覺寺(今 西大門 救世軍營 附近)"에서 "대한협회 창립총회 공개 연설"을 했던 때, "心舟歌를 불으며 열열한 연설을 하다가 최후 흥분된 끗헤 피까지 토하야 일반 청중을 울이게 한 것은 누구나 아즉 기억에 남어 잇다"고 회상한다. 이러한 회상에서도 볼 수 있듯이 안창호의 연설은 사람들의 감정에 호소하는 측면이 강했던 만큼 그 연설에 대한 회고도 감상적인 면면을 보인다.[120] 따라서 "子弟들을 공부식혀야 한다고 島山安昌浩君 등이 곳곳에 가서 일장 연설을 하면 모앗든 청중은 입엇든 두루막이를 벗고 저녁 쌀을 바치어 열열히 응하여 주엇다"고 감상적으로 회고된다.[121]

연설하는 신체의 희화화 및 에피소드화

후일담은 주로 명사들이 연설하는 모습을 에피소드화해서 보여준다. 에피소드화의 방식은 크게 세 가지로 나뉘어질 수 있는데, 청중의 반응, 연설자의 신체적 특성이나 버릇, 연설장에서의 실수 등이다. 이러한 후일담의 서사구조는 읽는 사람들에게 재미를 줌으로써 상업성을 달성하는 동시에 연설이나 토론을 '과거'의 사건으로 위치 짓는다.

『별건곤』에 실린 「文士講演 印像寸言」[122]은 주로 청중의 반응에서

---

120 傍聽生, 「百人百態 演壇逸話」, 『別乾坤』, 1930.7.

121 崔麟, 「全盛時代－西北學會波瀾史」, 『三千里』, 1930.4, 18면.

122 一記者, 「文士講演 印像寸言」, 『別乾坤』, 1927.2, 99~101면. 예를 들면 趙明熙의 경우는 "기픈 통찰과 추리, 그리고 불붓는 듯한 열정이 잇슬 듯한 그의 표정. 천편의 무게를 가진 듯 움즉이지 안코 한편 팔을 엽구리에 세우고서 잇는 자세"로, 朴八陽(金麗水)의 경우는 "자기의 體수가 적은 것을 인식하고서 일종 위엄을 내기 위하야 노력하는 듯한 자세"로, 李益相는 "밧븐 어조에 더구나 억양이 선명치 못하야 알아듯기 어려울뿐더러, 웃는 듯한 입귀의 표정을 부정하는 눈의 표정은 혼돈한 표현으로 된 미숙한 문사의 소설을 보는 듯"한 자세로 회고되는 등이다.

흥미로웠던 부분을 에피소드로 만들어낸다. 이 에피소드들은 1920년 대에 얼마나 다양한 청중들이 연설·토론·강연회에 참석했는가를 보여주기도 한다. '부인'들이 연설·강연회를 들으러 왔다가 생긴 일,[123] 권덕규가 불교에 관한 강연을 재담을 섞어 하다가 "우리 조선의 승려들은 붓처를 잡아먹고 똥들만 싼다"라고 말함으로써 승려들의 반 감을 샀던 일, "李灌鎔"이 "조선 여편네들은"이라고 비방을 했다가 "부 인석에서 당장 야단이 이러나서 그런 실례의 말이 어듸 잇느냐고 고 함"을 치고 이에 사과를 하자, "晋州婦人界에서는 尙今까지 우리가 서 울의 李博士를 항복바덧다"고 이야기가 돌았던 것이 이에 해당된다.

흥미를 유발하기 위해서 명사들의 신체적 특성, 버릇 등을 언급하고 언어유희를 통해 희화화하는 에피소드들도 등장한다. 예를 들어 "六堂 崔南善氏는 不酒客이니만치 군것질을 잘"했고, 주머니 속에 늘 "군밤 (燒栗) 호콩 等屬이 업는 때가 업"었는데 강연 중에 "주머니에서 수건을 끄내는 바람에 군밤 몃 톨이 강단 밋흐로 뚝 떠러젓"던 이후, "학생들은 그가 지내가는 것을 보면 익크 미투리선생 간다―. 군밤선생 간다" 하 고 놀렸던 일화, "金美理士氏"가 "여자교육협회의 巡講演士"로 강연을 하는데, 착석한 경관이 주의를 줘도 계속함으로 청중은 그의 강경함을 칭찬했지만, "경관은 노발 대발하야 '당신은 엇지하야 경관을 무시하고 중지식혀도 작구 말을 하너냐고 소리를 꽥 지른 즉 그는 그제야 알어 듯고 하는 말이 나는 귀가 먹은 사람이라 잘 알어 듯지를 못하엿다"고 말한 일 등이 그러한 에피소드에 해당된다. 또 연사의 말버릇과 모습을 결합시켜 별명을 짓거나 했다. "申興雨氏는 영어의 통역"을 잘했는데,

---

123 워낙 복장에 신경을 쓰지 않는 "金起田氏"의 "양복 혁대가 글너저서 두 다리 새로 축 그러"진 것을 보고 부인들이 말을 하기 시작한 사건이다. "아이고 저이는 웬 뱃곱(臍) 줄이 저럿케 나 왓나 하고 서로 수근 수근하고 잇는 중에 또 한 부인은 하는 말이 안이야―그가 소년 해방 문 제의 강연을 하닛가 자기 몸부터 해방을 하랴고 미리 허리를 글느고 나선나부야―하고 우 서서 부인석이 일시 우슴의 꼿 바다가 되엿"던 일화 등이다.

"기독교청년회에서 한번 엇던 서양 사람의 연설 통역을 하는데 본인은 말도 하기 전에 먼저 나서서 '나는 미국 어듸서온 ○○○이올시다'라고 하야 청중의 우슴"을 자아냈던 일 등이 이에 해당된다. 이 외에도 "廉想涉氏"가 강단에 서면 자신의 호 그대로 "단상에서 좌우 횡보를 잘"한다는 것, "趙明熙 씨는 평소에도 그러한 습관이 잇지만은 단에 올으면 더욱히 오른 손으로 왼편 뺨을 쥐여뜻는 습성"이 있다는 것 등 연설자의 신체적 특성이나 버릇 때문에 생긴 에피소드가 퍼져나간다.[124]

또한 연설·강연회는 현재엔 익숙한 것들이 과거엔 낯선 것이어서 야기했던 에피소드들을 부각시킨다. "李敦化"에 대한 에피스드를 보면, 그는 "조선복만 입고 양복은 한번도 입어 본 적이 업던 터에 강연 덕분에 처음으로 젓친 양복(오리에리 양복)을 지여 입"었는데, 넥타이를 강연 장소에 가서 다시 매려고 하니 되지 않았다. "맷다 푸럿다 하는 동안에 강연 시간은 닥처와서 작고 연사를 오라고 독촉을 함으로 땀을 뿔뿔 흘니면서 되나 안이 되나 억지로 매고 연단에 나섯는대 불과 몃 분 동안에 그 원수의 넥타이가 부시시 글너저서 말을 할 적마다 아희들의 당기 모양으로 너펄 너펄"하였다고 한다.[125] 이러한 에피소드들은 연설·토론회가 '과거의 것'이라는 느낌을 주는 결과를 낳는다.

사건의 이미지화

한편 연설 회고담을 통해서 사건의 이미지나 대중들이 모였던 시공간이 기념장소로 고정되기도 한다. 이는 주로 자신의 중학교 시절을 회고하는 경우에 등장한다.[126] 그 중에서도 만민공동회에 대한 회고가 많은 편이다. 만민공동회를 본격적으로 정리해서 보여주는 기사로는

---

124 傍聽生, 「百人百態 演壇逸話」, 『別乾坤』, 1930.7.
125 위의 글.
126 「二十年前 韓國學界 이약이」, 『別乾坤』, 1927.3.

1927년 『별건곤』에 실린 「朝鮮最初의 民間政黨 獨立協會의 秘史, 政府를 彈劾하고 褓負商과 血戰하든 壯絶! 悲絶!한 事實의 眞相公開」가 있다. 이 글에서는 독립협회 주도의 관민공동회가 만민공동회로 확장되는 과정, 집회의 희생자가 된 "갓밧치의 萬人葬"까지 이어지는 과정을 정치소설처럼 흥미롭게 보여주며, "만민공동회의 공개연설"이 지녔던 "총포, 창검이라도 억제할 수 업섯"던 힘에 대해서 강조하고 있다.[127] 연설·토론이 시작된 역사를 정리해서 보여주는 기사에서는 "수십 년 전만 하야도 토론회가 大盛行하야 學生級은 물론이고 소위 紳士識者 級에서도 一週間에 몃번식은 하엿다"라고 노스텔지어를 띤 채 회상되고 있다.[128]

더불어 어떤 특정한 시공간이 연설·토론·강연의 시공간으로써 이미지화된다. 만민공동회, 3·1운동, 메이데이가 다가오면 어김없이 연설, 집회에 대한 소식 및 검거 소식이 실린다. 또한 연설이나 집회가 많이 열렸던 "獨立館"는 연설의 장소로 규정된다. 「京城이 가진 名所와 古蹟」을 보면, 독립관은 "元 慕華樓로 世宗 12년에 慕華館으로 개칭하야 이래 수백년간 中國使行의 迎賓所가 되엿다가 그 亦 獨立協會 시대에 獨立館으로 개칭하야 국민의 연설집회소가 되엿더니 其後 一進會가 또한 국민의 연설대로 사용하다가 宋秉畯의 소유가 되야 東光社創立事務所가 되엿더니 지금은 그 계통인 興業農業株式會社의 소유가 되는 동시에 그 사무소로 充用한다"라고 적고 있다.[129] 이처럼 연설회가 지녔던 정치적 사건성은 1920년대 후반에 접어들면 연설·토론회에 대한 회고담이 되고, 연설자는 영웅담처럼 회고되거나 에피소드를

---

127 車相瓚, 「朝鮮最初의 民間政黨 獨立協會의 秘史, 政府를 彈劾하고 褓負商과 血戰하든 壯絶! 悲絶!한 事實의 眞相公開」, 『別乾坤』, 1927.4, 4~5면.
128 傍聽生, 「百人百態 演壇逸話」, 『別乾坤』, 1930.7.
129 考古生, 「京城이 가진 名所와 古蹟」, 『別乾坤』, 1929.9.

통해서 희화화된다. 한편 그러한 연설·토론회의 시공간은 이후에도 계속 사람들이 모이는 시공간으로써 거듭나기도 한다.

연설이 잡지의 가십이나 회고담이 되고, 연사가 스타가 되고, 연설의 시공간이 이미지화되면서 1920년대 중반 이후 연설·토론·강연회의 신체성은 고착화되기 시작하며, 신체적 담론공간으로서의 활기가 감소되기 시작한다. 연설·토론·강연회는 과거에 청중의 반응이 불러일으킨 사건, 연설가의 신체적 특성, 특정한 시공간 등이 에피소드의 재료가 되면서 특징적인 문체를 형성하거나 소설 속의 재료가 되기도 한다.

(3) 전파매체의 발달과 상업화된 미디어의 대두

언론매체에 대한 제도적 관리와 검열

연설·토론·강연회가 축소·상투화·후일담화되는 동시에 상업화된 미디어가 대두하게 된 원인은 무엇일까? 1922년에는 신문지법이 적용되었기 때문에 신문에서 정치적이고 시사적인 문제를 다루는 데 많은 제약을 받았으나, 그나마 잡지에서는 '시사정치'를 다룰 수 있었다. 『개벽』도 1922년 9월부터 정치기사를 실었다. 그러나 1926년경이 되면 검열방침이 변화하여 잡지에 대해서도 신문지법이 적용된다.

물론 1920년대 초반의 문화정치에서 실행된 매체에 대한 법률완화는 3·1운동에 의해 조선의 미디어적 상황이 개선되었기 때문은 아니었다. 오히려 "무단정치가 제국의 이익에 배치"되기 때문에 검열이 완화되었고, "검열체제의 임무는 미디어를 폐쇄하거나 추방하는 것이 아니라 미디어를 관리하는 것으로 바뀌게 된"[130] 것이었다. 『개벽』이 전

---

130 한기형, 「문화정치기 검열체제와 식민지 미디어」, 『대동문화연구』 51집, 대동문화연구원, 2005, 74면.

국적 유통망을 갖게 되면서 지역 청년운동가나 운동단체와 결합하게 되자 급히 폐간시켰던 것[131]에서도 이런 특성을 찾을 수 있다.

『개벽』이 폐간된 이후 개간된 잡지들은 『별건곤』에서 볼 수 있듯이 상업적인 형태를 띠었다. 대놓고 정치적 논의를 불가능하게 한 것은 아니지만 1920년 중반을 지나면서 잡지에서 정론적이고 시사적인 문제를 다루기 어려워진 것은 연설·토론·강연회가 후일담화하거나 쇠퇴하게 된 원인이 되었다. 이러한 검열상황은 점차 제도적인 기반을 갖추어가기 시작했다. 1926년 순종의 국장을 빌어 일어난 6·10만세 사건 이후, 서울 시내의 10개 사상단체가 수색당하고, 검열체계가 정비되거나 1926년 4월에는 경무국의 고등경찰과가 폐지되고 대신 도서과가 설치되었다. 이러한 변화는 인쇄매체의 범람을 관리하기 위한 것일 뿐 아니라, 영화, 음반, 등 전파매체를 관리하기 위한 제도적 개편이었다.[132]

전파매체의 유행과 상업화

기존의 시사적인 인쇄매체는 검열당하고, 새롭게 대두된 전파매체는 오락적이고 대중적 형태로 확산되기 시작한다. 이에 따라 대중들의 감각도 변화되기 시작한다. 이경돈은 1926년을 기점으로 "전파미디어가 담아낸 취미제도"가 등장하고 이것이 새로운 대중을 만들고 확산시켰다고 분석한다.[133] 1926년에는 기존의 인쇄매체의 다양화와 함께 전파매체도 다양화되었고, 그 매체가 작동하는 방식에도 변화가 일어난다.

그 첫 번째 변화로 1920년대 중반을 지나면서 라디오가 보급되기 시작한 것을 들 수 있다. 라디오는 1924년 시험방송을 시작한다. 라디오

---

131 최수일, 「『개벽』 유통망 현황과 담당층」, 『대동문화연구』 49집, 2005.
132 정근식, 「일제하 검열기구의 검열관과 변동」, 『대동문화연구』 51집, 대동문화연구원, 2005, 15면.
133 이경돈, 「'趣味'라는 私的傾向과 文化主體 '大衆'」, 『대동문화연구』 57, 성균관대 대동문화연구원, 2007, 233～259면.

는 인쇄매체처럼 독자가 자발적으로 인쇄매체를 사는 쌍방향적인 매체가 아니었다. 라디오를 발송하는 쪽에서 "평균적 인간"을 청자로 설정하고 그들에게 일방적으로 방송하는 형태였다. 둘째로 '청각적 재현장치'인 유성기와 레코드가 대중적으로 유행했다. 특히 윤심덕의 「사의 讚美」가 유행하면서 이것은 "근대문화의 총아"가 된다. 이후 레코드는 길거리에서 울려 퍼지는 새로운 소리가 된다. 셋째로, '시각적 재현장치'인 영화는 〈아리랑〉의 나운규를 일대 스타로 만들면서 엄청난 돈을 벌어들이기 시작한다. 이러한 전파매체의 홍수는 앞서 살펴보았듯이 식민권력이 식민지 대중을 관리·통제하려는 오락행정의 일환으로 이루어진다. 따라서 전파매체의 성격은 다분히 대중들의 오감을 자극하는 내용들로 구성되고 기존의 인쇄매체나 연설·토론·강연을 빠르게 대체하기 시작한다. 매체에 대한 감각이 빠르게 바뀌어가던 1920년대 중반에, 연설·토론·강연은 더 이상 새로운 소리이거나 새로운 지식을 전달해 주는 매체로서 기능할 수 없었던 것이다.

전파매체의 유입과 폭발적인 유행은 조선에 해외자본이 진출하는 출구가 되기도 한다. 일본은 1912년경부터 조선에 레코드 회사를 상륙시키지만, 〈사의 찬미〉가 엄청난 인기를 끈 후 본격적으로 진출을 시작한다. 일부 부유층의 전유물로 여겨졌던 레코드는 〈사의 찬미〉의 인기와 함께 일반에 보급되기 시작한다. 〈사의 찬미〉의 유행을 통해 조선의 음반 판매력이 입증되었고 그에 따라 외국 음반업체가 조선으로의 진출을 시도했기 때문이다.[134] 1920년대 중반에는 국내 신문에 일본광고가 본격적으로 실리기 시작하면서 일본상품의 소비가 급증한다.[135]

---

[134] 이승연, 「일제시대 대중음악과 한국인의 생활문화—1926년에서 1945년까지의 인기곡을 중심으로」, 연세대 대학원 국학협동과정 현대문화학 석사논문, 2000, 21~22면.

[135] 김윤선, 「여성소비주체의 등장과 여성의 소비문화」, 동양학연구소 편, 『한국 근대 일상생활과 매체』, 단국대 출판부, 2009, 165면.

　1920년대 중반을 지나면서 범람하기 시작한 매체의 다양화, 매체를 오락행정의 도구로서 이용했던 측면, 대중문화가 성립되기 시작하면서 조선 안에 들어오기 시작한 외국 자본의 물결 속에서 연설·토론·강연회가 지니고 있었던 담론공간으로서의 가치 및 전달방식도 변화하기 시작한다.

연설·토론·강연회의 시공간적 제약과 속기술의 대두

　1920년대 초반에 잡지들은 시공간적 제약 탓에 연설을 들을 수 없는 사람들을 위해 연설이나 토론을 속기해서 싣기 시작한다. 이때에는 신문과 잡지, 특히 연설 전문을 속기해서 실을 수 있었던 잡지의 역할이 중요하게 작용했다.

　1921년 11월 발간된 『개벽』17호에는 '講演月旦'라는 란이 생기는데 속기사의 이름이 실려 있다.[136] 이 란은 "가장 짤은 時에 만흔 사람으로 하여곰 마음의 熱潮를 激動"시키는 것은 무엇보다 "諸名士의 公開的 講演"이 최고인데 지방에서 들을 수 없기에 강연을 속기해 싣는다고 적는다. 강연 내용은 "일하고 工夫하는 滋味—上海在留 呂運弘氏, 世界思潮의 進向—東亞日報記者 金明植氏, 朝鮮의 將來와 敎育—東亞日報社長 宋鎭禹氏, 間島와 朝鮮人의 敎育—龍井永新學校 尹和洙氏" 등이었다.

　그러나 초기의 연설이나 강연 속기는 현장의 생생함을 전달하기 보다는 강연의 내용을 전달하는 데 치중되어 있었다. 이 속기록의 끝에는 "本記中에는 혹은 本人(演士)의 草稿에 準한 것도 잇스나 그러나 大槪는 編輯上 時間의 關係와 기타 여러 가지 關係로 인하야 다시 本草稿에 準하지도 못하고 拙筆의 速記한 그대로 적엇"으며, 따라서 "厚諒하시는 동시에 講演大義만 읽어 주시면 榮光인줄 아나이다.(記者附謝)"이

136　速記 姜仁澤, 「講演月旦」, 『開闢』, 1921.11, 55〜69면.

라는 양해의 말이 붙어 있다.[137]

또한 강연이나 연설을 속기하는 것은 단지 연설을 듣지 못하는 사람에게 전달하기 위한 공식적이고 전문적인 형태만 있었던 것은 아니었다. 일반 대중이 연설 내용을 필기하는 경우가 있었고 이를 위한 속기술이 유행한다. 예를 들어 "유명한 선생의 有益한 연설을 傍聽할 때에 우리는 그것을 될 수 있는 대로 완전히 기록"하고 싶어지며 이를 위해서 "기계 대신의 기계"이자 "言語의 寫眞이라"인 "速記術"이 필요하다[138]고 말하고 있듯이 속기술은 강연 내용을 기록해 두려는 일반인을 대상으로 하기도 했다.

최근에 「라듸오」의 시설이 있는 도시에서는 그 放送의 요점을 필기하고 싶은 생각이 간절하다. 그러나 이러한 경우에 간단한 무슨 機械가 있다면 그 音聲 그 사실을 그대로 寫得할 수 있으련마는 아무리 機械文明이 발달된 금일이라 할지라도 아직 이런 機械의 발명은 없다. 설혹 있더라도 이것을 우리가 個個이 사용하기는 꿈에도 어려울 것이다. 그럼으로 우리는 항상 이와 같은 불편을 제거할 만한 『무슨 간편한 기계가 있었으면』하는 느낌은 누구를 물론하고 간절할 것이다. 그런데 여기에 기계는 아닐 망정 기계 대신의 기계라 할 만한 기계가 없는 것이 아니요. 훌륭한 기계의 기능을 가진 重寶가 있으되 오직 우리는 이것을 남들과 같이 일쯕이 이롭게 만들어 쓰지 않은 것만은 사실이다. 그러면 그 重寶라는 것은 무엇을 말함일까? 무엇을 가르치어 기계 대신의 기계라 할 수 있을까? 그것은 즉 『言語의 寫眞이라』고 일컷는 「速記術」이다. 그렇다. 과연 그렇다 速記術이다. 速記術은 노력의 經濟와 시간의 절약과 動作의 銳敏과 기능의 巧妙를 절대 필요로 하는 현대생활에 있어서 가히 없지 못할 文化의 利器며 時代要求의

---

137 위의 글, 69면.
138 嚴正友, 「短期完成 朝鮮速記術(一回)」, 『東光』 15호, 1927.7.

*學術*이다.[139](밑줄은 인용자)

연설을 기록해서 공부하려는 요구가 높아지면서, 잡지에는 속기를 잘하기 위한 방법이 소개되거나, 올바른 속기를 위한 올바른 한글 사용법이 소개되기도 한다. 한결의 『조선말과 글』이란 책을 발췌한 기사에서는 연설을 듣고 속기할 때 사용해야 할 바른 표현에 대한 언급이 나온다.[140] 연설·토론·강연과 같은 신체적 담론공간에서 발화되는 음성언어를 문자언어로 바꿀 때, 그것은 바른 한글말, 바른 속기법처럼 문자언어의 규율을 형성시키는 과정을 동반했다.

연설체는 특정한 태도를 묘사하는 문체로 정착되기도 한다. 『개벽』 4호의 「가을과 농촌」이란 글에서 확인해 볼 수 있듯이,[141] 이미 1920년대 이후 연설은 농촌의 일상적인 대화에서도 그 어투나 방식이 확산되어 있었고 희곡의 지문, 소설 속 인물의 어투나 동작을 표현하기 위해서 쓰이기도 한다. 희곡이나 시나리오에는 "가다듬은 연설체로"[142]라는 지문이 삽입되고 소설 속의 등장인물이 자신의 의견을 길게 피력하는 장면에서는 "酒氣가 돌스록 나는 더욱더욱 흥분이 되어 부지불식간에 연설 어조로 한 마디 한 마디식 힘을 드려 명확한 악쎈트를 부텨서 말을 맺고"[143]라든지, "나는 아조 演說口調로 설명하엿섯다"[144]와 같은 묘사가 끼어든다. 다소 풍자적으로는 문자 깨나 쓰려는 사람에게 "여보게 안게 안어! 자네는 무슨 演說會에나 나온 줄 아나" 식으로 면박을 주는 대화가 나타나기도 한다.[145] 이처럼 '연설체'란 강렬한 어투와 동

---

139 嚴正友, 「短期完成 朝鮮速記術(一回)」, 『東光』15호, 1927.7.
140 한결, 「조선말과 글에 바루 잡을 것」, 『東光』5호, 1926.9, 43~55면.
141 三不生, 「가을과 農村」, 『開闢』4호, 1920.9, 110면.
142 玄哲 (譯補), 「脚本 隔夜 (第二幕 一場)」, 『開闢』3호, 1920.8, 141면.
143 廉想涉, 「표본실의 청개고리」, 『開闢』14호, 1921.8, 127면.
144 星海, 「戀의 序曲」, 『開闢』46호, 1924.4, 51면.

작으로 지식인처럼 자신의 견해를 길게 피력하는 신체언어로서의 이미지를 획득하고 있었다.

속기술에서 라디오에 대한 동경으로

1920년대 초중반에 필요했던 '속기술'들은 1920년대 후반이 되면 '라디오'에 대한 동경으로 변화한다. 우선 라디오는 직접 연설·강연이 이루어지는 장소에 가지 않아도 담론공간에 참여하고 있는 듯한 느낌을 주는 "미래의 전기"였다. 소리를 전달하는 "'라듸오' 전파"에 대해 과학적 이론을 끌어들여 설명하면서 이것이 "소리를 가지고 오는 특질"이 있기 때문에 오늘날에는 "집에서들까지 덕으로 음악도 듯고 연설도 듯게" 되었다고 선전한다.[146]

1920년대 후반엔 아직 본격적인 라디오 방송이 시작되지 않았고 시험방송이 이루어지던 시기였다.[147] 따라서 라디오가 속기술을 대체할 수 있는 대중적인 매체로 자리 잡았다고 보긴 어렵다. 그러나 이 새로운 매체에 대한 기대는 높았던 듯하다. 『별건곤』의 경우는 '라듸오·스폿트·키네마'라는 란을 신설하여 라디오를 통해서 들리는 소리들

---

145 憑虛, 「지새는 안개(第5回)」, 『開闢』 36호, 1923.6, 90면.
146 프레데릭 뿌라이언트, 「약되는 태양 광선, 건강과 미를 도웁고 의사의 친구가 되는 해ㅅ볏」, 『東光』 5호, 1926.9, 27면.
147 서재길, 「일제, 식민지기 라디오 방송과 '식민지 근대성'」, 『사이間SAI』 창간호, 국제한국문학문화학회, 2006, 187~188면. 조선에서 라디오 방송이 시작된 것은 1925년 3월 14일이다. 이때부터 라디오 시험방송이 시작되어 1927년 1월 16일까지 이어지고, 2월 16일 본방송을 개시하지만 경영난에 직면한다. 당시 경성방송국은 1kw의 소출력을 사용했는데, 이로 인해 들을 수 있는 범위가 한정되었다. 또한 단일 채널로 일어와 조선어를 혼합해서 내보내고 있었다. 이러한 "단일 채널의 혼합방송은 조선인과 일본인 양쪽에서 불만의 대상이 되었으며, 일본보다도 더 비싼 청취료를 내면서도 수준이 낮은 프로그램을 그것도 절반의 시간밖에 듣지 못한다는 불만이 터져나왔다." 이에 따라 경성방송국은 조선방송협회로 명칭을 바꾸고 10kw 고출력의 조선어 전용 제2 방송을 구축하고 전국으로 방송망을 확장한다. 1933년 4월 26일 제2 방송이 시작됨에 따라 조선어 방송이 크게 진전되어 가청범위도 확장되었으며, 하루 1시간 반 남짓이었던 조선어 방송시간이 6시간 이상으로 늘어나게 된다.

을 전달하면서 "신문을 정복"하는 "미래의 전기"를 대표하는 라디오의 놀라움을 전한다.[148] 이와 같은 라디오에 대한 동경은 '재현'에 대한 감각을 바꾼다. '속기술'과는 비교할 수 없을 정도로 정확하게 재현할 뿐 아니라 시공간을 초월해서 동시간으로 정보를 전달받을 수 있는 매체가 등장한 것이었다.

라디오의 가장 큰 장점은 시공간을 초월해 세계 각국의 연설을 들을 수 있다는 것이었다. 예를 들면, "英國 런돈에서 맥드날드 수상이 노동 연설을 할 때에 그 압헤 잇는 마이크로폰은 그 목소리를 바다가지고 그것을 전파에 실리여 파장 1500메톨이나 1600메톨로써 보내 가지고 로서아 모스코바에서 수만의 민중이 들엇다"거나, "세계의 노동자여! 우리는 당연하게 8시간만 노동합시다. 도회의 노동자여 우선 당신네들은 8시간 노동제를 하로 밧비 갓도록 하시오, 지방의 농민이여! 당신네들은―자―지주는 삼할 소작인은 6할, 엇더하시오, 따바리 취 맑스는 이러케 말하엿습니다"라는 연설을 어느 가정에서든지 듣게 되면 어떻게 될까라고 질문을 던지거나, "나는 어느 무선잡지에서 러시아의 어느 농가의 가정에서 지금 라듸오를 듯는 판인데 여덜시에 모스코바에서 스탈린의 농촌에 대한 연설이 잇다고 하여서 그 집 주인 늙은 영감이 얼골이 긴장이 되여서 텁석 부리의 수염 한아가 까딱이지 아니하고 수화기를 귀에다 다이고 안저 잇는데" 등의 장면을 열거한다.

시공간에 구애받지 않는 라디오의 직접성은 담론공간의 구조를 변화시킨다. 한명의 화자 vs 다수의 청중으로 구성되는 연설·강연은, 화자와 청자가 직접 만나는 시공간을 필요로 했다. 반면 라디오는 똑같이 한명의 화자 vs 다수의 청중으로 구성되더라도, 화자와 청자가 완전히 분리된 상태로 전파된다. 라디오의 화자는 눈에 보이는 예측 가

---

148 승일, 「라듸오·스폿트·키네마」, 『別乾坤』 2호, 1926.12, 104~105면.

능한 청중이 아니라, 눈에 보이지 않지만 국경까지 넘어서 확장될 수 있는 평균적 청중을 상정해야 한다. 또한 라디오는 담론공간에 참여할 수 있는 자격 요건을 변화시킨다. 근대 초기 연설·토론·강연회에 참여하는 '청년'의 자격이 '학습'이나 '지식' 혹은 '계몽여부'였다면, 라디오를 통해 담론공간에 참여하는 '대중'의 자격은 지식이나 계몽여부 뿐 아니라 '돈'이 관건이 된다.

그러나 당시 라디오를 통한 연설·강연의 파급력은 그다지 크지 못했다. 방송 개시 초기에는 방송내용은 보도·교양·오락이 3:3:4의 비율로 유지되었다.[149] 이 중 여기서 인용되고 있는 '연설·강연'이 속한 교양 프로그램을 보면, "초기에는 민중 계몽이라는 목적 하에서 다양한 강좌 및 강연이 행해지다가 1930년대 중반 이후에는 총독부의 시책을 좇아 '심전개발', '농촌진흥', '부녀교육'에 주안점이 놓이게 된다. 전쟁기에 들어서면서는 각종 시국 관련 프로그램이 증가"하게 된다."[150] 그렇지만 연설·강연을 전달하는 매체로서의 기능을 라디오가 담당했다고 보긴 힘들다. 1930년대 중반에 이르러 청취자가 급증하고, 조선어 전용방송이 실시되는 등, 눈에 띠는 변화가 일어나긴 하지만, 1930년대 후반까지도 여전히 "도시 청취자 중 일부와 대부분의 지방 청취자들은 전기공급문제로 경파(강연 및 강좌) 프로그램 청취가 아예 불가능한 상황"이기도 했기 때문이다.[151]

1920년대 후반에 접어들면서 연설·토론·강연이 보도되는 방식은 가십이나 회고담을 통해 상업화되고, 연사나 강연자는 스타나 명사가

---

[149] 보도에는 뉴스 및 기상예보, 미두 시세 및 물가정보, 각종 실황 중계가 방송되었고, 교양은 각종 강좌 및 강연으로 구성되었다. 오락은 음악과 연예로 나뉘어졌다고 한다.
[150] 서재길, 앞의 글, 189~214면.
[151] 위의 글, 190면.

된다. 이와 동시에 연설·토론·강연이란 매체 자체의 변화가 일어난다. 오락·대중·전파매체가 확산됨에 따라 담론공간의 구성요건이 '지식'에서 '돈'으로 변화하기 시작한다. 이런 분위기 속에서 1930년대부터 새로운 담론 전파의 양식으로 잡지와 신문에 대두하기 시작한 것이 좌담회였다. 연설·토론·강연회가 '자본주의적 영향 속에서 대두한 좌담회에 담론공간의 형식적 헤게모니를 주는 것이다.

제4장

1930년대 '기획 · 편집된' 좌담회 발생과 변화

1. 소비적 대중의 출현과 좌담회의 발생

1) 출판자본주의의 생존전략으로서의 좌담회

(1) 소비대중의 출현과 『조선문단』의 합평회

자본주의의 확산과 좌담회의 출현

1930년대는 러시아혁명과 경제공황 등으로 자본주의가 위기에 직면하면서 서구적 근대의 한계가 드러나고 그 위기를 벗어날 출구가 모색되었던 시기였다. 특히 1차 대전 이후는 서구적 근대가 지닌 문제점이 분명해지고, 그 대안으로 코뮤니즘, 파시즘, 수정자본주의 등이 제시되어, 각각의 헤게모니가 투쟁했던 전환기이기도 했다. 자본주의와 서구적 근대의 돌파구를 모색하기 위한 움직임들은 역설적이게도 만

주사변, 중일전쟁 등의 식민지 확장을 위한 전쟁을 통해 자본주의와
모더니티의 감각을 동아시아 전체로 확산시키고 있었다. 조선에서 좌
담회가 유입·유행했던 것은 1930년대 초반을 둘러싼 이러한 동시대
성을 배경으로 하고 있었다.

> 일본서 雜誌 販賣政策으로 한때 굉장하게들 座談會가 퍼지드니 인제는
> 이 바람이 連絡船을 타고 조선까지 건너온 모양이다. 소위 名士인지 鳴士
> 인지 한 사람들의 성함을 긔세당당하게 주욱 내걸고 하로밤 스끼야끼를
> 지지고 모아 안저서 주고 밧고한 座談의 결과가 잇튼날, 또는 다음달 活字
> 로 낫하난다.[1]

조선에서 좌담회가 등장했을 때, 그것은 일본에서 유입된 것으로 명
사들이 모여 앉아 스키야끼 같은 일본식 비싼 음식을 먹으면서 이야기
를 나누는 "모던한 신풍물"이자 "잡지 판매정책"의 일환으로 이해되었
다. 조선에서 좌담회는 1920년대의 연설·토론회처럼 정치적 성격을
띤 담론공간이라기 보다는, 명사로서 이름을 날리는 사람들이 모여서
이야기를 나누는 교양적이고 문화적 담화로 받아들여졌던 것이다.

1930년 1월 1일에는 조선의 대표적인 신문 3사(『朝鮮日報』, 『東亞日報』,
『中外日報』)가 모두 좌담회를 게재한다.[2] 신년에 가장 이슈가 되는 사안
을 전문가들을 모아서 특집으로 다룬다. 이처럼 독자들의 눈길을 잡아
끄는 신문사의 출판전략으로 좌담회가 대거 등장하는 것이다. 이런 현
상은 1930년대에 접어들어 좌담회가 출판 자본주의의 영향 속에서 새

1　「모던―福德房 : 座談會의 大流行」, 『別乾坤』, 1930.2.
2　「本社主催 圓卓會議」, 『朝鮮日報』, 1930.1.1, 2면; 「兒童教育座談會 女流教育家들의 要望
　　을 들어 家庭에 보내는 新春선물 二 三(全2回)」, 『東亞日報』, 1930.1.1, 2면; 「本社主催―家
　　庭婦人 座談會」, 『中外日報』, 1930.1.1, 6면.

로운 담론적 형식으로 자리 잡고 있음을 보여준다. 특히 『朝鮮日報』의 경우는 "圓卓會議"라는 말을 사용하긴 하지만, "제一분과 一般問題 // 제三분과 敎育問題와 女性問題 // 제四분과 金融商工業 // 제七분과 朝鮮文藝運動(寫)" 등으로 분과를 나눠 심도 있는 토론을 진행[3]하여 호평을 얻는다.

이러한 현상을 '좌담회'라는 용어로 정리하고 유포시킨 것은 신문이 아니라 『別乾坤』이나 『三千里』와 같은 대중적 종합 잡지였다. 이 잡지들은 대중의 흥미를 끌기 위한 방법으로써 풍물소개란이나 좌담회 논평 기사를 싣고 있다.[4] 그 논평에 따르면 좌담회란 "건조무미한 一人一文 식의 인터뷰"보다 "형식과 내용에 잇서서 嶄新한 맛"이 있고, "會話體의 문체는 記述體의 문체보담 읽는 사람으로 하여곰 멧 곱이나 실감"을 느끼게 하기 때문에 발전할 가능성이 높으며 독자가 읽기 편하도록 소제목을 붙이는 등 편집상의 기술이 요구된다고 역설한다.

이처럼 1930년대 초반에 유입된 좌담회는 무엇보다도 기획과 편집이 중시되는 담론공간인 동시에 대중들에게 소비될 것을 목표로 한 담론공간이었다. 이러한 기획·편집기술이 독자로 상정했던 것은 자본주의의 전세계적 확산 속에서 교양을 갖춘 중간층으로 대두한 '소비 대중'이었다.

일본 좌담회와 조선 좌담회의 연동 속 소비대중의 등장

조선의 좌담회는 일본의 좌담회의 발생과 연동하고 있었다. 일본에서 좌담회가 등장하게 된 시기는 다이쇼(1911~26)에서 쇼와(1926~89) 사이의 이행기, 즉 관동대지진(1923)과 만주사변(1931) 사이이다. 일본

---

3   「本社主催 圓卓會議」, 『朝鮮日報』, 1930.1.1, 2면.
4   臥談生, 「三新聞 座談會 漫評」, 『別乾坤』, 1930.2.

좌담회의 전신은 『신쵸(新潮)』에 연재되었던 "신작소설 합평회"다. 이 합평회는 1923년 3월 호부터 12월호까지 8회에 걸쳐 '창작합평(創作合評)'이란 명칭으로 실렸으며, 1924년 2월호인 제9회부터 '신쵸우 합평회(新潮 合評會)'라는 명칭으로 바뀌어 1931년 4월호까지 92회, 거의 매호 연재되었다. 이 형식이 1927년 3월부터 『분게슌쥬(文藝春秋)』에 '좌담회'라는 명칭의 기사로 실리게 되는데, 그 이후 '좌담회'라는 형식은 폭발적으로 보급된다. 특히 좌담회를 정착시킨 『신쵸(新潮)』와 『분게슌쥬(文藝春秋)』는 평론과 논쟁을 위주로 했던 『주오코론(中央公論)』이나 『카이죠(改造)』와 같은 이전의 종합잡지와도 대중을 주된 대상으로 했던 『고단샤(講談社)』 계열 잡지와도 달랐다. 이 잡지들은 관동대지진 이후 형성된 "도시 신중간층"을 끌어들이기 위한 출판계의 판매전략 속에서 이전의 잡지와 차별화하면서 등장한다. 특히 『분게슌쥬(文藝春秋)』는 동인잡지가 지닌 폐쇄성을 극복해 "문단 내 대중화"를 꾀함으로써 상업 잡지로 발전한다.[5]

일본에서 좌담회가 성립한 배경을 간단히 정리하면 다음과 같다. 첫째, 일본의 대중매체 환경이 자본주의화 됨에 따라 "매체 공간의 자립화, 잡지간의 경쟁에 의한 차이화, 문학을 둘러싼 언론확산"을 배경으로 대중의 눈길을 끄는 새로운 편집방식을 갖춘 잡지의 출현이 요청되었다. 둘째, 관동대지진과 만주 사변 시기에 급격히 확산된 도시 신흥 중간층 및 대중문화의 등장으로 좌담회처럼 읽기 쉽게 편집된 형태의 글을 더 싼 값에 보길 원하는 대중독자가 등장했다. 이는 같은 시기 엔본 붐(円本ブーム)에서도 나타나는 현상이었다. 셋째 "가십적인 사적 영

---

5   山崎義光, 「モダニズムの言說樣式としての〈座談會〉―「新潮合評會」から『文芸春秋』の「座談會」へ―」, 『國語と國文學』 第813卷 第12号, 2006.12, 東京大學國語國文學會 : 日本(日本語), 45~48면(일본의 좌담회 관련 논문을 알려주시고 의견을 들려주신 요네타니 마사후미(米谷匡史), 와타나베 나오키(渡辺直紀), 토바 코지(鳥羽耕史), 토베 히데아키(戶邉 秀明)에게 감사드린다).

역에 근접한 담론의 범람과 상대적으로 자립화한 공적 담론 영역 사이의 깊은 편차를 유연하게 표상하는 동시에 양쪽을 조정해가면서, 문학, 문단, 제재가 되는 사회나 미디어에 대한 관심을 총합화해서 제시할 필요성"에 적절하게 호응할 수 있는 담론형식이 요구되었다. 좌담회는 이런 요구에 부응해 문학에 한정되지 않은 다양한 주제를 다루면서 더욱 확산된다.[6] 이처럼 좌담회란 교양을 갖춘 중간층 대중과 대중문화의 등장에 발맞춰 그들의 흥미를 끌 수 있는 형태로 등장했으며, 출판자본주의의 고도화에 따른 잡지의 차별화된 판매 정책, 그것에 호응해 확산된 "편집된" 대중적 담론형식이었다.

조선의 출판계는 1925~26년부터 엔본(円本)과 잡지『킹』등의 대중잡지가 유행하면서 급격히 대두한 일본 출판 자본주의의 영향 하에 있게 된다.[7] 식민권력의 진화와 더불어 검열도 더욱 강화되었다. 조선에서 좌담회가 발생하는 과정은 이처럼 일본의 출판계 및 식민지적 상황과 연동하고 있었던 것이다. 그러나 좌담회는 일본에서 조선으로 단순히 유입된 것이 아니었다. 오히려 좌담회의 유입은 매체의 다양화, 그에 따른 대중적 감각과 신체의 변화, 문화에 대한 검열을 강화하는 식민권력, 세계적 자본주의의 확산 속에서 진행되고 있었다. 특히 조선에서는 1920년대 후반부터 확산된 전파 매체(라디오, 영화, 유성기, 레코드)의 부상 속에서 '취미'라는 새로운 감수성을 지닌 소비대중이 등장하기 시작했다. 6·10만세운동과 스포츠 민족주의, 이광수의 인기와 함께 확산된 독서문화, 영화 〈아리랑〉과 신민요 붐 등과 함께 등장한 새로운 대중이 그들이었다.[8] 좌담회의 유입과 확산의 동력은 자본주의적

---

6   위의 논문, 47면, 55~56면.
7   천정환, 「초기 『三千里』의 지향과 1930년대 문화민족주의」, 『민족문학사연구』 36, 민족문학사학회, 2008, 231면.
8   위의 논문, 220면.

감수성에 매혹된 새로운 대중들이었다.

'전파미디어'의 등장과 '검열'의 분화

1920년대 중반부터 시작된 매체의 변화는 1930년대 초에 만개한다. 동시에 매체에 대한 검열도 강화된다. 매체의 변화는 새로운 대중의 감각과 신체를 형성하는 데 지대한 영향을 미쳤기 때문이다. 따라서 부상하는 소비대중을 장악하기 위해 식민권력, 출판자본 등이 매체를 둘러싸고 힘겨루기를 시작한다. 라디오 수신기가 1932년 말 2만 562대 정도였다가 1940년 말에 이르러서야 22만 1,000대[9]가 되었던 것에서 볼 수 있듯이, 라디오는 1930년대에는 대중들에게 그다지 큰 영향력을 행사하지 못했던 듯하다. 그러나 1928년경부터 "유성기 음반이 대량으로 발매·소비되기 시작"한다. "전기녹음 방식의 도입으로 음반 제작 기술의 혁신"이 이루어졌기 때문이다.[10] 1932년 6월, 『신동아』에 실린 가정주부 일기는 "아츰에 김치를 해담그고 英이와 레코트를 트럿다. 레코트만 틀면 손벽을 치고 춤을 추는 우리 네 살된 英이!"라고 시작한다.[11] 유성기는 1930년대 전반을 통해 거리에서는 대중의 오락물이 되고 가정에서는 스위트 홈의 필수품이라는 이미지를 얻는다.[12]

1930년대 초반에는 대중매체가 다양화하면서 다양한 형태의 오락·소비문화가 확산된다. 1920년대 잡지에는 잡화상, 백화점, 시계점 등 상점광고가 등장하기 시작한다. 1930년대에 들어서면 상점 광고에서 더 나아가 "상품 광고(가정상비약, 부인병약, 화장품, 손난로, 사진기, 레코

---

9 이승연, 「일제시대 대중음악과 한국인의 생활문화―1926년에서 1945년까지의 인기곡을 중심으로」, 연세대 대학원 국학협동과정 현대문화학 석사논문, 2000, 23면.

10 조은숙, 「유성기 음반에 담긴 옛이야기」, 동양학연구소편, 『한국 근대 일상생활과 매체』, 단국대 출판부, 2009, 248면.

11 李俊淑, 「주부의 가정일기―김치와 레코―드」, 『新東亞』 2권 8호, 1932.6.

12 조은숙, 앞의 글, 255면.

드, 월경대, 음료, 조미료, 병원 사진관, 음식점, 영화광고)"가 다양하게 등장하기 시작한다.[13] 소비대중문화의 범람에 따라 풍속문화에 대한 검열도 강화된다. 1926년을 거치면서 풍속검열 대상은 "홍행·풍속을 침해할 우려가 있는 영업, 그 외 풍속을 침해할 우려가 있는 행위의 3개 기준"에 따라서 일상생활 전체로 확대되며 이후 영화·연극·광고 등의 영업도 취체대상이 된다.[14] 1930～1936년에 걸쳐 인쇄·출판계의 생산량과 종류도 대폭 증가한다. "1920년부터 1929년까지 매년 창간된 정기 간행물의 평균 종수는 51.3종인데 비해 1930년부터 1936년 사이에는 평균 82.6종"이었다. 이처럼 인쇄·출판물에 대한 검열이 강화되고 출판법과 저작권법이 제정된다.[15] 검열을 맡아보던 기관의 재정비도 이루어진다. 검열기구는 "1926년 4월 경무국 고등경찰과에서 도서과"로 이름을 바꾸고 독립하며 이후 "조선 내의 모든 출판, 영화, 음반 및 도화의 출판과 발행, 그리고 발매와 반포를 총괄 관장"한다. 도서과의 인원은 1926년 10명으로 출발하여 1차 확장기인 1929년에 22명이 되었고, 1937년부터 1940년까지 2차 확장기에 31명에서 38명으로 증가했으며 1930년대 초반에는 영화검열 업무가 증가하면서 영화검열을 위한 건물을 1933년 12월 신축하여[16] 기능을 강화한다.

검열이 전문적으로 분화되며 문화 전반으로 확산되었던 1930년대 초반에는 소비적 중산층들도 담론공간의 전면에 나선다. 이에 따라 '공중(公衆)'을 만들어내는 담론형식도 시청각 기능이 강화된 전파미디

---

13 김윤선, 「여성소비주체의 등장과 여성의 소비문화」, 동양학연구소 편, 『한국 근대 일상생활과 매체』, 단국대 출판부, 2009, 181면.

14 권명아, 「풍속통제와 일상에 대한 국가 관리―풍속 통제와 검열의 관계를 중심으로」, 『민족문학사연구』 34, 민족문학사학회, 2007, 378면.

15 한기형, 「식민지 검열장의 성격과 근대 텍스트」, 『민족문학사연구』 34, 민족문학사학회, 2007, 437면.

16 정근식, 「일제하 검열기구의 검열관과 변동」, 『대동문화연구』 51집, 대동문화연구원, 2005, 34～35면.

어에 익숙해진 소비대중의 입맛에 맞춰서 '분화·전문화'된 형태로 변형되어야 했다. 이러한 변모는 1920년대 잡지매체의 중심을 차지하고 있던 『개벽』이 폐간을 맞이하게 된 원인이기도 했다.

정치성을 띤 『개벽』 폐간과 대중적 문예지 『조선문단』 등장

식민권력의 검열이 강화되고 소비대중의 취향이 변화됨에 따라서, 정치색이 강했던 1920년대의 대표적인 잡지 『개벽』은 1926년 8월에 폐간을 맞이한다. 『개벽』이 주도하고 있던 잡지구조가 깨어지면서 보다 전문화 대중화된 잡지들이 등장하기 시작한다. 개벽사는 『개벽』 후속 잡지로 1926년 11월에 『별건곤』을 발행하고, 비슷한 시기에 『조선문단』과 『조선지광』이 간행된다. 『별건곤』이 본격적인 오락, 취미 잡지를 표방했다면, 『조선문단』은 1920년대 초반의 동인지들과 구별되는 본격적인 대중문예지로서 발간된다. 『조선지광』은 대중들과 괴리된 사회주의 지식인들의 잡지로 『개벽』보다 훨씬 더 강한 정치성을 띠었다.

양상은 제각각이지만 이 세 잡지를 통해서 오락·취미, 문학, 정치 각 분야가 '대중'과의 관계 속에서 각각의 위치를 결정하면서 '전문화' 되어 가고 있는 모습을 확인해 볼 수 있다. 1920년대 후반에서 1930년대에 걸쳐 인쇄매체는 새롭게 등장한 중산층 소비대중과 어떤 식으로든 관계를 맺으면서 — 기호를 반영하거나 혹은 철저히 거부함으로써 — 보편화, 전문화, 분화된 출판자본주의의 시스템 속으로 편입된다. 『별건곤』이 오락적인 잡지로서, 그리고 『조선문단』이 대중적 문예지로서 각각 대중성이 강화되었던 것에 비하면, 『조선지광』은 『개벽』과 마찬가지로 사회주의 계열의 잡지였고 대중성은 약했다. 그럼에도 『조선지광』은 『개벽』이 폐간된 이후 1925년 5월부터 치안유지법, 1926년 경무국 도서과를 중심으로 한 엄격한 검열 속에서도 살아남는다.

『조선지광』이 오랫동안 존속할 수 있었던 이유에 대해 한 논자는『개벽』이 "지방 사회운동"과 긴밀히 연관되어 있었고, 6·10만세 운동은 이러한 사회주의·천도교 민족주의 등 여러 세력의 합동적 반일 전선이 가능함을 보여 주었던 데 반해,『조선지광』은『개벽』보다 강한 사회주의적 색채를 띠었지만, "반일 저항세력을 모으기엔 대중성이 부족했고, 일부 지식인 사회주의자들만이 참여"하고 있었기 때문이라고 설명한다. 대중들의 저항감을 고취시키기에는 너무 고립되어 있었기 때문에 식민권력의 검열에서 강한 견제 대상이 되지 않았다는 것이다. 더구나『조선지광』은 주로 사회주의 비평과 논쟁을 실었는데, 사회주의 내부의 민족협동전선을 둘러싼 내부 갈등을 그대로 노출시킴으로써 대중과의 괴리는 점차 커져갔다는 것이다.[17] 즉 전문화되고 과학적인 비평형식과 논쟁방식은 지식인들만의 것이 되었고, 이렇게 폐쇄적이고 한정된 담론공간에서만 비평의 과학성과 전문성이 유지·발전되고 있었다.『조선지광』의 이러한 전문성과 고립성은 비평적 담론공간이 지면에서 수월하고 효율적으로 성립될 수 있음을 보여줌으로써 토론과 논쟁을 다루는 좌담회 형식에도 효시적인 역할을 했다고 볼 수 있다. 그러나 1930년대의 막 등장하는 새로운 소비 대중들의 감각을 사로잡기 위해서는『조선지광』과 구별되는 새로운 비평방식, 즉 대중적 호응을 얻을 수 있는 담론형식이 모색되어야 했다.

이런 분위기에서 1924년 10월에 창간된『조선문단』은 문학대중을 상대로 한 보편적이고 전문적인 대중문예지를 지향했다. 김동인은『조선문단』을 통해 조선의 문예계가 온전히 사회적 지위를 얻게 되었다고 하면서, "내면으로는 막연히 '창조파' '폐허파' '백조파' 무소속 등의 파적 관념이 있던 것"이『조선문단』에서는 사라졌고, 신인을 발굴

---

¹⁷ 한기형, 앞의 책, 2006, 172~173면.

하고 시조를 부활시켰다고 평가한다.[18] 실제로 『조선문단』은 일찍이 『청춘』이 시도했던 '현상모집 추천제'를 두어 대중들의 참여를 장려했을 뿐 아니라, 문학지망생들을 대상으로 문학강좌를 연재했다. "이광수의 「문학강화」(5회), 주요한의 「노래를 지으시려는 이에게」(4회)를 비롯하여 김동인의 「소설작법」, 김안서의 「시작법」, 최남선의 「시조강화」"가 그것이다.[19] 또한 『조선문단』 지면 중 광고가 20면을 차지했었다는 점에서 알 수 있듯이, 『조선문단』의 전문적 문예지로서의 특성은, 1930년대 소비대중문화를 염두에 두고 형성된 것이었다.[20]

좌담회의 전신이 된 『조선문단』 합평회

『조선문단』이 대중적 전문 문예지로 거듭나기 위해서 본격적으로 시도했던 담론형식이 '문예 합평회'였다. 문예합평회는 형식적인 면에서 좌담회의 전신이라고 할 만한 시도를 담고 있었다. 『조선문단』의 합평회는 6호(1925.3)에서 11호(1925.9)까지 6회에 걸쳐 진행(8월은 원래 결호)되다가 12호(1925.10)부터 중단된다.[21] 이광수, 김동인, 염상섭, 현진건, 나도향, 박종화, 김억, 양건식, 박영희, 김기진 등이 평자로 활동했고, 방인근은 사회를, 최서해는 기록을 맡았다.[22] 내용은 전 달까지 『개벽』, 『生長』, 『朝鮮文壇』 등에 발표된 작품을 공동으로 논의하고 평가하는 것이었다. 합평회는 기존의 비평형식이 지닌 고립성, 동인별

---

18 김동인, 「續 文壇懷古」, 『김동인 전집』 16, 조선일보사, 1988, 333면. 원문은 『每日申報』, 1931.11.11~11.22.

19 최덕교, 『한국잡지백년』 2, 현암사, 2005, 138면.

20 위의 책, 133면.

21 「編輯餘言」, 『朝鮮文壇創刊一週年』 12호, 1925.10, 181면. 『朝鮮文壇』 측은 중단이유로 참여자가 "어듸가시게도되"였기 때문에 당분간은 돌아가면서 "單獨評을 쓰겠다"고 전한다.

22 「朝鮮文壇 合評會(第一回)-二月創作小說總評」, 『朝鮮文壇』 6호, 1925.3, 115~117면. 評者(가나다順) : 金基鎭(八峯山人), 金億(岸曙), 李光洙(春園), 朴鍾和(月灘), 廉尙燮(想涉), 羅彬(稻香), 梁建植(白華), 玄鎭健(憑虛), 方仁根(春海), 崔鶴松(曙海)

로 나뉘어진 주관적 평가 등을 벗어나기 위한 시도였다. 또한 문학대 중이 손쉽게 향유할 수 있고, 보편적인 논의구조를 통해 최근의 문학 동향을 간결하고 빠르게 전달하는 비평방식을 만들어냈다는 점에서 좌담회와의 연속성을 보인다.

합평회의 논의는 그다지 전문적이지 않았고 동인식의 한담이나 인상비평에 머물렀다. 그러나 문학 전문가들이 모여서 매달 생산되는 작품에 대해 의견을 나눈다는 것은 그들의 비평에 전문성을 부여했고, 그들이 논의하는 작품에 권위를 부여했다. 합평회 시작 부분엔 출결사항이나 문단에 대한 견해들을 밝힘으로써 한 달간의 문단 분위기를 전하기도 했다. 이에 따라 보편적이고 제도화된 비평방식이나, 문학에 대한 견해에 따라 문단을 나누고 서로 비판하는 방식 등, 객관적 문예비평방법을 위한 논의도 이루어졌다. 예를 들어 염상섭은 합평회에서 평자와 작가가 일치한다는 점을 들면서 "다른사람이보면 自己네 '끄릅' 안에서, 서로 讚揚이나하는듯한 혐의를 바들것갓습니다 마치 作者가 現場에 안즌것이면구해서 실흔것도 칭찬한듯이 — 우리는 勿論 그러치 안으나 — 생각할것 갓해요"라고 우려를 나타낸다.[23] 이에 현진건이 "그래도 우리評이 正鵠을 어덧겟지. 나는 그러케 미더요"[24]라고 했던 것이 문제가 되어 "强烈한 黨派的意識을 가젓다"고 비판을 받기도 한다.[25] 합평회는 청자와는 단절된 폐쇄되고 제한된 공간에 전문가들이 모여 전문적인 논의를 나누는 형태를 시도하고 있었다. 또한 합평회를 시작하고 끝내는 방식들과 규정된 문구들을 만들고 사용했다. 이러한 점들은 합평회가 좌담회의 형식을 선취하고 있었음을 보여준다.

특히 합평회는 현실에서 이루어진 담론공간의 현장성을, 그 형식과

---

23 「朝鮮文壇 合評會(第二回) — 三月創作小說總評」, 『朝鮮文壇』 7호 1925.4, 72면.
24 위의 글.
25 「朝鮮文壇 合評會(第五回) — 六月創作小說總評」, 『朝鮮文壇』 10호, 1925.7, 146면.

분위기 그대로 문자 텍스트로 옮기려는 시도였다. 이때 옮겨진 텍스트가 대중성과 재미를 갖도록 고려했다. 이러한 점을 볼 때, 단지 내용을 전달하는 데 중점을 두었던 근대 초기의 속기술과 구별된다. 오히려 대중의 수요를 고려하고 구성되었던 좌담회와의 연속성을 보여주는 것이다. 합평회 첫 회에서 참여자들은 "朝鮮에서는 첫 일"이었던 합평회가 야기한 혼란을 보여준다. 『조선문단』에 실린 합평회 기록에는 "잘못된 것은 잘 밧어쓰지 못한 筆者의 허물이오니 책망의 방맹이는 筆者에 게 내려주옵소서. 筆者 崔鶴松"이라고 속기한 사람을 맨 앞 부분에 밝힘으로써 이것이 현장의 합평회를 문자화한 것임을 명확히 하고 있다.

仁根. 이제부터 始作하지요. 筆記는 崔鶴松君의 수고를 빌기로 하엿습니다.

羅彬. 말은 천々히 해요. 밧어쓰기조케…… (…중략…)

仁根. 合評이란것은 朝鮮에셔 처음인데 大槪엇더한 方法으로 하는것이 조흘가요?

鎭健. 두가지가 잇겟지요. 죽 도라가며 차례로 한 사람이 評을 다하여가는것과 쌀막쌀막하게 여러번 會話體로 하는 것과……

建植. 會話體로 하지요.

基鎭. 좀 어려울걸이요.

鶴松. 어렵기는 어렵겟지만 會話體로 하지요.

羅彬. 좀 재미잇는 말도 석거가면서……

仁根. 여긔잇는 이의 作品은 엇지할가요? (상글 상글 우섯다. 방안의 空氣는 점々 긴장하여 간다)

金億. 勿論 作者는 그째마다 싸지는것이 조켓지요.

鎭健. 대개 作者는 말안하는것이 조켓지요.

鍾和. 作者한테 動機를 물어도 조켓습니다.

金億. 나는 쌔요. 小說에는…… (하면서 씽글씽글 웃고 꽁문이를 쌘다)

仁根. 金億君은 時評을 맛헛스니 쌔저도 좃소.(아주判事가 宣告나 내리는듯이)

建植. 나는 보지못하엿스니 엇저나? 보랴고하다가 밧버서 그만……(키커단 兩班이 머리를 긁으면서) 作者들게 대해셔 안됏는걸!

尙燮. 繼續小說들은 다음으로 밀지요?

仁根. 그러면 開闢二月號에 실린 懷月氏의 「貞順이의 설음」부터 評합시다.

羅彬. 나는 못보앗습니다. 作者에게 對하야 퍽 未安합니다.

建植. 나도 못보앗습니다.

鎭健. (머리를 긁적긁적 긁으면서 보기는 보앗는데, 무어라할지 생각안나, 가만잇자, 여긔써너엇스니(호주머니에셔 뒤심난하게 적은 原稿紙를 쓰집어내어 펴든다)

鍾和. 나도 썻는데(수첩을 쓰집어 낸다)

尙燮. (쓩하고 안즈섯든 富者집 맛며누리가튼 양반이)그방맹이 좀 빌녀들주구려!

一同. 하하하

鎭健. (조히를 도려다 보면서)적기는 내가 적엇는데 알수업는걸!허 허. 이러케 꼭 지목하거나 次例로 하지말고 누구나 생각나는대로 몬저 말하는 것이 엇덜가?

羅彬. 日前에 月灘(鍾和)君의 집에를 갓더니 懷月(英熙)君의 作品(開闢二月號, 貞順의 설음)은 그前것보담 훨신 낫다는 말을 들엇습니다. 엇더케 나흔지 그것은 月灘君의게 드릿스면……(우슴먹움은 구슬가튼 눈으로 月灘을 건너다 본다)

(月灘이 입열기전에)

基鎭. 그사람(懷月)의 作品은 여럿을 보앗는데 아직 習作을 免치못한듯 해요. 그러나 作品에나타나는 作者의 良心은 조하요.[26] (밑줄은 인용자)

위 인용은 현장의 담론공간이 인쇄매체로 옮겨지는 순간을 상징적으로 보여준다. 구술 언어를 문자언어화로 바꿀 때 이들이 겪었던 당황스러움은 "말은 천々히 해요. 밧어쓰기조케……"라거나, 합평을 "죽 도라가며 차례로 한 사람이 評을 다하여가는" 것이 좋을지 "쌀막쌀막하게 여러번 會話體로 하는 것"이 좋을지에 대한 혼란, "회화체"로 하자는 약속 등에서 드러난다. 담론공간의 토론이나 대화란 대개 회화체라고 여겨진다. 따라서 평상시에는 아무렇지도 않게 작품에 대해 회화체로 이야기를 나누던 사람들이 '문자화'를 의식하는 순간 평범하게 대화하는 것에 신경을 쓰게 된다. '회화체'가 먼저 있고 그것을 '문자화'하는 것이아니라 '문자화'를 —이식하는 순간 '회화체'가 탄생하는 것이다. 군데군데에는 "作者들게 대해셔 안됏는걸!" 이라거나, "作者에게 對하야 퍽 未安합니다"와 같은 말들이 불쑥불쑥 등장해 원활한 진행이 되지 않는다. 뿐만 아니라, 폐쇄된 합평회의 담론공간에서 말하고 있던 그들이 갑자기 그 룰 밖으로 나와서 잡지를 읽을 원작자에게 말을 건네는 듯한 느낌을 준다. "합평회"라는 직접적인 담론공간이 "합평회의 기록"이라는 인쇄된 담론공간과 의식적으로 겹쳐지면서 그들의 발화가 두 가지 차원의 시공간에서 울려 퍼지는 것이다.

구술 언어의 형식은 이처럼 문자화되고 인쇄되는 것을 통해서 만들어지기 시작한다. 그 형식은 마치 현장의 담론공간을 재현한 듯한 '회화체'이어야 했고, 속기를 고려해서 짧고 천천히 해야 한다는 규칙을 만들어낸다. 특히 회화체로 하자거나 "좀 재미잇는 말도 석거가면서" 하자는 것은 대중의 흥미를 끄는 방식을 참여자들이 고려하고 있다는 점을 증명해준다. 그런데 또 한 가지 흥미로운 점은 속기를 맡은 최서

---

26 「朝鮮文壇 合評會(第一回)－二月創作小說總評」, 『朝鮮文壇』, 1925.3, 6호, 116~117면. (밑줄은 인용자)

해의 편집방식이다. 최서해는 웃음소리, 몸동작, 화법, 성량, 농담 까지 모두 고려해서 마치 희곡처럼 지문을 삽입하고 있으며, 담론공간의 분위기가 전체적으로 조망되지 않는 독자를 고려해서 "(月灘이 입열기 전에)"처럼 발화순서를 밝히는 것도 잊지 않는다.

이러한 이유로 『조선문단』의 합평회는 『개벽』으로부터 "문인 비평극"이란 비난을 받거나[27] 일본의 합평회를 흉내 내면서 상업성을 추구한다는 지적을 받기도 한다.[28] 즉 『조선문단』 합평회는 '담론공간의 현장감'을 소비대중의 입맛에 맞는 '재미'를 추구하면서 '그대로 재현'하기 위한 시도였다. 담론공간의 신체성은 이러한 과정을 통해서 문자화되고 인쇄・출판의 메커니즘 속으로 내부화된다.

그러나 이러한 희곡적 요소, 대중성을 위한 노력, 문자 텍스트로 옮기기 위한 장치들은 합평회가 거듭될수록 줄어든다. 제3회에 이르면 지문은 '웃음' 정도만 표시되기 시작하며, 작품 제목과 간단한 설명 이후에 바로 논의로 이어진다. 특히 1회 합평회에서는 논의할 작품을 읽고 오지 않아 참여자가 작가에게 사과하거나 미안함을 표시하는 장면이 등장하는 등 합평회의 룰 밖으로 나와서 말하는 경우들이 많았지만, 3호부터는 합평회라는 룰 외부를 의식할 수 없는 안정된 문학 비평 공간으로서의 모습을 보이기 시작한다.[29] 문자화된 합평회의 외부가 텍스트 안에 남겼던 흔적들은 『조선문단』이라는 인쇄매체를 통해서 정착된 틀을 갖춘 합평회 형식 속에 감추어진다. 이 장면에서 대화적 담론공간은 문자화되어 인쇄・출판되고, 더욱 광범위해진 소비대중을 독자로 얻기 시작하며, 담론공간에서 발화하고 매체에 실리는 것 자체가 그 자체로 제도화된 신체성을 획득한다. 이처럼 합평회라는 형식을

---

27 「조선문단 '합평회'에 대한 소감」, 『開闢』 60호, 1925.6, 101~108면.
28 이경돈, 「『조선문단』에 대한 재인식」, 『상허학보』 7, 2001.
29 「朝鮮文壇 合評會(第三回)－四月創作小說總評」, 『朝鮮文壇』 8호, 1925.5.

통해 담론공간은 전문화, 대중화, 텍스트화해 간다.

조선과 마찬가지로 일본에서도 『신쵸(新潮)』의 문예합평회나 부인 잡지 합평회는 대중의 입맛을 고려해야 했던 출판 자본주의의 돌파구였으며 이런 형식이 좌담회로 이행했다고 알려져 있다. 조선의 좌담회는 1920년대 후반부터 변화하기 시작한 전파매체의 부상, 취미를 향유하는 소비대중의 출현, 출판 자본주의의 확대, 식민권력의 검열정책의 강화 속에서, 문단이나 논단으로서의 객관성과 전문성을 담고 있으면서도, 동시에 보편적이고 대중적인 성격을 띤 담론형식으로 형성된다. 또한 대중적 문예비평 형태를 시도했던 '합평회'는 여러 전문가들이 모여 동일한 사안에 대해 전문적이고 객관적인 비평을 나누는 보편적이면서도 대중적인 담론공간이라는 점에서 좌담회의 전신이 되었다고할 수 있다.

좌담회는 '합평회'보다는 폭넓은 이슈를 보다 전문적이고 다각적인 참여자를 통해서 다루었으며, 지면에 기록하는 형태를 정착시킨다. 이를 통해서 담론공간에 참여한다는 것 자체, 발화하는 것 자체가, 그 담론공간에 참여하는 사람들이나 기록이 실리는 매체의 정치적 견해에 동참한다는 수행성을 띠게 된다. 또한 좌담회는 대중들이 정보를 빨리 받아들일 수 있는 다이제스트적인 지식을 전달함으로써, 전문성과 대중성과 저널리즘적 가치를 동시에 획득해 나간다.

(2) 정론적 좌담회의 소멸과 대중적 좌담회로의 정착

검열당한 정론적 좌담회와 고육지책으로 등장한 '와담회(臥談會)'
초기의 좌담회는 '신체의 텍스트화'와 '대중적 오락성에 기초한 전문화와 분화' 속에서 두 가지 정도의 성격으로 양분된다. 하나는 정론, 쌍담, 대담 형식을 띤 정치적이고 시사적인 좌담회이고 다른 하나는 앙케이트, 방문기, 만담이나 한담 형식을 띤 오락적인 좌담회이다. 전자가 『혜성』, 『비판』, 『동광』 등과 같은 잡지에 주로 실렸다면, 후자는 『별건곤』, 『삼천리』 등에 주로 실린다. 그러나 정론적이고 시사적인 문제를 다루었던 좌담회는 검열, 출판자본주의의 확산, 대중문화의 홍수 등 외적인 조건 속에서 점차 사라지게 되고 오락성과 대중성이 강한 좌담회가 정착된다.

당시 신문지법과 출판법에 의해 "정치시사의 게재는 불법행위"였[30]던 것도 정론적인 좌담회의 소멸에 큰 영향을 준다. 1931년 3월에 창간된 『혜성』은 『개벽』의 성격을 잇는 잡지로 기대를 모았다. 창간호 「권두언」은 어떤 자본주의 사회보다 극도로 가난하며 "한特殊한處地에位하야" 있기 때문에 "先覺的인테리겐챠ー의任務"가 필요함을 강조하면서, 『혜성』이야말로 "先覺的 인테리겐챠ー의동무가되기를期하며 그 企待에 억으러짐이업슬것을맹세한다"[31]고 밝히고 있다. 그러나 인텔리겐챠의 동무가 되겠다던 『혜성』에도 정론적 좌담회는 실리지 않고 있을 뿐 아니라[32] 단지 좌담회 연다는 것만으로도 검열에 부딪쳐 좌절당하는 경우들이 발생한다. 1931년 8월에 실린 「各新聞社會部記者大臥談會」 서두에는 이것이 '좌담회'가 아니라 '와담회'가 된 이유에 대해 다음과 같이 밝히고 있다.

30　한기형, 앞의 글, 2007, 419면.

31　「卷頭言ー創刊에際하야」, 『彗星』, 1931.3, 1면.

32　「民族的當面問題 移動座談會ー大協同機關組織의 必要와可能如何?」, 『彗星』, 1931.3, 2~10면. 이것은 좌담회라는 명칭이 붙어 있지만 자신의 의견을 짤막하게 연재하는 형식이다. 「넌센스本位 無題目座談會ー本社社員끼리의」, 『彗星』, 1931.3, 120~126면. 담배의 유입, 지방별 담뱃맛 등 한담 뒤에 "담배연쨔 사랑애ㅅ자 그야말로 煙愛로군"이라는 말로 끝나는 오락적인 좌담회 등이 실린다.

座談會가 臥談會로 넘어간 넉두리부터 해야하겟다. 째는 六月十五日 場所
는 明月館本店이라고하는집. 市內 네新聞社社會部에게신멧분을請하여 저
녁이나 가티나누면서 자미잇는이야기 卽座談會를 열랴고 잇는정誠업는힘
을다해서 일을쑤며노코 아직오지아니한멧분을 기다리고잇는데 (…중략…)
무슨그다지重大事件이라고 이것이某署에알닌바되엿다. 그리하야 同署에
서는 卽刻으로 本社側사람을電話압흐로 불너서 「너히가 座談會를한다니
屆出도아니하고 集會를하는法이잇느냐? 卽時署로出頭해라 萬一그러치아
니하면 署員을帶同하고가서 解散을식히겟다」는 命令이내럿다. 할수업시
社員中의한사람이同署까지가치가서 각가지로理由를解明한結果 「그러면
晩찬會의 形式으로 그저 이야기나하는것은 無效하나 이야기中에도 時事
問題는 絶對로아니된다. 座談會일진대 來日다시屆出을하고 許可를어더
다시열게해라」는條件附의 許諾을 어덧다. 이리되고 보니 손님側이나 主
人側이나 신이쩌러저 저녁을먹고는 그만 퇴침하나씩을 베고질편히 들어
누엇다. 누어서 어느분이 「座談會는못한다니 누어서 이야기나합시다」하
는弄牛의意見이나왓다. 「그러치時事問題아닌이야기를 座談會 「아닌」形
式으로하면 關係치아니하겟스니까 그러면 이러케누어서 臥談會로 합시
다」이(白菱記)것이車相瓚氏의 傑作이며 一同은 이에絶對 同意를하야 史
上未曾有의 大臥談會가 생겨나게된것이다[33]

署에서 좌담회를 연다는 이야기를 듣고 집회나 시사문제는 논의하
지 말라고 제지하자, 그렇다면 '좌담회(앉아서 하는 회)' 대신 '와담회(누워
서 하는 회)'를 하겠다고 나선 것이다. 이처럼 좌담회는 식민권력의 눈에
는 어느 순간 반일 집회로 번질지 모르는 사건적 시공간이었기 때문에
경찰의 단속이 심했다. 결국 이 좌담회는 이렇게 비꼬면서 시작한다.

---

33 「各新聞社會部記者大臥談會」, 『彗星』, 1931.8, 84면. 出席者 : 金乙漢(每申), 李吉用(東亞),
  劉道順(每申), 洪鍾仁(朝鮮) / 本社 : 車相瓚, 崔泳柱.

"車相瓚 : 일홈이 臥談會니까 한분이라도 안저서는 아니됩니다 다―누
어서 이야기를 하시고 坯 速記까지도 누어서하십시오."[34] 이렇게 시작
된 좌담회에서는 기자로서의 고통, 흥미로웠던 취재사건 등에 대한 이
야기가 진행된다.

비록 이 와담회에 시사적인 내용은 등장하지 않지만, '시사문제'를
다룰 수 없다고 공표함에 따라 전혀 정치적이지 않은 부분도 미묘한
함의를 대한 있는 듯이 읽히는 부분들도 있다. 예를 들어 "실켓애를써
서 特種記事를 어더왓는데 윗사람이 그것을 ―社會의事情이나 或은
情實關係로 ―쓰지말나고하는째가 나는 第一안됏습데"라는 부분들이
그에 해당된다. 또한 부분 부분 일본기자와 '요보기자'로 칭해지는 조
선 기자 사이의 긴장감도 느껴진다. 이처럼 와담회에도 정치적 긴장감
이 간간히 드러나고 있기는 하지만 시사적이고 정론적인 형태가 전면
화되지 않았다. 시사적이고 정치적인 문제를 다루었던 『비판』이 기획
한 '반공사상퇴치문제비판좌담회'와 같은 성격의 좌담회는 지속적으
로 열릴 수가 없었던 것이다.[35] 결국 신문이나 잡지는 "상품화"[36]되었
고 좌담회는 오락적이고 대중적으로 다이제스트한 지식을 전달하는
형식으로 굳어져 간다.

1930년대 좌담회 특성 : 『별건곤』과 『삼천리』의 좌담회

1930년대 좌담회의 특성은 좌담회가 주로 실렸던 『별건곤』과 『삼천
리』의 성격을 고려하면 더욱 확연해진다. 1920년대 사회주의 담론을
주도했던 종합잡지 『개벽』이 폐간된 이후에 나온 『별건곤』은 창간호

---

34 위의 글, 85면. 出席者 : 金乙漢(每申), 李吉用(東亞), 劉道順(每申), 洪鍾仁(朝鮮), / 本社 :
　車相瓚, 崔泳柱.
35 「사고」, 『비판』, 1931.6.
36 「各新聞社會部記者大臥談會」, 『彗星』, 1931.8, 91면.

에서 "일년 전부터 취미와 과학을 갖춘 잡지 하나를 경영하여 보자고 생각하였다 (…중략…) 開闢이 금지를 당하자 틈을 타서 이제『별건곤』이라는 취미잡지를 발간하게 되었다"[37]라고 밝힌다.『별건곤』에 대해서 김예림은 "진기함, 에로, 그로, 공포, 엽기, 기괴"의 선구적 잡지로,[38] 김진량은 극심한 경제란 속에서 출판자본이 살길을 모색하기 위해 기획한 "취미담론을 포함하는 대중담론의 탄생"[39]으로 평가하고 있다.

한편『삼천리』는 대중적 취미잡지를 표방한『별건곤』과도 1920년대의『개벽』,『동광』과 같이 특별한 이데올로기를 대변하는 잡지와도,『조선문단』과 같은 문학중심의 잡지와도 달랐다.『삼천리』가 다뤘던 분야는 "정치, 군사, 국제, 경제, 사회, 문화 등 모든 방면에 걸친 것"으로 참여하는 사람들도 좌파와 우파를 불문했다. 근대적 저널리즘에 대한 감각을 갖춘『삼천리』는 "빠르게 발전 분화하던 사회 제 분야"의 지식을 대중의 욕망에 적합한 형태로 알기 쉽게 분류하여 전달한 "본격적인 종합대중지"였다.[40] 『삼천리』와『별건곤』에 실린 '좌담회'에서는 연설・토론・강연회가 지녔던 정론적 성격, 화자와 청자 사이의 즉흥적인 갈등 등이 축소된다는 공통적 특성이 나타난다.

『**삼천리**』 **좌담회의 모색** : 종합적 지식을 제공하는 스타 인터뷰 좌담회

출판법에 의해 발행허가를 받았던『삼천리』에는 좌담회가 꾸준히 실린다.『삼천리』에 좌담회가 꾸준히 실릴 수 있었던 이유는『삼천리』의 좌담회들이 정론적인 성격을 비껴나 있었기 때문으로 보인다. 물론『삼천리』에 정론적인 좌담회가 전혀 실리지 않았던 것은 아니었

---

37 「여언」,『別乾坤』창간호, 1926.11.

38 김예림,『1930년대 후반 근대인식의 틀과 미의식』, 소명출판, 2004, 265~267면.

39 김진량,「근대잡지『別乾坤』의 취미담론과 글쓰기의 특성」,『국문학』제88집, 2005, 335면.

40 천정환,「초기『삼천리』의 지향과 1930년대 문화민족주의」,『민족문학사연구』, 민족문학사학회, 2008, 207면, 219면.

다. 그러나 정론적 좌담회를 실으려는 시도는 1933년 9월에 실린 「'再
滿同胞問題' 좌담회」의 부기가 보여주듯이 시사문제를 다룰 수 없게
되어 있는 출판법에 걸려 좌절되었다.

> 記者附記―이번 座談會에선 政治的 時事的 事實은 全部 빼엇고 坯 數字
> 的 統計를 드는일도 빼엇고, 坯두분이 각각東亞와朝鮮日報에 紀行文을 쓰
> 고잇슴으로 여기엔 重複을 一切避하여 그런 까닭에 省略된곳이 만하엿슴
> 니다.[41]

그러나 좌담회가 오락적·대중적·상업적인 성격을 띠었던 것은
단지 검열 때문만은 아니었다. 전파 미디어의 확산 속에서 대중의 감
각과 신체가 오락적이고 쉽게 소화할 수 있는 다이제스트적 지식을 바
라는 식으로 변화했기 때문이다.[42] 『삼천리』사가 좌담회를 실었던 것
도 잡지사의 판매 전략이었다. 『삼천리』는 "1934년 5월호부터 4·6배
판(188×257)으로 판형을 바꾸고, 가격을 20전에서 30전으로 인상"했으
며 지면의 평균분량 또한 "약 117쪽에서 약 295쪽으로 비약적으로 증
가"시킨다. 1938년 이후에는 "판형의 변화는 없이 분량만 변화, 평균분
량은 약 320쪽으로 증가되었고, 가격은 50전으로 인상"되었다. 따라서
이 두꺼운 잡지의 분량을 채우기 위해 잡지의 편집도 새롭게 요청되었
고 다양한 방면의 내용들이 총망라되어 실렸다. 『삼천리』에 자주 등장
하는 좌담회와 설문 등은 분량을 채우기에 매우 적합했다. 따라서 『삼

---

41 「'再滿同胞問題' 좌담회」, 『三千里』, 1933.9, 51면.

42 위르겐 하버마스, 한승완 역, 『공론장의 구조변동―부르주아 사회의 한 범주에 관한 연구』,
나남, 2009, 271면. "부르주아적 형태의 사교는 20세기가 진행되면서 대체물들을 발견하는
데, 이것들은 지역적, 국가적 다양성에도 불구하고 문예적, 정치적 논의의 금지라는 공통된
경향성을 가진다. (…중략…) 문화를 소비하는 공중의 여가활동 자체는 사회 분위기 안에서
이루어지지만, 그것은 어떤 토론을 통해 지속될 필요가 없다."

천리』에 실린 좌담회는 『비판』의 좌담회처럼 정치적 문제를 다양한
주체들이 토론하는 담론공간이라기 보다는 당대의 이슈를 빠르고 대
중적이고 종합적으로 전달하는 경우가 많다.[43]

『삼천리』에 실린 좌담회의 종류는 다방면의 지식과 관련되어 있었
다. 소비 대중문화와 호응하면서 식민권력의 검열도 고려해야 했던 좌
담회는 사회적이고 정치적인 이슈를 다룰 때에도 논의를 깊이 있게 전
개시키거나 논쟁을 일으키는 것이라기보다 당대의 최신 이슈를 중산
층 독자가 알기 쉬운 형태로 전달해 흥미를 이끌어 냈다. 그 특성을 나
누어 보자면 먼저 전문적 르포 형식의 좌담회가 있다.

이 좌담회들은 신기한 지식을 다이제스트식으로 전해 준다. 이런 좌
담회는 '기밀실(나중에 정보실로 이름이 바뀜)' 란을 두고 신기한 사회의 변
화나 대중문화를 소개했던 『삼천리』의 특성과도 관련되지만, 1930년
대의 상황과도 호응하고 있었다. 1930년을 전후한 조선은 만주사변
(1931), 만보산 사건(1932) 등을 겪으며 국가간 경계를 넘나드는 인구이
동에 대한 매혹과 공포가 확산되었으며, 카프의 검거와 해체(1934~
1935) 등을 겪는다. 조선에서 간도나 만주로의 이주는 토지조사사업,
산미증식계획등에 의해 토지를 잃은 농민이 늘어나면서 더욱 확산되
었고, 1925년 도항저지제(渡航沮止制) 이후엔 더욱 증가한다.

이동좌담회의 확산은 이주민의 증가, 이주정책과 전쟁에 대한 소문
에 불안해진 대중들이 정보를 원했던 것과도 호응했다.

이동 좌담회로는 해외에 유학한 여성들을 모아 육아 등의 문제를 알
려주는 「外國大學出身女流三學士座談會」(『삼천리』, 1932.4), 만주이민의
상황을 전달해주면서 이주를 권장하는 「'在滿同胞問題' 좌담회」(『삼천

---

43 유석환, 「1930년대 잡지시장의 변동과 잡지 『비판』의 대응」, 『사이間SAI』 6호, 국제한국문
    학문화학회, 2009, 241~258면.

리』, 1933.9)와 「滿洲가서돈벌나면?」(『삼천리』, 1936.8), 모스크바의 상황을 전달하는 「莫斯科의 新女性과 新文化－今昔의 모스크바를 이약이하는 會」(『삼천리』, 1935.9),[44] 일본과 소련 사이의 분쟁을 다룬 「極東問題討議」(『삼천리』, 1933.12), 「'最近의 外國文壇' 座談會」(『삼천리』, 1934.9)가 있다.

한편, 명사, 배우, 가수, 등의 스타들을 등장시켜 그들의 전문적인 지식과 대중적 인기를 바탕으로 진행되는 좌담회가 있다. 이런 좌담회의 테마들은 대중의 오락성을 가장 중요한 요소로 한다. 명사를 등장시키는 것으로는 「政治家·思想家論評會」(『삼천리』, 1934.8), 「現代'長安豪傑' 찾는 座談會」(『삼천리』, 1935.11)가 있다. 전문적이고 흥미로운 직업을 등장시키는 것으로는 「名俳優, 名監督이 모여 '朝鮮映畵'를 말함」(『삼천리』, 1936.11), '映畵와 演劇'協議會－엇더케하면 半島藝術을 發興케할가－」(『삼천리』, 1936.8),[45] 「人氣歌手 座談會」(『삼천리』, 1936.1)가 있다.

특히 『삼천리』 좌담회에서는 여성을 등장시켜서 흥미를 끄는 점이 두드러지는데, 「'女性을 論評하는' 男性座談會」(『삼천리』, 1935.7), 「女流作家座談會」(『三千里』, 1936.2), 「女高出身인 인테리妓生, 女優, 女給 座談會」(『삼천리』, 1936.4), 「女流文士의 '戀愛問題' 會議」(『삼천리』, 1938.5)가 이에 해당한다. 이 외에 매우 오락적 형식을 띤 것으로는 「夫婦座談會 (1935.12 / 1936.1)」, 「晩婚打開座談會」(1933.12), 「運命과 生死觀座談會」 (1934.9) 등이 있다.

오락성이 강조된 『삼천리』에서는 인터뷰 형식을 취하고 '좌담회'라고 이름을 붙이는 경우도 많았다. 이러한 인터뷰 형식에 좌담회라는 이름을 붙인 이유는 좌담회 형식에 대한 이해가 부족했던 탓이라고만

44　「莫斯科의 新女性과 新文化－今昔의 모스크바를 이약이하는 會」, 『三千里』, 1935.9, 211면. 좌담이란 말이 제목에 명기되어 있진 않지만 본문 중에 '좌담'이라고 나온다.

45　「映畵와 演劇協議會－엇더케하면 半島藝術을 發興케할가－」, 『三千里』, 1936.8, 84면. 좌담이란 말이 제목에 명기되어 있진 않지만 본문 중에 '좌담'이라고 나온다.

볼 수는 없다. 왜 "좌담회"라는 이름이 다른 형태도 아닌 픽션과 인터뷰라는 형태에 붙여졌는가를 질문해야 한다. 전문화된 내용을 대중적인 형태로 대중에게 전달하면서도 흥미를 끌기 위해서 인터뷰와 좌담회라는 형태가 적합했기 때문이었다. 그런 점에서 좌담회와 인터뷰는 어떤 동형성을 지니고 있었다.

『별건곤』 좌담회의 모색 : 오락적 넌센스-픽션 좌담회

대중적 취미 잡지를 표방한 『별건곤』의 경우는 『삼천리』보다 더욱 오락적인 성격의 좌담회를 싣는다. 간간히 사회문제를 다루는 좌담회도 실렸지만[46] 사회 풍자나 세태비평을 다룰 때에도 '픽션'으로 구성한 것이 다수 눈에 띤다. 예를 들면 「各界名士諸氏出席—大大諷刺 新春誌上座談會」(1930.2.1), 「넌센스 本位, 無題目座談會」(1931.1.1), 「내 자랑 좌담회」(1932.12.30), 「抱腹絶倒, 八道사투리 좌담회」(1933.11.1) 등이 그것이다. 이 넌센스-픽션 좌담회들은 "취미기사로 일독"이 권해지고 있다.[47] "마지메한 이야기를 하다가는 이 좌담회는 실패합니다"라는 말로 시작해 조선의 기괴-그로한 이야기를 돌아가면서 하는 「넌센스 本位, 無題目座談會」[48]나, 새로운 직업군들을 가상적으로 등장시켜 유행하는 대중문화에 대한 풍자적 발언을 듣는 「大大諷刺 新春誌上座談會」[49]가 이러한 좌담회의 대표적인 예이다. 이런 좌담회들은 한편으로는 에로-그로-넌센스라는 제국 일본에서 받아들인 근대적 감각[50]

---

46 「誌上移動座談會, 諧謔속에 實情」(1930.5), 「不景氣는 언제까지 繼續될가?」(1930.12), 「水利組合은 왜 破綻되나, 農村座談會」(1932.1), 「米價問題 農廳座談會」(1932.11)

47 「編輯落書」, 『別乾坤』, 1931.2.

48 「넌센스 本位, 無題目座談會」, 『別乾坤』, 1931.1.

49 「大大諷刺 新春誌上座談會」, 『別乾坤』, 1930.2.

50 이에나가 사부로(家永三郎), 연구공간 수유+너머 일본근대사상사팀 역, 『근대 일본 사상사』, 2006, 소명출판, 307면.

을, 다른 한편으로는 토속적이거나 정상이 아닌 모자란 자들을 등장시켜 친숙하게 느끼게 하는 감각을, '좌담회'라는 '모던한 편집술'을 통해 대중들에게 전달하고 있다.

『별건곤』좌담회에서는 시사적인 내용도 가상적이거나 오락적인 형태를 띠었고, 농민들의 반응을 가상적으로 구성한 좌담회[51]가 관심을 끌었다.[52] 『별건곤』1932년 1월 1일자에 실린 「水利組合은 왜 破綻되나, 農村座談會」에는 조선의 대표적인 성씨인 박, 김, 이 등이 가상으로 설정되어 산미증산계획의 일환인 수리조합을 풍자한다. 또한 유동적인 사회의 풍문을 보도나 인터뷰 형식으로 속도감 있게 보여주는 좌담회들도 실렸다. 이 좌담회에는 '이동' 혹은 '지상이동'[53]이라는 수식어가 붙여 있다. 그 중 이동 좌담회 「日中衝突, 中國人 移動座談會」의 경우는 중국의 분위기를 스테레오타입화된 가상 인물, 즉 만주집, 전당포, 목수, 요리집 등의 중국인들을 등장시켜 전달한다.[54] 즉 인터뷰-픽션-이동 좌담회로, 대중성을 획득하기 위한 복합적인 방식을 보여주고 있다.

앞서 살펴본 것처럼 1930년대 초중반에 대두한 '좌담회'라는 형식에서는 연설·토론·강연회에서 보여 졌던 논쟁성과 사건성이 약화된다. 좌담회는 '갈등과 비판의 정치적 담론공간'이 아니라 '다이제스트성 지식'을 소비대중의 흥미를 고려해서 전달하는 '편집된 저널공간'으로 귀결되었기 때문이다. 이러한 '편집된 저널공간' 안에서 식민권력의 검열과 출판자본주의는 '좌담회'라는 매체 속에 내부화된다. '합평회' 형식에서도 나타났듯이, 좌담회가 기획되고 매체에 게재되는 전 과정은 출판자본주의의 편집 매커니즘 속에서 진행되었기 때문이기도 하다.

---

51 「米價問題 農廳座談會」, 『別乾坤』, 1932.11.
52 「不景氣는 언제까지 繼續될가?, 不景氣檢討 大座談會」, 『別乾坤』, 1930.12; 「農村救濟座談會」, 『東光』, 1932.9.
53 「誌上移動座談會」, 『別乾坤』, 1930.5.
54 「日中衝突, 中國人 移動座談會」, 『別乾坤』, 1932.2.

이러한 자본주의적 매커니즘은 언어로 인쇄·출판되는 담론공간에 내재화된다. 이에 따라 좌담회에 참여해서 말한다는 것은 단순히 언어적 행위가 아니라 그 자체로 검열적이고 자본주의적 담론공간에 참여하고 '수행'한다는 의미를 띠게 된다.[55]

2) 사라진 토론, '기획·편집된' 좌담회

좌담회 형식의 정착, 지워진 편집흔적

중간층 대중독자의 등장, 식민권력의 검열과 일본의 출판자본주의 시장의 영향 하에서 모색된 출판자본주의의 자구책, 이 두 가지 현상 속에서 등장한 담론공간이 '좌담회'였고, 그 특성을 한가지로 요약하자면 "기획"과 "편집"이라고 할 수 있다. 마사오 미요시에 따르면 좌담회란 모두가 참여자가 되기는 하지만 "경험, 전문적 지식, 사회적 지위 등을 공유한 동료들 내부"의 배타적 공간이며, "집단적 사고-담화"이므로 깊이 있는 비판이 진행되기 보다는 합의에 이르는 경우가 많다고 말한다. 또한 편집과정에도 여러 불순한 권력이 끼어들 여지가 있다고 비판한다. 이른바 좌담회란 "구입된 담화", 즉 "결론이 예정된 권력적 형식"[56]이라는 것이다. 연설·토론회에서 강연회로의 변화, 이어서 좌담회로

---

55 위르겐 하버마스, 한승완 역, 앞의 책, 2009, 272~273면. "오늘날에는 대화 자체가 관리된다. 연단 위의 전문적 대화, 공개토론, 원탁회의 쇼—사적 개인들의 논의는 라디오와 텔레비전에서 스타 총출연 프로그램이 되고, 입장권 판매의 대상이 되며, 누구나 '참가'할 수 있는 학회에서조차 상품형태를 취하게 된다. 이제 '사업'으로 고려되는 토론은 형식화한다. (…중략…) 이런 식으로 조직된 논의는 확실히 중요한 사회심리학적 기능, 특히 행위를 조용히 대체하는 기능을 수행한다. (…중략…) 시장법칙이 작품의 실체에 침투해 들어와, 작품의 형성법칙으로 내재하게 되었기 때문이다."

56 マサオ・ミヨシ, 『オフ・センター——日米摩擦の權力・分化構造』, 平凡社: 日本(日本語), 1996, 325~337면.

의 변화는 신체적 담론공간의 성격을 바꾸고 있다. 공론은 직접적인 만남의 장을 통해 구성된다기보다는 '예정된 내용전달'의 형태를 띤다. 예정된 내용을 수행하는 '기획'과 '편집' 과정에는 출판자본, 식민권력, 대중문화 등 다양한 권력관계와 의도가 끼어들게 된다. 편집된 좌담회라는 형식이 드러내는 1930년대 신체적 담론공간은, 더 이상 사실과 거짓을 쉽사리 구별할 수 없는 상황에 처하게 된다. 매끈하고 모던한 매체들을 통해 대중의 눈을 조작하는 것이 가능해지기 시작한 것이다.

정착된 좌담회의 특성 1 : 내재화된 신체성과 현장감

좌담회가 유입된 초기에는 좌담회의 기록에 그 좌담회가 기획되거나 편집되었음을 보여주는 흔적들이 남아 있었다. 그러나 좌담회의 형식이 정착되어 감에 따라서 이러한 기획과 편집의 흔적은 감추어지기 시작한다. "신체성의 언어화" 혹은 "신체성의 내부화"라고 할 수 있는 이러한 정착 과정 속에서 좌담회 현장의 신체성도 변화해 간다.

'기획·편집'된 좌담회의 첫 번째 특성은 '문자언어화된 신체성' 혹은 '언어수행적 신체성'의 대두라고 할 수 있다. 근대 초기의 연설·토론·강연회도 언어를 통해 진행되었지만, 현장에서 이루어지는 비언어적인 신체적 동작·행위들이 중요했다. 신체와 신체가 직접 부딪치고 호응하는 연설·토론회에서는 신체적이고 감정적인 표현이 중요한 역할을 하고 있었기 때문이다. 따라서 근대 초기의 내러티브는 간결하고 간단하고 자극적이어야 했다. 또한 언어적인 것과 비언어적인 것은 분리되어 있지 않았다고 할 수 있다. 그러나 『조선문단』 합평회, 『조선지광』의 '인쇄매체를 통한 논쟁' 등 좌담회의 전신이 되었던 형식들은, 부딪침이 직접적이라기보다는 간접적이며, 신체적이라기보다는 언어화되고 기호화된 매체를 통해 이루어지며, 눈에 보이지 않는 보편적인 대중을 청중으로 상정하고 있다. 이러한 형식들은 문자로 기

록됨에 따라 인쇄매체 속에서 유통된다. 이때, 담론공간의 신체성은 문자에 의해 청자에게 전달되므로 현장감을 전달하기 위한 언어적 방법들이 모색된다. 합평회 초기의 속기록에서 지나치게 강조된 신체성이 나타나는 것은 이 때문이다. 예를 들어 음성을 문자화하기 위해 모색된 여러 장치들(두드러지는 행동묘사, 웃음, 어조, 성량에 대한 언급, 외국어 표현의 방점표시,[57] 대화체)이 나타났다.

이런 특성은 연설·토론·강연의 속기와 구별되는 점이다. 『개벽』에 실린 속기록을 보면, 연설체나 박수 소리 정도의 신체적 표시는 있으나 합평회처럼 다양한 신체적 표현이 나타나지 않는다. 『개벽』의 강연 속기록에 "記者附謝"에 厚諒하시는 동시에 講演大義만 읽어 주시면 榮光인줄 아나이다"라는 말이 붙어 있듯이[58] 신체묘사와 구어체를 문자언어로서 그대로 구현하는 데 신경을 쓰기 보다는 내용 전달에 치중하고 있다. 『연설법방』처럼 연설할 때의 지침을 직접 제시하는 경우를 제외하면 근대 초기의 연설·토론회의 기록에서는 굳이 '신체성'을 문자로 표현할 이유는 없었다. 연설·토론·강연과 같은 담론공간의 신체성은 청자와 화자가 직접 만날 때 그 자리에서 확보되기 때문이다. 반면, 합평회나 좌담회는 청자와 화자가 분리되어 있다. 따라서 신체성은 문자로 인쇄매체에 구현되어야 했다.

초기 합평회 속기록에서 보이는 신체성에 대한 과도한 집착은 3회 정도 진행되면서 사라지고, 『조선문단』이 세 번째로 재발행되던 때 실린 문학 좌담회에서는 현장성을 나타내기 위한 과도한 표현법들은 거

---

57 118면 "고도와르한(基鎭, 鍾和) 말슴에 同感을 가집니다." → '양해를 구하는(斷る, ことわる)'이라는 뜻 / 121면 "돈소쏘에" → '맨 밑바닥, 구렁텅이' 등을 의미(どん底, どんそこ) / 123면 "돗비나 돗고로라고 할지?" → '별난 구석'이라고 할지?(どんぴなどころ) / 124면 "如干한 히늬쑤가 아니야요. → 여간 비꼬는 게 아니야요.(皮肉, ひにく)(「조선문단합평회」, 『조선문단』, 1925.3)

58 速記 姜仁澤, 「講演月旦」, 『開闢』 17호, 1921.11, 69면.

의 자취를 찾아볼 수 없게 된다. 안정된 형식이 정착된 것이다.[59] 물론 1930년대 초중반에도 좌담회의 형식이라고 할 수 없는 불안정한 요소들이 텍스트 상에 나타난다. 예를 들어 연설·토론·강연회에서 등장했던 신체적 규칙들은 좌담회에 불쑥불쑥 끼어든다. 사이사이에 '一同'이나 '傍聽席'이란 것이 등장해 농민을 잘 대변한 이야기를 하거나 일본의 식량정책을 비판하는 이야기가 나오면, "박수"라거나 "올소ㅡ나도 유익한 것은 업소. 도리혀 손해요" 하며 추임새를 넣는다.[60] 또한 '속기'한 사람의 이름이나 '사회자' '기자'의 이름 대신에 필명이 붙은 경우도 자주 눈에 띤다.[61] 키다리, 난쟁이, 안즌뱅이, 뚱뚱보, 말나광이, 대머리, 텁석부리, 민대머리, 곱슬머리, 장님, 귀먹어리, 벙어리, 말더듬이, 곰보, 언청이, 내시 등 불구자들이 총출동해 자신들의 결점을 마치 자랑인 양 떠드는 「내 자랑 座談會」[62]나 각 지방의 사람들이 사투리를 뽐내는 「抱腹絶倒, 八道사투리 座談會」[63]와 같은 픽션 좌담회들도 있는데 이런 형식들은 근대 초기의 연설ㅡ토론체와의 연속성을 보여준다.

그러나 좌담회는 점차 안정된 형식으로 굳어진다. 속기의 흔적, 중간에 참여하는 사람, 담론공간의 분위기나 날씨, 사람들의 행동이나 발화의 특성 등은 지워지고 꼭 짜여진 토론구조 이외의 것들은 삭제되고 매끄러운 형태로 편집되어 간다.

1930년대 중반 이후 인쇄매체에 실린 좌담회에서, 담론공간의 현장성을 어떻게 문자로 옮길 것인가는 더 이상 문제가 아니었다. 인쇄매체의 '좌담회'가 현장감을 보장해주는 신체적 형식으로 정착했고, '좌담회'라는 분류 자체가 현장감을 보장해주는 암묵적 기호가 되었기 때

---

59 「文藝座談會」, 『朝鮮文壇』 제4권 제4호, 1935.10.
60 鄭寅寬, 「水利組合은 왜 破綻되나, 農村座談會」, 『別乾坤』, 1932.1.1.
61 위의 글.
62 「내 자랑 座談會」, 『別乾坤』, 1932.12.
63 「抱腹絶倒, 八道사투리 座談會」, 『別乾坤』, 1933.11.

문이다. 물론 이때에도 1930년대 초반처럼 가상적인 좌담회들이 실리지만 이는 좌담회 안에 구술적인 요소가 끼어든 것이 아니었다. 오히려 만담의 재미나 비평의 재미를 위해서 '좌담회'라는 안정된 형식을 끌어 들여 이용하고 있다고 할 수 있다.

예를 들어 당대의 최고 만담꾼 신불출이 진행한「漫文―新舊女性座談會風景」는 만문이라고는 되어 있으나 "우리 여성사회에 도움이 있기를 바라서 이 座談會를 開催하였읍니다"라고 하면서 "忌憚없이 바로 말슴해주십쇼"라고 시작하는 등 좌담회의 형식을 차용해 오고 있다.[64] 안정된 좌담회의 형식을 이용해서, 신여성과 구여성의 대립을 희화화하는 한편, 일부러 좌담회의 규칙들에서 벗어나는 장면들을 넣고 그것에 대해 "舊 : '여보 新女性들 떠들지 좀 말고 좀 더 점잔케들 합시다 (…중략…) 司 : 허허 조용하십쇼! 여기서는 그렇게 함부로 말슴하는데가 아닙니다. 個人感情으로 是非하는 것이 아니고 다같이 잘살어나가자고 討論을 하자는 것이올시다"[65] 등의 경고를 함으로써 재미를 더하고 있다.

1930년대 후반이 되면 좌담회의 형식만을 빌어 마치 실제로 좌담회가 있었던 듯이 꾸며서 '지상 좌담회'를 싣기도 한다.[66] '지상 좌담회'란 지면상에서 이루어지는 가상 좌담회를 의미한다. 이 가상 좌담회에서도 좌담회의 형식적 특성들이 매끄럽게 지켜지는 것은 물론이다. 문자화된 신체성은 이제 '텍스트' 그 자체에 내부화된다. 음성에서 문자로, 현장에서 텍스트로, 폐쇄적인 화자들의 논의가 불특정 다수의 청자에게로 변화하는 과정에서 생겼던 흔적은 사라진다. 텍스트 자체가 신체

---

64 申不出,「漫文―新舊女性座談會風景」,『三千里』, 1936.2, 105면.

65 위의 글, 106~107면.

66 「關西出身文人諸氏가 '鄕土文化'를 말하는 좌담회」,『三千里』, 1940.5;「'畿湖'出身文士의 '鄕土文化'를 말하는 좌담회」,『三千里』, 1940.6;「嶺南, 嶺東」出身文士의 '鄕土文化'를 말하는 좌담회」,『三千里』, 1940.7;「關北, 滿洲 出身作家의 '鄕土文化'를 말하는 좌담회」,『三千里』, 1940.9.

성을 획득했기 때문이다. 화자와 청자 사이를 연결하는 출판·인쇄·제도·형식적 메커니즘을 문자화된 좌담회 자체가 내부화하게 됨으로써, 그 메커니즘의 흔적도 지워진다. 좌담회는 식민권력의 변화나 출판자본주의, 소비대중들의 변화 등이 편집과 기획을 통해 직접 반영되는 '상품화'된 담론공간이면서도, 그 흔적은 '좌담회'라는 담론공간의 안정된 형식 속에 내부화되어 보이지 않게 되는 것이다.

이에 따라 연설·토론·강연회가 지녔던 화자와 청자 사이의 직접적 감응방식 및 주고받는 신체적 영향관계에도 변화가 일어난다. 좌담회에는 권력적 배치가 "보이지 않는 형태"로 내재화된 채 영향을 줄 수 있게 되고, 정보의 조작과 변형도 고도화된다. 1930년대 이후 좌담회가 정착되면서, 신체에 대한 훈육은 담론공간에서 직접 일어 난다기보다는 좌담회라는 담론형식 속에 내재화된 형태로 작동한다.

정착된 좌담회의 특성 2 : 기획·편집을 통해 내재화된 "권력적 배치"

정착된 좌담회의 두 번째 특성은 좌담회를 둘러싼 권력구조에서 나타난다. 좌담회는 매체에 실릴 것이 예정되고 기획된 담론형식이다. 따라서 『개벽』에 실린 연설회의 속기록처럼, 즉흥적이고 직접적으로 이루어진 연설·토론회를 즉석해서 기록하여 싣는 것과는 차이가 있었다. 좌담회를 인쇄매체로 편집하는 과정 뿐 아니라 좌담회를 기획하는 과정부터 외압이 작용하기 때문이다. 이는 좌담회의 방식에 다음과 같이 반영되어 있다.

좌담회의 시작 부분에는 좌담회를 마련해 준 잡지사나 주최측, 장소와 시간, 출석자(소속이 함께 제시된다), 본회측 등 이 좌담회를 기획한 권력적 배치가 드러난다.[67] 좌담회의 시작은 사회자가 여는 게 보통이다.

---

[67] 간략히 예시를 제시하자면,「農村救濟座談會」(『東光』, 1932.9)는 다음과 같이 기록되어 있다.

사회자는 좌담회를 개최하게 기획해 준 잡지사 혹은 주최측에 대한 감사, 의뢰에 응해준 참여자에 대한 감사를 표시하고, 논의할 주제를 제시한다. 다음은 두 좌담회의 서두 부분을 발췌한 것이다.

盧 우리는 조선농촌이 나날이 쇠퇴하야 금일에 至하야서는 도저히 유지치 못할 만큼 되 엇습니다. 그래서 본회에서도 느끼는 바가 잇어서 高熱에 여러분 선생님을 모시게 되엇습니다. 몬저 우리농촌에 피폐한 현상을 말슴하여 주시기를 바랍니다.[68]

車 시간이 밧부신데 여러분이 이와 가티 원만이 출석을 하야주시니 대단히 감사함니다. 오늘밤 이 자리에 여러분을 오시게 한 것은 이미 미리 말슴한 바가 잇스닛가 여긔에 다시 말슴치 안슴니다. 단도직입으로 본문제에 드러가 말슴하야 주시는 것이 조흘 듯 함니다. 그리고 이 자리는 물론 講演會나 다른 모듬과 가티 무슨 式을 차릴 것도 업스닛가 담배도 피우시고 실과도 잡수시면서 천천히 말슴하야 주십시오.[69]

이렇게 제시된 논제는 이후 몇 가지 소제목으로 편집되어 나타난다. 예를 들어 「농촌구제 좌담회」는 농촌피폐원인, 구제책[70]의 순서로, 「不景氣檢討 大座談會」는 '이 不景氣의 原因은 어데서 왓는가?', '朝鮮과 日本의 凶豐關係', '恐慌이 朝鮮에 밋치는 影響은?', '産米政策을 一時

"主催 海外學友協會 // 場所 鳳凰閣(平壤府 箕林里) // 出席者 ◇內賓側 : 平安고무工業社長 金東元, 朝鮮商業銀行大同門出張所主任 尹道成, 院場金融組合理事 金聖鉉, 農民社共生組合幹事 李智鉉, // ◇本會側 : 崇實學校敎員 柳寬熙, 崇仁商業學校長 金恒福, 辯護士 韓根祖, 檢事 林英贊, 本會長 盧鎭嵩, 本會總務 李鼎淳, 農業 洪聖三, 工業 徐澤源

68 「農村救濟座談會」,『東光』, 1932.9.
69 「不景氣는 언제까지 繼續될가??, 不景氣檢討 大座談會」,『別乾坤』, 1930.12.
70 「農村救濟座談會」,『東光』, 1932.9.

中止한다면?', '當局의 對策如何?', '이 不景氣는 언제까지나 계속이 되겠는가?[71] 등의 순서로 문제의 원인을 묻고 문제의 심각성을 몇 가지 사례, 통계치, 일본 등지와의 비교를 통해서 제시한 뒤 문제의 해결책을 모색하는 형태로 진행된다.

참석자와 사회자, 논의내용을 미리 기획한 뒤에 논의하고, 논의가 끝나면 '소제목'의 형식으로 한두 명의 필자가 속기록을 정리해서 잡지와 같은 매체에 싣는 것, 그것이 잡지에 실린 좌담회라는 담론공간의 형식이었다. 이러한 형식과 룰을 지키려면 논의 과정이나 주제는 잡지사의 기획과 예정된 순서로부터 자유롭지 못하게 되며, 발화 상황에서도 잡지권력, 식민권력, 대중문화 등을 두루 고려해야 했다. 잡지에 실릴 것이 예정된 '기획'은 현장에서 진행될 때에도 영향을 미치기 때문이다. 이렇게 '기획' 속에서 논의된 좌담회는 잡지에 실리기 전 재편집 과정을 거치게 된다.

담화의 공간 또한 연설·토론회처럼 일반대중이 참여할 수 있는 광장이나 거리에서 열리거나 강연회처럼 청년회관이나 학교 등에서 열리지 않았다. 좌담회는 대다수의 청중과 직접 만나 이루어졌던 것이 아니라 미리 정해진 몇 명의 참가자들이 폐쇄적인 공간에 모여서 이야기를 했다. 이처럼 좌담회에 참여하는 사람들은 청중들과 분리되어 폐쇄성을 띤 상태로 논의를 했으며 참여자의 선정은 그들의 전문성과 성향을 고려해서 좌담회 전에 이루어졌다. 좁은 방안에서 이루어지는 대화구조는 사적이고 친밀한 느낌을 주긴 하지만, 실상 고도로 발달된 출판 자본주의의 전략으로 이용될 수 있었다는 점에서 '사적인 것으로 편집된' 공적인 것이었다.

좌담회의 서두와 말미에서 반복되는 인사, 주최측과 참여자 제시,

---

71 「不景氣는 언제까지 繼續될가??, 不景氣檢討 大座談會」, 『別乾坤』, 1930.12.

감사표시, 논제 제시와 같은 형식적 특성은 시사적이고 사회문제를 다루는 좌담회뿐만 아니라 여성이나 스타들이 출현하는 좌담회, 인터뷰 형식을 띤 좌담회나 픽션 좌담회에 이르기까지 광범위하고 정형적으로 나타난다. 「大大諷刺 新春誌上座談會」에서도 "各界名士諸氏出席"이라고 쓴 아래에 "出席者(假想人物)"를 표기하고 있으며 "사회"가 등장해 "일기가 이와 갓치 치운 때에 여러분이 만히 出하야 주신 것은 참으로 감사합니다. 다른 신문사나 잡지사에서는 조흔 요리집에서 굉 하게 좌담회를 하는데 우리는 이럿케 冷淡하게 이 誌上으로 여러분을 초청하게 되니 더욱히 미안합니다. (…중략…) 인사의 말슴은 그만두고 본문제에 드러가서 여러분의 고견을 듯고자 합니다. 맨 먼저 말슴코자 하는 것은 現下 청춘 남녀간에 제일 번뇌하는 연애 그 문제올시다"라고 서두를 열고 있다.[72] 좌담회에서 반복되는 형식들은 현장에서 열린 좌담회의 신체성─시공간의 구성, 앉거나 말하는 자세, 사회와 참여자의 역할분담 등 발화하는 신체성을 일정한 형태로 고정시킨다. 또한 이것이 좌담회의 기록 속에서 반복되면서 좌담회라는 형식을 발화현장에서거 텍스트에서건 안정적으로 유지하게 만든다.

정착된 좌담회의 특성 3 : 발화자의 개인화 · 전문화 · 스타화

좌담회의 세 번째 특성은 발화자가 전문성과 스타성을 띤 개인이라는 점에 있다. 연설 · 강연 · 토론의 경우도 명사가 등장하고 있지만, 좌담회에는 보다 촘촘히 분화된 분야의 전문가가 참여한다. 또한 근대 초기에는 연설 · 강연 · 토론을 통해서 명사가 되었지만, 좌담회에는 이미 여배우나 명사로서 이름을 날리는 스타성이 있는 사람을 좌담회의 발언자로 참석시킨다. 이러한 분화와 전문화, 그리고 스타성의 활

---

72 「大大諷刺 新春誌上座談會」, 『別乾坤』, 1930. 2.

용은 1930년대 대중매체와 대중오락의 범람과 깊이 관련되어 있다. 좌담회의 참여자는 대중성을 고려한 매체의 기획에 따라 논의 전부터 선택된다.

이런 특성은 일본에서도 마찬가지였다. 일본 좌담회의 전신이라고 할 수 있는『신쵸(新潮)』합평회는 생산된 작품의 평가 여부에 관심이 모아졌던 이전의 비평과 달리, "'누구를 논하는가'에서 '누가 논하고 있는가'로" "고유명 소비의 중점적 위상이 이행"하고 있다는 것이다. 바로 이 시기에 잡지 "『분게슌쥬(文芸春秋)』는 '당대 일류인 사람들을 초대해서, 이야기를 듣는다'는 취지의 연속기획을 개시"한다. 결국 "좌담회가 결과적으로 지향하는 것은 말하자면 언론 공간의 '극장화'"였다. 좌담회에서는 "'누구와 누가 논쟁하고 있는가?'가 극한적으로 전경화" 되며, "논쟁의 프로세스를 가속화시켜, 일거에 종결에 도달한다"는 의미를 지니기 시작한다는 것이다.[73]

이처럼 1930년대 초중반에 나타난 좌담회의 발화자와 청자는 연설·토론·강연회의 발화자와 청자와는 그 성격이 크게 달랐다. 이동좌담회인「誌上移動座談會, 諧謔속에 實情」에서 동아일보의 李光洙氏를 쫓아 다니면서 고견을 한 말씀 부탁드리거나,[74] 인터뷰나 앙케이트 형식에 '좌담회'란 제목을 달고 있는 것이 심심찮게 눈에 띠기도 한다. 1930년대 초중반의 좌담회란 이른바 명사, 스타, 전문가를 초빙하여 한 말씀 듣는 것을 의미하기도 했다. 좌담회는 이처럼 각 개인이 지니고 있는 명성을 활용해서 대중의 관심을 끌고 있었다.

따라서 좌담회에는 재계의 거물[75]이나 유명인사, 여성작가나 여배

73　大澤 聰,「고유명 소비와 정치적 전략─문예 부흥기의 좌담회 (固有名 消費と政治的戰略 ─文芸復興期の座談會」,『日本の座談會(仮題)』(近刊) : 日本(日本語), 3~5면.

74　「誌上移動座談會, 諧謔속에 實情」,『別乾坤』, 1930.5.

75　「財界巨頭가 돈과 사업을 말하는 座談會」,『三千里』, 1937.5;「부부座談會」,『三千里』, 1935.12.

우, 스타가 등장하는 경우가 많다. 「夫婦座談會」에서는 여운형, 윤치
호 등의 "스위트홈"을 방문해 인터뷰 한 것에 "좌담회"라는 이름을 붙
이고 있으며[76] 「許憲氏 個人座談會」 등 한 명의 명사를 인터뷰하는 경
우도 많았다.[77] 특히 배우, 유학생 등의 여성 참여자들은 1930년대 초
중반에 걸쳐 '좌담회'에 비교적 자주 등장하고 앙케이트나 인터뷰의 대
상이 된다.[78] 『三千里』에 처음 실린 좌담회인 「女流三學士座談會」[79]도
여성이 참여한 좌담회였으며, 최초의 여성 좌담회인 「내가 이상하는
남편」[80]을 시작으로 1930년대 초・중반의 좌담회에는 여성 참여자가
다수 등장한다. 여배우가 등장해 가십거리 인터뷰를 진행하는 「女俳
優座談會」,[81] 인기 가수들이 나오는 「人氣歌手座談會」,[82] 「女高出身인
인테리 妓生・女優・女給 座談會」,[83] 외국유학을 한 여성이나 조선을
방문한 명사와의 인터뷰 좌담회인 「外國大學出身女流三學士座談
會」,[84] 유명인사 가정방문 「夫婦座談會」,[85] 인물좌담회인 「東西古今人
物座談會」[86] 등은 이러한 특성들을 잘 보여준다. 이 좌담회들은 가십
적인 질문을 싣거나 '스위트-홈' 방문기의 형태를 띤 것이 많았다.

　또한 『삼천리』에 실린 좌담회들 중엔 참여자의 직업이나 전문적 지

76　三千里社 婦人記者 康順玉, 「夫婦座談會-二十年만에 新婚 氣分나신다는 呂運亨氏 夫妻」,
　　『三千里』, 1935.12; 三千里社 婦人記者 康順玉, 「夫婦座談會, 朝鮮第一로 和睦하신 尹致昊
　　夫妻」, 『三千里』, 1936.1.

77　「異域 同胞近況」, 『三千里』, 1932.8.

78　김양선, 「여성작가를 둘러싼 공적 담론의 두 양식」, 『민족문학사연구』, 민족문학사학회,
　　2004, 321면.

79　「女流三學士座談會」, 『三千里』, 1932.4.

80　「내가 이상하는 남편」, 『新女性』, 1931.12.

81　「女俳優座談會」, 『三千里』, 1932.5.

82　「人氣歌手座談會」, 『三千里』, 1936.1.

83　大邱三笠町, 徐丙柱, 「女高出身인 인테리 妓生・女優・女給 座談會」, 『三千里』, 1936.4.

84　「外國大學出身 女流三學士 座談會」, 『三千里』, 1932.4.

85　「夫婦座談會」, 『三千里』, 1935.12.

86　「東西古今人物座談會」, 『東光』, 1931.12.

식을 전면에 내세워 인기나 흥미를 끄는 경우가 많았다. 만주나 북지의 소식을 들려주거나 해외 문학을 전달하는 전문적 르포로는 「莫斯科의 新女性과 新文化—今昔의 모스크바를 이약이하는 會」라는 좌담회가 있다. 이 좌담회는 '모스크바'의 사정에 얼마나 정통한가를 기준으로 인물들의 약력이 소개된다. 이는 연설·토론·강연회에서 화자의 전인적이고 전면적인 특성이 모두 드러나던 것과 구별되는 특성이다. 예를 들어 "李東民"은 "新經濟政策時代로부터 第一線第二次五個年計劃時代에亘하여 蘇聯에서 生活한분"이며, "金海龍"은 "現今莫斯科에서 大學生活을하는藝術方面에對한 硏究의 第一人者"로서 "崔一鮮"은 "日露戰爭當時부터 帝政時代末期까지 莫斯科에서 生活하엿스며 舊모스크바通"으로 "韓嗚"은 "帝政末期로부터 最近까지자주 入露하여단이든분, 新舊兩面의 모스크바通"으로 소개된다.[87]

한편, 직업적 특성을 오락적으로 제시하는 경우도 있다. 「女高出身인 인테리妓生, 女優, 女給 座談會」는 여급, 기생, 배우의 출신학교, 극단 활동 이력, 현재 근무하는 카페 등을 적고 있다. 이런 좌담회가 가능했던 것은 여급, 기생, 배우 등이 당대의 유흥문화이자 새롭게 인기를 끌었던 매체형식들을 상기시키는 직업이었기 때문이다. 그러나 이 좌담회의 참여자들은 단지 인기 있는 배우, 여급, 기생으로서만이 아니라, 이 좌담회가 기획된 의도에 맞춰서 주어진 역할을 수행해야 했다. 좌담회 서두에 나온 그들의 "편집된" 이력이 말해주는 것처럼 왜 여학교까지 나온 인텔리에서 여급이나 기생이 되어야 했는가하는 서사구조에 적합한 역할을 수행하면서 발화해야 했다.[88] 사회자였던 김동환

---

87 「莫斯科의 新女性과 新文化—今昔의 모스크바를 이약이하는 會」, 『三千里』, 1935.9.

88 「女高出身인 인테리妓生, 女優, 女給 座談會」, 『三千里』, 1936.4, 162~163면.
    喫茶店매담 卜惠淑 : (京城梨花女子高普를 三年까지마추고 橫濱들어가서 高等女子技藝學校卒業, 그동안 土月會의 멤버—로 新劇運動에 十年間을 從事하다가 最近은 映畵女俳優로서도 活動(年二十九)

은 "高等敎育을 받은 인테리 女性들로서 어째서 '거리의 天使'라고나 부를 이러한 艶情方面의 職業線上에 나섯으며 또한 高等女學校를 다닐때에 생각하여 오던 것과 지금 현재에 있어 우리 사회를 보는 方法일던지 男性을 評價하는 標準이 많이 달려졌을줄을 압니다. 우리들 男性과 社會에서는 '高等女學校마춘 妓生', '高等女學校나온女給', '高等女學校나온俳優'들인 여러분의 戀愛觀, 社會觀, 人生觀을 몹시 듣고 싶어합니다"라고 말하면서 참여자들의 발화내용, 발화하는 사회적 위치와 지위, 담당해야 할 역할 모델을 규정해 주고 있다. 좌담회 서두에서 이런 제시가 나오는 것은 다른 대다수의 좌담회에도 공통된 점이지만, 이 좌담회는 특히 참여자들의 약력을 통해 그들의 발화를 제한한다는 점이 눈에 띤다. 이처럼 좌담회의 안정적이고 반복적인 형식성은 거꾸로 참여자들이 좌담회에서 보여주어야 할 역할, 발화내용, 발화방식과 같은 행위를 규정했다.

정착된 좌담회의 특성 4 : 예정된 '합의', 약화된 '논쟁성'

좌담회의 마지막 특성으로 들 수 있는 것은 논쟁성의 약화이다. 좌담회의 주제와 참여자 선정부터 편집·기획되었던 좌담회에서는 1920

女俳優 申銀鳳 : 平壤女子高等普通學校卒業, 靑春座等 여러 演劇團體에 멘버ー로서 演劇運動에 奔走한지 將近十年에 미치며 流行歌手로도 名聲이 높다(年二十七)

妓生 金漢淑 : ╳明女子高等普通學校를마친後 水原某校의 女敎員으로 多年 敎鞭을 잡고 있었다 그동안 여러 運動에도 奔走한적이있었는데 (芳紀二十五)

딴사ー金雪峯 : ╳╳女子高普卒業, 大連에 들어가서 '╳╳딴스홀'의 딴사!, 그동안 奉天, 上海, 天津 等遊歷(年二十四)

女給 鄭秀君 : ╳╳女學校를 卒業後 天津女子學堂과 北京高等女學堂을 卒業 現在는 市內 樂園카페의 女給(年二十三)

喫茶店女 마담 李光淑 : 京城官立女子高等普通學校卒業, 現在서울 壽松洞에서 喫茶店銀鈴을 經營)

女給 鄭靜花 : ╳╳女子高等普通學校卒業, 現在서울樂園카페의 女給으로 職業線에서 活躍(年十九)

女給 趙銀子 : ╳╳女學校 卒業, 서울 빠고다 公園 附近(쯔바메)喫茶店에 在勤(年十九)

년대 연설·토론·강연회에서 보였던 정치적 논쟁성이 약화될 수밖에 없었다. 좌담회가 발화자들만으로 구성된 폐쇄적 공간에서 열림으로써 청자들로부터 분리되어 있었던 점, 참여자들이 동등한 전문적 지식과 신분을 지닌 자들로 선택되었다는 점에서 비롯된다. 매체에 의해서 선택된 시공간, 주제, 발화자라는 구성 속에 함께 있다는 것은 참여자들 사이에 동일한 담론공간에 있다는 합의, 동일한 계급이라는 합의, 동일한 주제에 비슷한 결론을 갖고 있다는 합의를 전제로 하는 것이었기 때문이다. 따라서 이들 참여자들 사이에는 '동등한 발언권'이 인정되는 듯이 보였으나, 그 또한 이미 정해진 논의과정 속에서 이루어지는 것이었다는 점에서 얼마나 자유로운 발화가 가능했었는지는 불명확하다.

좌담회에 참여한 발화자들의 성격을 살펴보면, 좌담회가 소비적 대중을 만들어내기도 했으며, 잡지의 소비 심리를 자극하는 소비 전략이기도 했음을 알 수 있다. 좌담회의 서두 부분에는 "재미잇게 말슴을하시"[89]라든가, 유례가 없이 "斯界權威를 이러케 한자리에모여 說話를어든 紀錄이 없섯느니만치 甚히 重要하고 滋味잇는 話題"[90]라고 강조하거나 다른 잡지에서는 들을 수 없는 새로운 이야기를 해 달라고 주문하고 있다. 이처럼 좌담회는 식민지 / 피식민지 권력관계 뿐 아니라, 무엇보다 자본주의적 메커니즘으로부터 자유로울 수 없었다. 식민지배 질서의 외압과 더불어 좌담회에는 자본주의적인 매체권력이 영향을 미치고 있었던 것이다. 이러한 요소들은 좌담회의 정치성을 약화시킨다. 다음과 같은 좌담회에서 그 예를 찾을 수 있다.

1936년 2월에 『삼천리』에는 당대의 유명한 만담가인 신불출[91]을 전

---

89 「莫斯科의 新女性과 新文化 ― 今昔의 모스크바를 이약이하는 會」, 『三千里』, 1935.9, 211면.
90 「名俳優, 名監督이 모여 '朝鮮映畵'를 말함」, 『三千里』, 1936.11, 82면.
91 반재식, 『漫談 百年史 ― 신불출에서 장소팔·고춘자까지』, 百中堂, 2000, 8~9면.

면에 내세워 만담 형식의 좌담회를 싣는다. 이 좌담회가 실린 2월호 첫 부분에는 「新舊女性 座談會 風景 (1936.2.1)」이 실릴 정도로 잡지사에서 꽤 힘을 기울이고 있음을 알 수 있다. 이 사진에는 「여류작가의 하로 저녁」이라는 제목과 함께 "서울鐘路그릴 三層樓上에서 本社主催의 文藝座談會에 모엿든 女流作家諸氏들로 前列右로부터 張德祚, 崔貞熙, 盧天命, 后列 李善熙, 毛允淑, 朴相義의 諸氏"란 부제가 붙어 있다. '만문'이라는 형식으로 정리되어 있지만, 실제로 구여성과 신여성이 만나 좌담회를 한 내용을 정리한 것이다. 이 좌담회는 개회, 사회자, 주최측이나 참여자의 설명 등 좌담회의 기본적인 "토론"형식이 잘 드러나 있으면서도 내용에서는 좌담회의 논쟁성이 희박해져 가고 있음이 드러난다.

이 좌담회의 토론은 지극히 오락적인 형태로 이루어진다. 정리한 사람은 "申不出"로 되어 있으며 "사회자"라는 명칭을 단 사람이 "자―이제부터 開會하겟읍니다. 날세가 공교로히도 치운데 이러케 많이 오셔서 盛況을 일우워주시니 主催側을 대표해서 衷心으로 感謝를 올립니다. (…중략…) 다시 말하면 新女性의 입장에서 볼 때에 舊女性들의 하는 일이 모두가 곰팽냄새가 날 것이요. 그와 반대로 舊女性의 입장에서 볼 때에는 新女性의 하는 일이 모두 마땅치 않음이 많을 것인즉 이제 그 彼此의 잘잘못을 白日靑天下에 暴露를 함으로서 다행히 長處와 短處를 깨다라서 우리 여성사회에 도음이 있기를 바라서 이 座談會를 開催하였읍니다"라고 말하면서 신구여성의 대립을 유도하듯이 시작한다. 이 좌담회는 다소 픽션적인 요소를 포함하고 있어서 참여자들의 이름 대신 '신여성', '구여성'이라는 명칭으로 논의가 진행될 뿐 아니라 신여성과 구여성의 모습을 유머러스하게 그려 내면서 예고된 싸움을 유발해 흥미를 자아낸다. 이 좌담회는 점차 분위기가 격앙되고 사회자가 중간에 끼어들어 중재를 할 때에도 구여성이나 신여성의 모습을 풍자적으로 언급한다. 이 논의는 진지한 토론에 이르는 것이 아니라 도중에 중단되고 "떡국"을 먹으러 가는 것으로 귀결된다.

新「나는 新女性이올시다, 그런데 舊女性이란 존재를 新女性인 우리들의 시각으로 본다고 할 것 같으면 그것은 하나의 封建的인 「歷史的 遺物」일 수밖에 없습니다. (…중략…) 舊女性사회를 향하야서 어서 빨리 세상이 어떻게 돌아가는 것을 좀 알구 지냅시사는 注文을 하고 싶읍니다」

舊「올치 너 말 잘했다! 응 나는 다 늙어빠진 舊女性이다. 舊女性 더러 밤낮 모른다구 욕들만 하지 말구 너이들이 좀 가르처 주렴. 그 흉악망칙한 「모던껄」이 되지 말구!」

司「허허 조용하십쇼! 여기서는 그렇게 함부로 말슴하는데가 아닙니다. 개인감정으로 시비하는 것이 아니고 다같이 잘 살어 나가자고 의론을 하자는 것이올시다」 (…중략…)

司會者 (…중략…) 너무도 실례되는 말슴을 많이 해서 罪悚스럽읍니다, 오늘 좀 時間이 넉넉햇드라면 蓄妾問題와 女性의 覺醒이라든지 結婚問題 또 離婚問題와 再婚問題 그리고 職業婦人問題 같은 중요한 말슴을 하였을 것인데 不得已 다음 기회를 지여서 다시 한번 더 開催해 볼까 하오며 고단하신 중에 오늘 너무 여러 가지로 유익하고 재미있는 말슴 많이 들려주셔서 感謝합니다, 이걸로 폐회합니다, 자! 아래층 식당으로 떡국이나 잡수러 가시지요.」

一同「(拍手)」[92]

당대 유명한 여성 문인들 명사들이 참여한 이 좌담회는 신여성 구여성의 문제를 '토론'과 '좌담회'의 형식을 빌어서 제시하면서도 노골적

---

[92] 申不出, 「(漫文) 新舊女性 座談會 風景」, 『三千里』, 1936.2.1.

인 말싸움까지 게재하여 오락적인 효과를 내고 있다. 이런 효과들은 대중들의 흥미를 만족시키려는 합의 속에서 진행되고 있다는 점에서 근대 초기 연설·토론회에서 나타났던 '합의되지 않은 사건성'과는 다르며, "이미 합의된 토론, 합의된 사건"이라고 할 수 있다.

좌담회에서는 연설·토론·강연회에서 드러나는 '계급적 갈등', '민족적 갈등', '성적 갈등', 말하는 자와 듣는 자의 갈등이 좌담회라는 형식 속에 감추어져 버린다. 앞서 살펴본 것처럼 스타성, 직업, 명성에 의지하거나, 오락적 요소가 강해지거나 신기한 먼 곳의 소식을 르포형태로 전달할 뿐이다. 이처럼 좌담회는 '논쟁'을 몰고 온다기보다는 '논쟁'이나 '이슈'를 빠르게 포착하여 다이제스티브한 형태의 지식으로 바꾸어 '정리'하고 '전달'하는 기능에 중점이 놓여진다. 문제는 이 합의와 정리의 성격이다. 1930년대 초중반에 대두한 좌담회라는 형식은 예측된 편집이 강화된, 대중적 소비주체의 욕망에 적합한 지식을 흥미롭게 전달하는, 출판 자본과 식민권력의 영향 하에서 만들어진 것이었다. 따라서 그러한 권력 배치에 따라 좌담회의 성격이 규정되는 측면도 있었다.

"형식적 전향"의 수행도구가 된 좌담회

1920년대의 논쟁적인 맑스주의 청년들은 1930년대의 명사가 되어 좌담회에서 참가하고 있다. 이 명사들은 폐쇄적이고 기획되고 편집된 좌담회에서 기획된 내용에 적합한 직업과 신체를 연기하고, 이러한 그들의 발화는 대중들의 흥미와 검열을 고려해 편집되어 실린다. 근대 초기처럼 계몽적 열정으로 통합될 수도 없었고 1920년대와 같은 논쟁도 사라진 자리에서 형성된 좌담회는, 당대의 권력적 배치를 그 형식 속에 내재화하고 있었다. 인쇄매체·전파매체 등의 간접적 매체들이 직접성을 대체하게 됨에 따라서 세계는 합평회 좌담회와 같은 축소된 모델로 재현되었다.[93]

이런 '기획·편집'된 좌담회에 참여하게 되면서 지식인들은, 전향의 문제에 부딪치기 이전부터, 그들의 의도와는 무관하게 자본주의의 질서 속으로 식민권력의 장 속으로 출판 시스템 속으로 편입되고 있었다. 좌담회라는 형식은 그것을 둘러싼 배치에 직접 영향을 받음으로써 권력의 배치를 무의식적으로 내부화한 "형식적 전향"을 가져오는 매체가 되었다. 아감벤이 "도처에서 정치공간을 변형시키고 있는 미디어 스펙터클 권력과 같은 현상을 마주하면서도 주체의 테크놀로지와 정치기술들을 분리시키는 것이 과연 정당한가?"[94]라고 질문하고 있듯이, 간접적인 법·제도적·언어적 통치기술은 신체에 대한 직접적인 훈육·통치·규율 권력과 겹쳐지게 되는 것이다.

1930년대 이후 담론적 제도인 좌담회에 참여하고 말하는 것은 자본주의적 질서, 식민권력의 검열 속으로 들어가 그 제도를 수행하는 것이 된다. '참여'자체가 수행이 되고, '발화'자체가 수행이 된다. 식민권력의 검열이 작동하는 장이자 자본주의적 시스템이 작동하는 담론공간 속으로 작가, 비평가, 배우, 가수, 학자 등이 '참여'해 돈이 되고 검열에 걸리지 않는 방식으로 자신을 소개하고 행동하고 발화한다.

1930년대 초중반의 좌담회 속에서 관료화된 지식인, 직업화된 학자, 스타가 된 예술가들은 소비적 대중들과 공모·공존했다. 1930년대 좌담회의 출현 및 정착은 바로 이러한 담론공간의 신체성이 지닌 성격

---

93 베르너파울슈티히, 황대현 역, 『근대 초기 매체의 역사』, 지식의풍경, 2007, 467면.
　　이 책은 인쇄매체가 발달하기 전, 인간이 직접 구두로 정보나 소식을 전하던 시기의 매체 형식을 '인간매체'라는 말로 규정한다. 이후 종교개혁과 함께 인쇄매체가 발달하면서 인간매체와 인쇄매체가 대체·공존하게 된다고 설명한다. 이때 근대를 열었던 종교개혁에서 두드러지는 인간매체의 변화를 보여주는 예로서 드는 것이 루터의 설교와 찬송가이다. 이랬던 설교라는 인간매체는 인쇄물과 긴밀히 관련되면서 차차 인쇄 미디어에 자리를 내준다. 이게 가능했던 것은 "새로운 세계경험의 기본특징이라 할 투시도법"으로 묘사할 수 있다.
94 조르조 아감벤, 박진우 역, 『호모 사케르―주권권력과 벌거벗은 생명』, 새물결, 2008, 36면.

변화를 나타내준다. 이후 중일전쟁에 접어들면서 좌담회는 피식민지적 현실에 강한 영향을 받게 된다. 조선의 좌담회는 식민권력, 출판권력, 대중적 욕망에 의해서 점차 위계적이고 검열적인 담론공간으로 변해가는 것이다.

2. '총동원체제'와 '형식적 전향'으로서의 좌담회

1) '검열'의 내부화와 '형식적 전향'

(1) 좌담회에 내부화된 식민권력

중일전쟁 이후 좌담회의 변화 1 : 총동원체제와 『삼천리』 좌담회

중일전쟁 이후에는 『삼천리』, 『조광』과 같은 대중 종합 잡지나 『국민문학』과 같은 평론지에도 시국적 좌담회가 실리기 시작한다. 또한 중일전쟁의 정세가 일본 쪽에 유리하게 진행됨에 따라서 1938년 후반부터 조선의 총동원체제가 심화되고 문인들의 시국협력도 본격적으로 진행된다. 당시 좌담회가 게재된 신문이나 잡지는 사상 통제 하에 있었다. 조선에서 중심적 지위를 차지하고 있었던 것은 총독부 기관지였던 『매일신보』와 『경성일보』였는데, 『매일신보』와 『경성일보』조차도 1939년의 경우, 3, 4건의 치안방해를 기록하는 등 검열과 통제가 심했다. [95] 강화된 검열 조치는 기획과 편집권이 강한 영향력을 발휘하는

---

95 변은진, 「일제 전시 파시즘기(1937~45) 조선민중의 현실인식과 저항」, 고려대 박사논문,

좌담회의 내용에 지대한 영향을 주게 되고, 좌담회의 테마는 시국적인 상황과 긴밀히 연동하기 시작한다.

이러한 현상은 동일한 잡지 내에서도 중일전쟁을 기점으로 좌담회의 테마가 급격히 변화하는 점에서 확인된다. 특히『삼천리』는 1930년대 초반부터 1940년대 초반에 걸쳐 지속적으로 좌담회를 게재하고 있어서 변화양상을 살펴보기에 적절한 장을 제공해준다. 1930년대 초기에 여성·명사·여배우 등 대중적 유행을 쫓는 좌담회가 많았던『삼천리』의 경우, 1938년 총동원체제[96]가 실시된 이후에는 테마가 급격히 변화한다. 조선의 일상생활을 전장에 봉사하는 총후로서 적합하게 조직하기 위한 좌담회들이 개최된다. 예를 들면, "온갖 제도와 관습을 뜯어 고쳐서 국민생활의 대개조를 할 때"라며 집단결혼, 아파트의 공동취사, 탁아소의 공동육아, 남편성을 따라 쓰는 일본식 성명방식의 도입을 논의하자는 취지의 좌담회들이 열리기 시작한다.[97]

또한 문인 위문단의 보고나 전선의 소식을 전달하는 좌담회가 늘어난다. 「國境 現地座談會―朝鮮軍司令部 士官과 總督府 官吏 모여」라는 좌담회에 등장한 특파원은 전선소식을 전달하면서 "계속하야 南支, 北支, 방면에 대하여도 現地座談會"를 열겠다고 하고 있다.[98] "조선문단과 출판계 합동으로 파송한 문단사절 3씨"인 박영희, 임학수, 김동인은 황군장병을 위문하기 위해 1939년 4월 15일에서 5월 15일까지 경성 → 북경(北京) → 석가장(石家莊) → 유차(楡次) → 임분(臨汾) → 운성(運城) → 안읍(安邑) → 태원(太原)을 거쳐, 참변으로 유명했던 통주(通州)를 들러 지나사변 발상지인 "蘆溝橋까지 一巡"한 뒤 좌담회[99]를 개최한다.

1998, 43면.

96 高橋濱吉, 「家庭と國民精神總動員」, 『總動員』, 창간호, 1939.6.

97 「戰爭 長期化 '家庭 生活' 主婦 座談會」, 『三千里』, 1940.3.

98 「國境 現地座談會―朝鮮軍司令部 士官과 總督府 官吏 모여」, 『三千里』, 1938.11.

99 박영희·김동인·임학수, 「文壇使節歸還報告―皇軍 慰問次 北支에 다녀와서」, 『三千里』,

더불어 총동원체제를 확산시키기 위한 제도와 연동하여 좌담회의 테마가 바뀌기도 한다. 예를 들어 1938년 2월 22일 육군특별지원병령에 의해 실시된 지원병제는 1942년 5월 8일 각의의 결정에 따라 1944년부터 징병제로 바꾸기로 결정된다. 그러자 이 시기를 전후로 지원병에 관한 좌담회가 성행한다. 1940년 7월 1일 『삼천리』에 지원병 10만 돌파를 기념해 실린 「志願兵士諸君에게, 十萬突破의 報를 듣고 全朝鮮靑少年諸君을 激勵하는 書」가 그것이다.[100] 이처럼 『삼천리』 좌담회의 테마는 중일전쟁 이후, 일상생활의 동원, 문인위문단, 지원병제 및 징병제의 실시 등, 총동원체제의 여러 형태들과 연동하고 있었다.

중일전쟁 이후 좌담회의 변화 2 : 시국화 · 일어화하는 『조광』 좌담회
　『조광』은 1930년대 중반에 창간된 잡지로 『삼천리』만큼 풍부한 시대적 변화들을 보여주지는 못하지만, 중일전쟁 이후 오락적인 좌담회와 시국적인 좌담회가 번갈아가면서 실리고 있으며 일어로 좌담회가 등장하는 등 의미 있는 변화들을 보여준다. 1935년 11월 조선일보사에서 창간한 종합잡지 『조광(朝光)』(1935.11.1~1944.12)은 창간사에서 "사회민중의 문화행정"에 일조가 되길 바란다는 희망을 밝히고 있다. 이처럼 『조광』은 당대의 어떤 잡지보다 풍부한 화보를 실었으며, 동원된 필자도 다수였고, 문화 · 예술에 대한 글을 많이 실었던 대중적 종합지였다. 시국적 좌담회가 실리기 전의 『조광』의 좌담회는 명사의 유명세를 이용한 오락적인 좌담회가 풍부한 삽화, 사진과 함께 실렸다.
　『조광』에 처음 실린 좌담회는 1937년 4월에 실린 「崔承喜 渡歐 記念 座談會」로 최승희의 인기에 편승해 기획된 다분히 대중적이고 오락적

1939.7.
100 「軍人と作家徵兵の感激を語る」, 『國民文學』: 朝鮮(日本語), 1942.7.

인 명사 좌담회의 성격을 띠었다. 특히 이 좌담회에는 군데군데 최승희를 캐리커쳐한 다양한 삽화가 삽입되어 있어서 대중의 흥미를 끌기에 충분했다. 창간 초기『조광』에 실린 좌담회에서는 이러한 오락적 성격이 이어진다. 1937년 7월에 봉산탈춤 장면사진을 함께 실은「봉산탈춤 좌담회」, 8월의「金剛山案內者좌담회」, 9월의 좌담회 사진과 삽화가 곁들여진「爆笑放談會」, 10월의「上海서 避難온 娘子群 좌담회」, 11월의「産婦人科 專門醫의 姙娠分娩攝生 좌담회」, 12월의 연극배우들의 좌담회 사진과 캐리커쳐가 삽입된「연극배우 좌담회」등이 그것이다. 이후 한동안 좌담회가 실리지 않다가 1938년 4월「放浪家의 移動座談會」, 5월「畵家彫刻家의 모델 좌담회」등이 실린다.

중일전쟁 이후『조광』에는 시국적 좌담회가 오락적 좌담회와 번갈아가면서 실리기 시작하는데, 특히 중요한 정책적 변화가 있을 때 시국적 좌담회가 실리곤 했다. 예를 들어, 총동원체제가 시작되었던 즈음인 1938년 7월 호에는「전시경제문제좌담회」가 열리는데, 같은 호에「東西對抗 獵奇 좌담회」가 실린다. 이후에는 다시 오락적이고 소비 대중의 기호에 맞는 좌담회가 이어지다가,[101] 신체제 질서가 발표된 직후인 1940년 11월에는 신체제 질서의 과학적 생활이란 측면을 부각시킨「과학에의 충격 좌담회」가 실리며 1941년 3월에는 임화와 야나베 사이의 대담을 싣고 연이어 다음 달에는 익찬회 문화부장 岸田國士와 김사량의 대담을 싣는다.[102] 1941년 이후부터는 오락적인 것보다 시국적인 좌담회의 비중이 강화되기 시작한다. 41년 4월의「조선 무예

---

101 8월호에는「민중보건 좌담회」가 실리는 반면 9월호에는「流行歌手와 映畵女優좌담회」가 실린다. 1939년 1월호에는「신진작가 좌담회」가 2월호에는「정당한 연애와 결혼 좌담회」, 3월호에는「남녀 專門卒業生 담화」와「레코─드계의 내막을 듣는 좌담회」가, 4월호에는「전 조선전문중등학교장의 학생문제좌담회」와「내지방 특생을 말하는 좌담회─평양편」가, 5월에는「영화 제작 裏面공개 좌담회」, 11월에는「결혼과 임신 좌담회」가 실린다.
102 「총력연맹부장 矢鍋示三郎・林和 對談」,『朝光』, 1941.3;「岸田國士・김사량 대담」,『朝光』, 1941.4.

와 경기를 말하는 좌담회」, 5월에 「세계의 화제 - 도쿄 좌담회」, 5월의 「조선의 풍자와 해학을 말하는 좌담회」와 「최승희의 무도와 포부를 듯는 ……」 쌍담회, 6월에는 「신문화 들어오던 때」 등이 실렸던 반면, 41년 9월에는 「전시국민생활 강조좌담회」, 12월에 「동서 신질서의 일 년」, 1942년 1월의 「조선영화의 신출발」이 실리는 등 점차 시국적 색 채를 강하게 띠기 시작한다.

1941년 12월에 최초로 일어 좌담회 「新嘉坡 陷落を語る」가 등장하 고 참여자들도 일본인으로 구성된다. 일어로 기록된 좌담회가 계속해 서 실리지는 않지만, 1942년 4월의 「남방공영권의 풍속문화를 말함」, 6 월의 「징병령과 반도 어머니의 결의」, 7월의 「代用食 좌담회」, 10월의 「개척민 부락장 현지 좌담회」, 11월의 「징병령과 여자교육」 43년 1월 의 「세계 戰局의 전망」, 4월의 「결전 町總代 쌍담회」 4월의 「농촌오락 진흥좌담회」 등 매우 일상적으로 총력전 체제의 이데올로기를 전파하 는 좌담회들이 늘어난다. 이처럼 『조광』의 좌담회는 초기의 오락적이 고 대중적 성격을 통해 이후 보다 미시적이고 일상적인 측면으로 총력 전 체제의 이데올로기를 전파하는 장이 된다.

계층과 장소에 따른 좌담회의 추이

여기서는 주로 매체에 기록된 좌담회를 중심으로 다루었지만, 중일 전쟁 이후 조선에서 열린 좌담회의 종류는 계층과 장소에 따라 차이를 보인다. 『삼천리』나 『조광』에 실린 좌담회 외에도 지방단위로 실시된 좌담회나 강연회도 있었다. 중일전쟁 이후인 1937년 7월 22일에는 중 앙정보위원회가 설치되어 7월 27일부터 8월 20일 사이에 전국의 각 도 로 확산된다. 계급별로 시국인식을 주입하는 핵심기구인 중앙정보위 원회는 1937년 8월 11일 상공회의소와의 협력 하에 각종 좌담회와 강 연회를 연다. 시국 좌담회의 경우 농어촌 지역 서민들의 시국인식을 파악하기 위해 1937년 9월 이후 일본 경찰 측에서 실시했다. 이 시국 좌담회에서는 중일전쟁의 원인과 진행과정, 동양에서 일본의 위치와 구미 각국 상황 등을 전달하고, 지방개량인 생활개량에 주력했다. 좌담회 중 주의를 요하는 질문이 있을 때는 질문자의 주소, 이름, 직업, 사상경향 등을 철저히 보고할 것을 요구했다.

지방에서 실시된 좌담회가 보여주는 이러한 엄격한 언론 통제·관리 시스템은 지면으로 실려 인쇄되는 좌담회와 연동하여 조선의 일상을 총후로 조직하는 담론공간으로 기능했다. 1937년 9월에서 1940년 1월까지 전국에서 개최된 좌담회는 회수 308,751회, 참가연인원, 16,060,402명에 숫자에 달했다.[103] 사상범 보호관찰을 위한 思想保護司의 임무 중 하나가 좌담회 개최였으며,[104] 1938년에는 총독부에서 생활개선운동의 일환으로 13도 각지에 50명의 인사를 파견해 연설회와 좌담회를 벌이기도 했다.[105] 좌담회는 지식인에게는 이론적 설득을 통한 동원장치로, 대중들에게는 계몽을 통한 동원장치로 기능하고 있었다.

(2) '형식적 전향'을 수행하는 좌담회

'형식적 전향'을 수행하는 좌담회

식민권력이 시국적 내용을 전달하는 매체로 좌담회를 선택했던 이유는, 좌담회가 1930년대 초반을 거치면서 지식인과 대중 모두에게 정보나 지식을 전달하고 파급시키기에 적절한 형태로 정착했기 때문이다. 일본에서도 좌담회는 "모더니즘 시대에 걸맞은 간편함과 속도감"

---

[103] 변은진, 앞의 글, 1998, 34~39면.

[104] "六千八百名에 十一月부터 實施 總督府法務局의 立法內容은 如左", 「思想犯保護觀察法」, 『三千里』, 1936.11.

[105] "生活改善으로 萬餘圓 — 五十人을 各地에 派遣費." 「機密室, 우리 社會의 諸內幕」, 『三千里』, 1938.12.

때문에 유행한다. "자유민권운동을 떠받쳤던 연설회에 비해서, 청년들을 모아 이루어진 생(라이브) 좌담회는 참가하는 측에서도 부담 없고 알기 쉬운 형태"였고, "자리를 마련하고 속기자를 고용하면, 최신의 화제를 가장 빨리 활자화할 수 있었으며 인기작가의 원고를 힘들게 모으는 것보다도 간단하고 스피디했다"는 것이다. 그러나 일본에서도 1930년대 이후 라이브 좌담회가 가진 좌파적 동원력은 체제측에 의해서 역이용된다. 특히 출판된 좌담회의 경우, "다양한 시국, 국가의 문제"에 빠르게 대응할 수 있었기 때문에 체제 쪽의 동원수단으로 이용되었다.[106]

조선에서도 1930년대 좌담회가 지닌 특성들은 식민 지배를 위한 선동 선전에 적절하고 좋은 요건이었다. 당대의 이슈를 대중이 읽기 좋은 형태로 포착해 빠른 시간에 전달하는 형식이자, 모던한 분위기와 명사와 스타들의 유명세를 통해 대중들의 매혹과 신빙성을 얻을 수 있었기 때문이다. 더구나 좌담회에서는 논쟁성이 약화되어 정치적인 대중을 형성할 가능성은 절감된 반면, 기획과 편집을 통해 식민권력이 좌담회에 관여할 수 있는 여지는 넓어져 있었고, 좌담회에 참여한 자들을 사상적으로 검열하거나 즉석해서 동원하는 수단으로도 유용했다.

한 예로 좌담회 도중 "돈을 모아서 합계 십원 육십전을 조선 군사령부 애국부에 헌납"하게 하기도 했다.[107] 좌담회는 아래로부터의 열기가 아닌 위로부터의 강제라는 형태로, 청자와 화자와의 대등한 관계가 아니라

---

106 鳥羽耕史, 「1940~50年代の座談會史のためのエスキース, あるいは座談會と責任の問題」, 『日本の座談會(假題)』(近刊) : 日本(日本語). 특히 『農業報國座談會の聞き方』(愛知縣産業組織靑年連盟, 1940년 6월)라는 소책자는 좌익측의 조직법이 "전시하의 국민동원을 위해서 이용되었던 모습"을 보여준다. 이 소책자 중에서 "〈반드시 행해야 하는 사항〉은 〈1. 국민정신의 수양진흥(陶冶作興)에 관한 사항〉, 〈2. 농업생산력의 유지와 증진에 관한 사항〉, 〈3. 신생활 양식의 확립에 관한 사항〉, 〈4. 군인 援護 사업에 참여하는 것에 관한 사항〉"이 특히 그러한 특성을 보이며, 좌담회의 동원 방법, 이끌어가는 방법 등이 간략한 매뉴얼로 제시되고 있다.

107 「轉向者法座談會」, 『法政新聞』, 1937.8.31(『近代朝鮮文學日本語作品集』 3(1901~1938), 綠蔭書房 : 日本(日本語), 2004, 153~163면).

설득과 동원의 기제로서 변화한다. '편집과 기획'이 중시되는 좌담회의 특성상, 좌담회를 둘러싼 권력의 배치에 민감하게 반응할 수밖에 없었기 때문이다. 이처럼 1930년대 초중반 자본주의를 내부화했던 좌담회는, 중일전쟁 이후 식민권력을 내부화한다. 좌담회 형식은 그대로 유지되었으나, 권력의 배치가 변화함에 따라서 좌담회를 둘러싼 내러티브와 담론자원(참여자, 발화방식, 등)은 크게 변화한다. 1930년대 초중반 자본주의와 식민검열에 영향을 받으면서 발생했던 좌담회의 '형식적 전향'은, 총동원체제를 좌담회의 테마와 발화형식 속에까지 내부화함으로서 형식적으로도 내용적으로도 '좌담회를 통한 전향'을 완성한다.

무엇보다 중일전쟁 이후의 좌담회에서 두드러지는 특성은 좌담회가 검열·관리의 대상이 아니라 식민권력의 생산수단이 되었다는 점이다. 중일전쟁 이후 식민권력은 매체와 담론공간, 그리고 대중적 신체를 검열하지 않는다. 대신 매체, 담론공간, 대중의 신체 내부에 들어와 매체, 담론공간, 대중의 신체를 생산하기 시작한다. 따라서 '좌담회에 참여하고 발화하는 것', '좌담회를 잡지에 싣는 것'이 지닌 정치적 의미는 무거워질 수밖에 없었다. 좌담회에 참여한다는 것은 단순히 '언어를 발화'하는 것도, 반강제적으로 동원되는 것만도 아니었다. 식민권력의 생산 메커니즘에 '참여'하고 '수행'함을 의미하게 되었고, 또한 이러한 참여와 수행을 통해서 식민권력을 수행하는 신체로서 연성되었다. 좌담회의 '발화'자체가 수행(행동)이 되고, '참여' 자체가 수행(행동)이 된 것이다.

형식적 전향 1 : 좌담회의 일어화

좌담회가 전향을 수행하는 형식이 됨에 따라서, 좌담회의 참여자들은 '좌담회'라는 장 안에서 정치적으로 갈등하기 시작한다. 1930년대를 거치면서 좌담회에는 정치적인 색채가 약화되고 대중문화로서의 색채가 강해졌지만, 중일전쟁 이후 시국적인 좌담회가 늘어남에 따라서 좌담회는 다시금 정치적인 담론공간으로 구성된다.

첫째로 좌담회에서 사용되는 언어변화를 보면, 좌담회가 이른바 '형식적 전향'을 하는 담론공간이 되었다는 점이 명확해진다. 중일전쟁 이후 좌담회에는 조선인 뿐 아니라 총독부 관리나 일본의 국가단체를 대표하는 사람들이 참여하기 시작한다. 총독부 관리나 일본인과 함께 이루어진 좌담회 중 일부는 사용언어가 조선어에서 '국어(일어-필자)'로 변화한다. 좌담회 안의 언어가 '일어'로 단일화된 것은 좌담회 밖에서 이루어진 식민권력의 일본어 상용화 정책의 영향이 좌담회의 언어로 반영된 결과이기도 했다. 1938년 3월 공포된 제3차 교육 교육령은 황민화를 위한 도구로서 국어를 명시하고 있으며, 조선어 과목은 제13조 규정에 의해 수의과목(隨意科目)이 된다.[108] 1943년 2월에 공포된 제4차 조선교육령 이후 그해 3월부터는 교과목에서 조선어가 폐지된다.

1937년 이후 잡지상에서 일본어와 조선어의 관계를 보면, 모든 잡지가 국어판(일어판)이 되기 전부터 일어가 일찍 장악해 들어간 장르가 좌담회나 인터뷰였다. 좌담회가 다른 장르에 비해 빨리 일어화 되었던 것은 좌담회에 일본인이 참여하기 시작했기 때문이기도 하지만, 좌담회가 소설에 비해 외부의 권력배치에 큰 영향을 받는 형식이었기 때문이기도 했다. 『삼천리』에는 1940년 10월부터 「國語版特輯」이 신설되고 미나미(南) 총독의 「도쿄에서 「조선」을 말한다(東京にて「朝鮮」を語る)』등이 실리고, 이후 국어(일어)로 지면이 늘어간다. 두 번째 국어판 특집인 1940년 12월호에는 「조선의 신체제와 지도자와 민중문제를 말한다(朝鮮の新體制と指導者と民衆問題を語る)」라는 좌담회와 「내지인사는 이렇게 말한다(內地人士は斯く語る)」라는 인터뷰가 일본어로 실린다. 좌담회에

---

108 朴華莉, 「植民地朝鮮における日本語商用政策」, 『日本學報』 58, 한국일본학회, 2004, 141면.

는 당시 조선문인협회장이었던 이광수가 창씨명 가야마 미쓰로(香山光郎)라는 창씨명으로 참여하고 있기도 하다. 이후에도 국어판 특집이 있을 때에는 시국적 좌담회가 일어로 실리는 경우가 많았다.[109]

1940년대의 좌담회를 대표한다고 할 수 있는『국민문학』은 이런 배경 속에서 등장한다. 애초 조선판 8회, 국어판 4회로 기획되었던 것과는 달리,『국민문학』은 창간호부터 소설을 제외하곤 거의 국어(일어)로 구성되며 1942년 4월호부터는 거의 완전한 국어(일본어)로 씌어 진다. 그리고 의식적이고 집요하게 일본어로 좌담회가 실린다.

일본어로 이루어지는 좌담회에서는 일본어를 하지 못하는 사람들의 의견은 반영되지 못한다. 또한 일본어를 할 수 있다고 하더라도 익숙한 조선어로 이야기하는 것과 일본어를 사용하는 것에는 큰 차이가 있다. 좌담회처럼 언어로 이루어진 논쟁의 장에서는 언어능력이 발화의 설득력에 큰 영향을 주었으며, 일어에 능통한 자들에게 주로 발언의 기회가 주어질 수밖에 없었다. 예를 들어 「8단체 간부는 말한다─새로운 '문화단체'의 동향(八團體幹部は語る─新しき'文化團體'の動き)」란 좌담회를 보면, 참여자들은 전부 조선인들로 조선의 8개 관변단체 간부들이 참여하고 있다. 그런데 좌담회에서 사용되는 언어는 일본어이다. 이 좌담회의 부기에는 "國語(일본어를 의미함─필자) 速記에 익숙하지 않은 탓으로 몹시 서투른 글모양이 되었습니다. 문책은 기자에게 있습니다. 양해를 부탁드립니다. ──記者"[110]라고 씌어져 있다. 강제된 일본어는 말하기에도 속기하기에도 아직 익숙하지 않았다. 따라서 필연적으로 첨삭이 일어날 수밖에 없었고 조선인들은 좌담회의 주체가 되기

---

109 「矢鍋文化部長を圍んて '朝鮮の文化問題'を語る」, 『三千里─國語版』: 朝鮮(日本語)(이후『三千里─國語版』의 경우는 모두 일어 텍스트임), 1941.3 / 「八團體幹部は語る─新しき'文化團體'の動き」, 『三千里─國語版』, 1941.4.
110 「八團體幹部は語る─新しき'文化團體'の動き」, 『三千里─國語版』, 1941.4, 74면.

어려웠다.

일본어화되는 좌담회의 상황이 보여주듯이, 식민권력이 생산하기 시작한 좌담회에 참여한다는 것은 식민권력의 동원 체제 속에 '참여'하는 것이자, 그 체제를 '수행'하고 '생산'하는 것을 의미했다. 그러나 일본어가 익숙하지 않았던 참여자들은 자의든 타의든 이러한 좌담회에 '내부화'되는 동시에 '부재'하게 된다.

형식적 전향 2 : 재조 일본인들의 좌담회 참여와 내부화되는 '위계'

이 시기 좌담회의 특성으로는 무엇보다 참여자의 변화를 들 수 있다. 1930년대 초반, 좌담회 참여자들은 주로 조선인이었다. 그러나 중일전쟁 이후 좌담회에는 총독부 일본인 관리, 피식민지의 다양한 교육·전문기관들의 대표자 등 다양한 재조일본인이나 식민관리들이 참여한다. 식민권력이 좌담회 밖에서 좌담회를 검열하는 것이 아니라, 좌담회 안에 들어와서 함께 동원되고 함께 생산하는 구조를 취한다. 좌담회에 참여하는 것은 총독부 관리, 피식민지에 들어와 있는 다양한 교육·전문기관의 대표들과 함께 '참여'하고 '발화'하는 것을 의미했고 노골적인 전향선언을 하지 않더라도 전향했다는 이미지를 주기 쉬웠다. 좌담회는 그 자체로 "전향의 형식"이 되었던 것이다.

물론 좌담회 안에서 만나게 되는 식민자와 피식민자의 관계가 '지배 vs 피지배', 즉 총독부 관리, 일본인 교육·전문기관의 대표 vs 조선인 문학·문화종사자로 위계화되어 있었다고 단순히 단정 지을 수는 없다. 그러나 좌담회에 일본인 관리들이 참여하기 시작했던 초기에 좌담회의 발화상황은 '동원하는 측'과 '동원되는 측'으로 나뉘어 있었다. 좌담회는 논제가 정해져 있고 한명의 사회자가 여러 명의 전문적 참여자들에게 의견을 묻고 듣는 형태를 취하므로 논쟁적이라기보다는 정보 제공적일 수밖에 없다. 그런데 중일전쟁 이후 이 형식은 단순히 질문과 대답에 그치는 것이 아니라 식민지배에 대한 긍정이 전제되어 있는 질문과 대답, 과제와 다짐(해결책)의 형태로 나타난다. 질문과 대답이라는 가장 보편적인 계몽의 수사학의 형태를 이용하여 위계적인 발화 상황을 만들어낸 것이다. 그리고 특히 총독부 관리들이 좌담회에 등장하게 되면서, 이 위계적이고 계몽적인 관계는 좌담회에 내부화한다.

『삼천리』에서 처음 총독부 관리들이 대거 등장하는 「朝鮮 諸問題의 回想記, 總督府 前高官 座談會」의 서두에서 기자는 "大正 8년 이후에 통치의 任에 당한 여러분들의 임무는 용이한 것이 아니엇스리라고 생각합니다. 그 당시의 일은 신문지상을 통하야 어렴푸시 알수 있사오나 실제 그 局에 當한 여러분들노부터 상세한 말삼을 듯는다면 장래의 참고도 될뿐 아니라 역사적 자료도 되리라고 생각"한다고 좌담회 개최 취지를 밝히고 있다.[111] 즉 이 좌담회의 참여자들은 식민지를 통치하는 총독부 관료로서 '대답'을 요청받고 있다. 한편, 「時局有志圓卓會議」에는 조선인 유지들이 참여하고 있고 이 좌담회에 직접적으로 총독부 관리들이 참여하지는 않는다. 그러나 등장하지 않은 총독부 관리들에게 조선인 유지들이 '질문'하는 방식을 취하고 있다.

이 좌담회 시작 부분에는 "現下時局에 同憂하는 人士 二十餘氏가 一堂에 會하야 1. 內鮮一體의 具現化問題 2. 東亞協同體의 建設問題 3. 國內革新의 諸問題"에 대해 의견을 나누었으며 이것이 그날의 속기임을 밝히고 있다.[112] 진행을 맡은 차재정(당시 大東民友會理事 — 필자)은 주어진 문제에 대한 코멘트가 끝날 때마다 "~씨의 意見을 말해 주십시오"와

---

111 「朝鮮 諸問題의 回想記, 總督府 前高官 座談會」, 『三千里』, 1938.1, 5면.
　　좌담출석자 : 貴族院議員 法學士 前政務總監 水野鍊太郞 / 貴族院 前 警務局長 赤池濃 / 同 前 學務局長 柴田善三郞 / 同 前 警務局長 丸山鶴吉 / 衆議院議員 前 總督秘書官 水榮夫 / 元新潟縣知士 前 京畿道警察部將 千葉了 / 前 朝鮮總督殖産局長 松村松盛 / 東洋協會編輯部 山上昶
112 「時局有志圓卓會議」, 『三千里』, 1939.1, 36면.

같은 말을 반복해서 참여자들을 차례로 호명해서 대답하도록 하고 있다. 이런 형식은 호명 없이도 자연스럽게 대화가 이루어지던 이전 좌담회와 확연히 다른 분위기를 연출한다. 자발적으로 진행되는 대화가 아니라 목표와 발화내용이 이미 기획·편집되어 있고 그에 적합한 질문과 대화로서 진행되고 있음을 짐작할 수 있다. 총독부 관리들은 이 좌담회에 '부재'하지만 실제로는 '참여'하고 있는 것이다. 이처럼 좌담회의 형식이 지닌 위계적 특성은 좌담회의 참여자와 발화상황 속에 깊이 내부화된다.

형식적 전향 3 : 질문하는 식민자 / 대답하는 피식민자

참여자들 사이의 위계질서는 「徵兵·義務教育·總動員 문제로 軍部와 總督府當局에 民間有志가 問議하는 會」에서 보다 명확히 나타난다. 이 좌담회는 의무교육, 징병, 총동원 문제에 대한 요구를 제시하고 그것에 대해서 총독부 당국을 대표하는 관리들이 답하는 형태를 취한다. 물음은 수많은 조선인 참여자들의 의견을 종합해 '발화자'의 이름 없이 1, 2, 3……의 형태로 제시되고 있으며 이에 대해서 답하는 총독부 관리에 대해 가끔 이견을 달 때에만 실명을 거론하고 있다. 질문 형태로 제시된 요구들은 두 가지였다. 하나는 언제 의무교육이 실시되는지, 중학교 교육인원을 늘려줄 수 있는지, 모자라는 교육기관을 보충하기 위해 야학을 설치해서 학교를 이부제로 운영해야 한다는 것 등[113] 의무교육에 대한 개선방향이었다. 다른 하나는 "志願兵制度의 門戶를 널니開放"해 줄 것, 병영을 배치할 때 조선 안의 지원병을 수용할 병영이 좁으므로 "內鮮兩靑年層의 同志的結合"을 위해서도 "東京, 大阪等本州,

---

113 「徵兵·義務教育·總動員 문제로 軍部와 總督府當局에 民間有志가 問議하는 會」, 『三千里』, 1939.7, 32~34면.

各師團과 北海道, 臺灣 등 全國十六個師團全部에 配屬"시켜 달라는
것,[114] 總動員聯盟이 보다 본격적으로 활동해야 한다는 것[115] 등 징병
제와 관련된 것이었다. 이들의 이러한 요구의 진위가 무엇이었는지는
차치하더라도, 좌담회에서 질문─대답의 관계로 참여하는 것은 식민
권력에 '동원되는' 동시에, 그러한 발화를 수행함으로써 '동원하는' 신
체로 거듭나는 과정이기도 했다. 즉 총독부 관리들이 참여하게 된 뒤
좌담회는 대답─질문으로 구성되며, 이 발화적 관계는 동원되는 신체
들로서 참여자들을 표상하는 한편, 동원하는 신체들로서 참여자들을
재탄생시킨다. 좌담회의 참여를 통해서 '동원되는 스피커'는 동시에
'동원하는 스피커'가 되는 것이다.

　'질문'과 '대답'으로 구성된 좌담회는 '옳은 것과 그른 것' 을 나눔으로
써 식민지배의 논리를 계몽적으로 전달하고 있다. 「新體制下의 朝鮮文
學의 進路」에서는 좌담회를 통해 조선의 지식인과 대중이 넓게 동원되
고 있음을 증명하기 위해 "事變 以後 34年間 朝鮮文學과 文學者가 國民
思想을 健實한 方面으로 이끌어 가려고 많이 努力하여 와서 그동안 文
壇의 總意로써 朴英熙, 金東仁, 林學洙의 3氏를 北支戰線에 派遣도 하
여 왔고 또 第一線 將兵에게 위문의 글발도 보내었고 더구나 대서특필
할 일은 文人協會를 조직하여서 강연회로 작품으로 많은 활약을 하여
온 것은 생각하기에도 기쁜 일"[116]이라는 말로 서두를 연다. 이어서 이
좌담회에는 가치판단이 계속 작동한다. 옳고 그른 것, 좋고 나쁜 것들
이 전제되어 있었다. 이광수가 사회자 김동환의 서두에 이어 "좋은 문
제올시다. 이제부터가 정말 우리가 힘을 다해야 할 시기라고 봅니다"
라고 말하거나, 이광수의 발언에 이어서 鄭寅燮이 "그 말슴은 옳습니

---

114 위의 글, 35〜37면.
115 위의 글, 37〜39면.
116 「新體制下의 朝鮮文學의 進路」, 『三千里』, 1940. 12, 196〜197면.

다. 명랑하고, 희망을 노래하는 건실한 國民文學, 평시에도 이래야 할 것인데 더군다나 오늘같은 戰時리까. 銃後 國民의 마음에 조금치라도 不健全한 것을 주어서는 안될 것입니다”라고 말하는 등, 말의 어미는 옳고 / 그름, 찬 / 반, 제안, 당부로 마무리된다.

그런데 이 옳고 그름을 결정하는 것이 무엇인지를 잘 나타내주는 특이한 편집형식이 있다. 좌담회가 실린 면 중간 중간에는 광고문이 아닌 짤막한 시국적 글이 두 개 배치되어 있다. 특히 ‘신체제와 조선문단의 길’이라는 소제목으로 논의가 이어지는 부분에서는 기쿠치 칸(菊池寛)의 「文學도 大轉換—國家的意義있는 題材를」이라는 글이,[117] ‘東京文壇과의 提携 又는 進出에 對하여’라는 주제로 논의하는 페이지에는 재정익찬회문화부랑(大正翼贊會文化部長)인 기시다 쿠니오(岸田國士)의 「世界文化의 母體가 되라」[118]라는 글이 실려 있어서 발화의 옳고 그른 방향을 재조 일본인 학자들의 글이 뒷받침해 주고 있다.

이러한 좌담회의 편집은 이 좌담회를 뒷받침하고 있는 배치가 무엇인지를 잘 보여준다. 그것은 일본문단의 거두 기쿠치 칸으로 대표될 수 있는 제국 문단이자, 다른 한편으로는 대정익찬회와 연동하는 시스템이었다. 실상 식민지 관리이건 피식민자이건 ‘좌담회’라는 공간에 모두 ‘동원’된 상태이다. 그러나 똑같이 ‘동원’된 상황임에도 그들은 질문 / 대답, 옳고 / 그름으로 발화가 규정된 좌담회에서 피식민지인과 식민지는 위계적인 관계로 배치된다. 이러한 배치 속에서 그들은 좌담회를 식민권력을 내부화한 장으로써 구성해내고 있다. 전향의 형식이 된 좌담회에 참여한 자들은 ‘참여함으로써 동원되고’, ‘참여해서 말함으로써 동원하는’ 이중적 매체 혹은 이중의 스피커로서 위치하는 것이다.

---

117 위의 글, 199면.
118 위의 글, 201면.

형식적 전향 4: 총독부 관리와 경찰의 참여

중일전쟁 이후 좌담회에는 총독부 관리들과 경찰이 좌담회에 참여해서 조선인들과 함께 논의하고, 조선의 잡지·신문 등을 통해서 식민지 담론을 생산·유포한다. 이는 연설·토론·강연회나 1930년대 초반 좌담회에서는 경찰 권력이 좌담회 외부에 존재하면서 검열을 수행했던 것과는 큰 차이를 지닌다. 식민화 기관이 식민자의 참여를 통해서 좌담회에 내부화되는 것이다. 예를 들어 張鼓峰 사건에 대한 입장을 밝힌다는 의미로 열린 '張鼓峰風雲과 其後情勢', 「'國境現地' 座談會－朝鮮軍司令部士官과 總督府官吏 모여」에는 "出席諸氏의 氏名" 중에 "朝鮮總督府保安課長"인 시모무라(下村進)가 함께 참여한다. 조선헌병대나 군촉탁, 조선군사령부, 조선군지도부 등의 대표들이 참여한 것은 이 좌담회가 1938년 7월 소만국경 남단 장고봉에서 소련과 일본의 충돌사건이 일어난 것을 테마로 하고 있기 때문이라고 납득할 수 있지만, 조선총독부 보안과장이 함께 참여한 것은 다소 의외라는 인상을 준다. 그러나 좌담회의 내용을 보면 그가 참여한 이유를 짐작할 수 있다.

조선 총독부 보안 과장은 소련과 일본의 충돌사건에서 일본이 훨씬 유리하다는 것을 '조선인'을 향해 말하고 강조하는 역할을 한다. 그는 좌담회에서 두 번 발언한다. 장고봉(張鼓峰) 사건에 대한 조선인들의 시각이 "支那事變 勃發當時는 日本은 蘇聯까지 相對로 하야도 든든하다 하였스나 今回의 張鼓峰事件을 보면 그만한 힘이 없는것이 아닌가 이렇게 보는 者"도 있다고 비판하기 위해서이다. 그러면서 그는 조선인들에게 일본은 "蘇聯을 一擊之下에 처넝길수있다는 것을 잘徹底식혀서 啓蒙하는것이 必要하다고 생각하여요"[119]라고 말하거나 앞으로 전

---

119 '張鼓峰風雲과 其後情勢.' 「'國境現地' 座談會－朝鮮軍司令部士官과 總督府官吏 모여」, 『三千里』, 1938.11, 42면.

면적인 日蘇전쟁이 일어날 수도 있다는 말을 받아 "이 말슴은 朝鮮人에 게 徹底히 알려둘 必要가 잇군요"[120]라고 말한다. 이처럼 그는 좌담회 를 외부에서 검열해서 금지하거나 정지시키는 것이 아니라 좌담회 안 에 들어와 강조하고 알려야 할 말과 알리지 말아야 할 말을 선별하면서 좌담회의 논의를 검열함으로써 오히려 식민권력에 적합한 형태로 담 론을 생산하고 있다.

1937년 중일전쟁 이후 좌담회는 일본제국의 담론공간을 조선에 재 현한다는 의미를 띠게 되며 식민권력은 좌담회에 적극적으로 참여하 여 조선의 담론공간을 장악하고, 식민화에 걸맞은 논의를 생산해 간 다. 이에 따라 조선인들에게 좌담회에 참여한다는 것은 결국 이 식민 주의적인 담론생산 시스템을 수행하는 것, 즉 '형식적 전향'이 되어가 는 것이다.

형식적 전향 5 : 검열의 수단이 된 좌담회

중일전쟁 이후, 총독부나 식민지 기관에서 여는 좌담회에 참여하는 것은 곧 노골적인 사상검열의 대상이 되는 것이자 형식적으로나마 전 향을 인정하는 것이 되었다. 전문가, 스타와 명사들의 고유명을 통해 대중적 흥미를 끌었던 좌담회의 특성은 전향자들을 출석시켜 그들의 내면을 검열하는 도구로서도 적절했다. 좌담회에 참여한다는 것은 '개 인'의 이름을 거론하며 발화하는 것이었고, 그것이 좌담회로 기록될 뿐 아니라 검열의 정보로 쓰일 수 있었기 때문이다.

이런 현상은 전향자들을 참석시킨 「轉向者法座談會」에서 두드러진 다. 특히 이 좌담회는 단지 총독부 관리나 경찰기관이 참석한다는 것 외 에도, 발화관계가 법정적 혹은 부모 / 자식의 관계로 나타난다. 전향자

---

[120] 위의 글, 46면.

측이 피고라면, 관찰소측은 형사, 심사위원과 법무국은 전향자들의 발화에 대해 판결을 내리는 듯하다. 서대문 형무소장이었던 미야자키 위원의 발언은, 좌담회의 배치를 자식과 부모 혹은 학생과 선생의 관계로 바꾸어 놓는다. 그는 사상범 수형자 처우에 대해서 발언하면서, "형무소에 있으면 그들 부모의 대리가 되어 먹는 것이나 입는 것이나 잠자는 것이나, 편지나 접견의 중개, 또 만일 병이라도 걸리면 의약, 치료와 같은 그야말로 크게 근심하고 마음으로 배려"하고 있다는 점, 보다 "신념"을 갖고 당당하게 "용기를 내" 전향할 것, 전향자의 취직이 안 되는 이유는 그들이 사무직만 원하기 때문이라는 점 등을 전향자들에게 강조한다.

> 관찰소의 입장에서는 여러분들에게 절대적 신뢰를 걸고 있고, 취직문제 기타에 대해서도, 여러분과 함께 최선의 노력을 다하고 싶습니다. 만약 관찰소에서 주선한 직업이 아무래도 사정이 나쁜 모양인 경우에는 걱정하지 마시고 말씀해 주셨으면 합니다. (…중략…) <u>관찰소의 여러분에 대한 마음을 다시 말씀드리자면, 관찰소로서는 설령 보호관찰중인 자가 재범을 범하는 일이 있어도, 또 세 번째 범행을 저지른 경우에도 그 사람을 못 본 채 해버리는 일은 절대로 있을 수 없습니다. 관찰소로서는 이 사람들에 대해서는 다시 그 출소를 기다려 보호의 손길을 내밀지 않으면 안 되기 때문에,</u> 여러분들은 뭐랄까 이런 관찰소의 마음가짐을 충분히 이해해 주셨으면 합니다.[121] (밑줄은 인용자)

위 언급들을 보면, 심사위원과 관찰소, 법무국은 질문하고 관리하는 쪽에 서게 된다. 좌담회에 참여함으로써 대답하고 스스로의 내면을 보여야 하는 것은 전향자 쪽이다. 이승후의 발언처럼 "전향을 했는지의

---

[121] 「轉向者法座談會」, 『法政新聞』, 1937.8.31.

여부는 언뜻 보기에는 분명하지 않기 때문에" 좌담회는 전향자에게 발화를 강제하고 그 발화를 통해 생각과 태도 하나하나를 관찰하는 검열과 감시의 장이었다.

특히 '참여'가 전향이 되는 좌담회의 수행성은 일상생활을 파고든 시국 좌담회에 잘 드러난다. 일제는 전쟁으로 인한 수탈 등으로 일반 서민들의 불만이 가중되자, 이를 감시하고 통제하기 위해 초등학교 생도들에게 "동네의 풍설"이라는 작문을 짓게 하거나, "최근 동네 사람들의 말"이라는 무기명 작문을 짓게 해 유언비어를 수집한다. 또한 청년 훈련소 생도 좌담회 등 소규모 좌담회에서 설문을 실시하거나, 질의 응답 시간을 활용해 민심을 파악하고 언동을 통제했다.[122]

좌담회에 참여한다는 수행성은 단지 검열의 대상이 되는 것만을 의미하는 것이 아니다. 좌담회에 참여한다는 것 자체가 '동류'라는 인식을 심어주었기 때문에 참여자들에게는 변절자라고 불릴 위험성이 있는 한편, 참여하지 않았을 경우 사상이 의심스러운 대상이 되기도 했다. 즉 좌담회의 검열은 좌담회에서 공개적으로 스스로의 사상을 검증하는 과정에서만 발생했던 것이 아니라 좌담회에 참여할 것인가 아닌가를 선택하고 그 시공간에 신체가 나타나는 과정에서부터 발생했다. 1938년 3월 경성 공연 후 열린 「춘향전 비판 좌담회」의 경우[123] 조선인 참여자들은 조선의 문화나 몸가짐, 춘향전 공연에 대한 조선의 반응에 대한 질문에 대답해주는 정보 제공자의 위치에 놓인다. 좌담회에 참여한 조선인들은 일본 제국주의의 질문에 대답하는 위치에 있게 되는 것이다.

좌담회는 점차 일본어로 씌어지며, 재조 일본인 뿐 아니라 식민지관리나 경찰이 참여하기 시작하여 질문 / 대답을 통한 식민담론을 생산

---

122 변은진, 앞의 글, 1998, 79~83면.
123 「春香傳 批判 座談會」, 『近代朝鮮文學日本語作品集』 3(1901~1938), 綠蔭書房 : 日本(日本語), 2004, 165~180면.

했으며, 참석여부와 발언을 감시함으로써 전향자들에 대한 검열장치가 되기도 한다. 이처럼 중일전쟁 이후 좌담회에 참여한 조선인들은 일본어를 통해, 발언의 위계화를 통해, 검열과 감시를 통해 '부재'하는 상태에 처하게 된다. 단지 좌담회에 참여한다는 것만으로도 '형식적 전향'을 했음을 암시하는 것이 된다.

(3) '내부화된 부재'를 통한 좌담회 참여

'형식적 전향'이 야기한 갈등과 분열

그러나 조선인들은 형식적 전향을 액면 그대로 받아들여 좌담회에 참여한 것은 아니었다. 오히려 좌담회에 일본인이 함께 참여하여 일본어 상용화, 징병제, 총후생활지침, 문인들의 시국협력 등을 논의하게 되자, 저항감과 논란도 발생한다. 또한 좌담회를 둘러싼 담론자원(discursive resources)의 차이가 드러나고[124] 그에 따라 발화자와 청취자, 좌담회를 둘러싼 식민권력과 식민지의 관계가 갈등을 드러내기 시작한다. 이런 거부감은 권력을 내부화한 담론공간에서 참여자들이 '내부화된 부재'의 형태로 참여하는 식으로 표출된다.

좌담회를 통한 이러한 '동원'은, 반강제적인 동원자들에게 단지 좌담회에 임시로 참석함으로써 표면적으로 형식적으로만 전향을 표시하는 것을 가능하게 하기도 한다. '전향을 내부화한 좌담회에 참여한다는 것은 그 참여행위 자체로 수행성을 띠었지만, 수행자들의 적극적 참여를 끌어내진 못했다. '전향'이라는 형식이 된 좌담회에서 조선인 참여자들은 좌담회의 주체가 될 수는 없었지만, 그러한 상황에서 오히려 "부재의 방식"을 적극적으로 활용함으로써 말 그대로 '형식만의 전

---

124 사이토 준이치, 윤대석 · 윤수연 · 윤미란 역, 『민주적 공공성』, 이음, 2009, 31~37면.

향'을 수행하기도 한다. 조선인 참여자들은 참석하는 대신 편지를 보내거나 발화하는 대신 자신의 문서를 대독시키거나, 아프다고 핑계를 대거나 하는 식으로 '참여'의 알리바이를 댐으로써 단지 "형식적"으로만 전향에 참여한다.

"부재하는 참여"의 모색 1 : 병, 망각, 무지

"부재하는 참여"의 첫 번째 예로는 병, 기억력, 능력 등 변명거리를 늘어놓으면서 '참여'의 순간을 지연시키거나 불가능하게 만드는 형태를 들 수 있다. 좌담회 「文壇使節 歸還報告, 皇軍慰問次 北支에 단여와서」에는 "북지전선에 흩어져 조국의 운명을 짊어지고 분투 2개 星霜에 미치는 황군장병을 위문"하기 위해, "조선문단과 출판계 합동으로 파송한 문단사절 3씨"인 박영희, 임학수, 김동인이 참여해서 위문했던 경험을 이야기한다. 이 좌담회의 끝부분에서는 자신들의 경험을 소설과 기행문과 시집으로 집필할 계획이라고 밝히고 있다.[125] 그러나 약속을 지켜 「전선기행」을 쓴 박영희와 「전선시집」을 지은 임학수와는 달리 김동인은 아무것도 쓰지 않는다. 김동인은 황군위문에 표면적으로는 '참여'하고 있으나 작가로서의 참여방식인 '글쓰기'로는 '부재'하고 있을 뿐 아니라, 위문 여행을 함께 하긴 했으나 병으로 아무것도 볼 수도 없었고 기억조차 잊어버렸다고 말한다.

北京으로 石家莊으로 太原, 臨分, 運城에 이르기까지 가기는 무사히 갔다. 그러나 그 回程 제1일에 종내 혼도하였다. 북경으로 돌아오기까지 어

---

125 박영희 · 김동인 · 임학수, 「文壇使節歸還報告－皇軍 慰問次 北支에 다녀와서」, 『三千里』, 1939.7.
박영희 : "주인공도 만들어서 소설체로 한 권 써볼까고 지금 자료를 정리중이예요. 〈보리와 병대〉도 다시금 보고 있어요." // 김동인 : "소설로 써보려 해요" // 임학수 : "시집 한 권을 만들고자 지금 집필중이올시다."

떻게 왔는지 기억이 없다. (…중략…) 북경서 제2차의 혼도를 하였다. 북
경서 경성까지의 만리길을 하도 몸 아프고 정신 없어 끝끝내 눈을 감고
왔다. 죽지 않고 돌아온 것이 기적이었다. 귀성하여 수일 수 요양차로 있
던 온천에 갔다. 대체 머리가 어떻게 되었는지 기억이라는 것은 하나도
없어졌다. '야마히오모시(ヤマヒヲモシ―病重)'라고 집에 전보를 치려고
글자를 생각다 못해서 야(ヤ)자 마(マ)자 무슨 자고 한 자도 생각나지 않
아 여관 주인에게 써 달라고 부탁을 하고 우리 집 번지가 종내 생각이 나지
않아서 여관의 客譜를 상고케하여 간신히 전보를 쳤다.[126]

즉 그는 '참여' 했으나 '병'을 핑계로 눈을 가리고 기억을 지워, 오직
부재하는 방식으로서만 참여했던 것이었다. 그런데 이러한 김동인의
토로는 '참여'하고 싶었으나 사정상 '참여할 수 없었다'는 온갖 종류의
변명과 알리바이를 늘어놓으면서 진행된다. 심지어 김동인은 다시금
황군 위문을 보내달라고 총독부와 도서과를 아픈 몸을 이끌고 찾아가
먼저 제안하고 부탁하며 거동조차 불편함에도 시국적인 글을 쓰기 위
해서 자신은 최선을 다해 노력하고 있다는 포즈로 일관한다. 심지어
그는 귀향 10개월 후에 간신히 쉬운 글자를 이해하게쯤 되자 기억을
잃어 쓰고 싶어도 쓸 수 없으니, 군으로 찾아가서 "전일의 기억은 죄 잃
었으니 다시 한번 현지 관찰을 하고 싶다"고 하거나 "다시 도서과"로
가서 부탁하거나 하면서 동원에 대한 간절한 열망의 '포즈' 혹은 '형식'
을 보여준다.[127] 그러나 이 열망의 포즈는 단지 동원과 참여에 대한 알
리바이만을 만들 뿐, 막상 쓰려고 해도 시간이 너무 지나 버려서 "사정
이 달라진 지금 그날의 기억만을 되풀이 하는 것은 '한개의 희극일 것'"

---

126 김동인, 「作品과 題材의 問題」, 『김동인 전집』 16, 조선일보사, 1988(원문은 『每日新報』,
　　 1941.3.23~29), 255면.
127 위의 글, 257면.

이며, 기억을 기초로 새로운 창작을 하려고 해도 "반도에 태어난 불행으로 군대 생활이며, 군인 심리며, 군인 처사 등에는 전연 무지"이기 때문에 "상상만으로 만들어 낼 수는 없는 일"이라는 등의 변명을 늘어놓는 동안 시국적 글쓰기는 점차 뒤로 밀리고 만다.[128]

식민권력이 다가와서 동원에 참여하라고 명령하기 전에 먼저 찾아가 자발적으로 동원되는 포즈와 형식을 취하면서도, 동원의 실질적인 실천 혹은 집행은 끊임없이 지연시키고 있는 것이다. 김동인이 보여주는 이런 방식의 참여, 즉 포즈뿐인 참여, 형식뿐인 참여, 변명을 통한 참여의 지연 등과 같은 "부재하는 참여"의 방식은 정도의 차이는 있지만 좌담회 안에서도 심심찮게 드러난다. 그리고 이러한 부재하는 참여는 "형식적 전향"인 좌담회를 그야말로 "형식"뿐인 것으로 만드는 효과를 내고 있다.

"부재하는 참여"의 모색 2 : 겸손, 침묵, 대체

부재하는 참여의 두 번째 형태는 좌담회에서 일본어를 못한다거나 아프다는 이유로 침묵하거나 편지 등으로 대체하는 것이다. 예를 들어 「'戰爭文學'과 '朝鮮作家'―戰爭과 文學과 그作品을 말하는 座談會」의 말미는 참여자들에게 시국에 참여하고 노력할 것을 묻고 다짐받고 결의하는 것으로 끝난다. 따라서 참여자들은 동원하고 동원되는 그들의 역할을 부여 받은 대로 충실히 연기해야 한다. 그러나 이 불편한 관계들은 그들의 변명과 같은 발화로 표현된다. 김동환이 박영희와 김기진에게 "戰爭文學 發興의 兆朕이 보이는 이때에 두분評論家가 그길을열고 指示할 努力을 할뜻이 없어요?"라고 묻자, 박영희는 "뜻은 있지만 아즉은 才能이 미치지 못"하며 "近間은 너무도 奔走해서 讀書와 思索

할 틈조차없"으니 앞으로 노력하겠다고 하고, 김기진은 "結局 諸般問題가 東亞新協同體의 建設에 있으니까 그 協同體의 政治的輪廓이 좀 더 分明하여지지않고는 文學者로서의 活動도 그렇게 積極的이 될 수 없지않을가요"라고 말하면서 협력에 대한 결정을 미루고 있다.[129] 그들은 동원되고 동원하는 수행성을 내부화한 좌담회에 마치 적극적인 듯한 포즈로 참여하고 있지만, 이러한 변명·미루기·겸손 등을 통해서 좌담회의 논의를 현실에서 수행하는 것에 대해서는 유보적 태도를 취한다.

또한 좌담회에서 발언을 아낌으로써 '암묵적인 부재'의 형태를 취하기도 한다. 예를 들면 좌담회에 참여한 윤기정의 경우, 좌담회에 출석하고 있음에도 요코다(橫田) 보호사가 그가 쓴 문서를 대신 읽는다. 윤기정이 일본어를 할 수 없었기 때문인지는 확인할 수 없으나, 윤기정의 이런 행동은 좌담회에 참여하는 것이 조선인과 일본인에게 동등한 수행성을 보장했던 것이 아니라는 점을 보여준다. 즉 실제로 언권을 갖고 있는 것은 경찰보호관찰소, 법무국, 심사위원 등 일본 쪽 기관의 종사자들임이 명확해지는 것이다. '전향자측'이란 이름을 단 조선인들은 중일전쟁 이후의 정세 속에서 전향한 뒤,[130] 전향을 계속 잘 유지하고 있음을 보고하기 위해 송환되어 온 듯하다.[131]

---

129 「'戰爭文學'과 '朝鮮作家'—戰爭과 文學과 그作品을 말하는 座談會」, 『三千里』, 1939.1, 215면.
130 중일전쟁에서 일본의 우세는, 사회주의자들의 대량 전향을 불러왔다. 이 좌담회는 이런 전향자들의 상황을 반영하고 있다(홍종욱, 「중일전쟁기 1937~1941사회주의자들의 전향과 그 논리」, 서울대 석사논문, 2000, 21면).
131 「轉向者法座談會」, 『法政新聞』, 1937.8.31. 좌담회의 출석자는 다음과 같이 표기되어 있다.
　＊전향자측 : 김한경(金漢卿) 씨, 이기수(李起銖) 씨, 이동재(李銅材) 씨, 윤용진(尹龍辰) 씨, 김동육(金東育) 씨, 권오상(權五相) 씨, 이복기(李福基) 씨, 박영희(朴英熙) 씨, 오원길(五元吉) 씨, 최호연(崔浩然) 씨, 박득룡(朴得龍) 씨, 염룡섭(廉龍燮) 씨, 한봉식(韓鳳植) 씨, 나준영(羅俊英) 씨, 윤기정(尹基鼎) 씨 (이상 15명)
　＊심사위원 : 경성법학전문학교장 應松龍種 씨, 경성지방법원부장 山下秀樹 씨, 서대문형무소장 宮崎速任 씨, 경성변호사회변호사 赤尾虎吉 씨, 제일경성변호사회 변호사 이승우(李承雨) 씨.

이러한 발화 상황에서 이기영(李箕永), 송무현(宋武鉉)은 좌담회에 참석하는 대신 '참여'의 알리바이가 될 편지만으로 의견을 보내오고, 이것을 이토 보호사가 읽는다. 그 편지 내용은 좌담회에 그대로 실린다. 내용은 중일전쟁에서 일본의 승리를 확신하고, 총후로서 그 전쟁에 협력하겠다는 결의를 표하는 것이다. 그러나 내용의 진위 여부를 따지기에 앞서, 전향자들이 말하는 내용이 중일전쟁에 대한 찬양 → 전향자로서의 자신의 위치 → 총후의 인간으로서 어떻게 기여할 것인가의 순서로 반복된다. 이런 반복성은 이 발화가 자율적이지 못했음을 역으로 보여준다. 또한 의무적으로 한마디씩 의견을 피력하는 자리에선 김한경처럼 말을 아끼는 사람도 있다.[132] 간간히 자발적으로 전향을 선전하는 듯 보이는 사람들도 있었지만, 대개의 경우는 자발적으로 말을 하기보단 명령을 반복하거나 참여했다는 최소한의 표시를 보일 뿐이다.

이처럼 좌담회에 참여한 신체는 '부재'의 방식으로 존재했으며, 좌담회는 중일전쟁 이후 '식민권력'뿐 아니라 '부재'를 내부화한 형태가 된다. 식민권력의 동원 스피커로서 조선의 지식인이나 대중을 끌어들이는 메커니즘을 내부화하고, 때로는 확실하게 때로는 느슨하고 광범위한 전향을 유도하는 장치로 기능했다.

＊법무국 : 법무과장 大原龍三 씨, 법무과사무관 黑瀬正三郎 씨
＊관찰소측 : 경성보호관찰소장 堤良明 씨, 경서복심법원검사겸보도관 依田克巳 씨, 경성지방법원검사겸보도관 長崎裕三 씨, 전임보호사 栗田淸三 씨, 전임보호사 橫田伍一 씨, 전임보호사 伊東惠 씨, 서기 橘吉藏 씨

132 위의 글.(『近代朝鮮文學日本語作品集 3』(1901~1938), 綠蔭書房, 2004, 153~163면), "나는 올해 7월 24일 아오모리(靑森) 형무소를 출소하여 이번 달 호에 경성에 도착한 터입니다만, 그 후 몸이 아프기도 해서 지금 나로서는 정리된 의견이 없어서 여러분들에게 말씀드릴 것이 없습니다."

2) 좌담회의 시공간 감각과 로컬리티

'일본'을 중심으로 한 좌담회의 시공간적 확장

중일전쟁 이후 일본의 제국주의 전쟁에 발맞춰 좌담회가 다루거나 열리는 시공간도 확장된다. 참여자들도 조선인, 일본인 뿐 아니라 중국인이 참여하는 등 조선 밖으로 넓어진다. 이런 좌담회들은 '현지 좌담회'라거나 '합동 좌담회'의 형식을 취하고, 조선인들의 만주지방으로의 이주를 권고하는 등, 제국 일본의 범위 속에서 인구이동을 관리 혹은 촉진시키고 있다. 예를 들어 「上海에서 軍, 官, 民, 座談會－新 支那로 朝鮮民衆 進出策」에서는 "事變後의 上海, 南京, 漢口, 蘇州, 杭州의 형편은 엇더한가"와 "朝鮮민중이 상업상 기타 각 방면으로 진출하자면 성공할 수 잇슬가"라는 주제를 논의한다. 이때 이 좌담회가 조선이 아닌 "上海 現地"에서 열렸음을 강조하면서, 이후 "南支, 北支, 방면에 대하여도 現地座談會를 열려고 한다"고 말한다.[133] 조선 이외의 지역에서 열린 좌담회가 그대로 전송되어 실리는 경우도 생긴다. 「現地 座談會－上海'朝鮮民衆の發展策'を語る」를 보면, "中支의 심장이라고 말할 만한 大上海에서 조선민중의 발전여하는 鮮內人士의 관심이 매우 높으리라고 생각해 이에 현지 레포트를 보냅니다 上海支局 白"[134]라고 적고 있어, 상해에서 열린 좌담회를 상해지부 삼천리사에서 전송해 왔음을 알 수 있다.

좌담회가 개최되거나 다루는 시공간이 확장됨에 따라, 좌담회의 논의 대상도 변화한다. 1930년대 초중반까지 좌담회에서 호명되는 대상은 '조선'이었으나, 중일전쟁 이후엔 '우리, 총후, 대동아'와 같은 말들이

---

133 「上海에서 軍, 官, 民, 座談會－新 支那로 朝鮮民衆 進出策」, 『三千里』, 1939.4, 30면.
134 「現地 座談會－上海'朝鮮民衆の發展策'を語る」, 『三千里』, 1941.6, 20～21면.

빈번하게 등장한다. 예를 들어 「時局有志圓卓會議」에서 두드러지는 것은 "우리" "총후국민인 입장" 등 조선 전체를 '총후'로 묶는 표현들이며 進行系 역할을 한 "車載貞"은 1. "內鮮一體論 2. 國內革新問題 3. 朝鮮人의 今後進路(우리는 今後무엇을할가)"라는 좌담회에서 논제를 명확히 제시하며 참여자들이 이러한 논의에 동의한다는 것을 보여주고 있다.[135] 좌담회에 참여한다는 것은 이의 없이 "총후"의 국민이 되는 것에 동의하고 정해진 목표를 향해 같이 노력한다는 무언의 메시지가 된다.

「'戰爭文學'과 '朝鮮作家' ─戰爭과 文學과 그作品을 말하는 座談會」에는 '국가, 총후, 아세아' 등의 말이 빈번히 등장하는데 "文學史會"라는 말 옆에는 "우리들뿐 아니라 아마 日本內地와支那 滿洲國等全亞細亞에있어서"[136]라는 설명이 괄호 속에 붙여져 있다. 이전에 '사회'라고 하거나 '문학'이라고 하면 당연히 조선을 가리키던 때와는 시공간의 인식이 달라져 '대동아공영권'이라는 인식을 명확히 드러내고 있다. 이 좌담회에서 다루는 것은 "亞細亞에 있어서 戰爭文學"인데 "우리들 「朝鮮의 戰爭文學」은 多少거북한點이있어서 이것을 話題外로하고 또滿洲國은 建國日淺하여 아직 文學이 생길 培土조차 準備되어있지안으니 그亦論外로하고 또한 支那文學에 對하여도 假令 歷史的으로 兵車行이라거나 하는等의 戰爭文學이 量으로 有名한 質로 만했고 (…중략…) 여러 가지 意味에서 그亦省略하기로하고 이제 이 자리에서 이야기할 範圍는 「日本文學」에限하야 論議하기로 하옵시다"[137] 하고 말한다. 이러한 장황한 서두는 시공간 감각은 '아세아'로 넓어졌지만, 그 안에서 중심을 차지하는 것은 '일본'이라는 것을 보여준다.

대동아공영권이나 일본제국과 운명을 함께한다는 시공간 감각은

---

135 「時局有志圓卓會議」, 『三千里』, 1939.1, 38면.
136 「'戰爭文學'과'朝鮮作家' ─戰爭과 文學과 그作品을 말하는 座談會」, 『三千里』, 1939.1, 206면.
137 위의 글, 207면.

스타나 유행가들을 통해서 유포되기도 한다. 「李香蘭·文藝峯·金信哉─滿洲國 名優를 歡迎하는 座談會」에서는 "東洋三國에 이름이 알려진 李香蘭이 서울온것을 機會로, 半島의 名優 文, 金兩氏와 자리를 가치하여, 半島와 大陸의 映畵와 人情閑談을 주고받다"[138]고 쓴다. 즉 동양 삼국에 모두 인기가 있는 여배우의 존재는 동일한 시공간 감각을 유포하기에 좋은 재료이고 좌담회는 이러한 대중성을 이용해서 시공간 감각을 바꾸는 담론공간으로 작동한다.

일본 제국을 중심으로 대동아공영권을 하나의 시공간으로 묶는 작업은 조선의 지방문화를 말하는 좌담회를 통해서도 이루어진다. 1940년 5월부터 9월까지 4회에 걸쳐 『삼천리』에는 '향토문화'를 말하는 좌담회가 실린다. 이때 '향토문화'를 각 지방 출신들이 말하는 방식을 취하고 있는데, '향토' 안에는 '만주'가 포함되어 있다.[139] 이처럼 중일전쟁 이후 좌담회에서 다루고 나타나는 시공간은 호명 방식, 스타의 인기를 이용하는 방식, 등을 통해 대동아공영권 전체를 하나의 시공간으로 묶는 한편, 이 속에서 일본의 중심성을 더욱 부각시키고 있다.

지워지는 종주국과 식민지의 시공간적 차이

좌담회는 일본이 일으킨 전쟁과 맞물려 열리는데, 그때 제국주의와 식민지의 시공간적 차이가 지워지는 형태로 시공간이 제시되고 있다. 중일전쟁 이후에 열린 『법정신문』의 「轉向者法座談會」 좌담회를 보자.[140] 전향자들을 대거 참여시킨 이 좌담회는 사상범 관리를 맡았던

---

138 「李香蘭·文藝峯·金信哉─滿洲國 名優를 歡迎하는 座談會」, 『三千里』, 1940.9, 148면.
139 「關西出身文人諸氏가 '鄕土文化'를 말하는 좌담회」, 『三千里』, 1940.5; 「'畿湖'出身文士의 '鄕土文化'를 말하는 좌담회」, 『三千里』, 1940.6; 「嶺南, 嶺東」出身文士의 '鄕土文化'를 말하는 좌담회」, 『三千里』, 1940.7; 「關北, 滿洲 出身作家의 '鄕土文化'를 말하는 좌담회」, 『三千里』, 1940.9.
140 「轉向者法座談會」, 『法政新聞』, 1937.8.31(『近代朝鮮文學日本語作品集 3』(1901~1938), 綠蔭

경성 보호 관찰소에서 주최한 것으로 두 가지 목적을 갖고 있었다. 하나는 중일전쟁의 의의를 긍정적으로 부각시키면서 그 대책과 전망을 제시하는 것, 두 번째는 전쟁이 장기화될 경우를 대비해 전향한 사회주의자들을 관리하고 그들의 사상적 상황을 점검하는 것이었다.

이 좌담회의 수사법을 보면 다음과 같은 특징이 있다. 경성보호관찰소장 堤良明의 인사말에는 "지난 7월 7일 밤 북지(北支) 노구교 부근에서 우리 황군에 대한 제29군의 불법 사격이 도화선이 되어 발발한 이번 북지사변(北支事變)은, 포악한 지나(支那) 정부의 항전모일(抗戰侮日) 정책이 화근이 되어 이번 지나사변으로 일지(日支) 양국의 전면적 항쟁으로까지 확대"되었으며, "이에 우리 제국은 단호한 결의로, 포악한 지나군을 응징하여 동양평화를 현현(顯現)할 결의"를 다지게 되었고, "이와 같은 시국에 즈음하여, 총후(銃後)에서 국민으로서 또는 전향자로서의 소감, 태도, 기타 우리 함께 참고가 될 만한 일에 관하여 여러분들은 허심탄회하게 말씀을 해주시기 바랍니다"라고 밝히고 있다. 전쟁 직후 열린 좌담회의 인사말에 언급된 "우리 황군", "우리 제국", "총후에서 국민으로서"라는 지칭들은 이 좌담회에 참여한 전향자뿐 아니라, 이 좌담회를 읽는 독자들까지도 중일전쟁을 수행하는 일제와 동일한 위치에 놓는 발화이다. 이러한 수사법을 통해서, 총후였던 조선은 전쟁과 맞물린 좌담회라는 시공간 속에서 일본 제국주의와 하나의 운명으로 묶이고 있다.

1941년 12월 8일 발발한 태평양 전쟁 직후, 1941년 12월 15일 『국민문학』 주최로 열린 「일미(日米)개전과 동양의 장래」라는 좌담회의 내용은 미국의 해군이나 국민성에 비해 일본의 해군이나 국민성이 우수하며, 앞으로 전쟁에서도 승산이 있다는 주제를 강조하고 있다. 이런

書房, 2004, 153~163면).

상황 속에서 조선이 어떠한 역할을 할 수 있을 것인지에 대한 논의가
나오기는 하지만, 이 좌담회가 염두에 두고 있는 시공간은 미국과 일
본의 관계이다. 이러한 발화 속에서 '조선'의 위치는 탈락되는 동시에
'일본' 안에 겹쳐지고 있다. 전쟁 직후에 열린 좌담회는 아니지만, 세계
대전을 전후한 분위기를 민감하게 포착하고 있는 좌담회를 보자. 『동
양지광』 편집국에서 개최하고 1939년 1월 24일에 열린 「新歸朝者座談
會」[141]는 구주 전체의 분위기를 전달하면서 그 세계적 분위기와 일본
을 연결시키고 있다. 이 좌담회를 읽고 있으면 일본이 세계적 변화의
중심이며, 이것을 읽는 조선인 또한 그런 일본의 일부라는 것을 느끼
게 만든다. 이런 좌담회에 나타난 공간적 관계성과 수사들은 종주국과
식민지의 시공간적 차이를 은폐하고 일본의 눈을 통해서 세계를 보고
전쟁을 경험하도록 하고 있다.

확장되는 좌담회의 시공간, 강조되는 동양정신

확장된 세계감각의 중심에는 일본이 위치하게 되며, 이를 위해 "동양
정신"이 강조된다. 예를 들어 중일전쟁(1937.7.7) 직후에 열린 『법정신
문』의 좌담회[142]에서 거론되는 것은 지나이다. 『동양지광』 편집국에서
개최하고 1939년 1월 24일에 열린 「新歸朝者座談會」는 구주 전체의 분
위기를 전달한다. 태평양 전쟁(1941.12.8) 직후인 1941년 12월 15일 열린
좌담회 「일미(日米)개전과 동양의 장래」[143]에 거론되는 것은 미국이다.

---

141 「新歸朝者座談會」, 『東洋之光』: 朝鮮(日本語), 1939.1.24.
142 「轉向者法座談會」, 『法政新聞』, 1937.8.31.
143 「日米開戰と東洋の將來」, : 朝鮮(日本語), 1942.1(이후 이 책에 인용된 『國民文學』 게재 텍
　　스트의 일본어에서 한국어로의 번역은 모두 필자에 의한 것이다. 또한 그 중에서 좌담회의
　　한국어 번역은 수유+너머 국민문학 세미나팀과 함께 공부했던 것을 기반으로 했다. 본 지면
　　을 빌어 함께 공부하고 토론했던 친구들에게 감사드린다. 그러나 논문에 인용할 때에는 필
　　자가 본문을 직접 대조하였으므로 만약 오류가 있다면 그 책임은 필자에게 있다. 그 성과물
　　은 『좌담회로 읽는 국민문학』(문경연 외, 소명출판, 2010)으로 출판되었다).

1942년 2월에 실린『국민문학』좌담회는「대동아문화권의 구상」[144]이라는 제목을 달고 있는데 이때 거론되는 것은 남방이다. 이처럼 전쟁 상황에 따라서 좌담회에서 다루는 공간은 세계로 확장되어 간다. 그러나 이때 세계를 구성하는 지역적 경계가 '세계의 중심이 될 동양(일본)'이라는 감각으로 재조정되고 있다.

특히 유럽과 미국을 대상으로 할 때는 '동양'의 인종적 정신적 측면을 들어 일본의 우월성을 증명한다. 1942년 1월『국민문학』의 주최로 열린「일미(日米)개전과 동양의 장래」[145]에서 미국이 어떻게 이미지화되는가를 살펴보자. 미국은 우월감에 가득찬 독선적인 나라로 그려진다. 일본은 미국을 열심히 연구하며, 독일 히틀러는 "일본의 옛날 글방(塾)이나 도장, 사쓰마 건아사(薩摩建兒社)와 백호대(白虎隊) 등을 통해 일본의 청소년 교육, 나아가 일본 정신"을 연구해, "유겐트[146]를 만들어 독일을 재건"했는데, 미국은 독선적이어서 일본을 우습게 볼 뿐이다. 또한 미국은 물질적이어서 정신적인 일본을 이해하지 못하고, 오직 물질적으로 압박해서 전쟁에서 이기려고 한다고 말한다. 미군은 '히노마루 벤또'[147]로 일러전쟁을 이긴 일본과 같은 문화적 사상적 힘이 없다는 것이다. 따라서 미군은 일본을 경제적으로 압박하거나, 크기나 숫자 등 물질적 "간판으로 위협하는" "간판해군"일 뿐이다. 미국의 인종은 제각각이고, 국민들은 개인적이어서 승산이 없다, 이에 반해 일본의 국민들은 단결해 천황을 위해 싸우고 있다, 이러한 논리이다. 이런

---

144 「大東亞文化圈の構想」,『國民文學』, 1942. 2.

145 「日美開戰と東洋の將來」,『國民文學』, 1942. 1.

146 히틀러 유겐트(Hitler-Jugend) : 1933년 아돌프 히틀러가 청소년들에게 나치의 신조를 가르치고 훈련시키기 위해 만든 조직.

147 히노마루 벤또 : 일장기형 도시락. 이 도시락의 고안자는 메이지 시대의 장군 노기 마레스케(1849~1912). 패전 직후 일본인들은 배고플 때 이걸 즐겨먹었다. 밥 중간에 우메보시(매실장아찌)를 한 개만 박아 넣는다.

시각에서는 일본의 빈곤조차 전쟁에 유리한 점이 된다. 미국의 부유함은 사치이자 전쟁의 방해 요소이며, 일본의 가난은 '경제에도 애국심'이 필요한 장기전을 거뜬히 치를 수 있는 조건이자 고도국방국가 건설을 위한 장점이라는 것이다. 대동아공영권은 "비대해지면서 어디까지나 갈 수 있"기 때문이다.

이를 위해서는 일본 국민(물론 조선도 포함한)의 우수성이 입증되어야 한다. 일본의 우수성은 두 가지인데, 안으로는 "국체(國體)"로 천황폐하의 어전에 목숨을 바칠 수 있는 정신이며, 밖으로 향하면 "팔굉일우"로 나타난다고 말한다.[148] 근대 초기에는 영미문화에 의존해 왔으나, 일미 개전 이후 서양적 근대를 넘어설 수 있는 동양적 원리가 생겼다는 것이다. 이 논의는 동양적 근대의 대표자로서 일본을 위치시킨다.[149] 그러나 바로 그 순간 동양 대 서양 이라는 이미지가 구성된다. 보다 넓은 전체에 대한 욕망은 오히려 전체 안의 경계를 명확히 했다. 동양보다 문명화된 서양이라는 틀을 뒤집어 놓았을 뿐, 그 위계적 설정은 그대로이기 때문이다. 최재서의 언급을 보자.

이러한 사상은 예의 조선의 동학에도 있었습니다. 태양은 원래 동양에서 뜨는 것이지만 그것이 점점 서양으로 돌아가서 지금 그 석양을 받고 동양이 빛나게 되어 있다, 그러한 와중에 또한 동양으로부터 반드시 해가 뜰 때가 온다는 것입니다.[150]

다른 한편 남방에 대한 시공간적 감각은 「대동아 문화권의 구상」[151]

---

148 윤대석, 「1940년대 '국민문학' 연구」, 서울대 박사논문, 2006, 22~23면.
149 김예림, 『1930년대 후반 근대인식의 틀과 미의식』 소명출판, 2004, 22면.
150 「日美開戰と東洋の將來」, 『國民文學』, 1942.1, 18면.
151 「大東亞文化圈の構想」, 『國民文學』, 1942.2.

이라는 좌담회를 통해 살펴볼 수 있다. 태평양 전쟁 이후『국민문학』이 두 번째로 기획한 이 좌담회에서는 남방연구의 필요성을 강조한다. 남방에 대한 연구가 필요했던 것은 미국의 경제 조치에 대응해 태평양전쟁의 군수물자의 공급처로 남방을 활용해야 했기 때문이다. "지나사변이 일어나고 우리 일본인들에게 갑자기 지나열이 고조"되었듯, "남방"을 공부할 때라는 것이다. 따라서 내각 정보국의 원조를 받는 남아세아 문화연구소가 릿쿄 대학에 만들어지는 등 식민지화를 위한 연구가 시작된다. 이처럼 일본의 '동양'이라는 시공간의 발견은 전쟁의 추이에 따라 그 범위를 확대시켜 간다.

동시에 이렇게 확장된 공간은 일본을 중심으로 통합되고, 각 피식민지가 처한 차이들은 감추어져 버린다. 통합방식이 공통된 인종적 기원을 찾는 식으로 이루어졌기 때문이다. 일본의 피에 남방의 피가 섞여 있었다든가, 일본과 조선, 남방 모두 벼농사를 짓는다든가 하는 예를 든다. 그러나 이 공통성 또한 "일본민족과 가까운"이라는 위계를 내포한다.

> 최 : 문화 수준의 정도라는 면에서 일만지가 중추적인 위치에 서고, 남양 등은 문화적으로는 거의 언급할 수 있는 것이 없다고 생각합니다만, 그 중간에 서는 것은 태국, 안남 정도가 아닐까요. (…중략…)
>
> 가라시마 : 그러한 남방에 있어 독립이 인정되는 곳이 있기 때문이라고, 조선이 그것을 모방해야 한다는 생각은 정말 주의해야 합니다. (…중략…)
>
> 가라시마 : 그런 의미에서 조선은 일본이라는 입장에서부터 모든 것을 고려해야 합니다.[152]

---

152 위의 글, 93면.

이 글에는 안으로는 천양무궁이라는 순수성을 강조하고, 밖으로는 팔굉일우를 강조해 어디까지로든 확대된다는 일본의 황도주의 논리가 관철되고 있다. 좌담회에 표현된 공간에 대한 감각은 전쟁의 추이에 따라 미국, 중국, 남방 등으로 확장되고, 다시금 이렇게 확장된 공간을 일본 제국주의를 중심으로 위계화하고 있다.

근대를 초극한 좌담회의 시간과 로컬리티

중일전쟁 이후의 좌담회에서는 공간 뿐 아니라 시간에 대한 감각도 변화한다. 그러나 이 시간적 감각은 일본 제국이라는 환상을 척도로 구성된 시간이었다. 좌담회에는 언젠가 도달해야 할 일본제국이라는 시간을 기준으로 현실의 변화를 요구하는 언설들이 나타난다. 1941년 11월『국민문학』창간호 권두언에서 최재서는 '역사의 힘'을 언급하면서 어제의 진보주의자가 오늘의 진보주의자가 아니며, 역사의 움직임이 바뀌었다면 그에 따라 새롭게 출발해야 한다는 것을 강조한다.『국민문학』의 창간된 의의이기도 한 조선문단의 혁신이란 "광란노도(狂亂怒濤)의 시대에 늘 변함없이 진보의 편이 되는 것"이다. '진보해야 한다'는 직선적인 시간관은 그대로인 채, 진보의 이미지만 서양에서 일본(동양)으로 바뀌고 있는 셈이다. 당시는 "근대성의 분화가 시간적일 뿐 아니라 공간적으로 — 따라서 공시적으로 — 전개되고 있었기 때문에 (중심이 아닌) 주변에, 그리고 (현재가 아닌) '과거'에 위치한 식민지는 '근대의 위기'를 더욱 집약적으로 경험할 조건"[153]이 된다.

제국 일본의 시공간적 확장 속에서 조선은 일본 제국의 한 부분으로 위치지어질 뿐 아니라 '과거'에 속하는 식민지의 시간을 극복하고 "새로운 감정"을 발견해야 한다.

---

153 차승기, 「'근대의 위기'와 시간—공간 정치학」,『한국 근대문학연구』8호, 2003, 240~241면.

　요시무라 : (…중략…) 로칼칼라의 의미에서 조선적 특수성이 있다라는 식이 되면 이상한 방향으로 치다를지 모른다는 생각이 듭니다. 그런 문제는 지금 이 시국에서 처음 시작한 작가라면 문제는 없습니다. 그런데 조금이라도 과거부터 문학을 해온 사람은 아무래도 이전의 문학적 자존심에서 좀처럼 벗어날 수 없는 점이 있습니다. (…중략…)

　최 : (…중략…) 로칼칼라(지방색)라고 해도 나는 불만족스럽습니다. 특수성이라는 것도 그다지 적절한 말이 아니라고 생각합니다. 오히려 조선문학의 독창성이라고 할까요, 그런 면에 생각할 점이 있지 않을까 싶습니다.

　가라시마 : 독창성을 추구하기 이전에 (…중략…) 새로운 감정을 발견하는 것, 그것으로 맥진(驀進)해 가야 한다고 생각합니다. 그 가운데 저절로 조선에 존재하는 멋(味), 즉 조선의 독창성이 저절로 스며 나온다고 생각합니다.[154]

　이 글에서 가라시마는 '조선의 로컬리티'는 자칫하면, 조선의 지방자치를 요구하는 것으로 변형되기 때문에 그러한 가능성을 방지하기 위해서 "독창성"보다 먼저 일본인의 "새로운 감정"을 발견해야 한다고 강조하고 있다. 일제는 일본이 서양적 근대를 초극해 대동아공영권 전체가 국어를 사용하게 될 저 미래의 시간을 현재로 끌어와 현재의 변화를 정당화시키고 있는 것이다.

　이 논의를 살펴보면 조선의 로컬리티를 말하면서도 "새로운 감정"을 강조하는 가라시마와 "조선의 독창성"을 강조하는 조선인 참여자 사이에 차이가 존재함을 알 수 있다. 『국민문학』 창간호 좌담회[155]에서도 최재서는 이 문제를 제기하고 있다. 그는 조선문학에 두 가지 길이 있다고 말한다. 하나는 "조선적인 성격 자기가 하늘로부터 부여받은 것, 그것을 완전히 말살해 버리지 않는다면 국민화될 수 없"는 길이

---

154 「朝鮮文壇の再出發を語る」, 『國民文學』, 1941.11, 76~78면.
155 위의 글, 1941.11.

고, 다른 하나는 "이런 것(조선적인 것)을 살려서야 말로 결국 국가에 도움이 되는" 길이다. 그는 영국 작가 콘래드의 경우, 영문학이 쓸 수 없는 경지의 작품을 씀으로써 영문학 자체를 변화시켰다고 주장한다. 이원조 또한 내지의 큐슈(九州), 간토(關東)과 간사이(關西)에서는 제각각 풍속 습관이 다르고 그것을 모두 "도쿄(東京) 중심으로 잘라버려야 한다면" 문제가 발생할 수 있다고 말한다. 그들은 지방문화와 국민문화라는 문제를 제기하면서 제국의 한 지방으로서 조선문화의 독창성을 강조하려고 했다.

그러나 조선의 독창성에 대한 견해는 같은 조선인 참여자들 사이에서도 차이를 발생시킨다. 조선의 로컬칼라를 강조하는 최재서나 김종한, 이원조와 달리, 요시무라(박영희)는 조선의 지방문화 또한 변화하는 것이고, 변화의 방향이 이미 결정되어 있으므로, 지금부터 '자연스럽다'는 것 자체를 바꿔야 한다고 이야기한다.

> 요시무라 : 그것은 변해가는 것이기 때문에……, 즉 새로운 감정을 품으면, 영탄적인 것으로 우리들의 마음이 움직이는 것이 아니라 이것을 쓰고 싶다는 생각이 들어도 이를 물고 참아내서 하나의 게다로 통일해야 합니다. 그거한 면에서도 우리는 자연스럽게 감동할 수 있을 것이다. 그렇게 해서 창조된 것이 참된 국민문학이라고 생각합니다. 따라서 작가 자신이 변하면 모두 로칼칼라(지방색) 따위의 문제를 아무튼 논할 필요도 없고, 그저 별도의 입장에서 생각했을 경우에 자연히 별 문제없이 솔직한 기분으로 꽃무늬 신발을 그릴 수 있는 시대가 옵니다. 그것을 특수한 로칼적인 것으로서 강조하려는 생각이 있다면 그 자체는 강조하지 않는 편이 옳지 않을까 생각합니다.[156]

---

156 위의 글, 182면.

요시무라에 따르면 목적론적 시간의 끝은 이미 자연스럽게 일본적인 감성이 우러나오는 문학으로 정해져 있기 때문에 조선문학에 대한 자부심을 갖고 불평이나 문제를 제기하는 작가들은 '구세대'작가라고 말한다. 이는 최재서와 김종한 등이 '국민문학'이라는 체제 속의 신지방 조선문학성을 주장함으로써 도쿄문단과 동일한 위치에서 조선문학의 특수성을 강조하려고 했던 것과 차이를 지닌다. 최재서와 김종한의 논리는 제국 일본의 시공간을 받아들이면서도 조선도 일본도 모두 동등한 지방문단으로 위치시키려는 의도를 담고 있었기 때문이다.[157]

'로컬리티'를 둘러싼 일본인과 조선인, 또한 조선인 안에서의 치열한 의견 차이에도 불구하고 이들은 모두 진보적이고 직선적인 시간관에서 자유롭지 않았다. 이런 시간관은 근대를 초극하겠다고 하는 제국 일본의 초극 논리에도 반복되었다. 대동아공영권의 시대구분을 보면, 대동아 건설의 1기는 만주사변에서 지나사변까지의 6년, 2기는 지나사변부터 대동아 건설까지의 4년, 그리고 이제 대동아 전쟁에서 비롯된 새로운 단계를 맞고 있다고 설명한다.[158] 대동아 건설을 직선적인 시간관에 근거해서 제시하고 있는 것이다. 이처럼 대동아 건설이란 기준이 서양에서 일본으로 바뀌었을 뿐, 시간이 단계적으로 진보한다는 시간관을 서양과 마찬가지로 전제하고 있었다.

좌담회의 시공간은 제국 일본의 시공간적 확장에 따라 대동아공영권으로, 서구적 근대를 초극한 동양의 시간으로 변화하고 있었으나, 그러한 진보적인 감각을 구성하는 동력 자체를 변화시키진 못했다. 특히 이러한 시공간의 확장 전략은 종주국과 식민지 사이의 차이를 모호하

---

157 윤대석, 「『국민문학』의 '신지방주의론'」, 『한국 근대문학과 일본』, 소명출판, 2003, 258면. "최재서는 '내선일체'로 상징되는 일본국민화를 인정하면서도 그와는 모순되는 조선의 상대적 자율성을 요구"했다.
158 「大東亞文化圈の構想」, 『國民文學』, 1942. 2, 40면.

게 지워버리고 대동아공영권이라는 시공간이 새로운 가치이자 자연스러운 것인 양 보이게 한다. 좌담회의 시공간은 위계가 없는 전체이며 근대를 초극한 시간인 듯이 구축되는 것이다. 이때 경험하는 경계에 대한 감각은 참여자들의 구체적인 실감을 통해서가 아니라 일본제국을 중심으로 세계와 지역을 상상하는 지도 속에서 구성된다. 구체적인 삶이 이루어지는 지역은 세계의 일부분으로 통합됨으로써 균질화되고, 균질화됨으로써 위계화된다. 이는 삶이 번역될 수 있다는 보편주의에 대한 믿음, 진보한다는 서구적 근대의 논리를 반복하고 있었다.

1930년대 초중반에 유입·확산된 좌담회는 편집과 기획이 강조된 담론적 형식을 띠었다. 따라서 중일전쟁을 거치면서 식민권력의 기획과 편집을 내부화한 형태로 변형된다. 이에 따라 좌담회는 일본어로 진행되고 총독부 관리나 경찰기구가 좌담회 내부에 들어온다. 식민권력은 좌담회를 검열하는 것에서 좌담회를 생산하는 형태로 변화하고, 좌담회는 자본주의와 식민권력을 수행하는 장이 된다. 그러나 이러한 좌담회에 참여한 자들은 병이나 기억력 상실 등의 변명, 편지나 일본어 대독을 통한 침묵 등을 통해 단지 알리바이만을 만드는 방식으로 좌담회에 참여했다. 그들은 좌담회에 참여했으나, 그 좌담회에 '참여'한 채로 '부재'했던 것이다.

좌담회는 이처럼 식민권력의 시스템을 내부화하고 '대동아'로 확장된 상상된 시공간 속에서 구축되어 간다. 이렇게 구축된 제국 일본의 시공간적 시스템 속에서 담론공간은 좌담회, 다민족 대회, 이동연극 등 다양한 층위로 전개된다. 다음 장에서는 이렇게 다양하게 확산되는 신체적 담론공간이 제국 일본의 시스템 내부로 포섭·통제되는 양상과, 그러한 시스템을 전유하여 게임을 벌이고, 흔적을 남기고, 부재의 형태로 참여하면서 제국의 시스템 밖으로 벗어났던 순간들을 살펴본다.

제5장

1940년대 신체제 질서와 좌담회의 제국화

1. 『국민문학』 좌담회의 '모드'와 언어게임

1) 신체제 질서와 좌담회의 제국적 모드(mode)화

(1) 신체제 질서와 일원화 · 전체화되는 담론공간

'형식적 전향'의 증표가 된 좌담회를 둘러싼 갈등

1940년대에 들어서면 전국화 · 전체주의화하는 제국적 시스템 속에서 담론공간은 그러한 제국적 시스템을 재현하고 선전하게 된다. 담론공간에 참여한다는 것은, 그 담론공간이 어떠한 것이든지 간에, 제국의 시스템 속에 들어가서 발화하고 행동하는 것을 의미했다. '참여'란 단지 '검열과 동원의 대상'이 되는 데 그치는 게 아니라, 그 자체로 제국 일본의 전쟁에 동원되는 것이었다. 동시에 '참여'한 신체들을 제국질서를 생산하는 스피커로 연성해 가는 과정이기도 했다. 이것이 근대 초기 연설·토론·강연회의 직접적인 신체성과도, 1930년대 자본주의와 식민권력에 의해 검열당하는 신체성과도 다른, 1940년대 이후 담론공간의 신체성, 즉 '제국의 시스템을 체화한 신체성'이라고 할 수 있을 것이다.

좌담회와 같은 공적인 담론공간에 참여하는 것 자체가 식민권력에 협력하는 '수행성'[1]을 띠게 되자, '참여방식'을 둘러싼 수많은 논란들이 발생한다. 중일전쟁 이후부터 참여자들은 '참여하지만 적극적으로 존재하지 않는 방식', 부재하는 방식의 참여를 모색하기 시작하지만, 1940년대 들어서면서 참여방식(담론공간의 참여, 글쓰기의 참여, 참여 복장의 문제 등)을 둘러싼 논란은 보다 복잡해지고 암묵적이 된다. 식민권력이 구성하는 담론공간에 "참여"했으나 별다른 행동을 하지 않았다든가, 자신은 몸이 아파서 아무것도 할 수 없었다든가(김동인) 등의 변명을 늘어놓는 것 뿐 아니라, 참여하긴 했으나 자신은 복장이 불량했다든가[2] 생계 때문에 어쩔 수 없었다든가 등 해방 전에도 해방 후에도 참여를 회상하고 말하는 방식이 다양화한다.

이런 경향은 좌담회 뿐 아니라 담론 공간 전반으로 확대되었다. 강연회, 선전단, 이동극단, ～대회 등에 참여하고 말하는 것은 그 자체로 넓은 의미의 전향을 행하는 '수행성'을 띠고 있었다. 문자화된 매체에 참

---

1 J.L. 오스틴, 김영진 역, 『말과 행위─오스틴의 언어철학, 의미론, 화용론』, 서광사, 1992, 207면. 오스틴은 진위문(constative)와 수행문(performative)를 나눈다. 진위문은 말함(saying)과 관계되며 진/위(true or false)를 나눌 수 있는 것이다. 수행문은 행함(doing)와 관계되며 적절하거나 부적절(happy or unhappy)한 것이다. 그러나 오스틴은 점차 용법(use)에 대한 분석을 통해서 이 구별에 수많은 예외가 있음을 보여주면서 점차 진위문도 수행문일 수 있고 수행문도 진위문일 수 있는 경우들을 보여준다. 이런 관점은 화행의 용법(use)을 바꿈으로써 그것이 의미, 함축, 수행을 바꿀 수 있다는 점에서 비트겐슈타인의 언어게임이론과 통한다. 즉 그는 "말함을 행함에 환원 내지 포함"(235)시키고 있다. 그런 점에서 오스틴은 언어란 수행이며, 발화상황에서의 발화의 표출이라고 보는 화용론(pragmatics)적 관점에 서 있다. 오스틴의 논의 중 제1강과 7강을 주로 참고했다.
2 이태준, 「해방 전후─한 작가의 수기」, 김종년 편, 『이태준 단편전집』 2, 가람기획, 2005, 356면, 349면.

여하는 것이건 직접 몸으로 참여하는 것이건, 모든 발화가 수행이었던 것이다. 따라서 담론공간에서 구성되는 신체성은 더욱 더 내용이 없는 포즈, 혹은 시스템의 한 요소로서의 특성을 띄게 되었고, 또한 '부재하는 참여'의 형태는 다양화하고 심화되어, '참여'여부는 점차 판단하기 어려운 것이 된다. 반면, 이러한 시스템적 보편성을 통해서 내선일체와 신체제 질서의 논리를 적극적으로 수행함으로써 담론공간에 '피식민지 조선인'이 아니라 '제국의 국민'으로써 '참여'하는 방식이 모색되기도 한다.

신체제 질서와 통치의 테크놀로지

담론공간에 참여하는 것을 둘러싼 논란을 심화시킨 1940년대 제국 일본 시스템의 핵심은 "신체제"라는 말로 표현할 수 있다. 1940년 7월 22일에 출범한 제2차 고노에(近衛) 내각이 8월 1일 발표했던 「基本國策要綱」에는 신체제라는 말이 무엇을 의미하는지 잘 나타나 있다. 이 요강에는 중일전쟁이 장기화됨에 따라 부족해진 물자를 충당하고 생산력을 확충하기 위해 필요한 기획이 제시되어 있다. 이 기획은 "전체주의적 전시 경제체제의 확립"으로 요약될 수 있다.[3] 세계경제가 점차 블록화하는 경향에 대처하기 위해 동아시아 경제 블록을 구상하려 한 것이었으며, 제국적 스케일을 갖추고 있었다.[4] 1940년대 제국 일본의 시스템이 전제로 했던 것은 '조선'이나 '일본'이라는 단일한 민족국가 사이의 '종주국 / 식민지'의 관계가 아니라, '제국 일본 / 지방 피식민지들'이라고 할 수 있는 아시아 전체였다.

---

3   방기중, 「1940년 전후 조선 총독부의 '신체제'인식과 병참기지 강화 정책」, 『동방학지』, 2007, 98~101면.

4   고마고메 다케시, 오성철·이명실·권경희 역, 『식민지 제국 일본의 문화통합』, 역사비평사, 2007.

　더구나 신체제 선언은 당시 일본 내부의 독점 자본주의와 자유주의 정당정치를 추진해 왔던 "원로, 중신, 관료, 군벌, 정당, 재벌 등 기존 지배질서 전반"에 대한 개혁을 의미하기도 했다.[5] 이러한 신체제 질서의 개혁적 측면은 당시 일본 자본의 조선 유치를 통해 병참기지화 정책을 추진했던 미나미 지로(南次郎)를 필두로 한 당시의 조선총독부에게 위기의식을 안겨 주었다. 조선총독부는 1940년 8월 1일 제2차 고노에 내각이 국책의 신방향과 국가 체제의 혁신을 규정한 「基本國策要綱」을 발표했을 때 중요한 내용임에도 어떠한 공식적 입장도 표명하지 않은 채 사태의 추이를 관망한다. 두 달 보름이 지난 10월 16일에서야 미나미 총독은 "半島新體制確立"을 위해 國民總力朝鮮聯盟 조직이 주최한 강연 "전시국민생활강조 祈誓式"[6]에서 기성 독점재벌과의 타협을 전제로 한 체제유지의 신체제관을 천명한다.[7] 더구나 신체제 질서는 식민지 지식인들에게 "맹주 일본 아래"이긴 하지만 "동아시아의 신질서를 형성하려고 하는 '흥아 외교'의 표명'"[8]으로 이해되는 경향도 있었다. 따라서 조선의 사회주의자들은 신체제 질서에 기반한 조선 총독부의 자기 통제정책이나 재계와의 결탁 등을 비판하는 목소리를 높였다.[9] 이처럼 신체제 질서 성명은 조선에서 각 정치주체들 경제주체

5　방기중, 앞의 글, 2007, 102면.

6　南次郎, 「半島의 新體制와 國民總力聯盟」, 『三千里』, 1940. 12, 68~71면.

7　방기중, 앞의 글, 2007, 123~126면.

8　米谷匡史, 『アジア／日本』, 岩波書店, 2006, 127면(원문은 일본어, 한국어로의 번역은 필자. 이후 5장에서 다루는 모든 일본어 원문의 번역은 필자. 이 책의 번역본은 요네타니 마사후미 저, 조은미 역, 『아시아／일본』, 그린비, 2010을 참고할 것).

9　총독부 기관지인 『朝鮮』 및 『總動員』 『綠旗』가 침묵하는 한 달 동안, 재조 일본인 잡지 『朝鮮及滿洲』와 조선인잡지 『三千里』, 『朝光』 등 민간 측 잡지들이 먼저 신체제 질서 특집을 다룬 것은 조선 내의 신체제 질서에 대한 긍정적인 분위기를 보여준다. 예를 들어 崔麟・朴興植・吳兢善, 「新政治體制와 近衛新內閣에 대한 朝鮮人 要望」, 『三千里』 제12권 제8호, 1940.9; 「東亞新體制 樹立에 邁進, 近衛新內閣의 聲明」, 『三千里』 제12권 제8호, 1940.9; 咸尙勳, 「近衛內閣의 新定策 : 國防國家 自主外交가 目標」, 『朝光』 제6권 9호, 1940.9; 李健赫, 「近衛內閣의 財政經濟策」, 『朝光』 제6권 9호, 1940.9; 溫樂中, 「近衛內閣의 外交」, 『朝光』 제6권 9호, 1940.9.

들 사이에서 많은 분열을 낳는다. 그리고 이 분열의 경계선은 '조선인' vs '일본인' 사이에 그어지기 보다는, '조선의 재계 및 총독부 관리' vs '조선의 사회주의자 및 일본의 사회주의자' 사이에 그어졌다.

고노에 내각의 신체제 질서는 통제의 분할선 만을 바꾼 것이 아니었다. 신체제 질서는 과학을 "통치의 테크놀로지"라는 차원에서 강조한다. 고노에 내각은 과학이성을 통해 "생산성을 향상시키고 사회와 생활을 합리화하여 효율적인 동원체제를 수립"하려고 했다.[10] 이러한 동원체제를 정책적 상상지리로서 구현한 것이 '대동아공영권'이었다. 대동아공영권은 일본·중국·만주를 주축으로 하여, 프랑스령 인도차이나·타이·말레이시아·보르네오·네덜란드령 동인도·미얀마·오스트레일리아·뉴질랜드·인도를 포함하고 있었다. 이른바 통치의 테크놀로지라고 할 수 있는 "대동아공영권"이라는 정책적 상상 지리학은, 만주국의 창설에 동반하여 확산되며, 이후 "기술(technology)로서의 정치학 개념"을 재정립하기에 이른다.[11] '대동아공영권'이라는 상상지리를 기반으로 한 통치의 테크놀로지가 확립되어 가는 것이다. 그러나 이러한 통치의 테크놀로지는 식민지와 피식민지 사이의 경계를 지우

『京城日報』에서『분가쿠카이(文學界)』로 옮겨질 때 제목에 일어난 변화는 다음과 같다. "젊은 반도의 작가—무대가 좁고 생활도 여의치 않다(若しい半島の作家—舞台が少くて生活は不如意, 1938.11.29)"는 "조선의 잡지(朝鮮の雜誌, 271면)"로 변함. "조선의 연극—유교의 영향으로 발달도 중단(朝鮮における芝居—儒教の影響で發達も中斷, 1938.11.30)"은 "조선연극(朝鮮演劇, 273)"으로 변함. "춘향전의 제 문제—언어가 지닌 예술적 분위기(春香傳への諸問題—言葉の持つ藝術的雰圍氣, 1938.12.2)"는 "춘향전의 번역(春香傳の飜譯, 274면)"으로 변함. "반도 작가의 표현력—국어와 조선어를 둘러싼 제 문제(半島作家の表現力—國語と朝鮮語を繞る題問題, 1938.12.6)"는 "조선어의 문학(朝鮮語の文學, 276)"으로 변함. "종군작가를 보내는 제안—검열 및 단속에 관한 질문(從軍作家を出す案—檢閱及び取締に關する質問, 1938.12.8)"은 "문학 단속(文學の取締り, 279면)"으로 변한다(신문 및 잡지명은 생략한다. 앞의 것이『京城日報』에 표기된 제목, 뒤의 것이『분가쿠카이』에 표기된 제목이다).

10 정종현, 「사실, 과학 그리고 문학의 신생」, 『상허학회』 23집, 2008, 47~82.
11 이석원, 「'대동아' 공간의 창출—전시기 일본의 지정학과 공간담론」, 『역사문제연구』 19호, 역사문제연구소, 2008.4, 280~284면.

고, 일원화되고 과학적인 시스템으로 양자를 통합·배치한다. 그 결과 식민지와 피식민지 사이의 특수성이나 차이는 표면상에서 감추어져 버리고 대신 일원화된 신체제 질서를 구현하기 위해 장르별·계층별·기능별로 분화된 모임들이 형성되고 그 모임에 동원된 피식민자들은 시스템을 따라 이동한다. 식민지의 삶 전체가 '저항'이나 '식민지의 외부'를 허락하지 않는 전체화된 관리-통제 하에 놓이면서도 그 지배 권력이 제국의 시스템이라는 기술이성 뒤로 은폐되기 시작했던 것이다.

일원적 시스템으로 전체화되는 담론공간과 '이동'

대동아 전체를 하나의 통합된 시스템으로 통합하기 위해서 제국 일본이 활용한 전략은 피식민지의 담론공간을 다양한 형태로 이동시키는 것이었다. 따라서 당시 매체에는 '이동'이라는 수식어가 빈번하게 등장한다. "이동좌담회", "이동문학" "이동연극", "이동영화", "이동강연회" 등 '이동'이라는 말이 기존의 장르들 앞에 붙기 시작한다. 신체제 질서 속에서 담론공간은 국외적으로는 국경을 넘는 이동(강제동원, 관리 시찰, 다민족 대회, 강습회, 위문단의 파송)을 통해 동원되면서 통합되었고, 국내적으로는 산간벽지까지 이동하는 문화선전대(이동 강연회, 이동연극, 이동영화 등)를 통해서 통합되어 간다.

예를 들어 1937년부터 이동 선전반 애국 홍보반, 이동 연예대, 등을 동원하여 일본, 사할린, 아시아 지역에서 위문 공연을 펼친다.[12] 특히 1937년 이후에 이루어진 이러한 이동양상 중 두드러지는 것은 '일본 시찰단'의 성격변화이다. 1937년 이전에는 "조선을 粗공업지대로 설정하

---

12 이승연, 「일제 시대 대중음악과 한국인의 생활문화」, 연세대 대학원 국학협동과정 현대문화학 석사논문, 2000.

여 精공업지대인 일본과 농업지대인 만주를 연결하는 교량의 역할을 하도록 추진"하기 위해 파견되었다면, 1937년 이후에는 황국신민화 정책 일환으로 "伊勢神宮, 橿原神宮, 明治神宮 등 일본정신을 강조하는 시설에 시찰단을 파견"하였다.[13] 이러한 이동하는 담론공간들은 다양한 선전, 강연집으로 묶여 나타나기도 한다. 『조선문화』 강연집이나 『애국대연설집』 등의 선전이나 유행이 그것이다. 1940년대 신체제 질서 이후, 식민권력의 시스템화가 안으로는 조선 전체로 밖으로는 제국 전체로 진행되면서, 공적인 공간에 참여하는 모든 행위는 이러한 제국 질서 시스템의 한 요소로 참여하는 것이 되는 것이다.

연설·토론·강연회에서는 안창호의 연설이 보여주듯이 감성적인 발화, 연극이나 영화에서 나오는 신체적 연기, 심지어 개그나 오락적 요소까지 포함하면서 다양한 형태를 취하고 있었다면, 제국적 시스템 속에서 종합장르였던 연설·토론회는 기능별·장르별로 분화되고, 일원화된 시스템 속에 각각의 요소로 위치하게 된다. 좌담회나 강연회는 지식층을 대상으로 한 설득적·합리적 외관을 취한 동원체제였고, 문화 컨텐츠나 인쇄·출판 매체에서 발생한 국가간 번역은 광범위한 독자대중을 일본제국 전체에서 끌어들였다. 일본제국의 피식민지·피점령지의 민족대표들을 모아 열리는 다국적·다민족 대회들은 일본제국의 일원화된 체제를 한 민족이나 국가 밖으로 확대시킨다. 한편 산간벽지에서 실행된 이동연극, 강연, 영화와 같은 담론공간은 대중을 대상으로 제국의 일원화된 시스템을 어느 한 곳 빠짐없이 일상화·전국화시키기 위한 것이었다. 그리고 일원화된 시스템의 통제력은 산간벽지까지 미쳤으며 마치 당시의 풍속 통제가 뒷골목의 사소한 유흥과

---

13 趙成雲,「戰時體制期 日本視察團 研究」,『史學研究』第88號, 한국사학회, 2007, 1066면 1070면.

오락문화에까지 영향을 준 것처럼 산간벽지 대중들의 삶 하나하나에 영향을 주었다.[14]

혁명이나 저항은 "그것과는 다른 세상" 즉 "외부"를 구체적으로 상상할 수 있을 때에만 가능한데, 1940년대는 '식민지 제국'이라는 문화생산관리시스템 속에서 '피식민지'의 차별성이 희석되고 제국 시스템의 '외부'를 상상할 수 없게 되었다. 이른바 '동화정책'이 그야말로 일상 전반으로 확산되었던 것이다. 따라서 조선의 지식인들 중 일부는 제국 시스템의 외부를 모색할 수 없는 상황에서 제국의 시스템 내부에서 그 시스템을 철저히 받아들임으로써 조선의 위치를 확보하려고 시도하기도 한다.

(2) 제국적 모드(mode)를 수행하는 『국민문학』 좌담회

제국 시스템을 구현한 『국민문학』 좌담회

이 장에서는 이러한 제국의 전국적 파시즘화의 첫 번째 기제로서 모드화된 『국민문학』 좌담회를 살펴본다. 『국민문학』은 1940년대 초반의 신체제 질서를 조선의 문단 혹은 논단 속에서 구현함으로써 제국 일본과 동등한 지위를 확보하기 위한 시도였다. 최재서는 『국민문학』을 창간하기 전부터 신체제 질서의 의미를 크게 의식하고 있다. 그는 「문학 신체제화의 목표」라는 글에서 신체제를 구체제의 사람들이 구상해야 한다는 어려움을 토로하면서 무엇보다 "인간개조"가 필요함

---

14 권명아, 「풍속통제와 일상에 대한 국가 관리─풍속 통제와 검열의 관계를 중심으로」, 『민족문학사연구』 34, 민족문학사학회, 2007, 396면. "전시동원체제 하에서는 사회의 말단 세포까지 국가의 통제의 범위에 포함시키는 것이 매우 중요하였으며, 풍속 통제의 본래적 맥락과 전시동원체제의 특성이 결합하여 뒷골목에 대한 취체가 매우 중요한 문제가 되었으리라 생각된다. (…중략…) 전시동원체제 하에 생활 혁신의 일환으로 여러 형태의 오락문화와 유흥장소에 대해서 대대적인 통제가 이뤄졌고 이에 대한 불만이 팽배하게 된다."

을 역설하고, 조선문단이 1940년을 기점으로 "과거를 반성하고 미래를 전망하려 하는 기도가 아주 왕성하고 진지하게 수행"되었으며 이런 과거에 대한 반성이 "문학의 신체제화에는 근본적인 중요성을 지닌다"고 말한다.[15] 신체제 질서를 반영한 문학의 목표는 "개인의식의 옛 껍질을 깨고 국민생활 속으로 뛰어들어 몸으로써 국민의식을 획득하는 것"[16]이라고 한다.

신체제 질서를 문학제도 안에서 구현하려고 했던 『국민문학』, 이 잡지에 실린 좌담회는 시스템화된 담론공간의 한 전형을 보여준다. 문학이 국가를 위해 봉사해야 하는 것처럼, 문단의 구성이란 곧 '국민'의 구성, 더 나아가 제국적 시스템의 구성과 동일한 것이었다. 특히 좌담회는 일본의 지식인들을 "한편으로는 공포와 욕망에 호소하는 조작으로 다른 한편으로는 에고 마사지라는 유연책으로 부추"기는 두 가지 방식으로 국책과 전쟁의 정당성을 설득하고 협력과 동원을 이끌어 내기 위한 것이었다.[17] 이와 마찬가지로 『국민문학』 좌담회도 신체제 질서를 과학적이고 보편적인 '모드'로서 재현함으로써, 동원과 협력을 이끌어 내기 위한 이론적 형식적 정당성을 확보한다.

실상 『국민문학』 좌담회는 1930년대 인기를 끌었던 대중적 좌담회, 중일전쟁 이후 전향자들이 늘어났던 상황[18]에서 식민자 / 피식민자의 대립이 첨예하게 드러났던 좌담회와 비교해 볼 때, 보다 평등하고 과학적으로 보이는 모드를 구현하고 있었다. 우선 『국민문학』 좌담회의 형식적 특성들을 살펴보자. 『국민문학』 좌담회의 수행성은 다음과 같은 환경적·내재적 구성을 통해서 나타난다.

---

15 최재서, 「문학 신체제화의 목표」, 이경훈 편역, 『한국 근대 일본어 평론·좌담회 선집 1939~1944』, 역락, 2009, 105~106면.(원문은 「文學新体制化の目標」, 『綠旗』 : 朝鮮(日本語), 1941.2)
16 위의 글, 110면.
17 ピーターB. ハーイ, 『帝國の銀幕』, 名古屋大學出版會 : 日本(日本語), 1995, 63~66면.
18 홍종욱, 「중일전쟁기 1937~1941 사회주의자들의 전향과 그 논리」, 서울대 석사논문, 2000, 21면.

『국민문학』좌담회의 제국 시스템 1 : 학술·공용어로서의 일본어 상용화

『국민문학』 좌담회가 일원화된 제국 시스템은 구현하고 있었다는 점은 좌담회에서 '일본어가 사용되었을 뿐 아니라, 그것이 '학술어이자 공용어'로 이해되었다는 점에서 확인된다. 『국민문학』은 애초 8회의 언문판과 4회의 일본어판으로 구성되었다. 그러나 1942년 4월호 이후 몇 가지 광고를 제외하곤 전부 일본어로 씌어 진다. 1942년 5, 6월 합병호에 실린 「반도학생의 제 문제를 말한다」[19]에서 최재서는 '국어'사용에 대해서 어느 정도 유보적인 주장을 하고 있다. 『국민문학』이 처음 기획되었을 때 "옛날의 언문잡지를 통괄해서 새로운 시대에 즉각적으로 응하는 국민문학을 만든다"는 취지를 갖고 있었으며, "국어 창작이 불가능한 작가들도 있고 조선어가 일상어이기 때문에 소설만은 언문으로 해야 하지 않을까"라고 쓰고 있었던 것이다.

그러나 도서과장인 혼다는 "시행된 지 3, 4개월이 지난 오늘날, 지금 말씀하신 대로 혹은 전부 국어로 하는 쪽이 좋지 않은가"라는 의견이 나올 정도로 "커다란 전환기"에 직면했으며 조선어가 관습어이므로 어쩔 수 없다는 식의 이야기만 반복해서는 "국어상용은 도저히 불가능"하다고 말한다. 이때 '국어 상용'이 의미하는 바는 단지 일본어가 강제되었다는 것으로 해석하기엔 불충분한 면들이 있다. 1941년 당시 일본어를 상용할 수 있었던 비율은 16.6% 정도에 지나지 않았다곤 하나,[20]

---

19 「半島學生の諸問題を語る」, 『國民文學』, 1942.5·6 合倂號, 131~140면.

20 임종국, 『친일문학론』, 평화출판사, 1966; 한편 국민문학 좌담회(「國語問題會談」, 『國民文學』, 1943.1, 50면)의 언급을 보면 이 통계 수치보다 더 적었다는 추측도 가능하다. 그러나 이 언급에서도 일본어가 교육정책과 긴밀히 관련되었으며, 특히 유아나 노인을 제외한 국민을 대상으로 했음을 알 수 있다. "논자 가운데는 「총독부의 시정 30여년이 지난 오늘, 반도인중 국어를 이해하는 자가 일할오분내지 이할정도로 그 성적도 그다지 좋지 않다.」라고 하는 사람도 있습니다. 그러나 생각해보면 지나사변 때 까지는, 국어를 이해하는사람이라도 어떤 분야를 어렵게 여겨 일부러 국어를 쓰지 않는 사람도 있었는데, 요즈음은 가급적 국어를 사용하려고 하고 있기 때문에, 아마도 국어를 이해하는 자는 삼할 정도 될 것이라고 생각해요. 게다가 갓난아기에서 오세까지 유아 약 오백만과 육십세 이상의 노인 약 백 오십만을 제외

일본어는 학교, 재판소, 관공소, 군대 등에서 사용되는 공적인 언어였다. 일본어로의 동화정책이 '교육어'이자 '학술어'로서 공식적인 담론 공간을 장악하면서 구성되었기 때문이었다.[21]

국어 사용을 주장하는 위 글에 언급된 '커다란 전환기'란 신체제 질서를 의미하는 것이다. 신체제 성명이 발표된 시기인 1940년을 기점으로, 그 좌담회의 앞 뒤 시기에 열린 일본어 상용화에 대해 논의하는 두 좌담회를 비교해보면 '언어'에 대한 인식이 크게 변화하고 있음을 알 수 있다. 조선에서 본격적으로 일본어 문제가 논의된 좌담회는 1938년 11월 29~30일, 12월 2일, 6~8일 『경성일보』에 실린 「조선문화의 장래와 현재(朝鮮文化の現在と將來)」이다. 여기에는 일본어 사용과 검열 등으로 창작의 자유와 언어표현의 자유, 발표 지면이 줄어든 것에 대한 조선인 작가들의 반발이 고스란히 드러나 있다. 그러나 이러한 저항들은 이른바 '커다란 전환기' 이후 어떻게 변화하는가? 태평양 전쟁 한달 전에 열린 『국민문학』 창간호 좌담회인 「조선문단의 재출발을 말한다」에서 최재서는 "여태까지의 조선문학은 조선만의 문학이었지만, 이제부터는 한층 더 넓은 일본문화의 일익으로 재출발하는 점"에 중요성이 있다고 하면서 데라다에게 이야기를 청한다.

소화 13년(1938년) 10월에 내지의 문인과 조선의 문인이 무릎을 맞대고 座談會를 열었을 때, 내지 쪽의 문인들이 당신들은 훌륭한 국어로 일상의 회화를 할 수 있기 때문에, 창작도 국어로 하시지요. 그렇게 하면 당신들 작품은 내지 시장에도 진출할 수 있지 않겠습니까? 그러면 당신들을 알아보는 사람들은 오늘 이상으로 많아질 것이고, 또 당신들의 생활 자체도 풍

하고 통계를 만들면, 아마 사할 정도가 되겠지요."
21 윤대석, 『식민지 국민문학론』, 역락, 2006, 117~118면.

부해 질 것이라는 요지의 이야기를 했을 때, 거의 대부분의 사람은, 조선문학이 가장 조선적인 것이여야만 한다는 이유를 얘기하면서 그 문제를 오히려 묵살하거나 일소에 붙여버리는 것 같다는 느낌이 들었습니다. 그런 일이 있은 지 겨우 삼년도 지나지 않아서, 현재에는 아무튼 국어로 중앙의 문학잡지에 작품을 발표하는 사람들이 늘어난 것은 우리들이 현재 보고 있는 바와 같습니다. 그처럼 <u>국어문제만 해도 삼년 전에 가장 불가능하다라기 보다 무모하다라고 여겨졌던 국어 문제에 있어서 조차도 이렇게 변하였고,</u> 시국은 점점 절박해져 왔고, 또 오늘 이상으로 긴박해지고 있는 것입니다. 이러한 상황에 놓여 있다면, 이미 조선적이라는 것은 사실 서로의 생활이 허용되지 않게 되었기 때문에, (…중략…) 좀더 허심탄회하게 <u>전향이라고 말한다면 어폐가 있을지는 모르나, 시국에 호응하는 방향으로 서로 실천해 나가는 것이 옳지 않을까요?</u>[22] (밑줄은 인용자)

이 좌담회에서 언급된 1938년 10월의 좌담회란 앞서 소개한 「조선문화의 장래와 현재」를 의미한다. 이때 경성일보 학예부장으로 참여했던 데라다가 2년 뒤인 1941년 11월엔 『국민문학』 창간호 좌담회에 다시금 참여해 '국어' 상용화를 주장하고 있는 것이다. 단 2년 사이에 일본어 사용을 둘러싼 논의는 변화하여, '번역불가능성'이 논의되던 것에서 '국어' 상용이 당연하다는 듯이 이야기되고 있다. 이때 조선은 제국의 한 '지방'으로 이야기되며, 그것을 보편적 질서로 통합하는 '보편적' 학술어로서 일본어가 주장된다. 즉 『국민문학』에서 사용되고 있는 일본어는 '일본 민족의 언어'라기보다는 '제국 시스템의 공용어'로서의 특성을 지니고 있었다.

'학술어・공영어・보편어'로서의 일본어에 대한 관점은 최재서에게

---

22 「조선문단의 재출발을 말한다座談會―朝鮮文壇の再出發を語る」, 『國民文學』, 1941.11.

는 신체제 질서 이전부터 존재하고 있었다. 최재서는 1939년 강연에서 '국어' 창작이 논의되는 것은 좋은 일이지만, "조선문학에서 진실로 독창적인 것을 만들어내고 나아가 국어 구사력에서 내지의 작가에게 일보도 양보하지 않을 정도의 역량이 있는 작가에게만 허용되어야 할"것이며 그렇지 않으면, 내지 작가의 "모방"이나 "캐리커처가 되고 말 위험"이 있다고 말하며 조선적 특수성을 강조한다.[23] 그러나 이러한 최재서의 "조선적 특수성"이란 '조선'이라는 민족의 특수성이 아니라 제국적 질서 속 "신지방 조선"의 특수성을 의미했다. 이 '신지방 조선'의 특수성이 추구한 것은 민족의 언어인 조선어를 지키는 것이 아니라, "조선의 문학으로 하여금 진실로 독창적인 것을 창조하게 해 그로써 일본의 문학을 풍부하게 하는 것"[24]이었다. 최재서에게는 조선문학으로 도쿄문학을 혁신한다는 식민지 지식인의 전복적 욕망과 보편적이고 국제적인 문화에 대한 추구가 공존하고 있었다. 이 두 가지 욕망은 1939년까지는 조선문학을 일본어로 번역함으로써 제국의 일원화된 출판시스템 안에 '참여'하는 동시에, 조선문학이 지닌 특수성을 지닌 채로 도쿄에 진출하려는 시도로 귀결된다.

1939년경에 최재서가 '조선문단'의 도쿄문단 송출의 실천방법으로 제시하는 것은 조선문화를 일본어로 번역하는 것이었다. 그는 자신이 조선의 작품을 번역해 『카이조(改造)』에 발표했던 것을 언급하면서 "모쪼록 이 방면에 대해 도쿄의 잡지 편집자분들에게 협력을 부탁하는 바이다"라고 말하고 있다. 1941년 『국민문학』에서 최재서는 '번역'에서 '국어창작'으로 노선을 튼다. 그러나 조선문화의 일본어로의 번역이건, 직접적인 일본어 창작이건, 최재서에게 일본어란 조선이 30년간 일본

---

23 최재서, 「내선문학의 교류」, 이경훈 편역, 앞의 책, 67면(원제는 「內鮮文學の交流」, 『라디오 강연·강좌』(6월 12일 JODK로부터 전국 중계), 1939.7.25).
24 위의 글, 68면.

으로부터 세계문화를 받아들일 수 있게 해준 매체이자, 조선문단을 도쿄문단으로 진출시킬 수 있는 학술 매체로서의 의미를 지닌다. 『국민문학』에서 시도된 일본어는 적어도 최재서에게는 일본민족의 언어가아니라, 동등한 문화교류를 위한 '학술어'이자 '번역매체'였던 것이다.비록 그 학술어 혹은 번역매체가 제국 일본의 입김을 뿜어내고 있었다고 할지라도 말이다.

『국민문학』은 국어 상용화정책과 검열정책의 강화로 조선어가 불가능하게 된 상황에서 조선의 특수성 논의를 어떻게 다시 신체제 질서속에서 재건할 것이며 신지방 조선의 담론공간을 어떻게 도쿄로 진출시킬 것인가라는 물음과 관련되어 있었다. 이 돌파구를 최재서를 비롯한 『국민문학』필진들은 '제국주의일본 / 식민지조선'이 아니라 '제국일본 / 신지방 조선'이란 틀 속에서 모색하면서 좌담회 안에서 제국일본과 동등하게 신지방 조선 문단을 구성하고 도쿄로 송출하려고 시도한다.

『국민문학』 좌담회의 제국 시스템 2 : 제국일본의 정책과 연동하는 테마
『국민문학』 좌담회는 오락적 요소를 배경으로 시국적 좌담회가 실렸던 『삼천리』나 『조광』과 비교해 볼 때, 무게감 있는 주제가 일관성있게 지속될 뿐 아니라, 좌담회가 매호 핵심적인 위치를 차지하면서꽤 긴 분량으로 실린다. 특히 좌담회의 주제들은 조선에서 실행된 식민지 정책이나 제국일본의 전쟁동향 등 굵직굵직한 제국일본의 정세변동과 연동했다. 구체적으로 보면, 『국민문학』 좌담회의 주제는 내지와 조선을 둘러싼 정세변화, 문화조직의 설립이나 개정, 식민지 조선의 법령(징병제, 교육령 등) 등과 긴밀한 연관을 맺고 있다.[25]

---

25 예를 들어 1942년 1월 「일미개전과 동양의 장래」는 1941년 12월 8일 일어난 태평양 전쟁을

이러한 특성은 시기별로 약간 차이가 있다. 1943년 4월 이전의 좌담회는 주로 식민정책이나 일본제국의 정세와 연동했다. 한편 1943년 4월 17일에 '조선문인협회'가 '조선문인보국회'로 바뀐 뒤부터 실린 좌담회에서는 실제로 조선 내에서 조선의 대중을 대상으로 선전활동을 하는 각 분야별 문화 보국단들을 불러 현지 상황을 듣고 대책을 논의하고 있다.[26] 좌담회의 제목도 「농촌문화를 위하여―이동극단·이동영사대의 활동을 중심으로」(1943.5), 「전쟁과 문학」(1943.6), 「해군생활의 추억을 말한다」(1943.7), 「영화 〈젊은 모습(若き姿)〉을 말한다」(1943.7), 「결전미술의 동향」(1944.5), 「군과 영화―조선군 보도부 작품 〈병정님(兵隊さん)〉을 중심으로」(1944.6) 등 구체적인 선전 선동 활동과 연관된다. 좌담회의 내용은 전쟁이나 선전 선동의 방식을 논하는 것, 전체적인 방향을 제시하는 것, 새로 등장한 영화나 작품에 대한 것 뿐 아니라 문학전반, 기독교, 학생교육, 징병제, 영화, 국어문제, 시단, 의무교육, 농촌문화, 미술 등[27] 조선 전 부문에 대해서 제국적 시스템에 적합한 방향을 제시하는 것들이었다. 1943년 5월부터 『국민문학』에 신설되어 '조선문인보국회'[28]의 상황을 전달하던 「문보의 페이지」를 보면 '조선문인보

___

배경으로 하며, 1942년 5월 8일 징병제 도입이 공포되자 1942년 7월호 좌담회에서는 「군인과 작가·징병의 감격을 말한다」라는 주제를 다룬다. 1940년 8월 조선영화령이 실시되어 9월 29일 조선의 모든 영화제작이 사단법인 조선영화제작주식회사(조영)로 일원화되자, 『國民文學』은 1942년 12월에 「내일의 조선영화」라는 타이틀로 좌담회를 연다. 또한 츠다 쓰요시가 조선총력연맹의 선전부장이 되고 일대 개조를 단행하자, 1943년 3월엔 「문화와 선전」이란 대담을 열어 변화의 구체적인 내용을 점검하며, 1943년 3월 9일 제4차 교육령이 발표되자 4월호에선 「의무교육이 되기까지」라는 테마로 좌담회를 연다.

26 金鍾漢, 「편집후기」, 『國民文學―新人創作特輯』, 1943.5, 132면. "조선문인협회가 개조되어 조선문인보국회가 되었다. 본지로서는 유기적인 연결을 취하게 되었다."

27 文藝動員を語る(1942.1); 半島基督教の改革を語る(1942.3); 半島學生の諸問題を語る(1942.5~6합병호); 軍人と作家·徵兵の感激を語る(1943.7); 明日への朝鮮映畵(1942.12) / 國語問題會談(1943.1); 詩壇の根本問題(1943.2) / 義務教育になるまで(1943.4); 農村文化のために―移動劇團·移動映寫隊の活動を中心に(1943.5); 決戰美術の動向 (1944.5)

28 「文報の頁」, 『國民文學―新人創作特輯』, 1943.5, 120면. 이 단체엔 『국민문학』의 핵심 필진 뿐 아니라 문화와 문예관련 좌담회 빠지지 않고 등장했던 인물들이 잔뜩 포진해 있다.

국회'의 정신이란 "종래의 문학 단체 5개를 통합하여 조선의 문학력을 총결집"함으로써 "싸우는 문학의 태세를 정비"하고 "조선문학자의 총력을 대동아전쟁의 목적에 집결하고 황도세계관을 현현하는 일본문학을 수립"하는 것이었다.[29] 『국민문학』 좌담회는 제국적 시스템을 좌담회라는 담론공간에서 모델로 구현하고 있는 것이다.

『국민문학』 좌담회는 신체제 질서의 여러 정책 및 그 정책을 수행하는 기구들에 대해 이야기함으로써 조선에서 실행된 제국적 시스템을 '선전'하는 수행적 스피커가 되었다. 동시에 일원화된 제국적 시스템이 조선 안에서 기술적으로 차별 없이 작동할 수 있는가를 끊임없이 관찰하고 요구하는 조선 지식인들의 역전된 감시장이기도 했다.

『국민문학』 좌담회의 제국 시스템 3 : 광범위한 식민통치기관의 좌담회 참여

『국민문학』 좌담회에는 조선의 식민지화를 추진하던 언론기관, 민간조직, 총독부, 대학 등의 기관들이 참여했고, 그들과의 긴밀한 관련 속에서 구성되었다. 창간호 「조선문단의 재출발을 말한다」에서 최재서가 "1호 잡지를 편집하기 위해서 각 방면의 권위자를 망라한 위원회에서 합의하에 결정하는 것은 사실 여태까지는 꿈에도 생각하지 못했던 것"[30]이라고 놀라워하는 부분에도 드러나듯이 말이다. 『국민문학』 좌담회에 참여한 자들은 1930년대 초중반의 참여자들처럼 직업, 이력, 스타성이나 명성을 통해 등장해 그에 적합한 역할을 수행하는 것과는 달랐다. 『국민문학』 좌담회에 참여한 자들은 자신들이 소속된 식민통치 기관을 대표하고 있다. 즉 개인, 스타, 학자, 언론인이 좌담회에 참여하는 것이 아니라 통치 기관, 문화활동단, 학자관료, 언론관료 그리

---

29 「文報의 頁」, 『國民文學―新人創作特輯』, 1943.5, 120면.
30 「朝鮮文壇の再出發を語る」, 『國民文學』, 1941.11.

고 경찰·검열기관이 '좌담회' 외부가 아니라 내부에 참여해, 제국일본의 식민지배 담론을 관리하고 생산하고 있다. 그들은 개인으로서가 아니라 제국시스템의 한 분자로써 좌담회에 참여해 내부화된다.

좌담회에 참여한 기관들도 시기에 따라 다소 차이를 보인다. 1943년 4월 이전까지 『국민문학』 좌담회에 주로 등장하는 것은 식민지 조선의 권력기관을 대표하는 학자관료, 통치기관의 대표자들이다. 기관만을 예로 들면 1941년 11월 「조선문단의 재출발을 말한다(朝鮮文壇の再出發を語る)」의 경우는 경성제대법문학부－경성일보－매일신보－문인협회, 1941년 12월 「일미개전과 동양의 장래(日米開戰と東洋の將來)」의 경우는 재경성－총독부정보과－삼천리－경성제대법문학부－기독교 조선감리교회 조선본부－경무국－보성전문 법과가 참여한다. 1942년 1월의 「문예동원을 말한다(文藝動員を語る)」는 경성제대－경성일보－녹기연맹－경성보호관찰소－매일신보－총력연맹－총독부－방송국, 1942년 2월 「대동아 문화권의 구상(大東亞文化の構想)」의 경우는 민속학자인 경성제대 교수－녹기연맹－총독부가 참여하며, 19432년 3월 「반도 기독교의 개혁을 말한다(半島基督敎の改革を語る)」의 경우는 연희전문－조선 장로회／감리교회－본부 보안과, 1942년 5~6 합병호인 「반도학생의 제 문제를 말한다(半島學生の諸問題語る)」에서는 중학교 교장－총독부 보안과장／도서과장－경성제대－연희전문이 참여한다. 또한 1942년 7월 「군인과 작가·징병의 감격을 말한다(軍人と作家·徵兵の感激を語る)」에는 조선군참모－작가, 1942년 11월 「國民文學의 1년을 말한다(國民文學の一年を語る)」에는 총독부 도서과－조선인 작가－재조일본인 작가가 참여한다.[31]

---

[31] 자주 참여하는 인물은 경성제대 교수 가라시마 츠요시(辛島 驍), 총독부 보안과장이었던 후루카와 카네히데(古川兼秀), 경성일보 학예부장이었던 데라다 아키라(寺田 瑛), 녹기연맹 주간이었던 츠다 츠요시(津田剛), 총력연맹 문화부장이었던 야나베 에사부로(矢鍋永三郎),

한편 1943년 5월 이후 『국민문학』 좌담회에 주로 등장하는 기관들을 보면, 현지에서 직접 대중을 상대로 활동을 펼치는 문화활동단, 문화보국단 등의 참여가 두드러진다. 대표적인 예를 들면, 1943년 5월 「농촌문화를 위하여 (農村文化のために)」의 경우 이동극단 제3대－조선영화배급사－극작가, 1943년 6월 「전쟁과 문학(戰爭と文學)」의 경우 실제 남방 보도반원으로 갔다 돌아온 경험자들 － 조선작가와 일본문학계 인사가 참여한다. 또한 1943년 7월 「영화 〈젊은 모습〉을 읽는다(映畵〈若き姿〉を語る)」에는 영화배우－조선영화－매일신보기자가 참여하고 있으며, 1944년 6월 「군과 영화－조선군 보도부 작품 〈병정님〉을 중심으로(軍と映畵－朝鮮軍報道部作品〈兵隊さん〉を中心に)」에는 조선군보도부－본부보도부－총력연맹－조선영화사－각본－연출이 참여하는 식이다.

경성제대 법문학과와 같은 학문계, 총독부 경무국의 정보 / 도서 / 보안과 등 검열을 담당하던 경찰계, 경성일보 / 매일신보와 같이 당시 남아있던 언론계, 조선문인협회나 조선종교연합, 녹기연맹 등과 같은 분화된 문화단체가 좌담회의 수행자였다. 이러한 기관이 대표하는 지식, 경찰, 언론, 민간단체와의 연동 속에서 『국민문학』 좌담회는 구성되고 있었다. 즉 이 좌담회라는 장이 각 기관들을 대표하는 참여자들을 결집시켜 제국적 신체를 구성한다. 조선인들은 사실상 그러한 제국일본이라는 신체의 외부자였으나 그런 외부자들을 통합해서 하나의 신체로 만들기 위한 방법이 좌담회와 같은 담론공간을 통해 시도되었던 것이다. 이렇게 반복적으로 나타나는 지식－경찰－언론－민간단체의 관계성은 이후 농촌, 전장 등의 활동으로 이어지게 된다.

『국민문학』 좌담회의 주제, 참여하는 기관들을 모아서 연결시키면

문학가로서는 김종한, 최재서를 필두로 마키 히로시(牧洋, 이석훈), 가네무라 류사이(金村龍濟, 김용제)와 함께, 다나카 히데미츠(田中英光) 등이었다.

새로운 질서의 방향, 각 부분별 조직, 민간과 대중으로의 확대가 서로 호응하는 전체주의적 국가 시스템이 구성된다. 또한 『국민문학』 좌담회가 논평 대상으로 삼았던 시공간과 인쇄·출판매체의 범위는 일본 제국 전체로 확대되어 일원화된 체제를 형성하고 있다. 『국민문학』 좌담회는 제국일본의 정책, 기관, 민간 조직과 긴밀한 관계 속에서 제국적 시스템을 좌담회의 신체로 내부화했으며, 이때 좌담회가 표상하고 있는 것은 제국적 시스템을 내면화한 신지방 조선의 형상이었다.

출판 신체제와 연동하는 『국민문학』 좌담회

『국민문학』 좌담회는 일원화된 제국적 출판시스템 속에서 움직이고 있었다. 이 움직임은 좌담회와 다른 여타의 제도─필진양성을 위한 추천제, 현상공모, 강연회─를 연관시키면서 진행되고 있었다. 그 연관성을 세 가지 점에서 제시해 보면 다음과 같다.

첫째로 일본어가 가능한 필진의 발굴을 위해 실시된 현상공모, 추천 제도가 좌담회의 테마와 관련된다. 예를 들어 징병제 관련 좌담회가 실린 1942년 2월호에는 징병제 기념을 위해 실시된 '징병제 실시 기념 현상논문모집(徵兵制實施 記念論文懸賞募集)'이 함께 실린다. 이 현상 논문 모집에는 "징병제와 우리 학도의 각오(徵兵制と我が學徒の覺悟)"나 "징병제와 우리 청년의 각오(徵兵制と我が靑年の覺悟)"와 같은 주제가 주어졌다. 또한 이러한 추천제나 현상공모 심사에는 『국민문학』 좌담회에 참여했던 인물들이 중심이 되었다. 예를 들어 '징병제 실시기념 현상논문모집'에는 총독부 경무과장, 학무과장, 조선군 참모, 경성제대 교수, 『경성일보』·『매일신보』와 같은 언론인, 녹기연맹회원이 참여한다. 또한 일본어 작가를 발굴할 목적으로 조선문인보국회의 건설과 발맞춰 실시된 '신인추천제'가 있다.[32] 이 제도는 "추천 2회에 이를 때는 무심사 집필자로 인정해 편집부로부터 원고를 의뢰"받을 수 있도록 했

다. 투고자격은 정기구독자에 한정했으며, 심사위원은 역시『국민문학』좌담회의 참여자들이었던 사토 기요시(佐藤清), 데라다 아키라(寺田瑛), 유진오, 데라모토 기이치(寺本喜一), 유치진, 마쓰무라 고이치(松村紘一), 모모세 치히로(百瀬千尋)로 구성된다. 이처럼『국민문학』의 추천제나 현상공모는 좌담회의 주제와 관련되었고, 좌담회의 단골 참여자들이 심사를 진행하고 있었다.

둘째로 국민문학의 이론적 전제가 될 강연회를 개최할 경우, 그 강사는 좌담회의 참여 인물과 많은 부분 겹쳐지고 있다. 예를 들어『국민문학』창간 1주년 기념 행사로 '국민문학강좌(제1회) 개강'을 개최했는데, 강사는 경성제대 영문과 주임교수 사토 기요시와 국문과 주임교수인 사이토 키요에(齊藤清衛), 경성제대 독일문과 조교수 다나카 우메키치(田中梅吉),『국민문학』주간인 최재서가 참여했다. 이 강연회는 청강권(聽講券)을 잡지에 실어 독자들이 강연에 참석할 수 있도록 했다.[33]

셋째로『국민문학』에 실린 작품을 좌담회에서 논평하는 방식이다. 예를 들어 김종한의「유년」이 있다. 이 작품은 1942년 7월 징병제를 기념하는 좌담회「군인과 작가・징병의 감격을 말한다(軍人と作家・徵兵の感激を語る)」에서 징병제 실시 소식을 듣고 감격해서 쓰게 된 시라고 소개된다.[34] 또한 이 시는 징병제 관련 좌담회가 실린 호에「징병의 시(徵兵の詩)」라는 란에 실린다.[35] 그리고 반년 정도 뒤인 1942년 11월,『국민문학』창간 1년을 기념하는 좌담회「국민문학의 1년을 말한다(國民文學の一年を語る)」에서 다시 언급된다.[36] 이처럼『국민문학』좌담회

---

32 「광고」,「國民文學編輯部 '新人推薦制'」,『國民文學』, 1943.6, 목차 앞.

33 『국민문학』창간 1주년 기념 國民文學講座(第一回) 開講,『國民文學』, 1942.10.

34 「軍人と作家・徵兵の感激を語る」,『國民文學』, 1942.7, 34면.

35 「徵兵の詩」,『國民文學』, 1942.7, 34면.「幼年」(金鍾漢) /「あつき手を擧ぐ」(中野鈴子) /「鯉」(李庸海)

36 「國民文學の一年を語る」,『國民文學 11月特大號』, 1942.11, 86~97면.

와 잡지에 실린 작품은 서로 연관되면서 문단을 형성하는 한편, 이러한 조선문단을 제국적 시스템 속에 위치시킨다. 『국민문학』이 대상으로 한 독자층 혹은 인쇄·출판 시장은 제국적 시스템 속에서 구축되고 있었기 때문이다.

넷째로 『국민문학』이 필진으로 삼은 것은 제국주의의 식민지가 된 민족으로서의 '조선인'이 아니라 제국 / 신지방 조선이란 관계 속에서 파악된 지리적 '조선'에서 살고 있는 '국민'들이었다. 이는 조선인과 재조일본인의 작품 횟수를 반반이 되도록 애쓴 흔적에서도 확인된다. 1943년 2월호 좌담회 「시단의 근본문제(詩壇の根本問題)」에서 최재서는 일 년간 국민문학의 성과를 말하면서 참여한 시인과 작품수의 경우 "內鮮人이 반반 정도 됩니다. 편집 때, 특별히 이러한 비율을 고려하지는 않았습니다만, 마침 반반이 된 것은 재미있습니다"[37]라고 말한다. 그러나 이 은근한 부정이 역으로 보여주듯, 국민문학에는 내지인(일본인을 의미함―필자)과 조선인을 반반으로 구성하려는 편집상의 노력이 눈에 띈다.

또한 『국민문학』은 대동아공영권 전체에서 생산되는 문학작품을 게재 대상으로 했다. 단일 민족국가를 넘어서는 이러한 측면은 『국민문학』의 문학 비평란이 언급하는 작품의 범위에서 확인되며 1941년 11월 『조선문학선집』을 내기 위해서 문학보국회에서 작품공모를 낼 때에도 드러난다. 특히 현상공모나 추천제도의 경우, 그 모집 범위는 대동아공영권 전체를 의미했다. 따라서 1944년 2월호 『국민문학』에는 오비 쥬조우(小尾十三)의 「등반(登攀)」이라는 소설 150매 전체가 게재될 수 있었다.[38] 그는 재조 일본인이 아니라 만주에 거주하는 일본인이었

---

37 「詩壇の根本問題」, 『國民文學』, 1943.2, 8∼23면.

38 「編輯後記」, 『國民文學』, 1944.2, 144면. 「편집후기」는 "조선에 길게 특히 조선의 소년의 성장을 깊이 지켜봐오는 생활을 해서, 이 작품도 '그들을 깊이 사랑하고 그 소년들에게 읽히고 싶

음에도 그의 소설은 조선의 잡지에 전문 게재되고, 같은 해 일본에서 아쿠다카와 상을 받는다.[39] 이때 야기 요시노리(八木義德)의 「류광복(劉廣福)」와 시미즈 모토요시(清水基吉)의 「안립(雁立)」도 같이 상을 받는데, 그 작품은 『日本文學者』에 발표된 것으로 소개되며, 오비 쥬조우(小尾十三)의 「등반(登攀)」은 『국민문학』에 게재된 것으로 소개되어 있다.[40] 이 작품은 다시 일본 문학상을 받는다. 즉 『국민문학』의 현상공모는 대동아공영권이라는 시공간 속에서 조선 뿐 아니라 만주, 일본 등 대동아 전체를 대상으로 했으며 동시에 일본문단의 일부로서 인식되고 있었다. 『국민문학』이 구성했던 '문단'안에서는 투고, 게재, 문학상 수여 등의 시스템이 조선, 일본, 만주를 가로 지르면서 일원화된 체제로 무리 없이 연결되고 있었다는 것을 이 작품의 수상과정을 통해서 확인해 볼 수 있다.

일원적 신체제 시스템이 문학상에서 구현될 수 있었던 것은 출판자본이 신체제 질서로 재편되어 있었기 때문이었다. 예를 들어 당시 두 권의 단행본이 1943년 4월, 도쿄와 경성에서 각각 발행된다. 한권은 『조선국민문학집』으로 조선문인협회가 편집한 것임에도 도쿄에서 출판되었다. 한편 경성에서는 『국민문학』의 주간인 최재서의 평론집 『전환기의 조선문학』이 발간된다. 출판된 지역이 도쿄와 경성인 점을 볼 때 기존의 출판체제로 보자면 이 둘의 배급원은 달라야 한다. 그러나 이 두 책의 배급원은 "일본출판배급주식회사"로 동일하다. 이것은 제2차 고노에(近衛) 내각의 신체제 강령에 의하여 전개되었던 출판 신

다는 생각과 또한 '그들의 진실한 정신의 성장을 그리려고 노력했다'는 점을 들어 극찬한다.

39 金哲, 「同化あるいは超克」, 2009.5.23~24. 양일간 쿄토에서 열린 국제일본문화연구센터 심포지엄(『京都學派と'近代の超克'—近代性, 帝國, 普遍性』, 國際日本文化研究センター國際シンポジウム)의 발표, 10면.

40 일본에서 발행되어 온 잡지인 『文芸春秋』의 홈페이지 중 아쿠다카와상 수상자 일람(芥川賞受賞者一覽) 참조. http://www.bunshun.co.jp/award/akutagawa/list1.htm

체제의 영향이었다.[41] 고노에 내각은 발족 직후인 1940년 12월 19일부터 사단법인 '일본출판문화협회(日本出版文化協會)(약칭 문협(文協))을 창설한다. 이 "일본출판문화협회가 책을 비롯한 지식, 사상, 문화의 생산영역을 총괄"했다면, '일본출판배급주식회사(日本出版配給株式會社)'(약칭 日配)는 "그것의 유통영역을 총괄하는 조직"이었다. 「일배」가 "1941년 11월 25일부로 경성부(京城府)에 조선지점을, 11월 29일부로 타이페이시(臺北市)에 타이완 지점(臺灣支店)을 설치"한 것에서 볼 수 있듯이, 「일배」는 대동아공영권 전체를 관리했으며 "만주국의 서적배급을 담당하는 '만배(만주출판배급주식회사)'와도 단일한 창구"를 만들었다.[42]

『국민문학』 좌담회의 모드(Mode)와 최재서의 질서(Order)

이처럼 『국민문학』 좌담회는 『국민문학』에서 핵심적인 위치를 차지하며 일원화된 제국적 시스템을 좌담회의 형식 속에 구현한다. 특히 좌담회가 유입된 지 10년이 경과한 1940년대에 『국민문학』 좌담회의 모드(mode)는 안정적인 형태로 정착되기 시작했다.[43] 식민지라는 상황이 그 사회를 움직이는 "질서(Order)가 최종적으로는 외부로부터의 명령(Order)으로서 강요되는 공간"이라고 한다면,[44] 좌담회의 형식적 특

---

41 柴野京子, 『書棚と平台 出版流通というメディア』, 弘文堂 : 日本(日本語), 2009 중 제1장 제3절 참고.

42 이종호, 「출판신체제의 성립과 조선문단의 사정」, 『사이間SAI』 6호, 국제한국문학문화학회, 2009, 197~207면.

43 1940년대부터는 담론공간의 담화적 특성에 대해서 스키마(schema)이론이 아니라 '모드(mode)'로서 설명한다. 근대 초기~1930년대 초반까지 담론공간을 구성하는 것은, 연설·토론·강연이라는 '모드'인 한편, 각 시공간적 특성에 따라 담화 상황, 담화 안에서 담당하는 역할, 담화를 진행하는 문법이나 전략 등 모드들이 구현되는 장마다 독특한 스키마들이 정착된다. 그러나 1940년대 신체제 선언 이후 담론공간은 점차 전체주의적으로 일원화된 시스템에 포섭된다. 따라서 각 시공간과 상황에 따라 스키마가 변화한다기 보다, '보편적인 모드'로 조직되고, 그 모드들의 배치가 변화하거나 강화되거나 하는 방식에 따라서 담론공간의 성격도 변화한다.

44 三原芳秋, 「崔載瑞のOrder」, 『사이間SAI』 4호, 국제한국문학문화학회, 2008, 291~360면.

성은 그 명령을 충실히 재현한 '모드적 담론공간'이었다. 총동원의 동의나 유도장치가 매우 허약했던 식민권력에게 가치중립적이고 근대적 과학이성의 모드를 구현한 '좌담회'는 지식인들을 설득하고 통제하는 기제로서 매우 적절한 역할을 담당했다. 한편 조선의 지식인들에게는 담론공간에 '주체'로서 참여하기 위한 시도가 가능한 보편적이고 학술적인 시스템으로 인식되기도 했다.

좌담회의 모드적 특성은『국민문학』좌담회에서 늘 사회자로서 등장하는 최재서의 역할 및 특성과 통하는 면이 있다. 미하라(三原)는 「최재서의 Order(崔載瑞のOrder)」라는 글을 통해 '질서(Order)'를 향한 최재서의 집착을 밝혀내는 한편, 그에게 가능했던 것은 "질서의 원활한 조정자 / 명령의 유창한 통역이라는 역할"이었다고 말한다. 즉, 그에게는 주어진 텍스트, 즉 내선일체라는 제국적 질서의 명령(Order)을 오독함으로써 추상화하는 전략이나 과잉시키는 전략[45]은 불가능했다는 것이다. 미하라는 이러한 특성을 지닌 최재서가 조선의 다른 작가나 문필가들에게 그들이 텍스트를 맘껏 오독할 장을『인문평론』을 통해서 제공했다고 말한다.[46] 이는 비단『인문평론』에 한정된 것이 아니라『국민문학』에도 적용될 수 있는 해석이다. 'order'는 최재서가 내면화했던 인문주의의 핵심이었다. 그리고 담론공간을 질서(Order)의 형태로 구현한 것이 좌담회라는 "모드(mode)"였다. 최재서가 동등하게 발화하고 수행하면서 조선문단 혹은 논단을 만들어 도쿄문학 자체를 변화시키겠다는 포부를 가졌던 것은 이러한 '모드'에 기반한 기획이었다. 그리고 앞서 살펴보았듯이『국민문학』좌담회는 적어도 모드의 차원에서

본문 인용은 2009년 9월 14일 일본 도쿄의 「근대초극 연구회」에서 발표할 당시 제출된, 홍종욱의 번역본을 따른다. 24~25면.

45 차승기, 「추상과 과잉」,『상허학보』21, 상허학회, 2007.10, 283~284면.

46 三原芳秋, 앞의 논문, 291~360면.

는 식민지와 피식민지 사이의 차별이 없어진 평등하게 참여하는 담론 공간처럼 보였다.[47]

Order가 질서와 명령이라는 두 가지 뜻을 갖고 있듯이, mode 또한 질서(규칙)과 슬로건이라는 두 가지 뜻을 지닌다. 이 점에서 두 가지를 확인해 볼 수 있다. 최재서는 영문학 비평의 선구자인 지성인으로서만이 아니라 『국민문학』의 편집자이자 사회자로서 새로운 담론공간의 질서(Order)를 구성하고 "명령(Order)"을 내리는 입법자 혹은 전략가이기도 했다. 최재서가 추구했던 이런 방향성들은 사카이 나오키의 용어를 차용한 미하라의 평가처럼 "제국주의적 국민주의"라고 비판할 수 있다.[48] 그러나 한발 더 나아가 이렇게 질문해 볼 수 있을 것이다. 이러한 피식민지 지식인이 갖은 '제국주의적 국민주의'를 향한 욕망, 혹은 Order는 과연 어느 정도까지 수행될 수 있었을까? 최재서는 '권력이 내부화'되고 '주체나 대중이 부재'하는 좌담회에서 존재하는 자로서의 발화, 수행자로서의 참여를 시도하고 있다. 질서(Order)가 담론공간에서 실현된 것이 『국민문학』 좌담회라는 모드(mode)라고 한다면, 『국민문학』 좌담회라는 모드는 실제로 얼마나 수행될 수 있었을까? 『국민문학』 좌담회의 질서(mode)가 슬로건(mode)으로서 잘 수행되었는가는 불분명하다. 그러나 좌담회라는 모드가 수행될 때에는 단순히 제국적 명령(Order)으로 통합될 수 없는 복잡하고 양가적인 상황들이 발생한다.

『국민문학』 좌담회의 '모드'에 기반한 기획과 수행성은 식민권력 쪽에서 볼 때에는 과학적 통제시스템 속으로 조선의 문단과 논단을 포섭하고 관리하는 일방향적인 것이기도 했다. 그러나 앞에서 언급한 『국

---

47 이경훈 편역, 「머리말」, 『한국 근대 일본어 평론·좌담회 선집 1939~1944』, 역락, 2009. "좌담회에서 일본인과 조선인은 더 이상 지배／피지배의 권력관계에 있지 않은 듯하다. 이는 좌담회 성립의 형식적 조건이다."

48 三原芳秋, 앞의 논문, 291~360면(홍종욱 역, 47면); 酒伊直喜, 「東洋の自立と大東亞共營圈」, 『情況』: 日本(日本語), 1994.12.

민문학」 좌담회를 둘러싼 내·외의 권력관계들은 쌍방향성을 띠었다. 『국민문학』 좌담회는 독자적 조선문단을 형성해 일본 도쿄로 문화를 송출하는 기획인 한편, 정책을 선전하고 지식인들을 회유하면서 그들의 사상을 통제·설득·관리하는 기제로도 작동한다. 또한 각 총동원 정책이나 신체제 질서가 조선 내부에서 어느 정도 수행되고 있는가를 파악하고 정보를 수집하는 바로미터가 되기도 했다. 『국민문학』 좌담회는 과학적이고 보편적인 모드를 갖춘 외관과는 달리, 식민권력 / 피식민자, 피식민자 안의 다양한 계층들, 갈등·충돌·관리·통제·전복이 복잡하게 뒤섞이는 수행적 담론공간이었다.

2) 『국민문학』좌담회의 양가성과 언어게임

(1) 『국민문학』 좌담회의 감각 – "상쾌함"과 "한 사람 몫을 한다"

매끈하고 안정된 『국민문학』 좌담회의 편집술

『국민문학』 좌담회의 '모드'가 어떠한 수행성을 가지고 있었는가를 살펴보자. 첫째로 『국민문학』 좌담회에서 두드러지는 것은 매끈한 편집술이다. 『국민문학』 좌담회가 당시 식민지화를 추진하던 기관들과 긴밀한 관계 속에서 진행되었다는 점을 상기해 볼 때, 편집술의 의미는 중요해진다. 『삼천리』나 『조광』의 좌담회는 '좌담회'라는 형식이 안정된 형태로 반복되기는 하지만, 다루는 테마, 시기, 참여자, 삽화나 사진의 여부, 등에 따라 형식의 변화가 있었다. 일반적으로 생각하는 좌담회 형식이 아닌 인터뷰나 풍문, 가십 위주의 앙케이트가 '좌담회'라는 이름으로 실리기도 한다. 오락적이거나 대중적인 좌담회, 그 중에서도 『조광』 좌담회는 삽화나 사진을 활용하고 있다. 『삼천리』에 실린 시국적인 좌담회는 조선인들의 질문을 몇 가지로 압축해서 제시하고 그에 대해 일본인 관리가 대답을 해주는 등[49] 편집의 흔적들이 드러난다. 또한 일본어 사용, 전향자 등을 둘러싼 민감한 사안의 좌담회의 경우, 심각한 논쟁이 일어나거나 황급히 좌담회를 끝맺는 등 좌담회 외부적 상황들이 좌담회의 편집 후에도 남아 있다. 그러나『국민문학』좌담회는 이러한 편집의 흔적이 깔끔히 정리되어 안정된 모드로 게재된다.

『국민문학』좌담회에서는 편집방식이 안정적으로 반복된다. 장소와 일시가 씌어진 것과 씌어지지 않은 것 정도의 작은 차이를 제외하면, 큰 제목→참석자 소개(소속과 직업이 제시된다)→소제목→최재서의 취지 설명 및 전문가에게 의견을 청함→소제목별로 정리된 논의들→바램과 당부→최재서의 인사로 끝나는 식이다. 맨 처음 의견을 청하는 전문가로는 대개 식민지 기관의 관리가 지목되는 경우가 많으며, 꽤 긴 설명으로 시작한다. 예외적으로 짧은 대화로 시작하거나 조선인 문인 등이 첫 발언자로 지목되는 경우는 현안에 대한 감상이나 조선의 현실을 들을 때이다. 예를 들어 징병제 실시의 감격을 듣는「군인과 작가·징병의 감격을 말한다」[50]의 경우는 조선문인들이 먼저 감상을 이야기하면서 시작된다. 최재서가 그 발표를 들었을 때의 감격을 묻는 것으로 시작해 이석훈(牧洋)이 감격을 이야기 한다.「국민문학의 1년을 말한다」[51]에서도 최재서나 백철, 다나카 히데미츠(田中英光), 마키(牧洋, 이석훈), 김종한 등이 조선에서의 국민문학에 대해서 먼저 의견을 말하면서 시작한다. 한편「내일의 조선 영화」의 경우처럼[52] 실제 활

---

49 「徵兵·義務敎育·總動員문제로 軍部와 總督府當局에 民間有志가 問議하는 會」,『三千里』, 1939.7, 32~34면.
50 「軍人と作家·徵兵の感激を語る」,『國民文學』, 1942.7, 32면.
51 「國民文學の一年を語る」,『國民文學』11月 特大號, 1942.11, 86면.
52 「明日への朝鮮映畵」,『國民文學』, 1942.12, 68~80면.

동을 전개하는 사람의 의견이 필요할 때에는 관리 보다는 실무 책임자에게 질문을 하게 되기 때문에 일선에 있는 조선인이 먼저 말을 시작한다. 이와 같은 몇 가지 예를 제외하자면『국민문학』좌담회에서는 식민지 관리가 먼저 이야기의 방향을 길게 제시하면서 좌담회를 시작하는 동일한 발화 순서와 편집이 반복된다.『국민문학』좌담회를 끝맺는 방식도 마찬가지로 반복된다. 대개의 좌담회가 앞으로의 바람을 강조하면서 끝을 맺는데, 이러한 바람들은 대개 당부와 결의사항, 감사의 맺음말을 포함하고 있다.[53] 이런 결말은 식민지 정책에 대한 합의를 기정사실화하는 효과를 발휘한다.

특히『국민문학』좌담회에는 일상적 대화에서 좌담회로 옮겨진 흔적이 거의 나타나지 않는다. 좌담회가 열리는 중에 예기치 못한 잡음이 끼어들거나 하는 경우도 찾아보기 힘들다. 따라서『국민문학』에 실린 좌담회 중에는 적어도 표면상으로는 실패하거나 무산되거나 진행이 원활하지 않은 좌담회가 없다. 예외적으로 좌담회의 밖이 살짝 엿보이는 것으로는「일미개전과 동양의 장래」[54]가 있다. 이 좌담회의 시

---

[53] 대표적인 몇 가지만 예를 들자면,「조선문단의 재출발을 말한다」(『國民文學』, 1941.11)에서는 가라시마 츠요시(辛島 驍)가 "그렇게 해나가야 합니다"라고 발언한 뒤에 최재서가 "긴 시간 동안 대단히 감사합니다"라고 말한 뒤 끝나고,「문예동원을 말한다」(『國民文學』, 1942.1)에서는 데라다(寺田)의 긴 발언과 "이 기회에 그것이『國民文學』에도 게재되어서 회원 각위의 반성이라고 할 때 어폐가 있다면, 노력을 얻어내는 것이 된다면, 더욱 더욱 빛나는 움직임이 드러난다면, 하고 생각합니다"라는 당부 끝에 최재서가 "그럼 다음 번에 (…중략…) 오랜 시간 감사했습니다"라고 말하면서 끝난다.「대동아 문화권의 구상」(『國民文學』, 1942.2)에서는 가라시마 츠요시(辛島 驍)의 긴 당부 끝에, 최재서가 "긴 시간동안 대단히 감사합니다"라고 말하며 끝나며,「반도 기독교의 개혁을 말한다」(『國民文學』, 1942.3)에서는 니와 세이지로 (丹羽淸次郎)가 "한편으로 총독부의 지도가 없으면 안 된다고 생각합니다"라고 당부하고 최재서가 "그럼, 긴 시간동안 여러 가지로 감사했습니다"라고 말한다.「국민문학의 1년을 말한다」(『國民文學』, 1942.11)에서는 조선총독부 도서과장 모리 히로시 (森 浩)의 당부 "국민문학에 대해 일종의 현념(懸念)을 갖는다든가, 시작부터 비방하고 냉소하는 태도를 갖고 있는 사람을 국민문학적인 방면으로 이끌어 간다는 것이, 우선 생각되어야 할 문제가 아닐까 합니다"라는 발언 뒤, 최재서는 "그럼 이쯤에서 (…중략…) 더운 날씨에 오랜 시간동안 감사했습니다"라고 말하며 끝맺는 식이다.
[54]「日米開戰と東洋の將來」,『國民文學』, 1942.1, 6~19면.

작을 보면, 최재서가 "자, 이제 좌담회를 시작하겠습니다"라고 하자, 후루카와가 "지금까지도 상당히 좋은 이야기를 나누지 않았습니까"라고 눙치거나, 끝에서 "좌담회의 기록은 이 정도에서 마치겠습니다만, 이후에도 마음껏 이야기를 나누고 싶습니다"라고 말하는 부분이 드러나 있다. 그러나 이런 언급은 좌담회의 현장성이나 신빙성에 부정적인 효과를 내기보다는, 이 좌담회의 주제인 태평양 전쟁에 대한 자랑스러움과 흥분을 더욱 강조하는 효과를 낸다. 그런 점에서 오히려 의도적으로 좌담회의 외부를 드러내서 선전효과를 높이는 고도의 편집술이었다고 할 수 있다.

『국민문학』 좌담회의 감각 1 : '구름 한점 없는 상쾌함'이라는 질서감각

이러한 몇가지 예외를 제외하면, 『국민문학』 좌담회는 동일하고 안정된 형식을 반복함으로써, 갈등·균열·실패는 감춰지고 어떤 좌담회이건 성공적인 결말에 도달한 듯한 인상을 준다. 이렇게 안정적인 '모드'로 구성된 『국민문학』 좌담회가 전달하는 감각은 크게 두 가지이다. 하나는 "구름한점 없는 상쾌함"이라는 말로 표현되는 질서(Order) 감각이다.[55] 최재서가 내면화했던 '질서(Order)'이자, 좌담회로 구현된 '모드(mode)의 감각이다. 『국민문학』 좌담회가 조선의 식민주의 기관과 맺고 있는 관계, 좌담회를 통해서 대중동원의 방법을 논의할 때, 언론정책을 질서 정연하게 조직하는 것, 분야별로 정돈되어 있는 주제의 제시 방식 등은 이러한 질서 감각을 반영하고 있다.

이 질서 감각은 『국민문학』 창간호부터 창씨개명에 이르기까지 최재서의 다양한 고백적인 글과 좌담회의 언급에서 반복적으로 나타나

---

[55] 고봉준, 「지성주의의 파탄과 國民文學론─중일전쟁 이후 崔載瑞 비평을 중심으로」, 『한국시학회』 17, 2006, 9면.

는 감각이기도 하다. 1941년 11월『국민문학』창간호 권두언에서 최재서는 "무엇보다도 상쾌해지고 싶다. 칙칙했던 혹은 주저주저했던 지식인의 표정을 버리고 신념에 가득차고 의욕에 불타는 지식인이 되고 싶다"는 열망을 밝힘과 동시에 그 진보적 방향성을 '국민문학'의 성립에서 찾는다.[56] 이 권두언에서 최재서가 강조하고 있는 것은 진보주의와 그것이 주는 상쾌함이다. 질서 잡힌 상쾌함의 감각은 이후 좌담회에서 '고전'을 통해 일본과 조선의 공통점이나 연결 관계를 피력할 때에 재등장한다. 최재서는 대중적 언문 역사소설의 유행에 대해서 비평하면서, 역사소설에 꼭 필요한 것은 고대로 돌아가 "진정으로 구름 한 점 없는 기분이 되는 것"[57]이라고 강조한다. "구름 한점 없는 기분", "상쾌함"이라는 균질화된 감각은 창씨개명 후 쓴[58] 「받드는 문학(まっろふ文學)」에 다시 등장한다.

문제는 언제나 간단명료했다. 그대는 일본인이 될 자신이 있는가? 이 질문은 다시 아래와 같은 의문을 불러일으켰다. 일본인이란 무엇인가. 일본인이 되기 위해서는 어떻게 해야 하는가. 일본인다워지기 위해서는 조선인이라는 사실을 어떻게 처리해야 좋은가. 이러한 의문은 이미 지성적인 이해와 이론적 조작만으로는 아무 소용이 없는 최후의 장벽이었다. (…중략…) 여기서 나 자신의 경험을 얘기하려고 한다. 나는 작년 말경부터 여러 가지로 나 스스로를 처리해야만 한다고 깊게 결의하고 설날 아침

---

56 「卷頭言－朝鮮文壇の革新」,『國民文學 創刊號』(國語版), 1941.11, 3면. "『國民文學』은 조선문단의 혁신을 도모해야 할 새로운 의도와 구상 아래 탄생"한 것으로 이때 새로운 구상이란 "중요한 기로에 선 조선문학 속에서 국민적 정열을 취입함으로써 재출발"하는 것, 매몰되기 쉬운 "예술적 가치를 국민적 양심에 의해서 수호"하는 것, "광란노도(狂亂怒濤)의 시대에 늘 변함없이 진보의 편이 되는 것"이라고 말한다.

57 「現地座談會－新半島文學への要望」,『國民文學－朝鮮唯一の文藝雜誌』, 1943.3, 14면.

58 글의 필자는 창씨명인 石田耕造(崔載瑞)로 되어 있으며, 이 글이 실리기 바로 전 호엔 편집후기가 없고 편집인의 이름이 최재서에서 창씨명인 石田耕造로 바뀌어 있다.

에는 그 첫 시작으로 창씨를 했다. 그리고 2일 날 아침, 그것을 알리기 위해서(奉告) 조선신궁(朝鮮神宮)에 참배했다. 대전에 깊이 머리를 숙이는 순간, 나는 맑은 대기 속으로 빨려 들어가 모든 의문에서 해방되는 듯한 기분이 들었다. (…중략…) 일본인이라는 것은 천황을 받드는 국민이다.

　받드는 문학이란 어떤 것인가? 나는 단지 설날 아침 신궁 대전에서 느꼈던 저 맑은 공기를 문학상에 구현해 가고 싶다는 생각 뿐, 그외 무언가 이론적 준비가 있을 리가 없다.[59]

창씨개명을 하는 날 조선신궁에서 느낀 저 맑은 대기 속으로 빨려 들어가 모든 의문이 사라지는 듯한 기분이란 다시 말해 상쾌함, 고대로 돌아간 구름 한 점 없는 기분과 통한다. 이처럼 나아갈 방향이 명확하게 제시되고 그것을 향해 모든 것이 질서 정연하게 추진되는 상태는 최재서의 '질서(order)'를 근본에서 규정하는 감각이자, 『국민문학』 좌담회의 '모드' 및 수행적 발화가 지닌 특징이기도 하다.

　이 감각은 『국민문학』 좌담회에서 상하가 일치한 전체주의적 담론 형식으로 나타난다. 「총력운동의 신구상(總力運動の新構想)」을 보면, 단계론에 기반한 총력운동은 서구식 민주주의나 의회주의와 구별될 뿐 아니라 한 단계 높은 진보적 조직 구성 원리로서 이야기된다. 이때 진보적인 점으로 꼽는 것이, 천황을 중심으로 "아래의 기분과 위의 의사가 혼연일치"된 논의 구조였다.[60] 『국민문학』 좌담회의 참여자들은 이처럼 균질화되고 질서 정연하게 규정된 담론 규칙 속에서 발화함으로써, 전체주의화하는 제국적 시스템의 신체 감각을 익히게 된다. 전체주의화되고 질서정연하게 통합된 담론공간에서 식민지와 피식민지의

59　石田耕造, 「まっろふ文學」, 『國民文學』, 1944.4, 5면.
60　「總力運動の新構想」, 『國民文學』, 1944.12, 6면.

균열은 감추어지고, 좌담회는 늘 성공적으로 마무리된 듯이 보인다. 전체주의화된 담론공간에서 발화를 수행하는 피식민지의 신체들은 적극적으로 참여하고 말하면서도, 결국은 피식민지인의 현실을 드러낼 수는 없는 상태, 어떤 의미에서 또 하나의 '내부적 부재'의 형태를 취하고 있었다. 『국민문학』 좌담회를 통해 신지방 조선문단을 만들려는 최재서, 김종한 등의 '주체'를 향한 시도는, 이미 자발적인 주체의 수행성이 차단된 '모드화된 장'에서 이루어졌다는 점에서 '부재하는 주체'의 형태로 귀결된다.

『국민문학』 좌담회의 감각 2 : '한 사람 몫을 한다'는 진보감각

『국민문학』 좌담회가 만들어 내는 또 하나의 감각은 "한 사람의 몫을 한다"라는 인정욕망이다. 이 감각은 좌담회의 매끄러운 형태가, 평등한 발화를 보장해주는 듯한 착각을 일으키기 때문에 발생한다. 좌담회의 참여자들은 좌담회의 기획과 편집에 맞춰 질문하고 대답하는 과정을 반복한다. 한편으로는 동원되고 한편으로는 동원하는 이 과정은 집단적 내면 고백과 같은 메커니즘을 지닌다. 이 과정이 좌담회의 형식을 통해 반복되고 말끔하게 편집된 형태로 드러남에 따라서 참여자들은 좌담회에 "참여"했다는 전향 행위가 동반하는 죄책감과 불안감을 집단적 동질감을 통해 해소하면서 '한사람 몫을 한다(本當の片棒が擔げる)'는 감정을 느끼게 된다.

좌담회를 통한 집단적 내면고백과 발화를 통한 인정 욕망이 가장 두드러지는 것은 1942년 7월 징병제를 기념해서 열린 좌담회인 「군인과 작가·징병의 감격을 말한다(軍人と作家·徵兵の感激を語る)」[61]이다. 사회자인 최재서는 징병제 실시에 대한 반도의 감격을 강조하며 그 뉴스

를 들었을 때의 인상을 묻는다. 조선인 작가들은 감격적인 어조로 병사가 될 수 있게 해 준 것에 대한 감사와 황군으로서의 결의를 표하고 있다. 이때 좌담회라는 담론공간은 "집단적 신앙고백" 혹은 "집단적 전향고백"의 장으로서 변화한다. 비슷한 지위와 입장을 지닌 사람들이 모여, 반대의견이 차단된 상태로, 자신의 감상을 말하고 듣고 같은 의견을 갖고 있음을 확인함으로써 서로 안심하는 과정이 좌담회를 통해서 나타나고 있다. 그 과정 속에는 누가 더 총독부의 정책에 적합한가를 경주하거나 그 열의의 정도를 식민권력에게 인정받는 것도 포함된다. 그러나 이보다 더 중요한 것은 집단적 신앙고백을 통해서 모두가 비슷한 의견을 갖고 있다는 것을 확인함으로써 '전향했다' 혹은 식민권력에 '결합했다'는 죄의식을 가볍게 만들거나 동료의식을 획득하는 과정이 있었다는 점이다. 그들의 집단적 신앙고백을 들어보자.

牧 : 저는 신문발표가 나기 정확히 2시간 전 총독부에 들렀기 때문에 정보과에서 그렇게 될 것 같다는 것을 슬쩍 들었습니다. 무언가 매우 눈앞이 넓어진 듯한, 자신이 갑자기 위대하게 된 듯한 느낌이 들었습니다.

木下 : 저는 신문에서 보고 처음 알게 되었습니다만 아마도 가까운 시일 안에 그렇게 되지 않을까 생각하고 있었기 때문에, 드디어 왔구나 라는 느낌이었습니다.

牧 : (…중략…) 의무교육이 쇼와22(47년)에 실시될 예정이라고 들어서 徵兵令은 쇼와 22년 후에나 실시되지 않을까 생각했습니다. 그러나 매우 빨리 실시되어서 우리들의 지위가 훨씬 빨리 향상된 듯한 기분이 듭니다.

金 : 모두 그렇게 생각하는 듯하더군요. (…중략…)

田中 : 저는 신문에서 처음 보았습니다만 그 때는 감사할 일이라고 생각했습니다. (…중략…) 역시 감사할 일이라고 생각하는 반면, 그렇다면 무언가 해야 한다는 기분이 될 수밖에 없습니다. (…중략…)

金 : 어느 날 저는 경성 호텔 앞을 걷고 있었습니다만, 최 주간이 저쪽에
서 이렇게 오고 있었습니다. 그리곤 갑자기 "들었습니까?" 라고 말해서 "무
엇 말입니까?"라고 묻자, "징병제요"라고 말했습니다. 잠시 동안은 뭐라 형
언할 수 없는 기분에 1분 정도 멈춰서 있었습니다. 그 후 최 주간이 오늘은
어린이들을 보면 귀여워서 견딜 수가 없다고 말했던 것입니다. (…중략…)
어린이를 소재로 한 시를 쓰고 싶다는 기분이 들었습니다. 그 때의 생각을
확장시켜 몇일 후에 「幼年」을 쓰게 되었던 것이죠.

崔 : 저도 바로 그 날, 보도부장 각하가 신문 잡지의 편집국을 소집해 간
담회를 열었습니다. 그때 대체적인 발표가 있으리란 말이 있었기 때문에
처음으로 알게 되었습니다만, 직후에는 아무런 생각도 떠오르지 않았습니
다. (…중략…) 모임이 끝나고 나서 朝光社의 李甲燮군과 가만히 있을 수
는 없다 이제부터 무언가 해야만 한다. 라고 여러 가지 이야기를 하면서 돌
아왔습니다. 도중에 어린이들을 보면 정말로 귀엽게 느껴졌습니다.[62]

조선인들이 매우 흥분하여 징병제 실시 뉴스를 들었을 때의 시간과
장소, 느낌까지 상세하게 기억해서 말하고 있다. 이와는 대조적으로
내지인들은 담담한 태도로 징병제가 정말로 실현되는 날까지 국어교
육, 연성교육에 힘써야 한다는 것을 주장한다. 조선인들이 '집단적 신
앙고백'을 통해서 '징병제'를 통한 내선일체의 현실화를 전면에 내세우
고 있다면, 일본인들은 아직 내선일체가 실현되기까지는 더 많은 계몽
이 필요하다는 입장을 취한다. 조선인들의 과도한 흥분 속에는 길고
지루한 연성의 과정, 갈등의 과정이 끝났다는 홀가분함도 느껴진다.
징병제의 실시에 대한 집단적 내면고백을 보면 "기존의 자신보다 더
훌륭해진 듯한 느낌, 지위가 향상된 듯한 느낌"을 말하는 경우가 많다.

---

62 위의 글, 33~34면.

징병제는 황국 신민으로 평등함을 보장해 주는 것으로 받아들여졌고, 이러한 느낌은 좌담회에서 차례차례 돌아가며 발화하는 과정을 통해 더욱 상승된다.

이러한 정열적이고 집단적 내면고백이 토로하는 감각은 또 다른 좌담회에서 '조국관념'이라고 표현되기도 한다. 최재서는 징병제가 실시되고 "피로써 나라를 지킨다"는 것이 가능해지자 비로소 "조국관념"이 생겼다고 고백한다. 또한 「신반도문학에의 요망(新半島文學への要望)」이란 좌담회에서도 최재서는 "총후에서 봉공한다"고 해도 나오지 않았던 "정열"이 징병제의 발표를 듣자 "기분이 일변"하고 "뭔가 속 깊은 곳에서 치밀어 오르는" 조국관념이 생겼다고 말한다. 그 기분을 유아사(湯淺)는 "제대로 된 사람구실을 한다(원문은 本當の片棒が擔げる. 구 가마꾼 중의 한 사람분의 몫을 할 수 있다―필자)고 말할 수 있는 그런 기분"[63]이라고 명명한다. 이처럼 『국민문학』 좌담회는 징병제 실시를 통해 획득된 '한 사람 몫을 한다'는 국민으로서의 인정욕망을 '집단적 내면고백'이란 형식을 통해서 서로 발화하고 합의함으로써 강화시키는 기능을 하고 있다.

그러나 좌담회가 지닌 발화감각의 두 가지 측면을 좀 더 깊이 살펴볼 필요가 있다. 상쾌함이라는 질서감각과 한사람 몫을 한다는 조국관념(더 정확히 말해 국가관념)으로 모드화된 좌담회는 국가 질서 내부로 피식민자의 신체를 포섭하는 동시에 이러한 모드에 맞지 않는 연성되지 않는 신체들을 배제하는 것이기도 했다. 즉 좌담회의 모드를 지키지 않는 자, 징병제에 대한 감격을 발화하지 않는 자는 이 담론공간에 참여할 수 없었던 것이다. 『국민문학』 좌담회는 이러한 '포함인 배제(exclusione inclusiva, 즉 예외화ex-septio)'를 통해 피식민지에 대한 관리·통

---

63 「現地座談會―新半島文學への要望」, 『國民文學―朝鮮唯一の文藝雜誌』, 1943.3, 8면.

제를 진행한다. 동시에 좌담회가 "포함인 배제" 상태로 참여하는 신체
들을 연성하는 장이 될 수 있었던 것은 상쾌하고 질서정연한 편집방식
을 갖춘 좌담회의 형식과 한 사람 몫을 해야 한다는 욕망이 집단적인
내면고백 형태로 상승작용을 일으켰기 때문이기도 했다. 이러한 과정
을 통해서 담론공간에 참여한 신체들을 이른바 표면상으로나마 '자발
적'으로 동원하는 것이 가능해진다. 『국민문학』 좌담회는 이러한 감각
적이고 미시적이고 내밀한 생체정치의 장이기도 했다.

(2) 『국민문학』 좌담회의 양가성과 언어게임

『국민문학』 좌담회의 발화 : 형식적 평등과 실질적 불평등

다른 한편, 모드화되고 일원화된 시스템을 재현한 좌담회에서는 형
식적이나마 발화의 평등한 상황이 보장된다. '천황' 앞에서는 일본인
이건 조선인이건 모두 타자일 수밖에 없었듯이 '모드' 즉 기술적 전체
주의 시스템 앞에서는 참여자 모두가 모드의 구성 부분일 뿐이기 때문
이다.

물론 『국민문학』 좌담회가 차별이나 위계가 없는 평등한 발화의 장
이었다는 것은 아니다. 사용언어는 일본어로 한정되어 있었고 좌담회
에 참여한다는 것은 암묵적으로 조선 총독부나 일본 제국과 관련성을
인정하는 것이 된다. 예를 들면 논의 내용 이전에 단지 좌담회에 참여
한다는 것만으로 증명되는 사상적 경향이 있다. 따라서 "안내장을 받
고도 (좌담회에 모습을) 보이지 않는 사람들"에 대해서 후루카와(古川) 도
서과장은 그런 사람들이 혹시 "냉담한 생각"을 갖고 있는 것은 아닌지,
그렇다면 "솔직하고 숨김없이 부딪쳐 가면 좋지 않을까, 그것이 인쇄
물이 된 나중에 무엇인가 판단하려고 하는 기분이라면 매우 유감"이라
고 비판하고 있다.[64] 또한 『국민문학』 좌담회에서는 테마를 대하는 발

화 위치에서도 차이가 있다. 예를 들면 태평양 전쟁의 발발, 문예동원, 징병제, 의무교육의 실시나 영화사의 통합 등의 상황과 만났을 때, 그 사건을 식민지 조선의 주체적인 입장에서 해석하기보다 식민자의 정책과 변화를 "묻고, 질문하고, 확인해야" 하는 위치에 놓여 있었다.

이처럼 『국민문학』 좌담회는 당시 조선 총독부의 정책이나 기관과 긴밀한 관계 속에서 구성되어 있었지만, 평등한 언권을 갖고 동등하게 말한다는 좌담회의 형식적 전제가 있었다. 특히 1938년을 전후로 열린 좌담회나 1940년대 만주 등지에서 열린 좌담회[65]에 비하자면 식민 / 피식민의 관계에 따른 발화적 위계가 노골적으로 부각되지 않는 편이다. 사회자이자 기획자로서의 최재서의 위치도 초반까지는 꽤 안정적이다. 이러한 발언권의 외형적 평등 속에서 민족, 계급, 계층, 사상 간의 갈등은 감추어진다. 좌담회는 '좌담회의 형식—사회자의 안건소개, 돌아가면서 이야기를 듣는 과정, 당부와 결의를 다지는 상투적인 마무리'를 통해서 편집이 의도했던 대로 결말지어지고 만다. 그러나 노골적인 갈등이 감추어진 대신에 진 / 위, 옳음 / 그름, 진심 / 거짓에 대한 판단은 참여자들의 발화 속에서 계속해서 지연되고 흔들린다. 참여자들 사이에서는 발화행위, 발화수반행위, 발화효과행위의 간극이 발생한다.[66] 참

64　「文藝動員を語る」,『國民文學』, 1941.1, 109면.

65　이 부분에 대해서는 실제 텍스트를 대상으로 보다 면밀한 분석이 필요하다고 판단되나, 우선 대략적인 분위기는 다음의 논문을 참조. 橋本雄一,「異者が表象される發話空間—1940年代前半の'座談會'と'發言'について」,『人文學報』NO.311, 2000.3.31, 中國文學研究室, 東京都立大學人文學部 : 日本(日本語), 223~236면.

66　J. L.오스틴, 김영진 역, 앞의 책, 1992, 207면. 오스틴은 화행(act of speech 또는 speech-act)를 세가지 발화행위(locution, 또는 locutionary act), 발화수반행위(illocution 또는 illocutionary act), 발화효과행위(perlocution, 또는 perlocutionary act)를 나누어 설명한다. 이 구분은 어떤 발화가 행위로 표출될 때 일어나는 다양한 가능성들과 균열들을 보여줄 수 있다. 예를 들어 신체적 담론공간에서 수행되는 발화행위는 첫째로 그 신체적 담론공간에 참여한다는 것 자체로 이미 '수행'이 된다는 점, 둘째로, 발화행위가 함축하고 있는 바가 민족, 계층, 지식, 계급 등에 따라 복합적으로 나타난다는 점이 있다. 발화수반행위는 무척 다양해진다. 신체적 담론공간이라는 장은 이 발화수반행위의 다양성에 큰 영향을 주며 그 담론공간이 지향하는

여자들의 모든 차이와 다양성을 전체주의적 시공간이 통합한 순간, 오히려 참여자들 사이의 구분선은 지배 / 피지배의 틀을 벗어나 복잡해지고 흔들리고 판단이 지연되며 발화가 지닌 함축이 다양해진다. 『국민문학』 좌담회의 발화상황은 숨겨진 차이와 갈등, 의도된 결말이 아닌 내면적이고 자발적이고 흔들리는 욕망들, 이에 따른 불만과 저항감과 같은 요소들이 복합적으로 작용하는 다층적인 함축 등을 보여준다.

이렇게 형식적으로 '평등한 관계'가 형성된 좌담회에서는 이전에 있었던 식민자 / 피식민자 사이의 갈등이 보다 다층적인 입장으로 세분화된다. 이 갈등은 식민자와 피식민자의 '완전한 동화'와 '차별을 둔 부분적 동화' 중 어떤 입장을 취할 것인가를 둘러싼 것이었다.[67] 식민자는 피식민지인들에게 형식적 평등을 보장해주면서도 피식민자들과 완전히 같아지는 것을 경계하는 양가적인 감정을 갖고 있었기 때문이다. 예를 들어 조선인과 일본인의 내선일체를 주장하면서 '동화'를 주장하는 것과 조선인과 일본인이 완전히 같아지는 것을 경계하는 '이화'를 주장하는 목소리가 양가적인 형태로 나타나게 된다.

다양한 층위에서 일어나는 양가적 갈등

양가성이 부각되는 경우는 우선 조선의 지식인과 그들을 동원하려는 기관의 대표자 사이에서이다. 1941년 1월에 실린 「문예동원을 말한다」

어떤 목표나 의도에 의해서 발화수반행위가 수행한 어떤 행위가 발화효과행위로서 나타난다. 그러나 의도된 발화행위가 발화수반행위와 일치하지 않고 더 많은 함축들을 남겼듯이, 발화효과행위로 표현되지 못한 수행들이 공존하고 있다. 그런 점에서 겉으로 드러내는 말과 속내라는 두 가지 틀로 파악할 수 없는 신체적 담론공간의 복잡하고 무의식적인 양가감정을 드러내기 위해서는 발화행위(발화된 행위 그 자체)와 발화수반행위(수많은 함축과 갈등과 양가성들)와 발화효과행위(신체적 담론공간의 권력적 배치 속에서 어떤 발화효과로서 규정된 것) 사이의 어긋남을 살펴보아야 한다.

67 호미바바, 나병철 역, 『문화의 위치』, 소명출판, 2002; 이연숙, 고영진 역, 『국어라는 사상』, 소명출판, 2006, 14장을 보면 식민지화를 위해 사용되는 일본어와 내지에서 사용되는 일본어 사이에 차별을 둘 것인가 동일하게 할 것인가를 둔 논란을 소개하고 있다.

에서 나타난 조선총력연맹 문화부장 야나베 에사부로(矢鍋永三郎)와 임화의 갈등이 그 예이다. 이 좌담회는 전시기를 맞아 문예가의 총동원이 점차 강력하게 요구되는 상황에서 "문인들의 동요와 방황이 의외로 심각"하기에 문예동원에 "해부의 메쓰"를 가하는 의미에서 마련된다.[68] 따라서 조선의 언론, 출판의 검열, 단속을 맡는 기관이 총출동한다.

이 좌담회에서 부각되는 문제는 조선인 작가들의 수양이 먼저인가 동원이 먼저인가이다. 경성보호관찰소장인 나가사키(長崎)는 일본의 전향자 하야시 후사오(林房雄)의 『전향에 대하여(轉向について)』를 언급한다. 그는 일본의 사회주의 문인이었던 하야시도 "전향하는 것에는 적어도 10년간은 걸린다"고 했던 것을 강조하면서 조선 지식인들의 전향이 얼마나 진심일 수 있을지에 대해 불안감을 나타낸다.[69] 이 논의 바로 전에 최재서는 임화를 향해, "국가 위에 아직도 영원한 것이 있지 않은가라는 사고방식에 대한 반성, 비판이라고 할 것에 대해서 임화군은 어떻습니까"라고 직접 대답을 요구하지만 임화는 침묵을 지킴으로써 최재서의 발화행위를 단절시킨다.[70] 마츠모토는 조선의 문인들은 "수동적이라고 할까, 혹은 나쁜 의미에서는 영웅주의적"이며 "감정적으로 얽혀"있으며 "체면"을 중시하기 때문에 그들을 동원하기 위해서는 "그들로 하여금 적극적으로 나오게 할 만한 당국의 진실을 보이지 않으면 안 된다"라고 회유책을 주장한다.[71] 이 회유책 발언에 이어서, 줄곧 침묵을 지키던 임화는 존칭을 사용해 두 번 발화한다. 그에 따르면 "조선의 문단에서 최근 4~5년간 시국적인 색채를 띤 문학작품도 있었다고 생각합니다만, 유감스럽게도 좋은 문학이 씌어지지 않았"고

---

68 「編輯後記」, 『國民文學』, 1941.1, 266면.
69 「文藝動員を語る」, 『國民文學』, 1941.1, 111~112면.
70 위의 글, 111면.
71 위의 글, 120면.

따라서 문예동원의 목표를 달성하는 데도 불리할 수 있다고 말한다.

문학의 질만을 언급한 매우 비정치적으로 보이는 임화의 발화행위, 특히 오랜 침묵 끝에 존칭을 사용한 발화전략을 취하고 있는 임화의 발화행위는 마치 '협력'에 찬동하는 듯한 형태를 취하고 있다. 그러나 이 발화행위는 조선 지식인들의 전향을 끊임없이 의심하면서 그들을 강압적으로는 동원할 수 없다는 점을 느끼고 있는 식민지 기관의 대표자들을 불안하게 한다. 임화의 말은 '협력'하는 듯하지만 '자발성'이 없다면 협력도 불가능할 것이라는 함축을 담고 있었고, 이 둘 사이의 묘한 간극과 떨림 속에서 야나베(矢鍋)는 "동원에 의해서 문학의 매력을 잃는다 그것이 어렵네요", "문예의 매력을 발휘시키는 것은 가장 필요합니다만, 그 힘을 죽이게 되는 것이라면 대실패다"라고 말한다.[72] 조선문인들을 동원하려는 것과, 그들의 자발성을 끌어내려는 것 사이에서 갈등하면서 식민자는 피식민자에 대한 불안감을 느낀다. 그 결과 조선 문인들은 식민자 기관의 대표자들에게는 여전히 쉽사리 포섭할 수 없는 불안의 대상으로 남게 된다.

그러나 이 갈등은 식민자 / 피식민자의 관계에서만 일어나는 것은 아니며 식민자들 사이에서 그리고 피식민자들 사이에서 훨씬 복잡하게 나타난다. 『국민문학』 좌담회에서 나타나는 신지방주의론은 민족으로서의 일본을 주장하는 녹기그룹이나 조선 총독부의 입장과 달랐고 일본 민족이 제국 전체로 확대되는 것을 거부했다.[73] 이러한 동화와 이화를 둘러싼 다층적 갈등 속에서 제국 일본의 지식인, 조선 총독부 관리인 일본인, 조선 총독부 관리인 조선인, 국민문학의 주요 필진, 다른 매체의 조선인 필진이 미묘하게 대립한다.

---

72 위의 글, 121~123면.
73 윤대석, 『식민지 국민문학론』, 역락, 2006, 53면.

동화와 이화를 둘러싼 양가적 갈등

동화와 이화를 둘러싸고 다양한 층위에서 일어나는 양가적 갈등을 살펴보자. 먼저 이 갈등은 피식민자의 "새로운" 차이에 대한 요구, 즉 동화를 전제로 한 이화에 대한 요구를 둘러싸고 일어난다. 최재서의 신지방주의론은 "조선만을 고립시켰던 조선적이라는 것이 아니고 광의의 일본문화 중의 일익으로서의 조선적이라는 것을 고려하는 경우에는, 새로운 각도에서 조선적이라는 것을 검토"해야 한다는 논리로 등장한다.[74] 만약 이 전환을 통해 조선문학이 새로운 독창성을 획득한다면 그것은 일본문단을 개혁하는 데까지 나아가리라는 것이다.

그러나 이러한 최재서의 발언은 "로칼칼라로서 조선적 특수성이 있다고 하면 이상한 방향으로 치다를지 모릅니다(芳村—박영희)", "일본문학의 일익으로서가 아니라 조선은 조선만에 갇혔다고 해야 할까, 조선만을 더욱 깊이 파고들어간다는 느낌을 지울 수 없습니다(寺田)", "오늘날에 있어서 조선적인 것을 일본문학에 특별히 부가하려는 의식을 강조할 필요는 없다고 나는 생각합니다. 그 점을 강조하다보면 어떤 오류가 생길 수 있지요(辛島)" 등의 반발에 부딪친다.[75] 이에 그치지 않고 이원조가 "조선의 예를 들지 않더라도, 내지에서도 큐슈(九州), 간토(關東)과 간사이(關西)에서는 제각각 풍속 습관이 다릅니다. 그것을 도쿄(東京) 중심으로 잘라버려야 한다면 문제가 일어납니다"라고 하거나 최재서가 "지방문화와 국민문화라는 문제가 되겠군요" 등 이야기를 지속하자 가라시마는 "그로써 문제는 해결되었습니다. 다시금 그 문제를 거론할 필요는 없다고 생각합니다"라고 황급히 주제를 거두어들인다.

가라시마나 최재서, 이원조 등은 모두 '로컬리티'라는 말을 통해 동

---

[74] 「朝鮮文壇の再出發を語る」, 『國民文學』, 1941.11, 76면.
[75] 위의 글, 76～79면.

일한 언어행위를 한 듯이 보이지만, 그 의미는 제국일본이라는 시스템 아래 '조선적 특수성이 강조된 로컬리티를 주장하는가'와 제국일본의 시스템 속에서 '통제·관리되고 조선적 특수성이 사라진 로컬리티를 주장하는가'에 따라서 다른 의미를 띠게 된다. 가라시마 등 재조 일본인 참여자들은 제국일본의 한 지방(로컬)으로 조선을 위치시키려고 하는 동시에, 그것이 조선의 특수성을 인정하고 부각시키는 것이 될까 불안해한다. 반면 최재서 등은 조선을 제국 일본의 한 지방이라고 발화하면서도, 신지방(로컬) 조선의 특수성을 인정해줄 것을 요구하고 있다. 제국질서와 로컬리티라는 기호는 식민자와 피식민자 모두의 입을 통해 발화되지만, 그것의 함의는 그들의 양가적인 감정 속에서 복잡하게 분열되었다.

이러한 현상은 피식민자가 "동화"를 요구할 때에도 일어난다. 「대동아 문화권의 구상」이라는 좌담회에서 총독부편집과의 모리타 고로(森田梧郎)는 내지와 똑같은 일본어를 대동아공영권에 파급시켜야 할 것인가 아니면 일정한 차별을 두어야 할 것인가로 일본인들 사이에 논란이 있다고 말한다. 그러자 최재서는 현재 조선의 일어는 큐슈지방 사투리의 영향을 크게 받았음을 비판적으로 지적하면서 세계적인 문물을 받아들이는 대동아공영권의 공통어이자 교육적 수단인 학술어로서 일본어를 재편성하고 내지와 똑같은 표준어를 사용할 수 있게 추진해 줄 것을 요구한다.[76] 즉 최재서는 일본어를 조선을 식민지화시키는 동화정책의 일환으로 보는 것이 아니라, 학술어 / 공통어 / 표준어로서의 기능적인 측면으로만 파악함으로써 오히려 '동화'를 요구하고 있다.

이러한 최재서의 요구는 가라시마와 모리타를 당황하게 한다. 즉 완벽한 동화란 식민자와 피식민자 사이의 구별을 애매하게 만들 수 있기

---

76 「大東亞文化圈の構想」, 『國民文學―大東亞戰爭特輯』, 1942. 2. 36~57면.

때문에 식민자는 '동화'를 부르짖으면서도 피식민자와 거리를 두려고 하기 때문이다. 최재서는 언어가 지역화되면 문화도 지역화된다고 비판하면서 "식민지의 지역화된 문화가 역수입"될 때, 일본문화란 정말 더 오염될 것이라고 지적한다. 피식민지에 의한 식민지의 오염이라는 불안 요소를 피식민자가 지적함으로써 조선은 제2 신민의 위치를 획득하게 되고, 동시에 오염이라는 요소를 통해 식민자를 당황하게 한다. 이에 모리타는 표준어 일본어 교육을 위해 최근엔 라디오, 회화교재, 영화 등 다양한 음성교육을 병행하고 있으나 교육을 제대로 하기 위해서는 교육자가 조선어에 대한 이해가 필요하다고 토로한다. 이처럼 식민화 정책을 수행하기 위해서는 피식민자를 제국의 질서로 동화시키기 이전에 식민자가 피식민자에게 동화되어야 하는 상황이 발생하기도 했다.

그러나 동화와 이화를 둘러싼 갈등은 피식민자들 사이에서도 발생한다. 1943년 2월 좌담회인 「시단의 근본문제」 첫 부분에 두드러지는 갈등은 '국민적 전체' 속에서 조선적 특수성(崔載瑞)을 주장하거나 "세계주의에서 일종의 새로운 지방주의로 돌아간다"며 "새로운 의미의 특수성(金鍾漢)"을 주장하는 조선문인과, 이를 거부하는 일본인의 갈등처럼 보인다. 그러나 뒤로 갈수록 "일본적인 것을 쓰고자 하는 마음이 앞서 있고, 조선의 것만을 노래해야 한다는 마음은 없습니다"라며 완전한 동화가 필요할 뿐 조선문단이라는 설정은 필요 없다고 보는 가네무라(金村龍濟-김용제)와, 조선문단의 새로운 특수성을 주장하는 최재서 및 김종한 사이의 갈등이 두드러진다.[77]

그러나 이러한 피식민자들의 갈등은 식민자가 보는 가운데 이루어지고 있다는 점에서 식민자가 지니고 있었던 양가적인 감정과는 차이

---

[77] 「詩壇の根本問題」, 『國民文學』, 1943. 2, 8~23면.

가 있다. 피식민자들은 다른 의견을 주장할 때에도 결국 제국 일본의 시선 앞에서 누가 더 제국의 신민다운가를 경쟁해야만 한다. 즉 식민자들의 동화와 이화를 둘러싼 갈등이 양가적으로 분열되었던 반면, 이런 검열적인 시공간 속에서 갈등하는 피식민자들은 훨씬 더 복잡한 분열양상을 보인다. 동화와 이화를 둘러싼 갈등 속에서 식민자는 두 가지 혀로 말한다면, 피식민자는 훨씬 더 여러 개의 갈라진 혀로 말한다.

언어게임을 통한 위계적 발화배치의 역전 : 질문, 패러디, 정보제공

앞서 동화와 이화 사이의 갈등을 양가적인 것으로만 해석했지만, 이러한 양가성을 너무 강조할 경우 좌담회라는 담론공간이 지닌 수행적이고 구성적인 측면을 약소 평가해 버릴 위험이 있다. 또한 호미바바가 분석한 것처럼 양가성이란 식민지와 피식민자 모두에게 작동하는 것이지만, 이러한 분석은 식민자와 피식민자의 차이를 약화시키는 담론으로 작용할 수도 있다.[78] 식민자 혹은 피식민자 사이에 일어났던 식민지배의 폭력을 명확하게 비판하는 한편, 그러한 권력관계가 다양하고 복잡하게 변화하거나 발생하는 순간을 포착해야 한다. 위에서 살펴본 것처럼 좌담회의 발화행위와 그것의 발화수반행위 사이에는 식민지 / 피식민지로 정리되지 않는 다양한 분절의 선이 그려지면서 피식민자는 좌담회의 모드를 활용해 스스로의 발화위치를 확보하는 언어게임을 벌이기도 했기 때문이다. 그리고 이 '반쯤 말하여진(half-said)'[79] 피식민지인의 발화, 즉 좌담회의 예기치 못한 발화행위 속에서 식민지배의 구조를 역전시키는 순간들도 발생한다.

좌담회라는 모드화된 담론공간에서는 발화행위는 통제·관리되기

---

78 서석배, 「번역, 윤리, 그리고 식민지 언설에 관한 비판 하나」, 『사이間SAI』 2호, 243~244면.
79 박찬부, 『라캉—재현과 그 불만』, 문학과지성사, 2006, 153면.

쉬운 반면에, 그 발화행위(locution)와 발화수반행위(illocution) 사이에서, 발화수반행위의 함축적 의미가 다양하게 나타나기 때문에 이러한 의미를 전부 관리할 수는 없다. 이런 지점들을 분석하기 위해 언어게임[80]이란 개념을 사용하려고 한다. 언어게임을 통해서 좌담회를 분석하는 것은, 언어활동을 삶의 한 형식이자 실천으로 봄으로써,[81] 좌담회에 참여한 사람들이 발화하는 순간에 권력의 배치가 예기치 못하게 바뀌기도 하는 실천적인 장면을 포착하기 위한 것이다.『국민문학』좌담회의 매끄럽고 살균된 발화형식 속에서 그 모드들의 용법을 이용해서, 식민자들의 지배적인 담론의 의미를 전복적으로 바꾸어 버리거나, 논의의 주도권을 빼앗아 오거나, 합의에 이르지 못하고 충돌하는 순간들을 세 가지 유형으로 나누어 살펴보자.

언어게임을 통해 위계가 역전되는 양상이 두드러지는 경우는 "질문을 통한 확인"이다. 징병제가 실시된 직후 열린 1942년 5월의「군인과 작가・징병의 감격을 말한다」에서는 이 제도가 정말로 조선인과 내지인 차별 없이 실행될 수 있을까에 대해 묻고 확인한다. 물론 징병제는 황국신민화라는 미명아래 수많은 젊은이들을 전쟁터로 내몰았던 것이지만, 적어도 징병제가 완전한 내선일체의 실현이자, 곧 내지와 조선의 차별을 없애는 명확한 증표라고 생각했던 이 좌담회에 참여한 조선작가들에게 이 제도가 실제로 차별 없이 진행될 수 있는가는 중요한

---

80 비트겐슈타인, 이영철 역,『철학적 탐구』, 서광사, 1994, 22~23면. 여기서 비트겐슈타인은 언어를 배우는 학생과 선생의 관계, 모국어를 배우는 아이들의 과정을 모두 "언어놀이(게임)들"이라고 정의한다. "어떤 하나의 원초적 언어를 하나의 언어놀이로서 이야기 하고자 한다. (…중략…) 또한 언어와 그 언어가 뒤얽혀 있는 활동들의 전체도 언어놀이라고 부르게 될 것이다." 그런 점에서 언어게임이란 모드가 만들어지는 순간이기도 하며 동시에 모드가 변환되는 순간이기도 하다. 발화행위가 발화수반행위로 이어질 때 다양한 함축을 품은 발화효과 행위들의 수행성을 활성화시킴으로써, 발화행위 / 발화수반행위 사이의 위계성을 전복시키기도 한다.
81 위의 책, 27면. "어떤 하나의 언어를 상상한다는 것은 어떤 하나의 삶의 형태를 상상하는 것이다."

문제였다.

조선 작가들(牧洋, 靑木洪, 최재서, 김종한)은 조선군 참모인 아사이(淺井) 중좌와 우마스기(馬杉)소좌에게 묻고, 확인하고, 요구한다. 일본어를 못해도 징병제에 응모할 수 있는가? 징병된 뒤 맡게 되는 역할이 일본인들과 다르지는 않은가? 더불어 조선의 작가들도 보도반원으로 나갈 수 있는가? 등을 묻고 있다.[82] 적어도 좌담회에서 거론된 이야기는 공식적인 발언으로서 힘을 갖고 있었고 '징병제를 통해 조선인을 동원'하려던 명령자(발화수반행위)의 의도는 이 명령을 '차별에 대한 철폐'로 받아들이고 확인하려는 조선인들의 '질문'이 지닌 함축적 해석에 의해 변형되어 버린다.

둘째는 "패러디를 통한 요구"이다. 조선인들은 좌담회에서 식민자들의 발화를 패러디하지만, 그것을 완전히 다른 맥락 안에 밀어 넣음으로써 식민자들이 피식민자들의 요구를 받아들일 수밖에 없도록 만드는 방식이다. 1941년 12월 8일 직후 개최된 「일미개전과 동양의 장래」에 참여한 유일한 조선인이자 사회자인 최재서는 주로 내지 쪽 의견을 듣는 입장에 있다. 태평양전쟁의 열기로 들떠 있는 이 좌담회에서 일본 내지에서 온 해군들과 식민자들은 "12월 8일 이후 세상을 보는 눈이 바뀌었다"라는 말을 반복한다. 그런데 침묵을 지키고 있던 최재서의 태도가 잠시 바뀌어 수다스러워지는 부분이 있다.

최 : 야나베(矢鍋永三郞) 씨로부터 인쇄물이 왔는데 이번 전쟁은 사상전이고 문화전이라는 점이 표명되어 있었습니다. 지금까지 상당히 영미문화에 의존해온 점이 있었지요. 그러나 (12월) 8일 이래 사고방식이 상당히 바뀌었습니다. (…중략…)

---

82 「軍人と作家・徴兵の感激を語る」, 『國民文學』, 1942. 7, 32~52면.

심 : 그러니까 서전에서 크게 이겼다는 사실을 기뻐하는 것도 좋지만, 우
리들 지방의 문화관계자는 진실로 힘써서 우리의 문화를 앙양, 선전해야
할 커다란 임무가 있다고 생각합니다. (…중략…)
최 : 그 점에 대해서는 우리도 충분히 책임을 느끼고 있습니다만, <u>확실히
일본은 세계에 그 태도를 보여준 것이므로 문화 방면에서도 무언가 하나
제대로 된 것을 수립해야만 할 것입니다.</u>[83] (밑줄은 인용자)

최재서는 식민자들이 반복하는 말인 "12월 8일 이후 세상을 보는 눈
이 바뀌었다"는 말을 다시 똑같이 반복한다. 그러나 그 이후에 이어지
는 대화 속에서 그 말의 의미는, 조선이 무엇을 해야 한다거나 제국일
본의 위대함을 인정하는 것에 중심을 두고 있지 않다. 오히려 제국 일
본이 이제 세계적인 제국으로서 나아갈 태도와 힘을 보여준 것이므로
그에 값할만한 새로운 문화를 수립해야 한다고 살짝 비틀어 놓는다.
"무언가 하나 제대로 된 것"이라는 강조에는 제국일본이 말한 것과 같
은 평등한 관계를 보장해 달라는 암시가 내포되어 있다. 최재서는 식
민자들과 같은 말을 발화하는 듯하지만, 그 발화를 전혀 다른 문맥 속
에 집어넣어 여러 가지 함축적 의미를 발생시킴으로써 자신들의 요구
를 논리적인 흐름 상 받아들일 수밖에 없도록 만든다.

셋째로 좌담회에서의 불리한 발화위치를 전복적으로 사용하는 경
우도 있다. 이는 정보의 신빙성에 대해 이의를 제기함으로써 조선 문
인들이 자신의 발화위치를 확보할 때에 드러난다. 실상 좌담회에서 조
선 문인들은 조선사정에 대한 정보 제공자로서 위치하고 있었다. 형식
상 동등한 발언권이 보장된다고는 하지만, 발언의 내용과 층위가 달랐
던 것이다. 예를 들어 만주에서 일본인과 중국인이 함께 여는 좌담회

---

[83] 「日米開戰と東洋の將來」, 『國民文學』, 1942. 1, 6~19면.

를 보면, 중국인들은 만주 거주 중국인들의 일본어 습득 상황, 중국어와 일본어의 관련성 등에 대해서 일본 참여자들의 질문에 대답하고 정보를 제공하는 위치에 있다. 원어민이 아닌 일본인 식민자에게 원어민 중국인이 자신과 동포에 대해서 정보를 제공하는 것이다.[84]

그러나 이러한 정보 제공자로서의 자리에 있는 피식민자는 '언어'와 생활 전반에 대한 정보, 또한 정보의 신빙성과 양에서 식민자보다 우위를 차지할 수도 있었다. 예를 들어 데라다(寺田)가 사례를 제시하면서 조선 문인들이 매우 비협조적이라고 말하자, 최재서는 그것은 "극단적인 예"이며 그것으로 "조선 문필가 전체를 지시하는 것은 도저히 찬성하기 어렵습니다"라고 반발한다.[85] 조선 문인에 대해 일본인이나 총독부 관리보다 더 자세히 알고 있는 최재서의 말은 설득력을 얻어, 데라다는 "전부 그렇다고 말하는 건 아닙니다"라고 발언의 수위를 낮추고 있다.

앞서 살펴본 것처럼 『국민문학』 좌담회에는 질문을 통한 확인, 패러디를 통한 요구, 정보제공자가 갖고 있는 우월한 정보로 지배적인 발화상황을 전복시키는 순간들이 나타나 있다. 이러한 발화전략은 언어게임을 통해서 발화행위와 발화수반행위, 발화효과 행위 사이의 용법을 바꿈으로써, 전체 담론공간의 모드를 변형시켰기 때문에 가능했다. 이처럼 『국민문학』 좌담회는 제국적 질서에 의해서 권력적이고 제도화된 좌담회이기는 했으나, 좌담회라는 장의 발화규칙을 이용한 언어게임을 통해 식민자의 발화가 의미하는 바를 '차별이 없는 관계'로 전복시켜 버리거나, 피식민자의 동원 의무보다 식민자의 의무를 요구하는 형태로 변형시키거나, 조선에 대한 정보를 제공함으로써 담론공간

---

84 橋本雄一, 「異者が表象される發話空間―1940年代前半の'座談會'と'發言'について」, 『人文學報』 NO.311, 2000.3.31, 中國文學硏究室, 東京都立大學人文學部, 226면.
85 「文藝動員を語る」, 『國民文學』, 1941.1, 125면.

의 주도권을 장악한다.

조선이 1940년대의 신체제 질서 속으로 편입되는 상황 속에서 열렸던
『국민문학』좌담회는, 좌담회라는 담론공간의 고착성과 함께 권력 배
치에 균열이 일어나는 순간이 공존하는 복합적인 텍스트라고 할 수
있다. 『국민문학』좌담회의 참여자들은 일본인이건 조선인이건, 총독
부 관리이건 문인이건 간에 좌담회에 참여함으로써 전체주의적 시스
템을 수행하게 된다. 그렇게 제국 일본에 의해서 전체주의화된 담론
공간 속에 참여하기 위해서는 제국의 신민이 되어야 했고 "피식민지
조선인"으로서 참여할 수 없었다. 즉 "피식민지 조선인"이라는 자리는
부재하게 되는 것이다. 그러나 최재서, 김종한 등『국민문학』좌담회
를 주도했던 조선인들은 부재하는 자신들의 위치를 벗어나 적극적으
로 좌담회의 '모드'를 전유하여, 담론공간 속에서 존재할 수 있는 제도
적 방식을 모색하려 한다. 중일전쟁 이후 '내부화된 부재'를 통해서
"형식적 전향"에서 벗어나려고 했던 피식민지인들은, 1940년대에는
'모드에 의한 참여'를 통해 양가성을 유발하고 언어게임을 벌임으로써
식민 / 피식민의 관계를 역전시키고 있었다. 그러나 이러한 시도는 제
국의 일원화된 시스템을 충실히 내면화할 때 가능했다는 점에서, 신
체제 질서가 조선 전체를 장악하고 있던 상황에서 크게 벗어날 수 있
었다고 말하긴 어렵다. 1940년대 제국 일본의 시스템 안에서 주체의
자리를 획득하려고 했던 지식인들의 시도는 좌절되고, 여전히 그들은
"부재하는 참여자"로 남을 수밖에 없었다.

2. 조선 좌담회의 문화송출과 번역불가능성

1) 매체간 좌담회 교환을 통한 문화송출과 번역 불가능성

담론공간의 등가적 관계구축 : 좌담회 번역과 문화송출

제국의 전국적 파시즘화는 모드화된 좌담회 뿐 아니라 매체간의 문화번역을 통해서도 이루어진다. 이러한 문화번역은 문화의 등가적 교환 및 언어의 등가적 번역이 가능하다는 것을 전제로 한다. 이러한 전제 하에 신체제 질서 하의 담론공간은 국경을 넘는 매체 간의 교환을 통해서 인쇄·출판 및 문화의 전파 범위를 대동아공영권이라는 상상적 지리로 확장시키며 피식민지·피점령지의 담론공간들을 통합한다. 제국 일본의 전국적 파시즘화, 그 두 번째 기제인 매체간의 문화번역이 이루어지기 시작한 것이다. 여기서는 조선에서 열린 좌담회가 일본의 매체에 재 게재되거나, 도쿄에서 조선에 대한 좌담회가 열리는 것과 같은 제국의 시스템 속에서 일어난 '매체간 문화번역'의 의미를 살펴보려고 한다.

중일전쟁 이후부터 담론공간은 제도와 제도와의 관계와 따라 연동하고, 시스템화된 기술적 식민권력을 내면화하면서, 구체적인 신체성에 대한 언급이 삭제되거나 편집된 형태로 게재된다. 즉 연설·토론·강연과 달리, 좌담회는 말끔하게 편집된 문자형태로 게재되기 때문이다. 좌담회라는 담론공간 자체의 재현이 가능해지고 그것 자체가 일종의 수행성을 지닌 텍스트가 됨에 따라, 좌담회의 번역·송출도 가능해진다.

여기서는 수행적 텍스트 혹은 신체적 텍스트라고도 할 좌담회가 출판 신체제 속에서 매체간에 기획, 번역, 재 게재되는 양상들을 세 가지

형태로 제시하려고 한다. 조선에서 열리거나 조선을 다루는 좌담회를 도쿄의 담론공간으로 송출하는 세 가지 형태는 출판 신체제라는 제도적 장치를 통해서 이루어졌던 반면, 담론공간의 매끈한 교환이 불가능하다는 점을 보여주기도 했다.

『분가쿠카이』와 『경성일보』 좌담회 판본 비교 1 : 편집권력

먼저 조선의 신문에 게재되었던 좌담회가 도쿄의 잡지로 옮겨져 게재될 때 나타나는 변형들을 살펴보자. 조선에서 도쿄로 담론공간이 옮겨진다는 것은 단순한 매체의 변화를 의미하는 게 아니었다. 그것은 식민지 / 피식민지의 담론공간을 둘러싼 다양한 문제가 전면화되는 순간이었다. 1938년 좌담회 「조선문화의 장래와 현재(朝鮮文化の現在と將來)」는 1938년 11월 29일, 30일, 12월 2일, 6~8일까지 6회에 걸쳐 『경성일보(京城日報)』에 실리고, 다시 일본의 잡지 『분가쿠카이(文學界)』에 1939년 1월 재수록된다. 이 좌담회의 중요한 논의대상은 1938년 3월 23~4월 14일, 4월 27일~30일, 5월1일~5월까지 일본에서 상영되고 1938년 10월 25일~11월 8일까지 조선에서 공연된 무라야마 연출 장혁주 각색의 〈춘향전〉이다.[86]

조선의 대표적 전래극을 번역해 도쿄에서 공연하고, 그 인기를 몰아 일본인의 눈으로 번역된 '조선의 문화'를 다시 조선인에게 보여주는 국경을 넘나드는 번역과 재번역이 이루어지고 있다. 또한 공연의 성과를 조선인과 일본인 문화계 인사가 함께 '동등한 언권'을 갖고 있다고 여겨지는 좌담회에서 논의하고, 그 논의를 정리해서 잡지에 싣는 과정에서 연극매체에서 신문매체로의 재-재번역이 이루어진다. 다시, 조선에서 발행되는 신문에 실린 그 좌담회를 일본의 잡지에 실음으로써 다

시 한 번 국경을 넘어 진행된 재-재-재번역이 이루어진다. 어찌 보면 단순한 재 게재라고 보이기도 하지만, 실제로는 매체권력간, 식민지 / 피식민지 간의 고도화된 담론투쟁 혹은 문화번역을 필요로 하는 순간들이 발생난다. 식민권력의 검열에 의한 첨삭, 등가적 교환이 불가능해지고 문화적인 해석이 필요한 지점, 도저히 번역할 수 없는 지점들이 드러나는 것이다.

첫째로 좌담회가 늘 문단권력, 자본, 식민지 권력의 작동 속에서 '편집'된 것임을 보다 명확히 드러내주는 지점들을 살펴보자. 여태까지 『경성일보』와 『분가쿠카이』에 실린 이 두 판본엔 큰 차이가 없는 것으로 알려져 왔으나 실제로는 의미 있는 차이들이 발견된다.[87] 『경성일보』 좌담회에서 신문사 학예부장으로서 좌담회 시작과 끝에 인사를 하는 데라다 아키라(寺田瑛)는 『분가쿠카이』에서는 언급되지 않는다. 대신 이 잡지의 동인인 하야시 후사오(林房雄)의 사회로 시작되고 끝난다. 『분가쿠카이』 판본 말미엔 "이수된 원고는 출석자의 校檢을 거치지 않고 더구나 시간 관계로 고쳐서 조선에 보낼 여유가 없었기 때문에 在京 무라야마 씨를 제하고는 가필을 부탁하는 것이 불가능했다. 그 때문에 다소 신경쓰지 못한 점이 있음을 출석자 및 독자 제씨들에게 양해를 구한다"[88]라는 주를 붙여놓고 있다. 이 주석은 이 좌담회가 『경성일보』에서 『분가쿠카이』로 옮겨지는 과정에서 검열과 수정이

---

87 田村榮章, 「1939年朝鮮植民地文學の轉換点」(『日本語文學』, 2004, 233면)에서는 두 좌담회의 관계를 "김윤식 씨가 말한 것처럼 '전재'된 것으로 봐도 문제가 없다(金允植氏の述べているように, 轉載されたものと考えて問題ない)"라고 '재록'으로 평가하고 있다. 이때 언급된 김윤식 논문은 白川豊譯, 「國民國家の文學觀からみた二重言語創作の問題」(『朝鮮學報』第186輯 : 日本(日本語), 40면)을 의미한다. Nayoung Aimee Kwon은 「어긋난 조우와 갈등하는 욕망들의 검열」(『일제식민지 시기 새로 읽기』, 혜안, 2007)에서 처음으로 이 두 판본의 차이에 주목함으로써 좌담회를 읽는 새로운 방법을 제시했다. 그러나 다양한 갈등, 재편되는 지역성, 문단권력의 영향 등은 그 논문의 전체적인 기획 밖의 것이었기 때문에 다루어지지 못한 듯하여 아쉽다.

88 「주」, 『文學界』 : 日本(日本語), 279면.

가해졌으며, 이때 특히 조선인들의 동의 없이 '도쿄'에서 편집되었음을
증명해준다.

『분가쿠카이』와 『경성일보』 좌담회 판본 비교 2 : 발화상황

둘째로 지시어, 지명, 발화상태에서 드러나는 차이이다. 조선에서
행해진 『경성일보』 좌담회가 도쿄의 잡지인 『분가쿠카이』로 옮겨질
때 담론공간의 맥락에 따라 지시어, 지명, 발화대상이 변한다. 이때 조
선인 / 일본인이라는 차이뿐 아니라, 활동하는 지역이나 단체 등 소속
이 갖는 특성의 차이나 조선 총독부와 내지 사이의 차이가 부각된다.
예를 들면 본부 도서과장으로 되어 있던 후루카와 가네히데(古川兼秀)
의 소개명이 총독부 도서과장으로 변하거나, 『경성일보』에서 "조선의
문예계는 총독 정치 이래 놀라운 발달을 거두어 왔습니다"(12월 7일)가
『분가쿠카이』에선 '총독'이란 말이 빠지거나(278), 조선작가들의 상황
에 대해서 『경성일보』와는 다르게 『분가쿠카이』에서는 "총독부에서
별로 조선의 잡지를 장려하지 않는 경향도 있어서"라고 붙이기도 하며
(272), 조선 신파의 근원을 "도쿄유학생(京城日報)"에서 찾던 것에서
"내지의 영향"이라고 바꾸는 것 등이다. 특히 서두에서 사회자를 매체
에 따라 다르게 명기한 것은, 좌담회를 게재하는 매체의 입김이 작용
한 것으로 보인다. 그 외에도 만주에서 받은 여행비로 경성에 머물러
좌담회를 하는 이유를 『경성일보』 판본보다 훨씬 자세히 설명[89]하는
등 좌담회의 편집에 매체권력이 미치는 영향은 컸다. 식민주의적인 검
열이 출판자본주의와 관련을 맺고 있었던 것이다.

한편 이런 발언들은 좌담회에 참여한 조선인들을 위해서라기보다
는 『분가쿠카이』를 읽을 일본 독자들을 고려한 것으로 보인다. 잡지

---

[89] 『京城日報』 판본 중 11월 29일과 『文學界』, 271~272면 비교.

권력에 의해 크게 영향을 받게 되고 독자를 의식해야 하는 좌담회의 특성상, 조선인인가 일본인인가라는 민족성뿐 아니라, 좌담회를 지원하는 자금의 출처, 출판자본의 수익, 어느 지역에서 주로 읽혀질 것인가, 참여자들이 어떤 기관을 대표하는가 등이 문제가 된다. 이중 좌담회 참여자들의 대표성이 매체권력과 어떠한 관계를 맺는가는 좌담회의 시작부분에 제시된 참여자들의 소속을 통해서 확인할 수 있다. 예를 들어 『경성일보』와 『분가쿠카이』의 참여자 분류방식은 서로 차이를 보인다. 『경성일보』본에서는 학예부장인 데라다(寺田) / 일본문단(장혁주 포함) / 조선문단 / 재조 일본기관(辛島, 古川)로 세 가지로 나뉘어져 있다.[90] 즉 조선 문단에서는 매체담당자, 식민기관, 일본문단과 조선문단을 다른 기관으로 분류하고 있는 것이다. 반면 『분가쿠카이』에서는 조선문단 / 일본문단(장혁주 포함)으로 둘로 나뉘어진다.[91] 이때에는 어떤 민족인가는 가려지고 어느 지역에서 활동하는 문단인가만이 전면에 드러난다. 이처럼 제국 일본의 미디어인 『분가쿠카이』에서는 제국 / 지방의 관계로 분류되었던 반면, 피식민지 조선의 『경성일보』에서는 민족, 문단, 지역, 매체 별 다양한 분열을 의식해서 분류했다고 볼 수 있다.

『분가쿠카이』와 『경성일보』의 좌담회 판본 비교 3 : 편집 · 삭제 · 첨가

세 번째로 두 판본의 발화내용을 비교해 보면, 『경성일보』에 게재된 좌담회가 『분가쿠카이』로 옮겨질 때 무엇이 감춰지고 무엇이 부각되었는지 알 수 있다. 우선 『경성일보』에는 조선의 향토성을 주장하거나

---

90 소속 구분 : 村山知義, 林房雄, 秋田雨雀, 張赫宙 / 鄭芝溶, 兪鎭午, 林和, 李泰俊, 金文輯, 寺田瑛 / 辛島驍, 古川兼秀

91 소속 구분 : 秋田雨雀, 林房雄, 村山知義, 張赫宙, 辛島驍, 古川兼秀 / 鄭芝溶, 兪鎭午, 林和, 李泰俊, 金文輯, 柳致眞. 이때 『京城日報』 좌담회에서는 이름이 빠졌던 柳致眞이 포함되어 있다.

번역불가능성을 주장하는 조선문인들과, 예상 외로 심각한 저항에 황급히 좌담회를 마무리하는 일본 문화인들의 어긋난 대화가 계속된다. 그러나 『경성일보』에서 『분가쿠카이』로 옮겨지면 이러한 갈등은 무마 혹은 삭제되거나 논의의 주도권이 일본문단으로 넘어간다.[92] 그 특징들을 열거해보면 다음과 같다. 『경성일보』에서 조선문인의 곤란을 드러냈던 제목들이 『분가쿠카이』에서는 감정을 불러일으키지 않는 짧고 객관적인 지시어들로 바뀐다.[93] 『분가쿠카이』에 씌여져 붙여진 조선의 잡지(朝鮮の雜誌), 조선연극(朝鮮演劇), 춘향전의 번역(春香傳の飜譯), 조선어의 문학(朝鮮語の文學), 문학의 단속(文學の取締り)와 같은 소제목은 단지 '조선'이라는 이름을 달고 있을 뿐 다른 지역으로 바꾸어도 그 제목에서 느껴지는 분위기는 크게 다르지 않을 것이다. 제국의 시선으로 조선의 지역을 박물관적으로 진열함으로써 '조선'의 특수성을 드러내는 듯이 보이지만 제국 / 지방이라는 보편성 속에서 조선을 분류 정리 진열함으로써, 오히려 조선의 특수성은 드러나지 않게 된다.

　조선문단 측이 일본문단에 속한 조선인 장혁주에게 가하는 비판이나 그러한 비판에 대한 장혁주의 대답이 『경성일보』와 『분가쿠카이』에서 다르게 기록된 점도 흥미롭다. 이 좌담회가 개최된 이후, 장혁주는

92　권나영, 「어긋난 조우와 갈등하는 욕망들의 검열」, 『일제 식민지 시기 새로 읽기』, 2007, 혜안, 231~232면.

93　『京城日報』에서 『분가쿠카이(文學界)』로 옮겨질 때 제목에 일어난 변화는 다음과 같다. "젊은 반도의 작가－무대가 좁고 생활도 여의치 않다(若しい半島の作家－舞台が少くて生活は不如意, 1938.11.29)"는 "조선의 잡지(朝鮮の雜誌, 271면)"로 변함. "조선의 연극－유교의 영향으로 발달도 중단(朝鮮における芝居－儒敎の影響で發達も中斷, 1938.11.30)"은 "조선연극(朝鮮演劇, 273)"으로 변함. "춘향전의 제 문제－언어가 지닌 예술적 분위기(春香傳への諸問題－言葉の持つ藝術的雰圍氣, 1938.12.2)"는 "춘향전의 번역(春香傳の飜譯, 274면)"으로 변함. "반도 작가의 표현력－국어와 조선어를 둘러싼 제 문제(半島作家の表現力－國語と朝鮮語を繞る題問題, 1938.12.6)"는 "조선어의 문학(朝鮮語の文學, 276)"으로 변함. "종군작가를 보내는 제안－검열 및 단속에 관한 질문(從軍作家を出す案－檢閱及び取締に關する質問, 1938.12.8)"은 "문학 단속(文學の取締り, 279면)"으로 변한다(신문 및 잡지명은 생략한다. 앞의 것이 『京城日報』에 표기된 제목, 뒤의 것이 『분가쿠카이』에 표기된 제목이다).

조선문단 측의 「춘향전」 번역에 대한 비판에 관해서 「조선의 지식인에게 호소한다」라는 글을 통해 반박하고 있다. 이 글에서 장혁주는 조선인의 민족성을 '삐뚤어졌다' '격정적이다'라고 비판하면서 "경성의 제군"들의 "공격은 하등의 과학적 비판이 아니었으며 그저 나쁘고 좋지 않은 한 점에만 집중되었지만, 무엇이 왜 나쁘다든지, 저건 이렇고 이건 이랬으면 좋겠다는 말은 하지 않았"으며, 그 "기사를 제3자가 읽고 삐뚤어졌다고 느끼는 것은 내가 제군의 심정을 이해할 수 없었던 것과 일치한다"고 말한다.[94] 이어 장혁주는 "이 일에 대해서 자세히 알고 싶으면 『분가쿠카이』 좌담을 읽기 바란다"고 말하고 있다.[95] 그러나 『경성일보』에 실린 좌담회와 『분가쿠카이』에 실린 좌담회를 비교해 보면, 『경성일보』에 실린 좌담회에 참여한 조선문인들의 발언 중 다수가 『분가쿠카이』에서는 삭제되어 있으며, 장혁주의 대답은 논리적이고 안정적으로 가필되어 있음이 확인된다.[96]

이는 장혁주가 일본문단에서 활동하는 조선인 작가였고, 『분가쿠카이』가 일본문단에서 발간되던 잡지였기 때문에 생긴 차이라고 볼 수도 있다. 조선문단 쪽의 발화가 주로 삭제에 의해 편집되고, 일본문단의 발화는 주로 첨가나 가필에 의해 편집되었다는 것도 눈여겨 볼만하다. 『경성일보』에서 폭발했던 장혁주의 번역에 대한 비판들은 대부분 생략된다. 생략된 부분은 다음과 같다. "직역투가 되었기 때문에(유진

---

94 장혁주, 「조선의 지식인에게 호소한다」, 이경훈 편역, 앞의 책, 51~52면(원제는 「朝鮮の知識人に訴ふ」, 『文藝』: 日本(日本語), 1939. 2).

95 위의 글, 52면.

96 여러 가지 예가 있지만 간단한 예를 하나만 들면, 『경성일보』 12월 2일자 「조선문화의 장래와 현재-〈춘향전〉의 제 문제, 언어가 지닌 예술적 분위기」와 『분가쿠카이』, 274~275면의 같은 부분을 비교해 보자. 이 부분에서 춘향전의 번역이 가능한가를 두고 마찰이 일어나는데 장혁주 〈춘향전〉 번역은 이 논쟁의 근거로 등장한다. 그러나 『경성일보』판에서 "내지에서 공연된 〈춘향전〉에 대한 감상"이란 간단한 질문을 했다가 강한 비판에 당황하게 되는 부분이 『분가쿠카이』에서는 "춘향전을 문제시하는 이야기가 되고 있는 듯합니다만"이라고 씌어져 있어 마치 비판을 예상했다는 듯 시작된다.

오)", "번역하면 모두 똑같다는 식은 곤란합니다(임화)", "〈춘향전〉그대로는 (…중략…) (정지용)." 반면 하야시가 『경성일보』 좌담회에서 "내지에서는 외국의 직역물이 그밖에도 많이 있습니다"라고 대답했던 것이 『분가쿠카이』에서는 "그것은 번역불가능론이지 않습니까 번역에는 번역의 사명이 있는 것입니다"라고 논리적으로 가필된다. 『경성일보』에는 없었던 '웃음'과 같은 표시가 들어가서 분위기를 유화시키면서 하야시의 한마디가 추가된 뒤 그에 대해서 '그렇군요'와 같은 동의의 발화가 반복되도록 가필함으로써 조선작가가 겪는 어려움을 일본에도 있는 보편적인 어려움으로 바꾸어 놓기도 한다.[97]

한편 조선문단 참가자들의 발언을 생략함으로써 얻어지는 효과도 있다. 『경성일보』 1938년 12월 6일에 실린 좌담회 「반도작가의 표현력 ─국어와 조선어를 둘러싼 제 문제」에서 이태준은 "내지의 선배님들은 우리 조선의 작가가 조선어로 쓰는 것을 마음으로부터 희망하고 계십니까, 혹은 내지어로 쓰는 것을 보다 희망하고 계십니까"라고 질문한다. 아키타는 처음엔 제대로 듣지 못했다고 하다가 임화가 재차 질

---

[97] 「若しい半島の作家─舞台が少くて生活は不如意」, 『京城日報』, 1938.11.29본과 『文學界』 중 272~273면을 비교하여 『경성일보』 본에서 『분가쿠카이』로 옮겨질 때 가필된 부분은 밑줄을 그어 표시했다.
　　임화 : 작가로서 밥을 먹고 사는 사람은 한 명도 없기 때문에 모두 무언가를 하고 있습니다. 다른 직업이 없는 사람은 어쩔 수 없이 제대로 먹지 못합니다. (웃음)
　　하야시 : 그렇게 밥도 먹지 못하는 사람들을 세간에서는 인정해 줍니까, 작가로서 (…중략…)
　　임화 : 인정해주지 않아도 어쩔 수 없는 일이지요, 그래서 모두 곤란한 상태입니다.
　　하야시 : 얼마나 있습니까. 그런 작가의 수는 (…중략…)
　　임화 : 그렇군요 (…중략…) 80명 정도 있습니다. 그러나 작가로서 활동하는 사람은 50명 정도 될까요.
　　하야시 : 내지에서 문학자라고 불려지는 사람은 이천 명이지만, 그 중엔 그것으로 생활하고 있는 사람은, 그렇군요, 이백명 정도 됩니다.
　　임화 : 옛날 작품이라고 일컬어집니다만, 인기가 있는 작가는 바로 못쓰게 되기 때문에 신문기자라도 하지 않으면 먹고 살 수가 없습니다. 인기는 오육년입니다. 십년도 가지 못합니다.

문하자, 내지에서 조선문학이 읽혀지기 위해서는 국어로 써야하고 그 것을 다시 조선어로 번역하면 된다고 말한다. 그러나『분가쿠카이』판 본에서는 아키타가 당황스러워 하는 부분은 지워지고 내지어와 조선 어 모두를 허용한 듯이 보이게끔 정지용의 발언 "양쪽을 모두 해도 좋 다고 생각합니다"(276)가 삽입된다.

좌담회의 마지막 부분인『경성일보』12월 8일분과『분가쿠카이』에 실린 해당부분(279)을 비교해 보면, 소설의 결론까지 보지도 않고 작품 을 압수하는 것을 비판하는 조선 문인 측과 엄격한 단속 / 검열기준을 고수하는 후루카와의 열띤 논전이 펼쳐진다.『경성일보』판에서는 당 황한 하야시가 "이 정도에서 그만합시다"라고 황급히 끝을 맺는다. 그 러나『분가쿠카이』좌담회에서는 "나중은 한잔 하면서 이야기합시다" 라는 말과 함께 박수를 치며 끝나고 있다. 조선의『경성일보』에 실린 「조선문화의 장래와 현재」가 갈등을 겨우 무마하는 식으로 끝맺었다 면,『분가쿠카이』에 실린, 제목에서 '현재'가 빠진 좌담회「조선문화의 장래」는 성공적인 분위기로 끝맺는다.

물론 이러한 차이들은 단지 식민지 / 피식민지의 차이로만 볼 수 없 으며, 시기적으로『경성일보』판본이『분가쿠카이』에 실린 판본보다 먼저 기록되었다고 해서『경성일보』판본이 조선문인들의 입장을 보 다 잘 대변했다고 단순히 단정하기 어려운 부분도 있다. 그러나 이 두 좌담회를 비교해 보면, 좌담회를 개최하는 자금출처에 대한 고려, 문 단권력 등이 반영되고 있었기 때문에도『분가쿠카이』판본이 일본인 독자와 제국 일본의 핵심 관료들을 보다 민감하게 고려하고 편집되어 야 했던 것은 확실해 보인다. 이처럼 신체제적 출판 시스템은 가감 없 는 매체간의 등가적 교환이 가능한 듯한 인상을 주었으나, 현실에서는 식민권력 및 출판자본에 의한 검열과 편집이 일어나고 있었다.

이처럼 피식민지의 텍스트가 식민 종주국으로 번역 혹은 이동될 때

에는 여러 층위의 갈등이 일어난다. 그리고 그 문화번역 속에는 식민
자의 언어로는 번역될 수 없는 부분이 발생한다. 『경성일보』/『분가
쿠카이』 사이에서의 문화번역이 대칭적이고 매끄럽게 이루어질 수 없
었다는 사실이 갖는 의미는, 제국의 시스템이 결코 포섭할 수도 동화
시킬 수도 없는 피식민지의 특수성이 존재하고 있었음을 보여준다는
점에 있을 것이다.[98]

2) 『모던 일본』의 문화송출과 오리엔탈리즘화되는 조선성

일본 출판계의 불황 타계책 '피식민지 문학'

종주국과 피식민지 간의 문화번역・송출의 두 번째 예로 들 수 있는
것은 일본 도쿄의 잡지에 조선인들을 등장시키거나 조선을 주제로 한
좌담회가 개최되고 게재되는 현상이다. 대동아공영권의 발신지 도쿄
에서는 '국민'이라는 말 대신에 '조선'이란 호칭이 빈번하게 쓰였다. 조
선의 지식인들이 평등을 보장받기 위해서 제국 일본의 신민 혹은 국민
이 되기를 욕망했던 것과 달리, 제국 일본의 중심에서 조선은 일본제

---

98 이 좌담회에 참여한 일본문단과 조선문단의 개별 작가의 차이들은 보다 면밀한 검토를 요
한다. 특히 조선인임에도 일본문인 쪽에 속해서 「春香伝」 번역 등을 통해 조선문화와 문학
을 일본에 소개하는데 힘을 기울였던 장혁주와 「春香伝」을 연출했던 무라야마(村山)의 입
장은 독특한 지점을 지닌다. 무라야마가 주장했던 것은 일본의 문인들이 조선의 문인들과
연대하고 싶어도 그 내용을 너무나 모르기 때문에 조선의 문화를 일본에 번역할 필요가 있
다는 것이었다. 물론 이 번역의 방향성이 일본어에서 조선어로의 번역이 아니라 조선어에
서 일본어로의 번역이었다는 점에서 이 발화 및 번역 상황이 지닌 위계적 권력 관계 및 폭력
성은 명확하다. 그러나 그의 주장은 단순히 한국어를 말살해야한다는 것이 아니라 대동아공
영권의 논리 속에서 구성된 문화 통합적 의미가 짙었음을 고려해야 한다. 또한 『경성일보』
좌담회 자체에서 누락된 부분 및 일본 문인들이 겪었던 검열문제도 존재한다. 그러나 이 논
문에서는 우선 매체가 발간되던 지역의 차이가 두 판본에 어떠한 차이점을 야기했는가에
초점을 맞추려고 한다. 단 무라야마(村山)의 번역의식에 대해서는 趙寬子, 『植民地朝鮮 /
帝國日本の文化連環』, 有志舍, 2007 중 155～159면을 참조.

국의 '국민'이기 이전에 제국의 한 지방인 '조선'으로 소개되었다. 일본에 조선문학이 소개되는 시기는 대략 세 가지로 나뉜다.

첫 번째 시기는 1933~1935년 전후로 일본 프롤레타리아 문학이 쇠퇴하기 시작하면서 식민지 각 지역의 작가들이 다루는 주제가 일본 독차층의 관심을 불러일으키기 시작했던 때이다.[99] 『개조』사의 경우 1931년 이후 일본 출판업계의 불황을 타개하기 위한 전략으로 식민지로의 "적극적 진출"이 모색된다. " '일본인이 있는 곳'으로 일본의 '유령'들을 추방하라"는 슬로건이 제시되고 일본의 노동이민이 있는 미주나 브라질 뿐 아니라 "제국의 식민지" 전체가 일본 출판업계의 진출대상이 된다.

대표적인 예로 중앙공론사에서 『부인공론』 주최로 「전일본 독자방문」이란 이벤트를 열었던 것을 들 수 있다. 이는 독자를 방문하기 위한 여행과정을 실은 것으로 "잡지의 인기 작가들을 동원하여 강연회와 좌담회를 실시하고, 이들의 이동경로, 행사 내용, 독자들의 반응을 부인공론 지면에 자세하게 보도"한다. 이런 독자 대상 이벤트는 엔본 판매 경쟁에서 자주 쓰인 전략이었다. 그러나 이 이벤트에서 보다 두드러지는 특성은 "8블록으로 나누어진 일본 전도 이외에 '특별반'으로서 '만선(滿鮮) · 타이완(臺灣)'의 독자가 포함"되었다는 점이었다.[100] 이른바 피식민지의 문학은 프롤레타리아 문학의 쇠퇴 이후 불황위기에 처한 식민종주국 출판 자본주의의 판로로서 개척되었다. 따라서 도쿄에서 피식민지 문학은 식민 종주국의 문학과 평등한 입장에서 평가받기 보다는 식민종주국의 입맛에 맞게 선택되고 소비되는 경향을 띠었다.

두 번째 시기는 '태평양전쟁' 발발을 전후했던 1939~1941년 경으로

99　白川 豊,「日本雜誌に發表された旧殖民地作家の文學」,『植民地朝鮮の作家と日本』, 岡山 : 大學教育 出版 : 日本(日本語), 1995, 16~17면.

100　고영란,「제국일본의 출판시장 재편과 미디어 이벤트―장혁주를 통해 본 1930년대 전후 개조사의 전략」,『사이間SAI』 6호, 국제한국문학문화학회, 2009, 131~133면.

일본의 해외 확장 정책에 호응해 동아시아 각 지역에 대한 관심이 높아진 시기이다.[101] 1939년 11월과 1940년 8월 두 차례 발행된 『모던 일본(モダン日本)』의 조선판 임시대증간호는 이 시기의 분위기를 표현해주고 있다. 이 시기는 앞서 살펴본 것처럼 '일본출판배급주식회사(日本出版配給株式會社)'(약칭 日配)가 1941년 11월 25일부터 경성부(京城府)에 조선지점을, 11월 29일부로 타이페이시(臺北市)에 타이완 지점(臺灣支店)을 설치[102]하면서 제국 전체를 통합하는 일원적 출판·인쇄 시스템이 확립된 시기였다. 도쿄에서 유행한 '조선'이라는 호칭은 '조선의 특수성'을 인정해주는 것이 아니라, 도쿄문단의 부족분을 채워주는 역할을 했다. 또한 조선문단이 도쿄에서 문학상을 받거나 매체에 번역되고 게재되었던 것은 피식민지 문학을 수용하는 듯한 제도적 외관을 취하고 있었으나, 이러한 제도를 통해서 피식민지의 문화의 생산과 유통을 도쿄 문단이나 출판자본이 통제 관리하는 상황을 정당화시키는 작용을 하기도 했다.

세 번째 시기는 1943년 전후로 이 시기가 되면 식민지 작가의 작품 발표 무대는 일본에 한정되는 것이 아니라 식민지 각 지역에서 발간되는 일본어 잡지나 신문으로 확산된다.[103] 이 시기에는 피식민지의 문학가들이 직접 일본어로 글을 쓰고 발표하면서 각 피식민지에 일본문단을 재현하고 있다고 할 수 있다.

이러한 시기구분을 근거로 보면 『모던일본』 조선판(『モダン日本―朝鮮版』(臨時大增刊) 제10권 12호, 1939.11, モダン日本社)이 발간된 때는 도쿄에 조선문단이 번역·송출되었던 두 번째 시기의 분위기를 배경으로 하고 있음을 알 수 있다. 즉 『모던 일본』 조선판은 도쿄에서 본격적으로

---

101 白川 豊, 앞의 책, 16~17면.
102 이종호, 앞의 글, 2009, 197~207면.
103 白川 豊, 앞의 책, 18면.

'조선'을 소개하기 위해 기획된다.[104] 편집후기를 보면, "모던 일본 10주년기념 임시증간 '조선판'은"조선반도가 군사적, 경제적, 문화적으로 대륙과 연결되는 거점으로서 중요성이 강조되고 조선에 대한 인식이 절대화되어, 식자는 물론 전 국민의 애국적 관심이 팽배해지는 시점"에서 간행된 것이었다. 이는 "시국에 적합한 절호의 기획으로서 조선 총독부를 비롯한 조선 명사들의 찬동, 전국적인 지지와 성원에 힘입어 국민운동의 하나로 표현된 감"이 있다고 이야기한다.[105]

그러나 아이러니하게도 모던 일본사에서 『모던 일본-조선판』을 간행하게 되었던 것은 일본 출판인의 아이디어가 아니라 마해송(馬海松, 1905~1966)이라는 조선 지식인의 아이디어였다. 기획 이유는 "천편일률적인 일본인의 조선인식을 비판하며 보다 폭넓은 조선 이해를 도모"하기 위한 것으로 일본인 독자를 대상으로 한 일종의 문화송출이었다.[106] 이 발언을 보면 일본문단에서 활동하는 조선문화인 스스로 조선의 문화를 도쿄에 소개하고(혹은 소비시키고) 있음을 알 수 있다. 그러나 "천편일률적인" 조선인식에 대한 비판적인 관점을 명확히 하고 있다는 점에서 도쿄에서 '조선'이 소비되는 것과도 어느 정도 거리를 두려고 했다는 것도 엿볼 수 있다. 『모던 일본-조선판』은 모던 일본사의 판매 전략인 동시에 일본문단에서 활동하는 조선인이 스스로 모색한 문화송출의 방식이었던 셈이다.

『모던 일본 - 조선판』, 오리엔탈리즘화되는 조선

1939년에 나온 『모던 일본-조선판』 첫 부분은 「특집클럽」으로 시

---

[104] 『모던 일본』 조선판은 1939년 11월과 1940년 8월 두 차례 발간된다. 여기서는 1939년 11월호를 중심으로 서술한다.

[105] 윤소영 외역, 『일본잡지 모던일본과 조선 1939-완역 『모던일본』 조선판 1939』, 어문학사, 2007, 508면.

[106] 윤소영 외역, 위의 책, 113~114면.

작한다. 사진을 곁들여 '조선'의 이미지를 구축하고 있는 이 부분은 『모던 일본-조선판』이 어떻게 조선을 파악하고 있었는가를 보여주는 청사진이다. 「특집클럽」의 기생과 여성배우들의 소개, 조선의 전통적인 여성의 삶을 보여주는 물건의 소개(담뱃대, 물동이 등), 조선의 전통적인 풍물(장독대, 목화밭 등) 소개, 조선 지역별 특성과 자연풍경 및 관광지 소개 등을 통해 조선의 이미지는 자연화·여성화·오리엔탈리즘화되었다.

한편 『모던일본-조선판』에서는 정치적인 논의나 토론은 찾아보기가 힘들다. 대개 기행문에 가까운 수필과 문화에 대한 소개, 기생이나 자연물에 대한 이야기가 주종을 이루며 이러한 경향은 이 잡지에 실린 좌담회에서도 마찬가지이다. 『새로운 조선에 관한 좌담회』와 『평양 기생, 내지 명사를 이야기하다』라는 두 개의 좌담회가 실려 있는데, 이 좌담회 역할은 『모던일본-조선판』의 의미를 부각시키는 것도, 조선문화 전반에 대한 심도 깊은 논의를 하는 것도, 일본과 조선의 문화적 관계에 대한 논의를 하는 것도 아니다. 『새로운 조선에 관한 좌담회』는 「인상에 남는 곳」, 「인상에 남는 사람들」, 「약진하는 조선의 산업」, 「기생 음식 옷」, 「예술 그 외」라는 소제목을 붙이고 있는 것에서 볼 수 있듯이, 조선 여행의 인상을 흥미위주의 잡담으로 전달하며, 기생과의 개인적 만남에 대한 이야기도 등장한다. 이러한 분위기는 "기생이나 옛 문화에 관한 얘기만이 아니라 새로운 문화, 즉 약진하는 조선의 모습에 관한 말씀을 부탁"하며 "딱딱한 이야기는 좀 그러니까 부드러운 내용도 넣어가면서 부탁드리겠습니다"라고 사회자가 밝히고 있듯이 잡지사의 희망사항이기도 했다. 참여자들은 조선과의 관계성을 밝히는 식으로 소개되고,[107] 조선

---

107 참여자들은 사회를 맡은 하마모토 히로시(濱本浩), 가토 다케오(加藤武雄), 「춘향전」의 연출자인 무라야마 토모요시(村山知義), 세키구치 지로(關口次郎), 『경성일보』 주필로 7년 조선에 머문 이케다 린기(池田林儀), 도고 세지(東鄕靑兒), 조선무용을 연구하러 조선에 갔다 온 이토

의 인상과 문화, 기생, 유흥거리 등에 대해 "~좋더군요" 위주의 한담을 나눈다.

　이러한 경향은 함께 실린 「평양 기생, 내지 명사를 이야기하다」에서 두드러진다. 한재덕이 사회자로 나오고 최명주, 조선녀 이복화, 김복희, 김연월, 김월중선, 홍도화, 차성실, 안명옥, 한정옥, 임양춘, 왕성숙 등 평양의 초일류 기생들이 모여 "연회석 같은 곳에서 만났던 내지의 명사들에 대한 인상이나 기억나는 이야기, 불평"을 떠드는 좌담회이다. 이 좌담회에는 앞서 좌담회에 참여했던 이른바 조선과 관련이 깊은 참여자들이 기생들의 입을 통해서 다시금 언급되고 있다. 그 과정 속에서 내지의 유명한 인사들과 앞서 좌담회에서 점잖게 말하던 사람들이 희화화되는 측면도 있다. 그러나 보다 근본적으로 『모던 일본—조선판』에서는 이러한 두 좌담회가 맺고 있는 관계가 두드러진다. 이른바 내지의 유명인사와 기생의 관계는 도시인 일본과 시골인 조선의 관계, 남성인 일본과 여성인 조선의 관계, '현재'인 일본과 '과거'인 조선의 관계로 유비적으로 연결된다. 문화적인 듯 포장된 이 위계적 관계 속에서 '조선'은 여성으로 시골로 이미지화된다. 이것이 『모던 일본』이 내지와 조선을 배치시켰던 관계이다. 『모던 일본』 조선판에서 '조선'이 호명될 때, 그 호칭은 피식민지의 자연, 여성, 관광지와 결합된다. 제목과 글과 좌담회와 광고, 사진 등에서 '조선'이 불려지는 매 순간, 조선은 자연화되고, 여성화되고, 관광대상이 되고, 보여지는 대상이 되고 필요에 따라 만들어진다.

　한편 조선의 작가들에게 이러한 특별 기획 속에 자신의 소설이나 글을 싣는 것은 도쿄문단에 진출할 수 있는 기회였으므로, 『모던 일본—조선판』은 조선 문단에서 활동하는 작가들의 관심을 끌기에도 충분했

유지(伊藤裕司), 조선의 민요를 수집하러 갔던 이토센지(伊藤宣二), 마해송(馬海松)이다.

다. 『매일신보』는 1939년 12월 2일 1면에 『모던 일본―조선판』이 매우 인기를 끌어 30만부 매진을 기록했으며 특별히 삼백부를 증쇄하겠다는 기사를 싣고 있다. 『모던 일본―조선판』은 1940년 8월에 발간되었으나, 이 잡지가 발간되기 이전인 1940년 7월 9일자 『매일신보』에 매진이 예상되니 빨리 예약하라는 광고가 게재되기도 한다.

역으로 『모던일본―조선판』에는 조선의 신문이나 잡지가 광고되기도 한다. 이 잡지에는 "반도 신문계의 권위"라는 타이틀 아래 격일로 간행되는 『사진신보』와 『국민신보』의 주소, 전화번호, 오사카 지국 등을 실어 일본에서 구독할 수 있도록 정보를 제공하고 있다.[108] 특히 『조선일보』의 경우 "조선과 함께 약진하는 언론계의 최고봉" "조선 민중이 사는 곳에 『조선일보』가 있고 조선 민중의 의사는 『조선일보』가 표현한다"는 캐치플레이즈와 함께 "조석간 12페이지, 구독료 1엔 20전, 조선 · 만주 · 해외 지국 천여점"이라는 자세한 정보가 실려 있다. 더불어 『조선일본』 간행 잡지인 대중잡지 『조광』, 소년잡지 『소년』, 부인잡지 『여성』, 그림 잡지 『유년』이 각각의 가격과 함께 나란히 소개된다.[109]

『모던일본―조선판』과 함께 「조선예술상」이 신설되기도 한다. 이는 "조선예술진흥을 위해 기쿠치 간(菊池寬) 씨가 매년 자금을 제공하겠다고 제의"함에 따라 신설되며 "본 조선 예술상은 우리나라 문화를 위해 조선에서 이루어지는 각 방면의 예술 활동에 대해 표창하는 것을 목표로 한다"고 밝힌다. 이 문학상은 일본의 한 잡지사가 조선에서 이루어지는 모든 "문학, 연극, 영화, 무용, 음악, 회화"를 대상으로 "우리나라" 즉 일본제국에 기여한 것을 표창한다는 취지로 설립된 것이다. 조선과 일본의 출판 시스템은 이러한 특집, 예술상 등의 현상공모제도

---

108 윤소영 외역, 앞의 책, 489면.
109 위의 책, 363면.

들을 통해서 단일한 출판 신체제 질서로 구성되어 가고 있었다.

조선문화의 송출 · 번역에 대한 불쾌감

이렇게 추진되었던 일본제국 전체를 일원화하는 문화번역 · 송출 시스템은 앞서도 살펴보았듯이 번역 불가능한 지점을 남기거나, 혹은 피식민자들에게 묘한 불쾌감을 남긴다. 한 가지 예를 제시하자면, 「춘향전 비판 좌담회」[110]를 들 수 있다. 『춘향전』을 각색한 장혁주가 "이 희곡은 내지인을 위한 것이기 때문에 (…중략…) 도쿄에서 상연하기 위해 조선의 고전에 있는 춘향전이 도쿄의 관객들에게 알린다는 것을 주안점으로 하고 (…중략…) 알기 쉽게 하는 것을 주안으로 해서 썼습니다. (…중략…) 나는 춘향이 가지고 있는 아름다운 정신을 강조하면 충분하다고 생각합니다"라고 말하고 있듯, 도쿄에서 상영된 것이든 경성에서 상영된 것이든 『춘향전』이 대상으로 한 관객은 일본인들이었다. 경성에서 상영할 때에도, "주최측에서는 내지인이 우선하여 볼 것이라 생각"했고, 대개는 "중산층 이상의 내지인"이었다. 그러나 예상 외로 일본인들보다 조선인들의 관심이 많았고 실제 춘향전을 본 비율은 조선인이 7, 내지인이 3 이었다. 이 공연은 결국 조선의 고전 전래극을 일본의 눈으로 번역하여 조선인에게 관람시킨 것이 되었다. 즉 '조선적 특수성'을 일제가 번역해 조선인에게 역수입하는 시스템이 형성되었던 것이다.

이 공연을 본 조선의 문화 · 연극인들은 이 '내지 연극의 눈'으로 번역된 춘향전에 표현된 조선에 대해서 불만과 거북함을 표시한다. 그들

---

[110] 「春香傳 批判 座談會」, 『近代朝鮮文學日本語作品集 3』(1901~1938), 綠蔭書房, 2004, 165~180면. 1938년 2월 일본극단 신협(新協)은 동경에서 『춘향전』을 공연한 뒤, 1938년 10월 25일~27일 경성 부민관에서 재차 공연한다. 연출은 무라야마 도모요시, 의상은 유치진, 각색은 장혁주, 연기 연출은 안영일이 맡았다. 일본 『춘향전』 공연 형식이 가부키 스타일이었던 것과는 달리 경성에서 상영된 『춘향전』은 가부키와 신극 스타일을 혼용한 형식이었다.

이 지적하는 것은 다음과 같다. 가부키적 요소가 강하며, 춘향의 어머니가 집에서 기도하는 샤머니즘적 요소 등 조선인의 생활이 제대로 표현되지 못했고, 춘향의 옷이나 무대 배경도 조선의 법식을 잘 따르고 있지 못하다는 것이다. 그 중에서도 심영의 발언은 의미심장하다. "조선인적인 부분을 대단히 과장했기 때문에, 보고 있는 우리들의 느낌은 마치 더럽혀지는 것을 보여주는 듯해서 유쾌하지 않게 느꼈습니다." 심영이 거북했던 예로 드는 것은 춘향 어머니가 가례를 하는 장면, 담뱃대로 등을 긁는 장면 등이다.

『춘향전』에는 조선의 전통이 다양하게 등장하기 때문에『춘향전』의 번역·공연은 근대 초기 박람회의 인종 전시처럼 조선의 문화를 보여줌으로써 조선의 문화를 미개한 것으로 그려내고 제국주의적으로 장악하려는 인상을 주었던 것이다. 번역에 의해 조선의 문화는 때로는 과장되고 때로는 미개화되면서 제국 일본에 포섭되어 갔던 것이다.[111] 그런 점에서 조선측 연극·문화인들의 비판을 비롯하여, 특히 심영이 표시한 거부감과 불유쾌함은, 조선의 문화를 제국 일본의 눈으로 번역하여 일원화된 제국일본의 체제 속으로 통합하는 데 대한 민감한 거부였다.

3)『국민문학』 좌담회의 '신지방 조선문단' 송출 시도

『국민문학』 좌담회의 욕망, 신지방 조선문단의 도쿄송출
문화송출의 세 번째 예로 들 수 있는 것은 좌담회를 통해 조선의 담론공간을 구성해 그것을 도쿄로 송출하는 방식이다. 이 시도가 배경으로 하고 있는 것은 앞서 조선문단의 도쿄 진출 시기 중 세 번째 시기인

---

111 백현미, 「민족적 전통과 동양적 전통」, 『현대문학이론학회』 23호, 2004, 213~245면.

1943년을 전후한 시기이다. 즉, 각 피식민지에서 일본어를 사용한 작품이 생산되기 시작했던 시기였다.『국민문학』은 이러한 분위기 속에서 일본어를 통해 조선문단을 형성하려고 시도한다. 즉『국민문학』좌담회는 '부재'의 형태로만 담론공간에 참여할 수 있었던 식민지 지식인이 '존재'의 형태로 제국의 담론공간에 참여하려 했던 시도이다. 앞서 살펴본 것처럼『조광』,『삼천리』에 비해『국민문학』좌담회는 통일되고 일관된 지면상의 형식, 무게감 있는 주제, 좌담회 자체의 발화형식이나 발화진행방식, 참여자의 구성이나 사회자의 위치 등이 모두 안정적이었다. 그 뿐 아니라『국민문학』좌담회는 식민지 지식인과 일본인 관리가 평등한 발언권을 갖고 합리적이고 객관적인 토론을 할 수 있을 듯이 보이는 시스템을 구축하고 있었다.

이러한 시스템적 환경 속에서『국민문학』좌담회를 기획·참여·편집했던 수행자들은 신체제 질서를 내면화함으로써 피식민지성을 초극하려는 시도를 한다. 결론을 미리 말하자면 이 시도는 제국주의를 내부화한 것이었다는 점에서 전체주의화된 일본제국의 담론공간에 도리어 포섭되는 결과를 낳았다. 일종의 '부재'하는 참여로 귀결되었던 것이다. 그러나 "살아있는 국민의식"을 "바로 문학으로 번역"해야 하며, 이를 통해 새로운 비평의 원리를 만드는 것이 비평가의 임무라고 말했던[112] 최재서는『국민문학』좌담회를 통해서 문단 신체제 질서를 구현(번역)해 낸다. 1940년대 담론공간의 신체성은 이처럼 전체주의적 체제 안으로 포섭되고 제도들 간의 관계성 속에서 포착된다. 그 담론공간에 참여한 지식인들은 부재하거나, 혹은 전체주의적 시스템을 내면화함으로써 존재하거나 이 두 가지 중 하나였다. 최재서는 후자를 택하고 시도한다.

---

[112] 崔載瑞,「國民文學の要件」,『國民文學』창간호, 1941.11, 34～40면.

『국민문학』 창간 1주년을 기념하는 「국민문학의 1년을 말한다(國民文學の一年を語る)」에서 최재서는 『국민문학』이 일 년간 시도한 것은 '국민문학으로의 전환'[113]이고, 이를 통해 "국민문학 체제"가 생겼다고 강조하면서 이제 "반도문학의 지위가 재검토"되어야 한다고 주장한다. 최재서가 쓴 것으로 추정되는 편집후기엔 이로써 "국어문단의 성립"이 달성되었다고 강조하고 있다.[114]

1941년 당시 일본어를 상용할 수 있는 비율[115]과 좌담회의 내용을 생각해 볼 때, 일본어를 사용하여 이루어지고 제국 일본의 동향과 긴밀하게 연동했던 『국민문학』 좌담회가 대중 속으로 파고드는 것은 쉬운 일이 아니었을 것이다. 국민문학이 향하고 있었던 것은 대동아공영권 안의 '도쿄문단'이었다. 그런 점에서 『국민문학』이 시도했던 담론공간은 조선인 / 일본인이라는 분류체계와는 매우 다른 지반에 서 있었다.[116] 『국민문학』 좌담회의 기획은 조선이란 지방에서 사는 조선인과 재조일본인이 함께 일본어라는 공통어 / 학술어를 사용해 '신지방문학인 반도문학', 즉 국민문학을 구성해, 도쿄로 역송출하여 도쿄문단, 나아가 일본문단을 변화시키는 것이었다.

---

113 「國民文學の一年を語る」, 『國民文學 11月特大號』, 1942.11, 86~97면.

114 主幹, 「編輯を了へて」, 『國民文學―新年特大號』, 1943.1, 202면.

115 "조선 총독부가 편찬한 『朝鮮事情』(1942, 1943, 1944年版)의 「참고 통계표―국어를 이해하는 조선인(參考統計表―國語を解する朝鮮人)」과 「쇼와 19년 제국의회 설명자료―쇼와 18년 말, 현재의 조선인의 국어 보급 상황(昭和19年 帝國議會説明資料―昭和18末 現在に於ける朝鮮人國語普及狀況)」(『일제하 전시체제기 정책사료총서 제22권 제국의회 설명자료』, 한국학술정보(주), 2000, 134~144면)은 일본어 보급률에 관한 동일한 통계수치를 다음과 같이 제시한다. 이것은 '조금 이해하는 자(稍解しる得もの)'와 '보통회화를 무리없이 할 수 있는 자(普通會話に差支なきもの)'를 합한 통계이다. 1939년 말(13.89%), 1940년 말(15.57%), 1941년 말(16.61%), 1942년 말(19.94%), 1943년 말(22.15%)"이종호, 「출판신체제의 성립과 조선문단의 사정」, 『사이間SAI』 6호, 국제한국문학문화학회, 2009, 223~224면의 각주 81번.

116 지역이란 시각으로 『國民文學』을 둘러싼 담론공간을 이해하고 있는 논문으로는 이원동, 「國民文學 座談會 연구」, 『어문론총』 제48호, 한국문학언어학회, 2008, 230면; 박노현, 「내선인과 國民文學―신민족에 의한 신문학 고안의 기획」, 『한국어문학연구』 42, 한국어문학연구학회, 2004을 들 수 있다.

이러한 『국민문학』의 조선문단 송출전략에는 조선인 지식인들이 내선일체를 전유하고 내면화시키는 전형적 방식이 나타나 있다. 일찍이 최재서는 조선의 현대문학이 세계의 문예사조를 내지의 문학으로부터 받아들여 왔음을 강조하고, "창작과 달리 평론가는 차라리 도쿄의 그것을 너무 추수했지 않았는가 하는 감조차 준다"고 조선문단의 도쿄문단 편향성에 일침을 놓으면서 "30년 동안 조선의 문학은 내지 문학의 신세를 져 왔으므로 조선의 문학도 이제는 진정으로 독창적인 것을 만들어 내어서 내지 문학에 답례하지 않으면 안 된다"[117]라고 말함으로써, 조선문단의 도쿄진출에 대한 욕망을 드러낸 바 있다. 1941년의 『국민문학』은 신지방 조선문단의 구체적인 현실태였다.

앞서 살펴본 것처럼 『국민문학』을 이끌었던 최재서, 김종한 등은 조선문학을 일본제국의 한 지방문학으로 설정했으며, 이로써 "'조선 / 일본'이라는 경계는 이제 '식민지 / 제국'이라는 경계가 아니라 '지방 / 중앙'이라는 경계에 불과한 것"[118]이 된다. 이때 식민지의 경성을 제국, 그 중에서 도쿄와 동렬에 놓고 있는데, 제국적 시스템 아래에서 "도쿄와 경성을 동시에 지방화" 시키는 것이었다. "'경성(조선)'을 제국의 항외(恒外)가 아니라 항내(恒內)에 배치함으로써, '경성(조선)'과 '도쿄(일본)'를 제국의 평등한 '지방'으로서 균질화하는 동시에, '조선의 지방성(특수성)'을 '제국의 중앙성(보편성)'의 한 유기적 기능으로서 보존"하려는 전략이었다. 김철은 이것이 "식민지 내셔널리즘이 새롭게 형성한 경계의 정체"였다고 지적한다.[119] 그들은 신체제 질서 속에서는 조선의 경성만이 지방이 되는 것이 아니라 도쿄도 하나의 지방이 되어야 한다고 생각

---

117 최재서, 「내선문학의 교류」, 이경훈 편역, 앞의 책, 65면.
118 金哲, 「同化あるいは超克」, 2009년 5월 23~24일 양일간 쿄토에서 열린 국제일본문화연구센터 심포지엄(『京都學派と'近代の超克'―近代性, 帝國, 普遍性』, 國際日本文化研究センター 國際シンポジウム)의 발표, 6면.
119 위의 논문, 8면.

했다. 다시 말해 조선인이 새로운 국민이 되는 것은 동시에 일본인도 이 대동아공영권의 한 국민으로서 새롭게 태어나는 것이라고 생각했다. 이 맥락에서 최재서는 문단의 도쿄 편중성을 비판하고, 조선문단을 도쿄문단에 송출해 도쿄문단을 변혁시키려고 생각했던 것이다.

조선과 도쿄 사이의 괴리, 거부당한 조선문단의 도쿄송출

그러나 이러한 신지방 조선문단의 도쿄 송출이라는 식민지 지식인들의 기획은 이론적 차원에서는 가능했으나 현실적인 차원에서는 장벽에 부딪친다. 1943년 3월에는 "현지좌담회" 라는 부재가 붙은 「반도문학에의 요망(新半島文學への要望)」이란 좌담회가 도쿄의 유명한 문인들과 최재서가 참석한 가운데 도쿄에서 열린다.[120] 참석한 도쿄 문인들[121]에게 최재서는 조선문단이 "작년무렵부터는 완전히 국민문학의 체제"를 구성했다고 소개한다. "반도의 문학자도 내지의 문학자들과 공통의 이상과 목표 아래서, 같은 국어를 사용해 이 시대를 꿋꿋하게 살아가고자 하는, 그러한 문학이 국민문학"이라고 최재서는 역설한다. 더 나아가 그는 "더 긴밀하게 도쿄의 문학과 연락을 취해, 여러 지도도 바라지 않으면 안 된다고 생각하여, 일본문단의 선배들로부터 희망이라든가 주문이라든가, 혹은 의견"[122]을 듣기 위해 자리를 마련했다고 서두를 연다. 그러나 이 좌담회에 유일한 조선인 참여자였던 최재서의 위치는 1938년 좌담회 「조선문화의 장래와 현재」[123]로 돌아간 느낌을

---

120 金鍾漢, 「편집후기」, 『國民文學』, 1943.3, 141면. "조선문학에 대하여 혈액적인 애정을 보여 내지문학의 대가 중견이 한자리에 모여서, '신반도문학의 요망'을 토로하였다. 국어문학의 창성기에 있어 조선 문단에 가져오는 감격이 컸다."

121 좌담회 참여자는 다음과 같다. 기쿠치 칸(菊池寬), 요코미치 리이치(橫光利一), 가와카미 데쓰타로(河上徹太郎), 야스타카 도쿠조(保高德藏), 후쿠다 기요토(福田清人), 유아사 가쓰에(湯淺克衛).

122 「現地座談會－新半島文學への要望」, 『國民文學－朝鮮唯一の文藝雜誌』, 1943.3.

123 「朝鮮文化の將來と現在」, 『京城日報』, 1938.11.29~30, 12.2, 12.6~8.

준다. 『국민문학』 좌담회를 주도해왔던 그는 이 좌담회에서는 조선문단의 상황에 대해 정보를 제공해 주는 위치에 놓여지며, 일본문인을 '선배'라고 지칭하고 있다. 최재서의 존경어와 기쿠치 칸(菊池寬)의 반말은 기쿠치 칸이 워낙 문단의 선배인 탓도 있었겠지만, 단지 그것만으로는 설명 불가능한 묘한 울림을 준다. 유아사(湯淺)는 조선문인들이 "근대적인 언어를 표현"할 수 있는지 궁금해 하면서, 언문으로 문학을 한다는 것은 어렵게 보인다는 뜻을 담아 "그 정도(훌륭한 작품을 번역자가 번역할 정도로-필자)로 오랜 전통을 가지고 있지 않을 것 같"고 말한다. 이에 최재서는 조선의 근대문학의 역사는 40년이 되었고, 언문으로 하는 것이 근대문학이지만, 한문문학의 전통은 더 오래되었다고 유아사의 말을 수정해 준다.

이 논의 도중 기쿠치칸은 "조선문학을 진흥시키는 데에는, 역시 시장이 넓은 일본어로 쓰는 것이 적절하지 않을까"라고 말하면서 조선문단이 수요공급의 문제를 해결하기 위해서는 국어로 쓰는 것이 중요하다고 강조한다. 만약 좋은 언문작품이라면 번역할 사람이 나타날 것이고 번역되지 않는다면 작품이 좋지 못하기 때문일 것이라고 말한다. 이 발언은 1938년에 참여한 좌담회에서 기쿠치 칸이 말했던 번역론을 반복하면서도, '출판자본'의 문제가 훨씬 강조된다는 점이 눈에 띤다.[124] 최재서가 기획했던 바, 조선문단을 도쿄로 송출하는 일은 이처럼 조선문단에 대한 이해부족, 수요공급을 맞추어야 하는 자본의 문제 등의 벽에 부딪쳤다. 조선에서 조선의 '국민문학'을 논의하고 성립시키려고 했을 때와는 달리 도쿄에서는 그들의 이러한 노력이 더 많은 저항에 부딪치고 있는 것이다.

최재서는 계속해서 중앙문단에 조선문단을 송출하는 기획을 말하

---

124 金鍾漢, 「편집후기」, 『國民文學』, 1943.3, 141면.

면서 조선문단을 인정해 줄 것을 요청한다. 가와카미(河上)가 국민문학 잡지의 계획이 "그것(국민문학)을 하나의 스텝으로 삼아 중앙문단에 송출"하려는 생각이냐고 묻자, 최재서는 "물론 그럴 작정으로 하고 있습니다"라고 대답한다. 다시 가와카미(河上)가 독자의 수에서도 그것이 가능할 것인지를 묻자, 최재서는 중앙을 무시해선 안 되지만 조선만을 본다면 일단 성립 목표는 충분하다고 하면서 "희망으로서는 어디까지나 조선의 흙에 뿌리를 두고 있는 문학이 중앙 문단에서도 인정받는" 것이라고 말한다. 덧붙여 "지금처럼 경성에서 공부해서, 얼마간 글을 쓸 수 있게 되자 모두 도쿄로 가버리는 것은 그다지 기뻐할 만한 일이 아"님을 명확히 한다. 또한 이태준의 「석교」라든가, 아오키 히로시(靑木洪 : 한국명 홍종우)의 「밭가는 사람들」, 청목홍과 김사량의 「새벽」 등을 언급하면서 조선문단의 가능성과 조선적인 소설의 가능성을 제시하고 있다.

그러나 이러한 최재서의 조선문단의 구성과 일본문단으로의 송출 노력은 일본 문인들에게 최승희의 무용, 바이올린, 복싱 등에 표현된 '향토색'으로 받아들여질 뿐이다. 혹은 조선엔 훌륭한 일본어 작가가 없다는 기쿠치 칸의 비난에 마주친다. 이에 최재서는 조선의 문단이 향토색에 구애받는 측면이 있음을 인정하면서, 그렇지만 조선문단이 그러한 경향을 띠게 된 것에는 도쿄의 저널리즘도 책임이 있다고 비판한다. 그는 계속해서 조선문단이 새롭게 변화한 측면에 주목해 주길 촉구한다.[125] 이처럼 최재서는 신지방 조선문단을 구상하면서도, 그것이 도쿄문단을 중심으로 한 제국의 출판유통구조 속에서 객관적이고 제도적인 위치를 확보한 국민문학이 될 수 있는 길을 끊임없이 모색하고 있었다. 그러나 앞서 살펴보았듯이 이러한 시도에 대한 평가는 도

---

125 「現地座談會－新半島文學への要望」, 『國民文學－朝鮮唯一の文藝雜誌』, 1943.3.

쿄와 조선에서 큰 차이를 보이고 있었다.

'신지방 조선문단'이라는 모드의 성립과 수행성 사이의 괴리
『국민문학』 창간호에는 『국민문학』이 전제로 하는 방향성, 이른바 신체제 질서에 기반해 앞으로의 조선과 조선의 문학이 나아가야 할 방향을 밝힌 글들이 다수 있다. 이 글의 내용과 조선이 불려지는 호칭들을 살펴보면 신지방 조선문단의 성립에 대한 다양한 입장 차이를 확인할 수 있다.

먼저 신체제 질서 속에서 조선과 조선의 문학이 나아가야 할 방향에 대해서 재조 일본인인 츠다 츠요시(津田剛)가 쓴 글을 보자. 이 「혁신의 논리와 방향－세계, 일본, 반도의 혁신에 대하여」[126]라는 글에서 츠다는 조선을 반도로 지칭하고 있다. 이 반도라는 말은 식민지적 시공간이 지닌 정치적 함의를, 대동아공영권에 기반한 보편적 지리적 차이로 보이게끔 하는 효과를 지닌다. 이 글의 소제목을 보면, 세 가지 시공간을 나누고 있음이 발견된다. 소제목을 열거하자면, '동란기와 변혁기－세계의 현단계에 있어서 혁신의 방향과 의의', '일본에서의 혁신의 諸相－혁신의 일본적 성격과 그 세계사적 의의', '반도가 직면한 혁신의 여러 문제'이다. 이 소제목들에 나타난 시공간 인식을 정리해 보면, 세계 → 일본 → 반도로 나뉘어져서 있음을 알 수 있다. 첫 번째 시공간인 '세계'를 보자. 그는 현재의 세계적인 동향은 기존의 "백인" 그 중에서도 "앵글로 색슨의 세계적 지배"에 있었던 것을 "근본적으로 뒤집어버리고" "신사회체제"를 수립하는 것이라고 강조한다. 따라서 현재는 일종의 변혁기인데, 새롭게 도래할 사회의 방향은 "사회 전체를 일 단

---

126 津田剛, 「革新の論理と方向－世界, 日本, 半島の革新について」, 『國民文學』 창간호, 1941.11, 16~21면.

위로 파악"하고 공통된 통제와 계획이 관철되는 "전체적이고 유기적 사회"이다. 이를 위한 혁신의 봉화는 '일본'에 의해 시작된다고 설명한 다. "소화 15(1940)년 후반기에 신체제 운동"에 의해 정치적으로는 하나 의 정점에 도달했으며, 이러한 신체제 운동은 메이지 유신과 마찬가지 로 "전체적 유기사회로의 혁신"에 "불멸의 빛"을 비출 것이라고 말한 다. 이에 따라 "반도"는 "재래의 협소한 문화권"을 탈피하여 "고도 일본 문화권으로 용해, 再成練을 시도해야 한다"는 3중의 의미를 지니고 있 다고 말한다. 반도의 지리적 위치는 밖으로는 "동아공영권 안의 대륙 기지로서의 성격"을 지니는 한편, 반도가 제국 일본과의 "통제와 유기 성과 전체성을" 지녀야 한다는 요구도 높아지고 있다는 것이다. 이처 럼 츠다에게 조선은 반도이며, 반도는 제국 일본의 전체 속에 한 부분 으로 분류된다.

최재서도 좌담회의 논의 중에서는 '반도'라는 말을 자주 사용하고 있 다. 그러나 최재서가 성립하려는 문단체제는 '반도문학'이 아니라 『국 민문학』이라는 잡지 이름이 대변하듯이 '국민문학'이다. 창간호에 실 린 「국민문학의 요건(國民文學の要件)」이란 좌담회를 보면[127] 조선인 참 여자들도 츠다와 마찬가지로 유럽의 전통에 근거한 근대문학을 비판 하면서, 신체제 질서 이후 『국민문학』에서 시도되어야 할 방향성으로 서 "일본정신에 의해 통일된 동서 문화의 종합"이자 "이후 동양을 지도 할 사명" 등을 들고 있다. 조선문단은 '대동아공영권'에 기반할 뿐 아니 라 "고도국방국가체제", 즉 국가체제에 부응하기 위한 '국민문학'이 되 어야 한다는 것이다.

물론 '국민문학'이라는 용어는 '반도문학'과 마찬가지로 식민지 / 피 식민지의 정치적 맥락이 드러나지 않는 용어이다. 그러나 '반도문학'이

---

127 崔載瑞, 「國民文學の要件」, 『國民文學』 창간호, 1941.11, 34~40면.

라고 말할 때와 '국민문학'이라고 말할 때에는 뉘앙스의 차이가 있다. 국민문학은 각 지방별 차별이나 위계질서가 없는 '대동아공영권'이라는 내선일체가 실현된 이상적인 문단시스템을 상정하고 있다. 조선은 '국민문학'이라는 큰 체제 안에서 '도쿄문단'과 대등한 '국가의 일부분'으로 위치한다. 이것이 최재서가 말한 바 일 년간 시도되었던 "국민문학으로의 전환"[128]이다. 최재서는 "국민문학 체제"가 생겼으며, "반도문학의 지위가 재검토"되어야 한다고 주장한다.[129] 또한 국어(일본어)로 쓰여질 때에도 조선문학이 가능하다는 점을 강조하면서, 재조 일본인이 경성에서 작품 연습을 한 뒤 유명해지면 도쿄로 가는 게 아니라 조선문단에서 활약해줄 것을 요구한다.[130] 세계－일본－반도라는 위계적 감각 속에서 조선문단을 '반도문학'이라고 말하는 츠다와 달리, 최재서는 '국민문학'이라는 용어를 통해서 '신지방 조선문단'을 말하고 도쿄문단과 동일한 위치에 서서 말하려고 했다. "국민문학" 속에서 신지방 조선문단 혹은 반도문단은 "지위의 재검토"가 요구될 정도로 핵심적인 위치를 차지할 수 있다고 상정함으로써 식민지와 피식민지 간의 위계를 전복시키고 있는 것이다.

조선문단이 도쿄로 진출해 도쿄문단까지 변화시킬 수 있다는 것은, 국민문학이라는 전체주의적 문단체계를 통해서 구상할 수 있었다. 그러나 "국민문학"이란 전제를 공유하는 츠다와 최재서 사이에서도 '국민문학'이 의미하는 바는 서로 달랐던 것이다. '국민문학'의 구상은 아무리 '지리적'인 공간인식을 통해서 식민지 / 피식민지라는 관계를 가리고 조선과 일본의 관계를 재구축하려고 해도, 가려지지 않는 차이를 갖고 있었다. 『국민문학』이 추구했던 신지방 조선을 기반으로 한 '모

---

128 「國民文學の一年を語る」, 『國民文學』 11月特大號, 1942.11, 86~97면.
129 主幹, 「編輯を了へて」, 『國民文學－新年特大號』, 1943.1, 202면.
130 「詩壇の根本問題」, 『國民文學』, 1943.2, 8~23면.

드의 성립'과, 그 '모드'가 과연 현실에서 그대로 차별 없이 수행될 수 있었는가 하는 '모드의 수행성' 사이에는 낙차가 존재했을 뿐 아니라 똑같이 '국민문학'이라는 전제를 가지고 있을 때에도 실질적인 행위에서는 차이가 발생했기 때문이다.

「신반도문학에의 요망(新半島文學への要望)」에서 최재서는 조선문단이 국민문학으로서의 요건을 갖추었음을 누누이 강조하지만 받아들여지지 않는다. 이 좌담회에서 발화되는 '반도문학' 혹은 '조선문학', '중앙문단' 등은 '국민문학'의 체계 안에서 논의되고는 있지만 독자의 수나, 작품의 역량, 일본어의 사용수준 등, 끊임없이 의심스러운 질문을 받는 대상이 되어있다. 다소 반복되는 부분이 있지만, 이 대화의 '질문―대답' 구조를 눈여겨보자.

河上 : 국민문학이라는 잡지말인데요, 그것은 그것대로 몇 명 정도의 작가가 관련하고 있을 터인데, 그 작가는 그것으로 점차 육성되어 갈 작정으로 창작을 하고 있는 것입니까. 또 그런 목표(희망)가 있습니까. 요컨대 그것을 하나의 스텝으로 삼아 중앙문단에 송출하려는 생각인 것입니까.

崔 : 물론 그럴 작정으로 하고 있습니다.

河上 : 무릇 독자의 수에서 말해도 그것이 가능할까요.

崔 : 조선만을 본다면, 일단 성립 목표는 충분합니다만, 물론 중앙을 무시해서는 안됩니다. 희망으로서는 어디까지나 조선의 흙에 다리를 붙이고 있는 문학이 중앙 문단에서도 인정받는 겁니다. 그렇게 되기를 바라는 것이지요. 지금처럼 경성에서 공부해서, 얼마간 글을 쓸 수 있게 되자 모두 동경으로 가버리는 것은 그다지 기뻐할 만한 일이 아닙니다. 그쪽의 국어 신문에서도 반도인 작가에게 지면을 제공하는 일을 성실하게 사고하고 있는 듯한데, 지금 경성일보와 부산일보가 장편소설을 시험적으로 쓰고 있습니다.[131] (밑줄은 인용자)

『국민문학』이라는 담론공간은, 이론과 모드의 측면에서는 대동아
공영권이라는 시공간 감각에 기반해 일원적 문단 시스템(문단의 내선일
체라고도 말할 수 있을)을 구현하려고 했다. 그러나 아무리 '제국주의 / 식
민지'라는 관계성이 아니라 '제국 / 신지방 조선'을 외친다고 해도 '국민
문학'으로서 조선문학의 역량은 논란의 대상이었다. 모드화된 『국민
문학』 좌담회는 일원적 시스템이라는 기반 하에, 피식민자가 식민지
의 합법적인 담론공간에 ('부재'의 방식이 아니라) '주체'의 방식으로 참여
해 보려는 시도였지만, 결국은 제국의 일원화된 시스템 속에 평등하게
참여할 수는 없었다. 이러한 제국의 모드와 수행성 사이의 낙차 속에
서 최재서와 『국민문학』은 끊임없이 분열되고 있었다.

---

131 「現地座談會—新半島文學への要望」, 『國民文學—朝鮮唯一の文藝雜誌』, 1943.3.

제6장

신체제 질서와 대회·학교·이동연극의 황국신민화

1. 다민족 대회와 '부 / 재하는 참여'

1) '대동아문학자대회'라는 이동연극장

제국의 기획된 이동 – 연극장, 대동아문학자 대회

1940년대에 제국 일본은 대동아라는 상상지리를 설정하고, 세력을 확장해 간다. 이에 따라서 좌담회와 같은 식민지 조선의 담론공간은 다양한 피식민자가 참여하는 다민족 좌담회나 대회 형태로 확장된다. 이러한 확장은 피식민지 지역 내부를 하나의 시스템으로 통합하려는 정책과 함께 진행된다. 산간벽지까지 이동연극대나 중간 지도자들을 파견시켰던 것은 이러한 통합을 위한 것이었다. 즉 제국일본의 파시즘은 좌담회를 모드화시키고 피식민지와 제국의 매체를 통합하여 관리하는 것 이외에, 다민족 대회라는 외부적 확장과 산간벽지로의 문화인

파견이라는 내부적 통합을 통해서 확산되어 간다.

먼저 다민족 좌담회나 대회를 통한 제국 일본의 확장을 살펴보자. 제국일본은 통치범위를 확장했고, 이 확장된 지역을 통합하고 관리하기 위해서 피식민지 내부에 다양한 "이동"을 만들어냈다. 이에 따라 식민지와 피식민지 사이 뿐 아니라, 피식민지 사이의 "문화접경지대"도 다양화되었다. 특히 1940년대 초반의 '문화접경지대'는 민족이나 지역 간 경계에 있는 것이 아니라, 식민지 제국의 중심에 있을 수도 있고 피식민지의 어느 산간벽지에 있을 수도 있었다. 특히 이것은 제국일본의 슬로건을 전파하기 위해서 '사람'을 집단적으로 이동시킴으로써 형성되었다는 점에서 "이동하는 문화접경지대"라고 할 수 있을 것이다.

그 중에서도 대동아문학자대회는 1940년대 초반 제국 일본이 "대동아공영권론"에 기반하여 피식민지인을 '이동'시키고 제국 일본의 부분으로서 '동화'시키려고 할 때, 피식민자들의 내면에, 그리고 피식민자들 사이에 어떤 일들이 일어나는가를 잘 보여준다. '대동아공영권'이란 일본을 중심으로 첫째로 "일본과 조선(內鮮一體), 만주를 비롯하여 연해주, 그리고 양쯔강 이남의 우한과 상하이 등을 포괄"하는 "내역(內域) 혹은 내권(內圈)", 둘째로 "중국과 시베리아, 인도네시아, 인도차이나 등을 포괄"하는 "소동아(小東亞)", 셋째로 "오스트레일리아와 인도, 그리고 태평양 열도를 포괄"하는 "대동아(大東亞)"를 지칭하는 등 다양하게 사용되었다.[1] 대동아공영권이란 일본에서 시작하여 '대동아'로 확장되는 동심원적인 아시아 블록을 설정하고 그 지역 전체를 통합 / 관리하는 제국적 시스템을 갖추기 위한 상상된 지리적 경계였다. 1940년 9월 27일 독일, 이탈리아, 일본 3국간에 맺어진 동맹은, 유럽에서 독일과 이탈리아의 주도권과 아시아에서의 일본의 주도권을 상호간에 인정해주는

---

1   김명섭, 「아시아―태평양 전쟁과 한국의 주권회복」, 『정신문화연구』 28권 4호, 2005, 17~18면.

조약으로 제국 일본 대동아로 확장하는 것을 보장해 주었다.

대동아문학자 대회를 주도했던 것은 '일본문학보국회'였고, 대회는 1942년 11월, 1943년 8월, 1944년 11월, 3차에 걸쳐 열린다. 당시 일본문학 보국회의 주된 활동을 보면, 3회에 걸친 대동아문학자대회의 개최, 군함건설운동(建艦運動)을 지지하는 소설집의 간행, '국민좌우명(國民座右銘)', '애국백인일수(愛國百人一首)'의 선정, 『대동아시집 가집(大東亞詩集‧歌集)』편찬, 문예보국운동의 강연회, 고전작가의 현창제(顯彰祭) 등이었다. 그 중에서도 '일본문학보국회'는 일본 국내 곳곳에 연설여행을 추진하는데 박차를 가했다. '문예보국운동강연회(文芸報國運動講演會)'는 태평양전쟁 발발 전인 1940년 5월부터 시작했던 '문예총후운동강연회(文芸銃後運動講演會)'를 이어받은 것으로 1942년 5월 6일에 하마마츠시(浜松市)에서 개최되었던 '동해 킨키 지방반(東海近畿地方班)'에 의한 강연회가 제1회였다. 이후 일본 국내(關東, 中國, 四國, 沖繩, 北海道)를 비롯하여 조선, 만주, 타이완 등 당시 일본의 식민지로 확대되었다.[2]

대동아문학자대회는 "아시아 각 지역의 대표적 문학자를 도쿄에 초대해, '일본문화의 진면목(眞姿)을 인식시키고 또한 공영권 문화의 교류를 도모하여 새로운 동양문화의 건설에 이바지'하는 것을 그 목적으로" 하고 있었다.[3] 요컨대 대동아문학자대회는 '일본'이라는 지역적 테두리를 넘어서 '대동아'라는 상상지리에 기반한 제국 일본의 통치 시스템을 확산시키기 위해 기획된 일종의 모델 혹은 이동 연극장이었다.

대동아문학자대회의 위계 1 : 토론이 배제된 원탁회의
대동아문학자대회에 참여한 피식민자들은 각 지역의 '대표'로서 일

---

2   吉野孝雄, 『文學報國の時代』, 河出書房新書 : 日本(日本語), 2008, 121면, 129~130면.
3   吉野孝雄, 위의 책, 136면.

본대표와 평등한 위치를 보장받고 있는 듯이 보였다. 대동아문학자대회의 장소적 구성을 보면, 제국극장, 대동아 회장 등에 '원탁'으로 둘러앉아 의제를 논의하는 좌담의 형태로 진행되고 있다. 이 시공간은 표면적으로는 제국의 문법을 얼마나 잘 구사하며 대회의 발언권을 얼마나 잘 장악하는가 하는 정정당당한 토론을 통해서 각자의 위계가 결정되는 객관적인 장으로 보였다. 따라서 대회에 참여한 피식민자들은 제각각 제국의 문법과 주어를 차지하기 위해 경합을 벌이고 조선은 이 과정 속에서 제2의 신민이 되기 위한 다양한 포즈를 취한다. 이처럼 1940년대 제국의 식민지배는 폭력적인 차별이 아니라 평등한 외관을 지닌 이동─분류장치를 통해서 이루어진다. "이화(차별)"을 통한 식민통치가 직접적인 저항을 낳았던 것과 달리, "동화(평등한 분류)"를 통한 제국적 식민통치는 저항을 내면화 파편화했다.

그러나 대동아문학자대회에 참여하기 위한 과정, 본회의장의 공간적 배치, 국가 의례적인 식순, 미리 결정된 발화순서, 토론을 배제한 회의과정 등을 보면, 대동아문학자대회가 고도로 위계화된 시공간이었음을 알 수 있다. 첫째로 대동아문학자대회에서는 '토론'이 허용되지 않았으며 발언 내용도 미리 정해져 있었다. 사회자인 구메 마사오(久米正雄)는 이 대회가 "원탁회의(円卓會議)의 형식"을 취하고 있기 때문에 "그 앉는 순서에 하등의 차별이 없는 것과 마찬가지로 발언 및 다른 것의 앞뒤 위아래를 정하는 의례에 하등의 차별도 없다"고 거듭해서 강조한다.[4] 그러나 이러한 평등에 대한 지나친 강조는 이 회의가 "차별에 기초해 있으며 다만 의미론적으로 동일한 수사들을 반복함으로써 그것을 은폐할 뿐"[5]임을 드러내고 있었다. 더구나 "의결은 반드시 다수결

4　「大東亞文學者大會」,『文藝─大東亞文學者會議 號』, 改造社 : 日本(日本語), 1942.12, 13~14면.
5　차승기, 「제국의 古都, 초월의 기술」,『상허학보』 28, 상허학회, 2010.6, 83면.

형식을 취하지 않는다"는 점에서도 드러나듯이, "의장이 여러 의견을 모아 결정하는 형식"을 취하고 있어서 의장에게 모든 권위가 집중되었다.[6] 회의장에는 해군 보도부장, 육군 보도부장 등 언론 통제를 하는 집단의 대표 등을 비롯 문학 보국회 회원이 아닌 관리들을 다수 참석시켰고, 그들에게 "협의원과 같은 자격이므로 발언을 희망하시면 자유롭게 발언"하라고 말하고 있다. 이 "옵저버"라는 것은 "단일한 손님이 아니라 회의와 일체가 되어 융합될 수 있고, 언제든 발언이 가능하며, 더구나 반드시 그 의석을 지켜야 할 필요가 없는 참여라는 제도"라고 설명되고 있으며 "우리 대동아문학자대회 조직의 자랑"으로 이야기된다. 그러나 실제로 참여한 발언자들의 경우, 발언을 하기 위해서는 사전에 의장에게 그 내용을 말하고 "대회장의 혼란이 없는 한" 발언할 수 있었다.[7] 이처럼 대동아문학자대회에서는 원탁회의, 옵저버 등 표면적으로는 평등하고 자유롭게 보이는 제도를 통해서 실질적인 차별과 위계적 질서를 은폐하고 있었다.

대동아문학자대회의 위계 2 : 정해진 발화순서 및 역할분담

대동아문학자대회에 참여하는 과정, 발화순서 및 발화상 역할분담 등을 살펴보면 대동아문학자대회가 지닌 위계적 성격이 더욱 분명해진다. 1942년 11월 3일부터 10일까지 열린 대동아문학자 1차대회[8]의

---

6 「大東亞文學者大會」, 『文藝－大東亞文學者會議 號』, 改造社, 1942.12, 14면.
7 위의 글, 14면.
8 1차 대회의 자세한 내용은 다음을 참조. 尾崎秀樹, 『近代文學の傷痕』, 岩波書店, 1991, 22~24면; 「大東亞文學者大會要綱」, 『日本文藝新聞』: 日本(日本語), 1942.11.1; 『文藝－大東亞文學者會議 號』, 改造社, 1942.12; 櫻本富雄, 『日本文學報國會, 大東亞戰爭下の文學者たち』, 靑木書店 : 日本(日本語), 1995.
1차~3차에 걸친 대회의 일시, 장소, 조선인 참가자를 간략히 언급해 둔다. 1차 : 1942.11.3~10(도쿄) 香山光郎, 芳村香道, 兪鎭午, 寺田瑛, 辛島驍, // 2차 : 1943.8.25~27(도쿄) 兪鎭午, 柳致眞, 崔載瑞, 金村龍濟, 津田剛 // 3차 : 1944.11.12~14(남경) 香山光郎, 金八峯.

경우 대회장에 들어가기 위해서는 미리 접수를 하고 "황색 국화가 있는 휘장"을 받아야 했다. "회의원의 마크"였다.[9] 개회식장에는 "원탁(圓卓)회의 회장 정면 중앙에 큰 일장기를 중심으로 만주 중화의 큰 국기가 함께 걸려잇고 이 양쪽에는 노피가 十여척이나 되는 붉고 누르고 흰 국화꽂이 향기를 뿜고 잇다."[10] 대회의 참여자들은 미리 선별되어 있었고, 대회는 대동아를 상징적으로 반영한 공간적 배치 속에서 이루어진다.

대동아문학자 회의의 식순, 논의내용, 발언자의 성격 등을 살펴보면 다음과 같다.[11] 츠치야 분메이(土屋文明)의 사회로 국민의례, 구메 마사오(久米正雄)의 개회 인사가 끝나자 일본 제국의 관리 및 언론과 관련된 유명 인사들의 축사가 이어 진다.[12] 이후 시 낭독, 각 대표의 인사, 각 지역으로부터의 메시지 낭독, 연설과 선서, 만세삼창"으로 이어지는 형식이 1차에서 3차에 걸친 대동아문학자대회에서 반복된다.

3일의 개회식은 오전 10시부터 참여자 1,500명과 함께 시작했다. "츠치야 분메이(土屋文明)의 사회로 국민의례, 계속해서 구메 마사오(久米正雄)의 개회 인사, 시모무라 히로시(下村海南)의 좌장석 착석, 오쿠무라(奧村喜和男, 정보국 차장), 야하기 나카오(谷萩那華雄, 육군보도부장), 히라데 히데오(平出英夫, 해군보도부장), 고토우 후미오(後藤文夫, 익찬회 사무총장, 代讀), 아오키 가즈오(靑木一男, 대동아 대신, 代讀)의 축사"가 이어진다. 이후 "사사기 노부쓰나(佐佐木信綱), 타카하마 쿄시(高浜虛字), 가와지 류

---

9   寺田瑛, 「大東亞文學者大會へ」, 『新時代』: 朝鮮(日本語), 1942.12, 76면.

10   「大東亞文學者大會」, 『每日申報』: 朝鮮(日本語), 1942.11.5, 朝3면.

11   식순에 대해서는 尾崎秀樹, 『近代文學の傷痕』, 岩波書店, 1991, 22~24면; 「大東亞文學者大會要綱」, 『日本文藝新聞』: 日本(日本語), 1942.11.1－大東亞文學者大會號, 2~3면을 보고 정리함.

12   오쿠무라(奧村喜和男, 정보국 차장), 야하기 나카오(谷萩那華雄, 육군보도부장), 히라데 히데오(平出英夫, 해군보도부장), 고토우 후미오(後藤文夫, 익찬회 사무총장, 代讀), 아오키 가즈오(靑木一男, 대동아 대신, 代讀)의 축사.

코(川路柳虹)의 자작 낭독, 몽고 대표 쿤푸 치야츠푸(恭佈札布), 중국대표 쥐 화런(周化人 Zhōu Huàrén), 만주국 대표 구딩(古丁, Gǔdīng), 일본대표 기쿠치 칸(菊池寬)의 인사, 남방 각 지역문화대표로부터 온 메시지, 낭독, 사이토 류(齋藤瀏)의 "대동아전쟁이 실로 치열해지는 날, 동양 전 민족의 문학자가 여기에 모여 단결일치 영원한 우리 동양을 좀먹고 침해하는 사상 일체와 싸울 것을 선언하고, 새로운 세계의 黎明을 이룰 것(…중략…)"이라는 선서 이후 시마자키 도손(島崎藤村)의 선창으로 만세 삼창을 하고 발회식을 끝냈다."

본회의는 4일과 5일 양일에 걸쳐서 대동아 회관에서 열린다. 회의는 원탁(圓卓)형식으로 사회는 도가와 사다오(戶川貞雄), 회장인 기쿠치 칸, 부의장인 가와카미 데츠타로(河上徹太郎)였다. 첫째날인 1차 회의는 대동아 정신의 수립으로, 발언자 중에 가야마 미츠로(香山光郎-이광수)가 있었다. 그 중 제2 의제는 대동아 정신의 강화보급에 대한 발언자 중에 유진오가 끼어 있었다. 계속해서 2일째 본회의에서는 문학을 통한 사상문화의 융합방법이 논의되었다. 여러 연구회와 문학기관의 설립제안이 나왔고, 그 중 눈에 띠는 것으로는 「대동아 문학대상」설립, 「대동아 연구원」설립, 공동 서적 발간, 고전에 대한 공동연구 등이 있었다. 이 날 오후 의제에서는 문학을 통한 대동아전쟁 완수에 대한 방책으로 라디오를 이용한 호소 등이 논의 되었다. 발언자 중 조선인으로는 요시무라 고도(芳村香道-박영희)가 있었다. 이후 하야시 후사오(林房雄)를 포함한 주로 일본인 문화인들의 보충설명이 이루어지고, 다카하시 켄지(高橋健二, 대정익찬회 문화부장), 나카무라 무라오(藤村武羅夫), 가와쓰라 다카카즈(川面隆三, 정보국 제5부장)의 총괄발언을 들은 뒤 도가와 사다오(戶川卓雄) 외 6명이 초안을 잡은 「대회선언」을 낭독하고, 의장의 폐회인사에 이어 만세 삼창으로 본회의를 마친다.

그런데 이 본회의의 의례적인 흐름을 보면 발화의 역할분담이 눈에 띤다. 본회의에서 결의와 다짐을 말하는 것은 대만, 조선, 중국, 만몽화 쪽의 참여자들이다. 특히 대동아문학자대회 회의록을 보면, 본회의에서 발화하는 참여자 옆에 소속이 함께 제시된다. 이들의 발언이 끝나면 이 발언에 대한 보충발언을 일본의 문화인들이 하고 그것을 마지막으로 회의가 끝이 난다. 즉 문제제기와 해결책은 주로 대만, 조선, 중국, 만몽화의 대표들이 담당했다. 그 내용은 제국의 신민으로써 해야할 일들을 다짐하고 결의하는 것이었다. 대동아문학자대회는 대동아 공영권이라는 시공간 속에서 평등하게 발화하고 논의하는 담론공간이 아니라, 일본제국의 문화·언론·문학·사상을 통제하는 유명 인사들이 지켜보는 가운데, 식민지의 대표들이 일본어로 신체제 질서와 총력전 체제에 적합한 행동을 할 것을 결의하고 다짐하고, 그것을 집단적으로 고백함으로써, 일본제국의 스피커로서 연성되는 과정이었다. 대동아문학자 대회가 상징적으로 보여주듯이 다민족 대회는 각 식민지, 점령지를 대표하는 신체들을 연성(鍊成)하여 제국일본의 전체주의화를 위한 스피커로써 재탄생시키는 과정이기도 했다.[13]

대동아문학자대회의 위계 3 : 일본어 전용

대동아문학자대회를 통해 이루어진 신체연성 및 위계적인 성격은, 대회에서 사용된 언어가 일본어였다는 점에서도 나타난다.[14] 대동아

---

13 로만 야콥슨·모리스 할레, 박여성 역, 『언어의 토대-구조기능주의 입문』, 문학과지성사, 2009, 119면. 야콥슨이 제시한 기호(원래 문학언어)의 기능 도식을 보면 "메시지와 코드 및 경로의 차원에서 기호는 조직체로 구성되는 통사규칙"을 따르게 된다. 이때, "메시지 / 맥락은 개념망의 내용과 세계와의 의미론적 관계를 조성"하면서 "발신자와 수신자는 화용론적 영향의 상호작용 속에 공존"하게 된다. 이러한 이론은 담론공간에서 수신자와 발신자가 서로 영향을 주고받으면서 수신자가 발신자가 되고, 다시 발신자에 의해 수신자가 영향을 받는 관계를 설명해준다. 이와 같은 맥락에서 피식민지의 대표들은 스피커로써 발화하면서 다시금 새로운 스피커로 탄생하는 것이다. 이 상호작용의 보다 자세한 관계는 위 책 중 「시학 언어 등에 적용된 야콥슨의 기호학적 수상」 참고.
14 대동아문학자대회의 "發會式次第, 大會日程, 大會議員, 大會參與員"에 대한 자세한 소개

문학자 대회의 공식 언어는 일본어였으며, 다른 언어에 대한 일본어 통역은 있었으나, 일본어에 대한 다른 언어로의 통역은 없었다.[15] 특히 "중국 위원과 일본 위원 사이에 개인적인 회화가 당시 일본에서는 적성어(敵性語)로서 일반에게는 사용이 금지되어 있던 영어로 이루어졌다는 것"[16] 등이 문제가 되기도 한다. 일본어만 사용되는 것에 대한 불평 등이 제기되었다고는 하더라도 대동아문학자대회의 주조음은 일본어였으며, 영어와 같은 특정 언어 사용에 대한 금지에서 볼 수 있듯이 언어에 대한 단일하고 엄격한 통제가 이루어졌음을 알 수 있다. 또한 '일본어 사용'에 대한 강조는 대동아문학자대회에서 논의된 내용에도 반복적으로 등장한다.

일본어가 익숙하지 않은 각 민족 대표들이 회의 내용을 이해하기에 불편하기 짝이 없었을 상황에서 만주 대표는 "이제 일본어가 동아어(東亞語)가 되고, 동아문학 속에서 일본문학이 세계에 광채를 발할 것이다"라고 말하고 있으며, 조선대표는 "영미의 식민지에 대한 우민정책 등을 격멸해서 동아 10억의 민중에게 문화를 철저하게 하는 동시에, 더욱 근본적으로는 팔굉일우 일본의 조국(肇國)정신을 10억 민중에게 철저하게 한다. 그것을 위해서 일본어의 보급이라는 것이 매우 필요하지 않을까 생각합니다"라고 하고 있다. 대만대표도 "일본어를 알게 됨에 따라서 비로소 대동아의 지도원리라고 할 만한 팔굉일우라는 대정

는 다음을 참조. 「大東亞文學者大會要綱」, 『日本文藝新聞』, 1942.11.1－大東亞文學者大會號, 2~3면.

15 중화민국 대표의 발언에는 "周化人 (華語) / 錢稻孫 (日本語)"이라는 표시가 있다. 그러나 잡지에 실린 글에는 '번역'과 같은 표시가 되어 있지는 않다. 중국어로 씌어진 것을 일본어로 번역해서 읽었을 것으로 추정된다. 『文藝－大東亞文學者會議 號』, 1942.12, 創造社, 7면.

16 吉野孝雄, 앞의 책, 2008, 147면. 이 책은 영어에 대한 문제제기와 함께 일본어만으로 진행된 것에 대해서도 여러 가지 문제제기가 있었음을 더불어 적고 있다. 한편 이러한 문제제기가 어떤 의미를 지니는가에 대해서는 보다 면밀한 분석을 요한다. 즉 언어의 불평등한 상황이 문제가 되었는가 아니면 제국 일본의 프로파간다를 위해서 다른 언어의 사용에 대한 필요성이 제기되었는가에 따라서 그 의미는 크게 달라질 것이다.

신을 느끼는 것이 가능해졌다"라고 말함으로써 이들 세 민족 대표들이 모두 "일본어를 통한 민족과 민족의 융합"을 강조하고 있다.[17] 즉 '일본어 사용'이 강조되고 일본어 사용만이 허락되는 대동아문학자대회에서 일본어를 자유롭게 사용할 수 없는 참여자들은, 참여하면서도 발언권을 가질 수 없는 부재 상태에 놓이게 된다.

신체적 연성장치 : 만세삼창, 박수, 부대행사, 술자리, 각종 연회와 좌담회

대동아라는 상상지리를 대회의 시공간과 사용언어 발화방식을 통해서 구현해 놓고 있었던 대동아문학자대회. 이 대회에 참여한 피식민자들은 본 대회의 다양한 낭송과 선언들, 그리고 회의가 시작할 때 부르는 만세삼창과 같은 의례적인 행위들을 집단적으로 반복한다. 이들이 대동아문학자대회에서 만세삼창을 부르고 박수를 치는 신체적 행위는, 이들이 대동아문학자대회에서 일어로 제국 일본의 슬로건을 반복하는 담론적 행위와 상호적으로 작용한다. 이러한 신체적이고도 담론적인 행위 속에서 대동아문학자대회에 참여한 피식민자들은 어느 정도는 의식적으로 그러나 어느 정도는 무의식적으로 제국 일본의 시스템을 내면화하게 된다.

일본에서 만세삼창이 시작된 것은 대일본 제국헌법을 발포할 당시, 천황의 존재를 모르는 대중들에게 천황을 어떤 형태로든 경험하게 하기 위해서 개발된 것이었다. 즉 "청각·시각·손짓과 같은 신체감각을 직접적으로 장악해 '기미가요·만세·어진영(御眞影)·히노마루'의 네 가지 세트가 열광적인 축제공간 속에서 일거에 출현해, 많은 민중이 그 실감을 공유"하도록 했다.[18] 소리와 신체동작을 전천후로 사용하는

---

17 尾崎秀樹, 『近代文學の傷痕』, 岩波書店, 1991, 15~16면. 대동아문학자 대회에 대한 기본적인 정보들은 이 글을 참고했다.

18 牧原憲夫, 『客分と國民のあいだ─近代民衆の政治意識』, 吉川弘文館 : 日本(日本語), 2005, 164면.

'만세삼창'이라는 신체적 감정적 연극은 대동아문학자대회에서는 피식민지의 민족 대표들을 국민으로 만들어내기 위해 적극적으로 다시 활용되었고, 대동아문학자대회에 참여한 민족대표들을 일본제국이라는 시선 아래 통합했다. 대동아문학자대회라는 시공간은 시각적인 장치일 뿐 아니라, 몸을 움직이고 다양한 소리를 내는 행위에 모두가 참여하게 하는 공감각적인 연성장치였다.

발화의 형식, 내용, 순서가 정해져 있는 대동아문학자대회에서는 논의내용보다는 의례의 수행이, 대회보다는 부대행사(견학, 참배, 술자리, 좌담회)가 훨씬 중요한 의미를 지녔다. 특히 대동아문학자대회의 부대행사 — 대회 전 참배여행, 대회, 소규모 좌담회, 간담회, 만찬회, 술자리 등 — 는 매우 촘촘한 일정으로 짜여져 있었다. 부대행사들은 대동아문학자대회의 기획 단계부터 결정되어 논의된다. 이 논의 속에는 회의의 결의문 등을 해외 각국에 라디오 방송으로 전하는 것, 국내의 시설을 견학하고 관람하는 것, 좌담회 등에 출석하게 대동아문학자로서의 사명을 말하도록 하는 것 등이 있었다. 특히 이 사전 논의를 보면 대동아문학자대회에 참여한 피식민자들의 행동과 말이 얼마나 꼼꼼히 체크되고 있었는지 알 수 있다. 1925년에 만들어진 도쿄 라디오 방송국 JOAK는 각종 행사개최를 녹음 방송하고, 만주나 중국 영화사가 이것을 촬영하여 뉴스 영화를 제작하게 했다. 또한 "대회 기간 중 각 대표의 행동을 촬영 수록"한 기념 사진첩을 증정하기로 한다.[19] 이처럼 사

---

19 櫻本富雄,『日本文學報國會, 大東亞戰爭下の文學者たち』, 靑木書店 : 日本(日本語), 1995, 164면.
　"대회의 부대행사"로서는 다음의 것을 들고 있다.
　1) 결의문 발표, 회의에 의한 결의문은 이를 각국 신문사에 보내는 것 이외에, 특히 해외를 대상으로 하는 데 역점을 둔 라디오 방송을 한다. 2) 국내 모든 시설 견학 3) 관람 등 4) 좌담회 출석, 신문 잡지사 등이 주최하는 좌담회의 초빙에 응해서 각 대표의 출석을 부탁해서 대동아문학자로서의 사명을 말한다. 5) 기념 사진첩 제작. 대회 기간 중 각 대표의 행동을 촬영 수록해서 사진첩을 제작하여, 초대된 만, 화, 몽 대표에게 기념으로 증정한다. 또한 대회 각

전에 좌담회 강연회 술자리 등을 통한 이동·발화의 통제, 참배·견학·관람을 통한 스펙터클 제시, 신문 잡지 라디오를 통한 실시간 중계, 기념 사진첩을 통한 기억 통제까지 기획하고 있었다.

예를 들어 대동아문학자대회 제1회는 도쿄와 오사카에서 1942년 11월 3일부터 10일까지 개최된다. 그러나 실제로 각 지역의 대표가 도착한 것은 11월 1일이었고, 11월 3일 대회가 시작되기 전부터 대동아문학자대회의 "연성교육"은 시작되고 있었다. "11월 1일 만·몽·화(滿·蒙·華)대표가 도쿄에 도착하자 바로 메이지 신궁(明治神宮)을 참배하는 정해진 코스를 거쳐, 2일에는 야스쿠니(靖國)신사를 참배하고, 관청을 둘러본 후, 메이지 신궁에서 국민연성대회를 견학한 뒤 다시 아사히(朝日) 신문사를 견학한다. 3일 개회식 때까지 꽉 짜여진 스케줄에 따라 "운신이 부자유스러운 상태"로 집단으로 움직인다. 대동아문학자대회가 폐회를 선언한 6일 이후부터 8일까지는 가스미가우라(霞々浦), 쓰치우라(土捕)의 해군항공대, 문부성 미술 전람회(文展), 국립(帝室) 박물관, 대학 등을 견학하고 밤에는 각 신문 잡지의 좌담회와 연회에 참여한다. 9일에는 간사이 지방으로 가서 외궁(外宮)과 내궁(內宮)을 참배하고 오사카 나카노지마(中ノ島)중앙 공회당에서 문학보국회(文保)와 아사히 신문사 공동주최 대동아 강연회를 열고, 폐회식을 한 뒤 12일에 쿄토에서 해산한다.[20]

도쿄―쿄토―나고야―오사카를 잇는 이 참배 견학 여행의 경로는 1937년 이후에 본격화된 일본 시찰단의 경로와 일치하는 것이기도 했다. 특히 오사카―도쿄―나고야―도쿄 일대를 살피는 코스는 "철도 연선을 따라 각종의 공장들이 건립되어 식민지 조선인에게 일본의 근대

종 행사 개최에 대해서는 JOAK를 통해서 각종 선택에 따라 녹음 방송을 하고, 또한 만주 화북 화중 각 영화에서도 마찬가지로 각종의 것을 촬영하여 뉴스영화를 제작한다.

20 尾崎秀樹, 앞의 책, 22면, 24~25면.

문물을 보여줄 수 있는 길"이었으며, "과거부터 일본과 조선은 밀접한 관련을 맺고 있었다는 점을 강조"하기 위한 것이었다.[21] 이처럼 대동아문학자대회는 식민지의 대표들을 식민지라는 정착된 지리적 상상력에서 떼어내어 이동시키고, 다시 도쿄라는 공간 속에서 그들의 동선과 발화와 태도를 통제하고 시각적 청각적 촉각적인 스펙터클을 통해서, 그들을 '제국의 스피커'[22]로서 연성해 가기 위한 공감각적 장치였다.

내밀한 감정의 검열과 연성장치

부대행사를 자세히 들여다보면 몇 가지 흥미로운 사실들을 확인해볼 수 있다. 첫째로 대동아문학자대회는 그곳에 참여한 피식민지, 피점령지에서 온 민족대표들의 시간표와 동선을 완벽하게 통제하고 있다. 이러한 일정 속에서 각 지역 대표는 '만주, 화북, 화중, 몽고'와 같은 꼬리표를 달고 있지만 실제로는 정해진 일정 속에서 정해진 분류를 따라 이동함에 따라서 각 지역간의 차이는 제국 일본의 시스템 속에 녹아들고 희석된다. 그들은 '제국 일본'의 분류와 스케줄에 따라서만 만날 수 있기 때문에 자유로운 의견교환이나 대화를 나누기 어렵게 된다.

둘째로 부대행사의 '견학'은 실상 '참배'의 성격을 띠었다. 견학코스가 일본 제국의 상징적이고 역사적인 장소 및 천황을 기리는 장소들을 참배하도록 기획되었기 때문이다. 이런 의례적이고 웅장한 장소를 둘러보고 경험하는 것은 단지 '참배'로 그치지 않는다. 그러한 장소를 걷고 보고 성스러운 기분을 느끼고 참배하는 행위를 함으로써 '천황'에게 자연스럽게 귀의하도록 하는 것이다. 이런 참배과정은 식민지와 점령지의 지역대표들을 신체적이고 감각적으로 천황에게 귀속시키는 역

---

21 趙成雲, 「戰時體制期 日本視察團 硏究」, 『史學硏究』 第88號, 한국사학회, 2007, 1078~1079면.
22 엄현섭, 「한국 근대 미디어 텍스트와 극양식 연구」, 성균관대 박사논문, 2006, 116~117면.

할을 하면서 '내지'를 "황실 박물관"처럼 여기게 하고 "만세일계의 황실을 공간화"하며 "팔굉일우를 시간화"했다.[23]

셋째로 국민연성대회나 해군들의 항공기 연습, 박물관, 전시관, 대학 등 일본 제국의 군사적이고 경제적인 우위를 드러내는 장소들을 견학한다. 특히 연성대회나 항공기 연습 등은 신체가 집단적으로 하나가 되어서 움직이는 것을 보여줌으로써, 각 피식민지 지역 대표들의 감탄을 자아내고 있다. 이런 강함과 웅장함은 일본이 전쟁에서 이길 것이라는 확신을 심어주기도 한다.

넷째로는 이렇게 빡빡한 일정 속에서도, 본 대회 이외에 식민지나 점령지의 문인들을 초대해 좌담회나 강연회를 열고, 그들이 대동아문학자에 대한 자신들의 느낌을 집단적으로 고백하게 하고, 그 고백을 신문에 바로 바로 싣고 있다는 점이다. 예를 들어『문예(文藝)』편집부에서는 11월 4일 대동아문학자 회의 제1일의 일정이 끝난 저녁에 만주, 중화, 몽고대표 및 조선, 대만 대표와 일본문학보국회 사람들을 불러 간담회를 개최한다. 이 간담회에서는 각 대표들의 결의가 이어진다.[24] 또한『아사히신문』은「일본의 인상을 말하는 좌담회」를 상, 하편으로 연재한다. 좌담회는 대동아문학자대회의 내용이 아니라 일본에 대해서 받은 인상을 말하는 것이었다. 좌담회에는 "발전한 농경기술", "국민연성대회의 감격", "처음으로 알게 된 일본인의 뜻 깊은 마음", "일본적인 풍격(風格)", "솔직한 일본인의 마음", "연구해야할 古來의 일본문화", "아름다운 신뢰감으로 서로 마음과 마음을 나누다" 등의 부제가 붙어있다.[25] 이러한 좌담회는 식민지·점령지의 민족대표들에게 이야

---

23 차승기, 「제국의 古都, 초월의 기술」, 『상허학보』 28, 상허학회, 2010.6, 106면.

24 編輯部, 「大東亞文學者會議員招待記」, 『文藝―大東亞文學者會議 號』, 1942.12, 改造社, 64~65면.

25 「日本印象を語る座談會―上, 下」, 『朝日新聞』: 日本(日本語), 1942.11.7 朝―11.8 夕.

기를 시키고 공적 공간에서 그들의 감상을 발화하게 함으로써 그들의 기억, 발화, 내밀한 감정을 조직하고 통합하는 기능을 했다. 특히 좌담회 등에 이어지는 술자리와 식사회는 내밀한 기억과 감정을 고백하고 실험하는 감정연성의 장이자 내밀한 검열의 장이기도 했다.

이렇게 촘촘하게 짜여진 부대행사는 대동아문학자본대회에서 논의된 내용보다 대동아문학자대회가 지닌 핵심을 훨씬 더 명확히 드러내준다. 피식민지 피점령지의 민족 대표들은 '대회에 초대'된 것이 아니라 제국적 스피커로서 '연성'되기 위해 송환되어 온 것이었다. 성지순례와 견학과 같은 신체화 과정과 좌담이나 대회를 통한 담론화 과정, 술자리나 식사회를 통한 감정에 대한 내밀한 검열이 서로 맞물리는 훈육·통제를 통해서 피식민자들은, 피식민자들 사이의 차이, 일본제국에 대한 저항감이나 낙차를 지우고, 일본제국으로의 '통합'을 받아들이게 된다. 대회의 밖은 또 하나의 대회였다. 피식민지인들의 충실한 연기가 이루어져야 할 이동연극장 밖(본회의의 밖)은 또 하나의 이동연극장(견학과 참배, 술자리, 식사회)이었던 것이다.

반복되는 이동연극 : 2차, 3차 대동아문학자대회

대동아문학자대회 2차와 3차 대회는 각각의 차이는 있지만, 1차 대회의 의례와 부대행사를 반복하고 있다. 또한 이러한 큰 대회는 대회전후에 각 지역에서 소규모 문학대회, 문학상의 정립, 잡지 특집의 구성 등을 통해서 반복되고 있기도 하다.

대동아문학자대회 2차[26]는 1943년 8월 25일부터 27일까지 개최된

---

26 2차 대회에 대한 설명은 다음을 참조. 尾崎秀樹, 『近代文學の傷痕』, 岩波書店, 1991, 26~33면; 『文藝報國』: 日本(日本語) 제2호(1943.9.1)와 3호(1943.9.10); 정창석, 「소위 '大東亞共榮圈'의 文化主義: '大東亞文學者大會'를 중심으로」, 『人文論叢』 No.6, 경기대 인문대학, 1998를 참고.

다. 첫날은 제국극장(帝國劇場)에서 이틀째와 삼일 째는 대동아 회관(大東亞會館)에서 열린다. 원래는 중국 쌍십절(雙十節, 10월 10일)에 맞추어 개최할 예정이었지만 전쟁 상황이 악화됨에 따라 "결전대회(決戰大會)"라는 제목을 달고 예정보다 빨리 열리게 된다. 이 대회를 둘러싸고 "왕자오밍 정권(汪兆銘政府, 당시의 표현으로는 국민정부)이 일본측으로 참전"[27]하기로 했다는 것이 강조된다. 2차 대회는 대회를 통해서 "필승의 기백에 넘친 민족의 피의 교류"를 이끌어 내서 전쟁에 이겨야 한다는 초조함과 긴박감이 주조를 이루는 등[28] 대동아문학자대회와 전쟁의 관련성이 명확해진다.

제2차 대회장에는 1차 때와 마찬가지로 일장기를 중심으로 만주와 남경 정부의 중국기가 좌우로 장식되어 있었고 식순도 큰 틀에서 대회의 1차 형식을 따르고 있었다. 사회자 도가와 사다오(戶川貞雄)가 개회 선언, 국민의례, 구메 마사오(久米正雄)의 인사, 시모무라 히로시(下村廣)를 좌장으로 선출, 축사, 사이토 류(齊藤溜)가 황군에 대한 감사 결의문을 낭독하고 이어 각국 대표의 인사가 이어졌다. 이후 참여하지 못한 남방 각지에서 도착한 축사를 나카지마 겐죠(中島健藏)가 낭독하고 요시가와 에이지(吉川英治)가 선서문을 낭독한 뒤 성수만세(聖壽萬歲)를 외치면서 끝난다. 원탁형식이 지닌 평등성을 강조하는 수사도 반복된다. "국제회의이기 때문에 나라와 나라의 그러한 감정과, 이 대표에게 발언하도록 하고 다른 대표에게는 발언을 시키지 않는 문제와 같은 것"이 있을지도 모른다고 생각할 테지만 원탁회의이기 때문에 그런 차별은 없다고 말한다. 또한 최종 결의를 의장에게 맡기는 것은 다수결이라는 "영미식의 회의와 확연하게 구별"되는 좋은 제도라고 말하는 등 발언

---

27 尾崎秀樹, 앞의 책, 1991, 27면.
28 「第二回大東亞文學者大會開幕―血盟의 同志一堂에 / 劈頭, 皇軍에 感謝決意」, 『每日新報』, 1943.8.26, 夕2면.

의 수위가 보다 구체적이 된다.[29] 부대행사는 환영연주회[30] 무용상영[31] 등을 관람하는 일정이 1차 때보다 좀 더 눈에 뜨인다. 8월 28일 도쿄의 군인회관에서 문예대강연회, 견학, 방문 등을 마치고 9월 1일 간사이 지방으로 가서 9월 3일부터 오사카 강연회, 긴키(近畿) 지방으로 신사 참배 및 견학을 한 뒤에 9월 5일 쿄토에서 해산한다. 논의 내용에서는 "대동아 각지에서 결전결의 표명 작가 대회"를 열자고 제의하거나 "각 지역의 문학관계의 잡지는 十二월호를 결전결의 표명의 특집호나 기념호로서 발행"하자는 것 등 구체적 제안이 나오기 시작한다.[32]

대동아문학자 대회 3차[33]는 중국 남경에서 1944년 11월 12일부터 14일까지 열린다. 일본 도쿄에서 이루어졌던 대회의 방식과 부대행사들이 중국을 배경으로 큰 틀에서 반복되고 있지만 그 참배와 견학의 장소가 중국의 사적들로 바뀌어 있다. 대회 전에는 중산릉(中山陵, 손문의 무덤)을 참배하고, 중독문화협회(中獨文化協會)에서 열린 개막식에서는 전 랴오시(陣廖士) 경과 보고 의장 첸 다오 쒼(錢稻孫)과 부의장 타오 징 쒼(陶晶孫)이 선출되어 대회를 이끈다. 이윽고 각 대표 인사와 축사. 2일에는 오전의 경우 "문학과 전쟁의 관계에 있어서 문학의 선전성과 그 방법론, 동아 고유문화의 정신의 부활, 대동아 공동선언의 제3항 실천을 위한 방법론 등"이 논의되고 오후에는 2차 대회처럼 분과회가 개최된다. 이후 2회부터 대동아 문학상 시상식과 선언문 낭독을 한 뒤에 폐회한다. 3차 대회에도 강연회, 좌담회, 방송 참여 등의 부대행사가

---

29 「第二日・本會議」, 『文學報國』, 1943.9.10, 2면.
30 「第二回大東亞文學者大會開幕－血盟의 同志一堂에 / 劈頭, 皇軍에 感謝決意」, 『每日新報』, 1943.8.26, 夕2면.
31 文化思想叡知結集－第二回 大東亞文學者大會 明日開幕」, 『每日新報』, 1943.8.25, 夕3면.
32 「決戰文學理念喝破－文學者大會席上 朝鮮代表三氏 發言」, 『每日新報』, 1943.8.27, 朝3면.
33 3차 대회에 대한 설명은 다음을 참조. 尾崎秀樹, 앞의 책, 1991, 33~38면; 『文藝報國』, 1944.10.20; 정창석, 「소위 '大東亞共榮圈'의 文化主義 : '大東亞文學者大會'를 중심으로」, 『人文論叢』 No.6, 경기대 인문대학, 1998.

이어진다. 대동아문학자대회 4차는 1945년에 '만주'의 신경(新京)에서 열기로 하였으나 일본이 패전함에 따라 열리지 못한다. 3차 대회와 4차 대회에서 흥미로운 것은 대동아라는 지리적 상상력을 대회의 공간을 일본(도쿄) → 중국(남경) → 만주(신경)로 이동시키면서 마치 대동아가 하나로 연결된 듯한 이미지를 확산시키려고 했다는 점이다. 그러나 11월 10일, 즉 3차 대회 이틀 전 남경정부 주도자 왕자오밍(汪兆銘, Wāng Jàumíng)이 일본 나고야에서 사망하여 불안감이 고조되기도 한다.

대동아 문학자대회 1~3차는 같은 형태의 의례와 부대행사를 반복함으로써 "대동아공영권"이라는 상상지리를 마치 현실처럼 구현해 낸 이동연극이었다. 이 대회는 전쟁을 찬양하고 선전하는 작은 단체나 대회를 연쇄적으로 만들어냈다. 이 과정에서 피식민지의 참여자들은 피식민지 및 피점령지를 관리 통합하기 위한 제국 일본의 스피커로서 연성되어 간다.

2) 부 / 재하는 대동아, 통로로서의 조선

확산되는 제국의 기호, 부재하는 대동아

대동아문학자대회에 참여한 피식민지나 피점령지 대표들이 놓이어졌던 위치는 어떤 것이었을까? 대동아문학자대회에 초대된 지역과 실제로 참여한 지역, 그리고 참여한 지역 대표들의 태도를 비교해 보면, 대동아 문학자대회에 '참여'한다는 것이 실재로는 '부재'의 성격을 띠었음을 확인하게 된다. 대회에 참여한 피식민자 대표들은 대동아 문학자대회에 '참여'하고 있었지만 실재로는 '부재'하고 있었던 듯이 보인다.

'일본문학보국회'의 준비 위원회가 예정했던 선정 지역은 만주(滿州), 중화민국(中華民國)의 피점령지, 불인(仏印, 프랑스령 인도차이나, 지금의 베트남), 인도네시아, 미얀마, 필리핀의 6개 국 문학자 30명이었다. 그러나 초대에 응한 것은 만주국과 중화민국, 그리고 이미 일본의 피식민지로 속했기 때문에 대동아공영권의 한 부분으로서 호명되지 않았던 조선, 타이완 그리고 만주국의 지배를 받던 (내)몽골이었다. 인도네시아와 필리핀 등이 참가를 거부했던 것은 1942년 6월 5일부터 7일간 벌어진 미드웨이 해전에서 일본이 참패했고, 언론통제에 의해 이러한 사실을 알 수 없었던 지역과 달리 이러한 소식을 접할 수 있었던 탓이라는 분석이 있지만,[34] 보다 명확한 고찰을 요하는 부분이다. 그러나 분명한 것은 일본제국이 '대동아공영권' 안에 전략적으로 포함시키고 있었던 대다수 민족이나 국가가 이 대회에 '불참(부재)'했으며, 피식민지였던 조선, 몽고, 타이완 대표가 절반 이상을 차지했다는 점이다.

그럼에도 유진오는 2차 대회의 인상기를 쓰면서 가장 감동적이었던 순간을 다음과 같이 말하고 있다. "이번 大會에 時日關係로 參席치못한 南方諸지역의 祝電을 朗讀하던 瞬間이었다. 그 祝電들의 內容이 熱烈하였다는 그 事實보다도 比律賓, 佛印, 泰, 緬甸, 馬來, 瓜哇 等等, 여러 地方 여러나라의 이름이 나오는 것을 듣고 있는 동안에 나는 문득 우리나라가 지금 必死의 努力을 傾注하여 建設中인 大東亞共榮圈의 規模가 果然 壯大하다는 것을 새삼스레 느낀 것이다."[35] 이처럼 축전의 의례는 '부재하는 대동아'를 반복적인 수사와 형식을 통해 은폐하는 역할을 하고 있었다.

피식민자 대표들의 "부재하는 참여"

뒤에서 다시 살펴볼 테지만, 대회에 참여했던 대표자들의 위치를 보

---

34 吉野孝雄, 앞의 책, 2008, 137면.
35 兪鎭午,「후소(扶桑) 見聞記－第二回大東亞文學者大會로부터 도라와서」,『新時代』, 1943. 10, 89면.

면 대동아문학자대회에 참여한다는 것은 그들에게 실제로는 '부재'하
길 요구하는 것이었음을 알 수 있다. 대동아문학자대회의 시스템 안에
서 조선, 타이완 대표는 조선, 타이완 민족이나 국가로 참여한 것이 아
니라, 본래의 대표성을 상실(부재)한 형태로, '일본대표의 한 지방'로서
만 참여할 수 있었다. 조선대표들은 '조선대표'라는 이름이 아니라 '일
본대표'로 표시되었다. 이러한 현상은 타이완의 경우도 마찬가지였다.
한편 중국[36]의 경우는 '중국'이 아니라 '화중, 화북'처럼 각 지역별로 나
뉘어서 불리어진다. 이처럼 대동아문학자대회는 각 피식민지나 피점
령지의 독특한 민족성을 지우고 '대동아'라는 슬로건 아래 각각을 '지
방화(localization)'시키면서 통합하고 있음을 알 수 있다. 이러한 제국을
중심으로 한 지방화는 '조선', '타이완', '중국 각 지역' 등의 지역성을 강
조함으로써, 일본제국과 각 지방 사이에 형성되어 있는 식민지나 점령
지의 문제를 가려버린다.

　따라서 대동아문학자대회에 참여한 대표자들은 조선, 타이완, 중국
등을 대표할 수 있는 자들이라기보다는, 제국 일본이 요구하는 제국
속 지방으로서의 '조선', '타이완', '중국'을 대표할 수 있었을 뿐이었다.
한 예로 대동아문학자대회가 역점을 두었던 것은 중국, 그 중에서도
남경정부를 일본 쪽으로 전쟁에 참여시키는 것이었다. 1차 대회의 경
우 일본측은 "노신의 동생으로 5.4운동을 주도했던 인물 중 한명인 쥐
화런(周化人)을 예정하고 있었고, 그 뜻을 신문에도 공표했다. 그렇지
만 쥐 화런(周化人)을 포함한 '중화민국'의 '초대후보자' 9명 중 실제로
참여한 것은 3명뿐이었다"[37] 2차 대회에 참여했던 유진오는 이렇게 말

36　이 글에서는 편의상 '중국'이라는 말을 사용하고 있지만, 중국 각 지역별로 제국 일본과 맺는
　　관계나 점령 여부가 달랐음을 지적해 둔다. 또한 대동아문학자대회 기록에는 '화북', '화중'
　　처럼 지역별 이름으로 표기되곤 했다. 이런 점을 고려할 때 대동아문학자대회에 참여한 중
　　국의 일부 지역에서 온 대표들이 무엇을 대표하고 있었는가에 대해서는 앞으로 좀더 섬세
　　하게 접근하고, '중국'이라는 호명 이외에 어떠한 호명이 가능할는지 생각해 보려고 한다.

하고 있다. "日本代表들이 中堅以上 老大家를 網羅한데 比해 中國代表 는 平均해 몹시젊은 것이 눈에 띠었다. (…중략…) 三十前後의 靑年紳 士인 것이다."[38] 대동아문학자대회에서 가장 중심적인 비중을 두었던 중국 대표들임에도 실제로 중국의 문학을 대표하기에는 너무 젊고 아 직 실력을 인정받지 않은 신진으로 짜여질 수밖에 없었다. 대동아문학 자대회에 참여한 "중국대표"들은 실질적으로 중국을 대표할 수 있는 작가로서는 '부재'인 상태였다. 이러한 중국의 "부재하는 참여"는 3회 에 참석했던 다카미 준(高見順)이 일기에 쓴 감상에서도 드러난다. 그 는 제3회 문학자 대회의 분위기에 대해서 이렇게 쓴다. "대회의 풍경은 흥미로웠다. 중국사람들은 대부분 듣고 있지 않았다. 때때로 귀를 기 울이지만 대개는 책상 위의 잡지를 읽거나 하고 있었다. 실로 자유로 운 태도다. (…중략…)오히려 부러웠다."[39]

한편 만주 또한 오족협회의 상징이자 4회 대동아문학자대회의 개최 지로 "신경(新京)"이 거론되고 있을 만큼 대동아공영권에서 중요한 지 정학적 위치를 차지하고 있었다. 그렇지만 만주대표들의 발화가 "정해 진 말"을 반복하고 있었다는 것[40]은 함께 참여한 대표자들 사이에서도 지적된다. 그들은 만주대표라는 레테르를 달고 참여하긴 했으나, 실제 로는 대동아공영권에서 오족 협화의 상징인 '만주'라는 배역을 연기할 뿐이었고, 만주의 현실을 대변할 수 있는 만주의 작가는 '부재'했던 것 이다.[41] 이처럼 대동아문학자대회는 '대동아공영권'이라는 "대동아의

---

37 大村益夫,「大東亞文學者大會と朝鮮」,『社會科學討究』34-3, 早稻田大學社會科學研究 所 : 日本(日本語), 1989, 225면.

38 俞鎭午, 앞의 글, 1943.10, 90면.

39 高見順,『高見順日記』第2卷ノ上, 勁草書房 : 日本(日本語), 1966. 이 중 1942年 11月 13日 일기.

40 岡田英樹著,『文學にみる「滿洲國」の位相』, 硏文出版 : 日本(日本語), 2000, 186~193면.

41 위의 책, 186~193면.

부재를 은폐하는 기호"로 피식민자들을 이동―연성하는 독특한 시스
템으로 구축되었다.

만주의 바이코후, 만들어진 '대동아'의 상징

　만주 참여자들 중 특별한 주목을 받고 부각되었던 것은 바이코후였
다. 기쿠치 칸이 바이코후에게 "우리들 일본인이 당신의 노후를 보장
할 테니까, 장래에 대해서는 걱정하지 마세요"[42]라고 말할 정도로 다른
만주 대표와 달리 바이코후는 특별한 대우를 받는 대동아문학자대회
의 스타였다. 바이코푸에 대한 인상적인 언급은 자주 눈에 뜨인다. 예
를 들어 데라다 아키라(寺田瑛)는 이렇게 쓴다. "백계러시아인이며, 또
한 구 러시아 육군대좌인 당신이, (…중략…) 만주국 대표로 출석해 준
것, 그것을 통해서 나는 오족협화를 표방하는 만주국다움을 보았고
(…중략…) 72세 노령인 당신이, 마땅히 구축되어야 청소년을 위해, 건
전한 독서물의 제공을 외쳤던 것에 깊은 감명을 받았습니다."[43]

　만주대표인 바이코후가 대동아문학자대회에서 이렇게 중요한 위치
를 차지하게 되었던 이유는 무엇이었을까? 대동아문학자대회의 구성
원을 보면 일본 안에 속한 내지와 외지(조선, 대만) 외에 '외국' 참가자는
중국인, 만주인, 몽고인이 있었지만, 유럽인 혹은 러시아인은 바이코
후 혼자였다. 그는 백계러시아인으로써 대동아공영권의 상상지리를
폭넓게 확장하면서도, 만주 대표로서 중국이나 아시아의 중심적인 일
원으로서의 자격을 지니고 있었다. 백계러시아인인 그가 대동아문학
자대회에 참여한 것이 "민족협화를 실천한 증거"로서 받아들여졌던[44]

42　川村湊著,『滿洲崩壞 :「大東亞文學」と作家たち』, 文藝春秋 : 日本(日本語), 1997, 287면.
43　寺田瑛,「文學の友へ送る書翰 ―大東亞文學者大會より歸りて : 白露作家バイコフ'翁に」,
　　『大東亞』: 朝鮮(日本語), 1943.3, 53～55면.
44　岡田英樹著, 앞의 책, 2000, 193면.

것이었다. 더군다나 만주와 중국의 참여자들이 젊은 축에 속했던 데 반해 하얀 백발을 휘날리는 가장 연장자로서의 풍모를 갖춘 바이코후는 "대동아 문학"의 역사성을 살아있는 존재로서 증명하는 것이기도 했던 것이다. 중국문학을 대표할 수 없는 "몹시 젊은" 중국 대표, 만주의 현실을 대표할 수 없는 "정해진 말"만 반복하는 만주 대표들. 이러한 '부재하는 대동아'를 일거에 상징적으로 현실화시키면서 러시아로까지 대동아공영권의 영역을 확장할 수 있는 자발적인 참여자, 그것이 바로 바이코후였다. 따라서 그는 여기 저기 불려 다녔으며, "대회의 메인 게스트"였다.[45] 그러나 이러한 바이코후에 대한 수사적인 이미지 메이킹은 대동아문학자대회가 일종의 허구적 구축물이었음을 반증하는 것이기도 했다.

무마되는 '일본어 전용'에 대한 불만

지방으로서의 조선, 중국, 타이완, 바이코후 등 '부재를 은폐하는 기호'를 반복함으로써 대동아공영권이라는 상상지리를 구축하는 이 방식은 대동아문학자대회의 언어사용에서도 나타난다. 대동아문학자대회에서 각국 대표가 만나는 장면에서는 일본어에 대한 강조가 빈번하게 나타난다. 데라다 아키라는 제1회 대동아문학자대회에서 처음 만몽화 대표들과 만났을 때, 그들이 일본어를 잘한다는 사실에 아버지나 백부와 같은 감정까지 느낀다[46]고 적고 있다. '일본어'는 참여자들간의 유대와 일체감을 나타나는 지표였던 것이다.

참여자들이 일본어에 민감한 것에서도 드러나듯이, 대동아문학자대회의 공식 언어는 일본어였다. 다른 언어에 대한 일본어 통역은 있었으

45　川村湊著, 앞의 책, 1997, 286면.
46　寺田瑛, 「大東亞文學者大會へ」, 『新時代』, 1942.12, 72면.

나, 일본어에 대한 다른 언어로의 통역은 없었다. 특히 영어에 대해서는 "중국 위원과 일본 위원 사이에 개인적인 회화가 당시 일본에서는 적성어(敵性語)로서 일반에게는 사용이 금지되어 있던 영어로 이루어졌다는 것"등이 문제가 되기도 했다.[47] 일본어만 사용되는 것에 대한 불평 등이 제기되었다고는 하더라도 대동아문학자대회의 주조음은 일본어였으며, 영어와 같은 특정언어 사용에 대한 금지에서 볼 수 있듯이 언어에 대한 단일하고 엄격한 통제 하에 이루어진 대회였다.

일본어에 대한 통역만이 있다는 것에 대한 불만은 이후 여러 감상기나 후기에서 등장하지만, 그 불편함을 감동적인 분위기로 은폐하는 서사들을 동반하고 있다. 예를 들어 중국대표였던 여류작가 관루(關露, Guānlù)는 대회에 참석한 뒤 왕자오밍(汪兆銘) 정부의 선전 기관지의 하나였던 『여성(女聲)』에 「도쿄의 기이한 이야기(東京奇語)」 통신을 실고 있다. 이 글에서 그녀는 일본어 통역이 없어서 의사행위에 충분히 참여할 수 없었던 불편함을 표시하지만, 결국에는 리듬감이나 음성이나 태도만으로 분위기를 이해할 수 있었다고 감격하는 말로 얼버무리고 있다.[48]

더구나 '일본어 사용'에 대한 강조는 대동아문학자대회에서 논의되었던 내용에도 반복적으로 등장하고 있다. 일본어가 익숙하지 않은 각 민족 대표들이 회의 내용을 이해하기에 불편하기 짝이 없었을 상황에

---

47 吉野孝雄, 앞의 책, 2008, 147면.

48 岸陽子著, 『中國知識人の百年 : 文學の視座から』, 早稻田大學出版部 : 日本(日本語), 2004, 157~159면.
"나는 그의 이야기를 하나도 알 수 없었지만, 말할 때의 그의 자태가 나를 만족시켰다." / "그가 낭독한 말은 모두 일본어였기 때문에 나는 이것을 좀 전의 음악만큼도 이해할 수 없었지만, 그들이 낭독할 때의 리듬과 시적 열정이 깃든 표정에 매우 감동했다." / 몽고 대표가 몽고어로 발언하자 일본어로 통역되었지만, 그의 발언내용을 아는 것은 일본인과 발언자 본인 뿐으로 중국인은 무엇을 말하고 있는지 알 수 없었다. 그렇지만 그렇다곤 해도 나에게는 흥미 깊었다. 왜냐면 여태까지 몽고어를 들은 적이 없었기 때문에"

서도 만주, 조선, 중국의 대표들은 모두 "일본어를 통한 민족과 민족의 융합"을 강조하고 있다.[49] 즉 '일본어 사용'을 일본어만으로만 강조하는 대동아문학자대회에서 일본어를 자유롭게 사용할 수 없는 참여자들은, 참여하면서도 발언권을 가질 수 없는 부재 상태에 놓이게 된다.

부재하는 '조선'

대동아문학자대회에 참여한 피식민지와 피점령지의 대표들은 "부재된 형태"로 참여할 수밖에 없었다고 하더라도, 적어도 만주, 중국, 몽고, 만강, 그리고 축전 형태로 참여한 남방지역은 일정한 배역이나 기호를 할당받았다. 그러나 조선과 대만은 이미 일본 식민지의 일부였기 때문에 기호상에서도 "부재"상태에 놓인다.

대동아문학자대회의 회장에는 일장기, 만주국기, 중화민국의 국기가 걸린다.[50] 대동아문학자대회를 상징하는 것은 일, 만, 지였던 것이고 대만과 조선은 '일본'이란 제국의 기호 속에 포섭되어 '부재'의 상태에 놓인다. 대동아문학자 대회 속에서 조선, 대만 대표들이 일본 대표로 분류되는 방식을 보자. "제1회 참가자는 일본 측 대표 57명(대만·조선의 9명을 포함), 대회참여 7명, 滿·蒙·華 대표 21명이다.[51] "일본 측 속의 조선으로부터는"이라는 소속 아래 가야마 미츠로(香山光郎—이광수의 창씨명), 데라다 아키라(寺田瑛), 유진오(兪鎭午), 가라시마 츠요시(辛島驍), 요시무라 고도(芳村香道—박영희의 창씨명)로 분류된다. 그 외 지역은 "만주국, 중화민국, 몽고"로 순으로 나뉘어져 있다.[52] 조선인은 일본 대표로 분류되어 있으며, 아울러 당시 조선 경성제대의 교수였던 가라

---

49 尾崎秀樹, 앞의 책, 1991, 15~16면.

50 「大東亞文學者大會」, 『每日新報』, 1942.11.5, 朝3면 / 「第二回 大東亞文學者大會開幕—血盟의 同志一堂에 / 劈頭, 皇軍에 感謝決意」, 『每日新報』, 1943.8.26, 夕2면.

51 尾崎秀樹, 앞의 책, 1991, 7~8면.

52 「大東亞文學者大會の方々」, 『文藝—大東亞文學者會議 號』, 改造社, 1942.12, 62~63면.

시마 츠요시(辛島驍)와 『경성일보』의 데라다 아키라(寺田瑛)는 일본인
이지만 조선을 대표하는 일본대표로 참여한다.[53] 즉 그들은 조선에 체
제하는 '일본인'이지만 조선의 상황을 대표해서 말할 수 있는 조선대표
인 것이다.

당시 일본 문단에서 활발히 활동했던 장혁주[54]는 1차 대회에는 "준
비위원으로 참여"하여[55] 길안내를 해주고 있다.[56] 또한 2차 대회에서
는 구메 마사오(久米正雄), 요코미치 리이치(橫光利一)등과 함께 장혁주
도 조선, 중국 등지에서 온 문인들을 마중 나온다.[57] 이처럼 장혁주는
준비위원으로써 대동아문학자대회에 줄곧 참여하고 있었다. 그렇다
면 조선쪽의 분류는 훨씬 복잡한 양상을 띠게 된다. 즉 이광수 유진오
박영희 최재서 등과 같은 "조선측 일본대표 조선인"와 츠다 가라시마
데라다와 같은 "조선측 일본대표 일본인", 장혁주와 같은 "일본측 일본
대표 조선인"으로 나뉘어진다. 대동아문학자대회에서 조선인들이 "일
본 문학 보국회의 회원"이자 "접대역을 겸해서 출석"[58]한다고 보도되
고 있듯이, 조선의 대표자들은 대동아문학자대회 속에서 '조선'으로서
는 부재한 상태로 다양하게 분열되고 있었다.

한편 일본 쪽 매체와 비교해 보면 조선에서는 대동아문학자대회를
활발히 보도하진 않는다. 찾아본 바에 의하면 『매일신보』의 경우 1차
대회에 관련된 보도와 수기 후기를 모두 합쳐 15편, 2차의 경우는 6편,
3차의 경우는 개막 폐막식을 한꺼번에 다룬 1편에 불과하다. 『신시대

---

53 尾崎秀樹, 앞의 책, 1991, 23~24면.
54 永島 宏紀, 「『大東亞文學』における'半島文壇'の位相に關する再檢討」, 『동북아시아문화
    학회 국제학술대회 발표자료집』, 2002, 171~172면.
55 차승기, 앞의 글, 2010.6, 81면.
56 寺田瑛, 앞의 글, 1942.12, 70면.
57 「各地代表와의 交驩─文學者大會半島代表一行入京」, 『每日新報』, 1943.8.25, 朝3면.
58 『每日新報』, 1932.10.29, 朝2면.

(新時代)』의 경우 그 잡지의 중요한 필진인 이광수가 대동아문학자대회에 3회 모두 참여하고 있음에도 어느 정도 비중 있게 다루어 진 것은 2편 정도 뿐이다.[59] 『대동아(大東亞)』가 1943년 3월 호에서 가야마 미츠로(香山光郎), 유진오, 데라다 아키라(寺田瑛), 요시무라 고도(芳村香道), 가라시마 츠요시(辛島驍)가 나오는 「조선측의 발언집(朝鮮側の發言集)」과 함께, 세편의 「문학의 벗에게 보내는 서간(文學の友へ送る書翰)」을 실은 것[60]이 가장 본격적인 기사였다고 할 수 있다. 『국민문학』의 경우, 1차 대회에 대해서는 거의 다루고 있지 않으며 최재서가 직접 참여했던 2차 대회에 대해서만 특집을 꾸리고 있다.[61] 이렇게 보도가 적극적이지 않은 이유에 대해서 한 연구자는 "조선보다 중국을 주요대상으로 인식하고 있던 점도 있을 테지만, 또 한 가지 이유는 『매일신보(每日新報)』의 학예부장이었던 백철이나 『국민문학(國民文學)』편집 겸 발행인이었던 최재서가, 허용되는 한에서 최대한 저항하려고 했던 흔적이지 않았을까"[62]라고 분석하고 있다. 그 진위는 알 길이 없지만, "대동아문학자대회는 조선보다 중국을 중요대상으로 인식하고 있었다"라고 이야기되듯이 제국의 기호조차 할당받지 못했던 '부재하는 조선의 위치'가 반영되어 있다고 볼 수 있지 않을까?

---

59 寺田瑛, 앞의 글, 1942.12, 70~80면; 兪鎭午, 앞의 글, 1943.10, 88~93면.

60 香山光郎, 「文學の友へ送る書翰―大東亞文學者大會より歸りて : 菊池寬議長へ」, 『大東亞』, 1943.3; 兪鎭午, 「文學の友へ送る書翰―大東亞文學者大會より歸りて : 滿州作家諸氏へ」, 『大東亞』, 1943.3; 寺田瑛, 「文學の友へ送る書翰―大東亞文學者大會より歸りて : 白露作家'バイコフ'翁に」, 『大東亞』, 1943.3.

61 崔載瑞, 「大東亞意識の目覺め―第二回大東亞文學者大會より還りて」, 『國民文學』, 1943.10; 「大東亞文學建設のために」, 『國民文學』, 1943.10에 속하는 小林秀雄, 田平, 謝希平, 包崇新, 周金波의 글.

62 大村益夫, 앞의 글, 1989, 223면.

통로이자 중계지로서의 '조선'

대동아문학자대회에서 '부재'할 수밖에 없었던 일본대표 조선인들이 스스로의 위상을 확보했던 것은 중국과 만주 등의 대륙과 일본을 잇는 '이동통로로서의 조선'이라는 지정학적 위치였다. 대동아문학자대회 1차에 참석한 감상기들을 훑어보면 대부분의 이야기가 '시모노세키(下關)—부산'에서 시작된다. 1회 대회의 경우는 '시모노세키'에서 10월 31일에 모인 각국 대표들이 11월 1일에 "'사쿠라'로 下關을 出發하야 二日에 上京할 豫定"이라고 보도된다.[63] 다른 대표들과는 개별적으로 움직였던 바이코후도 "히카리로 하얼삔을 출발, 남만주철도, 조선철도를 계속해서 타고 부산에 도착, 그곳에서 연락선으로 시모노세키에 도착"[64]한다. 3회 대회의 경우도 "11월 6일, 경성역을 통과한 츠치야 분메이(土屋文明), 오쿠노 신타로우(奧野信太郎)등의 내지 문학자들과 합류하여 북경을 거쳐 열차로 남경에 들어"[65]갔지만, 돌아올 때에는 "경성과 부산을 거쳐 일본으로 돌아왔다"[66]고 씌어져 있는 것을 참고해 보면, 중국이나 만주에서 내지로 갈 때나, 내지에서 중국이나 만주로 갈 때에는 부산—시모노세키를 거치는 것이 일반적인 경로였던 듯하다. 즉 조선은 내지와 만주·중국을 잇는 통로였다.

조선이 이러한 통로에 위치했었기 때문에 제1차 대회 이후 돌아가는 길에 만주와 중국 문학자들은 경성에 들리는 여행을 기획할 수 있었다. "대만대표를 제의한 만 몽 지 대표일행 二十명은 조선 대표이 안내를 바더 十三일 '교—도'를 써나 十四일 아침에 부산에 상륙하야 그 날 저녁에 경성에 도착"하기로 되었다.[67] 부산에서 경성역으로 온 그

---

63 「大東亞文學者會議—半島側五名出發日程決定」,『每日新報』, 1941. 10. 20, 朝2면.

64 川村湊著, 앞의 책, 1997, 286면.

65 위의 책, 25면.

66 위의 책, 31면.

67 大東亞文學者大會—大阪서 閉會式 擧行」,『每日新報』, 1942. 11. 11, 朝3면.

들은 열렬한 환영을 받으며 입성하여 "조선신궁에 참배하고 다시 총독부로 고이소(小磯)총독을 차저 인사를 한다음 네시 반부터는 경성제국대학 강당에서 열린 국민 총력 연맹, 조선문인협회 주최, 본사 후원의 강연회에 나아갓다가 저녁 여섯시부터는 명월관(明月館)에서 열린 문인 협회 주최의 환영 만찬회"를 한 뒤, 조선호텔에서 1박을 한다.[68] 15일에는 매일신보 주최 반도호텔에서 오찬회에 참석한 뒤 5시 40분 기차로 다시 서울역을 떠난다.[69]

한 연구자에 따르면 대동아문학자대회 이전부터 "전시기의 조선은 이미 일본의 '내지'와 만주를 연결하는 단순한 '통과점'이 아니었다"고 한다. "국민총력연맹(國民總力連盟)에 의한 내선만화연락회의(內線滿華連絡會議, 1943)의 개최 등에서도 드러나듯이, '제국' 내의 연락 조정역으로서 특이한 위치를 굳히고 있었다"[70]는 것이다. 이에 더해 조선의 '통로'로서의 역할은 "연락 조정역"만으로도 머무르지 않은 듯하다. 경성에 오는 만몽화 대표에게 조선에 대한 소감을 묻자, "조선은 일본과 만주국을 맺는 요지(빠이코푸氏)", "만주와 조선은 가튼 피가 흐르고 잇서 선만일여(鮮滿一如)의 마음(古丁氏)", "조선문학은 일본 문학의 연장이고 만주는 쏘 이의 연장(爵靑)"[71]이라고 말한다. '경성제대' 강연회에서 중국 대표 장위준(張我軍, zhang wo jun)은 "일화(日華) 문화의 교류는 옛날부터엿다 그리고 조선은 그 문화의 교류지오 중계지엿다 (…중략…) 조선은 옛날의 교류지엿지만 여러분도 조상의 쯧으 바더 문화 중계의 사명을 다해야 할 것"[72]이라고 말하기도 한다. 이 발언들에서 강조되고 있는 것은 "연락 조정역"으로서의 조선 뿐 아니라 동아시아의 과거

68　「印象깁흔 半島山河―昨日・滿, 蒙, 支 文學者代表 入城」, 『每日申報』, 1942.11.15, 朝3면.

69　「大東亞文學者代表―昨日, 作別애끼며 離京」, 『每日申報』, 1942.11.16, 朝3면.

70　永島 宏紀, 앞의 글, 173면.

71　一路憧憬의 朝鮮에, 文學者代表들 京城出發」, 『每日新報』, 1942.11.14, 朝3면.

72　「大東亞文化를 建設―熱烈・各國代表들 所信을 吐露」, 『每日新報』, 1942.11.15, 朝3면.

속에서 "문화교류의 중계역"으로서의 조선이다. 부재하는 기호 "조선"
이 대동아공영권 혹은 제국 일본 속에서 스스로의 발화위치를 재발견
한 것은 바로 이 통로, 중계자라는 흔들리는 지점이었다.

'부재'하거나, '연기'하거나

대동아문학자대회에서 '조선'은 부재했다. 조선의 대표자들은 대동
아라는 상상지리를 연결하는 '중계지로서의 조선'으로서만 발화할 수
있었다. '조선'이라는 정체성이 아니라 제국 일본의 통합과 관리 시스
템 안에서 '일본대표'가 되거나 '만선일체'가 되거나 해야 했다. 무엇인
가에 동일시되지 않고서는 말할 수 없는 흔들리는 자리가 부여되었던
것이다.

대동아문학자 1차대회를 마치고 11월 14일 경성으로 오는 열차 속
에서, 만몽화, 그리고 조선 대표들은 백철의 사회로 「차중 좌담회―滿
蒙華 文學者代表座談會」를 연다. 『매일신보』는 이 좌담회를 3회에 나
누어 싣는다. 내용은 대동아문학자대회에 대한 소감, 이세신궁에 대한
소감, 조선에 대한 소감이다. 이때 두드러지는 것은 만주와 중국 대표
들의 불만이다.

> 吳瑛 : (…중략…) 일본 대표의 발언(發言)을 만주말이나 중국말로 통역
> 하지를 안해서 말이 통치 못한 게 유감
> 小松 : (…중략…) 이번 대회는 총후에 잇는 문학자가 세계관의 전쟁에
> 선전(宣戰)을 포고한 것입니다. 이런 의미에서 이번 대회는 큰 시련이라
> 할 수도 있습니다.
> 許銀慶 : (…중략…) 나는 이번 대회에서 느낀 두가지 불만을 얘기하겟습
> 니다 (…중략…) 남양방면의 문학자가 참가하지 못햇다는 것이요 또 하나
> 는 동경이라는 한 지방에서만 거행되엇다는 것

―「滿蒙華 文學者代表座談會1」, 『每日新報』, 1942.11.17, 朝3面

古丁 : (…중략…) 〈이세〉 신궁이 만주국의 원신이라는 것을 일본 신문기자는 당초에 모르드군요 여러번 얘기햇는데 신문에는 한번도 나지를 안햇습니다

小松 : (…중략…) 일반일덕일심(日滿一德一心)의 정신의 연원지(淵源地)인데 그것을 몰른다는 것은 짝한 일입니다. 그러니까 만주국민인 우리들은 더욱 기픈 감격을 어들 수 잇섯든 것입니다.

張我軍 : (…중략…) 신궁에 참배하고 일본의 고도(古都)를 보고 하면 지금까지 일본이 얼마나 부자연하게 서양적인 것을 숭배해 왓는지 알 수 잇습니다. 사실 입째까지는 좀 지나치게 서양적인 것만을 섭취해 왓시오 (…중략…) 일본이나 중국이 쏘가튼 문학을 쓰라는 것도 아니요 쓸 수도 업습니다. 일본은 일본 중국은 중국의 특장을 발휘하면 됩니다.

小松 : (…중략…) 소위 일본의 전쟁문학은 전쟁의 현실을 묘사는 햇서도 그것만으로는 아직 대동아 인으로서의 전쟁문학이라고는 말하기 힘듭니다.

尤炳炘 : (…중략…) 만주나 일본이나가 쏙가튼 재재 를 취급한다는 것도 곤란한 일입니다. 형식이나 내용이나가 너머 유형화(類型化)한다는 것은 도리혀 재미 업는 일

―「滿蒙華 文學者代表座談會2―西洋的인 것을 追放, 大東亞 文學精神을 確立하자」, 『每日新報』, 1942.11.18, 朝3面

이 차중 좌담회에서 대동아문학자대회가 열렸던 도쿄로부터 벗어난 만주와 중국 대표들은, 도쿄에 있을 때보다 불만의 수위를 높이고 있다. 이에 비해 조선대표들은 대동아문학자대회에 대해서 중국 만주 대표들 보다 긍정적인 평가를 하고 있다.

"芳村 이번대회를 통해서 각지의 문학자들이 입때까지의 감정을 모두 헐어 버리고 한가지 목적을 향하야 협력하겟다는 그 결심만큼은 충분히 엿볼 수 잇섯습니다."

"香山 그 한가지 목적이라는 것은 동아적인 전통으로 도라가자는 그것 (…중략…) 동아적인 문학의 연원(淵源)은 지금 전부가 일본화되여 일본에 보존되어 잇습니다."

"兪 각 대표가 무엇이나 일본에서 배워가지고 가려는 열의를 가지고 잇섯습니다."

"芳村 방향과 목표가 결정된 것 (…중략…) 토론하고 논의할때가 아닙니다. 일로 그 목표를 향하야 매진하면 됩니다."

"兪 <u>우리들은 그러키 때문에 일본대표로 발언을 햇고 짜라서 조선의 특수성에는 언급하지 안핫습니다.</u> 일본어를 동아 공영권 내에 보급시키라는 것도 그런 입장에서 말한 것입니다."

「滿蒙華 文學者代表座談會 2—西洋的인 것을 追放 大東亞 文學精神을 確立하자」,『每日新報, 1942.11.18, 朝3면 (밑줄은 인용자)

왜 이러한 차이가 발생하는 것일까? 위의 발언 중에서 유진오의 "그러키 때문에 일본대표로 발언을 했고"라는 말은, '통로'라는 조선의 위치를 생각해 볼 때 여러 가지 울림을 준다. 대회가 모두 끝난 뒤 임에도 이 좌담회에서 조선인들은 만주나 중국인처럼 직접적인 불만을 토로하지 않는다. 유진오가 매우 의식적으로 언급하고 있듯이 조선대표들은 대동아문학자대회에서 "일본대표로 발언"을 해야 했기 때문이다. 혹은 "조선이라 하지만 여기는 오히려 대륙의 일각이니짜 우리는 오히려 조선을 본 바더서 새로운 대륙을 만들 필요가 잇습니다"[73]라고 하듯

---

73 「滿蒙華 文學者代表座談會 3—八紘一宇의 大精神 大東亞 文學者들의 共通된 指標」,『每日新報』, 1942.11.19, 朝3면.

이 중국 대륙의 일부로 이야기되기도 한다. 혹은 만주대표들로부터는 '선만일여(鮮滿一如)'로 이야기되기도 한다.

만주 대표들처럼 "정해진 문구"를 반복하면서 단일한 연기를 할 수도 없고, 중국인처럼 때로는 무관심을 보이거나 때로는 통역이 없다고 불평을 하거나 은근히 피로감을 호소하거나 신문보도가 틀렸다면서 불만을 표현[74]할 수는 없는 "통로"로서의 자리에 조선대표들은 위치하고 있었다. 따라서 조선인들은 이중 삼중 혹은 몇 겹의 연기를 통해, 때로는 "내선일체"의 수사를 통해 일본인으로서 말하고, 때로는 "만선일여"의 수사를 통해 대동아를 말했으며, 때로는 중국 대륙의 일부로 말해지는 몇 겹의 연기, 몇 겹의 수사, 몇 겹의 통로에 위치했다.

이러한 흔들리는 '부재'의 자리에서 대동아문학자 대회에 참여하기 위해서 조선인들은 대동아문학자 대회라는 이동연극의 기호들을, 표면들을, 형식들을 그 누구보다 열심히 연기한다. 같은 조선인 대표로서 참여했으면서도 한편으로는 조선인을 관찰하고 감시하는 위치에 있었던 데라다 아키라는, 대동아문학자 대회의 감상기를 쓰면서 조선인들의 모습을 다소간의 의아함을 섞어 칭찬하고 있다. 조선인들은 대동아문학자 대회의 그 어떤 대표들보다 모범적인 복장과 태도를 보여주었다는 것이다. 11월 2일의 야스쿠니 참배 때의 조선대표들의 모습에 대해서 그는 이렇게 말한다. "우리들 조선에서 온 5명은 누구이건 국민복에 전투모, 가슴에는 의례장(儀礼章)을 달고 있다. 만주국 측도 이른바 황색 의례장을 달고 있지만 그 외에는 플록코트를 입은 사람이 한둘 있었다. 단연 조선의 절도 있음은 눈길을 끌었다."[75] 또한 11월 3일에 메이지 신궁(明治神宮)을 참배할 때에도 "조선에서 온 5명은 가슴

---

74 大村益夫, 앞의 글, 1989, 224면.
75 寺田瑛, 앞의 글, 1942.12, 74면.

에 의례장을 달고, 경축일에 부끄럽지 않은 모습을 갖추고 있었음은 말할 것도 없다"[76] 그는 또한 다소간의 의아함을 갖고 이렇게 말한다. "연일 계속되는 여행에 지친 나는 자리에서 먼저 일어나 빨리 돌아왔는데, 요시무라군과 유진오는 5시 경 호텔로 돌아왔다"[77]고 쓴다. 또 한명의 일본인 조선측 일본대표였던 가라시마(辛島)는 "조선에서 간 사람들이 한마음 한 뜻이 되어 다른 지방에서 온 대표들에 비해 극히 근엄한 태도를 취했다는 것은 반가웠습니다. '이세' 신궁에 참배햇슬 때도 조선서 온 사람들의 태도가 모범적이엇습니다"[78]라고 이야기 하기도 한다. 이처럼 일본 대표 조선인들은 그 어떤 대표들보다도 대동아 문학자 대회의 규칙을 철저하게 재현하고 있었던 것이다.

대동아문학자 대회에서 기호의 측면에서도 "부재"상태에 놓여졌던 조선인들은 대회의 규칙을 가장 모범적으로 연기함으로써, 그 담론장에서 가장 이상적인 모델로 설정되어 있는 발화를 흉내냄으로써만 발화의 자리를 확보할 수 있었다. 여태까지 제2신민에 대한 욕망으로 해석되어 온 대동아공영권 안의 조선인들의 욕망은, 단순히 제국을 내면화한 것이 아니라, 이렇게 흔들리는 조정역, 통로로서의 지정학 위치에서 비롯된 것이기도 했다. 그러나 이 "중계지"의 연기들은 제국의 질서를 모방하면서도 미묘하게 어긋나고 있었다.

---

76 위의 글, 76면.
77 위의 글, 77~78면.
78 「滿蒙華 文學者代表座談會 3－八紘一宇의 大精神 大東亞 文學者들의 共通된 指標」, 『每日新報』, 1942.11.19, 朝3면.

3) 중계지의 초월술과 분열

「삼경인상기」 : 이광수와 가야마 미츠로를 둘러싼 수수께끼

경성제국대학 교수였던 가라시마는 대동아문학자 대회에 조선쪽
일본대표로 참석한다. 그는 대동아문학자대회에 참석한 조선인에 대
해서 다음과 같이 묘사한다.

> 천황폐하에 귀일함이 우리 조선문인의 책임이라고 말한 가야마 미츠로
> (香山光郎) 씨의 제창은 동 대회에서 우레가튼 박수로서 환영을 바덧스며
> 내지 문인들이 말한 이상으로 각 방면에 큰 충동을 주엇섯다. <u>자기네들이</u>
> <u>말하지 못한 것을 우리 조선 문인이 말하엿다</u>는 것은 한층 뜻기픈 일이엇
> 스며, 내지 문인 측의 감명은 적지 안헛섯다.[79](밑줄은 인용자)

대만 대표 구딩(古丁)도 이광수의 발언에 대해 "일본인 이상의 열성"
을 나타내어 "일본 작가들도 모다 감탄"했다고 쓴다.[80] 이처럼 이광수는
대동아문학자 대회라는 조선인이 '부재'하거나 오직 '중계지'로서만 있
을 수 있는 장소에서, 일본인보다 더욱 더 제국의 시스템을 완벽하게 수
행함으로써 천황의 적자이자 일본을 초월한 아시아인으로써 발언한다.
　이광수의 그러한 행위는 본회의의 발언뿐이 아니었다. 그는 신사참
배, 성전에 대한 각오, 감상의 발언, 술자리 등에서도 대동아문학자 대
회가 참여한 문인들에게 요구했던 역할을 완벽하게 모범적으로 수행
하고 있다. 그런 점에서 이광수가 대동아문학자대회에 다녀와 쓴 『삼
경인상기(三京印象記)』[81]는 대동아문학자대회 전체가 지닌 연극성, 혹

---

79 「出席者에게 큰 感銘－釜山서 半島文學者代表 辛島氏 談」, 『每日新報』, 1942.11.13, 朝3면.
80 「滿蒙華 文學者代表座談會 1」, 『每日新報』, 1942.11.17, 朝3면.
81 李光洙, 김윤식 편역, 「삼경인상기」, 『이광수의 일어 창작 및 산문선』, 역락, 2007. 원문은 「三

은 일본제국이라는 통합적 시스템 체제가 동반하는 연극성에 대해 주의를 기울이게 한다. 대동아문학자대회에 가야마 미츠로(香山光郎)라는 창씨명으로 참여했던 그는 1943년 1월 『분가쿠카이』라는 일본잡지에 이광수(李光洙)라는 본명으로 「삼경인상기(三京印象記)」를 싣는다.

이광수는 자신의 본래 이름, 필명, 창씨명을 어느 정도는 의식적으로 구별해서 사용했던 듯하다. 예를 들어 이광수는 『신시대』(1941.1~1945.2) 창간호에 두 개의 글을 싣고 있는데, 자신의 이름을 어떻게 표기했는가에 따라서 글의 내용과 문체에 차이가 있다. '香山光郎'라고 표기하고 있는 「新時代의 윤리」라는 글은 신체제 질서의 정당성을 선전하듯이 토로하고 있으면 한자가 다소 섞여 있다. 반면, '春園'이란 필명을 사용한 「人間修行論」에서는 신체제 질서에 동화되기 위한 수행 과정과 그 속에서 느끼는 어려움을 쓰고 있고 한글이다.

이광수는 가야마 미츠로(香山光郎)라는 창씨명의 의미에 대해서는 이천육백년 전 神武天皇이 어직위 하신 곳의 산(香久山)을 본 딴 것이라고 하면서 그 의미를 높이는 반면, 조선식 성명에 대해서는 칠백년 전 지나식 성명법을 따르는 것이라고 그 의미를 낮추고 있다.[82] 한 논자는 이광수의 창씨개명은 일본에 대한 굴종이 아니라 오히려 중국의 사대에서 벗어나 조선 고유의 것으로 돌아간다는 의미를 띠었으며, 대한제국이나 도산 안창호를 대신할 새로운 아버지 찾기의 일종이었다고 분석한다.[83] 이광수는 고대로 거슬러 올라가 조선의 독자성을 확인함으

京印象記」, 『文學界』, 1943.1.

82 「暴風가튼 感激속에 '氏'創設의 先驅들－指導的 諸氏의 選氏苦心談」, 『每日新報』, 1940.1.5, 5면. "지금으로부터 二천六백년 전 신무천황(神武天皇)께옵서 어직위를 하신 곳이 향구산(香久山)입니다. 뜻깁은 이산 일홈을 씨로 삼어 '향산'이라고 한 것인데 그밋헤다 '광수'의 '광'자를 부치고 '수'자는 내지식의 '랑'으로 고치어 '향산광랑'이라고 한 것입니다. (…중략…) 지금 우리가 쓰고 잇는 석자 성명은 지나식(支那式)의 것으로 이것을 사유해온 것은 약 七백년 가량 박게 되지를 안습니다. 그전까지는 지금 내지인이 사용하고 잇는 씨명과 거진 갓흔 계통이엿슴으로 말하자면 七백년 이전의 조상들을 다시 짜라가는 세음입니다."

로써, 내선일체의 논리 속에서 조선인의 역사적 우위성을 확보하려고
하고 있었다고 할 수 있다. 그렇다면 그는 왜 일본인들이 주된 독자인
일본잡지 『분가쿠카이』에 실린 「삼경인상기」에서는 '香山光郎' 대신
'李光洙'라는 필명을 썼던 것일까? 반면 대동아문학자 대회에 참여자로
등록될 때에는 가야마 미츠로라고 기록되었음에도. [84]

　　필명을 둘러싼 수수께끼는 「삼경인상기」를 읽으면 느껴지는 두 번
째 수수께끼와 관련되어 있다. 「삼경인상기」는 이렇게 시작한다. "이
번 대동아문학자대회에 참가하여 나는 몇 가지 귀한 감격과 체험을 할
수 있었다. 나는 그것을 가장 간단한 모양으로 써 보고자 한다."(117) 이
서두에서 드러나듯이 「삼경인상기」는 분명 대동아문학자 대회에 대
한 참여후기이자 여행기이다. 그럼에도 이 글의 제목에서는 대동아문
학자 대회를 대상으로 했다는 것이 느껴지지 않는다. 더군다나 이 글
의 내용에서도 대동아문학자대회의 실제적인 식순, 논의주제 등의 언
급은 전부 빠져 있다. 이 글에 씌어져 있는 것은 대동아문학자 대회 전
후에 이루어진 견학, 참배, 술자리, 만찬 등에 대한 상세한 기록과 감상
이다. 즉 이광수의 이름표기와 글의 내용을 연결해서 수사적으로 표현
해 보면 다음과 같이 된다. 견학, 참배, 술자리를 쓴 「삼경인상기」에는
필자 이광수가 참여했으나 '香山光郎'은 없었다. 반면, 「삼경인상기」에
씌어지지 않은 대동아문학자대회에는 가야마 미츠로(香山光郎)는 참여
했으나 이광수는 참석하지 않았다.

　　대동아문학자대회의 본회의가 시작된 4일, '대동아 정신의 수립(大東
亞精神の樹立)'이란 논의 도중, 의장(기쿠치 칸, 菊池寬)은 "다음으로 가야
마 미츠로 씨에게 발언을 부탁드립니다. 이 분은 전에는 이광수라고

83　이경훈, 『이광수의 친일문학연구』, 태학사, 1998, 38면, 46면.
84　『文藝－大東亞文學者會議 號』, 改造社, 1942. 12, 20면.

불렸던 분입니다"[85]라고 호명한다. 이 발언에서 이광수는 다음과 같이
말한다.

> 전세계에 자비를 설파한 성자는 석가이며 공자입니다. 그러나 이 자비
> 를 정말로 행하신 분은 천황폐하 한 분 외에 없다고 저는 나는 믿고 있습니
> 다. 이 천황이 자비를 행하시는 것에 힘을 다해 익찬하고 봉사하는 것이 일
> 본인의 대의입니다. 그것이 일본인의 생활목표라고 믿습니다. 따라서 일
> 본인에게는 개인주의는 없다. 개인적 인생 목표는 없다. 인생목표를 가지
> 고 계신 분은 단지 천황폐하 한 분 뿐입니다. 일본인은 이와 같이 믿고 있
> 기 때문에 자기를 완전히 滅하고 있습니다. 이것이 석가의 空寂과 통하고
> 공자의 仁사상의 극지(極地)라고 믿습니다. 자기의 모든 것을 천황폐하께
> 바치는 것을 일본정신이라고 하는 것입니다. 또한 천황폐하께 맡겨 자비
> 를 받는 것을 황도라고 하는 것입니다. (…중략…) 그리고 이 목표의 달
> 성이 우리들의 목적이지만, 목표를 달성하는 것은 우리들 개인으로서가
> 아니라 천황에 의해 나타난다. (…중략…) 나는 이 자기를 완전히 버리고
> 자기를 모두 바친다는 정신이야말로 대동아 정신의 기본이 되지 않으면
> 안된다고 생각합니다. (…중략…) 이 훌륭한 자기를 완전히 버리는 정신
> 을 현현하는 것은 國土와 民衆이 필요합니다. 그 國土는 즉 아시아이며, 그
> 민중은 즉 十億의 제민족입니다.[86] (밑줄은 인용자)

이광수는 "우리들의 목표, 일본인으로서의 우리들의 목표"라고 말
함으로써 일본과 완전히 일체가 된 상태에서 발언하고 있다. 또한 이
광수는 누구든지 천황 아래에서는 인생목표를 갖거나 개인적으로 인
생목표를 달성하는 '나'가 될 수 없으며 천황의 뜻을 따라 모든 것을 바

---

85 위의 책.
86 위의 책, 21~22면.

치는 '너'가 되어야 한다는 점을 강조하고 있다. 즉 일본인, 조선인의 구별은 사라지며 유일한 주체이자 '나'인 천황 아래에서 모두 鍊成되어야 할 '너' 혹은 '타자'로 존재하게 된다. "오직 천황만이 '我'가 되고 나머지 모든 사람이 천황의 '것'이라는 관점"에서 보면, 조선인이건 일본인이건 모두 '것'이라고 할 수 있고, 이 둘 사이의 민족적 차이는 사라진다.[87] 따라서 조선인 '李光洙'는 대동아공영권의 본회의에서는 실제 참가자격에서나 이데올로기적 차원에서나 일본인 '香山光郞'가 되었으며 그럼으로써 아시아인의 중심이 될 수 있었다.

그러나 대동아 문학자대회 전후에 실시된 견학, 참배, 술자리에서 이광수는 조선인으로 취급된다. 천황의 적자가 되기 위해서 끊임없이 수행하고 또 테스트를 받아야 하는 존재인 것이다. 이처럼 대동아문학자본회의 안에서 '일본인'으로 '발화하는' 이광수와, 대동아문학자대회 밖의 부대행사에서 '조선인'으로 '불려지는' 이광수의 괴리는, 조선민족이 대동아공영권 혹은 일본제국 안에서 다른 민족보다 더 우월한 민족일 때에만 해소된다. 즉 조선민족인 채로 대동아공영권의 중심이 되어야 했다.

일본인과 조선인의 완전한 동일화를 말하는 이광수의 내선일체의 사상과, 일본제국이나 천황 아래 모두 동등하게 '너'일 뿐이라는 대동아문학자대회의 논리는 실제로는 이론적인 거리를 지니고 있었다. 이론적 내선일체의 논리는 이광수에게 조선과 일본의 차별이 없는 천황의 적자가 될 수 있는 구체적인 길로 여겨졌다. 반면 신체제 질서 하의 대동아공영권의 논리는 최재서가 이해했듯이 제국적 시스템 아래 각 민족이 동등한 위치에 놓이는 것이었다. 하나는 수직적 논리이고 다른 하나는 수평적 논리이다. 이론상 모순될 수 있는 이 두 가지 논리가 식

---

87 이경훈, 앞의 책, 1998, 105면.

민지 지식인 이광수에게서는 대동아공영권 속에서 천황의 적자가 됨
으로써 봉합되는 것이다.

이광수는 11월 8일, 도니치(東日)에서의 오찬을 즐기며 노(能)를 견학
하면서 다음과 같이 말한다. "근사한 도니치의 대식당에서 근사한 샐
러리를 대접받고 우마야바시(廐橋)에 있는 우메와카(梅若, 노의 일종 ― 역
주)류의 노 무대에 안내되었다. 중국이나 만주 손님들은 한 분도 오지
않았다. 우리들 조선에서 온 대표들이 손님인 셈이었다(밑줄은 인용
자)"[88]라고 감격하고 있다. 이광수는 "스스로 제국주의의 주체가 될 수
있다는 확신을 통해 그 제국주의의 피해자라는 자기 동일성을 초극하
려 했던 하나의 시도"[89]로서 내선일체를 해석했고, 일본인보다 더욱더
일본인이 됨으로써(내선일체의 실행), 다른 피식민자나 피점령자보다 높
은 위치를 차지함으로써 천황의 신민이자 제국의 국민이(대동아공영권
속으로 편입) 되었다.

이광수는 제3회 대동아문학자대회에도 참여했으며 이렇게 외친다.
"아시아인이여, 아시아로 돌아가라. 아시아인의 운명은 하나이다. 인
류 구제의 빛은 아시아인으로부터 나온다. 이 사실을, 이 이상을, 이 감
정을"[90] 태평양 전쟁이 막바지에 치달아 가면서 본래의 필명 "李光洙"
와 천황의 적자 "香山光郎"는, 이광수에게는, 조선인인 동시에 '아시아
인'으로 통합 / 초월되는 것이다.

피식민자의 "기묘한 기호행위"

그러나 대동아문학자대회에서 나타나는 조선 문인들의 발언과 행

---

88 李光洙, 김윤식 편역, 앞의 책, 2007, 126면. 이후 「피식민자의 '기묘한 기호행위'」에서 이 글
  을 인용한 부분은 면수만 괄호 속에 넣어 본문에 표시한다.
89 이경훈, 앞의 책, 1998, 34면.
90 李光洙, 「大東亞文學の道」, 『國民文學』, 1945.1, 26〜27면.

위는 묘한 울림을 동반하고 있다. 이광수는 대동아문학자대회, 부대행사, 심지어 술자리에서조차 우직함과 성실한 천황의 적자를 연기한다. 이광수는 11월 7일 하야시 후사오에게 이끌려 고바야시 히데오를 만나러 간다. 하야시는 "꼭 취해주게. 취한 이광수를 보여주게"(125)라고 말한다. 이광수는 이 요구에 대해서 다음과 같이 쓰고 있다. "하야시 씨의 이 말뜻은 나로서는 잘 알 수 있었다. 그렇다면, 하는 심정으로 나는 권하는 족족 마셨다. 그래서 취기가 도는 상태에서 떠들어 마침내 하야시 씨의 주문대로 앞뒤를 알지 못할 정도가 되고 말았다."(125) 11월 10일에는 오사카 지사가 주최하는 오찬을 먹고, 나카노시마(中之島) 공회당의 강연회와 폐회식을 거행한다. 이때에도 일본인들은 이광수에게 술을 잔뜩 먹인다. "'마셔마셔'라는 가와카미 씨의 권유로 대여섯 잔을 거푸 마셨다. 가와카미 씨는 내가 취하기를 바란 모양이다. 하야시 후사오 씨의 수완이다. 가야마(香山)란 자식, 한번 속내를 드러내 보라는 투였다."(130) 자신의 경험을 반복해서 말하고 선창하고 고백하고 살과 살을 부딪치는 과정을 통해서 제국신민으로 연성시켜가는 과정이 대동아문학자 대회를 둘러싼 참례, 의례, 술자리 등이었던 것이다. 이광수는 이 내밀하고 감정적이고 신체적인 '일본인 되기=신민되기=제국의 국민 되기'의 진실성을 극대화시킨다.

'속내'까지 연성되어야 할 대상인 조선인 이광수는 「삼경인상기」의 참배, 의례, 순례, 좌담회, 술자리 등에서 그 누구보다 성실한 천황의 신민, 제국의 국민의 모습을 보여주는 것이다. 1942년 11월 1일, 이광수는 만주, 중국의 문학자 대표들과 도쿄역에 도착하고 니쥬바시(二重橋, 천황이 있는 황궁 입구의 다리−필자) 앞에서 궁성 요배한다. 이때의 감격을 이광수는 이렇게 말한다. "'보잘 것 없는 신하 가야마 미츠로(香山光郎) 삼가 성수(聖壽)의 만세(萬歲)를 빕니다'라고 국궁(鞠躬)하는 순간, 나는 가슴에 차오르는 감격에 젖었다. 나는 천황을 모시는 고마움을 절절히 느낄 수 있었다. 내게는 실로 존귀한 한 찰나였다." 이어 2일에는 야스쿠니 신사를 참배하고, 메이지 신궁의 국민 연성대회 참여한다. 연성대회의 모습을 본 이광수는 "모두 기립, 기미가요 소리가 정적 속에 흘렀다. 최고의 경례. 지존을 우러러 보는 민초들의 감격. '모든 것을 폐하에게 바칩니다.'라는 혼들의 무언의 맹세"를 분명히 듣고 느낄 수 있었고 "일억일심(一億一心)이란 이런 것"이라고 여겨졌다고 말한다. 3일에는 메이지 신궁을 참배하고 10일 아침에는 대신궁을 참배하러 간다. "하늘에는 한점 구름도 없다. 청정 바로 그것이다. 나는 목욕탕에 가서 냉수욕을 했다. 대 진구(大神宮)에서 하는 첫 참배다. 몸도 마음도 정결히 하지 않으면 안 된다."

대회가 끝난 11월 6일에는 가스미가우라(霞浦 해군 항공대가 있는 곳—역주), 쓰치우라(土捕, 소년 항공대 훈련소가 있는 곳—필자)를 견학해 미국이 두려워한다는 신형전투기를 구경한다. 수천 미터 상공에서 비행기가 쏜살같이 떨어지고 치솟는 모습, 전원 집합하는 모습, 단체 체조도 구경한다. 특히 이광수는 단체 체조에 놀라움을 표시한다. 보통 체조처럼 시작하지만 "점점 곡예처럼 바뀌면서 저런 저런 하고 눈을 번쩍 뜨이게 할 정도의 것"이 되고 그것이 "50분 동안" 이어 건다는 점을 칭찬한다. 이광수는 그것을 심신수행의 극점인 "유연"이라고 평가한다. 비행장, 체조, 등을 견학하면서 이광수는 단체로 전쟁을 향해 나아가는 신체에 놀라고 공감한다.

조선인 李光洙는 일본인보다 더욱 일본인다웠고 더 나아가 (일본인을 경유하지 않은 채) 곧바로 천황의 신민다웠다. 내선일체에 기반한 이러한 연성과정을 통해 이광수는 식민지인과 피식민지인의 관계를 전도시킨다. 김윤식의 분석처럼 이광수는 술이 취하면 취할수록, '고대인 香山光郎' 혹은 "불교의 행자"로 변해간다. 담징이나 혜자를 떠올리며 저 먼 옛날 조선에서 나라로 온 승려들을 상기하고, "나는 나라가 한없이 그립다. 가와카미 씨도 도쿄에서 일부러 와서 나와 나라라는 수도의 초승달에 가슴이 뛰었던 것이리라. 좋다. 마시자. 속내뿐 아니라 마음 속 진흙을 토해도 좋다. 나에게는 중생에 대해 감출 어떤 일도 없다. 취해서 보여줄 추함이 있다면 그것이 나의 참된 모습이리라. 나에게 진심을 구하는 벗에게 내 있는 그대로를 안 보이고 어쩔 것인가"(130) 라고 말한다. 이런 해석을 통해서 이광수는 술자리에서 속내를 보이라고 권하는 일본 문인들 앞에서 고대에 일본과 조선이 하나였음을 설명하고 불교적 세계에서는 조선이 더 근원에 위치함을 강조하면서 자신이 이곳의 그 누구보다 더 천황의 적자임을 암시한다.

호류지를 견학하면서 이광수는 고대 조선의 담징과 혜총을 떠올린다. "쇼토쿠(聖德) 태자(574~622, 호류지를 세운 인물, 스이코(推古) 천황 때 태자로 권력을 진 인물-역주) 를 특히 삼가 그리워 사모한다고 말씀 올릴 이유가 있다. 그 까닭은 이러하다. 쇼토쿠 태자에게 법화경(法華經)을 진상하고 강독한 것은 고구려 승려 혜자 대사이며 불상과 불각(佛閣, 불당 -역주) 등을 만드는 역할을 한 것은 백제 승려 혜총 대사이다. 혜총은 일명 자총이라고도 했다. 그리고 호류지의 그 유명한 벽화는 고구려의 담징이 그린 것으로 되어 있다."(132~133) 그리고 이광수는 꽤 많은 지면을 할애해 "태자에 있어서는 일본과 불법은 하나이지 둘이 아니다"(135)라고 말한다.[91] 나라의 호류지를 관광하면서 일본과 조선의 전통을 거슬러 올라가 연결고리를 발견하는 한편, '불교'라는 정신적 세계를 천황과 겹쳐 놓음으로써 천황에 귀의한 자신의 태도를 불교에 대한 귀의로 전도시키고, 동시에 천황을 넘어서는 과거 신라가 지녔던 불교적 정신세계의 우월함을 드러내고 있다.[92] 「삼경인상기」에서 조

91 　李光洙, 김윤식 편역, 앞의 책, 2007. 원문은 「三京印象記」, 『文學界』, 1943.1. 참고할 것으로는 하마다 하야오(濱田準雄)의 「대회의 인상(大會の印象)」, 『文藝臺灣』, 1942.12.
92 　김윤식 편역, 「李光洙의 글쓰기」, 『이광수의 일어 창작 및 산문선』, 역락, 2007, 147~148면.

선인 李光洙는 조선과 일본의 고대역사가 지닌 동일성을 역설하면서 일본인과 조선인 사이의 차이를 없애는 한편, 오히려 불교를 전파한 근원으로서 우월한 위치에 서려하면서, 이와 동시에 '불교'의 정신세계를 천황의 정신세계와 나란히 놓아 '아시아'의 일원이 된다. 즉 「삼경인상기」의 李光洙는 불교와 동급인 천황에 귀의함으로써 일본제국의 적자가 된다. 이에 따라서 「삼경인상기」의 연성과정은 불교의 인간수행이나 보살행과 마찬가지의 의미를 지닌다. "춘원의 직역봉공이란 '인간수행'의 한 과정인 동시에 불교적 참회"였으며, "불교적 인과론에 기댄 전향논리"였던 것이다.[93]

　「삼경인상기」의 시공간에서 이광수는 일본을 경유하지 않고 불교와 나라를 통해 '조선인 이광수'인 채로 일본국민을 뛰어 넘어서 제국 일본의 국민이자 아시아인으로서의 중심적 지위를 확보한다. 그는 대동아문학자 대회에서 "일본 측 속의 조선"으로 기록되고 있으나, 이광수가 자신을 위치시켰던 것은 유진오, 요시무라 고도와 같은 "일본쪽 조선대표"가 아니라 하야시 후사오, 가라시마 츠요시와 같은 "조선대표 일본인"이었던 것이다.

　「삼경인상기」에 붙어있는 '李光洙'라는 이름, 그리고 대동아문학자 대회를 둘러싼 부대행사만을 그렸다는 두 가지 수수께끼는 이러한 식민지 / 피식민자 사이의 간극을 은폐 혹은 일부러 망각하려는 피식민자의 무의식을 보여주는 동시에, 이러한 망각과 불교 및 고대로의 귀환을 통해 제국(대동아공영권)의 중심에 서려는 식민지 지식인의 초극을 향한 욕망을 보여준다. 그런 점에서 「삼경인상기」가 보여주는 분열 양상들(李光洙 VS 香山光郎, 견학 · 참배 · 술자리 VS 본대회 · 좌담, 조선인으로서의 연

93　이경훈, 앞의 책, 1998, 139~140면. 이후 이와 같은 견해를 보이는 것으로는 양문규, 「1910년대 이광수 소설 문체의 재인식」, 『이광수문학의 재인식』, 소명출판, 2009, 110면.

성 vs 일본인으로서의 발언)은 한편으로는 이광수 본인이 원래 갖고 있었던 봉건성으로부터의 탈피와 국민국가 부재 사이의 분열[94]이었으며 동시에 식민지 지식인이 '동화'와 '초극' 사이에서 겪는 분열이기도 했다.

대동아문학자 대회에 참여한 그의 이러한 "기묘한 기호행위"[95]가 의식적이었건 무의식적이었건 간에, 그의 행위들은 내선일체나 대동아 공영권, 황국신민화 등과 같은 기호들을 너무 액면 그대로 수행함으로써, 오히려 과장된 연기처럼 보이기도 한다. 그 연기의 곳곳에는 갑자기 종교적 차원으로 비약하거나 모순되는 부분을 황급히 봉합하는 부분들이 나타나곤 한다. 예를 들어 천황을 위해 행해지는 질서정연한 스펙터클 혹은 고달픈 신체수행은 '유연'이라는 말을 통해 '自在'라는 불교적 차원으로 상승해 버린다. 또한 대동아문학자 대회가 지닌 모순들을 눈치 채면서도 그 모순을 봉합해 버리기도 한다.

예를 들어 11월 3일 제국극장에서 열린 개회식에 대해서 이광수는 그것이 난생 처음 보는 호화판이자 동아문화가 아니라 서양식 건축물에서 이루어졌다는 점에 의아함을 표한다. 그러나 이윽고 "대동아 문화 부흥을 위한 대회를 유럽식의 화려하고 아름다운 제국극장에서 한 것은 아이러니도 아무것도 아니다. 철근 콘트리트나 피아노나 기타 따위도 대동아 정신 속에 융합되게 한 것이 대동아 정신인 것이다"(119)라고 말함으로써 '대동아 정신' 속에서 이 괴리를 봉합한다. 그러나 이 "아

---

94 김철, 「친일문학론: 근대적 주체의 형성과 관련하여」, 『국문학을 넘어서』, 국학자료원, 2000, 98~100면. 이 계몽적 주체는 처음에는 매우 상반된 성격이 하나의 인격 속에 혼재하고 있는 양상으로 드러난다. 결론부터 말하면, 그것은 '시민적인 것'과 '신민적인 것'의 혼재 양상이다. 봉건적인 것에 대한 이광수의 가차 없는 증오와 공격은 널리 알려진 것이지만, 이 때에 그가 공격하는 봉건이란 봉건 '국가'라기 보다는 봉건적 관습이나 생활의 제도, 문물, 풍습 등에 보다 많이 관련된 것이다. (…중략…) 시민적 지향은 그러한 지향의 실천적 공간이 되어야 할 근대국가의 부재라는 주어진 현실 앞에서 당연히 갈등을 일으킬 수밖에 없다.
95 김윤식, 「이광수론―이광수에 있어서의 자부심과 굴욕감의 역전현상」, 『일제 말기 한국 작가의 일본어 글쓰기론』, 서울대 출판부, 2004, 339면, 350면.

이러니도 아무것도 아니다"라는 말은 도리어 매우 아이러니한 울림을 준다.

이광수처럼 명령을 지나치게 그대로 수행할 때 그 지나치게 충성스 러운 행동은 위와 같은 비약들을 드러낸다. 그리고 이 비약들을 통해 명령이 지닌 모순과 허구성이 공개된다. 이광수의 과도하게 진실 된 행동들은, 제국일본의 주체인 일본인들까지도 이광수의 속내를 의심 하게 만든다. 따라서 술자리에서 이광수의 속내를 궁금해 하고 술을 먹이고 있는 것이다.[96]

제국의 주체, 혹은 식민자들은 그들이 말한 것이 피식민자에 의해서 그대로 수행되는 것을 보고 불안해한다. 피식민자 이광수의 과도하게 진지한 수행과 그 과도한 수행을 보면서 오히려 불안해하는 식민자의 괴리는, 대동아문학자대회 전체가 실체가 있지도 않고 완성되지도 않 은 하나의 연극이며 각 민족대표들은 식민제국의 시스템 속에서 어릿 광대와 같은 배역을 부여하고 있음을 역으로 보여준다. 내선일체를 내 면화한 황국신민이자 제국일본을 초월한 아시아인을 진심을 다해 연 기하는 "부재하는 조선의 자리"에 있는 이광수, 그의 행동은 역으로 대 동아공영권이라는 대회가 거대한 이동연극이었음을 반증한다.

최재서 : "조선' 앞에서의 머뭇거림

2회 대회에 참석했던 최재서는 「대동아 의식의 각성」이라는 글을 남긴다.[97] 이광수가 대동아문학자대회의 견학, 참배, 술자리 등에서

---

96 이 부분에 대한 더욱 자세한 설명은 졸고, 「'移動する帝國／被植民者の身体と不在する參与」, 『第一回韓日文學文化研究交流會—李箱誕生100周年記念國際學術シンポジウム』, 이상문 학회, 연세대BK21한국언어문학문화국제인력 양성사업단, 무사시대학 총합연구소, 2010.7 의 발표문을 참고.
97 「大東亞意識の目覺め—第二回大東亞文學者大會より還りて」, 『國民文學』, 1943.10. 『최 재서—'조선 앞에서의 머뭇거림』에서 인용된 이 글은 페이지 수만 표시.

보고 행동한 것을 자세하게 적고 있다면, 최재서는 그 과정에서 느낀 감각을 논리적으로 해명하고 있는데, 그것은『국민문학』좌담회에서 구현되었던 감각과 연속선상에 있다.

첫째로 "고요함"의 감각이다. 그는 격렬한 전투 속에서 열린 대동아 문학자 대회에 대해서 다음과 같이 강조한다. "처참하고 가혹한 솔로몬 방면의 전쟁 상황에 대한 뉴스"가 있었음에도 "우리들은 시종일관 온화한 분위기 속에서 회의를 진행할 수 있었다. 생각해 보면 불가사의할 정도이다. 그것은 꼭 쿄토역에 내렸을 때나, 이세 신궁(伊勢神荷宮)에 참배했던 때의 기분과 비슷한 것이다. (…중략…) 어쩜 그렇게 고요한 것일까"[98] 둘째로는 "상쾌함"의 감각이다. "도쿄에 내리자 바로 니쥬바시(二重橋) 앞으로 안내되어, 비로 씻겨진 시원한 대내산(大内山)을 눈 앞에 경배하고, 이윽고 메이지 진구(明治神宮)와 야스쿠니 신사(靖國神社)에 참배했다. 그리고 돌아오는 길에 유시마(湯島)의 성당을 방문했다"(137)고 쓰고 있다. 일정이 모두 끝나고 갔던 쿄토, 나라 등의 참배코스 중에서 그는 나라의 다도회에 초대받았을 때의 모습을 "어느 쪽이든 영혼의 고향에 도착한 표정"(138)이라고 묘사하기도 한다.

일본의 신궁, 고도(古都) 등에 대한 이러한 감격에 찬 토로는 다음과 같은 점에 기인해 있다. 일본에 남아 있는 이러한 고요하고 상쾌한 동양문화를 전달해 준 것이 일찍이 조선에서 일본으로 건너간 학자, 승려, 문인, 기예인들이며 그렇게 귀화한 조선인들에 의해 일본에 가장 근본적인 동양문화가 보전될 수 있었다고 생각하기 때문이다.

역사를 1350년 뒤로 돌리면, 일본은 야마토(大和)시대, 스이코(推古)천왕 성대(御代). 문화적으로는 아직 어리다. 그 때의 지나는 수(隨)시대, 조

---

98 崔載瑞, 위의 글, 134~135면.

선은 삼국시대, 문화적으로는 충분한 연령에 이르러 있었다. 대륙의 각지에서 학자, 승려, 문인, 기예인이 계속해서 바다를 건너 왔다. 그 속에는 혜자(惠慈)나 담징(曇徵)의 이름도 보인다. (…중략…) 그것은 동양 문화에 있어서 실로 다행스러운 것이었다. 동양의 문화는 일본에 의해서 잘 보존되고, 또한 정련을 더해, 때가 되면 세계에 그 빛을 발할 운동이었던 것이다. 오늘날은 실로 그 때이다. 우리들 일행은 오늘날 빛의 전달자답게 동쪽의 수도를 달려가고 있는 것이다. 대륙의 문화를 일본에 운반하는 것과, 일본의 문화를 대륙으로 운반하는 것, 출입의 차이는 있지만, 마찬가지로 일본을 중심으로 동양문화의 빛을 빛나게 하는 것에 의해서, 우리들은 윗 세대의 귀화인들과 같은 의기(意氣)로 결합되는 그 순간, 1300년의 시간의 흐름은 한점에 응축되어 고금은 하나로 결합된다.(136~137)

최재서가 느끼는 일본의 고도와 신궁에 대한 감각은 바로 이 지점 '조선'이 과거 이 모든 문물을 전달하는 "중계자"였다는 데 있다. 또한 지금은 방향은 반대이지만 일본의 문물을 중국이나 북방으로 전달해가는 "중계자"가 되고 있다는 점에 있다. 시간의 흐름은 대동아문학자대회에 참석하는 그들이 "옛 세대의 귀화인들과 의기로 결합하는 그 순간", 그 "한 점에 응축"된다. 신사에서 참배하는 그의 행위는 일본의 천황에게 참배하는 것이 아니라, 문무를 전해주었던 과거 조선의 귀화인들에게 참배하는 것이 되며, 이 일본문화의 중심지는 곧 조선이 근원인 중심지가 된다. 실상 대동아문학자대회에서 '부재'하는 위치로 설정되었던 조선은 최재서의 이러한 광대한 시공간 속에서 대동아 문화전파의 중계자, 즉 사절로서 우뚝 선다. 이광수가 제1회 대동아문학자 대회의 부대행사에서 '불교'를 떠올려 일본을 초월했다면, 제2차 대동아문학자 대회에서 최재서는 일본에 "귀화"한 조선인의 "문화교류"를 통해서 일본을 초월하려고 한다.

이처럼 일본 제국을 초월하기 위한 이러한 '전통으로의 회귀'는 이광수에게도 최재서에게도 공통적으로 나타난다. 이 '전통으로의 회귀'를 통한 '초월술'의 논리가 이광수에게는 "천황제 아래에서는 모든 이가 평등하다"라는 것이었다면, 최재서에게는 "질서와 제도 하에서는 모든 것이 평등하다"는 것이었다.

앞서 이 책의 5장에서도 설명했듯이, "질서의 추구" 그리고 그 질서를 실현시켜 줄 제도적 장치에 대한 믿음은 『국민문학』 전체를 관통하는 감각이기도 했다. 이 질서는 징병제의 실현으로 구체성을 얻었다. 최재서가 대동아문학자대회의 발언 석상에서, 감상후기에서, 신문과의 인터뷰에서 줄곧 강조하는 것은 징병제와 특별지원병 제도의 실시이다. 본회의 첫날 최재서는 조선에서 8월 1일부터 징병제와 해군 특별 지원병제가 실시되어 "반도의 청년들도 대동아 전쟁의 제일선에 서게"되었다고 하면서 "천황 페하께옵셔 통솔하옵시는 것"인 병역의 신성한 의무를 지게 된 것은 "一視同仁의 大御心의 은혜이며 내선일체의 대 이상은 이것으로 구체적인 표현을 얻었다"고 말한다.[99] 징병제 실시와 국어보급을 통해 이제 조선의 문학은 "조선인만을 대상으로 하는 좁은 문학이 아니"며, "이천 칠백만의 동포를 뛰어넘어 일억 국민 나아가서 아시아 민족 십억의 문학"[100]이라고 강조한다. 이 서사는 이후 1943년 8월 27일 『매일신보』에 실린 인터뷰 「결전문학 이념갈파(決戰文學理念喝破)」에서도 반복된다.[101]

『국민문학』 창간호부터 창씨개명에 이르기까지 최재서의 다양한 고백적인 글과 좌담회의 언급에서 반복적으로 제시되는 질서에 대한

---

99 崔載瑞, 「朝鮮に於ける徵兵制の施行と文學運動」: 徵兵制, 特別志願兵制の施行によって, 朝鮮には戰爭傍觀者的態度が消え, 朝鮮文學も影響を受けるだろう。「文學報國」, 1943.9.10, 4면.
100 위의 글.
101 崔載瑞 談, 「決戰文學理念喝破 : 一億相對로 할 朝鮮文學領域」, 『每日申報』, 1943.8.27, 朝3면.

추구를 근간에서 바치고 있는 것이 상쾌함과 고요함이라는 감각이다. 이 감각은 앞에서 살펴보았듯이 신사를 참배할 때의 감각과 겹쳐진다. 즉 질서에 대한 추구는 제국 일본의 천황제 중심주의라는 위로부터의 개혁사상과 연결되어 있었다. 예를 들어 최재서는 "질서에는 중심이 없어서는 안 된다. (…중략…) 대동아 신질서에서 중심이 되는 것은 천황에 의해서이다. 일본은 천황을 중심으로 일가를 이룬다. 동양은 일본을 중심으로 일가를 이룬다"(139)라고 말한다.

그러나 질서와 제도, 그것이 주는 상쾌함과 고요한 감각을 통해 제국의 질서를 초월해 버리려는 최재서는, 그러한 길을 선택하려고 할 때마다 늘 "조선"이라는 말을 처리할 길을 몰라 고민한다. 창씨개명을 선언하는 문장에서도 그는 이렇게 말한다. "조선인이라는 사실을 어떻게 처리해야 좋을까, 이 의문은 이미 지성적인 이해와 이론적 조작만으로는 아무 소용이 없는 최후의 장벽이었다."

대동아문학자대회에 대한 인상기 중 가장 강렬한 인상으로 남는 것도 조선에 대한 이해와 관련된 다음 부분이다. 최재서는 사토미 기시오(里見岸雄)에게 초대를 받아 가게 되는데, 그곳에서 "조선"이란 이름에 대한 의외의 해석과 만난다. 사토미 기시오는 이렇게 말한다.

(사토미는 : 필자) "조선이라는 명칭은 비장하여 좋은 이름이다. 일본과 조선. 일(日)의 근본(本)이니까, 조선(朝鮮−신선한 아침)인 것은 당연하지 않은가? 일본과 조선이 분리 일체인 것은 이미 명칭에서부터 그러하다. 최근 신문지상에서 반도 등 극히 애매한 말이 유행하고 있는 듯하지만, 일껏 조선이라는 좋은 이름이 있기 때문에" (…중략…) 대략 그러한 의미의 이야기였다. (…중략…) 나는 시종 조선이라는 것을 생각하지 않을 수 없었다. 특히 조선문학의 존재방식은 한시도 뇌리에서 떠나지 않는 그러한 것으로 나에게는 절실한 문제였다. (…중략…) 조선은 일본의 거울이 되는

것, 즉 사토미 기시오 씨가 말한 일(日)의 근본(本)인 조선(朝鮮)이 되는 것
이었다.(139~140)

대동아문학자대회 속에서 "부재"의 자리에 위치했던 조선인 최재서
는, 중계지로서의 조선의 위치를 통해 ('부재'의 방식이 아니라) '주체'의 방
식으로 참여해 보려고 시도하고 있다. 그 시도는 위의 인용문에서처럼
늘 '조선'이라는 말에 발목을 잡혀 머뭇거리며, 동시에 "조선"이라는 말
을 재해석함으로써 구출되기도 한다.

> 이미 조선문학은 2700만 조선인만의 문학이 아닙니다. 일억국민, 아니
> 대동아 민족 10억을 위한 문학입니다. 그것을 확실히 약속드립니다. 나는
> 조선을 잊으라든가, 버리라든가 하고 말하는 것이 아니다. 실로 그 반대
> 이다. (…중략…) 일본은 이미 조선을 특수하게 다루지 않게 될 정도가
> 되었다고 말하는 것이 현재의 실상이라는 것을, 이제는 확실히 인식해 두
> 어야만 한다.(140)

최재서는 이 글에서 일제가 조선을 특수하게 다루지 않기 시작했다
고 말한다. 이는 조선이라는 민족적 특수성을 통해서 조선을 인식하는
것이 아니라 보다 크고 보편적인 척도인 제국의 시스템 속에서 조선을
인식하고 있다는 의미이다. 즉 최재서의 '질서'라는 것은 조선 / 일본이
라는 제국주의적 시스템에서 제국 / 지방이라는 제국적 시스템으로 변
화했던 제국 일본의 정책적 전환을 내면화한 상태였다고도 할 수 있
다. 또한 그 내면화를 통해서 보편적인 제국적 시스템을 통해서 '제국
주의 / 식민지', 혹은 '일본 / 조선'이라는 차별적인 위계를 초월해 버리
려는 기획이기도 했다. 그러나 그의 기획은 늘 조선 앞에서 머뭇거리
거나 조선이 지닌 의미를 재해석하는 결코 상쾌하지도 고요하지도 않

은 분열적인 동요로 가득 찬 길을 노정하고 있었다.

대표적으로 이광수와 최재서의 경우를 살펴보았지만, 대동아문학자 대회에 '부재'하거나 '중계지'이어야 했던 조선의 문인들은 어떤 일본인 보다 더욱 일본인다운 일본인을 너무 철저히 연기(act)함으로써, 역으로 대동아문학자 대회의 허구성을 폭로하거나(이광수), 제도와 질서를 통해 넘어서려는 순간 '조선' 앞에서 머뭇거리거나(최재서), 대동아문학자대회에서 자신이 조선인으로서가 아니라 일본인으로써 발화하고 있음을 명확히 고백하거나(유진오), 줄곧 아프다는 핑계(박영희)[102]를 대면서 끊임없이 제국의 질서를 모방하고, 동시에 제국의 질서로부터 어긋나고 있었다.

다시, 부재를 반복하는 대동아

대동아문학자대회에 참여한 조선문인들은 제국 일본의 발화법과 질서를 철저하게 모방함으로써 일본인들보다 더 빨리 더 철저히 제국의 신민이 되려고 했다. 따라서 이광수가 제국 일본의 기호를 철저하게 수행함으로써, 오히려 대동아문학자대회의 허구성을 드러냈다고 하더라도, 또한 최재서가 질서와 제도를 전유함으로써 '조선'의 특수성을 제국 속에서 구현하려고 했었다고 하더라도, 그러한 시도들이 각 행위주체가 지닌 욕망의 차원에서 제국 일본의 욕망과 얼마나 다를 수 있을지는 미지수이다. 더구나 이광수와 최재서의 이러한 시도들이 얼마나 성공적으로 피식민자로서의 위치를 초월할 수 있었는지도 미지수이다. 이 행위들은 어느 방향으로 가든 실패할 수밖에 없었던 것이다. 그러나 또한, 매우 아이러니하지만 그들의 이런 행위들은 실패함으로써 제국일본에 포섭되지 않는 부분으로 남고 있다고도 할 수 있을

---

102 寺田瑛, 앞의 글, 1942. 12, 79면.

것이다. 이들의 행위가 드러내는 '균열과 실패의 순간—아이러니의 노출, 머뭇거림, 연기—'이 중요해지는 것이 이 때문이다. 일본인조차 초월하려는 욕망의 근저에 제국 일본을 내면화하는 측면이 있었던 것은 아닐지 질문해야 한다. 왜냐하면 조선인들의 연기는 그 균열적인 측면에도 불구하고, 실상 대동아문학자대회나 제국 일본의 논리를 깊이 내면화함으로써만 가능했기 때문이다. "부재"의 위치를 "중계지"라는 상황을 이용해 극복해 보려고 했던 조선인들의 "적극적 참여"는 제국의 질서를 가장 모범적으로 수행하거나 전유함으로써 이루어졌다.

그렇게 '제국을 내면화한 피식민자'[103]들은 자신 안에 제국을 내면화한 식민자들을 연쇄적으로 만들어냈다. 대동아문학자 대회를 전후로 개최된 여러 가지 문학대회에는 자의든 타의든 다양한 형태의 프로파간다를 수행하는 문인들이 등장한다. 한 예로 만주에서 개최된 '결전예문전국대회'에 조선대표들이 참여한 것을 들 수 있다. 이 대회 참관기에서 주요한은 '만주예문연맹'[104]이 "대동아전 2주년을 맞아 예문계의 결전의식을 앙양하기 위해 12월 4일 및 5일 양일에 걸쳐 '전국예문가회의'를 열었"으며 거기에 주요한이 초대되어 "조선문인보국회를 대표해 회의에 참례"하게 되었다고 말한다.[105] 이 대회에는 주요한 외에도 국민총력조선연맹 문화과의 데라모토 기이치(寺本喜一), 조선연극문화협회의 유치진이 함께 참여한다. 또한 신경에서 열린 이 대회에는 다수의 만계작가가 참여하고 있었다.

---

103 김철, 「'국민'이라는 노예」, 『'국민'이라는 노예』, 삼인, 2005, 38면. "최남선이 주제한 잡지 『청춘』에서 조선 역사상의 위대한 인물들을 모아 가상 내각을 구성"할 때, 이 가상정부의 구성 안에 "植民地省"이 설치한다. 여기에 제국을 닮아가는 식민지의 문제, "식민지를 지닌 제국주의 국가의 건설을 모델로 삼는 식민지 민족주의"가 있다.

104 마쓰무라 고이치(松村紘一), 「결전하 만주의 예문태세─만주 '결전예문전국대회' 참관기」, 이경훈 편·역, 앞의 책, 역락, 2009, 245면(원문은 「決戰下の滿洲藝文態勢─滿洲'決戰藝文全國大會'參觀記」, 『新時代』, 1941.1).

105 원문은 위의 글; 위의 책, 239면.

대회 형식은 개회의식, 국민의례, 인사, 축전, 피로를 시작으로 강연, 결의 등이 이어졌고, 마지막 날에는 "우미유카바(海ゆかば)[106]를 제창하고, 이어서 당 씨의 발성으로 대일본제국 만세, 또 부의장 조천정(祖川貞) 씨의 발성으로 대만주제국 만세, 마지막으로 협화회 문화부장의 발성으로 전문예문가회의 만세삼창"을 했다.[107] 예문대회인 만큼 회의장 복도에서는 '서도전(書道展)'과 같은 전시가 열렸고 매상은 제국 일본의 전쟁을 위하여 "전부 헌금"했다. 이 대회 진행과정을 보면, '대동아문학자 대회'처럼 제국 일본의 전쟁에 협력할 결의를 다지고 고백하는 의례의 형태이며, 만세삼창 등의 신체적인 행위들이 반복적으로 나타나고 있다.

'대동아문학자대회'가 일본제국의 큰 대회였다면, 이것은 일본 제국 안 '만주예문단체'의 회의이다. 이처럼 대동아문학자 대회는 일본 제국의 각 지방의 문학자 대회로 다시 더 작은 지방의 문학자 대회로 이어진다. 이러한 점에서 세포말단을 단체로, 단체를 다시 대회로, 대회를 제국 전체로 연결시키는 위계적인 시스템이었음이 확인된다. 이 위계는 대회의 공간 배치에도 각인되어 있었다. 대회가 열린 회장은 기능별, 장르별, 단체별로 나뉘어져 있었다. "무대에서 내려다보았을 때 좌석열이 오 열, 가장 왼쪽이 기자석과 방청석, 중앙의 전면이 문예가, 극단, 우의단체, 내객, 계원석으로 되어 있다. 문예가 뒤에는 사진, 작곡, 무용의 각 단체석, 극단 뒤에는 공예, 서도, 악단, 내빈 뒤쪽이 미술가 석"이었다.[108]

이러한 단계론적이고 위계적인 전체 시스템 구성방식은 제국 일본

---

106 우미유카바(海ゆかば) : 일본 해군의 군가. 1937년 노부토키 기요시(信時潔)가 작곡함. 가사는『만요슈(萬葉集)』에서 가져옴. 이경훈 편·역, 앞의 책, 주석 21.

107 마쓰무라 고이치(松村紘一), 「결전하 만주의 예문태세－만주'결전예문전국대회'참관기」, 이경훈 편·역, 앞의 책, 249～250면.

108 위의 글, 245면.

을 중심으로 식민지·점령지를 통합하는 동시에 관리하기 좋게 구분하는 통치기술이었다. 또한 그 구분들이 위계화됨으로써 수많은 중간관리자를 낳아 식민권력 아래서 경쟁하도록 하는 구조였다. 따라서 각지역의 문예단체는 '대회'에 참여했다는 표시를 내는 것이 중요했다. 주요한이 이 회의의 특징으로 들고 있는 것도 만계 작가가 골고루 '참여'했다는 것, 참여하지 않은 각지로부터도 축전 등이 도착했다는 것, 일본어로 이루어졌으며 큰 무리가 없었다는 것 등이다.[109] 제국의 한부분을 재현하는 만주의 대회에서 주요한은 마치 대동아문학자 대회에서 일본문인들이 식민지·점령지의 각 민족대표 앞에서 축사를 했듯이, 만주의 예문가들 앞에서 축사를 한다.

> 저희들 조선반도에서는 삼천 오백 명의 학도지원병에 이어, 내년도부터는 징병제의 실시에 의해 00만의 청년이 총을 들고 동아 해방 전쟁의 최전선으로 나아가 그 피와 생명을 바치려 하고 있습니다. (…중략…) 저희들은 친애하는 만주제국 오천만의 민중 역시 하루라도 빨리 직접 총을 들고 폭학(暴虐)한 미영(美英)의 머리 위에 불의 세례를 내를 것을 기원해 마지않습니다.[110]

이 축사에서 주요한은 징병제 실시로 먼저 동아 해방전쟁의 최전선

---

[109] 위의 글, 250면. 주요한이 이 회의의 특성으로 드는 것은 다음과 같다. 1. 참례자가 전 만주 각지 및 각 민족계에서 나와 명실 공히 회의의 총력을 집중한 점. 2. 정부로부터 가장 중요한 자문 사항이 제출되어, 이에 대해 진지한 답신이 수행된 점. 3. 회의를 통해 일본어로 일관했으며, 만계 예문가가 거의 빠짐없이 일본어를 양해(諒解)한 점, 발언은 불가능해도 적어도 들을 수는 있었다는 점. 고정이나 작청 등의 유창한 일본어는 물론이거니와, 오영 씨의 발언만이 滿語로 된 유일한 것이었다. 4. 조선, 관동주에서 참례했을 뿐 아니라 동경, 북경, 남경 등지로부터 축전, 축문을 송정(送呈)해 와 대동아적인 관심이 집중되어 있었다는 점. 5. 만주 예문계에 대한 군부(軍部)의 강력한 기대가 보도부장의 강연을 통해 나타났던 점.

[110] 마쓰무라 고이치(松村紘一), 이경훈 편·역, 앞의 책, 254면.

에 나아가게 된 조선반도의 위치에서 그들에게 "만주제국 오천만의 민중 역시 하루라도 빨리 직접 총을 들고" 나아갈 수 있도록 기원한다고 말한다. 이 말에는 만주계 예문가들보다 우위에 서서 그들을 선도하는 주요한의 의식이 나타난다.

일본제국에 포함된 다른 민족보다 더 높은 지위에 서려고 하는 내면화된 제국주의는 『국민문학』 좌담회를 통해 신지방 조선문단을 만들려고 했었던 최재서나 김종한, 그리고 이광수에게서도 확인되었던 측면이다. 최재서와 김종한 등은 조선에는 큐슈나 오키나와 등과는 다른 문화적 독자성이 있다고 주장하면서 조선을 오키나와나 큐슈보다 높은 위치에 올려놓는다. 대만과 조선에서 동화정책이 실행되고 그 외의 지역에서 협동정책이 실시되었던 것도 이런 인식을 가중시켰다. 동화정책은 일본인과의 차별이 없어지는 것이라고 이해되었기 때문이다.

피식민지 내부에 다시 피식민지가 생기듯이 식민주의가 연쇄적으로 내면화되는 예는, 「대동아 문화권의 구상(大東亞文化圈の構想)」,[111] 「시단의 근본문제(詩壇の根本問題)」 등에서 나타난다. 그 중 「대동아 문화권의 구상(大東亞文化圈の構想)」에서 조선은 남방과 일만지와 달리 '일본과 같은 위치에 있는' 것으로 언급된다. 따라서 조선은 독립한 남방과 필리핀과 다르며 그들보다 우위에서 '일본과 동등한 위치'를 갖는다는 의미로 해석된다. 예를 들어 최근 필리핀에서 국어교육이 추진되고 있음을 들면서 조선도 뒤지지 않도록 더욱 철저하게 국어상용화를 해야 한다고 말한다.[112] 최재서는 「국민문학의 현단계」라는 글에서 조선문학은 "구주와 대만문학과 달리 특수성을 갖고 있"어서 조선문학은 "일본문학의 질서를 성립시키는 데 프라스"가 되므로 내지에서 조선문학에

---

111 「大東亞文化圈の構想」, 『國民文學―大東亞戰爭特輯』, 1942. 2. 36~57면.
112 「半島學生の諸問題を語る」, 『國民文學』, 1942. 5・6 合倂號, 131~140면.

대한 차별을 없애고 조선문학의 범위를 넓혀가야 한다고 말한다.[113]

이러한 최재서의 말에서는 조선을 기타 피식민지나 피점령지와 구분함으로써, 대동아공영권의 중심을 차지하려는 식민지 지식인의 제국주의화된 무의식이 엿보인다. 이처럼 제국에 의한 이동은 아시아인들의 진정한 만남이 아니라 제2신민이 되고자 하는 위계화의 욕망을 증폭시켰고 제국의 질서를 내면화했다.

따라서 대동아문학자 대회 안에서 부재의 형식 혹은 중계지의 형식으로만 참여할 수 있었다는 상황을 조선적 특수성으로서 논의하기 보다는, 제국의 시스템이 어떻게 작동하고 연쇄되고 내면화 되는가를 비판하면서, 조선이나 각 국가 대표들의 위상과 그 안에서 나타났던 차이들을 더 면밀하게 관찰해야 할 것이다. "부재"하는 존재들의 "적극적 참여"가 실패하는 순간이나 '소극적 참여(저항)'들과 불만들은, 단일화 하는 제국적 시스템에 포섭될 수 없는 지점들을 보여주기 때문이다. 그들의 육체는 제국의 시스템에 의해서 길들여져 갔으나, 그 속에 완전히 포섭될 수 없는 형태의 불분명한 제스처나 침묵이 나타나고 있다.

---

113 崔載瑞, 「國民文學の現段階」, 『國民文學』, 1942.8.

2. 전국화하는 대중동원과 '부 / 재하는 참여'

1) 전국화 · 일상화된 대중동원과 참여를 둘러싼 논란

산간벽지까지 파고든 동원체제와 유언비어

신체제 질서 이후 담론공간은 대동아문학자 대회에서 볼 수 있듯이 외적으로는 대동아로 확장되는 동시에 내적으로는 각 식민지의 산간벽지까지 제국 일본의 일원화된 시스템으로 통합하는 정책을 취한다. 여기서는 앞서 살펴본 전국화 · 전체화하는 일본제국의 파시즘화의 네 번째 양상으로 이처럼 산간벽지까지 파고드는 담론공간의 이동과 그것을 통한 동원양상을 다룬다.

1940년대 이후 중일전쟁이 장기화되고 태평양 전쟁이 일어나는 과정 속에서 제국 일본은 대동아로 영토를 확장하는 동시에 피식민지 전체를 속속들이 총동원해 가기 시작한다. 이때 가장 큰 방해가 된 것이 대중들의 무지와 유언비어 및 소문이었다. 1944년 이후엔 일본이 전쟁에서 패배할지도 모른다거나 징병제나 정신대 등과 같은 동원체제에 대한 유언비어가 확산되기 시작하고,[114] 이에 대한 대책이 논의된다.[115] 그러나 유언비어는 쉽게 가라앉지 않았다. 또한 전체주의화된 언론통제 상황에서 무엇이 유언비어이고 무엇이 진실인지는 쉽게 알 수 없었다. 따라서 대중을 장악하고 동원하기 위해서 다양한 권력들이 담론공간을 놓고 서로 경합을 벌이고 있었다.

---

114 「鼎談―思想戰の現段階」, 『國民文學』, 1945. 2, 6~14면.
115 「總力運動の新構想」, 『國民文學』, 1944. 12. 이 좌담회는 태평양전쟁 2주년을 맞아 열리는 데 총력운동의 새로운 단계를 위해서 언론통제가 중요한 논제로 부각된다. 이때 가장 문제가 되는 것은 아래로부터 오는 '소문'을 어떻게 통제할 것인가이다.

유언비어에 대한 비판을 하는 것은 그 유언비어에 관심을 집중시킨다는 점에서 오히려 유언비어를 확대시키는 것이 되기도 했다. 따라서 제국 일본이 장악한 언론 매체에서 유언비어나 소문을 비판하는 것은 매우 아이러니한 효과를 내고 있기도 했다. 유언비어를 막기 위한 비판이 역으로 유언비어를 확산시킬 수 있었기 때문이다. 특히 일본제국이 유언비어의 온상이라고 생각했었던 것은 여성, 노인들이었다. 예를 들어 징병제의 경우, 젊은이들은 징병에 나가겠다고 결심하는 반면 말을 듣지 않아 "걱정되는 것은 중년 이상 연배의 사람들, 특히 여자들"이었다. 그들은 "징병=죽음, 혹은 고통 학대"라는 식의 유언비어를 퍼뜨렸기 때문이다.[116]

이러한 유언비어를 관리하고 대동아 전쟁에 대중들을 총동원하기 위해서 모색된 것이 강연회, 애국부인회, 학교를 통한 동원 등 보다 일상적인 공간으로 침투하는 것과, 이동연극, 이동영화와 같은 오락적이면서도 선동적인 담론공간을 지방으로 확대시키는 것이었다. 산간벽지에 있는 대중들까지도 "몸을 두는 방식(身の置き方)"의 변화를 만들어낼 담론공간이 필요했던 것이다.[117] 따라서 피식민지 내부에서 이루어진 담론공간의 이동과 강요된 참여들은 훨씬 더 직접적이고 강력한 방식으로 이루어졌다.

지방으로 확산된 이동 – 담론공간을 통한 동원체제

지방에서 일상적으로 나타난 담론공간들은 좌담회나 대회보다 직접적이고 강력한 동원기제였다. 참여자들도 좌담회나 대회에서처럼 모방을 통한 변형이나 장악, 연기 등의 참여방식은 불가능했다. 지방

---

116 「軍人と作家・徵兵の感激を語る」, 『國民文學』, 1942.7, 32~52면.
117 「朝鮮文壇の再出發を語る」, 『國民文學』, 1941.11.

으로 확산된 직접적인 담론공간의 경우, 참여자들의 발언이 어떤 내용인가보다도 실제로 그 공간에 '참여했는가 안 했는가'라는 원초적인 것이 문제가 되었다. 그러한 담론공간에 참여하기 위해서는 참여자들의 신체성(복장, 언어, 황국식민화 의례 등)에 직접적인 변화가 일어나야 했고, 참여를 하지 않으면 당장 생계나 교육의 고통으로 직결 되었다는 점에서 '참여' 그 자체가 신체적인 동원이었다. 따라서 이러한 담론공간에 참여했던 대중들의 회상에서는 자발적인 참여였는가 강요된 참여였는가가 논란의 대상이 된다. '참여의 자발성'을 둘러싼 논란들은 식민지 말기의 가정생활을 구술한 다음의 기록에서 확인된다.[118]

가마니쳐서 공출하라고 해서 가마니 치느라고 죽을 뻔 했시유. 그렇게 해서 일본 사람네 갖다 주지요. 공출하라구 일본 사람들 막 족치는데. 안 해다 주면 벌금 물라구. (김지배, 210)

처음에는 한 달에 한 번두 넘구. 많이 따라 다녔지. 반 년 정도 지나고는 한 달에 한 번 정도 오라 그랬어. 안 가믄 아이들 성적이 떨어져가 안돼. 학교로 오라 카는데 부형들이 잘 가야 애 성적이 올라가지. (윤주영, 221)

"학교서 오라믄 가잖아요. 그러믄 애 성적 보여주구, 지금 일본이 어디까지 쳐들어갔다. 일본이 틀림없이 이긴다구 그런 애기를 해줬어요. 우리야 귀담아 안듣죠. 그렇지만 일본이 이긴다구 이야기하드라구요." (이혜숙, 222)

만세 부르라고 나오라면 다 나가야 돼. 다들 불러서 마당으로 하나 세워놓대. 천황폐하 만세 그렇게 불렀다구. 어머니구 아버지구 집에 있는 사람들은 다 나가야 돼. 주로 어머니들이 나갔지. 안나가면 아이들이 둘이나 학교 다니는데. 안나가믄 아이들 퇴학시킨다구 그랬어. 그러구 배급두 못 타니까 나갔지. (조연수, 223)

국민학교 댕기든 책을 아직까지두 내가 외는 구절이 있거던요. 특별히 찬양하구 그런 거는 우리 한국 애들이 안 외지요. 그때두 배일사상이 우리 한국 아이들에게는 아주 강했어요. 그때에 아무리 친한 척 해두 일본인하구는 속주구 말 안하니까, 그럼. 배일사상이 아주 가뜩 차 있으니까. <u>일본 말을 배우긴 해두, (교육) 칙어 허잖아요. 그러믄 입 딱 다물구 이러커군 복창을 안했어요.</u> (강옥자, 247)

애국 부인회 종로구 총무했지. 애국부인회 시켰지만 시킬테면 시킬테지 뭐 그래. <u>난 별루 부인회 안 나갔어.</u> 동회에서 날보구 총무세우라구 불안해서 이름만 세워났지만. (…중략…) 어디서 뭐허구 어디서 뭐허구. 가령 종로구 어디루 부인회 모여라 그러면 모이잖아. 모이면 궐기대회헌다. 시국이 어쩌구 얘기듣구, 거기 난 참석을 못했어. 애들허구 살림살구 사는데 (…중략…) 부인회 안 나가두 괜찮었어. 왜정때라는게 그렇지 뭐" (정채영, 255)

(부인회)그런 거 딴 사람들은 하고 있어요. 여자들이 하는 사람이 있더라구요. <u>저는 와서 하라 그래도 살림도 어렵고 그런 거 할 수 있어요? 안했어요.</u> (…중략…) 대부분 억지로 하지 원해서 나가는 사람 없어요. 그 당시에 부인네들이고 여자들이 자유가 있어요? 자유가 없잖아요. 워낙 지금 말하자면 완고한 집이에요. 양반집이라면 어디 부인네들이 밖에 나가나요. 안 나가죠. 어디 나가서 활동하고 그럴 수 없죠. 와서 하이튼 막 들라구 강제로 선전하구 모던걸인가 뭐 그런 사람이 와서 들라구 막 그랬어요. (밑줄은 인용자)

구술의 신빙성은 구술자의 계층, 계급, 지역, 상황, 지식 수준 등 다양한 점을 고려해야 할 테지만, 위의 구술 속에서 반복적으로 나타나는 특성이 있다. 이를테면 줄친 부분이 보여주듯이 애국부인회, 학교, 부역 등에 '자발적으로' 참여했는가 아닌가 혹은 '적극적으로' 참여했

는가 아닌가가 매번 중요한 논란이 된다. 참여를 했더라도 별로 안 나
갔다거나, 귀담아 안 들었다거나, 배급도 안주고 퇴학시킨다고 해서
억지로 나갔다거나, 등의 설명을 덧붙인다.

그 설명이 사실인가 아닌가와 관계없이 식민지 말기 일상에 대한 다
양한 질문에 대해서 '참여'를 둘러싼 논란이 반복되고 있다는 점이 지
닌 의미는 중요하다. 그리고 참여하게 되면 일본어로 말한다든가, 부
역을 한다든가, 교육칙어나 황국신민서사를 하는 등, 신체적인 행위가
강요되었다는 것도 중요하다. 구술자들은 주로 자발성이나 적극성을
강조하고 있지만, 실제로 지방으로 확산된 제국 일본의 프로파간다를
위한 담론공간은, 참여의 적극성이나 자발성 이전에, 참여한다는 것
자체가 신체적인 변화를 유발하는 담론공간, 즉 매우 신체적이고 직접
적인 동원이 일어나는 담론공간이었다. 이처럼 일상적인 삶과 직결된
담론공간의 경우, 참여자, 발언의 내용과 같은 참여의 질이 아니라 '참
여여부'가 중요해진다.

일상화된 '참여'를 둘러싼 갈등

이 시기에 전체주의적 담론공간은 서울 중심성을 벗어나 전국적으로
확대되며, 참여 대상도 대중이나 지식인을 골고루 포함하게 된다. 그에
따라 '참여의 갈등'은 전국 어느 곳에서나 매 순간 찾아오는 전국적이고
일상적인 것이 된다. 예를 들어 식민지 말기의 모습을 묘사한 소설 「해
방 전후」(『문학』, 1946.7.15 발행)는 프로파간다를 위한 담론공간이 지방까
지 확산되어 있음을 잘 보여준다. 이 소설의 주인공 현은 갑작스럽고 빈
번하게 날아드는 호출장, 징병동원 행사의 참여 권고 등에 시달린다. 제
국 일본의 총동원체제는 각 개인들의 삶이 국가 혹은 전쟁과 연결되어
있다는 것을 '선고'나 '명령'의 형태로 시도 때도 없이 확인시켰다.

호출장 (呼出狀) 이란것이 너머 자극적이여서 시달서(示達書)라 이름을 바꾸었다고는하나, 무슨 이름의 쪽지이든, 그 긴치않은 심부럼이란듯이 파출소순사가 거만하게 던지고 간, 본서(本署)에의 출두명령은 한결 같이 불쾌한것이었다. (⋯중략⋯) 이 날은 아모일도 손에 잡히지 않고, 밥맛이 없고, 설치는 밤잠에 꿈자리조차 뒤숭숭한것이 소심한편인 현으로는『호출장』때나『시달서』때나 마찬가지군햇다.[119]

호출에 응해 경찰부에 간 현의 모습은 참여했다는 알리바이를 만들면서도, 이것이 자발적 참여가 아니라는 표시들을 남긴다. 국방모를 쓰지 않거나, 문인 시국 강연회에서는 조선말을 하거나, 그나마 「춘향전」 한 구절만 읊는다거나 하는 행동들은 "방관적 태도"라고 하여 문제가 되곤 했다. "정말 살고 싶었다 살고싶다기보다 살아 견듸어내고싶었다.(7)라고 반복하던 현은 이런 '강제된 참여'를 피해 시골로 내려가기로 결정한다. 면소나 주재소 밖에 없는 한적한 곳에서 징용도 면하고, 잡곡으로 식량도 해결하면서 낚시질로 세월을 보내겠다는 심사였다. 그러나 시골도 사정은 마찬가지였고 심지어 면사무소의 모범 면장의 관리와 간섭이 심한데다가 현이 아무런 일도 하지 않고 낚시만 하는 모습이 촌사람들의 눈엣가시가 되어 신고를 당하기도 한다. "경방단에도, 방공감시에도 뽑지 않은것은 나라를 위해서 글을 쓰라고 그냥 둔것인데 작고 낙시질만 다니니까 소문이 나뿌게 나는 것"(16)이었다. 제국 일본의 총동원체제는 서울 뿐 아니라 시골에도 오히려 더 강압적이고 직접적인 형태로 실현되고 있었고 마을사람이나 친구가 바로 그 동원체제의 감시 역할을 하고 있었다. 이렇게 '참여'를 놓고 서로 감시하는 체제는 촌사람들을 나무껍질 벗기기, 솔방울 줍기와 같은 부역에

---

119 李泰俊,『解放前後』,『文學』, 1946.7.15, 4면(이후 「일상화된 '참여'를 둘러싼 갈등」에 인용되는 「해방전후」는 페이지수만 표시).

동원함으로써 만들어졌다.

한편 서울에서 열린 문인보국회에 참여한 현의 감상은 조선 국내에서 빈번하게 열린 다양한 형태의 강습회, 대회, 행사가 어떤 신체성을 요구했는가를 잘 보여준다. 문인보국회 궐기 대회에 참여하라는 전보를 연속해서 받아 어쩔 수 없이 서울에 올라온 현은 다음과 같이 대회에 참여한 사람들의 모습을 언급하면서 자신의 옷차림과 비교한다.

> 부민관인 회장의 광경은 어마어마하였다. 모다 국민복에 예장(禮狀)을 찻고 총독부 무슨각하, 조선군 무슨각하, 예복에 군복에 서슬이 푸르럿고 일본작가에 누구, 만주국작가에 누구, 조선문단 생긴 이후 첫 어마어마한 집회였다. 현은 시굴서 낙시질다니던 진흙문은 웃저고리에 바지만은 후란네루를입었으나 국방색도 아니요 각반도 치지않어 자긔의 복장은 시국색조에 너머나 무감각햇음이 변명할 여지가 없게 되었다. (…중략…) 현의 마음을 측은케한것은 그 핏기 없고 살 여윈 만주국작가의 서투룬 일본말로의 축사였다. 그 익지 않은 외국어에 부자연하게 움직이는 얼굴은 작고 슬프게만 보였다. 조선문인들의 일본말은 대개 유창하였다. 서투른것을 보다 유창한것을 보니 유쾌해야할터인데 도리어 얄미운것은 무슨 까닭일가.
> (11~12)

전국 유도대회를 앞두고 군(郡)에서 미리 준비한 "국어(國語)와 황국정신(皇國精神)에 대한 강습"(18)에 참여하라는 권고와 함께 "머리를 인전 깎으시고 대회에 가실때도 필요할게니 국민복도 한벌 장만하십시오"(19)라고 이야기되듯이, 이러한 일상적이고 빈번한 동원 행사에 참여하는 것은 국민복을 입고 일본식 의례를 따르고, 일본어를 씀으로써 "시국색조"를 신체 전체에 각인시키는 것이었다. 식민지화된 상황에서 담론공간은 신체의 겉모습을 바꾸고 일상의 리듬을 다양한 통고,

선고, 권고의 형태로 관리하면서 동원의 형식을 정착시켜 간다.

학교를 통해 강제된 일상적 황민화 교육

이처럼 담론공간에 강제적으로 참여시키는 것을 통해 대중들의 복장, 언어, 생각을 교육시키고 그렇게 황민화된 신체를 전국으로 확대시키는 과정은 학교를 통한 황민화 교육에서 명시적으로 나타난다. 학교는 일상화된 의례이자 축소된 대회의 공간이었다. '국민정신총동원 조선연맹'이 제시했던 학교의 실천항목을 통해 보면 다음과 같았다. "매일아침 皇居遙拜, 紳士參拜 勵行, 先祖의 祭祀 勵行, 기회가 있을 때마다 황국신민의 서사낭송, 국기의 존중, 게양의 勵行, 국어생활의 勵行, 비상시 국민생활 기준양식의 실행, 국산품 애용, 철저한 소비절약과 저금의 勵行, 국채 응모 장려, 생산의 증가 및 군수품의 공출, 자원의 애호, 근로 보국대의 활약 강화, 1일 1시간 이상 근로 증가의 勵行, 농산어촌 갱생 5개년계획의 완전실행, 전가족 근로, 응소군인의 환송영, 傷病兵의 위문, 출정군인 및 순국자 유가족의 위문 위령, 가족 幇助, 기회 있을 때마다 순국자 영령에 묵도, 유언비어 조심, 간첩 경계, 방공방첩에의 협력"[120] 등이다. 이 학교의 규율들은 황성요배, 신사참배와 같은 의례적 형식들을 일상에서 구현했다.

예를 들면 "천황의 궁성과 신사, 奉安展(교육칙어 및 천황의 사진을 비치한 일종의 사당으로서 매 학교마다 따로 배치), 神棚(가마다나. 천조대신을 모셨다고 하는 10×4×30 크기의 상자. 가정마다 비치해서 절하게 함), 교실 전면의 상징물들(二重橋御寫眞, 흥국위인 초상액자, 황국신민서사,[121] 일장, 교장, 교훈, 日章

---

120 김기홍, 「日帝下 전시총동원체제기(1938~45) '황민화'교육 연구―학교교육의 교육활동을 중심으로」, 연세대 교육대학원 석사논문, 2000, 36면에서 재인용.
121 위의 논문, 40~41면에서 재인용. "황국신민서사는 1937년 10월 총독부에 의해 강제된 구호로 초등학생용과 중등학생 이상 성인용" 두 가지가 있었고 내용은 다음과 같다.
　(초등용) 1. 우리들은 대일본제국의 신민이다 / 2. 우리들은 마음을 합해 천황폐하께 충의를

精神 등)과 같은 의례적 상징물을 일상적으로 배치했다. 또한 경례, 교육칙어와 황국신민서사의 암송과 낭송[122] 등 신체적 행위를 통해 일본제국의 신민임을 내면화시켰다. 또한 일본 수학여행을 장려해서 천황에게 참배하거나 일본의 발전상을 이미지화했다. 이러한 규율들을 학교라는 담론공간을 통해 가족 전체로 확대되어, 일상화된 감시체계를 구성했다. 다음의 구술은 당시 학교를 통한 황민화 교육의 단면을 보여준다.

우리 집에 국민학교 다니는 아이가 있으믄 집에서두 함부루 한국말도 안해야 되. 일본말로 해야되. (그렇게 하셨어요?) 그럼. 우리 조카애가 하나 우리집에 와 있었는데, 걔 듣는 덴 될 수 있는 대로 일본말로 했지. 국민학굔데 순진하니까, 학교에서 하라는 대루 하니까 무서워서.(학교 가서 얘기할까봐?) 그럼.(김인옥)[123]

이처럼 식민지 말기 전체주의화하는 담론공간은 어떠한 복장, 언어, 발언을 하는가 하는 신체적인 부분을 일상생활을 통해서 감시함으로써 확장된다. 대중들은 이러한 신체적 담론공간에 참여함으로써, 혹은 일상적인 규율을 통해서 제국일본의 프로파간다를 신체 깊이 받아들이게 되는 것이다.

다합니다. / 3. 우리들은 忍苦鍊成하여 훌륭하고 강한 국민이 됩니다.
(중등용) 1. 우리는 황국신민이며 충성으로 군국에 보답한다. / 2. 우리들 황국신민은 서로 信愛協力하여 단결을 공고히 한다. / 3. 우리들 황국신민은 忍苦鍊成力을 길러서 皇道를 선양한다.
122 위의 논문, 37~40면.
123 안태윤, 앞의 책, 2006, 231면.

2) '이동' 연극 – 식민권력의 의도를 빗나간 '참여'

낯선 '제국적 이동 – 인간 매체' : 이동연극, 이동영화, 이동 강연회, 이동 좌담회

조선인을 황민화하고 총동원체제에 순응하게 하기 위해서는 대중들을 근대적으로 계몽하는 동시에 이데올로기적으로 포섭하는 두 가지 작업이 함께 이루어져야 했다. 이를 위해서 중간관리자, 문화·문학활동 종사자들을 지방의 산간벽지에 파견하여 대중들을 대상으로 연극을 하거나 강연을 했다. 즉 1940년대에 걸쳐 빈번하게 등장하기 시작하는 이동 – 담론공간들은 제국일본의 질서를 산간벽지에 전달함으로써, 피식민지의 말단세포까지 연성하기 위한 제국적 이동 인간 매체[124]였다. 좌담회, 대회 등을 통해 동원되었던 신체들은 다시 다른 대중들을 동원하기 위한 스피커로 지방으로 파견되고, 이러한 전체주의적 미디어 통제사회 속에서 "한 사람, 한 사람의 인간 그것 자체가 미디어化 되어"갔다.[125] 이 중에서도 '이동연극'은 영화보다 간단한 장비로 농산벽지까지 이동할 수 있고, 직업배우들의 연극 뿐 아니라 "농촌 공장을 찾저다니며 적당한 脚本을 갓다주고 그네들 틈에서 역할을 골나 素人劇을 장려하는 것"[126]이 가능했기 때문에 그 중요성이 더욱 강조된다.

산간벽지나 지방으로 확산된 담론공간을 통한 동원은, 앞서도 살펴보았듯이 복장, 언어, 생계와 직결되었다는 점에서 훨씬 더 직접적인 참여형태였다. 따라서 자발적인가의 여부보다도 '참여' 그 자체가 중요한 의미를 지니게 되었다. 그러나 여전히 '참여'하지만 '동원'되지 않거나 '동원'될 수 없는 등, 동원과 참여 여부를 판단하기 어려운 상황이

---

124 이화진, 「전시기 오락 담론과 이동연극」, 『일제 말기 미디어와 문화정치』, 깊은샘, 2008. 이 논문은 이동연극을 인간의 이동이 매체로서 기능하는 양식으로써 파악하는 관점을 제시하고 있다.
125 엄현섭, 「한국 근대 미디어 텍스트와 극양식 연구」, 성균관대 박사논문, 2006, 116~117면.
126 金寬洙, 「移動演劇隊編成에 對하여」, 『三千里』, 1941.3.

연출되기도 했다. 특히 대중들의 적극적인 참여를 끌어내기 위해서는 이동연극이나 이동영화처럼 오락적이고 새로운 형식의 매체로 대중들의 관심을 끌 필요가 있었다. 처음 보는 진풍경은 많은 대중을 끌어모을 수는 있었으나, 그것이 직접적인 동원이나 자발적인 참여로 이어졌는가를 판단하는 것은 쉽지 않았다.

연극이나 영화를 보는 근대적 관객은 서울의 경우 1910년대 신파극의 시대를 지나면서 어느 정도 안정적으로 확립되었으나 산간벽지의 경우 연극이나 영화는 여전히 낯선 것이었다. 도시에서는 활동사진에 대한 놀라움과 오해—예를 들어 영화화면 뒤에 기차가 실제로 있다거나 유성기 안에 사람이 들어가 있다거나 하는—들을 이미 근대 초기에 경험한 상태였다.[127] 서울에는 1902년 협률사가 1907년에는 단성사가 생기고 있고, 전남 목포시에는 1904년에 목포좌, 1914년 군산좌, 1917년에 광주좌가 생긴다. 그러나 상설 영화관이 생긴 것은 1926년에 이르러서였다.[128] 1940년대 초반에 지방에서는 '보는 것'에 대한 새로운 인식을 요구하는 영화[129]에 대한 이해가 충분히 확립되지 못했다. 따라서 이동영화를 통한 동원은 '영화매체' 자체를 이해시키는 장이 되었고, 단순한 마을 축제나 이벤트처럼 인식되었다. 이런 현상은 1950년대까지 이어져 광주와 같은 지방 대도시에서는 극장구경이나 영화관람이 일상적 경험으로 정착되기 시작하지만, 호남지역의 군읍 단위에서는 여전히 이벤트나 마을 축제로 인식된다.[130]

---

127 이순진, 「조선 무성영화의 활극성과 공연성에 대한 연구」, 중앙대 첨단영상대학원 박사논문, 2008, 11~12면.

128 위경혜, 『호남의 극장문화사』, 다홀미디어, 2007, 26면; 위경혜, 『광주의 극장문화사』, 다지리, 2005.

129 김기란, 「근대계몽기 신연극 형성과정 연구—연극성을 중심으로」, 연세대 박사논문, 2004.

130 위경혜, 앞의 책, 28면. 영화관람은 해당 지역 공동체 구성원들에게 축제와 같았다. 필름의 보존 상태 정도나 영화 내러티브의 전개와 상관없이 영화매체 자체가 주는 신기함, 일상에서는 경험할 수 없는 한정적인 공간에서의 대중의 목격, 그리고 영화를 보면서 느끼는 일체

연극의 경우도 크게 다르지 않았다. 1910년대 초반 서울에서는 신파극을 통해 연극 공연문화가 대중들에게 자리 잡기 시작했다. 신연극이 처음 공연되었을 때에는 조용히 앉아 사실과 같은 연극을 관람한다는 의식이 없었기 때문에 "이러서고, 혹은 안즈며, 혹은 다른 사롬과 의론이 분분ᄒ고 혹은 고담쥰론으로 우스며, 리약이ᄒ"는 경우가 많았으나, 『매일신보』와 신파극 사이의 상업적 관계 속에서 연극 '반액할인권'이 발매될 정도로 관객성과 상업성을 안정되게 획득하기 시작한다.[131] 특히 「눈물」(이상협, 1913.7.16~1914.1.21)은 연재가 끝나기도 전인 1913년 10월에 혁신당에 의해 상편이 연흥사에서 공연되고 엄청난 인기를 끌며 "눈물을 흘리는 여자관객"이 신파극의 이미지로 굳어질[132] 정도로 관객성이 확산된다. 그러나 지방에서 연극이나 영화는 아직 익숙하지 않은 매체였다.

이동연극의 딜레마, 농촌계몽인가 전쟁동원인가

이동연극이 처음 등장했을 때 그것은 총독부의 정책으로서 추진되었지만 아이러니하게도 조선인의 자발적 계몽의 열정을 자극했다. 실상 조선에서 이동연극은 "연극활동을 통하여 대중을 계급의식화하고 그들을 조직으로 흡수"[133]하기 위한 프로극 운동에서 시작된 것이었다. "농촌순회극단을 만들고 싶다. 오락에 굶주린 그들에게 조흔 연극을 보혀준다는 것은 우리 연극문화를 수립하려는 연극학도로서는 정확히

감이 관객들에게는 '굿보러(구경하러)' 가는 듯한 재미를 주었고, 그들이 극장에 가는데 의미를 부여하였다. 영화라는 기계매체와 함께 영화 속 선남선녀는 그들의 시선을 잡아끄는 일차적인 볼거리였으며 1960년대 초반까지 호남의 일부 군읍 단위에 남아 있었던 변사의 연행 자체도 부수적인 볼거리였다.

131 최태원, 「번안소설·미디어·대중성」, 『한국 근대문학과 일본』, 소명출판, 2003, 28면.
132 위의 논문, 29~35면.
133 이은진, 「한국 근대 이동연극 연구」, 단국대 석사논문, 1999, 53면.

갈 방향의 하나라고 생각한다"[134]라는 발언이나, 국책사명 건전·명랑한 오락 등 이동극단 초대 단장 崔象德의 "移動劇團의 使命은 오락에 기근된 농산어촌에 건전·명랑한 오락을 보내여 産業報國의 一策에 助함에 있다"[135]라는 말은 이런 점을 증명해준다. 이동연극은 국민연극운동이 전시 건전 오락 행정과 호응하면서 확산되었지만, 이동연극대원들은 농촌계몽운동이라는 이미지 속에서 사명감을 높여갔다.

1940년대에 재등장한 이동연극은 국민연극의 일환이었다. 이것은 기존의 연극 단체를 개편하고 조직하는 것으로부터 시작된다. 1940년 12월에는 '조선연극협회'가 아랑, 청년좌, 호화선, 황금좌, 연극호, 예원좌, 노동좌, 고협, 조선성악연구회 등 9개 단체 300명의 연극인으로 구성되었고,[136] "재래에 있어오던 개인주의적인 又는 자유주의적인 연극인으로서의 그릇된 자존심을 버리고 한 곳에 집중해서 다만 연극 보국이라는 한 가지 목표를 세우고 전진하자는 데 연극협회의 제일의 사명"이 있었다.[137] 이후 조선연극협회는 각 도에 지부를 설치하고 '흥행취체규칙'이란 공연법을 통해 관리한다. 배우 경력 5년 이상의 사람에 한해 시험을 보고 연극을 할 수 있는 기예증을 주었다. 1941년 1월에는 악극, 야담, 민담 등 연예단체를 통합지도할 목적으로 '조선연예협회'가 조직되고, 1941년 3월에는 현대극장이 신설되어 국민연극을 주도한다.[138]

또한 이동연극은 오락을 금지시키는 것이 아니라 오히려 값싸고 대중적인 문화를 '생산'하게 함으로써 '관리·통제'하는 것을 목표로 했다. "오락의 금지보다는 이중 전략을 통한 오락의 선택적 재편, 그리고 유희의 금기화라기보다는 장려를 통한 은근한 신체-감각 조율"이라

---

134 함대훈(咸大勳), 「農村과 演劇―文化時感」, 『每日申報』, 1941.1.30.
135 崔象德, 「移動劇團의 使命」, 『三千里』, 1942.7.
136 이은진, 앞의 논문, 63면.
137 김영수, 「연극의 각성」, 『人文評論』, 1941.1.
138 이은진, 앞의 논문, 65면.

는 원거리 신체조형술이었던 것이다.[139] 총독부도 이동연극을 대폭 지원하고 있었다. 이동연극에 참여하는 인원을 모집하기 위해「조선연극문화협회」설립 당시 시험을 봐서 연극인 자격을 박탈했던 무대인[140]을 재기용하기 위해 "研究生을 모집하야 가지고 적당한 시일동안 訓練과 기초지식을 쌓은 다음 移動演劇에 내노키"[141]로 하거나 이동연극을 하기 위해 지방으로 갈 때에는 40% 할인된 차표를 주고, 연극 물품의 우송, 연극할 장소의 물색까지도 손쉽게 할 수 있도록 행정 명령을 내려주었다.[142]

이렇게 조직·통제된 국민연극은 "재미있는 연극을 보여주면서 알지 못하고 느끼지 못하는 사이에 국가 의식을 주입함으로써 총후(銃後) 국민으로서의 활동을 어떻게 고무해야 할까"[143]라는 사명을 띠고 있었다. 즉, 국민연극은 조선의 대중을 총후로서 조직하기 위해, 그들을 이러한 국민연극에 참여시킴으로써 무의식적을 동원해 가기 위해서 기획되었다.

---

139 김예림,「한국적 근대는 어떻게 만들어졌나—전시기 오락정책과 '문화'로서의 우생학」,『역사비평』73호, 2005 겨울, 342면.

140 高雪峰 증언, 張源宰 정리,『증언 연극사』, 끌陽, 1990, 88~89면. "무자격자를 솎아내고 연극계에 침투한 건달, 병영기피자, 아편장이들을 추려내어 연극계를 정화한다는 게 겉으로 내세운 명분이었고, 시험관으로는 군사령부 대표, 대학교수, 총독부 고관, 사회저명인사들이 선임되었는데, 협회 산하 천여 명의 회원이 모두 시험을 치루어야 했다. 첫날은 논문, 상식, 구두시험을 보았다. 논문의 제목은 '국민연극의 나아갈 길'이었다. 둘쨋날에는 대본낭독, 연기, 면접 등의 실기시험을 보았다. 사업부 사람들은 따로 사업부 시험을 치루었고 실기 시험은 치루지 않았다. 시험의 결과, 응시자의 절반정도인 5백여 명이 일본어 실력이 없어 탈락했으며, 연극인 시험 이후 자동해체 극단이 속출하는 현상이 일어났다. (…중략…) 시험의 합격자는 총독부에 명단이 보고되고 협회장 명의의 신분증을 발급 받았는데, 총독부에서 만든 법령에는 합격자가 14인 이상 있어야 극단 설립이 가능하도록 되어 있었다. 또 공연 허가를 받으려면 그 중의 일곱명 이상이 무대에 서야 한다는 무대조건을 달았다. 응시자의 절반이 떨어졌으니 정족수를 채우지 못한 극단은 다 해체된 것이다."

141 『每日新報』, 1941.5.8.

142 高雪峰 증언, 張源宰 정리,『증언 연극사』, 끌陽, 1990, 92면.

143 함대훈,「근대극과 국민연극」, 이경훈 편역, 앞의 책, 121면(원문은「朝鮮文學と東洋的課程」,『신문화』, 1941.8).

이동연극대의 규모

이동연극대의 규모는 다음과 같았다. "「조선연극협회」 시절에 결성
되어 있던 이동극단 제1대는 「조선연극문화협회」 결성 이전까지 130
개소에서 156회의 공연을 하였으며, 협회 결성 이후 80개소에 103회의
공연을 하여 도합 429,786명의 관객을 동원하였다. 1942년 8월 25일에
활동을 시작한 제2대는 74개소에서 82회의 공연을 하였으며, 142,084
명의 관객을 동원하였다. 회당 평균 1,677명의 관객이 들었다.[144] 이동
극단은 대략 세 가지 형태를 지녔다. '조선연극협회' 산하에서 결성된
이동극장이 '조선연극문화협회'로 바뀌면서 이동극장 제1대와 제2대
로 한 것이 첫 번째다. 두 번째로는 '국민총력조선연맹' 산하의 이동연
극반이 있었다. 세 번째로 이동연극 위문대가 있었다. 이동연극은 국
가의 기획으로 협회에 가입하지 못한 연극인들을 주로 활용해 산간벽
지의 농어민들, 공장지대의 노동자, 광산지역 노동자들에게 문화예술
의 혜택과 위로와 오락을 주면서 동원하기 위한 것이었다. 1941년부터
'조선연극문화협회'의 주도로 전문 이동단체가 생기기 시작하며 산간
벽지에 소인극을 장려하고 산간벽지에 속속들이 돌아다니면서 연극
을 한다. 이동극단 제1대는 선전극을 레퍼토리 식으로 공연하는 연극
중심이었고 1942년부터는 세련된 연극을 구성하기도 한다. 제2대는
악극 중심의 연예단이었다. 또한 '국민총력 조선연맹'의 후원 하에 조
직된 이동극단은 현대극장의 단원들이 중심이 되어 현대극장에서 공
연한 레퍼터리를 준비해 지방을 순회했다. 마지막으로 '위문대'가 있

---

144 김재석, 「국민연극 시기 '조선연극문화협회' 연구」, 『어문론총』 40호, 한국문학언어학회,
2004, 117면. 이 논문에는 인용된 「조선연극문화협회개요」, 6면 부분을 재인용한 것이다. 이
책자는 이 논문필자(김재석)가 와세다대 쯔보우찌쇼 연극박물관에서 찾아낸 것으로 "가로
10센티, 세로 27센티로 10페이지의 「조선연극 문화협회규약」과 6쪽짜리 「조선연극문화협
회개요(1943년 1월 10일자」, 21쪽짜리 「사업경과보고서(1942. 7. 26∼1943. 3. 31)가 합철되어 있
다"고 한다.

었는데 지방과 직장을 순회 공연했고 선전·선동의 목적이 강했다.[145]

믿을 수 없는 오합지졸, 중간 지도자 풀

그러나 이동연극을 담당하는 중간 관리자, 문화종사자, 지식인 등은 지방에 바로 파견할 수 있는 '이동 일인 매체'로서는 아직 위험해 보이는 존재들이었다. 조선의 지식인들을 파견할 때엔 그들의 시국 협력이 부족하다는 지적이 계속해서 나온다. 그러나 이는 단지 협력이 부족하기 때문이 아니라 그들이 언론에 대해 서양식의 이해를 갖고 있었기 때문에 시국에 대한 분명한 입장을 보여주지 못했던 것이었다. 그리고 이런 특성은 내지와 조선이 모두 마찬가지였다.[146] 영화배우나 영화산업을 이용하는 일은 더욱 쉽지 않았는데, 영화가 워낙 기술이나 자본에 의해 움직여지는 것이기도 했고, 작품에 참여하는 감독의 유명세, 영화기술 등에 따라 참여가 좌우되었기 때문이다.

1943년 7월에는 〈젊은모습(若き姿)〉이라는 최초의 내지와 반도 합작 영화를 기념해 좌담회 「영화 〈젊은모습〉을 말한다(映畫〈若き姿〉を語る)」[147]가 열린다. 이 영화는 징병제 영화로서 선전선동을 목적으로 했으며, 당시 조선군과 내지 각 문화단체의 후원을 얻었고,[148] 황철과 같은 유명배우와 일본의 유명감독이 참여한 것으로 희곡 작가인 도요다(豊田)는 조선신궁에 참배하면서 시나리오를 썼다고 소감을 밝히기도 한다. 이와야는 국책영화에 나오는 "영화의 한 장면(씬)은 한 발의 탄환"이라고 말하면서 국책영화의 중요성을 강조한다. 그러나 이에 적합한 시국협력적인 소감을 밝혀 주어야 할 황철은 자신이 이 영화에 참

---

145 이은진, 앞의 논문, 73~79면.

146 「鼎談 ― 思想戰の現段階」, 『國民文學』, 1945. 2, 6~14면.

147 「映畫〈若き姿〉を語る」, 『國民文學』, 1943. 7, 106~117면.

148 위의 글.

여하게 된 계기에 대해서 "아무래도 저희 극단의 입장에서는 여러 번 거절을 하기는 했습니다만, 지금은 하기를 잘했다고 생각하고 있습니다. 이 작품은 연출도 일본 최고이고 카메라맨도 일본 최고이고, 직접 부딪쳐가면서 내지와 특별한 친밀감을 가지는 것이 가능해서, 아주 감사하게 생각하고 있습니다"라고 말하고 있으며, 마루야마 또한 "여러 가지 개인적인 욕망이 있었습니다. 동경한다는 말을 쓰는 것이 아이 같다곤 해도, 감독이 도요다 씨였다는 것"이 크게 작용했으며 "여기에 와서 조선영화의 사람들이 일을 대하는 태도, 또는 이 사람들의 군부(軍部)나 총독부가 어떤 식으로 이 작품을 지원하는지 등을 알아보고 느끼면서, 처음으로 제가 얼마나 큰일에 가담했는가를 알게 되었습니다"라고 토로한다. 이와 같이 기술, 자본, 내지인과 조선인의 협력, 영화인끼리의 인간적 관계 등으로 만들어지는 영화매체를 프로파간다에 이용하는 것은 많은 제약을 갖고 있었다.

농촌으로 파견되거나 농촌의 유지를 이용해서 선전선동을 하는 경우에 문제는 보다 심각해진다. 안홍의 의견에 따르면 관─연맹─민으로 연결되는 조직은 이미 훌륭하게 존재하지만, 연맹의 중간성이라는 게 미약하여 "관"으로서의 인상이 강하다는 것이다. 따라서 연맹에서는 지방의 유지나 유력자를 중간항으로써 이용하고 있다고 밝힌다. 이에 대해 이시다는 그러한 사람들이 충분이 연맹운동을 할 수 있을지 의심스럽다고 반론을 제기하고 있다. 이에 대한 대책으로서 총력연맹의 면회일을 두거나, 대중의 잡담시간을 두거나, 각 단체의 대표자가 한 장소에 모여 의사를 상층에 호소하는 등의 대책이 논의된다.[149] 이처럼 이 중간항으로서 연맹운동을 해나가는 새로운 지도자풀이란, 애매모호한 지식

---

149 「農村文化のために─移動劇團・移動映寫隊の活動を中心に」, 『國民文學─新人創作特輯』, 1943.5.

인이나, 모더니티와 자본주의에 좌우되는 문화 활동가이거나, 선도성이 의심되지만 이참에 출세 한번 해보려는 지방의 유지들이었던 탓에, 그들 자체가 다시금 교육과 계몽의 대상이 되고, 동시에 늘 소문과 유언비어에 휩쓸릴 수 있는 가능성을 지닌 불안한 대상이었던 것이다.

이동연극의 경우도 사정은 마찬가지였고 특히 지방에서 연극대를 모집해 촌극을 할 때에는 상황이 더욱 심각했다. 따라서 연극 종사자에 대한 감시·검열·통제는 엄격하게 진행된다. 연극종사자들은 매월 1일과 15일에 남산에서 신사참배를 했으며, 지방 공연을 나가면 그곳의 신사에 들러 역시 참배를 해야 했다. 이때 참배장소, 시간, 참석자 명단을 적어 협회에 일일이 보고해야 했으며 연극 시작 전에는 관객을 기립시키고 교사가 학동들에게 소리를 지르듯이 궁성요배를 시킨 후, 황국신민의 서사를 낭독했다. 연극 내용 중에 경사가 있으면 '천황폐하만세'를 삼창해야 했고 戰死장면에서도 역시 '천황폐하만세'를 무조건 불러야만 했다고 한다.[150] 또한 연극인들이 숙박비나 극장 임대료를 떼먹는 것을 막는다는 명분으로 「경과보고서」를 제출하게 했지만, 실제로 이는 만주나 북지, 산간벽지 등 "일본의 통제가 많이 약"한 농촌지역에서 그들이 이탈하는 사고를 막기 위한 것이었다.[151] 이처럼 이동극단에 대한 통제가 강화되었음에도 이동극단 중에는 시국적 내용 대신 오락적 연극을 공연해서 영리를 챙기는 경우 등이 늘어난다.[152] 따라서 1944년 무렵 이러한 악극단들에 대한 강력한 통제의 필요성이 제기된다.[153] 결국 '전선의 공장, 광산, 농어촌을 순회하는 이동연극, 연예, 창극단의 위문공연을 금후 일체 통제'하겠다고 발표한다.[154]

---

150 高雪峰 증언, 張源宰 정리, 『증언 연극사』, 晋陽, 1990, 90면.

151 김재석, 앞의 글, 2004, 117~118면.

152 이동연극의 탈선현상에 대한 비판은 나오에 카네타케(直江兼孟), 「(朝鮮に於ける)移動演劇の問題」, 『國民文學』, 1943.11. 48면; 「八團體幹部は語る, 新らしを半島文化を語る」, 『三千里』, 1941.4.

153 이화진, 앞의 글, 2008, 87~95면.

이처럼 지방에서 이루어진 이동연극이라는 제국일본의 프로파간다를 위한 담론공간은 그 직접적인 참여 형태에도 불구하고, 장소적으로는 제국 일본의 중심으로부터 떨어져 있었던 탓에, 대중들을 동원하기 위한 중간 관리자들에 대한 관리와 통제는 늘 빈틈을 드러내 보일 수밖에 없었다.

연극 정신대의 전천후 활동 : 농사에서 연극까지

지방에서 행해진 이동연극단이 경험해야 했던 대중동원의 어려움은 그곳에 파견되었던 중간층 관리자들의 고백을 통해서 드러난다. 1943년 4월 17일 조선문학보국대가 설치된 직후 1943년 5월에 열린 「농촌문화를 위하여(農村文化のために)」는 이동극단·이동영상대의 활동을 중심으로(移動劇團·移動映寫隊の活動を中心に)라는 부제가 붙어 있다.[155] 이동연극에 대한 성패를 논의하는 이 자리에서 이슈가 된 것은 시국에 무관심한 대중을 어떻게 동원할 것인가였다. 따라서 이동극의 테마는 조선의 일반 민중에게 인기가 있는 춘향전, '놀보, 홍보'(홍보전)와 같은 이야기에 시국적 내용을 담는 형태가 모색되거나, 시국 강연이나 연설 보다는 뉴스 영화 같은 것을 선호하는 대중의 욕망을 충족시키는 방안을 모색하거나, "자신들이 모여서 자신들이 하는 연극이 그 지방인에게 가장 감명이 깊"으므로 "각 도에 한 개나 두 개 반을 만들어서 소인(素人) 연극"을 장려하는 것 등이 논의된다.

그러나 파견대가 무엇보다 어려움을 겪었던 것은 이동연극단이 지방으로 이동해서 생활해야 했다는 점이었다.[156] 이동연극을 상연하는

---

154 「싸우는 藝能部隊 : 本府에 動員本府新說」, 『每日新報』, 1944.10.20, 2면.

155 「農村文化のために―移動劇團·移動映寫隊の活動を中心に」, 『國民文學―新人創作特輯』, 1943.5, 86~87면. 참여자도 移動劇團第二隊의 李家英竹, 朝鮮映畵配給社의 岡田順一, 극작가 柳致眞, 朝鮮映畵配給社의 須志田正夫, 主幹인 崔載瑞였고 조선에서 이동연극이나 이동극단의 활동의 역사부터 이야기를 시작하고 있다.

것 뿐 아니라 생활 전반이 마을 사람들의 모범이 되어야 했으므로 그
곳에서 하는 생활이야말로 극히 긴장된 신체적 담론공간을 형성했다.
이동연극이나 상연단의 행적은 마을에서 매우 눈에 띠는 것이었다.
"말새, 걸음새, 여하튼 우리들의 사고방식이라든지 생활방식이라든지
를 지방민에게 생활화시킨다는 의욕"으로 절도 있는 단체생활을 했
고,[157] "예능인의 생활태도"에 대한 엄격한 조항을 지켜야 했다.[158] 예
를 들면 다음과 같은 조항들이 있었다.

一. 종래 상연하야 오든 脚本中 必勝態勢에 알맞지 안흔 것은 곳 자발적
철수를 단행할 것. 二. 공연중에는 10분내외를 기해 전원이 舞臺에서 愛國
歌의 합창을 행하야서 士氣를 고취할 것. 三. 회원들은 금후부터 自肅自戒
하야 禁酒禁煙을 결행하고 終演 후에는 불필요한 외출을 삼가야 戰時下
국민으로서의 道理를 그르치지 말 것. 四. 각 극장에서 禁酒禁煙 又는 不急
不要한 물자의 유입을 금하고 貯蓄을 獎勵할 것. 五. 각 극단에서는 協會와
연락을 종래보다 더 일층 강화하고 비상시국에 대처할 것.[159]

이러한 시국적인 행동 외에도 시골에 가면 "볍씨가 어땠다, 경작방
식은 이렇게 해라, 비료는 어떻고, 가마니를 만들어라, 밧줄을 묶어라"
등 생활에 대한 지도[160]를 해야 했다. 더구나 연극상영은 재정상의 어
려움과 낯선 자연환경에 영향을 받았다.

---

156 「農村文化のために―移動劇團・移動映寫隊の活動を中心に」, 『國民文學―新人創作特
輯』, 1943. 5, 86~96면.
157 위의 글, 87면.
158 유민영, 『한국 근대연극사』, 단국대 출판부, 1996.
159 「劇團總進軍의 秋 演劇報國에 邁進하라―演劇協會 通牒」, 『每日新報』, 1941. 12. 11.
160 「農村文化のために―移動劇團・移動映寫隊の活動を中心に」, 『國民文學―新人創作特輯』,
1943. 5, 90면.

밤이 이슥하자 눈보라로 변하야 급기야는 사나운 폭풍으로 옴겻다. 張幕
은 울부짖듯 폭풍 속에서 휘날린다. 무대의 막이며 대소도구는 한거번에
노피날을 듯 휘들린다. 연극은 「遺訓」이라는 첫막이 시작하려는 순간임에
도 불구하고 그만 性이 썰컥난 것은 무대뒤에 잇는 우리들만이 아니다. 폭
풍은 그칠줄을 몰랐다. 老年兵으로 扮한 장곡천군은 그만 내 쓰러지려하
며 '셋트' 한 장을 부등켜쥐고 겨우 대사를 암송하는 것이다. 헌데도 불구
하고 舞臺監督은 소리를 치는 것이 아닌가. '좀더 세리후를 크게 해라' 이
와 가치 무대에 선 사람들을 독려하고 도라간다. 그것은 눈보라가 치든 폭
풍이 울부짖든 무대가 쓰러지든 일천명에 가까운 관객의 조용함은 대단햇
기 째문이다. 그 광경 그대로를 우리에게 본보기로 보여준 탓도 잇다. 그
들은 여하히 연극에 아니 오락에 굶주리고 잇는가를 이 째야말로 확실히
엿볼 수가 잇섯든 것이다. (…중략…) 건강이 시원치 않은 長谷川군에게
찜질과 주사를 노아주엇다. 그는 어지간히 피로한 모양이엿스나 그래도
눈에는 미소가 쩌올랏다. '오늘밤 객석은 어쌨는가? 그 修羅場 가튼 데서
관객은 그대로 객석을 지켜주엇지? 참으로 아름다운 시와 가텃지' 피로
하든 쓰러지든 우리는 실망은 안한다. 실망 가튼 것이 잇슬리 업다. 자기
를 쮜어넘어 익여나가는 힘찬 마음만이 이일의 곤란한 점을 극복할 수 잇
는 오직 하나의 길이기 때문이다[161]

이동하면서 활동하는 이동극단의 인간 매체들의 고통과 노력은 "演
劇挺身隊"라고 불릴 정도로 상당했던 것으로 보인다. 그럼에도 이동연
극에 참여했던 연극단원들의 수기는 "이동경로, 공연수, 관객수, 경비"
등을 상세하게 기록하는 한편, 많은 고생에도 불구하고 대중들의 오락
에 대한 목마름에 답할 수 있어서 보람차다는 류의 서사를 반복하고

---

161 「演協, 이동극장 上―農山漁村 巡演日記 황해도 朶山광산에서」, 『每日新報』, 1942.2.6.

있다. 실제로 수행했던 참여의 내용과 그 참여에 대한 수기가 큰 차이를 보이는 경우나, 수기 내용이 하나같이 천편일률적인 경우들은 앞에서 살펴본 다민족 대회나 대동아문학자 대회의 경우에도 나타났던 특성이다. 이 특성은 전체화 전국화하는 제국 일본의 담론공간에 참여할 때 나타나는 일반적인 특성이라고도 할 수 있다. 특히 그 중에서도 이동연극의 경우, 이 수기의 내용이 단지 천편일률적일 뿐 아니라, 지방의 상황을 식민관리에게 상세하게 보도하는 한편 대중에 대해서는 매우 계몽적인 입장을 취하고 있었다는 점을 지적해 둘 필요가 있다. 이동연극은 제국 일본에 의해 강제된 것이기도 했지만 대중에 대한 계몽적 열정이 동시에 작용하는 프로파간다였다.

동원 이전에 계몽, 먼저 관람법을 가르쳐라!

총독부 관리는 징병제에 지원해서 온 조선인들을 가리켜 "그들은 도무지 알 수 없는 자들이었다"[162]고 고백한다. 이처럼 도무지 종잡을 수 없는 대중들을 동원하기 위해서는 연극에 대한 기본적인 이해가 없는 그들에게 연극 보는 방법을 가르쳐야 했다. 무엇보다 중요한 것은 관객들의 소음을 관리하고 그들이 침묵한 상태에서 연극을 보도록 하는 것이었다. 이동연극의 관객들은 앞서 통계가 보여주듯이 주변 마을 사람들을 총집결시킨 것이었기 때문에 만원을 이루었다. "불과 4, 50戶박게 안 되는 이 촌락이라 밤이 돼서 근방에서 모혀든다고 해도 觀衆은 5百名 내외 박게 안 되려니 하고 우려"했음에도 "무려 천오백여의 대군중은 모혀"[163]들었다고 말하듯이 관객은 마을 전체에서 동원되고 있다.

그러나 그 관객들은 연극을 보기 위해 준비된 관객들이 아니었다.

---

162 미야타 쎄쓰코 해설 감수, 정재정 역, 『식민통치의 허상과 실상』, 혜안, 2002, 75~76면.
163 송영, 「移動劇場記5」, 『每日新報』, 1941.10.15.

연극이 진행될 때에는 침묵해야 한다든가 연극은 허구를 사실처럼 재현하는 문화적 형식이라든가, 배우들은 어릿광대가 아니라 존중받아야 할 대상이라는 것 등 이른바 이동연극의 스키마(연극이 진행되는 공간이라는 프레임, 연극무대를 꾸미기 위해 담당하는 각 역들인 스크립트, 연극이 진행되는 순서나 문법상의 특징인 시나리오)들은 그들에겐 아무런 상관이 없었다. 따라서 그들은 연극이 시작되기 전 뿐 아니라 연극이 시작된 후에도 떠들고 웃고 연극에 개입하곤 했다. 특히 한 광산촌에서 이루어졌던 연극에 대한 회상, 섬에서 이루어진 이동연극의 회상 등을 보면 연극장에서 관객들을 침묵시키고 얌전한 관객으로 만들기 위해 얼마나 격렬한 격투를 치뤄야 했는지 잘 나타난다.

객석이 前列로부터 '야지'소리가 무대 뒤 분장실까지 들리여 온다. 그것은 막을 올리기 전의 國民儀禮를 마치고 同 극장 「掃除夫」란 극이 잇슬 째엿다. '셋째번에 선 여자 괜찬은 듸!' 하고 관객 중 한 사람이 소리친다. 산돼지 國本君이 성급하게 한 마디 반격을 가한다. '이놈아! 가만히 안 잇겟니? 시골 장돌뱅이 극단으로 아럿단 혼난다!' '머라고?' 하며 박수로 처음부터 얌전치 안흔데 그대로 연극은 진행되는 것이다. 헌데 큰일난 것은 대장이 國本군을 잡고 '너는 그러케 성급한 것이 탈이란 말이다. 그러케 하면 어쩌잔 말이냐! 관객 아페서는 친절히 하라고 몇 번이고 부탁하지 안헛느냐?' 하며 隊長은 야단을 친다.[164]

그들은 지금까지 연극이라는 것이 무엇인지 본 일이 없슬 쑨 아니라 이 섬의 역사가 생긴 이래 이 이동극단의 공연이 처음이엿다. 그러한 광중을 아페노코 구비치듯한 시설을 가지고 이동연극단의 뜻을 알리려면은 실망

---

164 「演協, 이동극장 上―農山漁村 巡演日記 황해도 朶山광산에서」, 『每日新報』, 1942.2.6.

이 아플 서고 가슴이 답답할 때가 얼마든지 잇는 것이다. 이윽고 막이 올나 연극이 시작되엿스나 관중은 무대에서 지금 무엇을 하고 잇는지 그것조차 분간 못하고 그저 처음보는 것이라 조키만하여 써들어대었다. 무대에서 배우가 슬프게 울고 잇는 장면이 나오면 관중은 손가락질을 하며 '거짓말로 운다'고 쌀쌀대엿다. 그째 그 섬의 지도자격인 국민학교 교장이 막간을 이용해서 무대로 뛰여 올랏다. 그리고 소리르 노펴 '지금 이동극단의 대원들은 거짓말로 우는 것이 아니라 참으로 울고 잇습니다. 여러분도 가치 슬퍼해야 할 장면입니다. 웃고 써들어서는 안됩니다' 하고 말하자 관중들도 그째야 조용해젓다.[165]

써들지들을 안엇다. 질서가 정연하다. 개막 중에도 아조 조용해서 훈련 받은 도회의 군중갓튼 관록을 보히엿다. 나중에 알고보니 평소에 당국자들이 講演會 등 집회를 여러번 거듭하면서 공연습관을 길러주엇다고 한다. 감심할 사실이다. 幕 사이길로 들여다보고 심하면 막을 찟는 작난군은 업다. 더욱히 교장은 평복에 단장을 집고 막의 사이를 巡行하면서 감시해 주엇다. 觀衆은 연극의 내용에도커녕 연극을 구경한다는 사실에 흥분되여 잇섯다(엊저면 저러케 天然할가) (정말 늙으니 갓튼데) (말도 잘 하는데ー) 왼통 신통해서 못 견디는 모양이다.[166]

첫 번째 인용에서 보면 이동연극을 보러 온 관객들은 연극 도중 배우들에 대한 품평을 하거나 급기야 배우와 싸움을 벌이기까지 한다. 연이어 대장이 싸움을 벌인 배우에게 너무 성급해서 문제라며 관객에게는 친절히 하라고 몇 번이건 말하지 않았냐고 꾸짖는 것을 보면 이런 싸움이 꽤 빈번히 연출되었음을 추정해 볼 수 있다. 두 번째 인용을

---

[165] 「移動劇團報告公演前記2」, 『每日新報』, 1942. 4. 12.
[166] 송영, 앞의 글.

보면 어느 섬마을에서 열린 이동연극이 마을 사람들에게는 처음 보는 드물고 신기한 구경거리가 되고 있음이 드러난다. 그들은 마치 명절이나 된 것처럼 몰려들어 떠든다. 이런 마을 사람 앞에서 필자는 "이동연극단의 뜻을 알리려면은 실망이 아플 서고 가슴이 답답할 때가 얼마든지 잇는 것"이라고 토로한다. 이 섬마을 사람들은 이동연극이 진행되자 배우들이 실제 사람처럼 연기하는 것이 신기해 "거짓말로 운다"고 웃고 떠들고 손가락질한다.

이러한 장면이 연출되는 것은 이동연극 혹은 연극 자체에 대한 이해가 전무한 상태에서 연극의 관객으로 동원되었기 때문이다. 이러한 관객에게 연극은 그 내용보다 연극 자체의 행위들이 신기한 구경거리였다. 이 소란스러움을 침묵시키는 방법은 연극이 허구가 아닌 사실이라고 강조하는 계몽적인 발언이다. 지도자격인 교장은 "지금 이동극단의 대원들은 거짓말로 우는 것이 아니라 참으로 울고 잇습니다. 여러분도 가치 슬퍼해야 할 장면입니다. 웃고 쩌들어서는 안됩니다"라고 말한 뒤에야 관객들은 조용해졌던 것이다.

연극이 독립된 무대에서 이루어지는 '사실적 허구'라는 사실은 지방의 관객들에게는 새로운 사실이었다. 눈앞에서 벌어지고 있는 연극이 사실인가 허구인가 갈등하면서 관객들은 연극과 현실을 마구 넘나든다. 연극의 실제 내용보다 그 연극의 형식 자체가 지방의 관객들에게는 신기한 내용이 되었던 것이다.

한편 마지막의 이동연극에 대한 회상은 이례적으로 조용한 관객들의 모습이 서술되어 있다. 그러나 이 관객들의 조용함 뒤에는 평복에 단장을 짚고 막을 찢거나 떠들거나 하지 못하도록 감시하는 교장선생님이 있다. 이동연극이라는 공간, 즉 배우는 연기를 하고 관객은 보면서 느끼고 선동되는 공간은, 지방의 이동연극에서는 쉽사리 마련되지 않았다. 이 이동연극을 통한 동원의 형식은, 뒤에서 회초리를 들고 지켜보는 교장 선생님의 계몽의 열정이 산간벽지의 대중동원을 위한 제국의 열정과 맞물린 지점에서만 성립할 수 있었다. 그러나 그 계몽과 동원이라는 이중의 '타자'로서 위치하고 있는 지방의 관객들은 늘 연극대원들의 의도와 예상을 벗어나고 있었다.

신기한 구경거리가 된 시국영화

관객은 "무조건 환영"해주기는 했지만 시국적 내용을 들으러 온다기 보다는 "옷도 예쁜 것을 차려입고 와글와글 찾아" 온다. 농촌문화에 대해서 말하는 좌담회에서는, "처음으로 연극을 보는 할아버지나 할머니"들은 새로운 가요를 잘 모르기 때문에 "단지 희한한 것을 본다는 것에 머무르지는 않을까요"라고 이야기된다. 오히려 "조선가창단이라고 하나요, 오래된 조선의 가극 (…중략…)"이 더 필요할지 모른다는 것이다.[167] 송영도 "강우 혹은 연습 기타 관계로 휴연한 날짜를 빼면 兩隊가 다 1일 평균 2천명을 동원식힌 세음"인데 그 장소들이 모두 큰 부락이라고 해도 "百戶 내외 적으면 三, 四十戶(어떤 곳은 면소만 잇고 주재소도 업다)박게 안되는 소부락 벽지"들이라고 말한다. 그럼에도 "이동극단이 간다면 그 근방 삼, 사십리 박 먼—부락에서들 男女老幼들이 광이를 민대로 호미를 든대로 혹은 1년에 한번이나 입어볼가말가한다는 나드리옷을 입은 婦女들이 모혀든다"고 말한다.[168] 지방에서 연극은 아직 진지한 관람의 대상이 아니라 명절축제와 같은 역할을 하면서 마을 사람들을 끌어 모으고 있었다.

영화 상영에서도 이처럼 대중동원에 따르는 어려움은 크게 다르지 않았다. 영화상영의 경우 첫째로는 물자가 부족했고, 둘째로는 대중들

---

167 「農村文化のために—移動劇團・移動映寫隊の活動を中心に」, 『國民文學—新人創作特輯』, 1943.5, 88면.
168 송영, 앞의 글.

이 시국에 관심이 없었다. 시국영화를 틀어주면, 시국 영화를 보는 것이 아니라 기계가 신기해서 기계를 보거나 어떻게 소리를 내고 사진을 보여주는가에 더 관심을 가졌다.[169] 이 모든 예들이 보여주는 것은 이동연극의 관객들은 시국적 내용을 이해할 수 있는 관객들이 아닌 상태로 그저 신기한 구경거리를 보러 동원되었다는 사실이다. 따라서 그들은 일본제국이 의도한 방식으로는 '참여'할 수 없었으며, 그런 의미에서 제국일본의 전체주의화하는 담론공간 안에 내부화된 형태로 '부재'했다. 그럼에도 이러한 해프닝에 가까운 상영이 지속적으로 이루어졌으며 연극이나 영화를 이해하는 것 이전에 우선 '참여'할 것이 요구되었다. 따라서 그들은 식민자가 의도한 대로만은 계몽될 수도 동원될 수도 없었다.

이동연극, 이동영화 외에도 지방 단위로 이루어진 시국 좌담회, 방공방첩 좌담회 등도 성행했다. 또한 동원이 일반화됨에 따라 상영내용이나 강연내용에 대한 불만이 터져 나오기도 한다. 지방단위로 쌀 배급 등을 핑계로 사람들을 모으긴 했으나 잘 모여지지 않았을 뿐더러, 모여졌더라도 배급이 공평하지 않다고 불평하거나 잡담을 하기 일쑤[170]였다. 그 지역의 명망 있는 명사를 이용하는 경우에도 인사들이 하는 말을 믿을 수 없다는 불만이 터져 나왔다. 대중들은 제국일본의 총동원체제 속에 한편으로는 매혹되었고 한편으로는 강제로 동원되었고, 한편으로는 동원되면서 불만을 표출했고, 그리고 동원되면서 그 제국의 질서로부터 벗어나 버렸다.

신체제 질서 및 총력전 체제가 "시스템 사회로의 이행"을 보여주는

---

169 「農村文化のために―移動劇團・移動映寫隊の活動を中心に」,『國民文學―新人創作特輯』, 1943.5, 88면.
170 안태윤, 앞의 책, 2006.

것이라면, 그 구체적인 방식은 각 개인들을 이 새로운 시스템 질서 안으로 복속시키는 것이었다.[171] 전체주의화된 이동 개인 매체들은 식민 권력의 이데올로기를 지방으로 실어 날랐다. 이러한 이동연극에서 관객들에게는 침묵하고 연극을 보고 들을 것이 강요된다. 김내성의 「어떤 여간첩」에서[172] 불만을 토로하지 말고 침묵할 것이 끊임없이 강조되는 것처럼. 1940년대 '다민족 대회' '이동연극'이라는 담론공간은 체제 안에 포섭되지 않은(포섭되기 어려운) 대중들에게 제국의 시스템을 받아들일 것을 여러 가지 신체적인 형태로 강요했다.[173] 앞서 살펴본 것처럼 이동연극, 이동영화, 이동 강연회, 이동 좌담회 등은 단지 '참여'하는 것만으로도 행위, 복장, 습관, 언어, 이념 등 제국일본이 요구하는 감각을 지닌 신체로 변화되고 제국일본의 감시체계를 내면화시키기 위한 담론공간으로 만들어진다.

그러나 다른 한편 "내부화된 부재"를 통한 참여가 반복됨에 따라 유언비어와 불만이 표출되는 공간으로 변형될 가능성도 지니고 있었다. 앞서 살펴본 것처럼 담론공간에 참여하는 방식은 늘 논란거리였으며, 참여했다고 하더라도 하나로 통합되기 어려운 면들을 보였다. 이처럼 1940년대 신체제 질서의 담론공간은 계몽이나 동원의 완결된 구조를 지닐 수 없었다. 그 담론공간에서 피식민지인들은 신체적으로 훈육·관리·통제·생산되었지만, 다른 한편 제국일본의 전체주의적 담론공간에 '내부화된 부재'의 형태로 '참여'하면서 '동원의 의도'를 변형시

---

[171] 신형기, 「총력전과 멜로 드라마」, 『민족이야기를 넘어서』, 삼인, 2003, 137면.

[172] 김내성, 「어떤 여간첩」(1943), 김원모·이경훈 편, 『춘원 이광수 친일 문학―동포에 고함』, 철학과 현실사, 1997.

[173] 신형기, 앞의 책, 143면. "군림하는 도덕은 말하지 않고 응시한다. 도덕적 감응은 설득으로 이루어지는 것이 아닌 것이다. 감응의 관계가 본받아야 할 주체를 상정하는 한 위계적 구도는 불가피해진다. (…중략…) 익명의 군상들은 단지 바라보여지는 대상으로 존재하며, 감응에 의한 복속은 그들에게 주어진 최선의 선택지가 된다. 그들은 복속을 통해서만 주체에 편입될 수 있기 때문이다."

켰다. 그것을 저항이라고 부르긴 어렵다 하더라도 그들이 확산시켜갔
던 소문, 유언비어, 불평 등은 제국 일본의 동원에도 근대화의 계몽에
도 완전히 포섭될 수 없는 잠재적 영역들을 남겨놓고 있었다.

제7장

결론—다시, 부 / 재의 시대

국가의 근대화란,

먹고 살 수 없을지 모른다는 불안에서 불안으로

계속해서 내달려 왔던 계층에 의해서 지탱되었다.

민중은 새로운 노동의 장에서 이질적인 생활권과 얼굴을 맞대도록 강요당하여,

낯설은 인간관계 속에서 서로 접점을 찾아가면서, 그 낯설음을 넘어서 왔다.

이런 형태로 이질적인 생활의식과 직접 만나 왔던 민중은,

(그 이질적인 집단에 대한) 각양각색의 반응을 생활의 사상으로 남기고 있다.

이것들은 타율적인 민중 역사 속에 존재하는 자율적인 부분이다.[1]

세 번의 균열면, 기묘한 탈구축의 경험

2011년 3월 11일 일본의 지진, 쓰나미, 원전 사고. 그 균열면을 통해 일본 속에서 마치 '부재'하는 양 숨죽여 왔던 과거-현재-미래 유무형

---

1 모리사키 카즈에의 평론집인 『이족의 원세포(primordium) (異族の原基)』(大和書房, 1971)에 실린 「민중이 지닌 이질적인 집단과의 접촉 사상—오키나와・일본・조선의 만남 (民衆における異集団との接触の思想—沖縄・日本・朝鮮の出逢い)」 중 일부를 필자가 번역한 것이다. 초출은 1970年11月『沖縄の思想』(木耳社刊).

의 유령들이 일제히 모습을 드러내는 것을 보았다. 구식민지의 피식민지인들, 동북 지방의 내부 식민지인들, 빈곤층, 여성들, 불안정 노동자 등의 棄民들이 일제히 고통을 호소했다. 전후 일본 사회를 지탱해 온 냉전체제 하의 국민국가와 민주주의라는 이념이 허점투성이였으며, 수많은 존재들을 '기민' 혹은 '부재' 상태로 만들며 성립해 왔다는 것이 여실히 드러난 순간이었다. 2011년 말 한국에서는 위안부 할머니들의 일본 외무성 앞 수요집회가 1,000회를 맞이했다. 이는 해방 후 한국과 일본이 65년에 맺었던 조약이 포함할 수 없는 방대한 영역이 있다는 것을 드러냈다. 수요집회 1,000회가 있었던 일주일 뒤 북한의 김정일이 사망한다. 이는 북한을 둘러싼 타국의 공조체제를 강화시켰지만 동시에 북한체제에 균열이 시작될 가능성과 함께 냉전체제 이후, 혹은 또 하나의 냉전이 시작될 가능성을 시사하고 있다. 또한 2012년에는 1월의 타이완의 선거를 필두로 한국과 미국, 러시아에서 일제히 선거가 있다. 이 선거들은 과연 선거로 무엇인가 바뀔 수 있는 것일까를 통렬히 질문하게 할 것이다. 여러모로 해방 이후부터 2012년까지의 반세기, 또한 근대 이후의 한 세기를 되돌아보게 하는 사건들이다. 최근 몇 년 사이에 우리가 경험하고 있는 것은 근대 이후 형성되어 왔고 냉전체제 이후 공고해져 온 법적 제도적 신체적 감정적 기반과 경계선들이, 그것들이 낳은 문제들은 미해결인 채로 끌어안은 상태로, 그 문제들의 변화를 향해가고 있는 기묘한 '탈구축'의 경험이다.

이 경험들은 우리가 1945년에 맞이했던 해방의 의미, 그리고 더 멀리 근대 이후의 한 세기 동안 과연 무엇이 변했고 또 변하지 않았는가를 되돌아보게 한다. 근대(식민지기), 해방과 전후(냉전체제의 국민국가), 포스트 전후(글로벌리즘과 신자유주의), 이 세 시기에 걸쳐 변함없이 지속되고 있는 '기민(棄民)' 혹은 '유민(流民)'의 역사가 지닌 광대한 '부재(不在)'의 영역, 급격한 체제의 변화와 붕괴 속에서 반복적으로 마주하게 되는 "기묘한 탈구축의 경험" 말이다.

이 세 번의 "기묘한 탈구축의 경험" 혹은 "지속적인 부재영역의 생산" 속에서 우선, 근대계몽기 및 식민지기 조선이 '해방'되었던 1945년의 담론공간으로 되돌아가자.

해방 전후, 변한 것과 변하지 않은 것

근대계몽기 및 식민지기 조선은 1945년 해방의 순간, 과연 '근대성' '계몽성' '식민성'에서 얼마나 '해방'될 수 있었던 것일까? 체제를 유지하는 주권권력이 바뀌었다고 해도 그 시대를 살아가는 사람들에게는 그 이전과 이후가 다양한 형태로 깊숙이 연결되어 있다. 따라서 새로운 체제는 '이름'은 바꿀지언정, 그 이름이 사람들 속에 자리 잡게 하기 위해서라도, 사람들의 마음과 몸에 새겨진 이전 체제의 방식을 활용한다. 그러나 사람들의 마음과 몸에 새겨진 이전의 체제란 '체제'로서는 드러나지 않는 저항과 균열과 굴절의 흔적과 소리를 함께 담고 있다. 이렇게 복잡한 "해방"이라는 말의 의미를 "해방전후"라는 지속과 변화의 담론공간 속에서 파악했던 것은, 이태준이었다.

「해방 전후」의 주인공 현은 해방이 되었다는 소식을 듣고 17일 새벽 급히 상경한다. 10시부터 있을 전국대회에 참여하기 위해서이다. "태극기가 휘날리는 열광의 정거장"들마다 독립만세 소리와 새로운 정권의 대통령, 육군대신을 거론하는 소리가 드높았다. 여기저기에 새로운 단체들이 "무슨 이권이나처럼 재빨리 간판부터 내걸고 서둘르는 것"이 보였다.[2] 그리고 이 소설은 이렇게 끝이 난다. "현은 담배를 한대 피이고 회관으로 나려왔다. 친구들은 「푸로예맹」과의 합동도 끝나고 이번엔 「전국 문학자 대회」 준비로 바쁘고들 있었다."[3]

---

2 李泰俊, 「解放前後」, 『文學』, 1946.7.15, 22면.

이러한 상황은 소설 「해방전후」만의 이야기가 아니다. 해방 직후, 식민지기 말기의 담론공간은 이름표만 바꾸고 재등장한다. 바로 어제까지 제국 일본에 협력하던 '조선문인보국회'였던 곳은 골수 간부들만 제외한 채 1945년 8월 17일부터 '문학건설본부'가 된다. 식민지기부터 반제국 반자본 운동에 몸담아 온 카프 비해소파들은 이 단체의 정당성에 문제를 제기하며 1945년 9월 17일 '조선프롤레타리아 문학동맹'을 결성한다. 그런데 이 대립하는 좌파와 우파 양쪽이 어느 쪽이건 내건 기치는 '민족문학'이었다. 김동인이 "8.15 이후의 文學道에 또 한 가지 불문율이 있는 모양이다. 즉 작품 제재를 3.1이라든가 8.15든가 국가 해방이든가 이런 것에 국한해야 된다는 생각을 갖는 모양이"[4]라고 불만스럽게 토로하듯이, 해방의 가장 일반적 의미가 "민족의 해방"이며 "모든 것이 일단은 민족의 이름으로 또 그 명분으로 말해지고 인식되고 느껴져야 하는 시대"였다.[5]

단체를 결성한 그들은 좌담회를 연다. 1945년 12월 12일 아서원이라는 음식점에서 한설야, 이기영, 권환, 한효, 박세영, 임화, 김남천, 이원조, 등이 모여서 「조선문화의 지향」이라는 주제로 토론을 벌인다.[6] 이 좌담회에서 소설가들은 "쓸 것은 많은 것 같은데 쓸 수가 없다"고 토로한다. 해방공간에서 '민족'이라는 기호는 충만했지만, 그 기호가 정작 해방공간에서 표현되어야 할 넘쳐나는 식민지기의 기억들을 담을 수 없었기 때문일까, 아니면 민족의 구체적인 실체가 부재했기 때문일까? 이유야 어찌되었건 쓸 것이 많은데 쓸 수가 없다. 즉 쓸 언어가 없다는 이 토로는 해방공간을 나타나기에 '민족'이라는 말이 적당하지 않다는

---

3   위의 글, 34면.

4   김동인, 「解放後作 文壇의 獨裁性」, 『김동인 전집 16』, 조선일보사, 1988, 265면; 원문은 『백민』 통권 14호, 1948.5

5   김윤식, 「해방공간 문화운동의 갈래와 그 전망」, 『한국학보 58』, 144면.

6   김윤식, 위의 글, 149면.

것, 이 말로서는 쓰고 싶은 많은 것들을 표현할 수 없고, 혹은 그 쓰고 싶은 많은 기억들이 망각되어 버릴 수 있다는 것을 보여준다. 해방과 함께 '민족'은 담론공간에서 모두가 언급해야 할 기호가 되었지만 동시에 무엇인가를 부재 상태에 머물게 하는 기호가 되기도 했다. 해방과 함께 또 하나의 부재의 시대가 시작되고 있었던 것이다. 이 부재하는 웅성거림과 정면에서 마주하려 했던 것은, 임화였다.

1945년 12월 30일에는 '문건'의 주도로 봉황각에서 문학자들의 '자기비판'을 주제로 한 좌담회가 열린다. 이 좌담회에서 임화는 자기비판의 문제를 이데올로기의 차원에서 뿐 아니라 선택지가 없는 상황에서의 "생명욕"이라는 차원에까지 들어가 깊이 있게 논의할 것을 제기한다. 그는 말한다. "自己批判이란것은 우리가 생각든것보다 더깊고 根本的인 問題일것같습니다." 이어서 이렇게 말한다. "이번 太平洋戰爭에 萬一 日本이 지지않고 勝利를 헌다 이렇케 생각해볼 瞬間에 우리는 무엇을 생각했고 어떻게 살아갈랴고 생각했느냐고 나는 이것이 自己批判의 根據이 되어야한다고 생각합니다. 이때 萬一 '내'가 一個의 草夫로 平生을 두메에 뭇처 끝막자는것이 한줄기 良心에있었다면 이 瞬間에'내'마음속 어늬 한 구통이에강잉히 숨어있는 生命慾이 勝利한 日本과 妥協하고 싶지 않았던가?"라고 자문하면서, 이것은 "스스로 도느끼기 두려웟든 것"이어서 말로도 글로도 할 수 없었으나 "이 決定的인 한点을 덥퍼둔 自己批判이란 한아의 虛位上 假飾이라고 생각합니다"라고 말한다.[7] 그는 저항과 협력이라는 문제를 "生命慾"이라는 표현을 통해서 '신체'와 '욕망'이라는 차원까지 깊이 내려가서 제기하고 있다. 그는 해방 후의 담론공간에서 형성되어 가고 있었던 '부재시키려는 억압과 침묵의 동력'에 맞서 '부재되어 가는 것이 내는 소리, 그 잠재성'과 대면하려고 했다.

---

7 「문학자의 자기 비판」, 『인민예술』 2호, 1946.10, 43~44면.

식민지 시기와 비교해 볼 때, 해방 후 담론공간에서도 변한 것은 있었다. 지배 권력의 이름이 제국일본에서 조선민족으로 변화했다. 패전 후 일본에서는 제국주의 전쟁을 일으켰던 일본의 과오를 상기시킨다는 이유로 '민족'을 말하는 것조차 금기시되었고,[8] 조선에서는 식민지로부터의 해방과 함께 '민족'이 담론의 정당성을 보장해 주는 기호가 되었다. 식민지기 제국 일본의 담론공간과 긴밀히 연동했던 조선의 담론공간은, 이로써 마치 일본으로부터 독립되었거나 정반대의 형태를 획득한 것처럼 보였다. 그러나 이 변화는 식민지기의 "결정적인 한 지점(임화)"을 감추기 위한 해방기 담론공간의 발화 전략이었다는 점에서, 여전히 식민지기의 전쟁책임을 감추기 위한 전후 일본의 담론공간과 닮은 것이었다고도 할 수 있다. 그런 점에서 해방 후에도 조선의 담론공간과 일본의 담론공간은 은밀한 차원에서 연동하고 있었다. 「해방 전후」가 보여주듯이 담론공간의 형식과 참여자들의 태도나 신체성은 그 모임의 '이름'만 바뀌었을 뿐 반복되고 있는 것이다.

식민지기의 경험들은 해방 후 식민지기와 동일한 구성방식, 참여방식, 발화방식이 반복되는 담론공간에서, 말해지고 회고되고 기록된다.[9] 임화는 앞서 좌담회에서 자기비판을 행하고 있고, 이후 북한에서 남로당에 대한 숙청작업이 진행되던 때 자신이 식민지 말기 일본어로 글을 쓰는 데 참여했음을 반성하기도 한다.[10] 그러나 이러한 임화의 반성은 좌담회 혹은 재판소라는 식민지기에 형성된 담론공간을 통해서

---

8 竹内好 著, 「近代主義と民族の問題」, 『竹内好セレクション 1』, 日本経済評論社, 2007, 183~192면. 다케우치는 "전후 근대주의의 부활은 일본낭만파에 대한 안티테제다. 그러나 잊지 말아야 할 것은 일본 낭만파가 바로 근대주의의 안티테제였다는 것이다"라고 말하면서, "민족문학이라는 더럽혀진 말"은 "계급문학"으로는 대체할 수 없으며 "불에 손을 대는 것을 두려워해서 현실을 회피해서는 안 된다"고 강조한다.

9 해방 후 잡지 『신천지』에는 전전을 회고하는 좌담회, 귀환한 징병자 좌담회 등이 다수 실린다.

10 現代朝鮮研究會編譯, 『暴かれた陰謀 : アメリカのスパイ朴憲永・李承燁一味の公判記録』, 駿台社, 1954(이 자료를 알려주신 요네타니 마사후미(米谷匡史) 선생님께 감사드린다).

발화되고 있다. 따라서 그 발화가 얼마나 식민지성을 벗어나 이해될
수 있었을지, 담론공간의 위계적이고 폐쇄적이고 상호감시적인 성격
을 얼마나 벗어날 수 있었는지, 담론공간에 대한 새로운 참여방식 혹
은 발화방식을 만들어냈는지는 미지수다. 여전히 한국에서 식민지기
담론공간의 체험을 말하는 것은 논란을 불러온다. 공적 공간에 참여하
는 방식이나 감각 등은 식민지기 담론공간이 변형된 형태로 내부화되
었다. 우리가 살고 있는 지금 여기에서 담론공간이나 공동체를 구성할
때에도 식민지기 담론공간의 형식·감각·권력적 형태 등은 여전히
지속되고 있다. 따라서 "해방"이란 말은 "변화한 것"을 가리키는 말이
아니라 "변화되어야 할 것"에 대한 염원을 담은 말이었다.

담론공간에 참여한다는 것은 신체적 행위인가 이성적 행위인가, 주
체의 해방인가 주체가 되라는 억압인가, 자발적인 것인가 비자발적인
것인가? 이 글에서 다루려고 했던 이 문제들은 여전히 미해결인 채로
우리들에게 지속적인 질문들을 던지고 있다. 근대계몽기 및 식민지기
조선의 담론공간을 연구함으로써 주권권력의 변화─매체의 변화─담
론공간의 변화─신체성의 변화 사이에는 긴밀한 연동관계가 있음을
알았다. 그러나 신체성의 변화는 그 중의 어떤 변화보다 강한 에너지
를 지니고 있다. 변화한 것이 아니라 변화되어야 할 것에 대한 강한 염
원을 담은 "해방"이라는 말이 우리 속에 전해주는 울림처럼.

조선의 신체적 담론공간 : 범람하는 '외부' 부재하는 '내부'
조선의 담론공간은 끊임없이 주체성을 추구할수록 내부에 그것이
부재한다는 것을 끊임없이 인식하게 됨으로써, 조선 안에 근대 / 식민
지의 빛과 어둠을 동시에 진행시켰다. 빛과 어둠의 경계를 끊임없이
인식해야 했던 근대계몽기와 식민지의 상황 속에서, 늘 포섭되면서도
벗어나려고 하는 타자들의 염원을 담은 존재형식, 그것이 "부재하는

참여", 그리고 그것을 통해 드러나는 신체적 표현들과 소리들이었다. 계속 내게 말을 거는 복수의 소리들. 그것들에게 기존의 담론공간과는 다른 형태의 시공간을 주는 것, 그것이 이 글에서 내가 하고 싶었던 일이다. 따라서 공식적인 담론공간을 살펴보면서도 공식적인 발화 이외의 것들을 감지하려고 노력했다. 그것이 부재의 시대, 다시 부재의 시대, 또 다시 시작될 어떤 부재의 시대에도 지속되어갈, 부재상태가 지닌 잠재성—주체의 변형, 타자에 대한 공감, 또 다른 시공간을 꿈꾸는 에너지—일 것이라 생각했기 때문이다.

근대계몽기 및 식민지 조선의 신체적 담론공간들은 '자극(매체의 변화, 새로운 문물의 유입, 주권권력의 변동 등)'에 긴밀히 반응하면서 시공간적 형식, 발화형식, 전파형식에 따라 변화되었다. 그러나 조선의 담론공간은 단지 외부자극을 수동적으로 반영하고 따라갔던 것은 아니었다. 근대 초기 연설·토론회에는 외부에서 들어온 회의진행방식(박수, 동의, 제청 등)이나 발화방식(언권을 얻는 방식)을 배워야 참여할 수 있었다. 그러나 이러한 양식을 습득한 대중들은 이 양식을 변형시키고 마음대로 이용함으로써 누구나 언권을 갖고 발화하는 '만민공동회'와 같은 사건적 담론공간을 구성해낸다.

1920년대의 연설·토론회에서는 '동포'나 '민족'으로 묶여진 청년들 외에도 '민족' 안에 낄 수 없었던 백정, 여성 등 '비청년'들이 연설의 주체로 등장하기 시작한다. '외부'에 의해서 자극받아 형성된 '청년'이라는 주체적 기호는, '청년' 스스로 자기 내부에 '부재'하는 청년의 요소들을 계몽적으로 자각하면서 형성되었고, 이러한 과정은 그들 속에 '비청년'이 자리할 수 있는 공간을 열어둘 수밖에 없었던 것이다.

1930년대에 걸쳐 좌담회는 식민권력과 출판자본주의를 내부화한 "전향의 형식"으로 굳어져간다. 그러나 조선의 지식인들은 "전향의 형식"을 역이용하여, 아프다고 핑계를 대거나, 능력이 모자라다고 변명하거나 협력하길 미루거나, 참석하는 대신 편지를 보내는 등, '권력을 내부화한 좌담회' 속에 형식적으로만 참여하는 방식, 즉 "부재하는 참여"의 방식을 취한다.

1940년대에 접어들면서 제국 일본의 권력은 국경을 넘어 확산되는 한편, 한 민족 내부의 세밀한 부분까지 전체화·전국화되기 시작한다. 좌담회는 깔끔한 형태로 모드화되고, 제국 / 식민지를 넘나드는 문화번역/문화송출이 일어나며, 좌담회는 다민족적인 형태로 확산되고, 지방과 농촌에서는 다양한 이동선전집단이 형성된다. 그러나 모드화되고 다민족적으로 확산된 담론공간에 참여한 조선인들은 오히려 이 '부재'의 위치에서 담론공간의 주체적 기호들을 모방하고 연기함으로써 식민자들을 불안하게 하거나 제국 일본의 담론질서를 혼란스럽게 한다. 산간벽지에서 대중들은 강압적으로 동원되었지만, 그들의 전근대성과 부재하는 주체성 때문에 제국일본이 원하는 방식으로는 대중들을 동원할 수 없었기 때문이다. 근대계몽기 및 식민지기 조선의 담론공간에서, 범람했던 외부는 내부의 욕망을 통해서 변형되었고, 변형된 내부를 통해서 또 다른 외부로 나갈 수 있는 잠재성을 지니고 있었다.

이처럼 '부재'의 상태들은, 단지 절망의 조건이 아니라 오히려 생성의 조건이며 타자를 향한 감수성을 획득할 수 있는 수많은 계기들을 내포하고 있었다. 1910년대에 대중들의 행동을 즉각적으로 변화시켰던 연설·토론회에서의 열정(만민공동회), 1920년대 연설·토론회에 참여하게 된 '비청년'들 간의 갈등과 사건(잠재적 사건성), 중일전쟁과 신체제 질서를 거치면서 출판자본주의와 식민권력을 내부화한 담론공간에 동원되면서도, '내부화된 부재'라는 방식으로 참여형태를 다양화했던 점(핑계, 변명, 침묵), 또한 언어게임(전달의 실패, 패러디, 대화가 침묵하는 순간, 질문을 통한 요구) 등을 통해서 담론질서를 으그러뜨렸던 점, 1940년대의 좌담회 텍스트를 번역할 때 남는 번역 불가능한 흔적 및 하나로 통합되지 않는 대중들의 전근대성이나 비협조적인 태도 등이 그것이다. 이러한 사례들은 전체주의적 담론공간 안에서도 그 질서에 완전히 포섭될 수 없는 지각불가능한 계기들로 드러나 있다. 아직 이름붙일 수 없는 이 계기들에 '부 / 재'라는 이름을 붙이고, 존재 / 부재, 주체 / 타자, 문명 / 야만이라는 근대적이고 식민지적인 좌표축을 살짝 비스듬히 어긋나게 한다면, '부 /재' '타자' '야만'은 또 하나의 존재형식이 될 수도 있을 것이다.

조선문학사 연구의 양각과 음각들

모든 연구 분야에는 양각과 음각이 있다. 불룩 튀어나와서 누구나 관심을 갖는 영역과 상대적으로 움푹 들어가서 보이지 않게 된 영역이 있는 것이다. 때로는 그 움푹 들어간 것들이 중요할 뿐 아니라 폭넓은 영역을 차지하고 있어서 왜 주목받지 못했는가 안타까울 때도 있다. 이 책이 다른 글들과 보다 폭넓게 대화하길 바라는 의미에서 이 책을 쓰면서 그렇게 느낀 부분들을 조금 적어보고 싶다.

이 책을 쓰면서 한국문학사의 비평자료들은 연대, 사상가 형태로 정리되어 있을 뿐, 광범위한 대화적 텍스트에 대해서는 기초적인 목록도 충분히 정리되어 있지 않다는 것을 알게 되었다. 그러나 이처럼 연구가 진전되어 있지 않은 데 비하면, 연설, 토론, 강연, 좌담, 대회의 속기록 및 참관기 등 이른바 '대화적 텍스트'의 범위는 넓고 다양하며, 비평사 뿐 아니라 소설, 시를 포함한 문학사 전반에 던져주는 시사점이 풍부하다. 따라서 본 논문의 말미에 연구를 진행하면서 접하게 된 『조선문단』 합평회, 『삼천리』와 『국민문학』 좌담회, 대동아문학자대회(1차)에 관련된 기사들의 목록을 정리해서 부록으로 붙였다. 그러나 『조광』이나 「조선 및 만주」 등의 목록은 첨부시키지 않았다. 연대별로 가장 대표적인 형태를 보여주는 대상을 선정해 실어 대화적 텍스트의 시대적 본보기로서 제시하고 싶었기 때문이다.『삼천리』의 경우는 좌담회와 회담, 대담, 인터뷰의 구분이 불명확했기 때문에 광범위한 대화적 텍스트라고 판단되는 것들을 정리했지만 선정기준을 명확히 하기 어려운 부분들이 많았다. 따라서 이 부록은 앞으로도 많이 보완되어야 할 것이다. 이후 가치가 있는 것들을 취합해 자료집 형태로 묶는다면 미흡하나마 후속 연구에 도움이 되리라 생각한다.

이 글은 주로 조선과 일본과의 관계에 집중하여 씌어졌다. 신체적 담론공간의 형성·변화에서 일본과 조선이 맺고 있는 밀접한 관련성을 무시할 수 없었기 때문이다. 일본과 조선의 연설·토론, 합평회, 좌담회, 대회 등은 단지 형식만 닮은 게 아니라 그 형식을 익히기 위해서 신체적인 훈육·통제·관리를 강력하게 동반했다는 역사적 유입과정에서도 동일성이 확인된다. 이와 같은 담론공간의 유사성이 발생한 이유, 담론공간을 구성하는 요소들의 연동방식, 그럼에도 존재하는 조선과 일본의 담론공간의 내적 차이 등을 연구하는 것은 식민지와 피식민지 사이의 관계를 사상적으로 파악할 때에도 중요할 것이다. 한편 이후 타이완, 중국 등에서 발생한 담론공간과의 비교 및 관련성도 연구해 보고 싶다.

담론공간의 형성·변화를 연구하면서 무엇보다 기뻤던 것은, 사상과 문학연구에 대한 접근방법을 새롭게 모색 해 볼 수 있을지 모른다고 느꼈던 점이었다. 한 개인으로부터 시작해서 사상사나 문학사 연구를 하는 것이 아니라 그가 활동한 담론 공간 전체로부터 사상이나 문학의 의미를 규명함으로써 개인과 문학장, 더 나아가 담론장, 더 나아가 코뮨 전체와의 관련성을 생각할 수 있을 것 같았다. 한 명의 개인이지만 참여하는 장마다 발화의 수위나 내용이 달라지는 과정을 통해서 한 명의 사상가나 문학가를 연구할 때에도 보다 종합적인 평가가 가능해질 것이다. 또한 역으로 이렇게 개인의 행위와 발화를 변화시키는 집단,

공동체, 코뮌이란 무엇인가를 깊이 사고할 수 있으리라 생각한다.

　보다 근본적이고 철학적인 차원에서는 '내용'과 '형식', '담론'과 '신체'가 분리되어 존재하는 것이 아니라 서로간에 복잡한 관련성을 맺고 있음을 알 수 있었다. 계몽, 근대화, 교양, 동원이라는 것은 이성적 판단에 의한 작용이기 이전에 먼저 신체의 변화를 통해 획득된 감각의 변화로 이루어지는 것이었다. '내용'이 변화하기 전에 먼저 '형식'이 갖추어져야 했고, '형식'이 그 자체로 내용을 형성하기도 했다. 이러한 관점은 이후 텍스트에 근거한 연구 뿐 아니라 사진, 캐리커처, 그림 등의 시각 자료를 통해 담론공간의 신체성에 대한 도상학적 연구로 확대될 수 있을 것이다.

　이번 연구에서는 충분히 부각시키지 못했지만 문자 뿐 아니라 음성 또한 근대화되고 식민화된다는 것은 이 글을 쓰기 시작할 때 설정했던 중요한 착안점 중 하나였다. 예를 들어 연설·토론체 소설에서는 현장성을 드러내기 위한 '─다'체가 사용되었는데, 이는 현실에서 확산된 연설과 토론의 영향이었다고 판단된다. 1920년대에는 연설·토론회가 확산되면서 "연설체로"와 같은 묘사가 문학 작품에 나타나기 시작하고 연설·토론·강연의 속기록이 잡지에 실림에 따라서 음성을 문자로 기록하기 위한 방법(문법, 표준어, 필기법)에 대한 기사가 등장한다. 1930년대 후반에서 1940년대 초반에는 좌담회가 문자화되는 안정적인 기반을 획득하면서, 그것이 일종의 완결된 상품으로써 그 자체로 국경을 넘어 일본의 잡지에 실리는 경우가 생긴다. 이때 좌담회에 대한 검열이나 삭제, 첨부 등이 텍스트 상에 흔적을 남기기도 한다. 이처럼 음성과 문자, 현실의 대화와 텍스트의 문체 사이에는 복잡한 상호 관련성이 있다.

　문체론 연구는 언문일치에 대한 연구를 제외하자면 한글, 한문, 일본어 등 씌어진 것을 중심으로 이루어지곤 한다. 그러나 앞서 간략히 언급한 것처럼 문자와 음성 사이의 관계성은 훨씬 복잡하고 밀접하게 이루어졌다. 이 과정은 실상 계몽주의의 본질, 식민주의의 본질과 맞닿아 있기도 하다. 그러나 현재 매체의 형성·변화에 대한 연구가 인쇄·출판 매체에 집중되어 있기 때문에, 인쇄매체, 전파매체, 구술매체를 유기적으로 연결해서 파악하는데 어려움이 있었다. 그런 까닭에 이 책에 정리된 것으로는 여전히 미흡한 부분들이 많다. 이러한 아쉬움은 이후 녹음된 테이프 등의 음성자료, 라디오나 방송교본 등의 발굴 및 그것들을 통한 음성과 문자 사이의 관련성 연구나 구술·진술을 통한 연구들이 축적된다면 좀 더 섬세하게 보완될 수 있을 것이다.

뒤틀림 1 : 타자는 타자를 만날 수 있는가?

책을 준비하면서 보충해 넣고 싶은 부분이 있었다. 대동아문학자대회 및 다민족적 좌담회를 분석하면서 '조선'과 '일본'을 중심으로 연구할 때 보이지 않았던 부분들이 점차 크게 다가왔기 때문이다. 식민지기 조선인들은 '일본인' 뿐 아니라 피식민지와 피점령지의 다양한 존재들과 만났다. 그럼에도 모든 발화의 중심은 제국 일본과 조선의 관계 속에서 이루어진다. 그러나 실제로는 조선인과 대만인이, 대만인과 중국의 점령지의 여러 사람들이, 그들과 만주인들이 직접 만날 수 없었을까? 대체 그들은 왜 서로에 대해서는 열성적으로 발화할 수 없었던 것일까? 이러한 만남의 경험들을 살펴보면서 '타자'로 규정된 존재들이 제국의 시선 하에서 다른 '타자'들과 어떻게 만날 수 있는가라는 질문을 던져 보고 싶었다. 이를 통해서 2012년 동아시아의 이질적이고 작은 소집단 사이의 만남의 윤리를 모색해 볼 수 있지 않을까 생각했다. 서론에서도 밝혔듯이 이 의문을 안고 해본 첫 작업이 「'대동아문학자대회라는 문법' 그 변형과 잔여들」(『한국문학연구』, 2011.6 수록)이다.

그 논문의 내용은 크게 두 가지로 이루어졌다. 하나는 피식민지인들이 서로를 의식하면서 제국의 주어를 어떻게 변형시켰는가이다. 다른 하나는 이러한 변형 속에서 제국의 질서로는 포섭되지 않는 피식민자들 사이의 공감의 계기들을 드러내는 것이다. 1942년에 열린 제 1차 대동아문학자대회에서 일본 제국의 시선 앞에 선 피식민지인들은 '주체'의 자리를 차지하기 위한 경합을 벌인다. 그러나 제국일본의 주어를 둘러싼 피식민자들의 절박한 경합은, 제국의 주어를 완전히 모방할 수도 없었을 뿐더러, 제국의 주어를 수동적으로 반복했던 것도 아니었다. 대동아문학자 대회에 참여한 조선, 대만, 만주, 중국의 피식민자들은 각각이 처한 상황에 따라 '대동아'라는 주어를 변형시킨다. 조선인들은 북방지역(만주, 중국, 몽골)과 일본을 잇는 통로[11]이자, 문화 중계지[12]라는 흔들리는 위치에서. 대만인들은 "50년에 가까운"[13] "오족협화의 역사"를 지닌 "남방으로의 전진기지"[14]라는 위치에서. 만주대표들은 만주가 "대동아 이념'의 기원이자 "오족협화'의 상징이라고 주장함으로써. 중국대륙의 대표자들의 경우 무관심한 태도로 대륙 안에 하나로 통합될 수 없는 지역색이 있음을 드러냄으로써 말이다. 피식민인들이 이루어낸 이러한 주어의 변형은 피식민지인들이 제국 일본이라는 시스템에서 영원히 '타자'일 수밖에 없음을, 그리고 식민권력의 통합과 관리의 욕망에도 불구하고, 피식민지에서 제국의 단일한 주어란 존재할 수 없음을 보여준다.

한편 제국의 주어를 전유하려는 시도들은, 제국의 주체가 되려는 욕망을 내면화하면서도, 제국의 질서에 포섭될 수 없는 잔여들을 남기고 있다. 첫 번째 잔여의 형식은 일본인보다 더욱 더 완벽한 일본인이 되

---

11 「大東亞文學者會議―半島側五名出發日程決定」, 『每日新報』, 1941.10.20, 朝2면.
12 「一路憧憬의 朝鮮에, 文學者代表들 京城出發」, 『每日新報』, 1942.11.14, 朝3면; 「大東亞文化를 建設―熱烈・各國代表들 所信을 吐露」, 『每日新報』, 1942.11.15, 朝3면.
13 臺灣代表 周金波, '皇民文學의 樹立', 「大東亞決戰文學者大會報告」, 『綠旗』, 1943.10, 341면.
14 龍瑛宗, 「道義文化의 優位」, 『季刊臺灣文學』, 1943.1 70면.

려고 했던 조선인 이광수와 만주대표 구딩(古丁)에게서 나타난다. 그들이 주어를 향해 과도한 욕망을 보이면 보일수록, 일본인을 일본인보다 완벽하게 연기하면 할수록, 그들의 행위는 식민지 / 피식민지 사이의 위계를 드러내는 것이 되었다.

'잔여'의 두 번째 형태는 스스로를 "주어"를 말할 수 없는 병자나 시골사람으로 표현하는 방식이다. 대표적인 예가 처음 자보는 침대에서 떨어질까 두려워하고 약상자를 갖고 다니면서 몸 약한 촌놈으로 스스로를 위치 짓는 대만대표 장원휘안(張文環, Zhāng Wénhuán)이다.[15] "도시"인 대동아문학자대회에 간 "촌놈" 대만인 일본대표 장원휘안의 피로와 병은, 대동아문학자대회에 참석하는 내내 아프다고 끙끙댔던 조선인 일본대표 박영희[16]와 겹쳐진다. 이러한 "병자 또는 촌놈되기"라는 행위는 제국 일본 속에 피식민자가 참여한다는 것은 '존재'로서가 아니라 '부재'로서만 가능하다는 것을 은연중에 드러낸다.

"잔여"의 세 번째 형태는 제국의 문법과 주어를 사용하려고 할 때 발생하는 "머뭇거림"이다. 이러한 태도는 제국일본의 질서를 추구하려고 할 때마다 "조선"이란 말 앞에서 머뭇거리게 되는 최재서와, 주저하면서 걸어왔던 대만문학의 길을 간과한다면 황민문학도 불가능하다고 주장하는 대만대표 쩌우진보(周金波, zhou jin bo)에게서 나타난다.[17] 이러한 머뭇거림들은 제국의 주어를 발화하는 피식민자들의 입술에 달라붙어 제국의 주어가 조선과 대만의 현실과 어긋나 있음을 환기시키고, 제국의 주어를 말하면 할수록 피식민자 스스로 자신이 속한 공동체의 주체성과 진지하게 대면하도록 만든다. 그 외에도 대동아문학자 대회에 대한 비판을 중의적이고 문학적인 표현 속에 감추거나 단발

---

15 張文環, 「內地より歸りて」, 『季刊臺灣文學』, 1943. 1, 71면.

16 寺田瑛, 「大東亞文學者大會へ」, 『新時代』, 1942. 12, 79면.

17 臺灣代表 周金波, '皇民文學の樹立', 「大東亞決戰文學者大會報告」, 『綠旗』, 1943. 10, 341면.

적인 불만을 표출하는 경우들을 통해서, 피식민지인들은 다른 지역의 피식민지인들이나 피점령지인들과 공감해 가고 있다.

이처럼 파편화된 잔여의 순간들은 조선의 이광수와 만주의 구딩이, 대만의 장원휘안과 조선의 박영희가, 조선의 최재서와 대만의 쩌우진보가, 즉 '제국 일본'의 질서 밖에서 "타자들의 순간"과 "타자들의 순간"이 겹쳐지는 장면을 연출해내고 있었다. 이렇게 "잔여"의 형태를 유형화 했던 이유는 각각의 지역적 민족적 특성을 드러내면서도 그것들이 반짝거리면서 공감하는 순간들을 보여주기 위한 것이었다.

연구가 점차 이러한 방향을 향해 가고 있음에도 이번 책에서는 이 부분을 제외시켰다. 왜냐하면 이 부분을 넣음으로써 책 전체의 구조가 뒤틀려 버린다는 것을 깨달았기 때문이다. '조선'에 중심을 두었던 구조를 전부 다시 짜야 할 뿐 아니라, 글 전체의 주어를 새롭게 고민해야 했다. 더구나 '조선'에 중심을 둠으로써 드러났던 '조선' 속에 있으면서도 '조선' 속에 속할 수 없는 풍부한 잉여들이 오히려 드러나지 못하게 될 수도 있었다. 아직 그러한 문제들을 적절하게 표현할 수 있는 용어와 틀이 설익은 상태인 셈이다.

그러나 앞으로의 작업에서는 "조선의 신체적 담론공간"이라고 스스로 만들어 보았던 틀을, 복수의 시선 속으로 통과시켜 볼 생각이다. 여기서 드러나는 뒤틀림과 착오, 설명 불가능한 지점들이 조선 내부 속 깊숙이에서 외부로 향하는 여러 개의 출구를 만들어 내는 힘이 되길 바라고 있다. 이때 마음 속에 품고 있는 질문은 이것이다. 제국의 시선 앞에서 "타자는 타자를 만날 수 있는가" 혹은 부재의 시공간에서 "타자는 타자를 어떻게 만나왔는가"

뒤틀림 2 : 소문·유언비어, 불만·불평

원래 이 책은 연설회, 토론회, 강연회, 좌담회, 대회와 같은 공식적인

담론공간이 아니라 소문과 유언비어, 불평불만과 같은 비공식적인 담
론공간에 대한 관심에서 시작되었다. 늘 함께 있음에도 명확한 형태를
잡아낼 수 없는 부재하는 목소리, 행위들 말이다. 소문은 여자들을 죽
이기도 했지만 동시에 여자들의 무기이기도 했다. 소문은 민중을 죽이
는 형태로 악용되기도 했지만 불특정 다수의 민중이 스스로의 욕망을
표현하고 모이고 일어설 수 있는 강력한 동력이기도 했다. 2007년 대
추리 마을에서 마이크 들고 한 말씀 하시라고 하면 "내가 뭘……" 하면
서 부끄러워 침묵하는 할머니들이, 집안 방구석에 앉아서는 한없이 쏟
아냈던 이야기, 그 '겹겹이 쌓인 부재'의 목소리는 암암리에 소문이 되
어 퍼졌다. 2011년 일본에서 원전 사고를 둘러싸고 떠도는 소문들은
사람들을 불안하게 하고 이동하게 함으로써 그들을 죽음으로부터 지
켜주었고, 거리로 쏟아져 나오게 했다. 이처럼 양날의 칼이지만 한 시
대가 지닌 무명(無名)의 존재들이 지닌 복수(複數)의 욕망을 가장 날카
롭게 담아내는 소문과 유언비어, 불만과 불평에 자리를 마련해 주고
싶었다.

그러나 자본주의와는 다른 세상을 꿈꾸기 위해서 '코뮨(comun)'이 아
니라 '자본(capital)'의 속성과 양태를 파악하는 것에서 시작했던 맑스처
럼, 공식적인 담론공간에서 침묵하는 소리들을 들리게 하기 위해서는
'소문과 불만'이 아니라 '연설과 좌담'을 연구해야 할지도 모른다고 생
각했다. 소문과 불평이 확실한 자료나 증거를 찾기가 힘든 반면, 연설
과 좌담은 구체적인 실체가 있었다는 것도 중요한 이유였다. 그러나
그러한 제약 덕분에 공식적인 것처럼 보이는 연설과 토론, 강연, 좌담
회, 대회 등이 구성되는 역사적 과정 속에 비공식적인 틈새들과 비공
식적인 사건들, 예측 불가능한 잠재성이 가득차 있다는 것을 발견할
수 있었다. 반대로 '소문과 불만'이라고 해서 무조건 좋은 것은 아닐 것
이다. 이 둘은 공식적인 담론이나 비공식적인 담론이 양상되는 전체적

인 틀을 통해서 볼 때에만 그 상호적인 가치가 드러나는 풍부한 영역들일 것이다. 두 개의 시공간은 분리되어 있는 것이 아니라 긴밀히 연결되어 그 모습과 형태를 변화시키고 있다. 따라서 그 어떤 곳이든 그 어떤 시간이든, 공식적인 담론공간과 비공식적인 담론공간이 맞닿아 있다. 그 어떤 곳이든 그 어떤 시간이든, 내부이며 외부인 "로두스 섬 (Rhodus)"이다. 늘 지금 여기서 뛰어야 한다.

무엇보다 소문과 불만을 연구하려면, 다루는 자료의 범위를 확장시키고, 자료를 대하는 시점, 글을 쓰는 방법을 바꿀 필요가 있을 것이다. 침묵과 부재로서만 있을 수 있는 것들은, 침묵과 부재를 통한 그들만의 비밀스런 표현법이 있을 것이기 때문이다. 징후적으로만 나타나는 그것들의 의미를 드러내기 위해서는 전체를 보는 눈이 필요할 것이기 때문이다. 소문·유언비어는 공동체에 큰 변화가 일어날 때, 낯선 매체·제도 등이 유입되거나, 제도화되고 공식적으로 통제되는 언론기관을 신뢰할 수 없을 때, 사회 전체에 미래에 대한 불안이 팽배할 때, 억압적이고 전체주의적인 검열 상황이 극에 달했을 때, 그 틈새에서 비어져 나와 확산된다. 소문과 유언비어는 민중이 이질적인 집단과 접촉하는 감정적이고 신체적인 모든 방식들, 새로운 것에 대한 적응과 부적응의 기제들, 주권 권력의 작동방식을 그대로 드러내면서도, 반대로 그에 대한 민중의 반응과 폭발적 에너지의 돌출을 날카롭게 표현한다. 이것들이 한데 뭉쳐진 에너지의 흐름인 것이다.

이처럼 연설, 토론회, 좌담회, 대회 등을 살펴보면서, 소문·유언비어, 불만·불평들이 차지하는 풍부한 영역이 있다는 것을 조금이나마 알 수 있었다. 그리고 소문·유언비어, 그리고 불평·불만이 통제되고 억압적인 담론구조를 변형시킬 가능성이 있었음을 조금 확인할 수도 있었다. 호랑이도 제 말 하면 오듯, 말이 씨가 되듯, 발 없는 말이 천리를 가듯, 소문이 또 다른 소문을 부르듯, 소문과 유언비어를 통해서 또

하나의 부재의 시대가 오길, 그러한 시대를 부르는 글을 쓸 수 있기를
바라고 있다.

다시, 부재의 시대

저는 〈나〉의 '흔들림'이라는 사실을 계속해서 인정해 갈 용기를 지니고 싶어요[18]

근대계몽기 및 식민지기 조선인들이 담론공간에 참여한다는 것은,
'전향'과 '부재'를 연기하는 것과 같았다. 그러나 이것은 절망적이라기
보다 잠재적이었다. 억압적이고 폭력적인 담론공간에 참여를 강요당
할 때 어떤 행동을 취할 수 있으며, 과연 다른 타자와 연대할 수 있을까
를 질문하게 되기 때문이다. 식민지 조선의 지식인들은 참여를 연기(演
技)했던 것일까 부재를 연기(演技)했던 것일까? 명확치 않다. 그러나 거
대한 식민지 근대화 과정 속에 스스로가 '부재'한다는 것을 발견하는
역사를 통해서, 다른 타자들의 역사와 공감할 수 있는 담론공간을 상
상할 수 있지 않을까?

참석할 때에는 부재를 연기하고, 참석하지 않을 때에는 존재를 연기
하는 이 복잡한 숨박꼭질. 주체를 추구하는 것을 통해 주체의 형식을
변형시키고, 주체화될 수 없는 잔여들을 통해서 타자들과 공감하는 방
법. 조선의 담론공간이 보여주는, 이러한 부(不)와 재(在)의 구분 자체
를 넘어서는 몸짓들은, 담론공간에 참여한다는 것이 무엇인가, 공동체
를 구성하고 그곳에 참여한다는 것이 무엇인가를 우리에게 질문하고
있다. 우리는 기존의 공동체를 따를 수도 있고, 저항할 수도 있고, 침묵

---

[18] 모리사키 카즈에(森崎和江)의 평론집『모리사키 카즈에 평론집―어머니 나라와의 환상혼
(森崎和江評論集―ははのくにとの幻想婚)』(現代思潮社刊, 1973, 178~197면) 중에서 「두
가지 말, 두 가지 마음(二つのことば, 二つのこころ)」 중 일부를 필자가 번역한 것이다.

할 수도 있고, 잠행하면서 또 다른 시공간을 만들어낼 수도 있다. 이 모든 시도와 갈등이 혼재된 시기가 근대계몽기 및 식민지기 조선이었다. 그리고 외부의 '자극'에 의해 내부의 '부재'를 처절히 느끼면서 형성되어 왔던 조선의 담론공간, 그것이 지닌 역동성이었다.

19세기 말에서 20세기에 이르기까지 조선은 부재의 시대를 살았다. 존재만이 존재하는 것이 아니라, 부재도 존재한다. 그리고 이 책은 이러한 '부재'의 존재형식 혹은 행위형식을 통해 조선에서 타자를 향해 열린 새로운 집단의 시공간을 모색하기 위한 것이다. 어쩌면 새로운 공동체는, '존재'가 아니라 '부재'의 형식을 통해서 타자를 자기 속에 내포한 주체를 고민할 때 조금씩 그 모습을 드러낼 지도 모른다. 그 불가능한 시도들 드러나지 않는 욕망들이 조선의 담론공간이 지닌 빛과 어둠에 다양한 색과 질감을 부여하고 있다. 앞으로는 이 다양한 빛과 어둠의 질감을 "타자는 타자와 어떻게 만나 왔는가"라는 질문과 "소문, 유언비어, 불만, 불평"이 지닌 에너지를 통해서 여러 방향으로 발산시켜 보려고 한다. 어떠한 형태와 빛깔이 나타날지 알 수 없지만, 이러한 불안정한 흔들림을 인정할 용기를 지니고 싶다.

2012년. 냉전 이후의 말 그대로 암흑뿐인 부재의 시대가 또다시 시작될는지도 모른다는 떨림 속에서, 동시에 그렇다 할지라도 그 부재 상태가 더 드높은 또 하나의 세상을 열어젖힐지도 모른다는 떨림을 동시에 느낀다. 그리고 자신의 부재상태를 자각함으로써 더 드높은 세상을 꿈꾸었던 이상을 떠올린다. 도쿄에 도착한 이상은 자신이 꿈꾼 근대가 도쿄에 없음을, 스스로 이 세계에 존재할 수 없음을 알았다. 따라서 그는 「烏瞰圖」에서처럼 무서워했고 동시에 무서운 아이가 되었다. 그러나 생각건대 그는 자유로웠을 것이고 그곳이 도쿄이든 경성이든 상관없었을 것이다. 그가 건넜던 것은 조선과 일본 사이의 국경이 아니라, "현존 세계=근대=식민지"의 극한이었기 때문이었다. 이 세상에 자신이 존재할 수 없다는 자각이 그를 더 깊이 추락시켰지만, 동시에 그 추락 속에서 그는 더욱 드높은 우주를 꿈꾸었다. 소설 「날개」의 마지막 장면, 인공의 날개가 돋았던 흔적은 바로 그러한 시도의 흔적들인 것이다. 존재로부터 부재가 생겨나지만, 그 부재로부터 또 다른 우주가 태어난다.

이 책을 읽는 분들에게 다음과 같은 질문이 남았으면 좋겠다. 우리가 역사적으로 겪었고 지금도 겪고 있고 앞으로 겪게 될 '부재의 시대'에, 우리 외부와 우리 내부에서 함께 살고 있는 타자들의 침묵을 듣고 대화하는 부不/재在의 시공간을, 어떻게 하면 열어갈 수 있을까.

부록

I. 『조선문단』 합평회[1]

제목	게재호	評者	사회자	속기자	주된 논의작품	구성 특성	게재면	장소 일시
朝鮮文壇 合評會第 一回 二月創作 小說總評	1925.3 (6호)	金基鎭 (八峯山人) 金億(岸曙), 李光洙(春園), 朴鍾和(月灘), 廉尙燮(想涉), 羅彬(稻香), 梁建植(白華), 玄鎭健(憑虛)	方仁根 (春海)	崔鶴松 (曙海)	1925년 2월 발표 작품 1. 朴英熙, 「貞順이의 설음」, 『개벽』 2. 金浪雲, 「永遠한 苛責」, 『生長』 3. 廉想涉, 「電話」, 『朝鮮文壇』 4. 玄鎭健, 「B舍監과 러브레타」, 『朝鮮文壇』, 5. 朴鍾和, 「詩人」, 『朝鮮文壇』 6. 崔曙海, 「拾參圓」, 『朝鮮文壇』	1. 합평회 형식에 대한 논란 (대화체로 하자, 말하는 순서를 번갈아 가면서 하자 등)이 나타남. 2. 행동을 묘사하는 지문, 의성어, 의태어가 많이 삽입됨. 3. 논의할 작품이 사전에 합의되지 못함.	115 ~ 127	1925. 2.15 永導寺 草幕
朝鮮文壇 合評會 第二回 三月創作 小說總評	1925.4 (7호)	朴鍾和(月灘), 廉尙燮(想涉), 羅彬(稻香), 梁建植(白華), 玄鎭健(憑虛)	方仁根 (春海)	崔鶴松 (曙海)	1925년 3월 발표작품 1. 抱石, 「쌍속으로」, 『개벽』 2. 星海, 「狂風」, 『개벽』 3. 星海, 「漁村」, 『生長』 4. 金浪雲, 「어느一社員」, 『생장』 5. 方春海, 「殺人」, 『朝鮮文壇』 3호~6호 연재 6. 崔曙海, 「탈출기」, 『조선문단』 7. 任英彬, 「亂倫」, 『조선문단』 4~6호 연재	1. 합평회가 문단그룹을 형성하는 것과 관련된다는 인식이 나타남. 2. 논평을 하기 전에 참여여부 및 문단분위기에 대한 논의진행. 3. 논의되는 작품별로 소제목이 달림. 4. 지문, 의성어, 의태어가 다소 줄어듬.	72 ~ 83	없음
朝鮮文壇 合評會 第三回 四月創作 小說總評	1925.5 (8호)	호를 병기하지 않음 梁白華, 廉想涉, 玄憑虛, 羅稻香	方春海	崔曙海	1925년 4월 발표 작품 1. 牛步, 「寂寞의伴奏者」, 『生長』 2. 金浪雲, 「가난한夫婦」, 『生長』 3. 李鍾鳴, 「×體操敎師」, 『生長』 4. 懷月, 「산양개」, 『개벽』 5. 方春海, 「죽지 못하는 사람들」, 『朝鮮文壇』 6. 白洲, 「永生愛」, 『朝鮮文壇』	1. 의성어, 의태어, 지문 등이 현격히 줄어듬. 2. 서두의 잡담 없이 바로 소설 소제목으로 시작함. 3. 각 소설 소제목 뒤에는 '槪要'가 붙어 소설 내용을 설명해준 뒤 소설논의가 시작됨.	115 ~ 123	없음
朝鮮文壇 合評會 第四回 五月創作 小說總評	1925.6 (9호)	梁白華, 廉想涉, 玄憑虛, 羅稻香	方春海	崔曙海	1925년 5월 발표 작품 1. 星海, 「흙의 洗禮」, 『개벽』 2. 李箕永, 「가난한사람들」, 『개벽』 3. 金浪雲, 「첫날밤」, 『생장』 4. 李鍾鳴, 「玉順이」, 『生長』 5. 곰보, 「絶交」, 『生長』 6. 稻香, 「계집하인」, 『조선문단』 7. 曙海, 「朴乭의죽엄」, 『조선문단』 8. 金彈實, 「꿈뭇는날」, 『조선문단』 9. 任英彬, 「序文學者」, 『조선문단』	1. 논평자의 참여여부에 대한 잡담 부활. 2. 소설 내용 개요가 사라짐. 3. 지문이 간간히 다시 등장함. 4. 속기오류에 대한 양해의 말이 사라짐. 5. 최서해의 작품이 논의되자, 속기를 春海가 대신하는 장면이 나옴.	114 ~ 126	없음

1 　『조선문단』(1924.10~1926.6 / 1927.1~3 / 1935.2 / 1935.4 / 1935.6 / 1935.8 / 1935.12 / 1936.1). 합평회는 다수의 사람들이 대화를 통해 객관적인 논단 혹은 문단을 구성해가는 과정을 보여준다는 점에서 좌담회의 전신이라고 할 수 있다. 따라서 참석자와 논의 작품 및 작품 게재지를 함께 정리했다. 또한 합평회는 현장의 논의가 문자 텍스트로 옮겨져 유통될 때 나타나는 특성들을 보여준다. 이처럼 대화가 문자화될 때 나타나는 흔적들을 보여주기 위해서 구성상의 특성을 자세히 정리했다.

제목	게재호	評者	사회자	속기자	주된 논의작품	구성 특성	게재면	장소일시
						6. 다음호로 미뤄진 작품에 대한 양해의 말이 부기됨		
朝鮮文壇 合評會 第五回 六月創作 小說總評	1925.7 (10호)	廉想涉, 玄憑虛, 羅稻香	方春海	崔曙海	1925년 6월 발표 작품 1. 요섭,「殺人」,『개벽』 2. 김동인,「시골 黃서방」,『개벽』 3. 方仁根,「自動車 運轉手」,『조선문단』 4. 曙海,「飢餓와 殺戮」,『조선문단』 5. 呼螢兒,「쇼맹이 선생」,『조선문단』 6. 韓秉道,「憧憬」,『조선문단』	1. 김동인의 불참여부를 비롯 참여여부에 관련된 논의 및 합평회를 둘러싼 문단의 평가에 대한 코멘트가 길게 실림. 2. 지문, 의성어, 의태어가 다시 사라짐.	144 ~ 153	없음
朝鮮文壇 合評會 第六回 七月創作 小說總評	1925.9 (11호) 1925.8은 결호.	梁白華, 金東仁, 玄憑虛, 羅稻香	方春海	崔曙海	1925년 7월 발표 작품 1. 羅稻香,「벙어리三龍이」,『黎明』창간호 2. 金彈實,「젊은날」,『黎明』창간호 3. 想涉,「檢事局의待合室」,『개벽』 4. 露雀,「烽火가켜질때」,『개벽』 5. 八峯,「젊은 理想主義者의 記」,『개벽』 6. 朴吉洙,「짱파먹는사람들」,『개벽』 7. 宋東樑,「느러가는무리」,『개벽』 8. 曙海,「寶石半脂」,『時代革新紙』 9. 蔡萬植,「不孝子息」,『조선문단』 10. 想涉,「孤獨」,『조선문단』 11. 李泰俊,「五夢女」,『時代報』	1. 평자 참여여부에 대한 논의가 짧게 있음. 2. 편집 방식이 바뀌고 작품 작자이름 표기가 강조됨. 3. 화자에 '일동'이라는 표시가 나타남. 4. 다루는 작품수 및 잡지 수가 늘어남.	114 ~ 121	없음

II. 좌담회 목록

1. 『삼천리』 좌담회 목록[2]

게재일	표제 형식	제목	참여자	사회	언어	사진 그림	게재면
1930.10							
1931.2	對話	絶對로 解消하여야된다— 엇던날 A · B의 對話	安炳珠의 창작글로 A와 B의 대화로 구성됨	없음	한글	없음	9 ~ 12
1932.3	誌上 全體會議	三千里全體會議 一現下의 民族主義勢力과 社會主義勢力 民族主義的勢力의 系列	安在鴻, 鄭雲永, 金若水, 元世勳, 春谷, 金保榮, 楊奉根	記者	한글	없음	2 ~ 7
1932.4	座談會	外國大學 出身 女流 三學士 座談會	出席者 氏名: 美國와에스루안 大學出身文學史 朴仁德 女, 瑞典大學出身 經濟學士 崔英淑, 美國컬럼비아 大學出身哲學士黃愛施德女史 本社側: 金東煥 崔貞熙	記者	한글	없음	32 ~ 38

---

2 『三千里』(1929.6~1942.11 / 1942.5에 『大東亞』로 개명). 좌담회 목록은 표제가 좌담회라고
표시된 것을 중심으로 했다. 그러나 원문을 확인하여 좌담회라는 표제를 달고 있지는 않으
나, 토론, 비평회, 쌍담, 정담, 등 대화적 텍스트라고 할 수 있는 것을 광범위하게 포함시켰
다. 1930년대는 좌담회라는 형식이 막 등장한 시기이다. 따라서 좌담회의 형식이 다른 대화
적 텍스트들과의 관계 속에서 변형되기도 하고, 기존의 대화적 텍스트들에 영향을 주기도
하기 때문에, 좌담회만을 명확히 구분할 경우 놓치게 되는 텍스트가 많기 때문이다.
단, 1931년 1월부터 실려 있는 신간회 관련 전체회의 스케치(김기림, 「新幹會全體大會—代
行中央執行委員會光景」)를 비롯한 연설, 토론, 강연 대회 등의 스케치는, 대화적 텍스트가
생산된 상황을 자세히 보여주는 귀중한 자료이지만, 직접적으로 대화나 발언이 드러나는
부분이 적거나 없는 텍스트가 많았기 때문에 목록에 포함 시키지 않았다. 그러나 앞으로 이
러한 대회형식과 좌담회의 관련성을 살펴보는 것은 중요한 작업이 되리라고 생각한다.
출석자, 그림, 캐리커처에 대한 정보를 포함했다. 좌담회의 면 구성의 변화가 좌담회의 내용
변화와 함께 신체적 담론공간으로서 좌담회를 파악할 때 중요한 특성을 보이고 있기 때문
이다. 이 책에서는 사진에 대한 자세한 논의까지 전개할 수 없었다. 문자와 그림(사진)의 관
계에 대해서는 이후의 과제로 돌리겠다. 무엇보다 『三千里』는 식민지기 전후반에 거쳐 꾸
준히 발행되었기 때문에 좌담회의 변화를 한눈에 확인해 볼 수 있다. 이런 점은 주제와 언어,
참여자에서 확인되므로 그 부분을 자세하게 정리했다.
정확한 서지를 파악하기 위해 노력했으나, 『三千里』가 워낙 방대한 스케일의 잡지이며 잡
지 구성이 자주 변화하므로 누락 · 오류 등이 많이 있으리라고 생각한다. 이후 보다 정련된
목록선별기준을 정하고, 정확한 자료로 보완하겠다.

게재일	표제 형식	제목	참여자	사회	언어	사진 그림	게재면
1932.5	座談會	삼천리사 主催 文士 座談會	出席諸氏 (順序不同) : 金東仁, 一葉 金元周, 曙海 崔鶴松, 春海 方仁根, 憑虛 玄鎭健, 獨鵑 崔象德, 岸曙 金億, 星海 李益相, 金源珠 本社側 : 金東煥 崔貞熙	金東煥	한글		
1933.9	座談會	'再滿同胞問題 座談會	출석자 : 東亞日報前編輯局長 李光洙 朝鮮日報編輯局次長 金炯元 본사측 : 金東煥 (事情으로東亞日報社長宋鎭禹氏는出席치못하엿습니다)	本社側	한글	만주거리사진 으로 추정됨	47 ~ 51
1933.12	討議	極東問題 討議	討議參加者(順序不同) : 金璟載, 金世鎔, 許憲, 李仁, 裵成龍, 金恒圭, 辛?嶽, 徐相日, 徐廷禧	本社金東煥	한글	美術館이 된 石造殿	20 ~ 23
1933.12	座談會	晩婚打開 座談會	出席諸氏 : 李光洙, 羅蕙錫, 金基鎭, 金岸曙 本社側 : 金東煥	記者	한글	佛國寺마당의 落葉, 崔承喜女史의 舞臺 등	84 ~ 89
1934.7	評論會	三千里社主催 - 文學問題評論會	朴英熙. 朱耀翰. 玄憑虛, 梁白華, 金東仁, 金岸曙, * 西鮮方面旅行不參 → 李光洙, 金八峯 * 有故未參 → 廉想涉, 金石松 *本社側 : 金東煥	金東煥	한글	없음.	205 ~ 213
1934.8	評論會	政治家・思想家 論評會	出席者(年齡順) : 許憲氏, 呂運亨氏, 金炳魯氏, 金若水氏, 金璟載氏3 本社 : 金東煥	本社	한글	명사들의 캐리커처	28 ~ 38
1934.9	座談會	運命과 生死觀 座談會	叅席諸氏 : 梁白華氏, 李晶燮氏, 李瑞求氏, 鄭秀日氏, 柳光烈氏, 金東仁氏 本社側 : 김동환	本社	한글	거울보는 여성 삽화	128 ~ 145
1934.9	座談會	'最近의 外國文壇' 座談會	出席諸氏 : 朱耀翰氏, 盧天命氏, 李軒求氏, 鄭芝溶氏, 金起林氏, 崔貞熙氏, 異河潤氏, 李善熙氏, 金岸曙氏 本社 : 金東煥	本社	한글	산수화 풍경 삽화	214 ~ 223
1934.11	座談會	春園文壇生活二十年 을機會로한 '文壇回顧' 座談會	出席者 : 李光洙, 梁白華, 朴月灘, 金東仁, 金岸曙, 金東煥 (이 좌담회에는 참석자 약력없음)	金東煥이 사회 역할을 하지만 참석자와 구별없음	한글	없음	235 ~ 243
1935.1	討論	三大新聞社長 「時局問題」討論	朝鮮中央日報社長 呂運亨氏答 朝鮮日報社長 方應謨氏答 東亞日報社長 宋鎭禹氏答 提案者 本社主幹 金東煥	金東煥	한글	서양건축물 삽화, 3대 신문사장 사진	26 ~ 35

게재일	표제 형식	제목	참여자	사회	언어	사진 그림	게재면
1935.7	座談會	'女性을 論評하는' 男性 座談會	出席諸氏: 朴昌憲 씨, 金東仁, 李基世, 金岸曙, 李仁 (尹白南, 車相瓚, 李瑞求 三氏有故不叅) 本社側: 主幹 金東煥, 記者 朴相義, 金性睦			좌담회 사진 "寫眞은 右로부터 金東仁, 李仁, 金岸曙, 朴相義, 金東煥, 金性睦, 朴昌憲, 李基世"	106 ~ 125
1935.9	座談會 ―본문 속에서 '座談'이라 고 지칭함	莫斯科의 新女性과 新文化―今昔의 모스크바를 이약이하는 會	出席者: 李東民, 金海龍, 崔一鮮, 韓鳴	司會者: A 記者 B 記者	한글	없음	210 ~ 218
1935.10	座談會	大戰急來와 極東形勢座談會	出席諸氏: 申興雨 安在鴻 李光洙 徐椿 金璟載 李仁 朱耀翰 本社側: 金東煥 朴相義	金東煥	한글	말탄 군인 사진 등 극동을 보여주는 사진들, 좌담회 풍경사진	26 ~ 40
1935.11	座談會	現代長安豪傑 찾는 座談會	出席者: 李瑞求, 卜惠淑 本社: 白樂仙人	白樂仙人	한글	출석자 인물 사진	82 ~ 101
1935.12	對談 (座談會)	夫婦座談會―二十年 만에 新婚 氣分나신다는 呂運亨氏 夫妻	필자 三千里社 婦人記者 康順玉	婦人記者 康順玉	한글	서양여성 사진, 가족사진	106~ 113
1936.1	座談會	人氣歌手 座談會	來叅 歌手와 幹部諸氏: 王壽福, 鮮于一扇, 高福壽, 金仙草, 江南香, 金龍煥, 李銀波, 金海松 포리돌 文藝部長 王平. 콜럼비아 文藝部長 異河潤, 빅타―販賣部長 柳榮國, 오―케―文藝部長 金陵人, 太平文藝部長 閔孝植, 시에론 文藝部長 朴英鎬 本社: 金東煥, 金性睦, 朴相義	金東煥 (本社主幹)	한글	공원(?)삽화, 악기를 든 사진, 참석자 싸인 모음	128 ~ 141
1936.1	對談 (座談會)	夫婦座談會 朝鮮第一로 和睦하신 尹致昊 夫妻	三千里社 婦人記者 康順玉	三千里社婦 人記者 康順玉	한글	서양여성사진, 가족사진	80 ~ 86
1936.2	會見記	英美婦人參政權運動 者會見記	R 羅蕙錫 S 팡크하스트 婦人參政權 運動 團員	羅蕙錫	한글	외국에서 찍은 회견자의 사진	91 ~ 94

게재일	표제 형식	제목	참여자	사회	언어	사진 그림	게재면
1936.2	漫文 (座談會)	新舊女性座談會 風景	'新'과 '舊'로 뭉뚱그려 표시됨.	필자: 申不出	한글	잡지 맨 앞쪽에 좌담회 사진실림	105 ~ 111
1936.2	座談會	女流作家座談會	出席諸作家: 朴花城, 張德祚, 毛允淑, 崔貞熙, 盧天命, 白信愛, 李善熙 (본사측은 빠져있음)	金東煥	한글	참여자 싸인 모음	214 ~ 235
1936. 4	座談會	女高出身인 인테리妓生, 女優, 女給 座談會	喫茶店 매담 卜惠淑, 女俳優 申銀鳳, 妓生 金漢淑, 딴사－金雪峯, 女給 鄭秀君, 喫茶店女 마담 李光淑, 女給 鄭靜花, 女給 趙銀子 (본사측은 빠짐)	金東煥	한글	모던걸, 모던보이 삽화	162 ~ 173
1936.6	會議	文藝政策會議	梨花專門學校文科科長 金尙鎔 普成專門學校敎授 兪鎭午 延禧專門學校文科敎授 鄭寅燮 普成專門學校敎授 孫晋泰 東亞日報學藝部長 徐恒錫 朝鮮日報學藝部長 洪起文 朝鮮中央日報學藝部長 金復鎭 本社 金東煥 朴相義	金東煥	한글	참여자들의 사인	226 ~ 340
1936.8	座談會	畵家가 '美人'을 말함	出席諸氏: 李象範, 安夕影, 盧壽鉉, 李承晚 本社: 金東煥, 朴相義	金東煥	한글	전통적 그림, 동서양의 미인사진	116 ~ 126
1936.8	圓卓會 (座談會)	滿洲가서돈벌나면?	出席者氏名: 孔鎭恒氏, 金友琴氏, 李晟煥氏, 方台榮氏, 洪陽明氏, 金正烔氏, 張英淳氏, 本社側: 主幹 金東煥, 鄭秀日, 朴相義	金東煥	한글	滿洲 關東軍司令部, 關東廳舍, 國道建設事務局, 大連埠頭의 露西亞人, 憮頭市街, 哈爾賓(하얼빈) 風光	124 ~ 144 (뒷부분은 인상기)
1936.11	座談會	名俳優, 名監督이 모여 '朝鮮映畵'를 말함	出席諸氏: 羅雲奎氏, 文藝峯孃, 卜惠淑氏, 金幽影氏, 朴祥燁氏, 李明雨氏, 金蓮實孃, 朴基采氏 本社: 金東煥, 朴相義, 林滈元	金東煥	한글	연기하는 모습사진, 조선명작영화표, 참석자 싸인	82 ~ 99
1936.11	座談會	스탄－벅 印像, 世界的 巨匠과 朝鮮映畵人 座談會	스탄, 벅－. 本社主幹 金東煥 英字紙 서울푸레스紙 記者 朴祥燁	金東煥	한글	스탄벅－사진, 필적 등	160 ~ 165
1936.11	문답형 인터뷰	敎祖讚美－에수의 殉節精神	記 鄭仁果 韓龍雲 李敦化	記	한글	건물삽화	152 ~ 159

3　이 좌담회부터 출석자들에 대한 소속, 출생연도, 경력 등이 매우 자세하게 게재된다. 분량

게재일	표제 형식	제목	참여자	사회	언어	사진 그림	게재면
1936.12	인터뷰	左翼陣營, 右翼鎭營(1)-「朝鮮人 徵兵」等을 語하는 時中會首領 崔麟氏	崔麟 記者	記者	한글	최린의 사진	48 ~ 51
1937.1	漫評	長安紳士淑女스타일 漫評	卜惠宿, 覆面客	문답식	한글	신사 숙녀 스타일을 볼 수 있는 사진들	104 ~ 111
1937.1	인터뷰	名優羅雲奎氏-「아리랑」等 自作 全部를 말함	羅雲奎,	문답식	한글	나운규 사진	136 ~ 144
1937.5(上旬)	座談會	再啓巨頭가 '돈'과 '事業'을 말하는 座談會	韓相龍 外				3 ~ 6
1937.5(上旬)	座談會	深夜에 病院門두드리는 '産兒制限'의 新女性群	朴昌薫 外		한글		14 ~ 16
1938.1	座談會	朝鮮 諸問題의 回想記, 總督府 前高官 座談會	座談出席者: 貴族院議員 法學士 前政務總監 水野鍊太郎, 貴族院 前 警務局長 赤池濃, 同 前 學務局長 柴田善三郎, 同 前 警務局長 丸山鶴吉, 衆議院議員 前 總督秘書官 水屋榮夫, 元新潟縣知士 前 京畿道警察部將 千葉了, 前 朝鮮總督殖産局長 松村松盛, 東洋協會編輯部 山上昶	記者	한글		5 ~ 7
1938.5	會議	女流文士의 '戀愛問題 會議	出席者氏: 盧天命, 李善熙, 崔貞熙, 毛允淑	金東煥	한글	고궁에 있는 한복차림 여성 사진	308 ~ 321
1938.8	協議會	'映畵와 演劇協議會-엇더케하면 半島藝術을 發興케할가	崔象德, 李基世, 廷鶴年, 李創用, 李龜永 本社側: 金東煥, 崔貞熙	崔貞熙	한글	없음	85 ~ 91
1938.8	座談會	總督府 前高官이 모여 半島治安 苦心을 말함-對外關係와 宣敎師와의 接觸	貴族院議員 法學士 前政務總監 水野鍊太郎, 貴族院議員 前警務局長 赤池濃, 同 前學務局長 柴田善三郎, 同 前警務局長 丸山鶴吉, 衆議院議員 前總督秘書官 守屋榮夫, 元新潟縣知事, 前京畿道警察部長 千葉了, 前 朝鮮總督府 殖産局長 松村松盛	記者	한글		70 ~ 76
1938.10	會議	女流作家會議	毛允淑, 盧天命, 李善熙, 崔貞熙 金東煥	金東煥	한글	없음	198 ~ 211

상 그 내용은 생략한다. 이후 1938년경부터 출석자 이름 옆에 출석자의 소속이 정리된 간결한 형태로 붙기 시작한다. 그때부터 다시 출석자 목록에 소속 정보를 첨부했다.

게재일	표제 형식	제목	참여자	사회	언어	사진 그림	게재면
1938.11	座談會	'國境現地' 座談會－朝鮮軍司令部士官과 總督府官吏모여	朝鮮軍司令部 小松三雄中佐, 朝鮮軍司令部 土屋榮中佐, 00000長 田中鐵次郎少佐, 朝鮮軍報導部 芥川浩少佐, 朝鮮軍報導部 富永龜太郎大尉, 朝鮮憲兵隊 永田勝之輔大尉, 軍囑託 高田邦彦氏 朝鮮總督府 保安課長 下村進氏, 外務部事務官 吉滿三次郎氏	記者	한글	군인사진	30 ~ 48
1938.11	訪問記	宇垣前總督訪問記	東京 一記者, 宇垣前總督	記者	한글	총독 사진	153 ~ 159
1938.12	座談會	蘇聯事情 듯는 座談會－脫走하여 朝鮮에 온 赤露士官으로부터	脫走 赤軍士官 이반 야꼬레비치 나하로프, 脫走 赤軍兵 표오톨 마까로비치 이봐노프, 權忠一, 朴得鉉, 金漢卿, 朴英熙, 이박게 朝鮮軍 囑託 高井邦彦	記者	한글	군인 사진	92 ~ 106
1939.1	圓卓 會議	時局有志圓卓會議	出席人士： 李光洙氏(前修養同友會員), 印貞植氏(前共産黨員), 葛弘基氏(延禧專門學校敎授), 朱耀翰氏(前修養同友會員), 李覺鍾氏(大東民友會顧問), 安浚氏(大東民友會理事長), 權忠一氏(思想報國聯盟幹事), 車載貞氏(大東民友會理事), 趙炳玉氏(前修養同友會員), 玄永燮氏(國民精神總動員聯盟幹事), 車相達氏(大東民友會理事), 尹享植氏(前共産黨員), 趙斗元氏(共産大學出身), 柳瀅基氏(朝鮮?理敎本府總務), 河敬德氏(延禧專門學校敎授), 朱鍊氏(前共産黨員), 金東日氏(大東一進會理事)	車載貞	한글	사진	36 ~ 46
1939.1	會議	'女子의一生'을 말하는 佳人會議	毛允淑, 李善熙, 崔貞熙	記者	한글	삽화용 사진	138 ~ 147
1939.1	座談會	'戰爭文學'과 '朝鮮作家'－戰爭과 文學과 그作品을 말하는 座談會	朴英熙, 金基鎭, 本社 金東煥	金東煥	한글	없음	206 ~ 215

---

4 이 좌담회는 誌上에서 펼쳐지는 회의형식인데 각각의 이름 옆에 창씨개명한 이름이 덧붙여 씌어져 있다. 각각 지은 제목과 함께 창씨명을 정리해 둔다.

게재일	표제 형식	제목	참여자	사회	언어	사진 그림	게재면
1939.4	座談會	上海에서 軍, 官, 民, 座談會-新 支那로 朝鮮民衆 進出策	出席諸氏:(上海現地側) 陸軍大佐(中支經濟建設部委員) 洪思翊, 總督府派遣事務官 原田氏, 朝鮮貿易協會上海支部長 樋口氏, 上海朝鮮民會長 李甲寧, (朝鮮內地側): 前朝鮮中央日報副社長 崔善益, 朝鮮信託會社監査役 前韓一銀行專務 金漢奎, 富國고무공업주식회사사장(京城) 安東源, 株式會社平和堂重役 李根燮, 東興銀行專務(圖們) 宋星鎭, 每日新報社編輯局長 金炯元, 京城고무工業株式會社長 李興洙, 京城實業家 朴彰緖, 京城鑛業家 任興淳, 京城닷도산自動車株式會社專務 車濬潭, 每日新報社記者 朴尹錫, (그외 諸一氏參席): 三千里社特派員 金蒼山	特派員	한글	없음	30 ~ 42
1939.4	對談	半島山河를 말하다	岸曙 金億, 月灘 朴鍾和, 春城 盧子泳, 秋湖 田榮澤, 파인 金東煥	金東煥	한글	간단한 삽화	78 ~ 93
1939.7	座談會	文壇使節 歸還報告, 皇軍慰問次 北支에 단여와서	朴英熙 金東仁 林學洙	記者	한글	풍경 삽화	4 ~ 13
1939.7	問答形式 (질문은 종합해서 이름없이 게재. 대답은 군부, 총독부 관리가 답함)	徵兵·義務敎育·總 動員문제로 軍部와 總督府當局에 民間有志가 問議하는 會	出席者氏名: 朝鮮軍司令部 勝尾少將, 朝鮮軍司令部 喜多參謀, 朝鮮軍司令部 上村法務官, 朝鮮軍司令部 鄭少佐, 總督府學務局長 塩原時三郎, 總督府社會敎育科長 李源甫, 國民精神總動員理事 由上治三郎, 大東鑛業會社長 李鍾萬, 세부란스 醫專校 崔棟, 評論家 印貞植, 辯護士 辛泰嶽, 漢城商業學校長 金周益, 朝鮮工業會社 河駿錫, 朝鮮被服工業會社社長 吳龍楳, 木曜會幹事 孫弘遠, 普成中學校諭 朱鍾宣, 綠旗聯盟理事 由里秀雄, 京城放送局 李晶燮, 大東工業專門理事 李晟煥, 京城帝國大學敎授 辛島驍, 三千里社主幹 金東煥		한글	없음	30 ~ 39
1940.3	座談會	總督府 記者 座談會	出席人士:東亞日報 梁在廈, 朝鮮日報 洪鍾仁, 每日申報 金麟伊, 朝鮮新聞 崔瀚夏	記者	한글	참석자 인물사진	209 ~ 217
1940.3	座談會	戰爭長期化 '家庭生活' 主婦 座談會	出席人士: 여류평론가 朴仁德, 동아일보 기자 黃信德, 여류작가 崔貞熙, 전동아일보사 편집국장 薛義植 씨 부인 崔義順, 向上技藝學校 교사 음악가 朴景嬉	記者	한글	참석자 인물사진	232 ~ 244

게재일	표제 형식	제목	참여자	사회	언어	사진 그림	게재면
1940.5	誌上座談會	關西出身文人諸氏가 '鄕土文化'를 말하는 좌담회 (第一回)	誌上出席者 金億, 盧子泳, 白鐵, 李光洙, 李石薰, 朱耀翰, 咸大勳 (가나다 順)	사회자 없이 질문형식 으로 번호붙여 진행.	한글	없음	161 ～ 175
1940.5	移動座談會	「軍事敎官」 회의	(전문학교 측 2인) 延禧專門學校 軍事敎官 陸軍騎兵中尉 朴昌夏, 普成專門學校 軍事敎官 陸軍步兵少尉 趙喆鎬 (중학교 측 2인) 中央中學校 軍事敎官 陸軍步兵准尉 藤川定雄, 徽文中學校 軍事敎官 陸軍步兵准尉 竹本久之助				62 ～ 70
1940.6	誌上座談會	畿湖出身 文士의 '鄕土文化'를 말하는 座談會 (第二回)	誌上出席者 (現在): 朴英熙(京城), 朴八陽(新京), 方仁根(京城), 尹石重(東京), 蔡萬植(安養), 兪鎭午(京城), 鄭人澤(京城), 安懷南(京城),	사회자 없이 질문형식 으로 번호붙여 진행	한글	없음	160 ～ 168
1940.7	誌上座談會	嶺南·嶺東出身文士의 '鄕土文化'를 말하는 座談會 (第三回)	誌上出席者(가나다順, 현재): 金東里(慶南泗川), 嚴興燮(京城), 李泰俊(京城), 李孝石(平壤), 張赫宙(東京), 鄭寅燮(京城)	사회자 없이 질문형식 으로 번호붙여 진행	한글	없음	148 ～ 153
1940.8	誌上座談會	關北·滿洲 出身作家의 '鄕土文化'를 말하는 座談會 (第四回)	誌上出席者 : (가나다順) 金起林(京城), 金珖燮(京城), 朴啓周(京城), 李北鳴(咸興), 李庸岳(京城), 李燦(三水), 李軒求(京城), 崔貞熙(京城), 韓雪野(咸興), 玄卿駿(圖們)	사회자 없이 질문형식 으로 번호붙여 진행	한글	없음	96 ～ 111
1940.9	인터뷰 기사 형식	李香蘭·文藝峯·金信哉―滿洲國 名優를 歡迎하는 座談會	李香蘭, 文藝峯, 金信哉	'사회'라는 표시 없이 진행됨	한글	"京城驛에서 李香蘭과 文藝峯" 사진, 참여자 인물 사진	148 ～ 151
1940.9	座談會	女流詩人과 小說家의 '文學·映畵'를 말하는 座談會	出席者 : 詩人 毛允淑, 시인 盧天命, 小說家 李善熙, 小說家 崔貞熙 本社側 : 朴啓周	朴啓周	한글	없음	180 ～ 188
『三千里―國語版』1940.12		朝鮮の新体制と'指導者と民衆問題を語る	出席者 : 總督府學務局長 塩原時三郎, 醫學博士 朴昌薰, 朝鮮軍報道部 蒲 少佐, 國民訓練後援會幹事 金澤勇, 城大敎授 辛島驍, 前朝鮮文人協會長 香山光郎, 朝鮮新聞社副社長 野崎眞三, 朝鮮軍參謀 山之內中佐, 國民訓練後援會總務 寺田暎, 三千里社長 金東煥, 每日申報主筆 徐椿, 和信常務取締役 朱耀翰	福田龍鐸	日本語	없음	78 ～ 85

게재일	표제 형식	제목	참여자	사회	언어	사진 그림	게재면
1940.12	座談會	新體制下의 朝鮮文學의 進路	出席者: 李光洙, 兪鎭午, 鄭寅燮, 朴英熙 本社側: 金東煥, 朴啓周, 崔貞熙	金東煥	한글	없음	196 ~ 202
1941.1	座談會	山西武漢의 實戰에 參加했던 歸還志願兵의 奮戰回憶座談會(京城師團檢閱濟)	出席者: 京城師團報道部側 石垣大佐, 同 安井中尉, 同 失野中尉, 出征했던 志願兵側 松本兵長, 同 陸山兵長, 同 國本上等兵, 同 金山上等兵, 同 松原上等兵, 同 杉山一等兵, 同 李岩雨一等兵	司會者	한글		132 ~ 142
1941.3	座談會	矢鍋文化部長을 圍んで '朝鮮の文化問題을 語る	出席者: 國總文化部長 矢鍋永三郎, 城大敎授 辛島驍, 文化部委員 金億, 京城學藝部長 寺田瑛, 文化部 田中和夫, 文化部委員 松田黎光, 普專敎授 兪鎭午, 映協理事長 安田辰雄, 演劇協會長 牧山瑞求, 三千里社長 金東煥 每日申報常務 金東進, 每中學藝部長 白鐵	金東進과 白鐵이 주로 사회를 맡음.	日本語	없음	40 ~ 46
『三千里 —國語版』, 1941.4	座談會	八團體幹部は語る— 新しき'文化團體'の 動き	朝鮮文人協會幹事長 朴英熙氏(芳村香道), 朝鮮映畵人協會長 安鍾和氏(安田辰雄), 朝鮮演劇協會長 李瑞求氏(牧山瑞求), 朝鮮音樂協會幹事 金載勳氏, 朝鮮演藝協會長 李哲氏(靑山哲), 劇作家同好會長 柳致眞氏, 朝鮮美術家協會幹事 沈亨求氏, 國民演劇硏究所長 咸大勳氏	本社側 (金東煥 = 白山靑樹)	日本語	없음	64 ~ 74
1941.6	現地座談會	上海朝鮮民衆の發展策を語る	出席人士氏名(無順): 朝鮮總督府事務官原田一郎氏, 朝鮮總督府上海特派員 坪井盤松氏, 上海時報社社長 金璟載氏, 朝鮮人基督敎牧師 方孝元氏, 神學博士 南宮 爀氏, 林?公司主 林承業氏, 上海精密工藝社長 孫昌植氏, 半島商取引組合 石川淸吉氏, 韓永貿易公司主 韓奎永氏, 新亞商事主 金世元氏, 上海有志婦人 金元慶氏, ?江大學敎師 趙東善孃, 上海每日新聞外交部長 池田部長, 大陸申報社政治部長 戶叶部長, 上海憲兵本府憲兵曹長 奧谷曹長, 領事館朝鮮人係部長 佐久間部長 主催者側 三千里社上海特派員 朴巨影 君 外 速記者 數人	朴巨影	日本語	없음	34 ~ 41
1941.9	座談會	朝鮮軍司令部報道部 製作·陸軍省報道部·朝鮮總督府後援 志願兵映畵 '君と僕(너와나)'를 말하는 座談會	出席者: 朝鮮軍報道部 高井邦彦, 京都新興キネマ 日夏英太郎, 京都新興キネマ 井上淺茅, 高麗映畵社 金永壽 本社側: 朴啓周	朴啓周	한글	좌담회 사진, 참여자 인물사진	112 ~ 118

게재일	표제 형식	제목	참여자	사회	언어	사진 그림	게재면
1941.9	座談會	上海·京城兩地 '藝術家 交驩' 좌담회	出席者: 上海劇藝術硏究會側 朴巨影 朝鮮映畵人協會長 安鍾和, 朝鮮演劇協會長 李瑞求, 現代劇場代表 柳致眞, 國民演劇硏究所長 咸大勳, 朝鮮映畵文化硏究所長 李創用, 舞踊家 趙澤元, 朝鮮演劇協會理事 金寬洙, 高麗映畵社宣傳部 金永壽, 京城日報社學藝部 田中宏, 京城日報社學藝部 須田靜夫 本社側: 金東煥, 朴啓周	金東煥	한글	없음	162 ~ 170
1941.11	議事綠	臨戰對策 協議會 議事綠	議長 申興雨(高靈興雨) 「決議文」 尹致昊(伊東致昊) 「感謝文」 張德秀 「極東事態의 緊迫과 吾人」 崔麟(佳山麟) 「日本帝國과 朝鮮人의 進路」 趙炳玉 「愛國者와 今日」 李光洙(香山光郞) 「皇道精神과 總力」 李覺鍾(靑山覺鍾) 「勞務供出에 對하여」 咸尙勳 「國民生活의 最低化」 李肯鍾(官村 薰) 「戰時奉公의 義勇化」 朱耀翰(松村耀翰)4	議長 申興雨 (高靈興雨)	한글	없음	50 ~ 61
1941.12	座談會	名作映畵主演 女俳優 座談會	出席者(가나다 順) 金素英, 金信哉, 文藝峰, 池京順 本社側 崔貞熙	崔貞熙	한글	삽화, 배우들 얼굴사진	78 ~ 85
『대동아』 1943.3	座談會	在南京'半島人士' 座談會	出席人士: (無順) 木下至功氏(在南京朝鮮人會會長), 金井仁湖氏(維新當公司代表), 林光政氏(林工務所所代表), 林有本氏(平安質公司代表), 平山義人氏(德盛泰代表), 金森邦彦氏(金山洋行代表), 三原俊次郎氏(新光洋行代表), 宋志泳氏(中央大學學生), 山本哲氏(中央大學學生), 西山寬氏(南京運動部幹事), 酒井寬氏(南京運動部幹事), 山本氏(00軍 囑託) 本社側: 南京特派員 朴巨影	朴巨影	日本語	없음	82 ~ 88

2. 『국민문학』 좌담회 목록[5]

게재호	표제	제목	참여자	사회	게재면
1941.11	座談會	朝鮮文壇の再出發を語る	城大法文學部 敎授 辛島驍, 京日 學藝部長 寺田瑛, 每新 學藝部長 白鐵, 文人協會 幹事長 芳村香道, 評 李源朝 本社側 崔載瑞	崔載瑞	70 ~ 89
1941.12	座談會	日米開戰と東洋の將來	在城 海軍武官 黑木剛一, 督府 情報課長 倉島至, 三千里社長 白山靑樹, 京城帝大 法文學部 敎授 鈴木武雄, 基督敎 朝鮮監理敎會 朝鮮本部 主事 沈明燮, 警務局 保安課長 古川兼秀, 寶成專門 法科課長 兪鎭午, 本社側 崔載瑞	崔載瑞	6 ~ 19
1942.1	座談會	文藝動員を語る	京城帝國大學敎授 辛島驍, 京城日報 編輯局長 嶋元勸, 京城日報 學藝部長 寺田瑛, 綠旗聯盟 主幹 津田剛, 京城保護觀察所長 長崎祐三, 每日申報 學藝部長 白鐵, 總督府 保安課長 古川兼秀, 總督府 圖書課長 本多武夫, 綠旗聯盟 星野相河, 總督府 保安課 松本泰雄, 總力聯盟 文化部長 矢鍋永三郎, 放送局 第二放送部長 八嶠昌成, 評論家 林和, 本社側 崔載瑞	崔載瑞	104 ~ 127
1942.2 大東亞戰爭特輯	座談會	大東亞文化圈の構想	京城帝大 敎授 秋葉隆, 京城帝大敎授 辛島驍, 綠旗聯盟主幹 津田剛, 總督府編輯課 森田梧郎 本社側 崔載瑞	崔載瑞	36 ~ 57
1942.3	座談會	半島基督敎の改革を語る	延專敎授 葛城弘基 朝鮮長老會 全弼淳 朝鮮監理敎本部 沈明燮 朝鮮基督敎〇〇 丹羽淸次郎 本府保安課事務官 原口貢 延專部校長 松本卓夫 本府保安課 松本泰雄 本社側 崔載瑞	崔載瑞	50 ~ 66

---

5 『國民文學』(1941.11〜1945.5). 좌담회는 매 호마다 외부 정세와 긴밀히 관련된 주제로 깊이 있는 논의가 진행된다. 게재 분량도 다른 좌담회와 비교해 볼 때 무게감이 있다. 특히 좌담회의 참여자들은 좌담회의 주제와 관련된 기관들을 대표하고 있다. 따라서 주제와 참여자, 그리고 참여자들의 소속을 중심으로 정리했다.

게재호	표제	제목	참여자	사회	게재면
1942. 5·6 合倂號	座談會	半島學生の諸問題を語る	徽文中學校長 木山炳奎, 本府保安課長 古川兼秀, 本府圖書課長 本多武夫, 景○中學校長 堀內明, 延禧專門敎授 東原寅燮, 京城帝大敎授 松月秀雄, 京城法專校長 增田道義, 本社側 崔載瑞	崔載瑞	131 ~ 140
1942.7	座談會	軍人と作家·徵兵の感激を語る	朝鮮軍參謀 淺井中佐, 朝鮮軍參謀 馬杉少佐, 作家 牧洋, 作家 青木洪, 作家 木下俊, 作家 田中英光, 本社側 崔載瑞, 本社側 金鍾漢	崔載瑞	32 ~ 52
1942.10	座談會	北方圈文化を語る	京城帝國大學敎授 鳥山喜一 京城帝國大學敎授 藤田亮策 京城帝國大學助敎授 末松保和 京城帝國大學敎授 河野六郎 本社側 崔載瑞	崔載瑞	58 ~ 73
1942.11	座談會	國民文學の一年を語る	朝鮮總督府 圖書課長 森浩, 作家 兪鎭午, 評論家 白鐵, 詩人 杉本長夫, 作家 宮崎淸太郎 作家 田中英光, 作家 牧洋 本社側 崔載瑞, 本社側 金鍾漢	崔載瑞	86 ~ 97
1942.12	座談會	明日への朝鮮映畫	森 圖書課長, 高井 軍囑託, 中田晴康, 李軒求, 吳泳鎭, 西龜元貞, 安夕影, 崔載瑞, 金鍾漢	없음	68 ~ 80
1943.1 新年特大號	會談 (문답)	國語問題會談	京城帝大豫科敎授 近藤時司, 作家 李無影, 京畿高女校長 琴川寬, 牧洋 李石薰, 總力聯盟文化課長 寺本喜一	없음	50 ~ 61
1943.1 新年號	對談	文化와 宣傳	總力聯盟 宣傳部長 津田剛 本誌主幹 崔載瑞	崔載瑞	76 ~ 85
1943.2	座談會	詩壇の根本問題	左藤淸, 金村龍濟, 寺本喜一, 趙宇植, 杉本長夫 本社側 崔載瑞, 金鍾漢	崔載瑞	8 ~ 23
1943.3 朝鮮唯一の文藝 雜誌	現地座談會	新半島文學への要望	菊池寬, 橫光利一, 河上徹太郎, 保高德藏, 福田淸人, 湯淺克衛, 崔載瑞	崔載瑞	2 ~ 14
1943.3	座談會	義務敎育になるまで	본문 중 77~88 면이 누락됨.	崔載瑞	
1943.4	座談會	義務敎育になるまで	京城帝大敎授 松月秀雄 本府 敎學官 高橋濱吉 岡松國民學校長 野中齋之助 評論家 咸尙勳	崔載瑞	6 ~ 17

게재호	표제	제목	참여자	사회	게재면
1943.5 新人創作特輯	座談會	農村文化のために－移動劇團・移動映寫隊の活動を中心に	(發音順移) 動演劇第二隊 李家英竹, 朝鮮映寫機?社 岡田順一, 創作歌 柳致眞, 朝鮮映寫機?社 須志田正夫, 本誌主幹 崔載瑞	崔載瑞	86 ～ 96
1943.6	座談會	戰爭と文學	上田廣, 井上康文, 辛島驍, 兪鎭午, 牧洋, 杉本長夫, 宮崎淸太郎, 崔載瑞, 金鐘漢	崔載瑞	136 ～ 147
1943.7	座談會	海軍の生活想ひ出を語る	海軍大尉 野呂武雄, 海軍兵長 鈴木滿義, 海軍上等兵長 伊藤恒雄	記者	118 ～ 127
1943.7	座談會	映畵〈若き姿〉を語る	丸山定夫, 黃澈, 龍岐一郎, 每新記者 韓相稷, 朝映 岩井金男, 崔載瑞, 金鍾漢	崔載瑞	106 ～ 117
1943. 8	座談會	國民文學の方向	加藤武雄, 福田淸人, 立野信之, 古谷綱武, 兪鎭午, 李無影, 寺本喜一, 崔載瑞, 金鍾漢	崔載瑞	16 ～ 24
1943.9	對談	文學鼎談	牧羊, 金鍾漢, 吳禎民.	특별히 구분없음	28 ～ 38
1944.5	座談會	決戰美術の動向	洋畵：山口長男, 三木 弘, 遠田運雄, 日吉守 日本畵：片山坦, 江口敬四郎, 彫刻：戶張幸男 司會：寺本喜一	寺本喜一	58 ～ 63
1944.6	座談會	軍と映畵－朝鮮軍報道部作品〈兵隊さん〉を中心に	川崎 大佐 (朝鮮軍 報道部) 林 中尉 (同) 諸留 調査官 (本部 情報課) 池田 通譯官 (本部 保安課) 井上 映畵係(本部 情報課) 西山 弘報課長 (總力聯盟) 野崎 製作部長 (朝鮮映畵社) 西龜元貞 (〈兵隊さん〉脚本) 方漢駿 (〈兵隊さん〉演出)		54 ～ 60
1944.12	座談會	總力運動の新構想	總力聯盟 總務部長 伊藤憲郎, 國民動員 總進會, 安興晟換, 城大敎授 末松保和 城大敎授 鵜飼信成 國民動員 總進會 柳光烈 本誌主幹 石田耕造	記者	4 ～ 24
1945.1	座談會	處遇改善を廻りて	城大敎授 田保橋潔, 城大敎授 谷川理衛, 車載貞, 俵文夫, 石田耕造	石田耕造	6 ～ 16
1945.2	鼎談	思想戰の現段階	朝鮮軍報道部 後藤中佐, 京城日報 主筆 中保與作 本誌主幹 石田耕造	石田耕造	6 ～ 14
1945.3	對談	言論報國の道	車載貞, 石田耕造		5～10

III. 「대동아문학자 대회」 1차 관련 목록[6]

1. 문학 잡지

잡지명	게재호	특집제목	소제목	필자/참여자	게재면
『文藝』	1942.12	大東亞 文學者 大會			1～12
			菊薫るこの佳き日に	久米正雄	
			絶對と 權威のアジア	奥村喜和男	
			文化兵團の尖兵	谷萩那華雄	
			思想戰のために	平出英夫	
			文人はつどふ	佐々木信綱	
			菊に逢ひ	高浜虚子	
			新しい朝の言葉	川路柳虹	
			文化的空白時代を超えて	恭佈札布	
			王道文化と道義精神	周化人 錢稻孫	
			北邊鎭護の任務	古丁	
			朋達方より來る	菊池寬	
		全會議錄	議題		13～61
			1. 大東亞精神の 樹立		
			2. 大東亞精神の 強化普及		
			3. 文學による 民族間の思想文化の融合方法		
			4. 文學による 大東亞戰爭完遂についての方途		
		大東亞文學者會議の人々			62～63
		ようこそ ― 大東亞文學者 會議員招待記		編輯部	64～66
『新潮』	1942.12	座談會 ― 大東亞作家文學談		錢稻孫, 張我軍, 古丁, 長與善郎, 片岡鉄兵, 一戶務	40～55

---

6 대동아문학자 대회 1차(1942.11.3～11.10)를 중심으로 목록을 정리한다. 이 목록은 오자키 호츠키(尾崎秀樹)의 「대동아문학자대회에 대해서(大東亞文學者大會について)」(『근대문학의 상흔(近代文學の傷痕)』, 岩波書店, 1991, 295～309면)의 정리를 기본으로 했으며 큰 도움을 받았다. 이렇게 모은 자료 중 대동아문학자 대회 전모를 파악하기에 적절하거나, 한국문학비평사 및 본 논문과 관련되는 것만을 간략히 추려서 정리했다. 이후 2차와 3차 대회의 자료를 보완하여 편·역 자료집으로 정리할 예정이다.

2. 『日本文藝新聞』(「日本文學報國會機關紙」) 기사

게재일시	표제	특집제목	소제목	필자/참여자	게재면
1942.10.15	社說	大東亞文學者大會迫る			1면
		大東亞共榮圈と吉田松陰		細田民樹	4면
		自己創造力の再生	默々と耐へる事について	矢崎彈	5면
		滿洲の作家たち		淺見淵	5면
1942.11.1 －大東亞文學者大會號	社說	大東亞文學者大會開く			1면
		新しい朝の言葉	大東亞文學者大會に	川路柳虹	1면
		菊花薰る佳節に迎ふ	大東亞文學者大會の意義	茅野蕭々	1면
		大東亞文學者大會の意義		一戸務	1면
	短歌	大東亞文學者大會讚歌		佐々木信綱	1면
	短歌	大東亞文學者大會		齋藤茂吉	1면
	記事	大東亞文學者大會要綱	發會式次第 / 大會日程 / 大會議員 / 大會參與員		2〜3면
	俳句	季節の詩である俳句を以て賓客を迎ふ		高濱虛子	4면
	俳句	大東亞文學者大會寄		伊東月草, 中塚一碧樓, 深川正一郎, 水原秋櫻子	4면
		大東亞文學者大會の力點		春山行夫	4면
		滿洲文化雜感		井上友一郎	4면
		大東亞文學者大會に就て			
		私の念頭－大東亞文學者大會に寄す		村岡花子	4면
		ハイコフ翁來朝			
	短歌	大東亞文學者の會に寄す		大橋松平	4면
	短歌	大東亞文學者大會の歌		前田夕暮	4면
1942.11.15	特輯	大東亞文學者大會			3〜14면
		決意はこれ偉大なる亞細亞の日に	雄渾なる構想に固き誓ひ 文學者大會の輝く成果		1면
		眞情の吐露		加藤武雄	1면
		大會所感		川路柳虹	1면
		大東亞文學者大會に列して		下村海南	1면
	短歌	大東亞文學者の會に寄す		太田水穗	1면
		まづ切望の一大機關を		細田民樹	1면
	詩	歡迎の辭に代ふ	大東亞文學者大會に際して	野口米次郎	2면
		大東亞文化建設のために戰はむ		(中華) 許錫慶	2면
		次に爲すべき事		林房雄	2면

		感想		龜井勝一郎	2면
	詩	大東亞の友を迎へて		西條八十	4면
	詩	大東亞文學者大會に寄せる詩		北園克衛	9면
	詩	大東亞文學者大會に寄せて		長田恒雄	13면
		大會宣言(朗讀)		橫光利一	14면
	詩	歡送歌			14면
1942.12.1		大會に題す		白井喬二	
		文學者大會も參列して		實藤惠秀	

3. 『朝日新聞』 기사

게재 일시	표제	특집 제목	소제목	필자/참여자	게재면
1942.10.27 夕刊		大東亞文學者大會に際して－日本國民に寄す			
			傳統を基に文化再生	比島 アウナリオ	1면
			文藝復興の光	華中 周化人	1면
1942.11.3 夕刊		けふ文學者大會開く			
			大會への希望	島崎藤村	4면
			われ等の心構へ －八紘一宇の顯現	爵靑	4면
			大東亞文學の建設	許銀慶	4면
1942.11.4 朝刊		大東亞文學者大會開く	新文化の胎動を說く	奧村喜和男次長	1면
1942.11.5 朝刊		第一日の印象から			4면
			全東亞の結合へ	長谷川如是閑	4면
			大きな拍手に感激	バイコフ	4면
			'日本精神をつかむ	恭佈札布	4면
1942.11.5 朝刊	鼎談會	吳瑛女史をかこむ鼎談會 上	時局に自覺ため滿洲國の女性たち	吳瑛, 羽仁說子, 森田たま	4면
1942.11.6 朝刊	鼎談會	吳瑛女史をかこむ鼎談會 下	生活の合理化にも眞劍な滿洲國の女性	吳瑛, 羽仁說子, 森田たま	4면
1942.11.6 朝刊		大東亞文學者大會終りて	協和の實揚る－次回への希望－一, 二	豊島與志雄	4면
			豫期以上の大成功	草野心平	4면
			不動の信條の發露	山田淸三郎	4면
			力强い意見の一致	張我軍	4면
			國民の堅實さ	錢稻孫	4면
		今後の使命	大きな氣魄で－共榮圈の人々の心を包め	武者小路實篤	4면
1942.11.7 朝刊	座談會	日本の印象を語る座談會 上	まづ第一に感服, 眞の日本の姿, 初めて判った	古丁, 和正華, 丁丁, 香山光郎, 張文環, 林房雄	4면
1942.11.8 朝刊	座談會	日本の印象を語る座談會 下	日本的な風格, 素直な日本人の心, 美しい信賴感で	古丁, 和正華, 丁丁, 香山光郎, 張文環, 林房雄	4면
1942.11.10 朝刊		力强い別離の詩		沈啓旡, 柳雨生, 丁丁, 周溪若, 潘序且, 龔待平	
1942.11.13		日本印象記	自然征服の偉大さ－日の丸の波の神秘	バイコフ翁／譯 春川重信	3면

●**참고문헌**●

1. 1차 문헌

① 잡지·신문 수록 연설·좌담회 및 관련기사 (한국)

『독립신문』,『동아일보』,『조선일보』,『시대일보』,『중외일보』,『경성일보』,『매일신보』 등
『학지광』,『개벽』,『조선지광』,『조선문단』,『별건곤』,『동광』,『혜성』,『삼천리』,『조광』,
『국민문학』,『신시대』,『예술』,『중성』
「轉向者法座談會」,『法政新聞』, 1937.8.31(『近代朝鮮文學日本語作品集3』(1901~1938),
綠蔭書房 2004).
「春香傳 批判 座談會」,『近代朝鮮文學日本語作品集3』(1901~1938), 綠蔭書房, 2004.

② 단편·단행본 소설

강경애,「그녀자」,『삼천리』, 1932.9.
구연학,「설중매」,『신소설번안(역)소설 3』, 1978, 아세아문화사.
김동인,『김동인 전집』16, 조선일보사, 1988.
다나카 히데미쓰, 유은경 역,『취한배』, 小花, 1999.
이경훈 편·역,『한국 근대 일본어 평론·좌담회 선집』, 역락, 2009.
長白山人,「先導者」,『동아일보』, 1923.3.27~7.27; 이광수,「先導者」,『이광수전집』4,
        삼중당, 1964.
齊釋山人,「龍洞」,『학지광』8호, 1916.3.5.
안국선,『연설법방』, 탑인사, 1907.
안국선,『금수회의록』, 황성서적업조합, 1908.
이광수,「대구에서」,『매일신보』, 1916.9.22~23 // 이광수,「대구에서」,『이광수전집』18,
        삼중당, 1964.
이광수,「무정」,『매일신보』, 1917.1.6~6.14 // 김철,『바로잡은「무정」』, 문학동네, 2003.

이태준, 「해방전후─한 작가의 수기」, 김종년 편, 『이태준 단편전집』 2, 가람기획, 2005.
春園生, 「農村啓發」, 『매일신보』 3면, 1916.11.26~1917.2.18; 『이광수전집』 17, 삼중당,
　　　　1964.
宋影, 「煽動者」, 『개벽』 66호, 1926.3.1.
宋影, 「호미를 쥐고」, 『대중공론』 제2권 5~7호, 1930.6 / 7 / 9; 이주형, 권영민, 정호웅 편,
　　　　『한국 근대단편소설대계─송영』, 태학사, 1988.
宋影, 「야학선생」, 『집단』, 1932.2; 이주형・권영민・정호웅 편, 『한국 근대단편소설대계
　　　　─송영』, 태학사, 1988.
宋影, 「솜틀거리에서 나온 消息」, 『삼천리』 제8권 제4호, 1936.4.1.
春園光郎(李光洙), 김윤식 편역, 『이광수의 일어 창작 및 산문선』, 역락, 2007.

③ 잡지・신문 수록 연설・좌담회 및 관련기사(일본)

『明六雜誌』
『モダン日本─朝鮮版』, 1939.11.
『モダン日本─朝鮮版』, 1940.8.
「朝鮮文學 特輯」, 『文藝』, 1940.7, 『文藝─大東亞文學者會議 號』, 1942.12, 創造社.
『朝日新聞』의 대동아문학자대회 관련기사.
『文學界』에 실린 조선 좌담회.
『文學報國』, 第3號, 1943.9.10.

2. 2차 문헌

① 단행본 (한국어)

강진희・김한창・손영우 외, 『공존의 기술─방리유, 프랑스 공화주의의 이면』, 그린비, 2007.
高雪峰 증언, 張源宰 정리, 『증언 연극사』, 晉陽, 1990.
공제욱・정근식 편, 『식민지의 일상, 지배와 균열』, 문화과학사, 2006.
김려실, 『투시하는 제국 투영하는 식민지』, 삼인, 2006.
권명아, 『역사적 파시즘─제국의 판타지와 젠더 정치』, 책세상, 2005.
권보드래, 『한국 근대소설의 기원』, 소명출판, 2000.

권보드래,『연애의 시대』, 현실문화연구, 2003.

권보드래,『풍문의 시대를 읽다』, 동국대 출판부, 2008.

권태억,「근대화, 동화, 식민지유산」,『한국사연구』, 2008.

김성렬,『도포 입고 ABC 갓 쓰고 맨손체조』, 학민사, 2004.

김세한,『배재 80년사』, 배재학당, 1965.

김윤식,『이광수와 그의 시대』 1, 2, 솔, 1999.

김윤식,『한・일 근대문학의 관련 양상 신론』, 서울대 출판부, 2001.

김윤식,『일제 말기 한국 작가의 일본어 글쓰기론』, 서울대 출판부, 2004.

김영민,『한국 근대소설사』, 솔, 1997.

김영우,『한국 근대토론의 사적연구』, 일지사, 1991.

김예림,『1930년대 후반 근대인식의 틀과 미의식』, 소명출판, 2004.

김중섭,『형평운동연구-일제 침략기 백정의 사회사』, 민영사, 1997.

김철,『국문학을 넘어서』, 국학자료원, 2000.

김철,『'국민'이라는 노예』, 삼인, 2005.

김철 신형기 외,『문학속의 파시즘』, 삼인, 2001.

김현주,『이광수와 문화의 기획』, 태학사, 2005.

동양학 연구소 편,『한국 근대 일상생활과 매체』, 단국대 출판부, 2009.

박명규,「1920년대 사회인식과 개인주의」,『한국사회사상연구』, 나남출판, 2003.

박찬부,『라캉-재현과 그 불만』, 문학과지성사, 2006.

반재식,『漫談 百年史-신불출에서 장소팔・고춘자까지』, 百中堂, 2000.

배성준,「식민지 근대화 논쟁의 한계지점에 서서」,『당대비평』, 2000 겨울.

사에구사 도시까스 외,『한국 근대문학과 일본』, 소명출판, 2003.

소영현,『문학 靑년의 탄생』, 푸른역사, 2008.

신형기,『민족이야기를 넘어서』, 삼인, 2003.

안태윤,『식민지와 모성』, 한국학술정보, 2006.

안춘근,『韓國出版文化史大要』, 청림출판, 1987.

연세대 근대한국학연구소 기초학문연구팀,『한국 근대서사양식의 발생 및 전개와 매체의 역
할』, 소명출판, 2005.

유길준, 허경진 역,『서유견문』, 한양출판, 1995.

윤대석,『식민지 국민문학론』, 역락, 2006.

윤상인 외,『일본의 발명과 근대』, 이산, 2006.

윤해동,『식민지의 회색지대』, 역사비평사, 2003.

윤해동, 천정환, 허수, 황병주, 이용기, 윤대석 편,『근대를 다시 읽는다』1, 2, 역사비평사, 2007.

이경훈,『이광수의 친일문학연구』, 태학사, 1998.

이경훈,『어떤 백년, 즐거운 신생』, 하늘연못, 1999.

이경훈,『오빠의 탄생』, 문학과지성사, 2004.

이경훈,『대합실의 추억』, 문학동네, 2007.

이영재,『제국 일본의 조선영화(식민지 말의 반도－협력의 심정, 제도, 논리)』, 현실문화연구, 2008.

이원표,『담화분석－방법론과 화용 및 사회 언어학적 연구의 실례』, 한국문화사, 2001.

이진경,『노마디즘』1, 휴머니스트, 2002.

이진경,『철학의 외부』(개정증보판), 그린비, 2006.

이태복,『도산 안창호 평전』, 동녘, 2006.

이효덕,『표상공간의 근대』, 소명출판, 2002.

이화진,『조선영화－소리의 도입에서 친일 영화까지』, 책세상, 2005.

이황직,『독립협회, 토론공화국을 꿈꾸다』, 프로네시스, 2007.

임형택·한기형·류준필·이혜령 편,『흔들리는 언어들』, 성균관대 대동문화연구원, 2008.

임종국,『친일문학론』, 평화출판사, 1966.

임지현·이성시 편,『국사의 신화를 넘어서』, 휴머니스트, 2004.

위경혜,『광주의 극장문화사』, 다지리, 2005.

위경혜,『호남의 극장문화사』, 다홀미디어, 2007.

『일제하 전시체제기 정책사료총서 제22권 제국의회 설명자료』, 한국학술정보(주), 2000.

장석진 편저,『오스틴－화행론』, 서울대 출판부, 1987.

정선태,『개화기 신문논설의 서사수용양상』, 소명출판, 1999.

정진석,『언론조선총독부』, 커뮤니케이션북스, 2005.

천정환,『대중지성의 시대』, 푸른역사, 2008.

최원식,『한국계몽주의 문학사론』, 소명출판, 2002.

② 단행본(외국어)

가라타니 고진, 송태욱 역,『트랜스 크리틱』, 문학과지성사, 2005.

고마고메다케시, 오성철·이명실·권경희 역,『식민지 제국 일본의 문화통합』, 역사비평사, 2007.

고모리 요이치, 정선태 역,『일본어의 근대』, 2003.

다비드 드 브르통, 홍성민 역,『근대성과 육체의 정치학』, 동문선, 2003.

다카시 후지타니, 한석정 역,『화려한 군주』, 이산, 2003.

다케우치 요시미, 서광덕 백지운 역,『일본과 아시아』, 소명출판, 2004.

로만 야콥슨・모리스 할레, 박여성 역,『언어의 토대―구조기능주의 입문』, 문학과지성사,
　　　　2009.

들뢰즈, 자율평론 기획&번역,「정동이란 무엇인가」,『비물질적노동과 다중』, 갈무리, 2005.

랄프 게오르크 로이트, 김태희 역,『괴벨스, 대중선동의 심리학』, 교양인, 2006.

마샬 맥루한,『미디어의 이해』, 커뮤니케이션북스, 1999.

미야타 쎄쓰코 해설 감수, 정재정 역,『식민통치의 허상과 실상』, 혜안, 2002.

베르너파울슈티히, 황대현 역,『근대 초기 매체의 역사』, 지식의풍경, 2007.

사이토 준이치, 윤대석・윤수연・윤미란 역,『민주적 공공성』, 이음, 2009.

아리프 딜릭, 황동연 역,『포스트 모더니티의 역사들』, 창비, 2000.

야나부 아키라, 서혜영 역,『번역어 성립사전』, 일빛, 2003.

유모토 고이치, 수유+너머 동아시아 세미나팀 역,『일본 근대의 풍경』, 그린비, 2004.

요시미 순야, 송태욱 역,『소리의 자본주의』, 이매진, 2003.

위르겐 하버마스, 한승완 역,『공론장의 구조변동―부르주아 사회의 한 범주에 관한 연구』,
　　　　나남, 2009.

조르조 아감벤, 박진우 역,『호모 사케르―주권권력과 벌거벗은 생명』, 새물결, 2008.

줄리아 크리스테바, 서민원 역,『세미오티케』, 동문선, 2005.

질 들뢰즈, 김재인 역,『천개의 고원』, 새물결, 2001.

푸코, 홍성민 역,『권력과 지식―미셀 푸코와의 대담』, 나남, 1991.

빠올로 비르노, 김상운 역,『대중』, 갈무리, 2004.

비트겐슈타인, 이영철 역,『철학적 탐구』, 서광사, 1994.

한나 아렌트, 이진우・태정호 역,『인간의 조건』, 한길사, 2003.

해리 하르투니언, 윤영실・서영은 역,『역사의 요동』, 휴머니스트, 2006.

호스트 루스로프, 유화수・박미엽 역,『언어속의 몸』, 한국문화사, 2008.

효도 히로미, 문경연・김주현 역,『연기된 근대―'국민'의 신체와 퍼포먼스』, 연극과인간,
　　　　2007.

후쿠자와 유키치, 남상영 사사가와 고이치 역,『학문을 권함』, 소화, 2003.

Tani E, Barlow ed, *Formation of Colonial Modernity in East Asia*, Duke University Asia
　　　　Center, 1999. (번역본은 도면회 역,『한국의 식민지 근대성』, 삼인, 2006)

David W. Carroll, 이광호·박현수 역,『언어 심리학』, 박학사, 2009.

Jan Renkema, *Introduction to Discourse Studies*, John Benjamins Publiching Company : Amsterdam / Philadelphia, 2004.

J.L.오스틴, 김영진 역,『말과 행위－오스틴의 언어철학, 의미론, 화용론』, 서광사, 1992.

西川長夫,『'新' 植民地主義論－グロ‐バル化時代の植民地主義を問う』, 平凡社, 2006.

マサオ・ミヨシ,『オフ・センター──日米摩擦の權力・分化構造』, 平凡社, 1996.

竹內好,「近代主義と民族の問題」,『竹內好セレクション 1』, 日本経濟評論社, 2007.

牧原憲夫,『客分と國民のあいだ－近代民衆の政治意識』, 吉川弘文舘, 2005.

尾崎秀樹,『近代文學の傷痕』, 岩波書店, 1991.

並木眞人,「朝鮮における'植民地近代性', '植民地公共性'對日協力」,『國際交流研究』, 第5号, 2003.

孫歌,『歷史の交差点に立って』, 日本経濟評論社, 2008.

大浜徹也, 小沢郁郎,『帝國陸海軍事典』, 同成社, 1984.

白川 豊,「日本雜誌に發表された旧殖民地作家の文學」,『植民地朝鮮の作家と日本』.

鵜飼哲,「コロニアリズムとモダニティ」,『主權のかなたで』, 岩波書店, 2008.

米谷匡史,『アジア／日本』, 岩波書店, 2006.(요네타니 마사후미, 조은미 역,『아시아 / 일본』, 그린비, 2010.

鄭百秀,『コロニアリズムの超克』, 草風館, 2007.

趙寬子,『植民地朝鮮 / 帝國日本の文化連環』, 有志舍, 2007.

兵藤裕己,『'聲'の國民國家・日本』, 日本放送出版協會, 2006.

現代朝鮮研究會 編譯,『暴かれた陰謀：アメリカのスパイ朴憲永・李承燁一味の公判記錄』, 駿台社, 1954.

3. 논문

① 연구논문 (한국어)

고봉준,「지성주의의 파탄과 國民文學論－중일전쟁 이후 崔載瑞 비평을 중심으로」,『한국시학회』17, 2006.

고영란,「제국일본의 출판시장 재편과 미디어 이벤트－장혁주를 통해 본 1930년대 전후 개조사의 전략」,『사이間SAI』6호, 국제한국문학문화학회, 2009.

곽근, 「조선문단 합평회에 대한 고찰」, 『동국대 경주대학 논문집』 1, 1982.

권나영(Nayoung Aimee Kwon), 「어긋난 조우와 갈등하는 욕망들의 검열」, 『일제식민지 시기 새로 읽기』, 혜안, 2007.

권명아, 「풍속통제와 일상에 대한 국가 관리-풍속 통제와 검열의 관계를 중심으로」, 『민족문학사연구』 34, 민족문학사학회, 2007.8.

권보드래, 「1910년대 새로운 주체와 문화-『매일신보』가 만든, 『매일신보』에 나타난 대중」, 『민족문학사연구』 36, 민족문학사학회, 2008.4.

권용선, 「1910년대 '근대적 글쓰기'의 형성과정 연구」, 인하대 박사논문, 2004.

김기란, 「근대계몽기 신연극 형성과정 연구-연극성을 중심으로」, 연세대 대학원, 2004.

김기홍, 「日帝下 전시총동원체제기(1938~45) '황민화'교육 연구-학교교육의 교육활동을 중심으로」, 연세대 교육대학원 석사논문, 2000.

김성연, 「한국 근대문학과 同情의 계보-이광수에서 『창조』로」, 연세대 석사논문, 2002.

김양선, 「여성작가를 둘러싼 공적 담론의 두 양식」, 『민족문학사연구』, 민족문학사학회, 2004.

김영민, 「이광수 초기 문학의 변모 과정-이광수의 새 자료 「크리스마슷밤」 연구」, 『현대문학의 연구』, 한국문학연구학회, 2008.

김영민, 「근대적 문학제도의 탄생과 근대문학 지형도의 변화-잡보 및 소설란의 정착 과정」, 『사이間SAI』 5호, 국제한국문학문화학회, 2008.

김영우, 『한국 근대토론의 사적연구』, 일지사, 1991.

김윤식, 「해방공간 문화운동의 갈래와 그 전망」, 『한국학보』 Vol.16, 1990.

김진량, 「근대잡지 『別乾坤』의 취미담론과 글쓰기의 특성」, 『국문학』 제88집, 2005.

김철, 「우울한 형 / 명랑한 동생-중일전쟁기 '신세대 논쟁'의 재독」, 『상허학보』 25, 상허학회, 2009.2.

金哲, 「同化あるいは超克」, 『京都學派と'近代の超克'-近代性, 帝國, 普遍性』, 國際日本文化研究センター 國際シンポジウム, 2009.

긷효진, 「'청년다움'과 '청년'의 타자들-이광수, 용동, 농촌계발, 무정을 중심으로」, 『20세기 동아시아 공간과 매체』, 한국 연세대・일본 와세다대・중국 연변대 공동주최 국제 학술대회, 2009.7.10~11.

김현주, 「논쟁의 정치와 '민족개조론'의 글쓰기」, 『역사와 현실』 57, 한국역사연구회, 2005.

김현주, 「1910년대 『매일신보』의 사회 담론과 공공성(publicness)」, 『20세기 동아시아 공간과 매체』, 한국 연세대・일본 와세다대・중국 연변대 공동주최 국제 학술대회, 2009.7.10~11.

민병욱, 「村山知義 연출 〈춘향전〉의 공연사회학적 연구」, 『한국문학논총』 제33집, 2003.4.

방기중, 「1940년 전후 조선 총독부의 '신체제'인식과 병참기지 강화 정책」, 『동방학지』, 2007.

박순애, 「조선총독부의 라디오 정책」, 『한중인문학연구』 15, 한중인문학회, 2005.

박순애, 「일본의 대소 전파전과 조선의 라디오」, 『日本硏究論叢』, 현대일본연구회, 2007.

변은진, 「일제 전시 파시즘기(1937~45) 조선민중의 현실인식과 저항」, 고려대 박사논문, 1998.

백현미, 「민족적 전통과 동양적 전통」, 『현대문학이론학회』 23호, 2004.

서석배, 「번역, 윤리, 그리고 식민지 언설에 관한 비판 하나」, 『사이間SAI』 제2호, 2007.

서석배, 「신뢰할 수 없는 번역—1938년 일본어 연극 춘향전」, 『아세아연구』 134, 고려대 아세아문제연구소, 2008.12.

서재길, 「일제 식민지기 라디오 방송과 '식민지 근대성'」, 『사이間SAI』 창간호, 국제한국문학문화학회, 2006.

서재길, 「'제국'의 전파 네트워크와 식민지 조선의 자기 표상—식민지 시기 조선방송협회의 '전일본' 중계 방송을 중심으로」, 『현국현대문학회 2008년 제3차 전국학술발표대회』, 한국현대문학회 학술대회자료, 2008.8.

양예선, 「일본의 만주문학—'대륙개척 문예 간화회'를 중심으로」, 『만주연구』 제7집, 2007.

유민영, 『한국 근대연극사』, 단국대 출판부, 1996.

유석환, 「1930년대 잡지시장의 변동과 잡지 『비판』의 대응」, 『사이間SAI』 6호, 국제한국문학문화학회, 2009.

유원숙, 「1930년대 日帝의 조선인 만주 이민정책 연구」, 『釜大史學』, 부산대 사학회, 1995.

엄현섭, 「한국 근대 미디어 텍스트와 극양식 연구」, 성균관대 박사논문, 2006.

이경돈, 「『조선문단』에 대한 재인식」, 『상허학보』 7집, 2001.

이경돈, 「기록서사와 근대소설—리얼리티의 전통에 대하여」, 『상허학보』 9집, 2002.

이경돈, 「1920년대 초 민족의식의 전환과 미디어의 역할—『개벽』과 『동명』을 중심으로」, 『史林』 23호, 수선사학회, 2005.

이경돈, 「'趣味'라는 私的傾向과 文化主體 '大衆'」, 『대동문화연구』 57, 성균관대 대동문화연구원, 2007.

이경훈, 「청년과 민족—『학지광』을 중심으로」, 『대동문화연구』 44, 성균관대 대동문화연구원, 2003.

이경훈, 「『學之光』의 매체적 특성과 일본의 영향」, 『대동문화연구』 48, 성균관대 대동문화연구원, 2004.

이상경, 「『조선출판경찰월보』에 나타난 문학작품 검열양상 연구」, 『한국 근대문학회』, 한국 근대문학회, 2008.

이소희, 「메를르 퐁티와 푸코의 신체론 비교」, 『철학연구』 제37집, 고려대 철학연구소, 2009.

이순진, 「조선 무성영화의 활극성과 공연성에 대한 연구」, 중앙대 첨단영상대학원 박사논문, 2008.

이승연, 「일제시대 대중음악과 한국인의 생활문화―1926년에서 1945년까지의 인기곡을 중심으로」, 연세대 대학원 국학협동과정 현대문화학 석사논문, 2000.

이은진, 「한국 근대 이동연극 연구」, 단국대 석사논문, 1999.

이원동, 「국민문학 좌담회 연구」, 『어문론총』 제48호, 한국문학언어학회, 2008.

이종호, 「출판신체제의 성립과 조선문단의 사정」, 『사이間SAI』 6호, 국제한국문학문화학회, 2009.

이화진, 「전시기 오락 담론과 이동연극」, 『일제 말기 미디어와 문화정치』, 깊은샘, 2008.

이혜령, 「남성적 질서의 승인과 파시즘의 내면화」, 『한국현대소설연구』 16, 2002.6.

정근식, 「일제하 검열기구의 검열관과 변동」, 『대동문화연구』 제51집, 대동문화연구원, 2005.

정근식, 「검열에서 선전으로―일제하 조선에서의 베트남 담론의 추이」, 『사회와 역사』, 한국사회사학회, 2008.

정종현, 「사실, 과학 그리고 문학의 신생」, 『상허학보』, 2008.

정창석, 「소위 '大東亞共榮圈'의 文化主義―大東亞文學者大會를 중심으로」, 『京畿大學校人文論叢』 제6호, 경기대 인문대학, 1998.

정휘민, 「1940년대 국민연극에 관한 연구」, 단국대 석사논문, 1983.

차승기, 「추상과 과잉」, 『상허학보』 21, 상허학회, 2007.10.

차승기, 「전시체제기 기술적 이성비판」, 『상허학보』 23, 상허학회, 2008.6.

천정환, 「초기 『三千里』의 지향과 1930년대 문화민족주의」, 『민족문학사연구』 36, 민족문학사학회, 2008.

채호석, 「1930년대 후반 문학의 지형 연구」, 『외국문학연구』 29, 2008.2.

한기형, 「문화정치기 검열체제와 식민지 미디어」, 『대동문화연구』 제51집, 대동문화연구원, 2005.

한기형, 「식민지 검열정책과 사회주의 관련 잡지의 정치역학」, 『한국문학연구』, 동국대 한국문학연구소, 2006.

한기형, 「식민지 검열장의 성격과 근대 텍스트」, 『민족문학사연구』 34, 민족문학사학회, 2007.

함태영, 「1910년대 『매일신보』 소설 연구」, 연세대 박사논문, 2009.

홍종욱, 「중일전쟁기 1937―1941 사회주의자들의 전향과 그 논리」, 서울대 석사논문, 2000.

② 연구논문(외국어)

金東明, 『支配と抵抗の峽間－1920年代朝鮮における日本帝國主義と朝鮮人の政治運
　　動』, 東京大學博士學位論文, 1997.
김철, 『京都學派と'近代の超克'－近代性, 帝國, 普遍性』, 國際日本文化研究センター
　　國際シンポジウム)의 발표 중 金哲, 「同化あるいは超克」.
高野宏庚, 「演說をいかに讀み解くか?」, 『非文字資料研究』No. 21, 奈良川大學 日本常
　　民文化研究所 非文字資料研究センター, 2009.
田村榮章, 「1939年朝鮮植民地文學の轉換点」, 『日本語文學』, 2004.
루크 기본스, 여국현 역, 「국민의 손님－아일랜드, 이주, 그리고 탈식민지 연대」, 『흔적』2,
　　문화과학사, 2001.
マサオ・ミョシ＋上野直子, 富山太佳夫 譯, 「座談會の思想－日本の批評言語につい
　　て」, 『季刊へるめす』第21号.
三原芳秋, 「崔載瑞のOrder」, 『사이間SAI』4호, 국제한국문학문화학회, 2008.
朴華莉, 「植民地朝鮮における日本語商用政策」, 『日本學報』58, 한국일본학회, 2004.
山崎義光, 「モダニズムの言說樣式としての〈座談會〉－「新潮合評會」から『文芸春秋』の
　　「座談會」へ－」, 『國語と國文學』, 第813卷 第12号, 東京大學國語國文學會, 2006.12.
鄭昌石, 「植民과 原住民－注入과 感染－崔載瑞와 사토 기요시(佐藤淸)」, 『한국일본학
　　회』54, 2003.
橋本雄一, 「異者が表象される發話空間－1940年代前半の'座談會'と'發言'について」,
　　『人文學報』311, 2000.3.31, 中國文學研究室, 東京都立大學人文學部.

478, 480, 483, 484, 485
통로 396, 406, 407, 408, 410, 411, 412, 478

ㅍ

포함인 배제 44, 335, 336
푸코 42, 43, 44

ㅎ

하버마스 34, 42, 45, 48, 239, 244
하야시 후사오 339, 352, 385, 419, 422
학우회 149, 150, 152
학지광 26, 27, 110, 112, 117, 118, 120,
    148, 149, 150, 151, 152, 171
한설야 468
한효 468
합평 27, 219, 222, 228, 229, 230, 232, 233,
    234, 243, 245, 246, 253, 260, 474, 475,
    487, 489, 514, 517
해방 11, 12, 27, 36, 134, 139, 150, 154,
    184, 185, 188, 193, 206, 302, 331, 433,
    441, 466, 467, 468, 469, 470, 471
해방전후 302, 440, 441, 467, 468, 470
현상공모 319, 320, 321, 322, 365
현장감 101, 103, 104, 105, 134, 155, 233,
    245, 246, 247
현진건 228, 229
협성회 63, 64, 65, 67, 70, 72, 73, 77, 85,
    87, 93, 95, 170
형평사 185, 186, 187, 188, 189
혜성 235, 236, 237
혜자 420, 421, 426
호류지 421
홍종우 373

화용론 52, 302, 386
황국협회 93
會 57, 65, 66, 67, 68, 69, 71, 124, 140
후루카와 카네히데 317
후일담 201, 203, 204, 205, 209, 210
후쿠다 기요토 371
후쿠자와 유키치 5, 58, 61, 68, 78, 79, 289